教育部人文社会科学研究一般项目

"章克标早期文献辑佚与著译编年研究"（编号：20YJC751014）资助

章克标早期文献辑佚与著译编年

刘金宝 著

上海交通大学出版社
SHANGHAI JIAO TONG UNIVERSITY PRESS

内容提要

　　章克标系海派文学代表作家,也是我国现代重要的翻译家。本书对其开展了以下研究:首先,对其笔名进行了全面调查,新发现了 15 个笔名;其次,系统发掘了未被发现的章克标早期作品,钩沉散文作品 250 余篇、翻译作品近 20 篇及小说 17 篇;最后,对目前所能调查到的全部早期作品的创作时间或初刊时间进行了系统调查,并以此为序,整理章克标著作年表。总体而言,本书对重新确立章克标在我国现代文学史上的地位具有重要意义,亦可为中国现代文学史以及中国翻译文学史的撰写提供参考。

图书在版编目(CIP)数据

　　章克标早期文献辑佚与著译编年/ 刘金宝著. —上海: 上海交通大学出版社,2021.8
　　ISBN　978 - 7 - 313 - 25239 - 5

　　Ⅰ. ①章… Ⅱ. ①刘… Ⅲ. ①章克标(1900—2007)—文学研究 Ⅳ. ①I206.7

　　中国版本图书馆 CIP 数据核字(2021)第 159307 号

　　　章克标早期文献辑佚与著译编年
　　ZHANGKEBIAO ZAOQI WENXIAN JIYI YU ZHUYI BIANNIAN

著　　者: 刘金宝				
出版发行: 上海交通大学出版社		地　　址: 上海市番禺路 951 号		
邮政编码: 200030		电　　话: 021 - 64071208		
印　　制: 当纳利(上海)信息技术有限公司		经　　销: 全国新华书店		
开　　本: 710 mm×1000 mm　1/16		印　　张: 25.5		
字　　数: 444 千字				
版　　次: 2021 年 8 月第 1 版		印　　次: 2021 年 8 月第 1 次印刷		
书　　号: ISBN 978 - 7 - 313 - 25239 - 5				
定　　价: 88.00 元				

序

    章克标(1900—2007)浙江海宁人,字恺熙,现代作家,翻译家。曾与滕固、方光焘等人创办了我国现代文学早期著名社团狮吼社。代表作品有小说《银蛇》、杂文《风凉话》等,先后翻译了《菊池宽集》《夏目漱石集》等大量日本文学作品,对莫泊桑、王尔德等欧洲作家的作品也有所译介。解志熙[1]指出,章克标是上海唯美主义文学的早期代表人物。许道明[2]和杨剑龙[3]分别在各自的著作中,将章克标定位为海派文学的代表作家。王向远在《二十世纪中国的日本翻译文学史》[4]一书中指出,章克标是我国最早翻译、出版夏目漱石和谷崎润一郎著作选集的翻译家。关于章克标的文学史地位,陈子善评价道:"尽管章先生在二十世纪中国文坛地位的确立还有待史家评估,但若研究中国现代文学流派史,不能不提章先生,若探讨中国现代杂文创作成就,也不能不提章先生,就是追索中国现代对日本文学的评介,仍不能不提章先生,这都是无可否认的文坛史实。"[5]

    我国现代文学自诞生至今已近百年,学界迎来了对现代文学百年发展史进行回顾梳理的契机,文学史作为整体研究,是以对单个作家的扎实的个案研究为前提的。作为我国现代文学史上的一位重要作家和翻译家,章克标研究是个不可回避又亟待解决的重要问题。章克标的文学活动大致可以分为以下三个时期:早期(20世纪20年代至新中国成立前后);中期(新中国成立前后至20世纪80年代);后期(20世纪80年代至去世前)。中期是空白期,而早期和后期在创作体例上有明显的不同,后期创作主要以回忆文章为主,间有少量散文,而早期创作则涉及小说、散文、诗歌、翻译,其代表作品也集中于这一时期。依管见,其后期作品的史料价值高于艺术价值,而要研究章克标文学的艺术价值及其文学史地位应将视角定位于其早期作品。

    章克标的创作活动始于20世纪20年代,然而关于他的研究却相对滞后。

---

  ① 解志熙:《美的偏至　中国现代唯美——颓废主义文学思潮研究》,上海文艺出版社,1997。

  ② 许道明:《海派文学论》,复旦大学出版社,1999。

  ③ 杨剑龙:《上海文化与上海文学》,上海人民出版社,2007。

  ④ 王向远:《二十世纪中国的日本翻译文学史》,北京师范大学出版社,2001。

  ⑤ 陈子善:《世纪挥手序》,载章克标《世纪挥手》,海天出版社,1999,序文第1页。

20 世纪 90 年代末，随着海派文学研究的兴起，他才出现在学界的视野中。管见所及，目前国内学界关于章克标的研究呈现出以下特征：第一，较为重视从文体学、修辞学等理论视角对章克标小说、杂文的艺术风格进行探讨。代表性的包括：解志熙①从中国现代唯美主义文学思潮的视角，将章克标的艺术风格准确定位为追求官能刺激的颓废主义；赵鹏②又从相同视角，以作品为依据，论述了章克标不同于其他唯美派作家的独特创作风格；许道明③、杨剑龙④则从海派文学的视角，对章克标的杂文和小说的创作特点进行了深入剖析。此外，还有一些关于章克标创作的研究出现在学位论文⑤和学术期刊⑥中。第二，从比较文学、文学译介史等视角来发掘章克标对日本文学的翻译活动。例如，金晶⑦从比较文学视角，研究了在文艺思想和创作手法上谷崎润一郎对章克标的影响；张能泉⑧从我国对谷崎润一郎的译介这一视角，介绍了章克标对谷崎润一郎的译介后，指出章克标是新中国成立前翻译谷崎润一郎作品最多的翻译家。秦鹏举⑨从社会批判意识、文艺理想和创作手法三个方面，对章克标与夏目漱石进行了比较。另有两篇硕士论文⑩涉及了章克标的译作《哥儿》（夏目漱石原作）与其他翻译家的译本的对比。值得注意的是王向远的《二十世纪中国的日本翻译文学史》一书，在不同章节中逐一介绍了章克标对武者小路实笃、芥川龙之介、夏目漱石、谷崎润一郎及菊池宽几位日本作家的翻译活动，指出章克标是我国最早翻译出版夏目漱石和谷崎润一郎著作选集的翻译家，并对其翻译的动机等进行了深入细致的分析。国外学界关于章克标的研究非常少。管见所及，仅日本的大

---

① 解志熙：《美的偏至 中国现代唯美——颓废主义文学思潮研究》，上海文艺出版社，1997。
② 赵鹏：《海上唯美风：上海唯美主义思潮研究》，上海文化出版社，2013。
③ 许道明：《海派文学论》，复旦大学出版社，1999。
④ 杨剑龙：《上海文化与上海文学》，上海人民出版社，2007。
⑤ 例如，程清慧：《在现实与理想之间挣扎的"斯芬克司"——章克标早期创作论》，硕士学位论文，上海师范大学人文学院，2004 年。
⑥ 杨青云：《在现代文化与传统文化的"夹缝"中沉沦：论租界文化影响下章克标的小说创作》，《西南农业大学学报(社会科学版)》2012 年第 1 期；黎跃进：《章克标对谷崎润一郎的接受和借鉴》，《山西农业大学学报(社会科学版)》2012 年第 8 期；方爱武：《言说的意味：章克标散文创作谈兼论当代散文创作》，《浙江工业大学学报(社会科学版)》2012 年第 3 期；陈啸、梅道兰：《哈哈镜里的人世影像——民国时期上海章克标都市散文创作论》，《郑州师范教育》2016 年第 2 期。
⑦ 金晶：《谷崎润一郎文学在民国时期的接受情况研究》，南开大学出版社，2013。
⑧ 张能泉：《谷崎润一郎国内译介与研究评述》，《日语学习与研究》2014 年第 2 期。
⑨ 秦鹏举：《在理想与现实之间——章克标与夏目漱石创作比较》，《绥化学院学报》2015 年第 11 期。
⑩ 李璨：《关于文学作品翻译中的译者创造要素—以『坊っちゃん』的四个汉译本为例》，硕士学位论文，沈阳师范大学外国语学院，2011 年；姜陆波：《从〈哥儿〉的中文译本看异文化传达法——以章克标、开西、刘振瀛译本为中心》，硕士学位论文，上海师范大学外国语学院，2015 年。

泽理子①就《现代日本小说选集》(上海:太平书局,第一集,1943 年;第二集,1944 年)中收录的章克标翻译作品的初出期刊《译丛月刊》及选题标准等进行了论述。这些不同视角的研究,为以后的章克标研究奠定了基础。

中外学界学科壁垒的客观存在使得章克标研究存在学术盲区。从事中国现代文学研究的学者因为不懂外语,大多无法判断章克标在外国文学译介领域的学术价值,而外国的文学专家又往往缺少中国现代文学史的整体把握,而且汉语水平亦有限制。这就导致章克标研究往往出现灯下黑的真空状态。

综合中外学界研究成果,笔者发现,就目前而言,章克标研究虽已开始起步,但仍存在着以下亟待解决的问题:① 对章克标笔名(包括别名、化名)的认识模糊。例如,"开西"是章克标的笔名,而李璨②、姜陆波③都将章克标与开西当作两个人,并对"各自"翻译的《哥儿》的文本进行了对比。陈益民在其编著的《阿 Q 永远健在》④中,将章克标与"岂凡"视为两人,事实上,"岂凡"是章克标的笔名。此外,康东元、黑古一夫⑤在其著作中,将章克标与"许竹园"视为两人,"许竹园"亦是章克标的笔名。② 对章克标早期作品的认识不全面。章克标的杂文曾一度评价很高,其曾以笔名"岂凡"在《人言周刊》的"观世音"专栏发表杂文 25 篇,而这 25 篇杂文,尚无一篇被提及。关于其翻译的研究,多数将重点放在其出版的翻译文集和其对日本文学的翻译上,他发表于期刊上的译作及对欧洲作家作品的翻译,却很少被提及。③ 对章克标早期文学活动的纵向研究不足。以往研究多将视角定位于章克标早期的某一文体上,如研究其翻译,或研究其小说、杂文等创作。而章克标的早期文学活动时间长达 20 多年,对其创作历程或者不同阶段艺术风格变化的纵向研究明显不足。导致这一情况出现的根源,是其作品仍处于零散状态而未被按创作时间整理编年,故无法进行纵向阅读和纵向研究。

基于此,本书开展了以下三个部分的研究。

第一部分(第一章):考察章克标的笔名。学界对章克标笔名的认识较为模糊,如前述的"开西""许竹园"。另有些笔名因章克标在回忆录中没有提及,学界亦无专题研究,故无人知晓,导致他的很多早期作品无法确定,即无法全面认识

① 大泽理子:《"沦陷期"上海における日中文学の"交流"史試論—章克標と『現代日本小説選集』—太平出版印刷公司·太平书局出版目録(单行本)》,《东京大学中国语中国文学研究室纪要》2006 年第 9 号。
② 李璨:《关于文学作品翻译中的译者创造要素—以『坊っちゃん』的四个汉译本为例》,硕士学位论文,沈阳师范大学外国语学院,2011 年。
③ 姜陆波:《从〈哥儿〉的中文译本看异文化传达法——以章克标、开西、刘振瀛译本为中心》,硕士学位论文,上海师范大学外国语学院,2015 年。
④ 陈益民主编《阿 Q 永远健在》(民国大家美文丛书),天津人民出版社,2013。
⑤ 康东元、黑古一夫:《日本近·现代文学の中国语訳総覧》,勉诚出版,2006。

其早期作品,章克标研究的深入开展也就无从谈起。因此,确定其笔名是章克标研究的前提,也是一个亟待解决的问题。本书通过文学家辞典、章克标在回忆录中提及的信息以及章克标周边人物的著述等相关资料,对章克标笔名进行了全面的调查研究,为确定其未被发现的早期作品提供重要线索,也可为日后认定其更多作品,如发表在未见的杂志或报刊上的作品提供依据。

第二部分(第二、三、四章):调查章克标的早期作品。章克标的早期作品涉及小说、散文、诗歌、翻译,代表作品如杂文《风凉话》、小说《银蛇》以及对谷崎润一郎等日本作家作品的翻译均集中于这一时期,研究章克标的艺术成就及其文学史地位,必须将重点置于其早期作品上,然而,其早期作品中有相当一部分还未被发现。本书以确定的笔名为线索,利用回溯性期刊目录、书目以及"全国报刊索引数据库""大成老旧刊全文数据库"等现代化检索手段,系统发掘了这些未被发现的早期作品,为研究其散文、小说和翻译提供新的文本支撑,从而推进章克标研究的深入开展。其中,第二章,对章克标笔名的早期署用情况进行全面调查;第三章,对章克标出版的书籍以及其他收录有章克标作品的书籍进行全面整理;第四章,对未被相关书籍收录的章克标早期作品按文体进行系统梳理。

第三部分(第五章):对章克标早期作品进行编年。章克标的早期文学活动,时间长达20多年,其早期作品目前仍处于零散状态,导致关于他的研究局限于横向研究,即研究视角多被定位于其早期的某一文体如翻译或者小说上,尚未出现研究其20多年的创作历程及其不同阶段艺术风格转变的纵向研究。本书对目前所能调查到的全部早期作品的创作时间或初刊时间进行了系统调查,并以此为序,整理章克标著作年表(含译作),为纵向阅读章克标作品提供依据,从而推动章克标创作历程及其早期艺术风格的动态演变等纵向研究的展开。

另外,为给章克标研究提供新的文本支撑,便于学者阅读参考,在附录一中对未被相关书籍收录的章克标早期作品中的部分代表作品进行汇编。为了系统了解章克标的经历,在附录二中根据《文苑草木》①《世纪挥手》②等相关文献,对章克标的生平进行了梳理。

---

① 章克标:《文苑草木》,上海书店出版社,1996。
② 章克标:《世纪挥手》,海天出版社,1999。

目　录

第一章　章克标笔名研究 ·· 1

一、相关辞典中的笔名 ··· 1

二、以往研究中提及的笔名 ·· 3

三、笔者调查发现的笔名 ·· 6

第二章　章克标笔名的早期署用情况 ································· 14

一、多人署用的笔名 ··· 14

二、章克标笔名的早期署用情况 ····································· 18

第三章　章克标早期作品的收录情况 ································· 53

一、章克标出版的书籍 ·· 53

二、收录有章克标作品的书籍 ······································· 56

第四章　章克标早期作品辑佚 ·· 64

一、散文类 ··· 64

二、翻译类 ··· 80

三、小说及诗作 ·· 81

第五章　章克标早期(1920—1951)著作年表 ······················ 85

附录一　章克标部分早期辑佚作品汇编 ······························ 120

一、艺术论 12 篇 ·· 120

二、关于摩登的文章 5 篇 ··· 148

三、《申报·自由谈》上的杂文 3 篇 ·································· 158

四、《十日谈》上的杂文 4 篇 ·· 161

五、《人言周刊》上的杂文 27 篇 ⋯⋯⋯⋯⋯⋯⋯⋯⋯⋯⋯ 168

六、《论语》上的杂文 25 篇 ⋯⋯⋯⋯⋯⋯⋯⋯⋯⋯⋯⋯⋯ 199

七、译作 7 篇 ⋯⋯⋯⋯⋯⋯⋯⋯⋯⋯⋯⋯⋯⋯⋯⋯⋯⋯⋯ 251

八、小说 11 篇及诗作 1 篇 ⋯⋯⋯⋯⋯⋯⋯⋯⋯⋯⋯⋯⋯ 294

附录二　章克标略历 ⋯⋯⋯⋯⋯⋯⋯⋯⋯⋯⋯⋯⋯⋯⋯⋯ 393

参考文献 ⋯⋯⋯⋯⋯⋯⋯⋯⋯⋯⋯⋯⋯⋯⋯⋯⋯⋯⋯⋯⋯ 396

后记 ⋯⋯⋯⋯⋯⋯⋯⋯⋯⋯⋯⋯⋯⋯⋯⋯⋯⋯⋯⋯⋯⋯⋯ 399

第一章
章克标笔名研究

一、相关辞典中的笔名

关于章克标的笔名,相关辞典都有所介绍,经笔者调查,最为详细且准确的是阎纯德主编的《中国文学家辞典》①,该书指出章克标的别名为"章建之",笔名有"岂凡""许竹园""杨天南""杨恺""辛古木"。关于"章建之""岂凡""许竹园""杨恺""辛古木"这5个笔名,章克标本人在回忆录中均有所提及②。关于"杨天南",章克标在回忆录中虽未提及,但其在《世纪挥手》③中对《十日谈》旬刊进行了专题介绍,特别提到后期自己单独编辑《十日谈》的情况,《十日谈》第1—24期,编辑署名"十日谈旬刊社",第25—48期(停刊号)的编辑署名均为"杨天南",可知"杨天南"确系章克标的笔名。另外,《中国文学家辞典》的"凡例"第4条写道:

> 词条编写,主要依据作家本人、或亲属、或组织提供的材料和已发表的作品,并参考各家文学史与有关研究资料,力求史实准确可靠。

该辞典出版于1992年,当时章克标仍活跃于文坛,所以编辑方请其本人提供材料是可能的。范笑我的《章克标的最后岁月》里抄录了章克标寄给《中国文学家辞典》的《章克标自撰简历》④底稿,其内容与阎纯德主编的《中国文学家辞

---

① 阎纯德、李润新等主编《中国文学家辞典》现代卷,共6册:第1册,四川人民出版社,1979;第2册,四川人民出版社,1982;第3册,四川文艺出版社,1985;第4册,四川文艺出版社,1985;第5册,四川文艺出版社,1992;第6册,四川文艺出版社,1992。收录了1919—1992年的作家、文艺理论家及文学翻译家的简介。本文收录于《中国文学家辞典》现代卷第5分册,四川文艺出版社,1992,第765—766页。

② "章建之",章克标:《世纪挥手》,海天出版社,1999,第211页;"岂凡",章克标:《文苑草木》,上海书店出版社,1996,第245页;"许竹园",章克标:《文苑草木》,序文第2页;"杨恺",章克标:《文苑草木》,第245页;"辛古木",章克标:《世纪挥手》,第304页。

③ 章克标:《世纪挥手》,海天出版社,1999,第180—184页。

④ 范笑我:《章克标的最后岁月》,载范笑我著《我来晴好》,上海辞书出版社,2013,第121—123页。

1

典》中"章克标"词条的内容,除纪年方法①外完全一致。即是说《中国文学家辞典》里的"章克标"词条的内容是其本人撰写并提供给辞典编辑方的。可以断定《中国文学家辞典》里出现的"章建之""岂凡""许竹园""杨天南""杨恺""辛古木"6个笔名是没有疑义的。《中国文学家辞典》出版于1992年7月,《章克标自撰简历》应作于这之前,范笑我认为《章克标自撰简历》是"一九九五年章克标寄给《中国文学家辞典》的",②应是误记。

徐乃翔、钦鸿编《中国现代文学作者笔名录》③里列出"K.C."这一笔名,却未给出依据。1930年6月出版的《金屋月刊》第1卷第9、10期合并号上载有章克标翻译的《两种的小说》(夏目漱石原作《鸡头序》),后收录于1932年7月由开明书店出版的《夏目漱石集》(译者署名"章克标"),《金屋月刊》所载《两种的小说》正文末署"K.C.译",可知章克标确实用过"K.C."这一笔名。

相关辞典中还有如下5个值得商榷的笔名。

陈玉堂编《中国近现代人物名号大辞典》④里提到"止敬(存疑)"这一笔名,1931年1月出版的《中学生》第11期里刊载有"止敬"的《我的中学生时代及其后》一文,该文后收录于1935年6月由上海开明书店出版的《中学毕业前后》一书,该书中的作者署名为"茅盾",可知"止敬"是茅盾的笔名。

徐乃翔、钦鸿编《中国现代文学作者笔名录》、陈玉堂编《中国近现代人物名号大辞典》与周家珍编《20世纪中华人物名字号辞典》⑤都提到章克标的"K.S."这一笔名。"K.S."是我国现代作家、生理心理学家汪敬熙的笔名,他的小说《砍柴的女儿》就是以"K.S."的笔名刊载《新潮》第2卷第1期(1919年10月出版)上。章克标是否也使用过"K.S."这个笔名,笔者暂未发现有力证据。

陈玉堂编《中国近现代人物名号大辞典》、周家珍编《20世纪中华人物名字号辞典》中均提到章克标的别名"章克",据中国第二历史档案馆编《中国抗日战争大辞典》⑥中"章克"一项的记载,其别名为"章标",浙江杭县人,曾任南京国民政府外交部秘书,1944年6月,任汪伪宣传部副部长,创办《大公》周刊,笔者推

① 《章克标自撰简历》使用的是年号纪年,如光绪廿六年、民国七年等;《中国文学家辞典》则是使用新历。
② 范笑我:《我来晴好》,上海辞书出版社,2013,第120页。
③ 徐乃翔、钦鸿主编《中国现代文学作者笔名录》,湖南文艺出版社,1988,第611—612页。
④ 陈玉堂主编《中国近现代人物名号大辞典》,浙江古籍出版社,1993,第842页。
⑤ 周家珍主编《20世纪中华人物名字号辞典》,法律出版社,2000,第1148页。
⑥ 中国第二历史档案馆编《中国抗日战争大辞典》,湖北教育出版社,1995,第626页。

测因章克标与章克名字非常相似,同是浙江人,又同在汪伪宣传部任过伪职,故被误认为是同一人。章克标在《世纪挥手》[1]中也提到"章克"担任过汪伪宣传部副部长一事。

徐乃翔、钦鸿编《中国现代文学作者笔名录》提到的"K.P."以及李立明著《中国现代六百作家小传》[2]、鄂基瑞等编《中国现代文学词典》[3]、陈玉堂编《中国近现代人物名号大辞典》、林煌天主编《中国翻译词典》[4]、范培松主编《中国文学通典:散文通典》[5]等书中提到的"邓小闲",章克标的《世纪挥手》《九十自述》[6]等回忆录中均未提及,笔者调查亦未发现章克标用过这两个笔名的证据。

二、以往研究中提及的笔名

章克标另有"A.B.""张望""井上"及"李之谟"4个笔名,相关辞典中未列出,而在以往研究中被提及。

解志熙[7]认为"A.B."是章克标的笔名,却未给出依据。章克标在回忆录《文苑草木》的《鲁迅有关》里写道:

> 随后我同邵洵美编《金屋》月刊宣扬唯美派颓废派的不健康的文艺思想,在月刊上也写了点对《呐喊》的读后感之类的文稿,不好算是什么文艺批评。我不是学文学的,根本不懂文艺批评是什么回事。这些篇批评《呐喊》的稿子相当长,而是认真地对于书中每篇作品,都说了几句话。其中有一个主要论点,认为鲁迅这位作家,是有点精神病的,说他的《狂人日记》及其他的几篇作品中,都有这种征兆,这种现象。[8]

《金屋月刊》第1卷第2期(1929年2月出版)、第3期(1929年3月出版)上连载着署名"A.B."的《要做一篇鲁迅论的话》一文,文章以A、B两人对话的形式

---

① 章克标:《世纪挥手》,海天出版社,1999,第228页。
② 李立明主编《中国现代六百作家小传》,波文书局,1977,第378页。
③ 鄂基瑞等编《中国现代文学词典》,上海辞书出版社,1990,第121页。
④ 林煌天主编《中国翻译词典》,湖北教育出版社,1997,第923页。
⑤ 范培松主编《中国文学通典:散文通典》,解放军文艺出版社,1999,第669页。
⑥ 章克标:《九十自述》,中国文联出版社,2000。
⑦ 解志熙:《美的偏至　中国现代唯美——颓废主义文学思潮研究》,上海文艺出版社,1997,第236页。
⑧ 章克标:《鲁迅有关》,载《文苑草木》,上海书店出版社,1996,第58页。

展开,B受人之托要写一篇关于鲁迅的评论,可他并非评论家,于是向懂得文艺评论的A求助,并将收录于《呐喊》和《彷徨》里的26篇小说的读后感逐一讲给A听。这与章克标《文苑草木》中的"认真地对于书中每篇作品,都说了几句话"这一叙述吻合。《要做一篇鲁迅论的话》中还有如下一段话:

> 这①同"呐喊"里的"白光",和此书②中"弟兄"当中的一段,是犯了同一的毛病。这是每逢他写到作中人的神经异常,就会他写出来的东西都有点神经异状的,这真是一件怪事!③

暗示鲁迅有点精神异常,这又与章克标《文苑草木》中的"其中有一个主要论点,认为鲁迅这位作家,是有点精神病的,说他的《狂人日记》及其他的几篇作品中,都有这种征兆,这种现象。"这一叙述相吻合。所以可以断定章克标在《文苑草木》中提到的他发表在《金屋月刊》上的关于《呐喊》的读后感就是这篇《要做一篇鲁迅论的话》,进而可以断定"A.B."就是章克标。

程清慧在《在现实与理想之间挣扎的"斯芬克司"——章克标早期创作论》④中提到"张望"这一笔名,亦未给出依据。《章克标文集(上)》⑤收录有《九呼》(图1-1)和《致某某》两篇小说,这两篇小说的初出分别为《一般》(1926,上海)的第3卷第3期(1927年11月出版)和第3卷第4期(1927年12月出版),而初出期刊上的作者署名均为"张望"(图1-2),据此可知,"张望"是章克标的笔名。

章克标还曾以"井上"的笔名翻译过鲁迅用日文发表在日本杂志《改造》(1934年第16卷第4期)上的《谈监狱》一文,刊载于1934年3月3日出版的《人言周刊》第1卷第3期上。对此章克标在《文苑草木》中有详细叙述⑥,张颂南的《章克标生平和他谈有关鲁迅的几件事》⑦等以往研究中亦有所提及,不再赘述。

---

① 《长明灯》。
② 《彷徨》。
③ A.B.:《要做一篇鲁迅论的话》,《金屋月刊》1929年第1卷第3期,第94页。
④ 程清慧:《在现实与理想之间挣扎的"斯芬克司"——章克标早期创作论》,硕士学位论文,上海师范大学人文学院,2004年,第23页。
⑤ 章克标:《章克标文集(上)》,上海社会科学院出版社,2003。
⑥ 章克标:《文苑草木》,上海书店出版社,1996,第253页。
⑦ 张颂南:《章克标生平和他谈有关鲁迅的几件事》,《鲁迅研究月刊》1984年第4期,第16页。

目　录（上册）

序言／章克标

辑一　小说　夜半之叹声 3
　　　　　　　　鬼戏 11
　　　　　　　　变曲点 15
　　　　　　　　文明结合的牺牲者 41
　　　　　　　　结婚的当夜 50
　　　　　　　　秋心 66
　　　　　　　　九呼 72
　　　　　　　　致某某 86
　　　　　　　　银蛇 95
　　　　　　　　涡旋 260
　　　　　　　　做不成的小说 277
　　　　　　　　暑楼 294

辑二　杂文　风凉话
　　　　　　　　卷头言 313
　　　　　　　　自序 314
　　　　　　　　风凉话 316
　　　　　　　　　　拜金主义 316

图 1-1：《章克标文集（上）》目录　　　图 1-2：《一般》月刊载《九呼》正文首页

　　章克标是《论语》半月刊的创始人之一，同时也是长期撰稿人，曾先后两个时期担任《论语》编辑的林达祖在《我编〈论语〉的几点回忆》中指出《论语》第 155 期"睡的专号"上刊载的《睡品》一文的作者"李之谟"就是章克标。[①] 林达祖在《我和章克标》（作于 1997 年 7 月 31 日）中再次指出"李之谟"是章克标的笔名后写道：

　　　　从目录来看，直到《论语》结束，都有克标的文章。可以说，为《论语》写文章，他有始有终，是倾注热情写得最多的长期撰稿人。他虽然也编过其他刊物，也为其他刊物写稿，但最多的是为《论语》写稿。当我接手编《论语》时，同他的接触就频繁起来，直至今天，我们还经常书信往来，情同手足。[②]

　　章克标是《论语》的长期撰稿人，林达祖从 1937 年 4 月开始编辑《论语》，两人应该是在这一时期相识的。1940 年，林达祖经章克标介绍赴南京任伪职，两人同在汪伪宣传部指导科共事两年多，1943 年，章克标赴苏州伪江苏省宣传处任职，因林达祖是苏州人，经常在放假休息时回苏州与章克标相聚，同年底，林达

　　① 林达祖：《我编〈论语〉的几点回忆》，载俞子林主编《书的记忆》，上海书店出版社，2008，第59页。
　　② 林达祖：《我和章克标》，载林达祖、林锡旦著《沪上名刊〈论语〉谈往》，上海书店出版社，2008，第97页。

祖应邀参加了章克标与李觉茵（李菊英）的婚礼，“文化大革命”后，因老朋友健在的不多，两人联系更加密切，常有书信往来。基于两人的密切关系，笔者认为林达祖关于“李之谟”是章克标笔名的说法是可信的。另外，林淇著《海上才子　邵洵美传》亦指出章克标用过“李之谟”这一笔名①，章克标还为此书作了序，应对章克标用过笔名“李之谟”这一说法是没有异议的。

三、笔者调查发现的笔名

笔者经过调查还发现“克标”“再生”“天南”“建之”“路鹊子”“章明显”“秋山”“竹田”“火石”“豆平”“路鹊”“开西”“章恺”“钱家标”和“孙煌”15 个笔名。

1930 年 6 月出版的《金屋月刊》第 1 卷 9、10 合并号中，收录有《春天带了来的》一文，目录中的作者署名为“克标”（图 1－3），正文署名却是“章克标”（图 1－4）。在《金屋月刊》第 1 卷 12 号中收录有《灯下伴侣》和《杨柳》两篇散文，目录中的作者署名均为“章克标”，正文中的署名却均为“克标”。据此可知，“克标”即章克标。

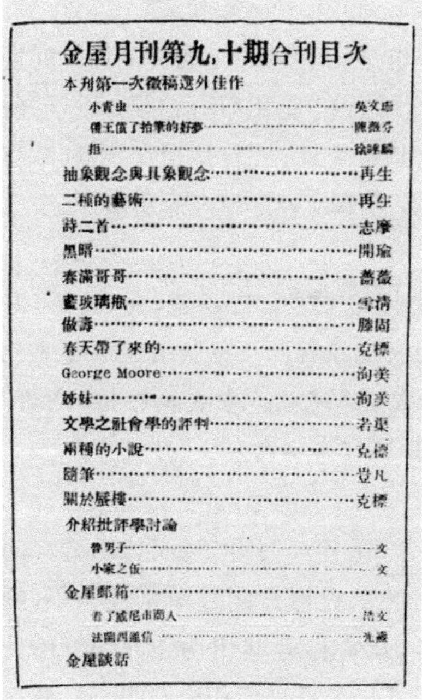

金屋月刊第九,十期合刊目次

本刊第一次徵稿選外佳作

小青虫……吳文治
儐王做了拾筆的好夢……陳微芬
扭……徐詠韜

抽象觀念與具象觀念……再生
二種的藝術……再生
詩二首……志摩
黑暗……開瑜
泰滿哥哥……薔薇
藍玻璃瓶……雪清
做詩……滕固
春天帶了來的……克標
George Moore……洵美
姊妹……洵美
文學之社會學的評判……若渠
兩種的小說……克標
隨筆……豈凡
關於蜃樓……克標

介紹批評學討論

媒男子……文
小家之伍……文

金屋郵箱……

看了威尼市商人……浩文
法蘭西通信……光燾

金屋談話

图 1－3：《金屋月刊》第 1 卷 9、10 合并号目录

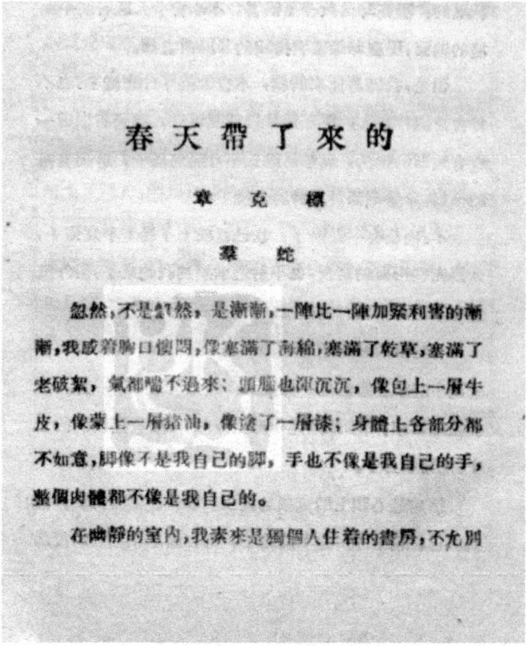

春天帶了來的

章克標

蠢蛇

忽然，不是突然，是漸漸，一陣比一陣加緊利害的漸漸，我感着胸口憤悶，像塞滿了棉絮，塞滿了乾草，塞滿了老破絮，氣都喘不過來；頭腦也渾沉沉，像包上一層牛皮，像蒙上一層豬油，像塗了一層漆；身體上各部分都不如意，腳像不是我自己的腳，手也不像是我自己的手，整個肉體都不像是我自己的。

在幽靜的室內，我素來是獨個人住着的書房，不允別

图 1－4：《金屋月刊》载《春天带了来的》正文首页

① 林淇：《海上才子　邵洵美传》，上海人民出版社，2002，第 229—230 页。

1940 年 4 月 1 日出版的《华南公论》第 2 卷第 4 期上载有《抽象观念与具象观念》一文,署名"克标"(图 1－5),而该文属一稿多投,此前已刊载于 1930 年 6 月出版的《金屋月刊》第 1 卷 9、10 合并号上,《金屋月刊》上的作者署名为"再生"(图 1－6),据此可知,"再生"也是章克标的笔名之一。

图 1－5:《华南公论》载《抽象
观念与具象观念》

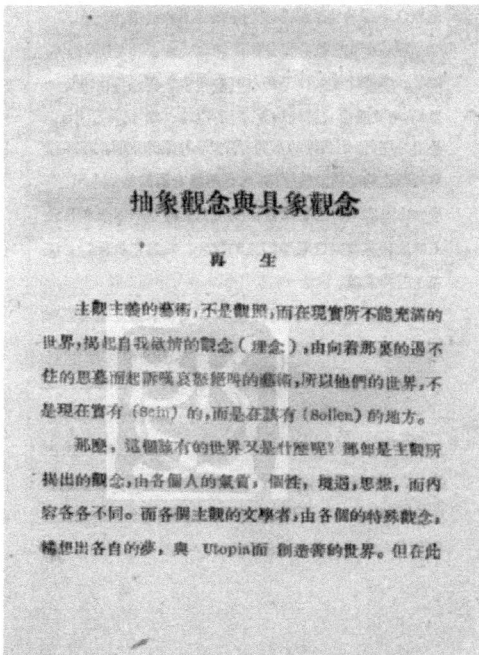

图 1－6:《金屋月刊》载《抽象
观念与具象观念》

1933 年 11 月 20 日出版的《十日谈》第 11 期上刊载了《摩登不颓废》一文,正文的作者署名为"天南"(图 1－7),而目录中的作者署名却是"岂凡"(图1－8)。前面已经提到,"岂凡"就是章克标,据此可知,"天南"也是章克标的笔名之一,应是取其笔名"杨天南"的后两个字。

1942 年 12 月 25 日出版的《译丛月刊》(第 4 卷第 6 期)收录有日本太田宇之助原作的《中国随论》的译文,正文末有"竹园译"字样(图 1－9),目录中的译者署名为"许竹园"(图 1－10),前面已经提到,"许竹园"是章克标的笔名,故此处的"竹园"就是章克标,而刊载《译丛月刊》第 4 卷第 4 期(1942 年 10 月 25 日出版)上的《日本文化原理的民族性及世界性》(日本谷川徹三原作)一文的译者署名,目录中为"竹园"(图 1－11),正文末为"建之"(图 1－12),可知"建之"亦是章克标的笔名之一,应是其别名"章建之"的后两个字。

摩登不颓废

天南

我主张现代人应将摩登化，摩登化是话提倡而受赞美的，现下一般人对于摩登二字颇有不满，乃是他们的误见，但另一方面，自以为是话，也是实情，所以要将摩登的精神阐明，以供大家检讨，很容易招人物事从摩登中取出来，使对于摩登的脸面会的确是无可非难，而且现在的摩登人物息的解释只有此种不属倾向的，是颓废。以前很好的浪漫字，被遂渐变为颓废之解释以后，现在运动。又侵入摩登运动中来了，又陷入摩登运动和浪漫运动了。却是在正反对利的地位。我以为要出一个明显的区别，若非颓废的而摩登是积极的，而摩登又是消极的而颓废者决不可以混同，二者是完全相反的，然世纪末之病态，起于世纪末势力达峰极的而摩登是，从十九世纪末起，类别，浪漫原本都应该加入精神，是二十世纪初中势力达得盛的我们摩登人承了旧世纪的衰气，世纪末的病，到二十世纪是很容易的，所以那那稍是得盛的我们摩登人了，而且时代下来，麦把那稍越程度的衰病，因之非特别大扫疾呼不可了。摩登和颓废，还有提倡摩登变化之必要。但也有不可白的人在关切着，因为白这一要素，从前的浪漫的不便是摩登化，但真实要表示摩登就应该领悟得了。从前的浪漫将领悟得近摩登，就叫现在本领将领悟得近颓废了。

目　録

封面——出塞入塞图　光宇

十日谈——连载的旨趣　编者

又来了——国货礼赞　鲁闾

摩登不颓废　天南

外论——幽游乐临别之言

　　　　——不朽的艺语

可可

登凡

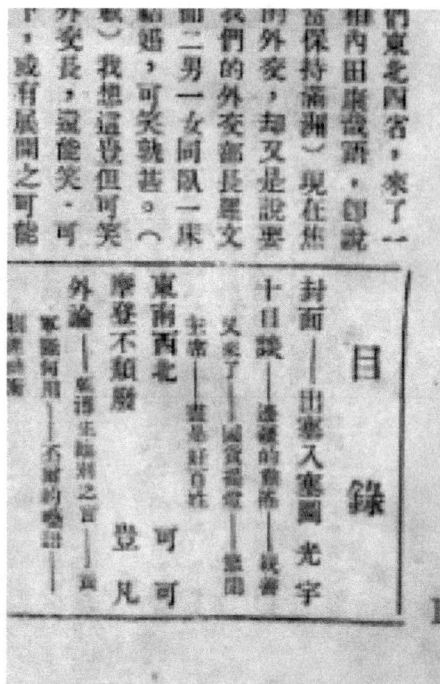

图 1－7：《十日谈》第 11 期载《摩登不颓废》正文首页　　　　图 1－8：《十日谈》第 11 期目录

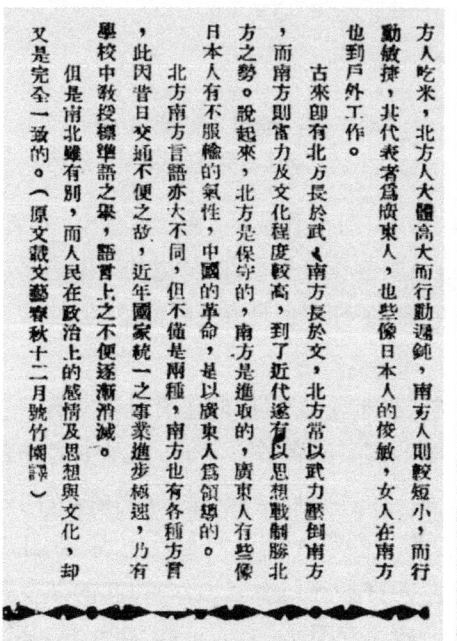

又是完全一致的。（原文载文艺察秋十二月号竹闲译）

但是南北雄有别，而人民在政治上的感情及思想与文化，却学校中教授标准语之举，语音之不便逐渐消灭，此因昔日交通亦大不同，但不�惟是两种，南方也有各种方言，北方南方言语亦大不同，近年国家统一之事业进步极速，乃有日本人有不服输的气性，中国的革命，迄以广东人为领导的。说起来，北方是保守，南方是进取的，广东人有些像日本之势。而南方则富力及文化程度较高，到了近代途步以思想战制胜北方，而南方长于文，北方常以武力压倒南方，古来即有北方长于武，南方长于文，也到户外工作。动敏捷，其代表者为广东人，也些像日本人的俊敏，女人在南方人吃米，北方人大抵高大而勤过钝，南方人则较短小，而行方人吃米，北方人大抵高大而勤过钝，南方人则较短小，而行

中国随论

译丛第四卷第六期目录

中日签约二周年

中日基本条约的意义　　　　　　　六渡仁右卫门

中日签约二周年　　　　　　　　　西泽第一

中国问题的解决策　　　　　　　　好孝行

中国问题的解决策

清乡工作实地考察报告（续完）　　清水董三

中国随论

图 1－9：《译丛月刊》载《中国随论》正文末　　　　图 1－10：《译丛月刊》第 4 卷第 6 期目录

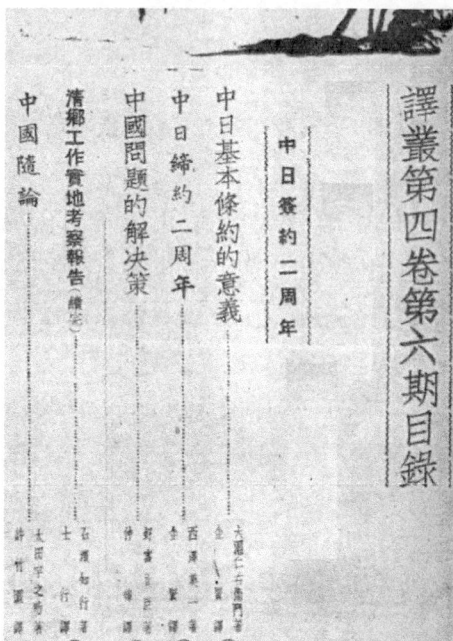

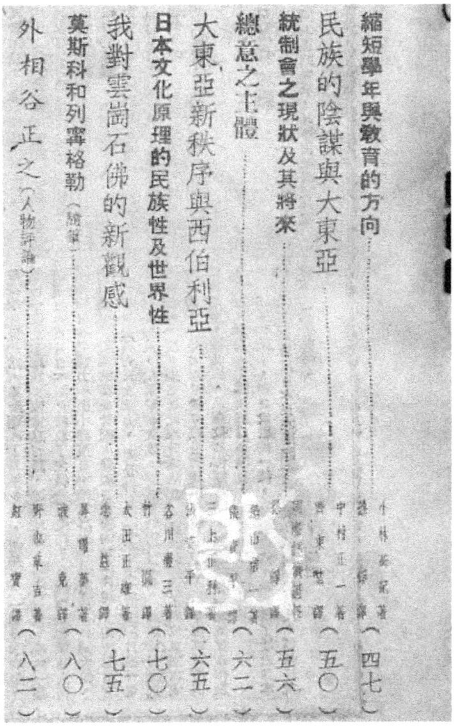
縮短學年與教育的方向……（四七）
民族的陰謀與大東亞……（五〇）
統制會之現狀及其將來……（五六）
總意之主體……（六二）
大東亞新秩序與西伯利亞……（六五）
日本文化原理的民族性及世界性……（七〇）
我對雲崗石佛的新觀感……（七五）
莫斯科和列寧格勒（隨筆）……（八〇）
外相谷正之（人物評論）……（八二）

图 1－11：《译丛月刊》第 4 卷第 4 期目录

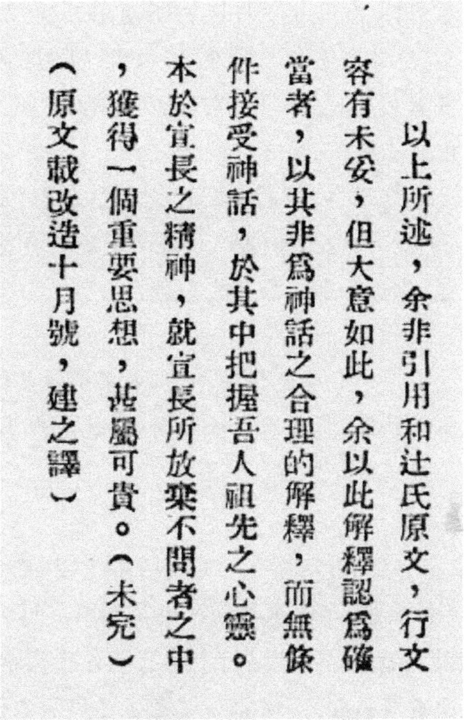
以上所述，余非引用和辻氏原文，行文，容有未妥，但大意如此，余以此解釋認爲確當者，以其非爲神話之合理的解釋，而無條件接受神話，於其中把握吾人祖先之心靈。本於宣長之精神，就宣長所放棄不問者之中，獲得一個重要思想，甚屬可貴。（未完）

（原文載改造十月號，建之譯）

图 1－12：《译丛月刊》载《日本文化原理的民族性及世界性》正文末

1942 年 3 月出版的《作家月刊》第 2 卷第 3 期上载有《七个朋友》一文，该文系林达祖（署名“克展”）所作，其在文章中对傅彦长、许竹园（即章克标）及江上风（周大滢）等 7 位朋友进行了介绍，关于“许竹园”他写道：

> 他实在并不姓许，“许竹园”是他的笔名，他的笔名也不止此一个，过去的且置不提，二十八年四月以来，已有豆平，火石，竹田，路鹊子，章明显等等不同的名号。许竹园是用之于理论文字及翻译作品的，路鹊子、章明显用之于小说，豆平、火石、秋山、竹田是不三不四的小品杂文的署名。[①]

如前所述，林达祖系章克标好友，文章发表时（1942 年 3 月），二人同在汪伪宣传部指导科任职，加之文中关于章克标本是数学家，现身处南京，独居旅馆，酷爱跳舞等叙述与章克标经历完全吻合，故笔者认为林达祖的叙述是可信的。即

① 克展（林达祖）：《七个朋友》，《作家月刊》1942 年第 2 卷第 3 期，第 106 页。

章克标 1939 年 4 月以后还使用过"路鹊子""章明显""秋山""竹田""火石""豆平"这几个笔名。另外,1944 年 11 月 27 日出版的《力报》上载有《忆章克标》(作者署名"江上口")一文,该文亦指出"路鹊子"为章克标笔名,是其在南京时的住址朱雀路"三字之倒读"。

1942 年 11 月 10 日出版的《杂志》复刊第 4 期上载有署名"章克标"的一组杂文("天地""鬼神""人物""空虚""糊涂"),总标题为《天地无用》,关于这一标题,章克标在文章开头写道:

> 天地无用四个字,本来是偶然得之于马路上,而用作有一次写的杂文的总题,忽然感到十分新奇,就认为是绝好的标题,沿用了好几次之后,真个像天地是无用。

据此可知章克标此前曾多次使用"天地无用"这个标题发表杂文,而 1942 年 6 月出版的《作家月刊》(第 2 卷第 5 期)和 1942 年 7 月 15 日出版的《太平洋周报》(第 1 卷第 27 期)上确实载有两篇题为《天地无用》的杂文,但这两篇杂文的作者署名均为"路鹊",加之这一时期章克标在这两种杂志上发表了多篇文章①,且较他的另一笔名"路鹊子"仅少了一字,基本可以断定"路鹊"即章克标。

章克标因早年曾留学日本,回国后翻译了很多日本的文学作品,对此,他在《世纪挥手》中写道:

> 因为略懂了点日本语文,也跟着翻译了些日本的文学作品,在开明书店出版了。这些书是《菊池宽集》(1924)、《谷崎润一郎集》(1930)、《夏目漱石集》(1930),前二册只有很少几篇经严格选定的短篇小说,我几乎读了他们大部分的作品而精选出来的;后一册只是一个很著名的短篇小说,先在《小说月报》上发表过,另加一篇散文《伦敦塔》。解放后这篇《哥儿》曾有幸和丰子恺译的《旅宿》,合订一册作为《夏目漱石选集》第二册,在人民文学出版社刊行过。两篇是截然不同的文体。②

笔者据章克标所说调查后发现,他确实翻译过夏目漱石的《哥儿》,先连载

---

① 如《临时日记》载《作家月刊》1942 年第 2 卷第 6 期(署名"许竹园"),《天堂有路》连载《太平洋周报》1943 年第 68、69 期(署名"章克标")等。

② 章克标:《世纪挥手》,海天出版社,1999,第 172 页。

《小说月报》第21卷第7、8、9期(1930年7、8、9月)上,后收录于上海开明书店出版的《夏目漱石集》(1932年7月出版)中。新中国成立后人民文学出版社出版的《夏目漱石选集》第2卷(1958年6月出版),的确仅收录了《哥儿》和丰子恺翻译的《旅宿》两篇小说,并且《哥儿》的译文文体也确如章克标所说,与最初翻译的不同,有重译的痕迹。章克标日记摘抄(1956年8月28日条)中亦提到了他应王任叔之约,为人民文学出版社重新翻译《哥儿》一事[1],可知《夏目漱石选集》第2卷里收录的《哥儿》确系章克标所译。该书中的《哥儿》的译者署名为"开西",所以可知"开西"是章克标的笔名,应取自其字"恺熙"的谐音。

　　章克标是开明书店股东,与开明书店的老板章锡琛,编辑夏丏尊、顾均正等人熟识,曾在该书店出版过《菊池宽集》(1929年5月)、《风凉话》(1929年8月)等多部书籍,对此他在回忆录中写道:

　　　　这同最后我在该店改编六本"通俗本苏联文学丛书"一样,是我处境困难,承他们友好照顾我生活吃饭起见而给我的生活之资。……

　　　　记得该书开始计划出二十种。我所改写的,大约是《铁流》(绥拉菲摩维支)、《考验》(毕亦文采夫)、《被开垦的处女地》(肖洛霍夫)三种,其他我记得也有陶兀德的三五册,但不知哪几册。[2]

　　开明书店确于新中国成立后出版过"通俗本苏联文学丛书",章克标提及的他所改写的三部作品的出版情况如下:绥拉菲摩维支原著、章恺改写《铁流》,1951年1月初版;毕尔文采夫原著、钱家标改写《考验》,1951年1月初版;萧洛霍夫原著、孟凡改写《被开垦的处女地》,1951年12月出版。

　　《铁流》与《考验》两部作品的改写者署名分别为"章恺"和"钱家标"。对此,笔者查阅了下述资料:唐沅、韩之友等编著的《中国现代文学期刊目录汇编》[3]的《作者索引》、照春、高洪波主编的《中国作家大辞典》[4]、阎纯德主编的《中国文学家辞典》现代卷、林辉主编的《中国翻译家辞典》[5],这些资料里均未找到关于"章

　　① 章克标:《世纪挥手》,海天出版社,1999,第283页。
　　② 章克标:《世纪挥手》,海天出版社,1999,第173页。
　　③ 唐沅、韩之友等主编《中国现代文学期刊目录汇编》,共7卷,知识产权出版社,2010,收录1915—1948年创刊的276种文学期刊及与文学密切相关的综合性刊物的目录。
　　④ 照春、高洪波主编《中国作家大辞典》,中国文联出版社,1999,收录1949—1999年加入中国作家协会的全体会员的简介。
　　⑤ 林辉主编《中国翻译家辞典》,中国对外翻译出版公司,1988,收录古代至19世纪80年代的翻译家及翻译工作者的简历、主要译著和翻译活动。

恺"和"钱家标"的记载。另外,利用"读秀数据库""全国报刊索引数据库"的"作者"检索引擎和"中国知网"的"百科"检索引擎调查后,亦未发现相关条目。章克标在《世纪挥手》中前述引用的后面接着写道:

> 那时我们的名字不大好露面,所以是随便署了个的,也许还是主编的人随便写上的,自己都不清楚。[①]

"通俗本苏联文学丛书"刊行的 1951 年前后,全国正处于镇压反革命运动和土改运动中,无论是"文化汉奸"还是"地主"(土改运动中章克标被划为地主),当时都是较为敏感的身份,所以他不使用自己的真名或以前用过的笔名,而随便署了个名字,也在情理之中,所以"章恺"和"钱家标"应该都是章克标的笔名。"章恺"应是他的别名"章恺熙"的前两个字,正如他另一个笔名"辛古木"是他将自己的真名"章克标"各拆出一半而成的[②]。

开明书店版《被开垦的处女地》的改写者署名"孟凡","孟凡"是李庚[③]的笔名之一,开明书店版《被开垦的处女地》(1951 年 12 月版)是修订版,初版是 1948 年 4 月由光华书店(三联书店在东北解放区的化名)出版的,该版的版权页有"一九四八年四月在哈尔滨印造出版发行三千册"字样。据三联书店文献史料集编委会编《生活·读书·新知三联书店文献史料集(下)》记载[④]可知,光华书店版《被开垦的处女地》出版时(即 1948 年 4 月),李庚正在负责光华书店大连分店编辑部工作,所以,光华书店版《被开垦的处女地》的改写者应该就是他。

值得注意的是,开明书店出版的"通俗本苏联文学丛书"中收录的《垦荒》这部作品,与章克标改写的《铁流》和《考验》出版时间一致,同为 1951 年 1 月,原著和《被开垦的处女地》相同,也是萧洛霍夫的《поднятая целина》,改写者署名为"孙煌",也是一个未见相关记载的人物。笔者推测,章克标在《世纪挥手》中提及的他所改写的《被开垦的处女地》指的就是这部《垦荒》,而"孙煌"就是章克标。因为在 1951 年以前,已有周立波、孟凡等译本和改写本,其中尤以周立波的译本

① 章克标:《世纪挥手》,海天出版社,1999,第 173 页。
② 章克标:《文苑草木》,上海书店出版社,1996,序文第 2—3 页。
③ 李庚,1917 年生于福建闽侯,曾任《学习生活》主编,1949 年后,历任全国青联副秘书长、青年出版社、中国文联出版公司总编辑、《中国新文艺大系》副总编辑、中国文联书记处书记等职。(据中国作家协会创作联络部编《中国作家大辞典》,中国社会出版社,1993,第 215 页。)
④ 三联书店文献史料集编委会编《生活·读书·新知三联书店文献史料集(下)》,生活·读书·新知三联书店,2004,第 1341 页。

影响最大,1936 年 11 月初版以来至 1951 年 1 月已先后多次再版①,因其译名为《被开垦的处女地》,当时极有可能在文学界就用《被开垦的处女地》这一人们所熟知的译名来指代萧洛霍夫的原著。也就是说章克标在《世纪挥手》中提及的《被开垦的处女地》不是他改写作品的题名,而是指代萧洛霍夫的原著,《垦荒》才是他所改写的作品的题名。

　　综上可知,章克标除别名"章建之"外,可以确定的笔名有"岂凡""李之谟""克标""K.C.""再生""张望""A.B.""井上""杨天南""天南""建之""许竹园""路鹊""路鹊子""章明显""秋山""竹田""火石""豆平""杨恺""章恺""钱家标""孙煌""开西""辛古木"等 25 个。这些笔名将为确定章克标早期作品提供重要线索,也可为日后认定其更多作品,如发表在笔者未见的杂志或报刊上的作品提供依据。

---

① 　1943 年 7 月文学出版社(桂林)版、1946 年 4 月生活书店(上海)胜利后第一版、1946 年 5 月中苏友好协会(大连)版、1947 年 11 月太行群众书店(涉县)版、1947 年 12 月冀中新华书店(饶阳)版、1948 年 6 月生活书店(上海)胜利后第二版、1950 年 1 月三联书店(上海)版、1950 年 11 月三联书店(北京)版等。

第二章
章克标笔名的早期署用情况

一、多人署用的笔名

章克标的一些笔名存在以下多人共用的情况。

（一）"张望"

1. "张望"也是光未然的笔名。光未然（1913—2002），原名张光年，现代诗人、文学评论家，湖北省光化县人，30年代起开始从事进步的戏剧活动和文学创作，曾主编《剧本》《人民文学》等刊物，担任中国戏剧家协会党组书记、中国作家协会副主席，代表作有组诗《黄河大合唱》等。其在《谈谈我的名字》中谈到自己1936年年底，为躲避国民党特务追捕，逃亡到上海，改名张望。[①] 刊载《新学识》（上海）第1卷第11期（1937年7月5日出版）上的《也是"关于古典"》一文，就是其用"张望"这一笔名发表的。

2. "张望"同时也是我国著名版画艺术家张发赞的笔名，他曾以"张望"的笔名在杂志上发表《鲁迅先生与中国新兴木刻运动》[《东北文化》（佳木斯）第1卷第5期，1946年12月出版]、《贯彻毛泽东文艺思想是提高美术业务的关键》[《东北文艺》（哈尔滨）第5卷第5期，1952年6月出版]等与美术相关的文章。

3. 1946年8月15日出版的《旅光》（上海）第7卷第16期、1946年10月15日出版的第7卷第20期上分别载有《侍应生选择我见》和《建筑要点》两篇文章，作者署名均为"张望"，《旅光》是由中国旅行社编辑发行的面向中国旅行社同人的内部刊物，发行目的在于联系中国旅行社各地同人感情，相互交流工作经验，增进彼此服务知识，这两篇文章的作者"张望"应是旅游业相关人员，与章克标经历不符[②]。

---

① 张光年：《谈谈我的名字》，载《张光年文集》第1卷，人民文学出版社，2002，第1页。
② 关于章克标的经历，详见附录二：章克标略历，以下同。

（二）"岂凡"

1. 1927 年（月日不详）出版的《直捣周刊》（福州）第 7 期上载有《国庆日的回首》一文，作者署名"岂凡"。《直捣周刊》是由国民党福州市党部筹备委员会宣传部创办的刊物，《国庆日的回首》中有"我们福建"这样的叙述，可知作者应出身福建，与章克标经历不符。

2. 1928 年 8 月 20 日出版的《青战》（上海）第 7 期上载有《岭南党案文件遗录》一文，作者署名"岂凡"，《青战》系国民党"改组派"主办的政治刊物，且文中有"蛰伏在香港之我"这样的记述。此时（1928 年 8 月）章克标正在上海，通读《世纪挥手》《九十自述》等，未见其去过香港。

3. 1935 年（月日不详）出版的《新世界》（重庆）第 72 期上载有《北碚训练回忆录》一文，作者署名"岂凡"。《新世界》是由民生实业公司于 1932 年 7 月创办的半月刊，据《北碚训练回忆录》叙述，作者系民生实业公司员工，与章克标经历不符。

4. 1938 年 10 月 2 日出版的《涛声》（上海）第 1 卷第 4 期上载有《给孤岛的朋友们》一文，作者署名"岂凡"，文末有"九·一·于粤中大"字样。1937 年年底至 1939 年秋，章克标一直在上海避难，走教于浙光中学等学校，目前未见其到访过中山大学的记述。笔者推测《给孤岛的朋友们》的作者应为中山大学的老师或学生。

5. 1945 年 6 月 16 日出版的《中华人报》（湖南安化）第 5 期上载有《褪了色的写真》一文，作者署名"岂凡"，文中有"在民国十年到十五年之间，我把常州的家当作客店，过节或年关，回去一次，平时跟祖父住在苏州"这样的叙述。民国十年到十五年之间（即 1921—1926 年），章克标正留学日本，且其家住浙江海宁，二者经历不符。

6. 1946 年 8 月 20 日出版的《新战士》（杭州）第 44 期上载有《苗人之婚》一文，作者署名"岂凡"，因《新战士》是国民党青年军第九夏令营发行的营报，系内部刊物，故《苗人之婚》一文的作者"岂凡"应是青年军成员，与章克标经历不符。

（三）"再生"

1. 1934 年 12 月 15 日出版的《绸缪月刊》（上海）第 1 卷第 4 期上载有《服务印刷业的感受》一文，署名"再生"。根据文章内容可知作者是一名印刷工人。

2. 1937 年 5 月 10 日出版的《青年》（上海）第 6 卷第 6 期上载有《春光里的消息》一文，署名"再生"。阅读文章可知作者是一位女性。

3. 1940 年 11 月 20 日出版的《中学生（战时半月刊）》（桂林）上载有《新的熔

炉》一文,正文署名"再生",目录中的署名却是"桂林师范再生"。根据文章内容可知作者确系桂林师范的学生,与章克标经历不符。

4. 1944年1月出版的《天下文章》(重庆)第2卷第1期上载有《"大地黄金"在重庆》与《答马彦祥先生》两篇文章,署名均为"再生",但据同期刊载的陈白尘(剧作家)的《"需要"与"接受"——关于"大地黄金在重庆"》一文可知此处的"再生"是一个名为"颜再生"的人。

5. 另据张泽贤著《中国现代文学散文版本闻见录续集 1926—1949》,在现代文学作家中,另有王夕澄(1918年生于辽宁盖县[①])、王学通(生卒年籍贯不详)用过笔名"再生"。[②] 署用情况不详。

（四）"A.B."

"A.B."也是我国著名社会学家陶孟和的笔名,他的代表性论文《中国的人民的分析》《士的阶级的厄运》《新贫民》就是以"A.B"的笔名分别发表于《努力周报》(北京)第68期(1923年9月2日出版)、第69期(1923年9月9日出版)和第70期(1923年9月16日出版)。

（五）"K.C."

1. 1923年2月1日出版的《妇女杂志》(上海)第9卷第2期上载有《对于崇拜女学生的影响》一文,作者署名"K.C.",但结合该刊第8卷第11期(1922年11月1日出版)上的《对于我们的女同学随便谈谈》一文,可知《对于崇拜女学生的影响》的作者是上海同德医学专门学校的学生,而章克标此时正就读于日本东京高等师范学校,故此处的"K.C."并非章克标。

2. 1929年12月24日出版的《中外评论》(南京)第38期上载有《缅甸华侨经商广告术之缺点》一文,署名"K.C.",但该文为来自缅甸的通讯稿件,故作者当时应居于缅甸,与章克标经历不符。

（六）"天南"

1. 1923年12月7日出版的《时报·小时报》(上海)上载有一首小诗《寂闷的生活》,署名"天南",因文末有"大同大学"字样,故作者应为上海大同大学相关

---

① 今辽宁省盖州市。
② 张泽贤:《中国现代文学散文版本闻见录续集 1926—1949》,上海远东出版社,2013,第48—49页。

人员,而非章克标。

2."天南"极有可能也是印度尼西亚华侨陆千里的笔名。1956年4月,中印文化出版社(印尼雅加达)出版了《佛塔导游》一书,书中收录有作者陆千里所作的序,序言文末有"一九五四年十二月二十九日陆家骧序于椰城寓所"。据此可知陆千里,即陆骧,是印度尼西亚华侨,居于雅加达。另外,钟一鸣《翔庐诗草》中《和千里感怀元韵》一诗的注释中有"千里——姓陆,名骧,河南人,自号'天南浪子',系诗人之友。"[①]

据"全国报刊索引数据库",署名"天南浪子"的文章有《弃妇泪》(文言小说,《小说月报》1916年第7卷第2期)、《记爪哇华侨糖业之失败》(《东方杂志》1918年第2期)、《彭加华工之近况》(《东方杂志》1919年第7期)、《南洋群岛椎血集》[分8回连载《救国周报》(上海)第3期(1932年6月18日出版)、第4期(1932年6月25日出版)、第5期(1932年7月2日出版)、第6期(1932年7月9日出版)、第7期(1932年7月16日出版)、第8期(1932年7月23日出版)、第9期(1932年7月30日出版)、第13期(1932年8月27日出版),前两回署名"南风"]等,多与南洋华侨有关。

1926年3月27日出版的《京报副刊》(北京)第451期上刊载有署名"天南"的《新加坡英当局封闭华侨学校事件感想》一文,同样是关于南洋华侨的文章,作者在文章中自称"我是南洋生长的华侨",身份亦与陆千里一致,且署名"天南"与陆千里的号"天南浪子"非常相似,故笔者大胆推测此文亦是陆千里所作,"天南"是他的笔名。

3.1948年9月16日出版的《中西新闻》(南京)第1卷第3期上载有《段英落网记》一文,作者署名"天南",但其身份为"本刊驻昆记者",即《中西新闻》驻昆明记者,与章克标经历不符。

(七)"秋山"

1."秋山"是现代作家、学者胡怀琛(胡寄尘)的笔名。胡怀琛(1886—1938),原名有怀,字季仁,后改寄尘,胡朴安之弟,安徽泾县人,主要作品有诗集《大江集》与《胡怀琛诗歌丛稿》、小说《蕙娘小传》(文言)与《短篇小说丛存》,以及创作寓言集《快乐之水》等,主要著作有《诗歌学ABC》《中国民歌研究》《中国小说研究》《中国寓言研究》等。他的寓言作品《苍蝇吃糖》[《儿童世界》(上海)第24卷第9期,1929年

---

① 钟一鸣(梦翼)稿,程志远、钟立模编《翔庐诗草》,自费出版,1989,第40页。

8月31日出版]、《棉花鸡雏》(《儿童世界》第25卷第24期,1930年6月14日出版)、《聪明的龟》(《儿童世界》第26卷第3期,1930年7月19日出版)均署名"秋山",后均收录于1933年3月由新中国书局出版的《快乐之水》。

2."秋山"也是现代知名作家、诗人吴秋山的笔名。吴秋山(1907—1984),原名吴晋澜,福建诏安人,主要作品有散文集《茶墅小品》与新诗集《秋山草》等。他的散文《活动》[《立报》(上海)1935年12月14日版]以及诗歌《都市的早晨》(《立报》1936年7月10日版)、《全国动员抗敌歌》(《立报》1937年8月2日版)均署名"秋山"。

3."秋山"也是现代作家、诗人沈圣时的笔名。沈圣时(1914—1943),江苏苏州人,原名储,后更名潜,字圣时,曾用名沈激,出版有专著《中国诗人》、散文集《落花生船》。[①] 沈圣时曾以不同笔名在江苏省教育厅编辑的《新学生》(上海)上发表文章,如署名"草间"的《干宝及其搜神记》,载《新学生》第1卷第6期(1942年12月1日出版)、署名"沈圣时"的《中国民间文学的遗产——乐府》,载《新学生》第2卷第3期(1943年3月15日出版),而且,沈圣时与《新学生》编辑王予(徐淦)系好友,沈病逝后,王予曾在《新学生》第3卷第2期(1943年8月15日出版)上设了"纪念沈圣时先生特辑"以示悼念,故笔者推测载《新学生》第1卷第5期(1942年11月1日出版)上的署名"秋山"的《关于苏东坡》和《关于陶渊明》两篇文章有可能就是沈圣时的作品。

(八)"火石"

1935年3月9日出版的《中央日报》(南京)上载有《歌后情痴》一文,作者署名"火石",但文末有"二四,二,二八写于南京"字样。章克标1940年3月到南京,在汪伪宣传部任职两年多,在此之前,除在1937年7月初,为拜访滕固而在南京逗留数日外,未见其到过南京的记述。另外,《中央日报》1933年12月2日版还载有散文《秋之一角》,作者署名也是"火石",文章叙述了作者带着13岁的侄子到玄武湖写生的经过,亦与章克标的经历不符。

二、章克标笔名的早期署用情况

本书按如下方法对章克标笔名的早期署用情况进行了调查:以笔名为线

---

① 沈圣时著,吴心海编《落花生船》,海豚出版社,2013,出版说明第1页。

索，利用唐沅、韩之友等编著的《中国现代文学期刊目录汇编》（前出）进行检索，并辅以"读秀数据库""全国报刊索引数据库""大成老旧刊全文数据库""大成民国图书全文数据库"进行补充查找。

章克标作品的确定原则为：

Ⅰ. 署名为"章克标""杨天南""章建之""李之谟""许竹园""路鹊子""章明显"等章克标独自署用的笔名，即认定系章克标所作。

Ⅱ. 署名为"张望""岂凡""再生""A.B.""天南""秋山"等多人共用的笔名之一，发表在章克标回忆录中提及的与其多有交集的期刊，如《一般》（1926）、《论语》《金屋月刊》《人言周刊》《十日谈》《新女性》《中学生》等上面的作品，即认定系章克标的作品。

Ⅲ. 署名为多人共用的笔名之一，但发表的期刊在回忆录中并未提及的，则结合章克标经历或同一时期该期刊是否刊载过章克标作品等情况予以判断。

Ⅳ. 不确定者不录。[①]

调查结果按开始署用时间先后整理如下：

▲ 表示一个笔名发表两篇以上（含两篇）作品的刊物。

①等带圆圈的数字用于排列发表在同一刊物上的作品。

△ 表示某一笔名只发表了一篇作品的刊物。

○ 表示与人共著的书籍。

● 表示以"章克标"以外的笔名单独出版的书籍。

＊ 表示目录与正文署名不一致的作品。

（一）"章克标"与"克标"的署用情况

1."章克标"的署用情况[②]

▲ **《时事新报·学灯》**（上海）

①《〈创造〉2 卷 1 号创作评》：署名"章克标"，载《时事新报·学灯》1923 年 6 月 17 日版。

②《所谓批评者——为评〈创造〉创作答成仿吾》：署名"章克标"，载《时事新报·学灯》1923 年 8 月 2 日版。

---

① 因章克标笔名众多，且多个笔名属多人共用，故其作品认定不免遗珠之憾，待后补。

② 以"章克标"署名单独出版的书籍不录。

▲《狮吼》（半月刊，上海）

①《纸背的文字》（小说）：署名"章克标"，载《狮吼》（半月刊）第 3 期（1924 年 8 月 15 日出版）。

②《变曲点》（小说）：署名"章克标"，连载《狮吼》（半月刊）第 7、8 期合刊号（1924 年 10 月 10 日出版），第 9、10 期合刊号（出版日期不详），第 11、12 期合刊号（1924 年 12 月 15 日出版）。

▲《东方杂志》（上海）

①《德国的表现主义剧》：署名"章克标"，载《东方杂志》第 22 卷第 18 号（1925 年 9 月 25 日出版）。

②《爱欲》（剧本）：武者小路实笃（日本）原作，译者署名"章克标"，分 4 回连载《东方杂志》第 23 卷第 14 号（1926 年 7 月 25 日出版）至第 23 卷第 17 号（1926 年 9 月 10 日出版）。

③《恶魔》（小说）：谷崎润一郎（日本）原作，译者署名"章克标"，载《东方杂志》第 25 卷第 19 号（1928 年 10 月 10 日出版）。

④《立志》（小说）：片冈铁兵（日本）原作，译者署名"章克标"，载《东方杂志》第 26 卷第 22 号（1929 年 11 月 25 日出版）。

⑤《到处有的蛾》（小说）：横光利一（日本）原作，译者署名"章克标"，载《东方杂志》第 26 卷第 24 号（1929 年 12 月 25 日出版）。

⑥《活路》（小说）：署名"章克标"，载《东方杂志》第 29 卷第 2 号（1932 年 1 月 16 日出版）。

⑦《乡村小景：醉汉的凋落、乡警的叹诉、帮工的得意》：署名"章克标"，载《东方杂志》第 30 卷第 15 号（1933 年 8 月 1 日出版）。

⑧《七店的记忆》：署名"章克标"，载《东方杂志》第 32 卷第 1 号（1935 年 1 月 1 日出版）。

▲《新纪元》（上海）

①《Sphinx 以后》：署名"章克标"，载《新纪元》第 1 期（1926 年 1 月 1 日出版）。

②《秋心》（小说）：署名"章克标"，载《新纪元》第 1 期（1926 年 1 月 1 日出版）。

▲《小说月报》（上海）

①《双十节》（小说）：署名"章克标"，载《小说月报》第 17 卷第 2 期（1926 年

2 月 10 日出版）。

②《上帝保佑下的一员》（小说）：署名“章克标”，载《小说月报》第 17 卷
第 12 期（1926 年 12 月 10 日出版）。

③《涡旋》（小说）：署名“章克标”，载《小说月报》第 20 卷第 1 期（1929 年
1 月 10 日出版）。

④《身边杂事：自己、结婚、恋爱、朋友、从前、现在》：署名“章克标”，载《小
说月报》第 20 卷第 3 期（1929 年 3 月 10 日出版）。

⑤《身边杂事：教师生涯》：署名“章克标”，载《小说月报》第 20 卷第 4 期
（1929 年 4 月 10 日出版）。

⑥《身边杂事：春暮、两个 Theam、所感》：署名“章克标”，载《小说月报》
第 20 卷第 5 期（1929 年 5 月 10 日出版）。

⑦《人形灾》（小说）：署名“章克标”，载《小说月报》第 20 卷第 4 期（1929 年
4 月 10 日出版）。

⑧《一个结局》（小说）：片冈铁兵（日本）原作，译者署名“章克标”，载《小说
月报》第 21 卷第 2 期（1930 年 2 月 10 日出版）。

⑨《春天坐了马车》（小说）：横光利一（日本）原作，译者署名“章克标”，载
《小说月报》第 21 卷第 3 期（1930 年 3 月 10 日出版）。

⑩《关于夏目漱石》：署名“章克标”，载《小说月报》第 21 卷第 7 期（1930 年
7 月 10 日出版）。

⑪《哥儿》（小说）：夏目漱石（日本）原作，译者署名“章克标”，分 3 回连载
《小说月报》第 21 卷第 7 期（1930 年 7 月 10 日出版）、第 8 期（1930 年 8 月 10 日
出版）、第 9 期（1930 年 9 月 10 日出版），后转载《华语月刊》（上海）第 14 期（1930
年 10 月 1 日出版）。

⑫《小小的生命的始终》（小说）：署名“章克标”，载《小说月报》第 22 卷第 8
期（1931 年 8 月 1 日出版）。

▲《一般》（1926，上海）

①《新年新历》：署名“章克标”，载《一般》第 2 卷第 1 期（1927 年 1 月 5 日
出版）。

②《谈现下学风及其他（对话）》：署名“章克标”，载《一般》第 3 卷第 1 期
（1927 年 9 月 5 日出版）。

③《芥川龙之介的死》：署名“章克标”，载《一般》第 3 卷第 2 期（1927 年 10

月5日出版)。

④《评蒋宋结婚的仪式》：署名"章克标"，载《一般》第3卷第4期(1927年12月5日出版)。

⑤《友谊和辩难》：署名"章克标"，载《一般》第3卷第4期(1927年12月5日出版)。

⑥《A的梦》(剧本)：武者小路实笃(日本)原作，译者署名"章克标"，载《一般》第4卷第1期(1928年1月5日出版)。

⑦《朦胧的思路》：署名"章克标"，载《一般》第4卷第1期(1928年1月5日出版)。

⑧《岁暮》(小说)：署名"章克标"，连载《一般》第4卷第1期(1928年1月5日出版)、第3期(1928年3月5日出版)(《银蛇》(共25章)的前11章)。

⑨《公论》(剧本)：菊池宽(日本)原作，译者署名"章克标"，载《一般》第5卷第1期(1928年5月5日出版)。

⑩《崇拜知识的迷信和知识阶级》：大山郁夫(日本)原作，译者署名"章克标"，载《一般》第5卷第3期(1928年7月5日出版)。

⑪《站在十字街头的一个问题——关于花柳病和娼妓》：署名"章克标"，载《一般》第5卷第4期(1928年8月5日出版)。

⑫《酒——少喝一点的好》：署名"章克标"，载《一般》第6卷第1期(1928年9月5日出版)。

⑬《民众主义与天才的相反及交错》：大山郁夫(日本)原作，译者署名"章克标"，载《一般》第6卷第4期(1928年12月5日出版)。

⑭《身边杂事：新旧、农家、阶级、叫苦》：署名"章克标"，载《一般》第7卷第3期(1929年3月5日出版)。

⑮《回忆和幻想中的陶元庆》：署名"章克标"，载《一般》第9卷第2期(1929年10月5日出版)。

▲《狮吼》(半月刊复活号，上海)

①《草的感觉》(小说)：署名"章克标"，载《狮吼》(半月刊复活号)第3期(1928年8月1日出版)。

②《恋爱两极(上)》(小说)：署名"章克标"，载《狮吼》(半月刊复活号)第6期(1928年9月16日出版)，后改名为《一封不知谁写给谁的信》收于《恋爱四象》(上海：金屋书店，1929年8月出版)。

③《恋爱两极（下）》（小说）：署名"章克标"，载《狮吼》（半月刊复活号）第
7 期（1928 年 10 月 1 日出版），后改名为《一个女子给她以前的爱人的信》收于
《恋爱四象》（上海：金屋书店，1929 年 8 月出版）。

④《江湾夜话》（小说）：署名"章克标"，载《狮吼》（半月刊复活号）第 11 期
（1928 年 12 月 1 日出版）。

⑤《刺青》（小说）：谷崎润一郎（日本）原作，译者署名"章克标"，载《狮吼》
（半月刊复活号）第 12 期（1928 年 12 月 16 日出版）。

▲ 《新女性》（上海）

①《读〈三代的恋爱〉后之感想》：署名"章克标"，载《新女性》第 3 卷第 12 期
（1928 年 12 月 1 日出版）。

②《一个人的结婚》（小说）：署名"章克标"，连载《新女性》第 4 卷第 5 期
（1929 年 5 月 1 日出版）、第 4 卷第 7 期（1929 年 7 月 1 日出版）。

▲ 《金屋月刊》（上海）

①《破损的箱箧》（小说）：署名"章克标"，载《金屋月刊》第 1 卷第 1 期（1929
年 1 月 1 日出版）。

②《来吧，让我们沉睡在喷火口上欢梦》（诗）：署名"章克标"，载《金屋月刊》
第 1 卷第 2 期（1929 年 2 月 1 日出版）。

③《马车马》（小说）：署名"章克标"，载《金屋月刊》第 1 卷第 3 期（1929 年
3 月 1 日出版）。

④《上去站在第一峰顶》：署名"章克标"，载《金屋月刊》第 1 卷第 4 期（1929
年 4 月出版）。

⑤《樱花之都》：署名"章克标"，载《金屋月刊》第 1 卷第 4 期（1929 年 4 月出版）。

⑥《做不成的小说》（小说）：署名"章克标"，载《金屋月刊》第 1 卷第 5 期
（1929 年 5 月出版）。

⑦《萝洞先生》（小说）：谷崎润一郎（日本）原作，译者署名"章克标"，载《金
屋月刊》第 1 卷第 5 期（1929 年 5 月出版）。

⑧《春曲》（小说）：署名"章克标"，载《金屋月刊》第 1 卷第 6 期（1929 年 6 月
出版）。

⑨《南京路十月里的一天下午三点钟》：署名"章克标"，载《金屋月刊》第
1 卷第 7 期（1929 年 12 月出版）。

⑩《身边杂事：住居、衣着、饮食、走动》：署名"章克标"，载《金屋月刊》：第1卷第8期（1930年4月出版）。

▲《新文艺》（上海）

①《杀艳》（小说）：谷崎润一郎（日本）原作，译者署名"章克标"，连载《新文艺》第1卷第4期（1929年12月15日出版）、第5期（1930年1月15日出版）。

②《学校教师论——王先生的恳愿》（小说）：署名"章克标"，载《新文艺》第1卷第4期（1929年12月15日出版）。

▲《中学生》（上海）

①《苏维埃俄罗斯概观》：署名"章克标"，载《中学生》第2期（1930年2月1日出版）。

②《我的中学生时代》：署名"章克标"，载《中学生》第16期（1931年6月1日出版）。

③《爆竹》：署名"章克标"，载《中学生》第41期（1934年1月1日出版）。

④《无用的发明》：署名"章克标"，载《中学生（战时半月刊）》第7期（1939年8月5日出版）。

▲《时代》（上海）

①《摩登》：署名"章克标"，载《时代》第2卷第7期（1932年6月1日出版）。

②《水蜜桃》：署名"章克标"，载《时代》第2卷第11期（1932年8月1日出版），后转载《每月画报》（上海）第4期（1937年4月15日出版）。

③《艺术大众化问题》：署名"章克标"，载《时代》第3卷第1期（1932年9月1日出版）。

④《机械时代》：署名"章克标"，载《时代》第3卷第9期（1933年1月1日出版）。

⑤《迎春之辞》：署名"章克标"，载《时代》第4卷第1期（1933年3月1日出版）。

▲《论语》（上海）

①《杂谈一：先抄一段广告、国民性之表现、体面作祟、中国的建筑事业、附

带理由可解嘲》：署名"章克标"，载《论语》第 8 期(1933 年 1 月 1 日出版)。

②《杂谈二：广告若干条、人和狗和猫的价格、人和狗和猫的用途、人为万物之灵、最后的胜利》：署名"章克标"，载《论语》第 8 期(1933 年 1 月 1 日出版)。

③《杂谈三：来信照登、游艺救国、金钱万能、进一步的见解、最后的纠正》：署名"章克标"，载《论语》第 9 期(1933 年 1 月 16 日出版)。

④《杂谈四：国民新闻社云、全国人民发财机会、胡不改名富国奖券、撇开航空筑路的理由、若要敛钱另请高明》：署名"章克标"，载《论语》第 10 期(1933 年 2 月 1 日出版)。

⑤《文坛登龙术解题与后记》：署名"章克标"，载《论语》第 19 期(1933 年 6 月 16 日出版)。

⑥《古代的恋爱观》：署名"章克标"，连载《论语》第 25 期(1933 年 9 月 16 日出版)、第 26 期(1933 年 10 月 1 日出版)、第 27 期(1933 年 10 月 16 日出版)。

⑦《邻家的鬼》：署名"章克标"，载《论语》第 91 期(1936 年 7 月 1 日出版)。

⑧《为家的专号而写》：署名"章克标"，载《论语》第 100 期(1936 年 11 月 16 日出版)。

⑨《新文学概论第一章》：署名"章克标"，载《论语》第 103 期(1937 年 1 月 1 日出版)。

⑩《灯红解》：署名"章克标"，载《论语》第 105 期(1937 年 2 月 1 日出版)。

⑪《说一》：署名"章克标"，载《论语》第 108 期(1937 年 3 月 16 日出版)，后转载《漫画之友》(上海)第 3 期(1937 年 4 月 16 日出版)。

▲《申报·自由谈》(上海)

①《星期杂记》：署名"章克标"，连载《申报·自由谈》1933 年 3 月 2 日、3 月 3 日版。

②《来函照登(致烈文兄函)》：署名"章克标"，载《申报·自由谈》1934 年 5 月 3 日版。

▲《十日谈》(上海)

①《开学记》：署名"章克标"，载《十日谈》第 3 期(1933 年 8 月 30 日出版)。

②《〈文坛画虎录〉小引》：署名"章克标"，载《十日谈》第 6 期(1933 年 9 月 30 日出版)。

③《东京大地震之回忆》：署名"章克标"，连载《十日谈》第 6 期(1933 年 9 月

30 日出版)、第 7 期(1933 年 10 月 10 日出版)。

④《文学上的第二次革命开场》：署名"章克标"，载《十日谈》第 10 期(1933
年 11 月 10 日出版)。

⑤《欢迎马可尼先生》：署名"章克标"，载《十日谈》第 13 期(1933 年 12 月
10 日出版)。

⑥《林语堂先生台核》：署名"章克标"，载《十日谈》第 34 期(1934 年 7 月
10 日出版)。

▲《人言周刊》(上海)

①《新年琐话》：署名"章克标"，载《人言周刊》第 1 卷第 1 期(1934 年 2 月
17 日出版)。

②《大众语与小儿病》：署名"章克标"，载《人言周刊》第 1 卷第 21 期(1934
年 7 月 7 日出版)。

③《笔祸》：署名"章克标"，载《人言周刊》第 1 卷第 23 期(1934 年 7 月 21 日
出版)。

④《语言与文字杂感》：署名"章克标"，载《人言周刊》第 1 卷第 31 期(1934
年 9 月 15 日出版)。

⑤《七日日记》：署名"章克标"，载《人言周刊》第 1 卷第 32 期(1934 年 9 月
22 日出版)。

⑥《言志与载道》：署名"章克标"，载《人言周刊》第 1 卷第 38 期(1934 年
11 月 3 日出版)。

⑦《论标点》：署名"章克标"，载《人言周刊》第 1 卷第 47 期(1935 年 1 月
5 日出版)。

⑧《出版事业国营论》：署名"章克标"，载《人言周刊》第 2 卷第 18 期(1935
年 7 月 13 日出版)，后转载《中央日报》(南京)1935 年 7 月 23 日版。

▲《华美》(上海)

①《论袈裟》：署名"章克标"，载《华美》第 1 卷第 2 期(1934 年 5 月 20 日
出版)。

②《人非动物论》：署名"章克标"，载《华美》第 1 卷第 6 期(1934 年 9 月
20 日出版)。

③《大学生禁入舞场》：署名"章克标"，载《华美》第 1 卷第 7 期(1934 年

10 月 20 日出版)。

▲《自由谭》(上海)

①《无题录》:署名"章克标",载《自由谭》第 1 卷第 2 期(1938 年 10 月 1 日出版)。

②《无题录》:署名"章克标",载《自由谭》第 1 卷第 3 期(1938 年 11 月 1 日出版)。

③《必胜论的事实根据》:署名"章克标",载《自由谭》第 1 卷第 4 期(1938 年 12 月 1 日出版)。

④《与友人书》:署名"章克标",载《自由谭》第 1 卷第 5 期(1939 年 1 月 1 日出版)。

⑤《胜利及胜利之后》:署名"章克标",载《自由谭》第 1 卷第 6 期(1939 年 2 月 1 日出版)。

⑥《战事泛论》:署名"章克标",载《自由谭》第 1 卷第 7 期(1939 年 3 月 1 日出版)。

▲《太平洋周报》(上海)

①《天堂有路》:署名"章克标",连载《太平洋周报》第 1 卷第 68 期(1943 年 6 月 8 日出版)、第 69 期(1943 年 6 月 15 日出版)。

②《去和来》:署名"章克标",连载《太平洋周报》第 1 卷第 85 期(1943 年 10 月 18 日出版)、第 86 期(1943 年 10 月 25 日出版)、第 87 期(1943 年 11 月 2 日出版)。

▲《风雨谈》(上海)

①《天地者万物之逆旅》:署名"章克标",载《风雨谈》第 4 期(1943 年 7 月 25 日出版)。

②《时代骄子》:署名"章克标",载《风雨谈》第 5 期(1943 年 8 月 25 日出版)。

▲《作家季刊》(南京)

①《漏屋》:署名"章克标",载《作家季刊》第 1 期(1944 年 4 月出版)。

②《对于翻译的感想》:署名"章克标",载《作家季刊》第 3 期(1944 年 11 月

出版)。

其他署用情况

△《道尔顿制在日本的概况》：署名"章克标"，载《教育杂志》(上海)第 16 卷第 7 期(1924 年 7 月 20 日出版)。

△《岛原心中》(小说)：菊池宽(日本)原作，译者署名"章克标"，载《贡献》(上海)第 4 卷第 3 期(1928 年 9 月 25 日出版)。

△《赌》(小说)：冈田三郎(日本)原作，译者署名"章克标"，载《当代文艺》(上海)第 1 卷第 2 期(1931 年 2 月 15 日出版)。

△《章克标自传》：署名"章克标"，载《读书杂志》(上海)第 3 卷第 1 期(1933 年 2 月 1 日出版)。

△《提倡摩登化》：署名"章克标"，载《华安》(上海)第 2 卷第 3 期(1934 年 1 月 10 日出版)。

△《三四杂草：希望的诱引、求水的心、光源的发现》：署名"章克标"，载《现代》(上海)第 4 卷第 4 期(1934 年 2 月 1 日出版)。

△《论随笔小品文之类》：署名"章克标"，载《矛盾》(上海)第 3 卷第 1 期(1934 年 3 月 15 日出版)。

△《算学教授的迷惘》(小说)：署名"章克标"，载《新潮杂志》(上海)第 1 期(1934 年 9 月 5 日出版)。

△《猫》：署名"章克标"，载《文艺画报》(上海)创刊号(1934 年 10 月 10 日出版)。

△《浮在水面》：署名"章克标"，载《青年界》(上海)第 7 卷第 1 期(1935 年 1 月出版)。

△《数码原始》：署名"章克标"，载《新少年》(上海)第 1 卷第 10 期(1936 年 5 月 25 日出版)。

△《张老先生的洋伞》：署名"章克标"，载《南风》(上海)第 1 卷第 3 期(1939 年 7 月 15 日出版)。

△《科学兵器发端》：署名"章克标"，载《永安月刊》(上海)第 4 期(1939 年 8 月 1 日出版)。

△《略论时间之流》：署名"章克标"，载《友声》(上海)创刊号(1940 年 1 月出版)。

△《天地无用》：署名"章克标"，载《杂志》(上海)复刊第 4 号(1942 年 11 月

10 日出版）。

△《人与事》：署名"章克标"，载《人间》（上海）创刊号（1943 年 4 月 15 日出版）。

△《艺文断想》：署名"章克标"，载《中国文学》（北京）创刊号（1944 年 1 月 25 日出版）。

△《鸦片战争》（小说）：大佛次郎（日本）原作，译者署名"章克标"，连载《一般》（1944，上海）第 1 卷第 1 期（1944 年 2 月 1 日出版）、第 2 期（1944 年 3 月 15 日出版）。

△《光天化日》：署名"章克标"，载《光化》（上海）创刊号（1944 年 10 月 10 日出版）。

△《现代日本文学》：河上彻太郎（日本）原作，译者署名"章克标"，载《申报月刊》（上海）复刊第 3 卷第 2 期（1945 年 2 月 16 日出版）。

○《屠苏》（狮吼社同人合著，上海：光华书局，1926 年 9 月[①]出版）：收署名"章克标"的《美人》《给 A 的信》《文明结合的牺牲者》《Denishawn Dancers》《恋爱》《星二颗》。

○《芥川龙之介集》（鲁迅等译，上海：开明书店，1927 年 12 月初版，1928 年 3 月再版，1929 年 5 月三版，1931 年 2 月四版）：收署名"章克标"的《数中》。

○《水晶座》（钱君匋著，上海：亚东图书馆，1929 年 3 月出版）：收署名"章克标"的《钱君匋著〈水晶座〉序（四）》。

○《文学入门》（与方光焘共著，上海：开明书店 1930 年 6 月初版，1931 年 7 月再版，1933 年 7 月三版）：收署名"章克标"的《古典主义与浪漫主义》《自然主义与写实主义》《象征主义》《"为人生的艺术"与"为艺术的艺术"》《"世纪末"的思想》《易卜生与近代剧》《自然主义系统的戏曲家》《梅特林克与新浪漫的戏曲家》《近代的小说家》《近代诗的倾向》《普洛来太利亚文学》《革命俄罗斯的文学》12 篇文论，再版以后删除《普洛来太利亚文学》与《革命俄罗斯的文学》两篇。

2."克标"的署用情况

△《悼白采（四）》：署名"克标"，载《一般》（1926，上海）第 1 卷第 2 期（1926 年 10 月 5 日出版）。

---

① 《屠苏》原书无版权页，故出版日期不详，但书中张水淇所作的《绪言》文末署"十五年九月二日"，即 1926 年 9 月 2 日。

　△《美人李》：署名"克标"，载《金屋月刊》（上海）第 1 卷第 11 期（1930 年 8 月出版）。

　△《向单纯行进》：署名"克标"，载《时代》（上海）第 3 卷第 5 期（1932 年 11 月 1 日出版）。

　＊《两种的小说》：夏目漱石（日本）原作，译者署名目录中为"克标"，正文为"K.C."，载《金屋月刊》（上海）第 1 卷 9、10 合并号（1930 年 6 月出版），后改为日本原作名《鸡头序》收于《夏目漱石集》（上海：开明书店，1932 年 7 月出版）。

　3."章克标"与"克标"同时署用

　＊《Sphinx 之呼声》（诗）：目录署名"章克标"，正文署名"克标"，载《狮吼》（半月刊，上海）第 3 期（1924 年 8 月 15 日出版）。

　＊《二庵童》（小说）：谷崎润一郎（日本）原作，译者署名目录中为"克标"，正文为"章克标"，载《金屋月刊》（上海）第 1 卷第 2 期（1929 年 2 月 1 日出版），后改名为《二沙弥》收于《谷崎润一郎集》（上海：开明书店，1929 年 11 月出版）。

　＊《伦敦塔》：夏目漱石（日本）原作，译者署名目录中为"克标"，正文为"章克标"，载《金屋月刊》（上海）第 1 卷第 4 期（1929 年 4 月出版）。

　＊《一夜》（小说）：目录署名"章克标"，正文署名"克标"，载《一般》（1926，上海）第 8 卷第 2 期（1929 年 6 月 5 日出版）。

　＊《春天带了来的》：目录署名"克标"，正文署名"章克标"，载《金屋月刊》第 1 卷 9、10 合并号（1930 年 6 月出版）。

　＊《关于蜃楼》（即《蜃楼代序》）：目录署名"克标"，正文署名"章克标"，载《金屋月刊》第 1 卷 9、10 合并号（1930 年 6 月出版）。

　＊《初夏的风》：目录署名"克标"，正文署名"章克标"，载《金屋月刊》第 1 卷第 11 期（1930 年 8 月出版）。

　＊《灯下伴侣》：目录署名"章克标"，正文署名"克标"，载《金屋月刊》第 1 卷第 12 期（1930 年 9 月出版）。

　＊《杨柳》：目录署名"章克标"，正文署名"克标"，载《金屋月刊》第 1 卷第 12 期（1930 年 9 月出版）。

　（二）"张望"的署用情况

　▲《一般》（1926，上海）

　①《九呼》（小说）：署名"张望"，载《一般》第 3 卷第 3 期（1927 年 11 月 5 日出版）。

②《致某某》(小说)：署名"张望"，载《一般》第 3 卷第 4 期(1927 年 12 月 5 日出版)。

③《葛都良的肖像画》(小说)：王尔德(英国)原作，译者署名"张望"，连载《一般》第 4 卷第 1 期(1928 年 1 月 5 日出版)、第 2 期(1928 年 2 月 5 日出版)、第 3 期(1928 年 3 月 5 日出版)。

(三)"岂凡"的署用情况

▲《一般》(1926，上海)

①《"老酒""香烟""女人"》：署名"岂凡"，载《一般》第 4 卷第 1 期(1928 年 1 月 5 日出版)。

②《标语》：署名"岂凡"，载《一般》第 4 卷第 2 期(1928 年 2 月 5 日出版)。

③《读革命文学论诸作》：署名"岂凡"，载《一般》第 4 卷第 4 期(1928 年 4 月 5 日出版)。

④《文学与发财》：署名"岂凡"，载《一般》第 5 卷第 2 期(1928 年 6 月 5 日出版)。

⑤《发财与革命》：署名"岂凡"，载《一般》第 5 卷第 2 期(1928 年 6 月 5 日出版)。

⑥《革命与恋爱》：署名"岂凡"，载《一般》第 5 卷第 2 期(1928 年 6 月 5 日出版)。

⑦《恋爱与读书》：署名"岂凡"，载《一般》第 5 卷第 2 期(1928 年 6 月 5 日出版)。

⑧《读书与做官》：署名"岂凡"，载《一般》第 5 卷第 2 期(1928 年 6 月 5 日出版)。

⑨《做官与文学》：署名"岂凡"，载《一般》第 5 卷第 2 期(1928 年 6 月 5 日出版)。

⑩《认识了时代》：署名"岂凡"，载《一般》第 6 卷第 1 期(1928 年 9 月 5 日出版)。

⑪《奢侈的中国人》：署名"岂凡"，载《一般》第 6 卷第 1 期(1928 年 9 月 5 日出版)。

⑫《寺院与孔庙》：署名"岂凡"，载《一般》第 6 卷第 1 期(1928 年 9 月 5 日出版)。

⑬《书店流行的一观察》：署名"岂凡"，载《一般》第 6 卷第 2 期(1928 年

10月5日出版）。

⑭《再认识这个时代》：署名"岂凡"，载《一般》第6卷第2期（1928年10月5日出版）。

⑮《奉劝穷人毋须读书》：署名"岂凡"，载《一般》第6卷第2期（1928年10月5日出版）。

⑯《中国人的时间观念》：署名"岂凡"，载《一般》第6卷第3期（1928年11月5日出版）。

⑰《恋爱游戏》：署名"岂凡"，载《一般》第6卷第3期（1928年11月5日出版）。

⑱《秋虫死了》：署名"岂凡"，载《一般》第6卷第3期（1928年11月5日出版）。

⑲《近事片片》：署名"岂凡"，载《一般》第6卷第4期（1928年12月5日出版）。

⑳《中国社会相的新展开（一）》：署名"岂凡"，载《一般》第7卷第1期（1929年1月5日出版）。

㉑《中国人性情的正反面》：署名"岂凡"，载《一般》第7卷第1期（1929年1月5日出版）。

㉒《应酬话》：署名"岂凡"，载《一般》第7卷第2期（1929年2月5日出版）。

㉓《今天天气……》：署名"岂凡"，载《一般》第7卷第2期（1929年2月5日出版）。

㉔《吃过了饭么?》：署名"岂凡"，载《一般》第7卷第2期（1929年2月5日出版）。

㉕《翻译复兴》：署名"岂凡"，载《一般》第7卷第3期（1929年3月5日出版）。

㉖《好书不出》：署名"岂凡"，载《一般》第7卷第3期（1929年3月5日出版）。

㉗《保存古物》：署名"岂凡"，载《一般》第8卷第1期（1929年5月5日出版）。

㉘《五月放假月》：署名"岂凡"，载《一般》第8卷第1期（1929年5月5日出版）。

㉙《全国美术展览会》：署名"岂凡"，载《一般》第8卷第1期（1929年5月

5 日出版)。

㉚《禁止研究社会科学者的头脑》：署名"岂凡"，载《一般》第 8 卷第 1 期（1929 年 5 月 5 日出版）。

㉛《关于学校演剧等等》：署名"岂凡"，载《一般》第 8 卷第 2 期（1929 年 6 月 5 日出版）。

㉜《疑问（一、二）》：署名"岂凡"，载《一般》第 8 卷第 3 期（1929 年 7 月 5 日出版）。

㉝《革命与性生活》：署名"岂凡"，载《一般》第 8 卷第 3 期（1929 年 7 月 5 日出版）。

㉞《英雄死》：署名"岂凡"，载《一般》第 8 卷第 4 期（1929 年 8 月 5 日出版）。

㉟《文人忙》：署名"岂凡"，载《一般》第 8 卷第 4 期（1929 年 8 月 5 日出版）。

㊱《投机心》：署名"岂凡"，载《一般》第 8 卷第 4 期（1929 年 8 月 5 日出版）。

㊲《装修门面》：署名"岂凡"，载《一般》第 8 卷第 4 期（1929 年 8 月 5 日出版）。

㊳《兴奋剂》：署名"岂凡"，载《一般》第 9 卷第 1 期（1929 年 9 月 5 日出版）。

㊴《西湖博览会杂感》：署名"岂凡"，载《一般》第 9 卷第 1 期（1929 年 9 月 5 日出版）。

㊵《敬谢指教》：署名"岂凡"，载《一般》第 9 卷第 3 期（1929 年 11 月 5 日出版）。

㊶《交友须知》：署名"岂凡"，载《一般》第 9 卷第 3 期（1929 年 11 月 5 日出版）。

㊷《都是生意经》：署名"岂凡"，载《一般》第 9 卷第 3 期（1929 年 11 月 5 日出版）。

㊸《大减价与军乐声》：署名"岂凡"，载《一般》第 9 卷第 4 期（1929 年 12 月 5 日出版）。

㊹《礼义之邦》：署名"岂凡"，载《一般》第 9 卷第 4 期（1929 年 12 月 5 日出版）。

㊺《国字辈太不争气》：署名"岂凡"，载《一般》第 9 卷第 4 期（1929 年 12 月

5 日出版),后转载《国医评论》(上海)创刊号(1933 年 6 月 1 日出版)。

㊻《绑匪横行》：署名"岂凡",载《一般》第 9 卷第 4 期(1929 年 12 月 5 日出版)。

㊼《再会再会》：署名"岂凡",载《一般》第 9 卷第 4 期(1929 年 12 月 5 日出版)。

▲ **《新女性》**(上海)

①《马振华的自杀及世评》：署名"岂凡",载《新女性》第 3 卷第 4 期(1928 年 4 月 1 日出版)。

②《代一个人辩明》：署名"岂凡",载《新女性》第 4 卷第 3 期(1929 年 3 月 1 日出版)。

③《关于男女关系的提案》：署名"岂凡",载《新女性》第 4 卷第 4 期(1929 年 4 月 1 日出版)。

④《关于生活问题的提案》：署名"岂凡",载《新女性》第 4 卷第 4 期(1929 年 4 月 1 日出版)。

▲ **《开明》**(上海)[①]

①《论翻译》：署名"岂凡",载《开明》第 1 卷第 1 期(1928 年 7 月 10 日出版)。

②《谈创作》：署名"岂凡",载《开明》第 1 卷第 6 期(1928 年 12 月 10 日出版)。

③《讲读书》：署名"岂凡",载《开明》第 2 卷第 1 期(1929 年 7 月 10 日出版)。

④《谈诗》：萩原朔太郎(日本)原作,译者署名"岂凡",载《开明》第 2 卷第 4 期(1929 年 10 月 10 日出版)。

▲ **《小说月报》**(上海)

①《剪头发》：署名"岂凡",载《小说月报》第 20 卷第 10 期(1929 年 10 月 10 日出版)。

②《洗澡》：署名"岂凡",载《小说月报》第 20 卷第 10 期(1929 年 10 月 10

---

① 《开明》由开明书店编辑发行,章克标与开明书店老板章锡琛熟识,在开明书店出版《风凉话》《菊池宽集》等多部书籍,以版税入股成为开明书店股东,并在开明书店发行的《一般》《新女性》《中学生》等刊物上发表了大量作品。

日出版）。

▲《金屋月刊》（上海）

①《随笔：骂人①、专卖特许、宣传和广告》：署名"岂凡"，载《金屋月刊》第1卷9、10合并号（1930年6月出版）。

②《随笔：主义、无主义、有主义、奴隶、文人与娼妓》：署名"岂凡"，载《金屋月刊》第1卷第11号（1930年8月出版）。

③《随笔：文坛、中国批评家、文水比》：署名"岂凡"，载《金屋月刊》第1卷第12号（1930年9月出版）。

▲《论语》（上海）

①《五十年兴国计划说明书》：署名"岂凡"，载《论语》第1期（1932年9月16日出版）。

②《国难期间停止国庆说》：署名"岂凡"，载《论语》第3期（1932年10月16日出版）。

③《中华全国道路建筑协会十二周年纪念展览游艺大会参观记》：署名"岂凡"，载《论语》第4期（1932年11月1日出版）。

④《观市政府主办刘海粟欧游作品展览会记》：署名"岂凡"，载《论语》第5期（1932年11月16日出版）。

⑤《民国二十二年小预言》：署名"岂凡"，载《论语》第8期（1933年1月1日出版）。

⑥《渐入正轨》：署名"岂凡"，载《论语》第15期（1933年4月16日出版）。

⑦《高等华人论》：署名"岂凡"，载《论语》第16期（1933年5月1日出版）。

⑧《"五一"节七大宏愿》：署名"岂凡"，载《论语》第16期（1933年5月1日出版）。

⑨《发起救国道场意见书》：署名"岂凡"，载《论语》第18期（1933年6月1日出版）。

▲《申报·自由谈》（上海）

①《尊愚论》：署名"岂凡"，载《申报·自由谈》1932年12月27日版。

---

① 原文标题此处为"人骂"。

②《排天才》：署名"岂凡"，载《申报·自由谈》1932 年 12 月 28 日版。

③《希望真命天子降临的人们》：署名"岂凡"，载《申报·自由谈》1933 年 2 月 13 日版。

④《人民的天职》：署名"岂凡"，载《申报·自由谈》1933 年 3 月 23 日版。

⑤《欺骗》：署名"岂凡"，载《申报·自由谈》1933 年 5 月 23 日版。

⑥《胡调》：署名"岂凡"，载《申报·自由谈》1933 年 5 月 25 日版。

⑦《谈风月》：署名"岂凡"，载《申报·自由谈》1933 年 5 月 28 日版。

⑧《不要自由》：署名"岂凡"，载《申报·自由谈》1933 年 6 月 4 日版。

⑨《文人》：署名"岂凡"，载《申报·自由谈》1933 年 6 月 6 日版。

⑩《自由的爆裂》：署名"岂凡"，载《申报·自由谈》1933 年 6 月 8 日版。

⑪《歌与颂》：署名"岂凡"，载《申报·自由谈》1933 年 6 月 14 日版。

⑫《修改与制造》：署名"岂凡"，载《申报·自由谈》1933 年 6 月 16 日版。

⑬《没落者》：署名"岂凡"，载《申报·自由谈》1933 年 6 月 24 日版。

⑭《世界人》：署名"岂凡"，载《申报·自由谈》1933 年 6 月 26 日版。

⑮《文学有用论》：署名"岂凡"，载《申报·自由谈》1933 年 7 月 21 日版。

⑯《谈借债》：署名"岂凡"，载《申报·自由谈》1933 年 8 月 2 日版。

⑰《遗忘》：署名"岂凡"，载《申报·自由谈》1933 年 8 月 7 日版。

⑱《谈续》：署名"岂凡"，载《申报·自由谈》1933 年 8 月 14 日版。

⑲《从武侠小说到幽默杂文》：署名"岂凡"，载《申报·自由谈》1933 年 8 月 16 日版。

⑳《头痛医脚论》：署名"岂凡"，载《申报·自由谈》1933 年 8 月 19 日版。

㉑《天下太平书》：署名"岂凡"，载《申报·自由谈》1933 年 8 月 22 日版。

㉒《蛀虫与中国》：署名"岂凡"，载《申报·自由谈》1933 年 8 月 24 日版。

㉓《创作与史实》：署名"岂凡"，载《申报·自由谈》1933 年 8 月 28 日版。

㉔《定命论精义》：署名"岂凡"，载《申报·自由谈》1933 年 9 月 10 日版。

㉕《退一步哲学》：署名"岂凡"，载《申报·自由谈》1933 年 9 月 18 日版。

㉖《脚跟》：署名"岂凡"，载《申报·自由谈》1938 年 10 月 24 日版。

▲《十日谈》（上海）

＊《摩登不颓废》：目录署名"岂凡"，正文署名"天南"，载《十日谈》第 11 期 （1933 年 11 月 20 日出版）。

①《骂人风与吐泻》：署名"岂凡"，载《十日谈》第 1 期（1933 年 8 月 10 日

出版）。

②《吃饭问题》：署名"岂凡"，载《十日谈》第 4 期（1933 年 9 月 10 日出版）。

③《不要做的文章》：署名"岂凡"，载《十日谈》第 5 期（1933 年 9 月 20 日出版）。

④《论公开的秘密》：署名"岂凡"，载《十日谈》年第 6 期（1933 年 9 月 30 日出版）。

⑤《释人渣》：署名"岂凡"，载《十日谈》第 6 期（1933 年 9 月 30 日出版）。

⑥《运动的广告的价值》：署名"岂凡"，载《十日谈》第 8 期（1933 年 10 月 20 日出版）。

⑦《论剿匪》：署名"岂凡"，载《十日谈》第 10 期（1933 年 11 月 10 日出版）。

⑧《大晦日清算》：署名"岂凡"，载《十日谈》第 15 期（1933 年 12 月 30 日出版）。

⑨《二十二年的赌博》：署名"岂凡"，载《十日谈》1934 年新年特辑。

⑩《成年谈狗与狗运》：署名"岂凡"，载《十日谈》第 20 期（1934 年 2 月 20 日出版）。

▲ 《人言周刊》（上海）①

①《杂文的风行》：署名"岂凡"，载《人言周刊》第 1 卷第 1 期（1934 年 2 月 17 日出版）。

②《为杂文辩护》：署名"岂凡"，载《人言周刊》第 1 卷第 1 期（1934 年 2 月 17 日出版）。

③《封建残余势力之猖狂》：署名"岂凡"，载《人言周刊》第 1 卷第 10 期（1934 年 4 月 21 日出版）。

④《投机与趣味》：署名"岂凡"，载《人言周刊》第 1 卷第 38 期（1934 年 11 月 3 日出版）。

⑤《杀人》：署名"岂凡"，载《人言周刊》第 1 卷第 38 期（1934 年 11 月 3 日出版）。

⑥《大学生禁入舞场》：署名"岂凡"，载《人言周刊》第 1 卷第 39 期（1934 年 11 月 10 日出版），后转载《文化月刊》（上海）第 1 卷第 11 期（1934 年 12 月 15 日出版）。

---

① 章克标以笔名"岂凡"在《人言周刊》上发表的反动文章，本书不涉及。

⑦《祈祷和平》：署名"岂凡"，载《人言周刊》第1卷第40期(1934年11月17日出版)。

⑧《迎胡》：署名"岂凡"，载《人言周刊》第1卷第40期(1934年11月17日出版)。

⑨《史量才之死》：署名"岂凡"，载《人言周刊》第1卷第41期(1934年11月24日出版)。

⑩《游艺救灾》：署名"岂凡"，载《人言周刊》第1卷第42期(1934年12月1日出版)。

⑪《优秀学生联谊》：署名"岂凡"，载《人言周刊》第1卷第43期(1934年12月8日出版)。

⑫《冬防》：署名"岂凡"，载《人言周刊》第1卷第44期(1934年12月15日出版)。

⑬《提倡国货》：署名"岂凡"，载《人言周刊》第1卷第44期(1934年12月15日出版)。

⑭《金融破绽》：署名"岂凡"，载《人言周刊》第1卷第45期(1934年12月22日出版)。

⑮《练习杀人》：署名"岂凡"，载《人言周刊》第1卷第45期(1934年12月22日出版)。

⑯《浪人》：署名"岂凡"，载《人言周刊》第1卷第46期(1934年12月29日出版)。

⑰《古物》：署名"岂凡"，载《人言周刊》第1卷第47期(1935年1月5日出版)。

⑱《变态金融之又一表现》：署名"岂凡"，载《人言周刊》第1卷第48期(1935年1月12日出版)。

⑲《生产建设》：署名"岂凡"，载《人言周刊》第1卷第48期(1935年1月12日出版)。

⑳《十教授宣言》：署名"岂凡"，载《人言周刊》第1卷第49期(1935年1月19日出版)。

㉑《赛金花》：署名"岂凡"，载《人言周刊》第1卷第50期(1935年1月26日出版)。

㉒《改嫁与殉节》：署名"岂凡"，载《人言周刊》第2卷第3期(1935年2月16日出版)。

㉓《中学为体之复活》：署名"岂凡"，载《人言周刊》第 2 卷第 6 期（1935 年 3 月 9 日出版）。

㉔《从西捕恃强殴毙菜贩说起》：署名"岂凡"，载《人言周刊》第 2 卷第 7 期（1935 年 3 月 16 日出版）。

㉕《阮玲玉之死》：署名"岂凡"，载《人言周刊》第 2 卷第 8 期（1935 年 3 月 23 日出版）。

㉖《自杀与杀人》：署名"岂凡"，载《人言周刊》第 2 卷第 9 期（1935 年 3 月 30 日出版）。

㉗《女变男与女扮男》：署名"岂凡"，载《人言周刊》第 2 卷第 9 期（1935 年 3 月 30 日出版）。

▲《中学生》（上海）

①《消除学习上的偏宠和歧视》：署名"岂凡"，载《中学生》第 211 期（1949 年 5 月 1 日出版）。

②《和工农紧密结合》：署名"岂凡"，载《中学生》第 213 期（1949 年 7 月出版）。

③《八一节写给人民解放军》：署名"岂凡"，载《中学生》第 214 期（1949 年 8 月出版）。

在其他刊物上的署用情况

△《梅兰芳扬名海外之一考察》①：署名"岂凡"，载《文学周报》（上海）第 8 卷第 3 期（总第 353 期，1929 年 1 月 13 日出版）。

△《发光的砂砾》②：署名"岂凡"，载《新文艺》（上海）第 1 卷第 3 期（1929 年 11 月 15 日出版）。

△《自学解》③：署名"岂凡"，载《社员俱乐部》（上海）第 3 期（1933 年 2 月 20 日出版）。

△《头发有罪论》④：署名"岂凡"，载《时代漫画》（上海）第 14 期（1935 年

---

① 《文学周报》第 251 期至 350 期由章克标任股东的开明书店代理发行，且《文学周报》自第 326 期起，由郑振铎、徐调孚等 8 人主编，郑振铎与章克标熟识，徐调孚是章克标中学同学。

② 译者署名"章克标"的《杀艳》即连载《新文艺》第 1 卷第 4 期、第 5 期。

③ 《社员俱乐部》由开明中学（开明书店拟开办的中学）讲义社编印，章克标是开明书店股东，并曾为开明书店编写过数学讲义。

④ 《时代漫画》由时代图书公司出版，章克标系该公司总经理。

2月20日出版)。

　　△《春天带来的》①：署名"岂凡"，载《太白》(上海)第2卷第1期(1935年3月20日出版)。

　　△《师生合作的一个实例》②：署名"岂凡"，载《中学生活》(上海)第3期(1939年5月出版)。

　　(四)"A.B."的署用情况

　　▲《金屋月刊》(上海)

　　①《要做一篇鲁迅论的话》：署名"A.B."，连载《金屋月刊》第1卷第2期(1929年2月1日出版)、第3期(1929年3月1日出版)。

　　②《〈上元灯〉(施蛰存著,水沫书局版)》：署名"A.B."，载《金屋月刊》第1卷第6期(1929年6月出版)。

　　③《〈她的遗书〉(翟永坤著,开明书店版)》：署名"A.B."，载《金屋月刊》第1卷第6期(1929年6月出版)。

　　④《评〈失业以后〉》：署名"A.B."，载《金屋月刊》第1卷第11期(1930年8月出版)。

　　(五)"再生"的署用情况

　　▲《金屋月刊》(上海)

　　①《主观与客观》：署名"再生"，载《金屋月刊》第1卷第6期(1929年6月出版)。

　　②《音乐与美术——艺术的二大范畴》：署名"再生"，载《金屋月刊》第1卷第7期(1929年12月出版)。

　　③《浪漫主义与现实主义》：署名"再生"，载《金屋月刊》第1卷第8期(1930年4月出版)。

　　④《两种的艺术》：署名"再生"，载《金屋月刊》第1卷9、10合并号(1930年6月出版)。

　　⑤《抽象观念与具象观念》：署名"再生"，载《金屋月刊》第1卷9、10合并号(1930年6月出版)，后署名"克标"转载《华南公论》(广州)第2卷第4期(1940

----

　　①　《太白》编委中的郑振铎、徐调孚、郁达夫等人均与章克标熟识。
　　②　署名"章克标"的《算学难题篇》亦载《中学生活》第3期。

年 4 月 1 日出版)。

⑥《表现与观照》：署名"再生"，载《金屋月刊》第 1 卷第 11 期(1930 年 8 月出版)。

⑦《感情与知性》：署名"再生"，载《金屋月刊》第 1 卷第 12 期(1930 年 9 月出版)。

⑧《诗的本质》：署名"再生"，载《金屋月刊》第 1 卷第 12 期(1930 年 9 月出版)。

(六)"章建之"①的署用情况

△《沪案发生后对于上海贸易之影响》：署名"章建之"，载《国际贸易导报》(上海)第 4 卷第 2 期(1932 年 7 月 1 日出版)。

△《说读书》：署名"章建之"，载《新学生》(上海)第 4 卷第 1 期(1944 年 1 月 1 日出版)。

△《夜生活》：署名"章建之"，载《太平洋周报》(上海)第 1 卷第 99、100 期合刊号(1944 年 3 月 6 日出版)。

(七)"杨天南"的署用情况

▲《十日谈》(上海)

①《论中国电影之前途》：署名"杨天南"，载《十日谈》第 6 期(1933 年 9 月 30 日出版)。

②《摩登无罪论》：署名"杨天南"，载《十日谈》第 7 期(1933 年 10 月 10 日出版)。

③《二十二年的出版界》：署名"杨天南"，载《十日谈》1934 年新年特辑。

④《言论自由与文化统制》：署名"杨天南"，载《十日谈》第 18 期(1934 年 1 月 30 日出版)。

⑤《电影界的当前问题》：署名"杨天南"，载《十日谈》第 20 期(1934 年 2 月 20 日出版)。

▲《人言周刊》(上海)

①《精神病患者》：署名"杨天南"，载《人言周刊》第 1 卷第 6 期(1934 年 3 月

───────────

① 章克标任伪职期间，还曾以笔名"章建之"在《译丛月刊》(南京)、《大亚洲主义与东亚联盟》(南京)、《双堤》(杭州)等刊物上发表过反动文章，本书不涉及。

24 日出版)。

②《佛法与和尚》：署名"杨天南"，载《人言周刊》第 1 卷第 17 期(1934 年 6 月 9 日出版)。

在其他刊物上的署用情况

△《初春杂掇》：署名"杨天南"，载《自由谭》(上海)第 1 卷第 7 期(1939 年 3 月 1 日出版)

(八)"天南"的署用情况

▲《十日谈》(上海)

①《九小岛实况》：署名"天南"，载《十日谈》第 7 期(1933 年 10 月 10 日出版)。

②《摩登救国论》：署名"天南"，载《十日谈》第 9 期(1933 年 10 月 30 日出版)。

③《凌霄壮志》：署名"天南"，载《十日谈》第 15 期(1933 年 12 月 30 日出版)。

④《编辑杂记》：署名"天南"，载《十日谈》1934 年新年特辑。

⑤《离心运动之展扩》：署名"天南"，载《十日谈》第 19 期(1934 年 2 月 10 日出版)。

⑥《个人与群众》：署名"天南"，载《十日谈》第 21 期(1934 年 2 月 28 日出版)。

⑦《人民的权利》：署名"天南"，载《十日谈》第 22 期(1934 年 3 月 10 日出版)。

(九)"井上"的署用情况

△《谈监狱》：鲁迅原作(日文，载日本杂志《改造》1934 年第 16 卷第 4 期)，译者署名"井上"，载《人言周刊》(上海)第 1 卷第 3 期(1934 年 3 月 3 日出版)。

(十)"秋山"的署用情况

△《芦湖新绿》[①]：署名"秋山"，载《新命》(南京)第 2 卷第 2 期(1940 年 6 月

---

① 《新命》是由伪南京新报社出版发行的反动刊物,此时章克标正担任《南京新报》主笔,且《新命》第 2 卷第 7、8 期合刊号上载有章克标的《像在镜面上打滚》《我喝了一点儿酒》两篇文章(均署名"章明显")。

20 日出版)。

（十一）"章明显"的署用情况

▲**《新命》**(南京)

①《像在镜面上打滚》：署名"章明显"，载《新命》第 2 卷第 7、8 期合刊号（1940 年 12 月 20 日出版）。

②《我喝了一点儿酒》：署名"章明显"，载《新命》第 2 卷第 7、8 期合刊号（1940 年 12 月 20 日出版）。

（十二）"许竹园"①的署用情况

▲**《译丛月刊》**(南京)

①《生命的初夜》(小说)：北条民雄（日本）原作，译者署名"许竹园"，连载《译丛月刊》第 1 卷第 1 期（1941 年 2 月 25 日出版）、第 2 期（1941 年 3 月 25 日出版）。

②《风车》(小说)：壶井荣（日本）原作，译者署名"许竹园"，连载《译丛月刊》第 1 卷第 3 期（1941 年 4 月 25 日出版）、第 4 期（1941 年 5 月 25 日出版）。

③《秘色》(小说)：横光利一（日本）原作，译者署名"许竹园"，载《译丛月刊》第 1 卷第 5 期（1941 年 6 月 25 日出版）。

④《不开的门》(小说)：丹羽文雄（日本）原作，译者署名"许竹园"，载《译丛月刊》第 1 卷第 6 期（1941 年 7 月 25 日出版），后转载《太平》（上海）第 2 卷第 6 期（1943 年 2 月出版）。

⑤《日丽天和》(小说)：宇野浩二（日本）原作，译者署名"许竹园"，载《译丛月刊》第 2 卷第 1 期（1941 年 8 月 25 日出版）。

⑥《鸽》(小说)：窪川稻子（日本）原作，译者署名"许竹园"，载《译丛月刊》第 2 卷第 2 期（1941 年 9 月 25 日出版），后转载《太平》（上海）第 2 卷第 7、8 期合并号（1943 年 4 月出版）。

⑦《大学生》(小说)：林芙美子（日本）原作，译者署名"许竹园"，载《译丛月刊》第 2 卷第 3 期（1941 年 10 月 25 日出版），后转载《太平》（上海）第 1 卷第 5 期（1943 年 1 月 28 日出版）。

---

① 章克标任伪职期间，还曾以笔名"许竹园"在《国际周报》（香港）、《国际两周报》（上海）、《译丛月刊》（南京）、《大亚洲主义与东亚联盟》（南京）、《新命》（南京）等刊物上发表过反动文章，本书不涉及。

⑧《在山峡里》(小说)：火野苇平(日本)原作,译者署名"许竹园",载《译丛月刊》第2卷第4期(1941年11月25日出版)。

⑨《枯木》(小说)：舟桥圣一(日本)原作,译者署名"许竹园",载《译丛月刊》第2卷第5期(1941年12月25日出版)。

⑩《蟋蟀》(小说)：太宰治(日本)原作,译者署名"许竹园",载《译丛月刊》第3卷第1期(1942年1月25日出版),后转载《太平》(上海)第2卷第7、8期合并号(1943年4月出版)。

⑪《冬初》(小说)：芹泽光治良(日本)原作,译者署名"许竹园",载《译丛月刊》第3卷第2期(1942年2月25日出版)。

⑫《冬街》(小说)：上田广(日本)原作,译者署名"许竹园",载《译丛月刊》第3卷第3期(1942年3月25日出版)。

⑬《幸运儿》(小说)：荒木巍(日本)原作,译者署名"许竹园",载《译丛月刊》第3卷第4期(1942年4月25日出版)。

⑭《往海洋去》(小说)：叶山嘉树(日本)原作,译者署名"许竹园",载《译丛月刊》第3卷第5期(1942年5月25日出版)。

⑮《解冰期》(小说)：大泷重直原作,译者署名"许竹园",载《译丛月刊》第3卷第6期(1942年6月25日出版)。

⑯《某女的事》(小说)：大谷藤子(日本)原作,译者署名"许竹园",载《译丛月刊》第4卷第1期(1942年7月25日出版)。

⑰《间木老人》(小说)：北条民雄(日本)原作,译者署名"许竹园",载《译丛月刊》第4卷第2期(1942年8月25日出版)。

⑱《业苦》(小说)：嘉树矶多(日本)原作,译者署名"许竹园",载《译丛月刊》第4卷第3期(1942年9月25日出版)。

⑲《山师》(小说)：中山义秀(日本)原作,译者署名"许竹园",连载《译丛月刊》第4卷第4期(1942年10月25日出版)、第5期(1942年11月25日出版)。

⑳《花种种》(小说)：高见顺(日本)原作,译者署名"许竹园",载《译丛月刊》第4卷第6期(1942年12月25日出版)。

㉑《竹夫人》(小说)：井上友一郎(日本)原作,译者署名"许竹园",载《译丛月刊》第5卷第1期(1943年1月25日出版)。

㉒《雨期》(小说)：上田广(日本)原作,译者署名"许竹园",载《译丛月刊》第5卷第2期(1943年2月25日出版)。

㉓《归来独白》(小说):高见顺(日本)原作,译者署名"许竹园",载《译丛月刊》第 5 卷第 3、4 期合并号(1943 年 4 月 25 日出版)。

㉔《春之记录》(小说):芹泽光治良(日本)原作,译者署名"许竹园",载《译丛月刊》第 5 卷第 5 期(1943 年 5 月 25 日出版)。

▲ 《作家月刊》(南京)

①《西方的书籍爱好者》:署名"许竹园",载《作家月刊》第 1 卷第 1 期(1941 年 4 月出版)。

②《印刷和铅字》:署名"许竹园",载《作家月刊》第 1 卷第 2 期(1941 年 7 月出版)。

③《装帧杂话》:署名"许竹园",载《作家月刊》第 2 卷第 1 期(1942 年 1 月出版)。

④《我的朋友三曲之》:署名"许竹园",载《作家月刊》第 2 卷第 3 期(1942 年 3 月出版)。

⑤《临时日记》:署名"许竹园",载《作家月刊》第 2 卷第 6 期(1942 年 7 月出版)。

⑥《秋月扬明晖》:署名"许竹园",载《作家月刊》第 3 卷第 2 期(1942 年 9 月出版)。

▲ 《大亚洲主义与东亚联盟》(南京)

①《安南》(小说):森三千代(日本)原作,译者署名"许竹园",载《大亚洲主义与东亚联盟》第 1 卷第 1 期(1942 年 7 月 1 日出版)。

②《地热(巴唐战记)》(小说):上田广(日本)原作,译者署名"许竹园",连载《大亚洲主义与东亚联盟》第 1 卷第 2 期(1942 年 8 月 1 日出版)、第 3 期(1942 年 9 月 1 日出版)、第 4 期(1942 年 10 月 1 日出版)、第 6 期(1942 年 12 月 1 日出版)。

其他署用情况

△《木石》(小说):舟桥圣一(日本)原作,译者署名"许竹园",载《新东方杂志》(南京)第 7 卷第 1 期(1943 年 1 月 1 日出版)。

●《北条民雄小说集——癫院受胎及其他五篇》:北条民雄(日本)原著,译者署名"许竹园",上海:太平书局,1942 年 11 月出版。

（十三）"路鹊子"的署用情况

△《晨》（小说）：署名"路鹊子"，载《作家月刊》（南京）第 1 卷第 6 期（1941 年 12 月 1 日出版）。

△《梅花鹊》（小说）：署名"路鹊子"，载《长江画刊》（汉口）第 4 期（1942 年 4 月出版）。

（十四）"路鹊"的署用情况

▲《作家月刊》（南京）

①《天地无用》：署名"路鹊"，载《作家月刊》第 2 卷第 5 期（1942 年 6 月出版）。

②《短简抄》：署名"路鹊"，载《作家月刊》第 3 卷第 1 期（1942 年 8 月出版）。

▲《太平洋周报》（上海）

①《天地无用》：署名"路鹊"，载《太平洋周报》第 1 卷第 27 期（1942 年 7 月 15 日出版）。

②《白鹭洲之秋》：署名"路鹊"，连载《太平洋周报》第 1 卷第 38 期（1942 年 10 月 8 日出版）、第 39 期（1942 年 10 月 15 日出版）。

▲《一般》（1944，上海）

①《三三杂记：春秋、物价、走单帮的、写杂记》：署名"路鹊"，载《一般》创刊号（1944 年 2 月 1 日出版）。

②《三三杂记》：署名"路鹊"，载《一般》第 1 卷第 2 期（1944 年 3 月 15 日出版）。

在其他刊物上的署用情况

△《白鹭洲茶余》：署名"路鹊"，载《女声》（上海）第 1 卷第 2 期（1942 年 6 月 15 日出版）。

△《女人是一切》：署名"路鹊"，载《华文大阪每日》（上海）第 8 卷第 12 期（1942 年 6 月 15 日出版）。

△《生活》：署名"路鹊"，载《华文每日》（上海）第 9 卷第 11 期（1943 年 12 月

1 日出版）。

　　△《孤山探梅记》：署名"路鹊"，载《新东方杂志》（上海）第 9 卷第 2 期（1944
年 2 月 15 日出版）。

（十五）"李之谟"的署用情况

▲《论语》（上海）

　　①《读史漫笔：打油诗前辈、明皇之爱、石子饯行、别墅的下场》：署名"李之
谟"，载《论语》第 121 期（1947 年 1 月 16 日出版）。

　　②《读史漫笔：罪与赦、自得自失》：署名"李之谟"，载《论语》第 123 期
（1947 年 2 月 16 日出版）。

　　③《读史漫笔：女子所爱、以哭成名、骂人文章》：署名"李之谟"，载《论语》
第 124 期（1947 年 3 月 1 日出版）。

　　④《矛盾的癖好》：署名"李之谟"，载《论语》第 125 期（1947 年 3 月 16 日
出版）。

　　⑤《说老实话》：署名"李之谟"，载《论语》第 126 期（1947 年 4 月 1 日
出版）。

　　⑥《清明篇》：署名"李之谟"，载《论语》第 127 期（1947 年 4 月 16 日
出版）。

　　⑦《有趣原理发端》：署名"李之谟"，载《论语》第 128 期（1947 年 5 月 1 日
出版）。

　　⑧《乡村胜利风景》：署名"李之谟"，载《论语》第 129 期（1947 年 5 月 16 日
出版）。

　　⑨《惧内之益》：署名"李之谟"，载《论语》第 130 期（1947 年 6 月 1 日
出版）。

　　⑩《闲话端午》：署名"李之谟"，载《论语》第 131 期（1947 年 6 月 16 日
出版）。

　　⑪《吃汇》：署名"李之谟"，载《论语》第 132 期（1947 年 7 月 1 日出版）。

　　⑫《有鬼论》：署名"李之谟"，载《论语》第 134 期（1947 年 8 月 1 日出版）。

　　⑬《热话》：署名"李之谟"，载《论语》第 135 期（1947 年 8 月 16 日出版）。

　　⑭《半家言：贪污可风、是有天理》：署名"李之谟"，载《论语》第 139 期
（1947 年 10 月 16 日出版）。

　　⑮《芝麻半家言：中国进步了、甲人治甲》：署名"李之谟"，载《论语》第 140

期(1947 年 11 月 1 日出版)。

⑯《病杂碎》：署名"李之谟"，载《论语》第 141 期(1947 年 11 月 16 日出版)。

⑰《芝麻半家言：民主之害、卖官鬻爵》：署名"李之谟"，载《论语》第 142 期(1947 年 12 月 1 日出版)。

⑱《岁首小愿》：署名"李之谟"，载《论语》第 144 期(1948 年 1 月 1 日出版)。

⑲《芝麻半家言：不要钞票、人心思乱》：署名"李之谟"，载《论语》第 145 期(1948 年 1 月 16 日出版)。

⑳《浙赣乘车记》：署名"李之谟"，载《论语》第 146 期(1948 年 2 月 1 日出版)。

㉑《芝麻半家言：是何征兆、选举良法》：署名"李之谟"，载《论语》第 148 期(1948 年 3 月 1 日出版)。

㉒《芝麻半家言：民主真谛》：署名"李之谟"，载《论语》第 149 期(1948 年 3 月 16 日出版)。

㉓《新通货策》：署名"李之谟"，载《论语》第 150 期(1948 年 4 月 1 日出版)。

㉔《芝麻半家言：天下本无事》：署名"李之谟"，载《论语》第 151 期(1948 年 4 月 16 日出版)。

㉕《芝麻半家言：是非黑白、路遥知马力、花与实、价值、运命、功罪》：署名"李之谟"，载《论语》第 152 期(1948 年 5 月 1 日出版)。

㉖《芝麻半家言：正理、孝道、诚实的消失、穷而后工》：署名"李之谟"，载《论语》第 153 期(1948 年 5 月 16 日出版)。

㉗《各人各说》：署名"李之谟"，载《论语》第 154 期(1948 年 6 月 1 日出版)。

㉘《睡品》：署名"李之谟"，载《论语》第 155 期(1948 年 6 月 16 日出版)。

㉙《芝麻半家言：改用美钞为通货、忽然想到联省自治》：署名"李之谟"，载《论语》第 158 期(1948 年 8 月 1 日出版)。

㉚《北投草山记》：署名"李之谟"，载《论语》第 164 期(1948 年 11 月 1 日出版)。

㉛《大家有饭吃及其他》(附《吃饭余谈》)：署名"李之谟"，载《论语》第 165 期(1948 年 11 月 16 日出版)。

㉜《补缀篇》：署名"李之谟"，载《论语》第 166 期(1948 年 12 月 1 日出版)。

㉝《谈牛篇》：署名"李之谟"，载《论语》第 168 期(1949 年 1 月 1 日出版)。

㉞《谈牛篇(下)》：署名"李之谟"，载《论语》第 169 期(1949 年 1 月 16 日出版)。

㉟《庖厨篇》：署名"李之谟"，载《论语》第 172 期(1949 年 3 月 1 日出版)。

㊱《烟雾尘天》：署名"李之谟"，载《论语》第 175 期(1949 年 4 月 16 日出版)。

㊲《春》：署名"李之谟"，载《论语》第 176 期(1949 年 5 月 1 日出版)。

(十六)"杨恺"的署用情况

△《夷山野志》(小说)：署名"杨恺"，分 39 回连载《论语》(上海)136 期(1947 年 9 月 1 日出版)至 177 期(1949 年 5 月 16 日出版)上(141 期、155 期、173 期上未刊载)。

△《翠绿色的死(顾伯安碧潭升仙记)》[①](小说)：署名"杨恺"，载《台湾春秋》(台北)第 2 期(出版日期不详，第 1 期出版于 1948 年 9 月 12 日，第 3 期出版于 1948 年 12 月 9 日)。

(十七)"章恺""钱家标""孙煌"的署用情况

●《铁流》(通俗本苏联文学丛书)：绥拉菲摩维支(苏联)原著，改写者署名"章恺"，北京：开明书店，1951 年 1 月初版，1951 年 6 月再版，1952 年 5 月三版。

●《考验》(通俗本苏联文学丛书)：毕尔文采夫(苏联)原著，改写者署名"钱家标"，北京：开明书店，1951 年 1 月初版。

●《垦荒》(通俗本苏联文学丛书)：萧洛霍夫(苏联)原著，改写者署名"孙煌"，北京：开明书店，1951 年 1 月初版。

(十八)"开西"的署用情况

○《夏目漱石选集　第 2 卷》(与丰子恺合译，北京：人民文学出版社，1958 年 6 月初版，1959 年 9 月再版)：收署名"开西"的《哥儿》，与《夏目漱石集》(开明书店 1932 年 7 月初版)所收《哥儿》文体不同。

●《哥儿》(文学小丛书)：夏目漱石(日本)原作，译者署名"开西"，北京：人

---

① 章克标在《世纪挥手》(第 258 页)中提到其曾在《台湾春秋》上发表过一篇短篇小说。

民文学出版社,1959 年 12 月出版,与《夏目漱石选集 第 2 卷》所收内容相同。

（十九）其他笔名的署用情况及存疑作品 1 篇

"竹园""建之""竹田"用于章克标任伪职期间发表的反动文章,其中,"竹园"用于 1940 年在《新命》(南京)、《新世纪》(上海)等刊物上发表的文章;"建之"用于 1941—1942 年在《国际周报》(香港)、《国际两周报》(上海)、《译丛月刊》(南京)等刊物上发表的文章;"竹田"用于 1942 年在《大亚洲主义与东亚联盟》(南京)上发表的文章。笔者暂未发现可以确定系章克标以"K.C.""火石"署名发表的文章,亦未发现署名"豆平"的文章。"辛古木"为章克标八九十年代所用笔名。

《中学生》(上海)第 212 期(1949 年 6 月出版)上载有《凭学习改造自己》一文,目录署名"岂凡",正文末署名"思玄"。

关于"思玄",笔者通过"读秀数据库"和"全国报刊索引数据库"检索发现其于 1939 年至 1951 年间在《中学生》《开明少年》(上海)等刊物上发表了大量历史学、教育学及国际政治方面的文章,如《可宝贵的历史教训》(《中学生(战时半月刊)》第 6 期,1939 年 7 月 26 日出版)、《波兰的故事》(《开明少年》第 20 期,1947 年 2 月 16 日出版)、《从国定本教科书说起》(《中学生》第 185 期,1947 年 3 月 1 日出版)、《政治学习和文化学习》(《中学生》第 231 期,1951 年 1 月 1 日出版)、《战犯的审判》(《开明少年》第 17 期,1946 年 11 月 16 日出版)、《油和血——中东的石油战》(《开明少年》第 44 期,1949 年 2 月 16 日出版)等。

同一时期,另有"覃思玄",亦在《中学生》等期刊上发表有《科学的历史观》(《青年生活(1941)》第 4 卷第 3 期,1943 年 10 出版)、《历史科的教与学》(《中学生(战时半月刊)》第 47、48 期合刊号,1941 年 8 月 20 日出版)、《中苏友好同盟条约的剖视》(《中学生》第 92 期,1945 年 10 月出版)等文章,题材涉及历史学、教育学及国际政治,与"思玄"一致,故"覃思玄"与"思玄"应为同一人。

据《历史科的教与学》(《中学生(战时半月刊)》第 47、48 期合刊号,1941 年 8 月 20 日出版)正文末的编者识,可知作者"覃思玄"是一位有丰富教学经验的历史教师,与章克标经历不符,故"思玄"应另有其人,而非章克标。刊载《中学生》上的《凭学习改造自己》一文,目录署名"岂凡",正文末署名"思玄",无法确定作者是章克标还是"覃思玄"。

　　"章克标"的署用时间①为 1923—1945 年②,多用于在《东方杂志》《小说月报》《一般》(1926)、《金屋月刊》《论语》《十日谈》《人言周刊》《自由谭》等刊物上发表的作品及其出版的书籍。"张望"署用时间为 1927—1928 年,仅用于发表在《一般》(1926)上的《九呼》《致某某》和《葛都良的肖像画》3 篇作品。"岂凡"的署用时间为 1928—1949 年,多用于在《一般》(1926)、《论语》《申报·自由谈》《十日谈》《人言周刊》等刊物上发表的作品。"A.B."的署用时间为 1929—1930 年,用于发表在《金屋月刊》上的 4 篇作品。"再生"的署用时间为 1929—1930 年,用于发表在《金屋月刊》上的 8 篇作品。"章建之"的署用时间为 1932—1944 年,用于发表在《国际贸易导报》《新学生》《太平洋周报》等刊物上的文章以及发表在《译丛月刊》《大亚洲主义与东亚联盟》《双堤》等刊物上的反动文章。"杨天南"的署用时间为 1933—1939 年,用于发表在《十日谈》《人言周刊》及《自由谭》等刊物上的作品。"天南"的署用时间为 1933—1934 年,仅用于发表在《十日谈》上的 7 篇作品。"井上"仅在 1934 年出版的《人言周刊》第 1 卷第 3 期上发表《谈监狱》一文时署用过一次。"秋山"仅在 1940 年出版的《新命》第 2 卷第 2 期上发表《芦湖新绿》一文时署用过。"章明显"仅用于 1940 年发表在《新命》上的两篇作品。"许竹园"的署用时间为 1940—1943 年,多用于发表在《译丛月刊》《作家月刊》等刊物上的文学作品、发表在《国际周报》《国际两周报》《新命》等刊物上的反动文章以及 1942 年由太平书局出版的《北条民雄小说集——癫院受胎及其他五篇》一书的译者署名。"路鹊子"的署用时间为 1941—1942 年,仅用于发表在《作家月刊》和《长江画刊》上的两篇作品。"路鹊"的署用时间为 1942—1944 年,用于在《作家月刊》《太平洋周报》及《一般》(1944)等刊物上发表的作品。"李之谟"的署用时间为 1947—1949 年,用于在《论语》上发表的 30 余篇作品。"杨恺"的署用时间为 1947—1948 年,用于在《论语》和《台湾春秋》上发表的两篇作品。"章恺"仅用于 1951 年由北京开明书店出版的《铁流》及其再版和三版的改写者署名。"钱家标"仅用于 1951 年由北京开明书店出版的《考验》的改写者署名。"孙煌"仅用于 1951 年由北京开明书店出版的《垦荒》的改写者署名。"开西"仅用于 1958 年人民文学出版社出版的《夏目漱石选集　第 2 卷》中收录的《哥儿》的译者署名以及 1959 年该社出版的单行本《哥儿》的译者署名。

　　"竹园""建之"和"竹田"用于章克标任伪职期间发表在《新命》《国际周报》

①　署用时间系据目前已确定作品推定的大致时间。
②　此处为早期的署用情况,晚期从 1985 年开始重新使用"章克标"署名。

《国际两周报》《大亚洲主义与东亚联盟》等刊物上的反动文章。可以确定系章克标以"K.C.""火石""豆平"署名发表的文章暂未发现。"辛古木"为章克标晚期所用笔名。

第三章
章克标早期作品的收录情况

一、章克标出版的书籍

章克标出版的书籍(不含文学作品以外的书籍,如辞典、数学类①书籍等)可作如下梳理。

(一)小说类

1.《银蛇》,上海:金屋书店,1929年1月出版。

2.《恋爱四象》(上海:金屋书店,1929年8月出版):收《恋爱四象》《致某某》《九呼》《秋心》《双十节》《结婚的当夜》《文明结合的牺牲者》《恶戏》《夜半之叹声》《花环》《天报应》《一顶帽子》12篇小说和章克标作的《序》。

3.《一个人的结婚》,上海:芳草书店,1929年9月出版。

4.《蜃楼》(上海:金屋书店,1930年3月15日出版):收《变曲点》《涡旋》《一夜》《做不成的小说》《蜃楼》5篇小说和章克标作的《代序》。

5.《银蛇》(上海:华东师范大学出版社,1993年12月出版):收《银蛇》《变曲点》《做不成的小说》《蜃楼》4篇小说和《蜃楼代序》《女人》《革命与恋爱》《恋爱与读书》4篇散文。

6.《一个人的结婚》(广州:广州花城出版社,1996年3月出版):收《银蛇》和《一个人的结婚》。

7.《银蛇》(哈尔滨:黑龙江人民出版社、北方文艺出版社联合出版,1998年3月出版):收《恋爱四象》《九呼》《秋心》《文明结合的牺牲者》《夜半之叹声》《花环》《天报应》《一顶帽子》《银蛇》《变曲点》《涡旋》《一夜》《做不成的小说》《蜃楼》14篇小说。

---

① 章克标在日本东京高等师范学校留学期间,攻读的是数学科,回国后曾在多所学校从事过数学教学工作,也发表过数学方面的文章,并出版过数学方面的著作。

（二）散文类

1.《风凉话》（上海：开明书店，1929 年 8 月初版，1930 年 5 月再版）：收《卷头言》《序言》（刘薰宇作）、《自序》《风凉话》（《拜金主义》《汽车赞颂》《革新的中国》《排斥国货》《赞成禁烟公卖》《当今顶出风头的人》《拥护丐业》《解决失业问题一策》《茶馆》《娼妓赞颂》《老酒》《香烟》《女人》《人生四乐》，总杂文 14 篇）、《一般的话》（《标语》《文学与发财》《发财与革命》《革命与恋爱》《恋爱与读书》《读书与做官》《做官与文学》《认识了时代》《奢侈的中国人》《寺院与孔庙》《书店流行的一观察》《再认识这个时代》《奉劝穷人毋须读书》，总杂文 13 篇）、《附录》（《友谊和辩难》《谈现下学风及其他》，总杂文 2 篇）。

2.《文学入门》（与方光焘共同编撰，上海：开明书店，1930 年 6 月初版，1931 年 7 月再版，1933 年 7 月三版）：收《古典主义与浪漫主义》《自然主义与写实主义》《象征主义》《"为人生的艺术"与"为艺术的艺术"》《"世纪末"的思想》《易卜生与近代剧》《自然主义系统的戏曲家》《梅特林克与新浪漫的戏曲家》《近代的小说家》《近代诗的倾向》《普洛来太利亚文学》《革命俄罗斯的文学》共 12 篇文论，另收方光焘的文论 8 篇。再版以后删除《普洛来太利亚文学》《革命俄罗斯的文学》两篇。

3.《文坛登龙术》[上海：绿杨堂（章克标自费出版时虚构的出版社），1933 年 5 月出版，有合卷本和分卷（上下册）本两种]：为专题性系列杂文，内收《解题》《绪言》（杂文 8 篇）、9 个章节（杂文 54 篇）、《后记》。

4.《文坛登龙术》（哈尔滨：黑龙江教育出版社，1988 年 12 月出版）：正文后附鲁迅的《登龙术拾遗》。

5.《文坛登龙术》（成都：四川文艺出版社，1999 年 7 月出版）：正文后附章克标的《〈文坛登龙术〉徒然草》及《给本书责任编辑的信》、鲁迅的《登龙术拾遗》、龚明德的《试读鲁迅〈登龙术拾遗〉》。

（三）翻译类

1.《爱欲》，武者小路实笃原著，上海：金屋书店，1928 年 4 月出版。

2.《水上》（莫泊桑原著，上海：开明书店，1928 年 5 月初版，1930 年 8 月再版）：内收章克标作的《序》。

3.《菊池宽集》（上海：开明书店，1929 年 5 月出版）：收《藤十郎之恋》《若杉裁判长》《投水救助业》《羽衣》《岛原心中》5 部小说和《公论》《贞操》《恋爱病患者》《兄的场合》4部剧本,卷首有译者《卷头言》,其中包括菊池宽的《文艺作品内容的价值》和《艺术本体无阶级》两篇评论的译文。

4.《谷崎润一郎集》(上海:开明书店,1929年11月出版):收章克标译的《刺青》《麒麟》《恶魔》《续恶魔》《二沙弥》和夏衍译的《富美子的脚》,以及章克标作的《序》。

5.《杀艳》(谷崎润一郎原著,上海:水沫书店,1930年3月出版):收《杀艳》和《萝洞先生》。

6.《夏目漱石集》(上海:开明书店,1932年7月出版):收小说《哥儿》和《伦敦塔》《鸡头序》两篇散文,以及章克标作的《关于夏目漱石》。

7.《日本戏曲集》(上海:中华书局,1934年9月出版):收《同志》(山本有三原著)、《星亨》(中村吉藏原著)、《阿武隈心中》(久米正雄原著)、《短夜》(久保田万太郎原著)、《修禅寺物语》(岗本绮堂原著)、《第一的世界》(小山内薰原著)6部剧本。

8.《人面疮》(上海:三通书局,1941年):笔者未见书,据北京图书馆编《民国时期总书目(1911—1949):外国文学》(北京:书目文献出版社,1987年4月出版)

9.《富美子的脚》(上海:三通书局,1941年1月出版):收《富美子的脚》和《二沙弥》。

10.《恶魔》(上海:三通书局,1941年1月出版):收章克标译的《恶魔》(谷崎润一郎原著)和高汝鸿译的《现眼的虱子》(横光利一原著)。

11.《北条民雄小说集——癫院受胎及其他五篇》(署名"许竹园",上海:太平书局,1942年11月出版):收北条民雄的《生命的初夜》《间木老人》《癫院受胎》《癫家族》《癫院杂记》《续癫院杂记》6篇作品,另有川端康成的《后记》及其编写的《北条民雄年表》、光冈良二的《北条民雄的人及生活》、东条耿一的《临终记》、于泉信夫的《整理遗稿》。

12.《现代日本小说选集》(上海:太平书局,1943年8月出版):收《秘色》(横光利一原著)、《不开的门》(丹羽文雄原著)、《往海洋去》(叶山嘉树原著)、《山师》(中山义秀原著)、《大学生》(林芙美子原著)、《在山峡里》(火野苇平原著)、《枯木》(舟桥圣一原著)、《解冰期》(大泷重直原著)、《风车》(壶井荣原著)、《幸运儿》(荒木巍原著)、《鸽》(窪川稻子原著)、《蟋蟀》(太宰治原著)、《冬初》(芹泽光治良原著)、《日丽天和》(宇野浩二原著)、《冬街》(上田广原著)15篇小说。

13.《现代日本小说选集第二集》(上海:太平书局,1944年4月出版):收

《安南》(森三千代原著)、《地热》(上田广原著)、《雨期》(上田广原著)、《归来独白》(高见顺原著)、《花种种》(高见顺原著)、《春之记录》(芹泽光治良原著)、《竹夫人》(井上友一郎原著)、《某女的事》(大谷藤子原著)、《木石》(舟桥圣一原著)、《业苦》(嘉村矶多原著)10篇小说。

(四)文集

《章克标文集(上下)》(上海:上海社会科学院出版社,2003年1月出版):上册收章克标的《序言》、小说《夜半的叹声》《恶戏》《变曲点》《文明结合的牺牲者》《结婚的当夜》《秋心》《九呼》《致某某》《银蛇》《涡旋》《做不成的小说》《蜃楼》12篇和杂文集《风凉话》《文坛登龙术》(正文后附章克标的《〈文坛登龙术〉的经历》)、《从○开始》(包括《雷峰塔坍倒目击记》《稿酬》《出版难》《知识产权》《素食赞》《父债子还》《老了》《二诗人百年祭》《人生百岁我亦来》《窗外一朵月季》《我与幸福》《翻译难》《白寿》《谈虎色变》《人尽可百》《从○开始》,20世纪80年代以后作的散文16篇);下册收《世纪挥手》和《文苑杂忆》(内容均选自《文苑草木》)以及陈福康、蒋山青的《编选后记》。

章克标另作有《文苑草木》《世纪挥手》《九十自述》3种,其内容均为后期所作的回忆文章,此处不涉及。

二、收录有章克标作品的书籍

截至目前(2021年1月),他人编著的收录有章克标作品的书籍如下:

1. 贺玉波编《郁达夫论》(上海:光华书局,1932年6月出版):收《尊题拜借》(《蜃楼代序》的一部分)。

2. 中学生社编《中学毕业前后》(上海:开明书店,1935年6月出版):收《我的中学生时代》。

3. 唐宗辉编《分类小品文选》(上海:仿古书店,初版年月不详,编者自序作于1935年10月30日,1936年2月再版):收《新年琐话》。

4. 王君编《幽默小品文选读》(上海:大光明书局,1935年1月初版[①],1936

---

① 笔者未见初版原书,据罗执廷著《民国社会场域中的新文学选本活动》,山东文艺出版社,2015,第129页。

年1月三版）：收《新年琐话》。

5. 郁达夫选编《论语文选　第二集》（上海：上海时代图书公司，1936年9月初版，1949年1月再版）：收《观市政府主办刘海粟欧游作品展览会记》。

6.《幽默文选》[①]（上海：大夏书店，编者、出版年月不详）：收《国难期间停止国庆说》《民国二十二年小预言》。

7. 徐志摩等著《随笔文选》（现代文艺丛书，沈阳：文艺书局，1939年6月出版）：收《身边杂事：春暮、两个Theam》。

8. 施落英编《少年的悲哀》（上海：启明书局，1941年7月出版）：收译文《羽衣》。

9. 力行文学研究社编《学生时代》（上海：力行文学研究社，1941年8月出版）：收《我的中学生时代》。

10. 王者编《学生时代》（沈阳：文艺书局，1942年8月出版）：收《我的中学生时代》。

11. 叶永烈编《中国科学小品选　1934—1949》（天津：天津科学技术出版社，1984年7月出版）：收《数码原始》。

12. 郑振铎编《小说月报　第20卷　10—12号》（北京：书目文献出版社，1984年10月出版）：收《剪头发》《洗澡》。

13. 上海文艺出版社编《中国新文学大系　1927—1937　第12集　杂文集》（上海：上海文艺出版社，1985年5月出版）：收《谈风月》《遗忘》《蛀虫与中国》《退一步哲学》。

14. 陈绍伟编《中国新诗集序跋选　1918—1949》（长沙：湖南文艺出版社，1986年5月出版）：收《钱君匋著〈水晶座〉序（四）》。

15. 唐弢主编、陈子善、王锡荣编选《〈申报·自由谈〉杂文选　1932—1935》（上海：上海文艺出版社，1987年3月出版）：收《排天才》《谈风月》《遗忘》。

16. 史若平编《成仿吾研究资料》（中国现代作家作品研究资料丛书，长沙：湖南文艺出版社，1988年3月初版，2011年4月，又作为中国文学史资料全编现代卷丛书之一由北京知识产权出版社再版）：收《所谓批评者——为评〈创造〉创

---

①　据罗执廷著《民国社会场域中的新文学选本活动》第127页，此书是以上海龙虎书店版《现代幽默文选》（方朔编，1936年5月出版）为母本的盗版，但龙虎书店版《现代幽默文选》中未收章克标的作品。《民国社会场域中的新文学选本活动》一书指出20世纪30年代中期，我国文坛曾出现一股幽默文选本热，代表性的选本有王君编《幽默小品文选读》（大光明书局，1935年初版、1936年三版）、朱绍曾编《幽默今文选》（中央书店，1935年版）、滕钧昌编《幽默小品文选》（俭勤书局，1936年版）、筱梅编《幽默文选》（仿古书店，1936年版）等，故笔者推测大夏书店版《幽默文选》的出版时间应该也是这一时期，即30年代中期前后。

作答成仿吾》。

17. 司马陋夫、晓云编《钱君匋的艺术世界》(上海：上海书店出版社,1992年7月出版)：收《钱君匋著〈水晶座〉序(四)》。

18. 旭水、穆紫编《性的屈服者》(中国现代性爱小说资料丛书,沈阳：春风文艺出版社,1993年1月出版)：收《一夜》《蜃楼》。

19. 旭水、穆紫编《热情之骨》(中国现代性爱小说资料丛书,沈阳：春风文艺出版社,1993年1月出版)：收《涡旋》。

20. 张华、刘应争、苏冰编《中国杂文大观(一)》(天津：百花文艺出版社,1994年3月出版)：收《不要自由》《退一步哲学》。

21. 石言、陈敏编《中国现代杂文精品 流氓公仆》(海口：海南国际新闻出版中心,1994年10月出版)：收《排天才》。

22. 石言、陈敏编《中国现代杂文精品 自由呐喊》(海口：海南国际新闻出版中心,1994年10月出版)：收《遗忘》《蛀虫与中国》《退一步哲学》《谈风月》。

23. 张晓春、龚建星编《闲情逸致》(名家谈丛之一,上海：上海社会科学院出版社,1995年1月出版)：收《生活》。

24. 张晓春、龚建星编《哀乐人生》(名家谈丛之四,上海：上海社会科学院出版社,1995年1月出版)：收《恋爱》。

25. 扬子选编《叛逆人生狂语 现代中国名士名女》(长春：吉林文史出版社,1995年1月出版)：收《退一步哲学》《蛀虫与中国》。

26. 许道明、冯金牛选编《章克标集：风凉话和登龙术》(上海：汉语大词典出版社,1995年2月出版)：收许道明作的《前言》和《拜金主义》《香烟》《茶馆》《老酒》《女人》《吃》《着》《革命与恋爱》《恋爱与读书》《读书与做官》《做官与文学》《天禀与天才》《容貌与体格》《恋爱的经验》《修养和奋斗》《风流放诞》《吹法螺搭架子》《懒惰和欺诈》《怨天尤人》《重情轻知》《飘飘然莫名其妙》《衣食住行》《烟酒》《欠债》《生病》《放浪和蛰伏》《社会诊查》《谈天和冥想》《拜访名人》《集团结社》《党同伐异》《联络感情》《结纳》《异性的朋友》《书斋》《学殖》《创作和翻译》《主义和主张》《投稿》《杂志》《书册》《书面》《书商》《宣传》《守成》《奖掖后进》《收罗代笔》《研究国故》《翻译古典》《应变》这些选自《风凉话》《文坛登龙术》里的杂文50篇。

27. 艾舒仁、杨君伟编《名家经典随笔选》(成都：成都出版社,1995年7月出版)：收《生病》。

28. 庄钟庆选编《论语派作品选》(中国现代文学流派创作选丛书,北京：人

民文学出版社,1995 年 12 月初版,2011 年 9 月,又作为中国文库丛书再版):收
《杂谈三》《谈风月》《遗忘》《蛀虫与中国》《退一步哲学》。

29. 吴欢章编《海派小说精品(修订版)》(上海:复旦大学出版社,1996 年
1 月出版):收《结婚的当夜》《文明结合的牺牲者》。

30. 刘钦伟选编《中国现代唯美主义文学作品选》(上下两册,广州:花城出
版社,1996 年 2 月出版):收《来吧,让我们沉睡在喷火口上欢梦》《蜃楼代序》《做
不成的小说》《蜃楼》。

31. 曾煜编《聊侃鬼与神》(长春:吉林人民出版社,1996 年 8 月初版,2009
年 6 月再版):收《邻家的鬼》。

32. 论语社编《百味人生　〈论语〉选萃　杂文卷》(上海:上海书店出版社,
1997 年 1 月出版):收《高等华人论》《国难期间停止国庆说》。

33. 论语社编《大千世界　〈论语〉选萃　特写卷》(上海:上海书店出版社,
1997 年 1 月出版):收《中华全国道路协会十二周年纪念展览会参观记》。

34. 论语社编《奇谈怪论　〈论语〉选萃　谐文卷》(上海:上海书店出版社,
1997 年 1 月出版):收《说一》《新文学概论第一章》《发起救国道场意见书》《贪污
可风》《有趣原理发端》。

35. 论语社编《饮食男女　〈论语〉选萃　小品卷》①(上海:上海书店出版社,
1997 年 1 月出版):收《为家的专号而写》《吃饭余谈》《庖厨篇》。

36. 论语社编《吾乡风情　〈论语〉选萃　随笔卷》(上海:上海书店出版社,
1997 年 1 月出版):收《清明篇》。

37. 论语社编《闲情偶寄　〈论语〉选萃　散文卷》(上海:上海书店出版社,
1997 年 1 月出版):收《春》。

38. 孙硕夫选编《警醒人生海语》(长春:吉林文史出版社,1997 年 1 月初版,
2006 年 7 月再版):收《谈风月》。

39. 王淑贵选编《水心云影　〈小说月报〉散文随笔选萃》(天津:天津人民出
版社,1998 年 2 月初版,2011 年 2 月再版):收《春暮》。

40. 吴茜选编《坐看云起　〈论语〉散文随笔选萃》②(天津:天津人民出版社,
1998 年 2 月初版,2011 年 2 月再版):收《邻家的鬼》《游艺救国》《高等华人论》
《北投草山记》。

---

① 该书将章克标与李之谟视为两个作者。
② 该书将章克标、邕凡和李之谟视为三个作者。

41. 朱兆林选编《雾外江山 〈现代〉〈文饭小品〉散文随笔选萃》（天津：天津人民出版社，1998 年 2 月初版，2011 年 2 月再版）：收《求水的心》和《光源的发现》。

42. 李为、齐思编《社会聚焦》（民国名报撷珍丛书，天津：天津人民出版社，1998 年 2 月出版）：收《退一步哲学》《文人》《歌与颂》《欺骗》《世界人》《蛀虫与中国》。

43. 刘仰东编《梦想的中国 三十年代知识界对未来的展望》（北京：西苑出版社，1998 年 5 月出版）：收《七店的记忆》。

44. 曲铁夫等编《名家散文随笔精品》（哈尔滨：哈尔滨出版社，1998 年 10 月出版）：收《恋爱》。

45. 孟昭强编《世纪门坎百年灯 先驱者眼中的中国》（北京：改革出版社，1998 年 10 月出版）：收《蛀虫与中国》《退一步哲学》《排天才》。

46. 秦弓、孙丽华选编《富士山风韵 日本书话》（南昌：江西教育出版社，1999 年 1 月出版）：收《关于菊池宽》（《菊池宽集》卷头言）。

47. 安文江编《杂文·随笔 过目难忘》（广州：花城出版社，1999 年 1 月出版）：收《蛀虫与中国》。

48. 王爱松、邵文实编《爱情聊斋 人鬼恋的故事》（北京：昆仑出版社，1999 年 6 月出版）：收《蜃楼》。

49. 朱企泰、杨子编《二十世纪杂文选粹 上卷(1900—1949.9)》（呼和浩特：内蒙古大学出版社，1999 年 8 月出版）：收《谈风月》。

50. 白丁编选《钓台的春昼 〈论语〉萃编》①（上海：上海古籍出版社，1999 年 9 月出版）：收《高等华人论》《发起救国道场意见书》《春》。

51. 柯灵主编、完颜绍元选编《玻璃建筑 〈现代〉萃编》（上海：上海古籍出版社，1999 年 9 月出版）：收《三四杂草》。

52. 刘湛秋编《断裂与清醒 二十世纪中国文化散文·先锋文化卷》（武汉：长江文艺出版社，2000 年 10 月出版）：收《蛀虫与中国》。

53. 张志欣、何香久编《二十世纪中国散文大系 四》（石家庄：河北教育出版社，2001 年 5 月出版）：收《茶馆》《娼妓赞颂》《老酒》《香烟》《人生四乐》《读书与做官》《做官与文学》。

54. 张云初编《中国大实话 申报自由谈 A 家国民族卷》（西安：陕西师

---

① 该书将邑凡和李之谟视为两个作者。

范大学出版社,2001 年 1 月出版):收《遗忘》《胡调》《蛀虫与中国》《从武侠小说到幽默杂文》《世界人》《天下太平书》《退一步哲学》《希望真命天子降临的人们》。

55. 张云初编《中国大实话　申报自由谈　B　社会民生卷》(西安:陕西师范大学出版社,2001 年 1 月出版):收《星期杂记》《尊愚论》《排天才》《欺骗》《头痛医脚论》《定命论精义》《没落者》。

56. 张云初编《中国大实话　申报自由谈　C　文化民权卷》(西安:陕西师范大学出版社,2001 年 1 月出版):收《人民的天职》《不要自由》《自由的爆发》《文人》《歌与颂》《修改与制造》《文学有用论》《谈续》。

57. 张伟编《花一般的罪恶　狮吼社作品、评论资料选》(上海:华东师范大学出版社,2002 年 2 月出版):收《Sphinx 之呼声》(诗)、《美人》《草的感觉》《蜃楼》《南京路十月里的一天下午三点钟》《美人李》《记方光焘》(晚年所作)、《Sphinx 以后》。

58. 徐玉林编《百年嘉中　1902—2002》(浙江省嘉兴市第一中学,2002 年 9 月出版):《我的中学生时代》。

59. 刘成信、李君选编《中华杂文百年精华》(北京:人民文学出版社,2003 年 8 月出版):收《蛀虫与中国》。

60. 刘洪波编《百年百篇经典杂文　1901—2000》(武汉:长江文艺出版社,2004 年 5 月出版):收《谈风月》。

61. 陈子善编《猫啊,猫》(济南:山东画报出版社,2004 年 6 月出版):收《猫》。

62. 刘芳选编《影响力·文学经典品读　一世珍藏的经典杂文》(呼和浩特:内蒙古人民出版社,2006 年 10 月出版):收《蛀虫与中国》。

63. 夏晓虹、杨早编《酒人酒事》(北京:生活·读书·新知三联书店,2007 年 5 月初版,2012 年 11 月再版):收《烟酒》。

64. 彭国梁、杨里昂编《我们的中元节》(长沙:岳麓书社,2007 年 5 月出版):收《邻家的鬼》。

65. 李国文等编《将进酒梦如烟》(北京:团结出版社,2008 年 11 月出版):收《烟酒》及章克标晚年所作《林语堂与烟》。

66. 彭国梁、杨里昂编《我们的清明》(长沙:岳麓书社,2009 年 12 月出版):收《清明篇》。

67. 滕浩选编《经典杂文读本》(北京:当代世界出版社,2010 年 5 月出版):收《谈风月》。

68. 徐俊西、陈子善编《海上文学百家文库 92 韩侍桁、章克标、杨邨人卷》（上海：上海文艺出版社，2010 年 6 月出版）：收《夜半的叹声》《结婚的当夜》《秋心》《九呼》《致某某》《草的感觉》《做不成的小说》《蜃楼》8 篇小说和《汽车赞颂》《老酒》《应变》《谈风月》《遗忘》《蛙虫与中国》《退一步哲学》《南京路十月里的一天下午三点钟》《美人李》《三四杂草》《雷峰塔坍倒目击记》《人生百岁我亦来》《窗外一朵月季》13 篇散文。

69. 刘成信、王芹编《现当代经典杂文浅识》（长春：吉林人民出版社，2010 年 10 月出版）：收《蛙虫与中国》。

70. 陈益民编《国病 民国名家随笔丛书》（天津：天津人民出版社，2011 年 6 月出版）：收《游艺救国》《文人》《歌与颂》。

71. 陈益民编《读城记 民国名家随笔丛书》（天津：天津人民出版社，2011 年 6 月出版）：收《北投草山记》。

72. 陈益民编《阿 Q 永远健在 民国名家随笔丛书》（天津：天津人民出版社，2011 年 6 月出版）：收《高等华人论》《退一步哲学》《世界人》。

73. 朗读者编《16 城记》（长春：吉林出版集团有限责任公司，2012 年 4 月）：收《北投草山记》。

74. 陈俐、杨兴玉、何玉兰编《郭沫若研究文献汇要 卷 7 文学戏剧卷》（上海：上海书店出版社，2012 年 7 月出版）：收《〈创造〉2 卷 1 号创作评》。

75. 陈益民编《读城记 民国大家美文丛书》（天津：天津人民出版社，2013 年 4 月出版）：收《北投草山记》。

76. 陈益民编《阿 Q 永远健在 民国大家美文丛书》（天津：天津人民出版社，2013 年 4 月出版）：收《游艺救国》《高等华人论》《退一步哲学》《世界人》。

77. 段勇编《思想的锐利 名家杂文》（武汉：华中科技大学出版社，2014 年 2 月出版）：收《谈风月》。

78. 邹仲之《感怀上海》（北京：生活·读书·新知三联书店，2014 年 11 月出版）：收《南京路十月里的一天下午三点钟》。

79. 论语社编《〈论语〉文丛 午睡颂》（上海：上海书店出版社，2015 年 8 月出版）：收《谈牛篇》。

80. 论语社编《〈论语〉文丛 东京花见》（上海：上海书店出版社，2015 年 8 月出版）：收《北投草山记》。

81. 论语社编《〈论语〉文丛 家之上下四旁》（上海：上海书店出版社，2015 年 8 月出版）：收《为家的专号而写》。

82. 谢玲编《读者文摘　人生不过如此　典藏版》(北京：北京工业大学出版社,2017 年 4 月出版)：收《退一步哲学》《谈风月》。

83. 左怀建、吉素芬编《中国现代都市文学读本》(杭州：浙江大学出版社,2017 年 12 月出版)：收《蜃楼》。

84. 鲁迅等著《学生时代》(北京：中国青年出版社,2018 年 3 月出版)：收《我的中学生时代》。

　　截至 2021 年 1 月,章克标出版的书籍有小说类 7 种,散文类 5 种,翻译类 13 种,文集 1 种,回忆类 3 种。其他人编著的收录有章克标作品的书籍有 84 种。

第四章
章克标早期作品辑佚①

一、散文类

1.《道尔顿制在日本的概况》：署名"章克标"，载《教育杂志》(上海)第16卷第7期(1924年7月20日出版)。

2.《德国的表现主义剧》：署名"章克标"，载《东方杂志》(上海)第22卷第18号(1925年9月25日出版)。

3.《悼白采(四)》：署名"克标"，载《一般》(1926,上海)第1卷第2期(1926年10月5日出版)。

4.《新年新历》：署名"章克标"，载《一般》(1926,上海)第2卷第1期(1927年1月5日出版)。

5.《芥川龙之介的死》：署名"章克标"，载《一般》(1926,上海)第3卷第2期(1927年10月5日出版)。

6.《评蒋宋结婚的仪式》：署名"章克标"，载《一般》(1926,上海)第3卷第4期(1927年12月5日出版)。

7.《朦胧的思路》：署名"章克标"，载《一般》(1926,上海)第4卷第1期(1928年1月5日出版)。

8.《马振华的自杀及世评》：署名"岂凡"，载《新女性》(上海)第3卷第4期(1928年4月1日出版)。

9.《读革命文学论诸作》：署名"岂凡"，载《一般》(1926,上海)第4卷第4期(1928年4月5日出版)。

10.《论翻译》：署名"岂凡"，载《开明》(上海)第1卷第1期(1928年7月10日出版)。

---

① 章克标出版的书籍及他人编著的收录有章克标作品的书籍中均未收录的作品,按出版时间排序,可做如下整理编入本章中。有反动内容的作品,本书不涉及。

11.《站在十字街头的一个问题——关于花柳病和娼妓》：署名"章克标"，载《一般》(1926，上海)第 5 卷第 4 期(1928 年 8 月 5 日出版)。

12.《酒——少喝一点的好》：署名"章克标"，载《一般》(1926，上海)第 6 卷第 1 期(1928 年 9 月 5 日出版)。

13.《中国人的时间观念》：署名"岂凡"，载《一般》(1926，上海)第 6 卷第 3 期(1928 年 11 月 5 日出版)。

14.《恋爱游戏》：署名"岂凡"，载《一般》(1926，上海)第 6 卷第 3 期(1928 年 11 月 5 日出版)。

15.《秋虫死了》：署名"岂凡"，载《一般》(1926，上海)第 6 卷第 3 期(1928 年 11 月 5 日出版)。

16.《读〈三代的恋爱〉后之感想》：署名"章克标"，载《新女性》(上海)第 3 卷第 12 期(1928 年 12 月 1 日出版)。

17.《近事片片》：署名"岂凡"，载《一般》(1926，上海)第 6 卷第 4 期(1928 年 12 月 5 日出版)。

18.《谈创作》：署名"岂凡"，载《开明》(上海)第 1 卷第 6 期(1928 年 12 月 10 日出版)。

19.《中国社会相的新展开(一)》：署名"岂凡"，载《一般》(1926，上海)第 7 卷第 1 期(1929 年 1 月 5 日出版)。

20.《中国人性情的正反面》：署名"岂凡"，载《一般》(1926，上海)第 7 卷第 1 期(1929 年 1 月 5 日出版)。

21.《梅兰芳扬名海外之一考察》：署名"岂凡"，载《文学周报》(上海)第 8 卷第 3 期(总第 353 期，1929 年 1 月 13 日出版)。

22.《要做一篇鲁迅论的话》：署名"A.B."，连载《金屋月刊》(上海)第 1 卷第 2 期(1929 年 2 月 1 日出版)、第 3 期(1929 年 3 月 1 日出版)。

23.《应酬话》：署名"岂凡"，载《一般》(1926，上海)第 7 卷第 2 期(1929 年 2 月 5 日出版)。

24.《今天天气……》：署名"岂凡"，载《一般》(1926，上海)第 7 卷第 2 期(1929 年 2 月 5 日出版)。

25.《吃过了饭么?》：署名"岂凡"，载《一般》(1926，上海)第 7 卷第 2 期(1929 年 2 月 5 日出版)。

26.《代一个人辩明》：署名"岂凡"，载《新女性》(上海)第 4 卷第 3 期(1929 年 3 月 1 日出版)。

27.《翻译复兴》：署名"岂凡"，载《一般》(1926,上海)第7卷第3期(1929年3月5日出版)。

28.《好书不出》：署名"岂凡"，载《一般》(1926,上海)第7卷第3期(1929年3月5日出版)。

29.《身边杂事：新旧、农家、阶级、叫苦》：署名"章克标"，载《一般》(1926,上海)第7卷第3期(1929年3月5日出版)。

30.《身边杂事：自己、结婚、恋爱、朋友、从前、现在》：署名"章克标"，载《小说月报》(上海)第20卷第3期(1929年3月10日出版)。

31.《关于男女关系的提案》：署名"岂凡"，载《新女性》(上海)第4卷第4期(1929年4月1日出版)。

32.《关于生活问题的提案》：署名"岂凡"，载《新女性》(上海)第4卷第4期(1929年4月1日出版)。

33.《身边杂事：教师生涯》：署名"章克标"，载《小说月报》(上海)第20卷第4期(1929年4月10日出版)。

34.《上去站在第一峰顶》：署名"章克标"，载《金屋月刊》(上海)第1卷第4期(1929年4月出版)。

35.《樱花之都》：署名"章克标"，载《金屋月刊》(上海)第1卷第4期(1929年4月出版)。

36.《保存古物》：署名"岂凡"，载《一般》(1926,上海)第8卷第1期(1929年5月5日出版)。

37.《五月放假月》：署名"岂凡"，载《一般》(1926,上海)第8卷第1期(1929年5月5日出版)。

38.《全国美术展览会》：署名"岂凡"，载《一般》(1926,上海)第8卷第1期(1929年5月5日出版)。

39.《禁止研究社会科学者的头脑》：署名"岂凡"，载《一般》(1926,上海)第8卷第1期(1929年5月5日出版)。

40.《身边杂事：所感》：署名"章克标"，载《小说月报》(上海)第20卷第5期(1929年5月10日出版)。

41.《关于学校演剧等等》：署名"岂凡"，载《一般》(1926,上海)第8卷第2期(1929年6月5日出版)。

42.《〈上元灯〉(施蛰存著,水沫书局版)》：署名"A.B."，载《金屋月刊》(上海)第1卷第6期(1929年6月出版)。

43.《〈她的遗书〉(翟永坤著,开明书店版)》:署名"A.B.",载《金屋月刊》(上海)第 1 卷第 6 期(1929 年 6 月出版)。

44.《主观与客观》:署名"再生",载《金屋月刊》(上海)第 1 卷第 6 期(1929 年 6 月出版)。

45.《疑问(一、二)》:署名"岂凡",载《一般》(1926,上海)第 8 卷第 3 期(1929 年 7 月 5 日出版)。

46.《革命与性生活》:署名"岂凡",载《一般》(1926,上海)第 8 卷第 3 期(1929 年 7 月 5 日出版)。

47.《讲读书》:署名"岂凡",载《开明》(上海)第 2 卷第 1 期(1929 年 7 月 10 日出版)。

48.《英雄死》:署名"岂凡",载《一般》(1926,上海)第 8 卷第 4 期(1929 年 8 月 5 日出版)。

49.《文人忙》:署名"岂凡",载《一般》(1926,上海)第 8 卷第 4 期(1929 年 8 月 5 日出版)。

50.《爱国心》①:载《一般》(1926,上海)第 8 卷第 4 期(1929 年 8 月 5 日出版)。

51.《投机心》:署名"岂凡",载《一般》(1926,上海)第 8 卷第 4 期(1929 年 8 月 5 日出版)。

52.《装修门面》:署名"岂凡",载《一般》(1926,上海)第 8 卷第 4 期(1929 年 8 月 5 日出版)。

53.《兴奋剂》:署名"岂凡",载《一般》(1926,上海)第 9 卷第 1 期(1929 年 9 月 5 日出版)。

54.《西湖博览会杂感》:署名"岂凡",载《一般》(1926,上海)第 9 卷第 1 期(1929 年 9 月 5 日出版)。

55.《回忆和幻想中的陶元庆》:署名"章克标",载《一般》(1926,上海)第 9 卷第 2 期(1929 年 10 月 5 日出版)。

56.《敬谢指教》:署名"岂凡",载《一般》(1926,上海)第 9 卷第 3 期(1929 年 11 月 5 日出版)。

---

① 《一般》第 8 卷第 4 期目录中"一般的话"栏目里依次列有"岂凡"的《英雄死》《文人忙》《投机心》和《装修门面》4 篇,但正文中却依次录有《英雄死》《文人忙》《爱国心》《投机心》《装修门面》5 篇,即在《文人忙》和《投机心》中间多出一篇没有署名的《爱国心》,其前面的《英雄死》《文人忙》和后面的《投机心》《装修门面》正文均有作者署名"岂凡",文末亦均署创作日期"8.4.",《爱国心》虽无作者署名,但文末所署创作日期与其前后 4 篇相同,也是"8.4.",加之《爱国心》正好刊载于"岂凡"的 4 篇文章正中,故笔者推测该文亦是"岂凡"即章克标的作品。

57.《交友须知》：署名"岂凡"，载《一般》(1926，上海)第 9 卷第 3 期(1929 年 11 月 5 日出版)。

58.《都是生意经》：署名"岂凡"，载《一般》(1926，上海)第 9 卷第 3 期(1929 年 11 月 5 日出版)。

59.《发光的砂砾》：署名"岂凡"，载《新文艺》(上海)第 1 卷第 3 期(1929 年 11 月 15 日出版)。

60.《大减价与军乐声》：署名"岂凡"，载《一般》(1926，上海)第 9 卷第 4 期 (1929 年 12 月 5 日出版)。

61.《礼义之邦》：署名"岂凡"，载《一般》(1926，上海)第 9 卷第 4 期(1929 年 12 月 5 日出版)。

62.《国字辈太不争气》：署名"岂凡"，载《一般》(1926，上海)第 9 卷第 4 期 (1929 年 12 月 5 日出版)，后转载《国医评论》(上海)创刊号(1933 年 6 月 1 日 出版)。

63.《绑匪横行》：署名"岂凡"，载《一般》(1926，上海)第 9 卷第 4 期(1929 年 12 月 5 日出版)。

64.《再会再会》：署名"岂凡"，载《一般》(1926，上海)第 9 卷第 4 期(1929 年 12 月 5 日出版)。

65.《音乐与美术——艺术的二大范畴》：署名"再生"，载《金屋月刊》(上海) 第 1 卷第 7 期(1929 年 12 月出版)。

66.《苏维埃俄罗斯概观》：署名"章克标"，载《中学生》(上海)第 2 期(1930 年 2 月 1 日出版)。

67.《浪漫主义与现实主义》：署名"再生"，载《金屋月刊》(上海)第 1 卷第 8 期(1930 年 4 月出版)。

68.《身边杂事：住居、衣着、饮食、走动》：署名"章克标"，载《金屋月刊》(上 海)：第 1 卷第 8 期(1930 年 4 月出版)。

69.《春天带了来的》：目录署名"克标"，正文署名"章克标"，载《金屋月刊》 (上海)第 1 卷 9、10 合并号(1930 年 6 月出版)。

70.《随笔：骂人①、专卖特许、宣传和广告》：署名"岂凡"，载《金屋月刊》(上 海)第 1 卷 9、10 合并号(1930 年 6 月出版)。

71.《两种的艺术》：署名"再生"，载《金屋月刊》(上海)第 1 卷 9、10 合并号

---

① 原文标题此处为"人骂"。

(1930 年 6 月出版)。

72.《抽象观念与具象观念》：署名"再生"，载《金屋月刊》(上海)第 1 卷 9、10 合并号(1930 年 6 月出版)，后署名"克标"转载《华南公论》(广州)第 2 卷第 4 期 (1940 年 4 月 1 日出版)。

73.《表现与观照》：署名"再生"，载《金屋月刊》(上海)第 1 卷第 11 期(1930 年 8 月出版)。

74.《初夏的风》：目录署名"克标"，正文署名"章克标"，载《金屋月刊》(上海)第 1 卷第 11 期(1930 年 8 月出版)。

75.《随笔：主义、无主义、有主义、奴隶、文人与娼妓》：署名"岂凡"，载《金屋月刊》(上海)第 1 卷第 11 号(1930 年 8 月出版)。

76.《评〈失业以后〉》：署名"A.B."，载《金屋月刊》(上海)第 1 卷第 11 期 (1930 年 8 月出版)。

77.《感情与知性》：署名"再生"，载《金屋月刊》(上海)第 1 卷第 12 期(1930 年 9 月出版)。

78.《诗的本质》：署名"再生"，载《金屋月刊》(上海)第 1 卷第 12 期(1930 年 9 月出版)。

79.《灯下伴侣》：目录署名"章克标"，正文署名"克标"，载《金屋月刊》(上海)第 1 卷第 12 期(1930 年 9 月出版)。

80.《杨柳》：目录署名"章克标"，正文署名"克标"，载《金屋月刊》(上海)第 1 卷第 12 期(1930 年 9 月出版)。

81.《随笔：文坛、中国批评家、文水比》：署名"岂凡"，载《金屋月刊》(上海)第 1 卷第 12 号(1930 年 9 月出版)。

82.《摩登》：署名"章克标"，载《时代》(上海)第 2 卷第 7 期(1932 年 6 月 1 日出版)。

83.《沪案发生后对于上海贸易之影响》：署名"章建之"，载《国际贸易导报》(上海)第 4 卷第 2 期(1932 年 7 月 1 日出版)。

84.《水蜜桃》：署名"章克标"，载《时代》(上海)第 2 卷第 11 期(1932 年 8 月 1 日出版)，后转载《每月画报》(上海)第 4 期(1937 年 4 月 15 日出版)。

85.《艺术大众化问题》：署名"章克标"，载《时代》(上海)第 3 卷第 1 期 (1932 年 9 月 1 日出版)。

86.《五十年兴国计划说明书》：署名"岂凡"，载《论语》(上海)第 1 期(1932 年 9 月 16 日出版)。

87.《向单纯行进》：署名"克标"，载《时代》（上海）第 3 卷第 5 期（1932 年 11 月 1 日出版）。

88.《机械时代》：署名"章克标"，载《时代》（上海）第 3 卷第 9 期（1933 年 1 月 1 日出版）。

89.《杂谈一：先抄一段广告、国民性之表现、体面作祟、中国的建筑事业、附带理由可解嘲》：署名"章克标"，载《论语》（上海）第 8 期（1933 年 1 月 1 日出版）。

90.《杂谈二：广告若干条、人和狗和猫的价格、人和狗和猫的用途、人为万物之灵、最后的胜利》：署名"章克标"，载《论语》（上海）第 8 期（1933 年 1 月 1 日出版）。

91.《杂谈四：国民新闻社云、全国人民发财机会、胡不改名富国奖券、撇开航空筑路的理由、若要敛钱另请高明》：署名"章克标"，载《论语》（上海）第 10 期（1933 年 2 月 1 日出版）。

92.《章克标自传》：署名"章克标"，载《读书杂志》（上海）第 3 卷第 1 期（1933 年 2 月 1 日出版）。

93.《自学解》：署名"岂凡"，载《社员俱乐部》（上海）第 3 期（1933 年 2 月 20 日出版）。

94.《迎春之辞》：署名"章克标"，载《时代》（上海）第 4 卷第 1 期（1933 年 3 月 1 日出版）。

95.《渐入正轨》：署名"岂凡"，载《论语》（上海）第 15 期（1933 年 4 月 16 日出版）。

96.《"五一"节七大宏愿》：署名"岂凡"，载《论语》（上海）第 16 期（1933 年 5 月 1 日出版）。

97.《乡村小景：醉汉的凋落、乡警的叹诉、帮工的得意》：署名"章克标"，载《东方杂志》（上海）第 30 卷第 15 号（1933 年 8 月 1 日出版）。

98.《谈借债》：署名"岂凡"，载《申报·自由谈》（上海）1933 年 8 月 2 日版。

99.《骂人风与吐泻》：署名"岂凡"，载《十日谈》（上海）第 1 期（1933 年 8 月 10 日出版）。

100.《创作与史实》：署名"岂凡"，载《申报·自由谈》（上海）1933 年 8 月 28 日版。

101.《开学记》：署名"章克标"，载《十日谈》（上海）第 3 期（1933 年 8 月 30 日出版）。

102.《吃饭问题》：署名"岂凡"，载《十日谈》（上海）第 4 期（1933 年 9 月 10 日出版）。

103.《古代的恋爱观》：署名"章克标"，连载《论语》（上海）第 25 期（1933 年 9 月 16 日出版）、第 26 期（1933 年 10 月 1 日出版）、第 27 期（1933 年 10 月 16 日出版）。

104.《不要做的文章》：署名"岂凡"，载《十日谈》（上海）第 5 期（1933 年 9 月 20 日出版）。

105.《论公开的秘密》：署名"岂凡"，载《十日谈》（上海）第 6 期（1933 年 9 月 30 日出版）。

106.《释人渣》：署名"岂凡"，载《十日谈》（上海）第 6 期（1933 年 9 月 30 日出版）。

107.《〈文坛画虎录〉小引》：署名"章克标"，载《十日谈》（上海）第 6 期（1933 年 9 月 30 日出版）。

108.《论中国电影之前途》：署名"杨天南"，载《十日谈》（上海）第 6 期（1933 年 9 月 30 日出版）。

109.《东京大地震之回忆》：署名"章克标"，连载《十日谈》（上海）第 6 期（1933 年 9 月 30 日出版）、第 7 期（1933 年 10 月 10 日出版）。

110.《九小岛实况》：署名"天南"，载《十日谈》（上海）第 7 期（1933 年 10 月 10 日出版）。

111.《摩登无罪论》：署名"杨天南"，载《十日谈》（上海）第 7 期（1933 年 10 月 10 日出版）。

112.《运动的广告的价值》：署名"岂凡"，载《十日谈》（上海）第 8 期（1933 年 10 月 20 日出版）。

113.《摩登救国论》：署名"天南"，载《十日谈》（上海）第 9 期（1933 年 10 月 30 日出版）。

114.《文学上的第二次革命开场》：署名"章克标"，载《十日谈》（上海）第 10 期（1933 年 11 月 10 日出版）。

115.《摩登不颓废》：目录署名"岂凡"，正文署名"天南"，载《十日谈》（上海）第 11 期（1933 年 11 月 20 日出版）。

116.《欢迎马可尼先生》：署名"章克标"，载《十日谈》（上海）第 13 期（1933 年 12 月 10 日出版）。

117.《大晦日清算》：署名"岂凡"，载《十日谈》（上海）第 15 期（1933 年 12 月

30 日出版)。

118.《凌霄壮志》：署名"天南"，载《十日谈》（上海）第 15 期（1933 年 12 月 30 日出版)。

119.《二十二年的出版界》：署名"杨天南"，载《十日谈》（上海）1934 年新年特辑。

120.《二十二年的赌博》：署名"岂凡"，载《十日谈》（上海）1934 年新年特辑。

121.《编辑杂记》：署名"天南"，载《十日谈》（上海）1934 年新年特辑。

122.《爆竹》：署名"章克标"，载《中学生》（上海）第 41 期（1934 年 1 月 1 日出版)。

123.《提倡摩登化》：署名"章克标"，载《华安》（上海）第 2 卷第 3 期（1934 年 1 月 10 日出版)。

124.《言论自由与文化统制》：署名"杨天南"，载《十日谈》（上海）第 18 期（1934 年 1 月 30 日出版)

125.《离心运动之展扩》：署名"天南"，载《十日谈》（上海）第 19 期（1934 年 2 月 10 日出版)。

126.《杂文的风行》：署名"岂凡"，载《人言周刊》（上海）第 1 卷第 1 期（1934 年 2 月 17 日出版)。

127.《为杂文辩护》：署名"岂凡"，载《人言周刊》（上海）第 1 卷第 1 期（1934 年 2 月 17 日出版)。

128.《戌年谈狗与狗运》：署名"岂凡"，载《十日谈》（上海）第 20 期（1934 年 2 月 20 日出版)。

129.《电影界的当前问题》：署名"杨天南"，载《十日谈》（上海）第 20 期（1934 年 2 月 20 日出版)。

130.《个人与群众》：署名"天南"，载《十日谈》（上海）第 21 期（1934 年 2 月 28 日出版)。

131.《人民的权利》：署名"天南"，载《十日谈》（上海）第 22 期（1934 年 3 月 10 日出版)。

132.《论随笔小品文之类》：署名"章克标"，载《矛盾》（上海）第 3 卷第 1 期（1934 年 3 月 15 日出版)。

133.《精神病患者》：署名"杨天南"，载《人言周刊》（上海）第 1 卷第 6 期（1934 年 3 月 24 日出版)。

134.《封建残余势力之猖狂》：署名"岂凡"，载《人言周刊》（上海）第 1 卷第 10 期（1934 年 4 月 21 日出版）。

135.《来函照登（致烈文兄函）》：署名"章克标"，载《申报·自由谈》（上海）1934 年 5 月 3 日版。

136.《论袈裟》：署名"章克标"，载《华美》（上海）第 1 卷第 2 期（1934 年 5 月 20 日出版）。

137.《佛法与和尚》：署名"杨天南"，载《人言周刊》（上海）第 1 卷第 17 期（1934 年 6 月 9 日出版）。

138.《大众语与小儿病》：署名"章克标"，载《人言周刊》（上海）第 1 卷第 21 期（1934 年 7 月 7 日出版）。

139.《林语堂先生台核》：署名"章克标"，载《十日谈》（上海）第 34 期（1934 年 7 月 10 日出版）。

140.《笔祸》：署名"章克标"，载《人言周刊》（上海）第 1 卷第 23 期（1934 年 7 月 21 日出版）。

141.《语言与文字杂感》：署名"章克标"，载《人言周刊》（上海）第 1 卷第 31 期（1934 年 9 月 15 日出版）。

142.《人非动物论》：署名"章克标"，载《华美》（上海）第 1 卷第 6 期（1934 年 9 月 20 日出版）。

143.《七日日记》：署名"章克标"，载《人言周刊》（上海）第 1 卷第 32 期（1934 年 9 月 22 日出版）。

144.《大学生禁入舞场》：署名"章克标"，载《华美》（上海）第 1 卷第 7 期（1934 年 10 月 20 日出版）。

145.《言志与载道》：署名"章克标"，载《人言周刊》（上海）第 1 卷第 38 期（1934 年 11 月 3 日出版）。

146.《投机与趣味》：署名"岂凡"，载《人言周刊》（上海）第 1 卷第 38 期（1934 年 11 月 3 日出版）。

147.《杀人》：署名"岂凡"，载《人言周刊》（上海）第 1 卷第 38 期（1934 年 11 月 3 日出版）。

148.《大学生禁入舞场》：署名"岂凡"，载《人言周刊》（上海）第 1 卷第 39 期（1934 年 11 月 10 日出版），后转载《文化月刊》（上海）第 1 卷第 11 期（1934 年 12 月 15 日出版）。

149.《祈祷和平》：署名"岂凡"，载《人言周刊》（上海）第 1 卷第 40 期（1934

年 11 月 17 日出版）。

150.《迎胡》：署名"岂凡"，载《人言周刊》（上海）第 1 卷第 40 期（1934 年 11 月 17 日出版）。

151.《史量才之死》：署名"岂凡"，载《人言周刊》（上海）第 1 卷第 41 期（1934 年 11 月 24 日出版）。

152.《游艺救灾》：署名"岂凡"，载《人言周刊》（上海）第 1 卷第 42 期（1934 年 12 月 1 日出版）。

153.《优秀学生联谊》：署名"岂凡"，载《人言周刊》（上海）第 1 卷第 43 期（1934 年 12 月 8 日出版）。

154.《冬防》：署名"岂凡"，载《人言周刊》（上海）第 1 卷第 44 期（1934 年 12 月 15 日出版）。

155.《提倡国货》：署名"岂凡"，载《人言周刊》（上海）第 1 卷第 44 期（1934 年 12 月 15 日出版）。

156.《金融破绽》：署名"岂凡"，载《人言周刊》（上海）第 1 卷第 45 期（1934 年 12 月 22 日出版）。

157.《练习杀人》：署名"岂凡"，载《人言周刊》（上海）第 1 卷第 45 期（1934 年 12 月 22 日出版）。

158.《浪人》：署名"岂凡"，载《人言周刊》（上海）第 1 卷第 46 期（1934 年 12 月 29 日出版）。

159.《论标点》：署名"章克标"，载《人言周刊》（上海）第 1 卷第 47 期（1935 年 1 月 5 日出版）。

160.《古物》：署名"岂凡"，载《人言周刊》（上海）第 1 卷第 47 期（1935 年 1 月 5 日出版）。

161.《变态金融之又一表现》：署名"岂凡"，载《人言周刊》（上海）第 1 卷第 48 期（1935 年 1 月 12 日出版）。

162.《生产建设》：署名"岂凡"，载《人言周刊》（上海）第 1 卷第 48 期（1935 年 1 月 12 日出版）。

163.《十教授宣言》：署名"岂凡"，载《人言周刊》（上海）第 1 卷第 49 期（1935 年 1 月 19 日出版）。

164.《赛金花》：署名"岂凡"，载《人言周刊》（上海）第 1 卷第 50 期（1935 年 1 月 26 日出版）。

165.《浮在水面》：署名"章克标"，载《青年界》（上海）第 7 卷第 1 期（1935 年

1 月出版）。

166.《改嫁与殉节》：署名"岂凡"，载《人言周刊》（上海）第 2 卷第 3 期（1935 年 2 月 16 日出版）。

167.《头发有罪论》：署名"岂凡"，载《时代漫画》（上海）第 14 期（1935 年 2 月 20 日出版）。

168.《中学为体之复活》：署名"岂凡"，载《人言周刊》（上海）第 2 卷第 6 期（1935 年 3 月 9 日出版）。

169.《从西捕恃强殴毙菜贩说起》：署名"岂凡"，载《人言周刊》（上海）第 2 卷第 7 期（1935 年 3 月 16 日出版）。

170.《春天带来的》：署名"岂凡"，载《太白》（上海）第 2 卷第 1 期（1935 年 3 月 20 日出版）。

171.《阮玲玉之死》：署名"岂凡"，载《人言周刊》（上海）第 2 卷第 8 期（1935 年 3 月 23 日出版）。

172.《自杀与杀人》：署名"岂凡"，载《人言周刊》（上海）第 2 卷第 9 期（1935 年 3 月 30 日出版）。

173.《女变男与女扮男》：署名"岂凡"，载《人言周刊》（上海）第 2 卷第 9 期（1935 年 3 月 30 日出版）。

174.《出版事业国营论》：署名"章克标"，载《人言周刊》（上海）第 2 卷第 18 期（1935 年 7 月 13 日出版）。

175.《灯红解》：署名"章克标"，载《论语》（上海）第 105 期（1937 年 2 月 1 日出版）。

176.《无题录》：署名"章克标"，载《自由谭》（上海）第 1 卷第 2 期（1938 年 10 月 1 日出版）。

177.《脚跟》：署名"岂凡"，载《申报·自由谈》（上海）1938 年 10 月 24 日版。

178.《无题录》：署名"章克标"，载《自由谭》（上海）第 1 卷第 3 期（1938 年 11 月 1 日出版）。

179.《必胜论的事实根据》：署名"章克标"，载《自由谭》（上海）第 1 卷第 4 期（1938 年 12 月 1 日出版）。

180.《与友人书》：署名"章克标"，载《自由谭》（上海）第 1 卷第 5 期（1939 年 1 月 1 日出版）。

181.《胜利及胜利之后》：署名"章克标"，载《自由谭》（上海）第 1 卷第 6 期（1939 年 2 月 1 日出版）。

182.《战事泛论》：署名"章克标"，载《自由谭》(上海)第 1 卷第 7 期(1939 年
3 月 1 日出版)。

183.《初春杂掇》：署名"杨天南"，载《自由谭》(上海)第 1 卷第 7 期(1939 年
3 月 1 日出版)

184.《师生合作的一个实例》：署名"岂凡"，载《中学生活》(上海)第 3 期
(1939 年 5 月出版)。

185.《张老先生的洋伞》：署名"章克标"，载《南风》(上海)第 1 卷第 3 期
(1939 年 7 月 15 日出版)。

186.《科学兵器发端》：署名"章克标"，载《永安月刊》(上海)第 4 期(1939 年
8 月 1 日出版)。

187.《无用的发明》：署名"章克标"，载《中学生(战时半月刊)》(桂林)第
7 期(1939 年 8 月 5 日出版)。

188.《略论时间之流》：署名"章克标"，载《友声》(上海)创刊号(1940 年 1 月
出版)。

189.《芦湖新绿》：署名"秋山"，载《新命》(南京)第 2 卷第 2 期(1940 年 6 月
20 日出版)。

190.《像在镜面上打滚》：署名"章明显"，载《新命》(南京)第 2 卷第 7、8 期
合刊号(1940 年 12 月 20 日出版)。

191.《我喝了一点儿酒》：署名"章明显"，载《新命》(南京)第 2 卷第 7、8 期
合刊号(1940 年 12 月 20 日出版)。

192.《西方的书籍爱好者》：署名"许竹园"，载《作家月刊》(南京)第 1 卷第
1 期(1941 年 4 月出版)。

193.《印刷和铅字》：署名"许竹园"，载《作家月刊》(南京)第 1 卷第 2 期
(1941 年 7 月出版)。

194.《装帧杂话》：署名"许竹园"，载《作家月刊》(南京)第 2 卷第 1 期(1942
年 1 月出版)。

195.《我的朋友三曲之》：署名"许竹园"，载《作家月刊》(南京)第 2 卷第
3 期(1942 年 3 月出版)。

196.《白鹭洲茶余》：署名"路鹊"，载《女声》(上海)第 1 卷第 2 期(1942 年
6 月 15 日出版)。

197.《女人是一切》：署名"路鹊"，载《华文大阪每日》(上海)第 8 卷第 12 期
(1942 年 6 月 15 日出版)。

198.《天地无用》：署名"路鹊"，载《作家月刊》(南京)第 2 卷第 5 期(1942 年 6 月出版)。

199.《天地无用》：署名"路鹊"，载《太平洋周报》(上海)第 1 卷第 27 期 (1942 年 7 月 15 日出版)。

200.《临时日记》：署名"许竹园"，载《作家月刊》(南京)第 2 卷第 6 期(1942 年 7 月出版)。

201.《短简抄》：署名"路鹊"，载《作家月刊》(南京)第 3 卷第 1 期(1942 年 8 月出版)。

202.《秋月扬明晖》：署名"许竹园"，载《作家月刊》(南京)第 3 卷第 2 期 (1942 年 9 月出版)。

203.《白鹭洲之秋》：署名"路鹊"，连载《太平洋周报》(上海)第 1 卷第 38 期 (1942 年 10 月 8 日出版)、第 39 期(1942 年 10 月 15 日出版)。

204.《天地无用》：署名"章克标"，载《杂志》(上海)复刊第 4 号(1942 年 11 月 10 日出版)。

205.《人与事》：署名"章克标"，载《人间》(上海)创刊号(1943 年 4 月 15 日出版)。

206.《天堂有路》：署名"章克标"，连载《太平洋周报》(上海)第 1 卷第 68 期 (1943 年 6 月 8 日出版)、第 69 期(1943 年 6 月 15 日出版)。

207.《天地者万物之逆旅》：署名"章克标"，载《风雨谈》(上海)第 4 期(1943 年 7 月 25 日出版)。

208.《时代骄子》：署名"章克标"，载《风雨谈》(上海)第 5 期(1943 年 8 月 25 日出版)。

209.《去和来》：署名"章克标"，连载《太平洋周报》(上海)第 1 卷第 85 期 (1943 年 10 月 18 日出版)、第 86 期(1943 年 10 月 25 日出版)、第 87 期(1943 年 11 月 2 日出版)。

210.《生活》：署名"路鹊"，载《华文每日》(上海)第 9 卷第 11 期(1943 年 12 月 1 日出版)。

211.《说读书》：署名"章建之"，载《新学生》(上海)第 4 卷第 1 期(1944 年 1 月 1 日出版)。

212.《艺文断想》：署名"章克标"，载《中国文学》(北平)创刊号(1944 年 1 月 25 日出版)。

213.《三三杂记：春秋、物价、走单帮的、写杂记》：署名"路鹊"，载《一般》

(1944,上海)创刊号(1944 年 2 月 1 日出版)。

214.《孤山探梅记》：署名"路鹊"，载《新东方杂志》（上海）第 9 卷第 2 期（1944 年 2 月 15 日出版）。

215.《夜生活》：署名"章建之"，载《太平洋周报》（上海）第 1 卷第 99、100 期合刊号（1944 年 3 月 6 日出版）。

216.《三三杂记》：署名"路鹊"，载《一般》（1944,上海）第 1 卷第 2 期（1944 年 3 月 15 日出版）。

217.《漏屋》：署名"章克标"，载《作家季刊》（南京）第 1 期（1944 年 4 月出版）。

218.《光天化日》：署名"章克标"，载《光化》（上海）创刊号（1944 年 10 月 10 日出版）。

219.《对于翻译的感想》：署名"章克标"，载《作家季刊》（南京）第 3 期（1944 年 11 月出版）。

220.《读史漫笔：打油诗前辈、明皇之爱、石子钱行、别墅的下场》：署名"李之谟"，载《论语》（上海）第 121 期（1947 年 1 月 16 日出版）。

221.《读史漫笔：罪与赦、自得自失》：署名"李之谟"，载《论语》（上海）第 123 期（1947 年 2 月 16 日出版）。

222.《读史漫笔：女子所爱、以哭成名、骂人文章》：署名"李之谟"，载《论语》（上海）第 124 期（1947 年 3 月 1 日出版）。

223.《矛盾的癖好》：署名"李之谟"，载《论语》（上海）第 125 期（1947 年 3 月 16 日出版）。

224.《说老实话》：署名"李之谟"，载《论语》（上海）第 126 期（1947 年 4 月 1 日出版）。

225.《乡村胜利风景》：署名"李之谟"，载《论语》（上海）第 129 期（1947 年 5 月 16 日出版）。

226.《惧内之益》：署名"李之谟"，载《论语》（上海）第 130 期（1947 年 6 月 1 日出版）。

227.《闲话端午》：署名"李之谟"，载《论语》（上海）第 131 期（1947 年 6 月 16 日出版）。

228.《吃汇》：署名"李之谟"，载《论语》（上海）第 132 期（1947 年 7 月 1 日出版）。

229.《有鬼论》：署名"李之谟"，载《论语》（上海）第 134 期（1947 年 8 月 1 日出版）。

230.《热话》：署名"李之谟"，载《论语》（上海）第 135 期（1947 年 8 月 16 日出版）。

231.《半家言：是有天理》：署名"李之谟"，载《论语》（上海）第 139 期（1947 年 10 月 16 日出版）。

232.《芝麻半家言：中国进步了、甲人治甲》：署名"李之谟"，载《论语》（上海）第 140 期（1947 年 11 月 1 日出版）。

233.《病杂碎》：署名"李之谟"，载《论语》（上海）第 141 期（1947 年 11 月 16 日出版）。

234.《芝麻半家言：民主之害、卖官鬻爵》：署名"李之谟"，载《论语》（上海）第 142 期（1947 年 12 月 1 日出版）。

235.《岁首小愿》：署名"李之谟"，载《论语》（上海）第 144 期（1948 年 1 月 1 日出版）。

236.《芝麻半家言：不要钞票、人心思乱》：署名"李之谟"，载《论语》（上海）第 145 期（1948 年 1 月 16 日出版）。

237.《浙赣乘车记》：署名"李之谟"，载《论语》（上海）第 146 期（1948 年 2 月 1 日出版）。

238.《芝麻半家言：是何征兆、选举良法》：署名"李之谟"，载《论语》（上海）第 148 期（1948 年 3 月 1 日出版）。

239.《芝麻半家言：民主真谛》：署名"李之谟"，载《论语》（上海）第 149 期（1948 年 3 月 16 日出版）。

240.《新通货策》：署名"李之谟"，载《论语》（上海）第 150 期（1948 年 4 月 1 日出版）。

241.《芝麻半家言：天下本无事》：署名"李之谟"，载《论语》（上海）第 151 期（1948 年 4 月 16 日出版）。

242.《芝麻半家言：是非黑白、路遥知马力、花与实、价值、运命、功罪》：署名"李之谟"，载《论语》（上海）第 152 期（1948 年 5 月 1 日出版）。

243.《芝麻半家言：正理、孝道、诚实的消失、穷而后工》：署名"李之谟"，载《论语》（上海）第 153 期（1948 年 5 月 16 日出版）。

244.《各人各说》：署名"李之谟"，载《论语》（上海）第 154 期（1948 年 6 月 1 日出版）。

245.《睡品》：署名"李之谟"，载《论语》（上海）第 155 期（1948 年 6 月 16 日出版)。

246.《芝麻半家言：改用美钞为通货、忽然想到联省自治》：署名"李之谟"，载《论语》(上海)第 158 期(1948 年 8 月 1 日出版)。

247.《大家有饭吃及其他》：署名"李之谟"，载《论语》(上海)第 165 期(1948 年 11 月 16 日出版)。

248.《补缀篇》：署名"李之谟"，载《论语》(上海)第 166 期(1948 年 12 月 1 日出版)。

249.《烟雾尘天》：署名"李之谟"，载《论语》(上海)第 175 期(1949 年 4 月 16 日出版)。

250.《消除学习上的偏宠和歧视》：署名"岂凡"，载《中学生》(上海)第 211 期(1949 年 5 月 1 日出版)。

251.《和工农紧密结合》：署名"岂凡"，载《中学生》(上海)第 213 期(1949 年 7 月出版)。

252.《八一节写给人民解放军》：署名"岂凡"，载《中学生》(上海)第 214 期(1949 年 8 月出版)。

二、翻译类

1.《薮中》(小说)：芥川龙之介(日本)原作，译者署名"章克标"，收于《芥川龙之介集》(上海：开明书店，1927 年 12 月初版，1928 年 3 月再版，1929 年 5 月三版，1931 年 2 月四版)。

2.《A 的梦》(剧本)：武者小路实笃(日本)原作，译者署名"章克标"，载《一般》(1926，上海)第 4 卷第 1 期(1928 年 1 月 5 日出版)。

3.《葛都良的肖像画》(小说)：王尔德(英国①)原作，译者署名"张望"，连载《一般》(1926，上海)第 4 卷第 1 期(1928 年 1 月 5 日出版)、第 2 期(1928 年 2 月 5 日出版)、第 3 期(1928 年 3 月 5 日出版)。

4.《崇拜知识的迷信和知识阶级》：大山郁夫(日本)原作，译者署名"章克标"，载《一般》(1926，上海)第 5 卷第 3 期(1928 年 7 月 5 日出版)。

5.《民众主义与天才的相反及交错》：大山郁夫(日本)原作，译者署名"章克标"，载《一般》(1926，上海)第 6 卷第 4 期(1928 年 12 月 5 日出版)。

---

① 实为爱尔兰，但王尔德所在年代由英国统治。

6.《谈诗》：萩原朔太郎(日本)原作,译者署名"岂凡",载《开明》(上海)第2卷第4期(1929年10月10日出版)。

7.《立志》(小说)：片冈铁兵(日本)原作,译者署名"章克标",载《东方杂志》(上海)第26卷第22号(1929年11月25日出版)。

8.《到处有的蛾》(小说)：横光利一(日本)原作,译者署名"章克标",载《东方杂志》(上海)第26卷第24号(1929年12月25日出版)。

9.《一个结局》(小说)：片冈铁兵(日本)原作,译者署名"章克标",载《小说月报》(上海)第21卷第2期(1930年2月10日出版)。

10.《春天坐了马车》(小说)：横光利一(日本)原作,译者署名"章克标",载《小说月报》(上海)第21卷第3期(1930年3月10日出版)。

11.《赌》(小说)：冈田三郎(日本)原作,译者署名"章克标",载《当代文艺》(上海)第1卷第2期(1931年2月15日出版)。

12.《谈监狱》：鲁迅原作(日文,刊载于日本杂志《改造》1934年第16卷第4期),译者署名"井上",载《人言周刊》(上海)第1卷第3期(1934年3月3日出版)。

13.《鸦片战争》(小说)：大佛次郎(日本)原作,译者署名"章克标",连载《一般》(1944,上海)第1卷第1期(1944年2月1日出版)、第2期(1944年3月15日出版)。

14.《现代日本文学》：河上彻太郎(日本)原作,译者署名"章克标",载《申报月刊》(上海)复刊第3卷第2期(1945年2月16日出版)。

15.《铁流》(通俗本苏联文学丛书)：绥拉菲摩维支(苏联)原著,改写者署名"章恺",北京：开明书店,1951年1月初版,1951年6月再版,1952年5月三版。

16.《考验》(通俗本苏联文学丛书)：毕尔文采夫(苏联)原著,改写者署名"钱家标",北京：开明书店,1951年1月初版。

17.《垦荒》(通俗本苏联文学丛书)：萧洛霍夫(苏联)原著,改写者署名"孙煌",北京：开明书店,1951年1月初版。

18.《哥儿》(小说)：夏目漱石(日本)原作,译者署名"开西",收于《夏目漱石选集　第2卷》(北京：人民文学出版社,1958年6月初版,1959年9月再版)。

三、小说及诗作

1.《纸背的文字》：署名"章克标",载《狮吼》(半月刊,上海)第3期(1924年

8 月 15 日出版)。

2.《Denishawn Dancers》：署名"章克标"，收于《屠苏》(狮吼社同人合著，上海：光华书局，1926 年 9 月出版)。

3.《给 A 的信》：署名"章克标"，收于《屠苏》(狮吼社同人合著，上海：光华书局，1926 年 9 月出版)。

4.《上帝保佑下的一员》：署名"章克标"，载《小说月报》(上海)第 17 卷第 12 期(1926 年 12 月 10 日出版)。

5.《江湾夜话》：署名"章克标"，载《狮吼》(半月刊复活号，上海)第 11 期(1928 年 12 月 1 日出版)。

6.《破损的箱箧》：署名"章克标"，载《金屋月刊》(上海)第 1 卷第 1 期(1929 年 1 月 1 日出版)。

7.《马车马》：署名"章克标"，载《金屋月刊》(上海)第 1 卷第 3 期(1929 年 3 月 1 日出版)。

8.《人形灾》：署名"章克标"，载《小说月报》(上海)第 20 卷第 4 期(1929 年 4 月 10 日出版)。

9.《春曲》：署名"章克标"，载《金屋月刊》(上海)第 1 卷第 6 期(1929 年 6 月出版)。

10.《学校教师论——王先生的恳愿》：署名"章克标"，载《新文艺》(上海)第 1 卷第 4 期(1929 年 12 月 15 日出版)。

11.《小小的生命的始终》：署名"章克标"，载《小说月报》(上海)第 22 卷第 8 期(1931 年 8 月 1 日出版)。

12.《活路》：署名"章克标"，载《东方杂志》(上海)第 29 卷第 2 号(1932 年 1 月 16 日出版)。

13.《算学教授的迷惘》：署名"章克标"，载《新潮杂志》(上海)第 1 期(1934 年 9 月 5 日出版)。

14.《晨》：署名"路鹊子"，载《作家月刊》(南京)第 1 卷第 6 期(1941 年 12 月 1 日出版)。

15.《梅花鹊》：署名"路鹊子"，载《长江画刊》(汉口)第 4 期(1942 年 4 月出版)。

16.《夷山野志》：署名"杨恺"，分 39 回连载《论语》(上海)136 期(1947 年 9 月 1 日出版)至 177 期(1949 年 5 月 16 日出版)上(其中，141 期、155 期、173 期上未刊载)。

17.《翠绿色的死(顾伯安碧潭升仙记)》：署名"杨恺"，载《台湾春秋》(台北)第 2 期(出版日期不详，第 1 期出版于 1948 年 9 月 12 日，第 3 期出版于 1948 年 12 月 9 日)。

《星二颗》(诗)：署名"章克标"，收于《屠苏》(狮吼社同人合著，上海：光华书局，1926 年 9 月出版)。

本书钩沉章克标早期作品计散文 252 篇、翻译作品 18 篇、小说 17 篇，另有现代诗 1 篇。

关于章克标早期创作的散文，在《一般》(1926)上共发表 59 篇，署名"章克标"的 10 篇，署名"岂凡"的 47 篇，署名"克标"的 1 篇，未署名的 1 篇(《爱国心》)，仅《风凉话》中就收录了其中的 16 篇，其余 43 篇尚未被相关书籍收录；在《论语》上共发表 57 篇，其中署名"章克标"的 11 篇，署名"岂凡"的 9 篇，署名"李之谟"的 37 篇，目前仅有 19 篇被相关书籍收录，其余 38 篇尚未被收录；在《十日谈》上共发表 28 篇，除目录署名"岂凡"而正文署名为"天南"的《摩登不颓废》外，署名"章克标"的 6 篇，署名"岂凡"的 9 篇，署名"杨天南"的 5 篇，署名"天南"的 7 篇，而 28 篇均未被相关书籍收录；在《人言周刊》上共发表 37 篇，其中署名"章克标"的 8 篇，署名"岂凡"的 27 篇，署名"杨天南"的 2 篇，除《新年琐话》被同一时期的两种书籍收录外，其余 36 篇均未被相关书籍收录；在上述四种期刊以外发表且未被收录的还有 107 篇。

提到章克标的散文创作，人们多数会想到《风凉话》《文坛登龙术》和发表在《申报·自由谈》上的杂文，本书钩沉出的 252 篇散文中大多数是杂文，例如，其以"岂凡"署名发表在《申报·自由谈》上的杂文共有 26 篇，其中 23 篇已被相关书籍收录，而《谈借债》《创作与史实》《脚跟》3 篇则未被收录，亦未被以往研究提及；其以"李之谟"署名发表在《论语》上的 24 篇(总题 10 篇)《芝麻半家言》系列杂文中，仅《贪污可风》1 篇被论语社编《奇谈怪论〈论语〉选萃　谐文卷》收录，尚有《是有天理》《中国进步了》等 23 篇未被收录，在以往研究中亦鲜被提及；其以"岂凡"署名发表在《人言周刊》第 1 卷第 38 期至第 2 卷第 9 期"观世音"专栏的《投机与趣味》《杀人》《女变男与女扮男》等 25 篇均未被相关书籍收录，亦未被以往研究提及。这些杂文将为重新评价章克标在杂文方面的成就提供依据。另外，其以"再生"署名发表在《金屋月刊》上的《主观与客观》《诗的本质》等 8 篇艺术论，将为章克标艺术观研究提供重要依据。

以往关于章克标翻译的研究多数将重点放在其出版的翻译文集和其对日本文学的翻译上，本文钩沉出的《A 的梦》(日本白桦派代表作家武者小路实笃所作的剧本)、《谈诗》(节译自日本近代口语自由诗的确立者萩原朔太郎的著名诗论《诗的原理》)、《立志》(日本新感觉派代表作家片冈铁兵原作)、《春天坐了马车》(日本新感觉派和新心理主义文学代表作家横光利一的代表作)等发表于期刊上的翻译作品，以及《铁流》《考验》《垦荒》等对苏联等国家作品的翻译，可为今后的章克标翻译研究以及我国的翻译文学研究提供更广阔的视角。

对章克标小说的研究，以往局限于二十世纪二三十年代的几部代表作品，本书钩沉出的 17 篇小说，特别是刊载《小说月报》上的《上帝保佑下的一员》《人形灾》《小小的生命的始终》以及刊载《东方杂志》上的《活路》等将为章克标小说创作研究提供新的文本。

总体而言，本书中钩沉的大量散文、译作和小说，对重新确立章克标在我国现代文学史上的地位具有一定意义，亦可为中国现代文学史以及中国翻译文学史的撰写提供参考。

第五章
章克标早期(1920—1951)著作年表

本章按照创作时间先后对章克标早期著作排序,创作时间据相关作品文末所署日期,所署日期不全,如只署月日未署年份的,则根据刊物出版日期以及同期发表的其他作品的创作日期等加以推定,并以斜体字加下划线补记;无法确定或文末未署日期的,则按刊物出版日期进行排列。创作日期只署年月,未署具体日期且无法推测的,列于该月份最后。

作品名 (或书名)	期刊(或 出版社)	出版 地	署名	出版日期	创作日期	备　注
1920 年						
《一顶帽子》 (小说)	习作	上海	章克标	1929 年 8 月	1920 年 12 月 29 日	初出《恋爱四象》 (金屋书店)
1921 年						
《天报应》(小 说)	习作	上海	章克标	1929 年 8 月	1921 年 1 月 30 日	初出《恋爱四象》 (金屋书店)
《花环》(小说)	习作	上海	章克标	1929 年 8 月	1921 年 3 月	初出《恋爱四象》 (金屋书店)
1922 年						
《夜半之叹 声》(小说)	习作	上海	章克标	1929 年 8 月	1922 年 11 月 25 日	初出《恋爱四象》 (金屋书店)
1923 年						
《变曲点》(小 说)	习作,分 3 回连 载《狮吼》(半月 刊)7、8 合刊号, 9、10 合刊号, 11、12 合刊号	上海	章克标	1924 年 10 月 10 日①	1923 年 4 月	1924 年 8 月修 改后,收于 1930 年 3 月由上海金 屋书店出版的 《蜃楼》

---

① 连载只记第一回出版日期,下同。

（续表1）

作品名 （或书名）	期刊（或 出版社）	出版 地	署名	出版日期	创作日期	备　注
《恶戏》（小说）	习作	上海	章克标	1929年8月	1923年6月 10日	初出《恋爱四象》 （金屋书店）
《〈创造〉2卷 1号创作评》	《时事新报·学 灯》	上海	章克标	1923年6月 17日		
《所谓批评 者——为评 〈创造〉创作 答成仿吾》	《时事新报·学 灯》	上海	章克标	1923年8月 2日	1923年7月 22日	
1924年						
《樱花之都》	《金屋月刊》第 1卷第4期	上海	章克标	1929年4月	1924年5月 7日	
《道尔顿制在 日本的概况》	《教育杂志》第 16卷第7期	上海	章克标	1924年7月 20日		
《Sphinx之呼 声》（诗）	《狮吼》（半月 刊）第3期	上海	见备注	1924年8月 15日	_1924年7月_ 22日	目录署名"章克 标"，正文署名 "克标"
《纸背的文 字》（小说）	《狮吼》（半月 刊）第3期	上海	章克标	1924年8月 15日		
《文明结合的 牺牲者》（小 说）		上海	章克标	1926年9月①	1924年11月 8日	初出《屠苏》（光 华书局）
《星二颗》（诗）		上海	章克标	1926年9月	《某夜的事情》 作于1924年 12月8日；《告 Sirius》作于 1924年12月 9日	初出《屠苏》（光 华书局）
1925年						
《结婚的当 夜》（小说）		上海	章克标	1929年8月	1925年1月 2日	初出《恋爱四象》 （金屋书店）
《德国的表现 主义剧》	《东方杂志》第 22卷第18号	上海	章克标	1925年9月 25日		

---

① 《屠苏》原书无版权页，故出版日期不详，但书中张水淇所作的《绪言》文末署"十五年九月二日"，
即1926年9月2日。

(续表 2)

作品名 (或书名)	期刊(或 出版社)	出版 地	署名	出版日期	创作日期	备　　注
《Sphinx 以后》	《新纪元》第 1 期	上海	章克标	1926 年 1 月 1 日	*1925 年*①9 月 30 日	
《美人》(小说)		上海	章克标	1926 年 9 月	1925 年 11 月 28 日	初出《屠苏》(光 华书局)
《双十节》(小 说)	《小说月报》第 17 卷第 2 期	上海	章克标	1926 年 2 月 10 日	1925 年 11 月	
《给 A 的信》 (小说)		上海	章克标	1926 年 9 月	1925 年 12 月 2 日	初出《屠苏》(光 华书局)
《恋爱》		上海	章克标	1926 年 9 月	1925 年 12 月 22 日	初出《屠苏》(光 华书局)
1926 年						
《秋心》(小说)	《新纪元》第 1 期	上海	章克标	1926 年 1 月 1 日②		
《恋爱两极 (上)》(小说)	《狮吼》(半月刊 复活号)第 6 期	上海	章克标	1928 年 9 月 16 日	1926 年 2 月	后改名为《一封 不知谁写给谁的 信》,收于《恋爱 四象》
《上帝保佑下 的一员》(小 说)	《小说月报》第 17 卷第 12 期	上海	章克标	1926 年 12 月 10 日	1926 年 5 月	
《爱欲》(译)	分 4 回连载《东 方杂志》第 23 卷第 14—17 号	上海	章克标	1926 年 7 月 25 日		武者小路实笃 (日本)原作
《Denishawn Dancers》		上海	章克标	1926 年 9 月	10 月 14 日③	初出《屠苏》(光 华书局)
《悼白采(四)》	《一般》(1926) 第 1 卷第 2 期	上海	克　标	1926 年 10 月 5 日		
《新年新历》	《一般》(1926) 第 2 卷第 1 期	上海	章克标	1927 年 1 月 5 日	1926 年 11 月 29 日	

①　正文末署"于京都九月三十日",章克标于 1925 年春至 1926 年 6 月,就读于京都帝国大学数学科,1926 年 6 月退学回国,文章创作日期署"九月三十日",只能是 1925 年的 9 月 30 日。

②　关于《秋心》的创作时间,《恋爱四象》(金屋书店,1929,第 89 页)记为"15.X",即 1926 年 10 月,《章克标文集(上)》(第 71 页)记为"1926 年 5 月",两者记述不一致且均晚于期刊出版日期,初出仅记"十月初稿",故此处按期刊出版日期排序。

③　正文末仅署"十月十四日",无法确定年份,故以《屠苏》出版时间 1926 年 9 月为序列于此。

(续表 3)

作品名 (或书名)	期刊(或 出版社)	出版 地	署名	出版日期	创作日期	备 注
						1927 年
《谈现下学风及其他（对话）》	《一般》(1926)第 3 卷第 1 期	上海	章克标	1927 年 9 月 5 日	1927 年 8 月 6 日	
《香烟》	《一般》(1926)第 4 卷第 1 期	上海	岂 凡	1928 年 1 月 5 日	*1927 年* 8 月 29 日	总题《"老酒""香烟""女人"》
《芥川龙之介的死》	《一般》(1926)第 3 卷第 2 期	上海	章克标	1927 年 10 月 5 日	1927 年 9 月 30 日	
《九呼》(小说)	《一般》(1926)第 3 卷第 3 期	上海	张 望	1927 年 11 月 5 日	1927 年 10 月 7 日①	
《A 的梦》(译)	《一般》(1926)第 4 卷第 1 期	上海	章克标	1928 年 1 月 5 日	*1927 年* 10 月 30 日	武者小路实笃（日本)原作
《友谊和辩难》	《一般》(1926)第 3 卷第 4 期	上海	章克标	1927 年 12 月 5 日	1927 年 11 月 3 日	
《致某某》(小说)	《一般》(1926)第 3 卷第 4 期	上海	张 望	1927 年 12 月 5 日	1927 年 11 月 6 日	
《葛都良的肖像画》(译)	分两回连载《一般》(1926)第 4 卷第 1、2、3 期	上海	张 望	1928 年 1 月 5 日	第 1 回作于 *1927 年* 11 月 8 日；第 3 回作于 *1927 年* 12 月 30 日	王尔德（英国)原作
《女人》	《一般》(1926)第 4 卷第 1 期	上海	岂 凡	1928 年 1 月 5 日	*1927 年* 11 月 11 日	总题《"老酒""香烟""女人"》
《老酒》	《一般》(1926)第 4 卷第 1 期	上海	岂 凡	1928 年 1 月 5 日	*1927 年* 12 月 5 日	总题《"老酒""香烟""女人"》
《评蒋宋结婚的仪式》	《一般》(1926)第 3 卷第 4 期	上海	章克标	1927 年 12 月 5 日		
《岁暮》(小说)	分两回连载《一般》(1926)第 4 卷第 1、3 期	上海	章克标	1928 年 1 月 5 日	1927 年 12 月	
《薮中》(译)		上海	章克标	1927 年 12 月		初出《芥川龙之介集》(开明书店，另收鲁迅等的译作)

① 关于《九呼》创作时间，初出记作"十月七日"，《恋爱四象》(金屋书店，1929，第 89 页)记作"16.X.7."，即 1927 年 10 月 7 日，《章克标文集(上)》(第 85 页)记作"1927.5.7"，本书采信《恋爱四象》。

（续表 4）

作品名 （或书名）	期刊（或 出版社）	出版 地	署名	出版日期	创作日期	备　注
1928 年						
《朦胧的思路》	《一般》(1926) 第 4 卷第 1 期	上海	章克标	1928 年 1 月 5 日		
《标语》	《一般》(1926) 第 4 卷第 2 期	上海	岂　凡	1928 年 2 月 5 日	1928 年 2 月 1 日	
《马振华的自 杀及世评》	《新女性》第 3 卷第 4 期	上海	岂　凡	1928 年 4 月 1 日		
《读革命文学 论诸作》	《一般》(1926) 第 4 卷第 4 期	上海	岂　凡	1928 年 4 月 5 日	1928 年 4 月	
《爱欲》（译）	金屋书店	上海	章克标	1928 年 4 月		武者小路实笃 （日本）原作
《公论》（译）	《一般》(1926) 第 5 卷第 1 期	上海	章克标	1928 年 5 月 5 日		菊池宽（日本） 原作
《水上》（译）	开明书店	上海	章克标	1928 年 5 月		莫泊桑（法国） 原作
《文学与发财》	《一般》(1926) 第 5 卷第 2 期	上海	岂　凡	1928 年 6 月 5 日①	*1928 年* 6 月 15 日	
《发财与革命》	《一般》(1926) 第 5 卷第 2 期	上海	岂　凡	1928 年 6 月 5 日	*1928 年 6 月* 16 日	
《革命与恋爱》	《一般》(1926) 第 5 卷第 2 期	上海	岂　凡	1928 年 6 月 5 日	1928 年 6 月 17 日	
《恋爱与读书》	《一般》(1926) 第 5 卷第 2 期	上海	岂　凡	1928 年 6 月 5 日	*1928 年 6 月* 19 日	
《读书与做官》	《一般》(1926) 第 5 卷第 2 期	上海	岂　凡	1928 年 6 月 5 日	*1928 年* 6 月 22 日	
《做官与文学》	《一般》(1926) 第 5 卷第 2 期	上海	岂　凡	1928 年 6 月 5 日	*1928 年 6 月* 24 日	

① 笔者未见初版的《一般》第 5 卷第 2 期，所见第 5 卷 1—4 期合订本上亦未见初版日期，此处出版时间据唐沅、韩之友等编著的《中国现代文学期刊目录汇编》(知识产权出版社 2010 年版，第 1103 页)，该期刊载的章克标的《恋爱与革命》和署名"觉敷"的《谈谈弗洛伊德》文末分别署"十七年六月十七日"和"一九二八·六·二〇"，创作时间均晚于 1928 年 6 月 5 日，如《中国现代文学期刊目录汇编》所记无误，应系《一般》第 5 卷第 2 期脱期，结合所载《做官与文学》的创作时间，该期的实际出版时间应在 1928 年 6 月 24 日以后。

(续表5)

作品名 (或书名)	期刊(或 出版社)	出版 地	署名	出版日期	创作日期	备　　注
《论翻译》	《开明》创刊号	上海	岂　凡	1928 年 7 月 10 日		
《草 的 感 觉》 (小说)	《狮吼》(半月刊 复活号)第 3 期	上海	章克标	1928 年 8 月 1 日	1928 年 7 月 15 日	
《崇拜知识的 迷信和知识 阶级》	《一般》(1926) 第 5 卷第 3 期	上海	章克标	1928 年 7 月 5 日	1928 年 7 月	大山郁夫(日本) 原作
《站在十字街 头的一个问 题——关 于 花柳病和娼 妓》	《一般》(1926) 第 5 卷第 4 期	上海	章克标	1928 年 8 月 5 日		
《恋 爱 两 极 (下)》(小说)	《狮吼》(半月刊 复活号)第 7 期	上海	章克标	1928 年 10 月 1 日	1928 年 8 月	后改名为《一个 女子给她以前的 爱人的信》,收于 《恋爱四象》
《岛原心中》 (译)	《贡献》第 4 卷 第 3 期	上海	章克标	1928 年 9 月 25 日	1928 年 8 月	菊池宽(日本) 原作
《刺青》(译)	《狮吼》(半月刊 复 活 号) 第 12 期	上海	章克标	1928 年 12 月 16 日	1928 年 8 月	谷崎润一郎(日 本)原作
《认识了时代》	《一般》(1926) 第 6 卷第 1 期	上海	岂　凡	1928 年 9 月 5 日		
《奢侈的中国 人》	《一般》(1926) 第 6 卷第 1 期	上海	岂　凡	1928 年 9 月 5 日		
《寺院与孔庙》	《一般》(1926) 第 6 卷第 1 期	上海	岂　凡	1928 年 9 月 5 日		
《酒——少喝 一点的好》	《一般》(1926) 第 6 卷第 1 期	上海	章克标	1928 年 9 月 5 日	1928 年 9 月	
《书店流行的 一观察》	《一般》(1926) 第 6 卷第 2 期	上海	岂　凡	1928 年 10 月 5 日		
《再认识这个 时代》	《一般》(1926) 第 6 卷第 2 期	上海	岂　凡	1928 年 10 月 5 日		
《奉劝穷人毋 须读书》	《一般》(1926) 第 6 卷第 2 期	上海	岂　凡	1928 年 10 月 5 日		

(续表6)

作品名 (或书名)	期刊(或 出版社)	出版 地	署名	出版日期	创作日期	备　注
《恶魔》(译)	《东方杂志》第25卷第19号	上海	章克标	1928 年 10月 10 日		谷崎润一郎(日本)原作
《关于夏目漱石》	《小说月报》第21卷第7期	上海	章克标	1930年7月10日	1928年10月	
《江湾夜话》(小说)	《狮吼》(半月刊复活号)第11期	上海	章克标	1928 年 12月 1 日	1928年10月	
《中国人的时间观念》	《一般》(1926)第6卷第3期	上海	岂　凡	1928 年 11月 5 日		
《恋爱游戏》	《一般》(1926)第6卷第3期	上海	岂　凡	1928 年 11月 5 日		
《秋虫死了》	《一般》(1926)第6卷第3期	上海	岂　凡	1928 年 11月 5 日		
《民众主义与天才的相反及交错》	《一般》(1926)第6卷第4期	上海	章克标	1928 年 12月 5 日	*1928 年*11月17 日	大山郁夫(日本)原作
《破损的箱箧》(小说)	《金屋月刊》第1卷第1期	上海	章克标	1929年1月1 日	1928 年 11月末	
《读〈三代的恋爱〉后之感想》	《新女性》第3卷第12期	上海	章克标	1928 年 12月 1 日		
《人形灾》(小说)	《小说月报》第20卷第4期	上海	章克标	1929年4月10 日	1928年12月5 日	
《近事片片》	《一般》(1926)第6卷第4期	上海	岂　凡	1928 年 12月 5 日		
《谈创作》	《开明》第1卷第6期	上海	岂　凡	1928 年 12月 10 日		
《来吧,让我们沉睡在喷火口上欢梦》(诗)	《金屋月刊》第1卷第2期	上海	章克标	1929年2月1 日	1928年12月12 日	
《要做一篇鲁迅论的话》	分两回连载《金屋月刊》第1卷第2、3期	上海	A.B.	1929年2月1 日	第 1 回作于1928年12月26 日;第2回作于 1928 年12月 30 日	

（续表7）

作品名（或书名）	期刊（或出版社）	出版地	署名	出版日期	创作日期	备　注
《二庵童》(译)	《金屋月刊》第1卷第2期	上海	见备注	1929年2月1日	1928年12月	谷崎润一郎（日本）原作,译者署名目录中为"克标",正文为"章克标"
《马车马》(小说)	《金屋月刊》第1卷第3期	上海	章克标	1929年3月1日	1928年12月	
1929 年						
《梅兰芳扬名海外之一考察》	《文学周报》第8卷第3期（总第353期）	上海	岂凡	1929年1月13日	1929年1月1日	
《中国社会相的新展开（一）》	《一般》(1926)第7卷第1期	上海	岂凡	1929年1月5日	*1929 年* 1月7日	创作时间略晚于期刊出版时间,应系期刊脱期
《中国人性情的正反面》	《一般》(1926)第7卷第1期	上海	岂凡	1929年1月5日	*1929 年* 1月7日	
《涡旋》(小说)	《小说月报》第20卷第1期	上海	章克标	1929年1月10日		
《银蛇》	金屋书店	上海	章克标	1929年1月		
《身边杂事:自己、结婚、恋爱、朋友、从前、现在》	《小说月报》第20卷第3期	上海	章克标	1929年3月10日	1929年2月1日	
《应酬话》	《一般》(1926)第7卷第2期	上海	岂凡	1929年2月5日		
《代一个人辩明》	《新女性》第4卷第3期	上海	岂凡	1929年3月1日		
《翻译复兴》	《一般》(1926)第7卷第3期	上海	岂凡	1929年3月5日		
《好书不出》	《一般》(1926)第7卷第3期	上海	岂凡	1929年3月5日		
《身边杂事:新旧、农家、阶级、叫苦》	《一般》(1926)第7卷第3期	上海	章克标	1929年3月5日		

（续表8）

作品名（或书名）	期刊(或出版社)	出版地	署名	出版日期	创作日期	备　注
《今天天气……》	《一般》(1926)第7卷第2期	上海	岂凡	1929年2月5日①	1929年3月5日	
《吃过了饭么?》	《一般》(1926)第7卷第2期	上海	岂凡	1929年2月5日	1929年3月6日	
《萝洞先生》（译）	《金屋月刊》第1卷第5期	上海	章克标	1929年5月	1929年3月8日	谷崎润一郎(日本)原作
《上去站在第一峰顶》	《金屋月刊》第1卷第4期	上海	章克标	1929年4月	1929年3月11日	
《一夜》（小说）	《一般》(1926)第8卷第2期	上海	见备注	1929年6月5日	1929年3月13日	目录署名"章克标",正文署名"克标"
《一个人的结婚》（小说）	分两回连载《新女性》第4卷第5、7期	上海	章克标	1929年5月1日	第一回作于*1929年*3月15日;第二回作于*1929年*3月28日	
《钱君匋著〈水晶座〉序（四）》		上海	章克标	1929年3月		初出《水晶座》(钱君匋著,亚东图书馆)
《关于男女关系的提案》	《新女性》第4卷第4期	上海	岂凡	1929年4月1日		
《关于生活问题的提案》	《新女性》第4卷第4期	上海	岂凡	1929年4月1日		
《身边杂事:教师生涯》	《小说月报》第20卷第4期	上海	章克标	1929年4月10日		
《伦敦塔》（译）	《金屋月刊》第1卷第4期	上海	见备注	1929年4月		夏目漱石(日本)原作,译者署名目录中为"克标",正文为"章克标"

---

① 笔者未见初版的《一般》第7卷第2期,所见第7卷1—4期合订本上亦未见初版日期,此处出版时间据唐沅、韩之友等主编的《中国现代文学期刊目录汇编》(知识产权出版社2010年版,第1106页),《今天天气……》《吃过了饭么?》两篇作品的创作时间分别记为"一八,三,五""一八,三,六",均晚于《一般》第7卷第2期的出版时间,应是期刊脱期。

（续表9）

作品名（或书名）	期刊（或出版社）	出版地	署名	出版日期	创作日期	备　注
《做不成的小说》（小说）	《金屋月刊》第1卷第5期	上海	章克标	1929年5月	1929年4月	
《身边杂事：春暮、两个Theam、所感》	《小说月报》第20卷第5期	上海	章克标	1929年5月10日	《春暮》《两个Theam》作于*1929年*4月30日；《所感》作于*1929年*5月1日	
《保存古物》	《一般》（1926）第8卷第1期	上海	岂　凡	1929年5月5日	1929年5月1日	
《五月放假月》	《一般》（1926）第8卷第1期	上海	岂　凡	1929年5月5日	*1929年*5月1日	
《全国美术展览会》	《一般》（1926）第8卷第1期	上海	岂　凡	1929年5月5日		
《禁止研究社会科学者的头脑》	《一般》（1926）第8卷第1期	上海	岂　凡	1929年5月5日	*1929年*5月10日	
《菊池宽集》	开明书店	上海	章克标	1929年5月		
《春曲》（小说）	《金屋月刊》第1卷第6期	上海	章克标	1929年6月	1929年5月	
《关于学校演剧等等》	《一般》（1926）第8卷第2期	上海	岂　凡	1929年6月5日		
《剪头发》	《小说月报》第20卷第10期	上海	岂　凡	1929年10月10日	1929年6月9日	
《洗澡》	《小说月报》第20卷第10期	上海	岂　凡	1929年10月10日	1929年6月10日	
《杀艳》	连载《新文艺》第1卷第4、5期	上海	章克标	1929年12月15日	1929年6月	谷崎润一郎（日本）原作
《蜃楼》	金屋书店	上海	章克标	1930年3月15日	1929年6月	
《疑问（一、二）》	《一般》（1926）第8卷第3期	上海	岂　凡	1929年7月5日		

(续表10)

作品名 (或书名)	期刊(或 出版社)	出版 地	署名	出版日期	创作日期	备 注
《革命与性生活》	《一般》(1926) 第8卷第3期	上海	岂 凡	1929年7月5日		
《讲读书》	《开明》第2卷 第1期	上海	岂 凡	1929年7月10日		
《英雄死》	《一般》(1926) 第8卷第4期	上海	岂 凡	1929年8月5日	*1929年8月4日*	
《文人忙》	《一般》(1926) 第8卷第4期	上海	岂 凡	1929年8月5日	*1929年8月4日*	
《爱国心》	《一般》(1926) 第8卷第4期	上海	未署名	1929年8月5日	*1929年8月4日*	
《投机心》	《一般》(1926) 第8卷第4期	上海	岂 凡	1929年8月5日	*1929年8月4日*	
《装修门面》	《一般》(1926) 第8卷第4期	上海	岂 凡	1929年8月5日	*1929年8月4日*	
《灯下伴侣》	《金屋月刊》第 1卷第12期	上海	见备注	1930年9月	1929年8月17日	目录署名"章克标",正文署名"克标"
《恋爱四象》	金屋书店	上海	章克标	1929年8月		
《风凉话》	开明书店	上海	章克标	1929年8月		
《兴奋剂》	《一般》(1926) 第9卷第1期	上海	岂 凡	1929年9月5日		
《西湖博览会杂感》	《一般》(1926) 第9卷第1期	上海	岂 凡	1929年9月5日		
《回忆和幻想中的陶元庆》	《一般》(1926) 第9卷第2期	上海	章克标	1929年10月5日	*1929年*9月17日	
《一个人的结婚》(小说)	芳草书店	上海	章克标	1929年9月		
《谈诗》(译)	《开明》第2卷 第4期	上海	岂 凡	1929年10月10日		萩原朔太郎(日本)原作
《一个结局》 (译)	《小说月报》第 21卷第2期	上海	章克标	1930年2月10日	1929年10月13日	片冈铁兵(日本)原作

(续表 11)

作品名 (或书名)	期刊(或 出版社)	出版 地	署名	出版日期	创作日期	备　注
《〈上元灯〉 (施蛰存著， 水沫书局版)》	《金屋月刊》第 1卷第6期	上海	A.B.	1929年6月	*1929 年*① 10 月 20 日	
《她的遗书》 (翟永坤著， 开明书店 版)》	《金屋月刊》第 1卷第6期	上海	A.B.	1929年6月	*1929 年 10 月* 21 日	
《主观与客 观》	《金屋月刊》第 1卷第6期	上海	再　生	1929年6月②		
《南京路十月 里的一天下 午三点钟》	《金屋月刊》第 1卷第7期	上海	章克标	1929年12月	1929年10月	
《春天坐了马 车》(译)	《小说月报》第 21卷第3期	上海	章克标	1930年3月 10日	1929年10月	横光利一（日本） 原作
《立志》(译)	《东方杂志》第 26卷第22号	上海	章克标	1929 年 11 月 25 日	1929年10月	片冈铁兵（日本） 原作
《到处有的 蛾》(译)	《东方杂志》第 26卷第24号	上海	章克标	1929 年 12 月 25 日	1929年10月	横光利一（日本） 原作
《发光的砂 砾》	《新文艺》第 1卷第3期	上海	岂　凡	1929 年 11 月 15 日	1929年10月	
《学校教师 论——王先 生的恳愿》 (小说)	《新文艺》第 1卷第4期	上海	章克标	1929 年 12 月 15 日	*1929 年*11 月 3 日	
《敬谢指教》	《一般》(1926) 第9卷第3期	上海	岂　凡	1929 年 11 月 5 日		

---

　　① 文末只署"十月二十日"，未署年份，该文是施蛰存著《上元灯及其他》的书评，《上元灯及其他》初版于 1929 年 8 月，故此文应作于 1929 年 8 月以后，而刊载该文的《金屋月刊》第 1 卷第 6 期出版时间却记为民国"十八年六月"，即 1929 年 6 月，早于《上元灯及其他》的出版时间。《金屋月刊》第 1 卷第 7 期出版日期记为民国"十八年十二月"，与第 6 期间隔半年，第 1 卷第 8 期的出版日期记为民国"十九年四月"，又与第 7 期间隔 4 个月，可见《金屋月刊》脱期严重，故笔者推测《〈上元灯〉(施蛰存著，水沫书局版)》的创作时间应为 1929 年 10 月 20 日，《金屋月刊》第 1 卷第 6 期的实际出版时间并非杂志上记载的民国"十八年六月"，而在 1929 年 10 月 20 日以后。
　　② 如前注所述，《金屋月刊》第 1 卷第 6 期的实际出版时间并非杂志上记载的民国"十八年六月"，而应在 1929 年 10 月 20 日以后，故排列于此。

(续表 12)

作品名 （或书名）	期刊（或 出版社）	出版 地	署名	出版日期	创作日期	备　注
《交友须知》	《一般》（1926） 第 9 卷第 3 期	上海	岂　凡	1929 年 11 月 5 日		
《都是生意 经》	《一般》（1926） 第 9 卷第 3 期	上海	岂　凡	1929 年 11 月 5 日		
《浪漫主义与 现实主义》	《金屋月刊》第 1 卷第 8 期	上海	再　生	1930 年 4 月	*1929 年*11 月 10 日	
《谷崎润一郎 集》	开明书店	上海	章克标	1929 年 11 月		
《大减价与军 乐声》	《一般》（1926） 第 9 卷第 4 期	上海	岂　凡	1929 年 12 月 5 日		
《礼义之邦》	《一般》（1926） 第 9 卷第 4 期	上海	岂　凡	1929 年 12 月 5 日		
《绑匪横行》	《一般》（1926） 第 9 卷第 4 期	上海	岂　凡	1929 年 12 月 5 日		
《再会再会》	《一般》（1926） 第 9 卷第 4 期	上海	岂　凡	1929 年 12 月 5 日	1929 年 12 月 7 日	
《国字辈太不 争气》	《一般》（1926） 第 9 卷第 4 期	上海	岂　凡	1929 年 12 月 5 日	1929 年 12 月 10 日	
《音乐与美 术——艺术 的二大范畴》	《金屋月刊》第 1 卷第 7 期	上海	再　生	1929　年 12 月		
1930 年						
《身边杂事： 住居、衣着、 饮食、走动》	《金屋月刊》第 1 卷第 8 期	上海	章克标	1930 年 4 月	1930 年 1 月 13 日	
《苏维埃俄罗 斯概观》	《中学生》第 2 期	上海	章克标	1930 年 2 月 1 日		
《关于蜃楼》 （即《蜃楼代 序》）	《金屋月刊》第 1 卷 9、10 合 并号	上海	见备注	1930 年 6 月	《故事》作于 1930 年 2 月 12 日；《蜃楼我 观》作于 1930 年 2 月 14 日； 《尊题拜借》作 于 1930 年 2 月 15 日	目录署名"克 标"，正文署名 "章克标"

（续表 13）

作品名 （或书名）	期刊（或 出版社）	出版 地	署名	出版日期	创作日期	备　注
《两种的艺术》	《金屋月刊》第 1 卷 9、10 合 并号	上海	再　生	1930 年 6 月	1930 年 3 月 4 日	
《杀艳》	上海水沫书店	上海	章克标	1930 年 3 月		
《抽象观念与 具象观念》	《金屋月刊》第 1 卷 9、10 合 并号	上海	再　生	1930 年 6 月	1930 年 4 月 4 日	
《春天带了来 的》	《金屋月刊》第 1 卷 9、10 合 并号	上海	见备注	1930 年 6 月	《群蛇》作于 1930 年 4 月 6 日；《桃花》 作于 1930 年 4 月 7 日；《纸 鸢》《云》《樱 花》作于 1930 年 4 月 21 日；《雨》作于 1930 年 4 月 22 日	目录署名"克 标"，正文署名 "章克标"
《随笔：骂 人①、专卖特 许、宣传和广 告》	《金屋月刊》第 1 卷 9、10 合 并号	上海	岂　凡	1930 年 6 月	《骂人》作于 1930 年 4 月 30 日；《专卖 特许》《宣传 和广告》作于 1930 年 5 月 1 日	
《两种的小 说》（译）	《金屋月刊》第 1 卷 9、10 合 并号	上海	见备注	1930 年 6 月		夏目漱石（日本） 原作，译者署名 目录中为"克 标"，正文为 "K.C."
《文学入门》	开明书店	上海	章克标	1930 年 6 月		与方光焘共同 编撰
《表现与观 照》	《金屋月刊》第 1 卷第 11 期	上海	再　生	1930 年 8 月	1930 年 7 月 1 日	

---

① 原文标题此处为"人骂"。

(续表 14)

作品名 (或书名)	期刊(或 出版社)	出版 地	署名	出版日期	创作日期	备　注
《随笔：主 义、无主义、 有主义、奴 隶、文人与娼 妓》	《金屋月刊》第 1卷第11号	上海	岂　凡	1930年8月	《主义》《无主 义》作于1930 年7月2日； 《有主义》《奴 隶》《文人与娼 妓》作于1930 年7月3日	
《美人李》	《金屋月刊》第 1卷第11期	上海	克　标	1930年8月	1930年7月 4日	
《初夏的风》	《金屋月刊》第 1卷第11期	上海	见备注	1930年8月	1930年7月 6日	目录署名"克 标",正文署名 "章克标"
《评〈失业以 后〉》	《金屋月刊》第 1卷第11期	上海	A.B.	1930年8月	1930年7月 8日	
《哥儿》(译)	分3回连载《小 说月报》第21 卷第7、8、9期	上海	章克标	1930年7月 10日		夏目漱石(日本) 原作
《随笔：文坛、 中国批评家、 文水比》	《金屋月刊》第 1卷第12号	上海	岂　凡	1930年9月	《文坛》《中国 批评家》作于 1930年7月 18日；《文水 比》作于1930 年8月13日	
《杨柳》	《金屋月刊》第 1卷第12期	上海	见备注	1930年9月	1930年8月 12日	目录署名"章克 标",正文署名 "克标"
《诗的本质》	《金屋月刊》第 1卷第12期	上海	再　生	1930年9月	1930年8月 19日	
《感情与知性》	《金屋月刊》第 1卷第12期	上海	再　生	1930年9月		
《赌》(译)	《当代文艺》第 1卷第2期	上海	章克标	1931年2月 15日	1930年12月 6日	冈田三郎(日本) 原作
1931 年						
《小小的生命 的始终》(小 说)	《小说月报》第 22卷第8期	上海	章克标	1931年8月 1日	1931年4月	

（续表 15）

作品名 （或书名）	期刊（或 出版社）	出版 地	署名	出版日期	创作日期	备　注
《我的中学生 时代》	《中学生》第 16 期	上海	章克标	1931 年 6 月 1 日		
《活路》（小说）	《东方杂志》第 29 卷第 2 号	上海	章克标	1932 年 1 月 16 日	1931 年 10 月	
1932 年						
《摩登》	《时代》第 2 卷 第 7 期	上海	章克标	1932 年 6 月 1 日		
《沪案发生后 对于上海贸 易之影响》	《国际贸易导 报》第 4 卷第 2 期	上海	章建之	1932 年 7 月 1 日		
《水蜜桃》	《时代》第 2 卷 第 11 期	上海	章克标	1932 年 8 月 1 日	*1932 年* 7 月 9 日	
《夏目漱石集》	开明书店	上海	章克标	1932 年 7 月		
《五十年兴国 计划说明书》	《论语》第 1 期	上海	岂　凡	1932 年 9 月 16 日	*1932 年* 8 月 21 日	
《艺术大众化 问题》	《时代》第 3 卷 第 1 期	上海	章克标	1932 年 9 月 1 日		
《国难期间停 止国庆说》	《论语》第 3 期	上海	岂　凡	1932 年 10 月 16 日	*1932 年* 10 月 5 日	
《章克标自传》	《读书杂志》第 3 卷第 1 期	上海	章克标	1933 年 2 月 1 日	1932 年 10 月 5 日	
《观市政府主 办刘海粟欧 游作品展览 会记》	《论语》第 5 期	上海	岂　凡	1932 年 11 月 16 日	1932 年 10 月 21 日	
《向单纯行进》	《时代》第 3 卷 第 5 期	上海	克　标	1932 年 11 月 1 日		
《中华全国道 路建筑协会 十二周年纪 念展览游艺 大会参观记》	《论语》第 4 期	上海	岂　凡	1932 年 11 月 1 日		

(续表 16)

作品名 (或书名)	期刊(或 出版社)	出版 地	署名	出版日期	创作日期	备　　注
《杂谈一：先抄一段广告、国民性之表现、体面作祟、中国的建筑事业、附带理由可解嘲》	《论语》第 8 期	上海	章克标	1933 年 1 月 1 日	1932 年 12 月 19 日	
《杂谈二：广告若干条、人和狗和猫的价格、人和狗和猫的用途、人为万物之灵、最后的胜利》	《论语》第 8 期	上海	章克标	1933 年 1 月 1 日	1932 年 12 月 19 日	
《民国二十二年小预言》	《论语》第 8 期	上海	岂　凡	1933 年 1 月 1 日	1932 年 12 月 19 日	
《尊愚论》	《申报·自由谈》	上海	岂　凡	1932 年 12 月 27 日	*1932 年*12 月 25 日	
《排天才》	《申报·自由谈》	上海	岂　凡	1932 年 12 月 28 日		
1933 年						
《机械时代》	《时代》第 3 卷 第 9 期	上海	章克标	1933 年 1 月 1 日		
《杂谈四：国民新闻社云、全国人民发财机会、胡不改名富国奖券、撇开航空筑路的理由、若要敛钱另请高明》	《论语》第 10 期	上海	章克标	1933 年 2 月 1 日	1933 年 1 月 15 日	
《杂谈三：来信照登、游艺救国、金钱万能、进一步的见解、最后的纠正》	《论语》第 9 期	上海	章克标	1933 年 1 月 16 日		

(续表 17)

作品名 (或书名)	期刊(或 出版社)	出版 地	署名	出版日期	创作日期	备 注
《希望真命天子降临的人们》	《申报·自由谈》	上海	岂 凡	1933 年 2 月13 日		
《自学解》	《社员俱乐部》第 3 期	上海	岂 凡	1933 年 2 月20 日		
《头发有罪论》	《时代漫画》第14 期	上海	岂 凡	1935 年 2 月20 日		
《迎春之辞》	《时代》第 4 卷第 1 期	上海	章克标	1933 年 3 月1 日		
《星期杂记》	分两回连载《申报·自由谈》	上海	章克标	1933 年 3 月2日、1933 年 3月 3 日		
《人民的天职》	《申报·自由谈》	上海	岂 凡	1933 年 3 月23 日		
《渐入正轨》	《论语》第 15 期	上海	岂 凡	1933 年 4 月16 日		
《高等华人论》	《论语》第 16 期	上海	岂 凡	1933 年 5 月1 日	*1933 年*4 月20 日	
《"五一"节七大宏愿》	《论语》第 16 期	上海	岂 凡	1933 年 5 月1 日		
《文坛登龙术解题与后记》	《论语》第 19 期	上海	章克标	1933 年 6 月16 日	1933 年 5 月11 日	
《发起救国道场意见书》	《论语》第 18 期	上海	岂 凡	1933 年 6 月1 日	*1933 年*5 月15 日	
《欺骗》	《申报·自由谈》	上海	岂 凡	1933 年 5 月23 日		
《胡调》	《申报·自由谈》	上海	岂 凡	1933 年 5 月25 日		
《谈风月》	《申报·自由谈》	上海	岂 凡	1933 年 5 月28 日		
《文坛登龙术》	绿杨堂(自费出版时虚构的出版社)	上海	章克标	1933 年 5 月		有合卷本和分卷本(上下册)两种

(续表 18)

作品名 (或书名)	期刊(或 出版社)	出版 地	署名	出版日期	创作日期	备　注
《不要自由》	《申报·自由谈》	上海	岂凡	1933 年 6 月 4 日		
《文人》	《申报·自由谈》	上海	岂凡	1933 年 6 月 6 日		
《自由的爆裂》	《申报·自由谈》	上海	岂凡	1933 年 6 月 8 日		
《歌与颂》	《申报·自由谈》	上海	岂凡	1933 年 6 月 14 日		
《修改与制造》	《申报·自由谈》	上海	岂凡	1933 年 6 月 16 日		
《没落者》	《申报·自由谈》	上海	岂凡	1933 年 6 月 24 日		
《世界人》	《申报·自由谈》	上海	岂凡	1933 年 6 月 26 日		
《乡村小景:醉汉的凋落、乡警的叹诉、帮工的得意》	《东方杂志》第 30 卷第 15 号	上海	章克标	1933 年 8 月 1 日	《醉汉的凋落》作于 1933 年 6 月 26 日;《乡警的叹诉》《帮工的得意》作于 1933 年 6 月 27 日	
《文学有用论》	《申报·自由谈》	上海	岂凡	1933 年 7 月 21 日		
《谈借债》	《申报·自由谈》	上海	岂凡	1933 年 8 月 2 日		
《骂人风与吐泻》	《十日谈》第 1 期	上海	岂凡	1933 年 8 月 10 日	1933 年 8 月 5 日	
《遗忘》	《申报·自由谈》	上海	岂凡	1933 年 8 月 7 日		
《古代的恋爱观》	分 3 回连载《论语》第 25、26、27 期	上海	章克标	1933 年 9 月 16 日	1933 年 8 月 8 日	
《谈续》	《申报·自由谈》	上海	岂凡	1933 年 8 月 14 日		

(续表 19)

作品名（或书名）	期刊（或出版社）	出版地	署名	出版日期	创作日期	备注
《从武侠小说到幽默杂文》	《申报·自由谈》	上海	岂凡	1933年8月16日		
《头痛医脚论》	《申报·自由谈》	上海	岂凡	1933年8月19日		
《天下太平书》	《申报·自由谈》	上海	岂凡	1933年8月22日		
《蛀虫与中国》	《申报·自由谈》	上海	岂凡	1933年8月24日		
《创作与史实》	《申报·自由谈》	上海	岂凡	1933年8月28日		
《开学记》	《十日谈》第3期	上海	章克标	1933年8月30日		
《定命论精义》	《申报·自由谈》	上海	岂凡	1933年9月10日		
《吃饭问题》	《十日谈》第4期	上海	岂凡	1933年9月10日		
《退一步哲学》	《申报·自由谈》	上海	岂凡	1933年9月18日		
《不要做的文章》	《十日谈》第5期	上海	岂凡	1933年9月20日		
《论公开的秘密》	《十日谈》第6期	上海	岂凡	1933年9月30日		
《释人渣》	《十日谈》第6期	上海	岂凡	1933年9月30日		
《论中国电影之前途》	《十日谈》第6期	上海	杨天南	1933年9月30日		
《〈文坛画虎录〉小引》	《十日谈》第6期	上海	章克标	1933年9月30日		
《东京大地震之回忆》	分两回连载《十日谈》第6、7期	上海	章克标	1933年9月30日		
《摩登无罪论》	《十日谈》第7期	上海	杨天南	1933年10月10日		
《九小岛实况》	《十日谈》第7期	上海	天南	1933年10月10日		

(续表 20)

作品名 (或书名)	期刊(或 出版社)	出版 地	署名	出版日期	创作日期	备　　注
《运动的广告的价值》	《十日谈》第8期	上海	岂　凡	1933 年 10月 20 日		
《文学上的第二次革命开场》	《十日谈》第10 期	上海	章克标	1933 年 11月 10 日	*1933 年*10 月29 日	
《摩登救国论》	《十日谈》第9 期	上海	天　南	1933 年 10月 30 日		
《摩登不颓废》	《十日谈》第11 期	上海	见备注	1933 年 11月 20 日		目录署名"岂凡",正文署名"天南"
《欢迎马可尼先生》	《十日谈》第13 期	上海	章克标	1933 年 12月 10 日		
《大晦日清算》	《十日谈》第15 期	上海	岂　凡	1933 年 12月 30 日		
《凌霄壮志》	《十日谈》第15 期	上海	天　南	1933 年 12月 30 日		
1934 年						
《爆竹》	《中学生》第41 期	上海	章克标	1934 年 1 月1 日		
《编辑杂记》	《十日谈》1934年新年特辑	上海	天　南			
《二十二年的赌博》	《十日谈》1934年新年特辑	上海	岂　凡			
《二十二年的出版界》	《十日谈》1934年新年特辑	上海	杨天南			
《提倡摩登化》	《华安》第 2 卷第 3 期	上海	章克标	1934 年 1 月10 日		
《言论自由与文化统制》	《十日谈》第18 期	上海	杨天南	1934 年 1 月30 日		
《三四杂草:希望的诱引、求水的心、光源的发现》	《现代》第 4 卷第 4 期	上海	章克标	1934 年 2 月1 日		
《离心运动之展扩》	《十日谈》第19 期	上海	天　南	1934 年 2 月10 日		

（续表 21）

作品名（或书名）	期刊（或出版社）	出版地	署名	出版日期	创作日期	备　　注
《新年琐话》	《人言周刊》创刊号	上海	章克标	1934 年 2 月 17 日		
《杂文的风行》	《人言周刊》创刊号	上海	岂　凡	1934 年 2 月 17 日		
《为杂文辩护》	《人言周刊》创刊号	上海	岂　凡	1934 年 2 月 17 日		
《戌年谈狗与狗运》	《十 日 谈》第 20 期	上海	岂　凡	1934 年 2 月 20 日		
《电影界的当前问题》	《十 日 谈》第 20 期	上海	杨天南	1934 年 2 月 20 日		
《算学教授的迷惘》(小说)	《新潮杂志》第 1 期	上海	章克标	1934 年 9 月 5 日	*1934 年* 2 月 27 日	
《个人与群众》	《十 日 谈》第 21 期	上海	天　南	1934 年 2 月 28 日		
《谈监狱》(译)	《人言周刊》第 1 卷第 3 期	上海	井　上	1934 年 3 月 3 日		鲁迅原作,日文,刊载于日本杂志《改造》1934 年第 16 卷第 4 期
《人民的权利》	《十 日 谈》第 22 期	上海	天　南	1934 年 3 月 10 日		
《论随笔小品文之类》	《矛盾》第 3 卷第 1 期	上海	章克标	1934 年 3 月 15 日		
《精神病患者》	《人言周刊》第 1 卷第 6 期	上海	杨天南	1934 年 3 月 24 日		
《封建残余势力之猖狂》	《人言周刊》第 1 卷第 10 期	上海	岂　凡	1934 年 4 月 21 日		
《来函照登（致烈文兄函）》	《申报·自由谈》	上海	章克标	1934 年 5 月 3 日	1934 年 4 月 30 日	
《论裂裳》	《华美》第 1 卷第 2 期	上海	章克标	1934 年 5 月 20 日	1934 年 5 月 7 日	
《佛法与和尚》	《人言周刊》第 1 卷第 17 期	上海	杨天南	1934 年 6 月 9 日		

(续表 22)

作品名 (或书名)	期刊(或 出版社)	出版地	署名	出版日期	创作日期	备 注
《大众语与小儿病》	《人言周刊》第1卷第21期	上海	章克标	1934 年 7 月 7 日		
《林语堂先生台核》	《十 日 谈》第 34 期	上海	章克标	1934 年 7 月 10 日		
《笔祸》	《人言周刊》第1卷第23期	上海	章克标	1934 年 7 月 21 日		
《语言与文字杂感》	《人言周刊》第1卷第31期	上海	章克标	1934 年 9 月 15 日	*1934* 年 8 月 31 日	
《人非动物论》	《华美》第 1 卷第 6 期	上海	章克标	1934 年 9 月 20 日		
《七日日记》	《人言周刊》第1卷第32期	上海	章克标	1934 年 9 月 22 日		
《日本戏曲集》	中华书局	上海	章克标	1934 年 9 月		
《猫》	《文艺画报》创刊号	上海	章克标	1934 年 10 月 10 日		
《大学生禁入舞场》	《华美》第 1 卷第 7 期	上海	章克标	1934 年 10 月 20 日		
《言志与载道》	《人言周刊》第1卷第38期	上海	章克标	1934 年 11 月 3 日		
《投机与趣味》	《人言周刊》第1卷第38期	上海	岂 凡	1934 年 11 月 3 日		
《杀人》	《人言周刊》第1卷第38期	上海	岂 凡	1934 年 11 月 3 日		
《大学生禁入舞场》	《人言周刊》第1卷第39期	上海	岂 凡	1934 年 11 月 10 日		与《华美》第1卷第 7 期所载《大学生禁入舞场》内容不同
《祈祷和平》	《人言周刊》第1卷第40期	上海	岂 凡	1934 年 11 月 17 日		
《迎胡》	《人言周刊》第1卷第40期	上海	岂 凡	1934 年 11 月 17 日		
《浮在水面》	《青年界》第7卷第 1 期	上海	章克标	1935 年 1 月	*1934* 年11 月 19 日	

(续表 23)

作品名 (或书名)	期刊(或 出版社)	出版 地	署名	出版日期	创作日期	备　　注
《史量才之死》	《人言周刊》第 1 卷第 41 期	上海	岂　凡	1934 年 11 月 24 日		
《游艺救灾》	《人言周刊》第 1 卷第 42 期	上海	岂　凡	1934 年 12 月 1 日		
《优秀学生联 谊》	《人言周刊》第 1 卷第 43 期	上海	岂　凡	1934 年 12 月 8 日		
《冬防》	《人言周刊》第 1 卷第 44 期	上海	岂　凡	1934 年 12 月 15 日		
《提倡国货》	《人言周刊》第 1 卷第 44 期	上海	岂　凡	1934 年 12 月 15 日		
《金融破绽》	《人言周刊》第 1 卷第 45 期	上海	岂　凡	1934 年 12 月 22 日		
《练习杀人》	《人言周刊》第 1 卷第 45 期	上海	岂　凡	1934 年 12 月 22 日		
《浪人》	《人言周刊》第 1 卷第 46 期	上海	岂　凡	1934 年 12 月 29 日		
1935 年						
《七店的记忆》	《东方杂志》第 32 卷第 1 号	上海	章克标	1935 年 1 月 1 日		
《论标点》	《人言周刊》第 1 卷第 47 期	上海	章克标	1935 年 1 月 5 日		
《古物》	《人言周刊》第 1 卷第 47 期	上海	岂　凡	1935 年 1 月 5 日		
《变态金融之 又一表现》	《人言周刊》第 1 卷第 48 期	上海	岂　凡	1935 年 1 月 12 日		
《生产建设》	《人言周刊》第 1 卷第 48 期	上海	岂　凡	1935 年 1 月 12 日		
《十教授宣言》	《人言周刊》第 1 卷第 49 期	上海	岂　凡	1935 年 1 月 19 日		
《赛金花》	《人言周刊》第 1 卷第 50 期	上海	岂　凡	1935 年 1 月 26 日		
《改嫁与殉节》	《人言周刊》第 2 卷第 3 期	上海	岂　凡	1935 年 2 月 16 日		

作品名 (或书名)	期刊(或 出版社)	出版 地	署名	出版日期	创作日期	备　注
《中学为体之 复活》	《人言周刊》第 2 卷第 6 期	上海	岂　凡	1935 年 3 月 9 日		
《从西捕恃强 殴毙菜贩说 起》	《人言周刊》第 2 卷第 7 期	上海	岂　凡	1935 年 3 月 16 日		
《春天带来的》	《太白》第 2 卷 第 1 期	上海	岂　凡	1935 年 3 月 20 日		
《阮玲玉之死》	《人言周刊》第 2 卷第 8 期	上海	岂　凡	1935 年 3 月 23 日		
《自杀与杀人》	《人言周刊》第 2 卷第 9 期	上海	岂　凡	1935 年 3 月 30 日		
《女变男与女 扮男》	《人言周刊》第 2 卷第 9 期	上海	岂　凡	1935 年 3 月 30 日		
《出版事业国 营论》	《人言周刊》第 2 卷第 18 期	上海	章克标	1935 年 7 月 13 日		
1936 年						
《数码原始》	《新少年》第 1 卷第 10 期	上海	章克标	1936 年 5 月 25 日		
《邻家的鬼》	《论语》第 91 期	上海	章克标	1936 年 7 月 1 日		
《为家的专号 而写》	《 论 语 》 第 100 期	上海	章克标	1936 年 11 月 16 日		
《新文学概论 第一章》	《 论 语 》 第 103 期	上海	章克标	1937 年 1 月 1 日	1936 年 12 月	
1937 年						
《灯红解》	《 论 语 》 第 105 期	上海	章克标	1937 年 2 月 1 日		
《说一》	《 论 语 》 第 108 期	上海	章克标	1937 年 3 月 16 日		
1938 年						
《无题录》	《自由谭》第 1 卷第 2 期	上海	章克标	1938 年 10 月 1 日	*1938* 年 9 月 9 日	

（续表 25）

作品名（或书名）	期刊（或出版社）	出版地	署名	出版日期	创作日期	备　注
《无题录》	《自由谭》第1卷第3期	上海	章克标	1938 年 11 月 1 日	*1938 年*10 月 11 日	
《脚跟》	《申报·自由谈》	上海	岂　凡	1938 年 10 月 24 日		
《必胜论的事实根据》	《自由谭》第1卷第4期	上海	章克标	1938 年 12 月 1 日	*1938 年*11 月 11 日	
1939 年						
《与友人书》	《自由谭》第1卷第5期	上海	章克标	1939 年 1 月 1 日		
《胜利及胜利之后》	《自由谭》第1卷第6期	上海	章克标	1939 年 2 月 1 日	*1939 年*1 月 12 日	
《战事泛论》	《自由谭》第1卷第7期	上海	章克标	1939 年 3 月 1 日	*1939 年*2 月 11 日	
《初春杂掇》	《自由谭》第1卷第7期	上海	杨天南	1939 年 3 月 1 日		
《师生合作的一个实例》	《中学生活》第3期	上海	岂　凡	1939 年 5 月		
《张老先生的洋伞》	《南风》第1卷第3期	上海	章克标	1939 年 7 月 15 日		
《科学兵器发端》	《永安月刊》第4期	上海	章克标	1939 年 8 月 1 日		
《无用的发明》	《中学生（战时半月刊）》第7期	桂林	章克标	1939 年 8 月 5 日		
1940 年						
《略论时间之流》	《友声》创刊号	上海	章克标	1940 年 1 月		
《芦湖新绿》	《新命》第2卷第2期	南京	秋　山	1940 年 6 月 20 日	*1940 年*6 月 9 日	
《我喝了一点儿酒》	《新命》第2卷第7、8 期合刊号	南京	章明显	1940 年 12 月 20 日	*1940 年*12 月 8 日	

(续表 26)

作品名 (或书名)	期刊(或 出版社)	出版地	署名	出版日期	创作日期	备 注
《像在镜面上 打滚》	《新命》第 2 卷 第 7、8 期 合 刊号	南京	章明显	1940 年 12 月 20 日		
1941 年						
《富美子的脚》 (译)	三通书局	上海	章克标	1941 年 1 月		谷崎润一郎（日 本)原作
《恶魔》(译)	三通书局	上海	章克标	1941 年 1 月		谷崎润一郎（日 本)原作
1941 年						
《生命的初夜》 (译)	分两回连载《译 丛月刊》第 1 卷 第 1、2 期	南京	许竹园	1941 年 2 月 25 日		北条民雄(日本) 原作
《风车》(译)	分两回连载《译 丛月刊》第 1 卷 第 3、4 期	南京	许竹园	1941 年 4 月 25 日		壶井荣（日本） 原作
《西方的书籍 爱好者》	《作家月刊》创 刊号	南京	许竹园	1941 年 4 月		
《秘色》(译)	《译丛月刊》第 1 卷第 5 期	南京	许竹园	1941 年 6 月 25 日		横光利一(日本) 原作
《不开的门》 (译)	《译丛月刊》第 1 卷第 6 期	南京	许竹园	1941 年 7 月 25 日		丹羽文雄（日本) 原作
《印刷和铅字》	《作家月刊》第 1 卷第 2 期	南京	许竹园	1941 年 7 月		
《日丽天和》 (译)	《译丛月刊》第 2 卷第 1 期	南京	许竹园	1941 年 8 月 25 日		宇野浩二(日本) 原作
《鸽》(译)	《译丛月刊》第 2 卷第 2 期	南京	许竹园	1941 年 9 月 25 日		窪川稻子(日本) 原作
《大学生》(译)	《译丛月刊》第 2 卷第 3 期	南京	许竹园	1941 年 10 月 25 日		林芙美子(日本) 原作
《在山峡里》 (译)	《译丛月刊》第 2 卷第 4 期	南京	许竹园	1941 年 11 月 25 日		火野苇平(日本) 原作
《晨》(小说)	《作家月刊》第 1 卷第 6 期	南京	路鹊子	1941 年 12 月 1 日		

(续表 27)

作品名 (或书名)	期刊(或 出版社)	出版地	署名	出版日期	创作日期	备 注
《枯木》(译)	《译丛月刊》第 2卷第5期	南京	许竹园	1941 年 12 月 25 日		舟桥圣一(日本) 原作
《人面疮》(译)	三通书局	上海	章克标	1941 年(月 日不详)		笔者未见书,据北 京图书馆编《民国 时 期 总 书 目 (1911—1949):外 国文学》(书目文献 出版社,1987 年)
1942 年						
《蟋蟀》(译)	《译丛月刊》第 3卷第1期	南京	许竹园	1942 年 1 月 25 日		太宰治(日本) 原作
《装帧杂话》	《作家月刊》第 2卷第1期	南京	许竹园	1942 年 1 月		
《冬初》(译)	《译丛月刊》第 3卷第2期	南京	许竹园	1942 年 2 月 25 日		芹泽光治良(日 本)原作
《冬街》(译)	《译丛月刊》第 3卷第3期	南京	许竹园	1942 年 3 月 25 日		上田广(日本) 原作
《我的朋友三 曲之》	《作家月刊》第 2卷第3期	南京	许竹园	1942 年 3 月		
《幸运儿》(译)	《译丛月刊》第 3卷第4期	南京	许竹园	1942 年 4 月 25 日		荒木巍(日本) 原作
《女人是一切》	《华文大阪每 日》第 8 卷第 12 期	上海	路 鹃	1942 年 6 月 15 日	_1942 年_ 4 月 25 日	
《梅花鹊》(小 说)	《长江画刊》第 4 期	汉口	路鹃子	1942 年 4 月		
《往海洋去》 (译)	《译丛月刊》第 3卷第5期	南京	许竹园	1942 年 5 月 25 日		叶山嘉树(日本) 原作
《白鹭洲茶余》	《女声》第 1 卷 第 2 期	上海	路 鹃	1942 年 6 月 15 日		
《解冰期》(译)	《译丛月刊》第 3卷第6期	南京	许竹园	1942 年 6 月 25 日		大泷重直(日本) 原作
《天地无用》	《作家月刊》第 2卷第5期	南京	路 鹃	1942 年 6 月		与《太平洋周报》 《杂志》所收不同

(续表 28)

作品名 (或书名)	期刊(或 出版社)	出版 地	署名	出版日期	创作日期	备　注
《安南》(译)	《大亚洲主义与东亚联盟》创刊号	南京	许竹园	1942 年 7 月 1 日		森三千代(日本)原作
《地热(巴唐战记)》(译)	分四回连载《大亚洲主义与东亚联盟》第 1 卷第 2、3、4、6 期	南京	许竹园	1942 年 8 月 1 日	*1942 年 7 月 6 日*	上田广(日本)原作
《天地无用》	《太平洋周报》第 1 卷第 27 期	上海	路　鹊	1942 年 7 月 15 日		与《作家月刊》《杂志》所收不同
《某女的事》(译)	《译丛月刊》第 4 卷第 1 期	南京	许竹园	1942 年 7 月 25 日		大谷藤子(日本)原作
《临时日记》	《作家月刊》第 2 卷第 6 期	南京	许竹园	1942 年 7 月		
《间木老人》(译)	《译丛月刊》第 4 卷第 2 期	南京	许竹园	1942 年 8 月 25 日		北条民雄(日本)原作
《短简抄》	《作家月刊》第 3 卷第 1 期	南京	路　鹊	1942 年 8 月		
《业苦》(译)	《译丛月刊》第 4 卷第 3	南京	许竹园	1942 年 9 月 25 日		嘉树矶多(日本)原作
《秋月扬明晖》	《作家月刊》第 3 卷第 2 期	南京	许竹园	1942 年 9 月		
《白鹭洲之秋》	分两回连载《太平洋周报》(上海)第 1 卷第 38、39 期	上海	路　鹊	1942 年 10 月 8 日		
《山师》(译)	分两回连载《译丛月刊》第 4 卷第 4、5 期	南京	许竹园	1942 年 10 月 25 日		中山义秀(日本)原作
《天地无用》	《杂志》复刊第 4 号	上海	章克标	1942 年 11 月 10 日		与《作家月刊》《太平洋周报》所收不同
《北条民雄小说集——癫院受胎及其他五篇》(译)	太平书局	上海	许竹园	1942 年 11 月		

(续表 29)

作品名 (或书名)	期刊(或 出版社)	出版 地	署名	出版日期	创作日期	备　注
《花种种》(译)	《译丛月刊》第4卷第6期	南京	许竹园	1942年12月25日		高见顺（日本）原作
1943 年						
《木石》(译)	《新东方杂志》第7卷第1期	南京	许竹园	1943年1月1日		舟桥圣一（日本）原作
《竹夫人》(译)	《译丛月刊》第5卷第1期	南京	许竹园	1943年1月25日		井上友一郎（日本）原作
《雨期》(译)	《译丛月刊》第5卷第2期	南京	许竹园	1943年2月25日		上田广（日本）原作
《人与事》	《人间》创刊号	上海	章克标	1943年4月15日		
《归来独白》(译)	《译丛月刊》第5卷第3、4期合并号	南京	许竹园	1943年4月25日		高见顺（日本）原作
《春之记录》(译)	《译丛月刊》第5卷第5期	南京	许竹园	1943年5月25日		芹泽光治良（日本）原作
《天堂有路》	分两回连载《太平洋周报》第1卷第68、69期	上海	章克标	1943年6月8日		
《天地者万物之逆旅》	《风雨谈》第4期	上海	章克标	1943年7月25日		
《时代骄子》	《风雨谈》第5期	上海	章克标	1943年8月25日		
《现代日本小说选集》(译)	太平书局	上海	章克标	1943年8月		
《生活》	《华文每日》第9卷第11期	上海	路鹊	1943年12月1日	*1943年9月16日*	
《去和来》	分三回连载《太平洋周报》第1卷第85、86、87期	上海	章克标	1943年10月18日	*1943年10月2日*	
《说读书》	《新学生》第4卷第1期	上海	章建之	1944年1月1日	*1943年12月16日*	

(续表 30)

作品名 (或书名)	期刊(或 出版社)	出版 地	署名	出版日期	创作日期	备　　注
1944 年						
《艺文断想》	《中国文学》创 刊号	北京	章克标	1944 年 1 月 25 日		
《三三杂记： 春秋、物价、 走单帮的、写 杂记》	《一般》(1944) 创刊号	上海	路　鹊	1944 年 2 月 1 日		
《鸦片战争》 (译)	分两回连载《一 般》(1944)第 1 卷第 1、2 期	上海	章克标	1944 年 2 月 1 日		大佛次郎(日本) 原作
《漏屋》	《作家季刊》第 1 期	南京	章克标	1944 年 4 月	1944 年 2 月 4 日	
《孤山探梅记》	《新东方杂志》 第 9 卷第 2 期	上海	路　鹊	1944 年 2 月 15 日		
《夜生活》	《太平洋周报》 第 1 卷第 99、 100 期合刊号	上海	章建之	1944 年 3 月 6 日	*1944 年* 2 月 20 日	
《三三杂记》	《一般》(1944) 第 1 卷第 2 期	上海	路　鹊	1944 年 3 月 15 日		
《现代日本小 说选集第二 集》(译)	太平书局	上海	章克标	1944 年 4 月		
《光天化日》	《光化》创刊号	上海	章克标	1944 年 10 月 10 日		
《对于翻译的 感想》	《作家季刊》第 3 期	南京	章克标	1944 年 11 月		
1945 年						
《现代日本文 学》(译)	《申报月刊》复 刊第 3 卷第 2 期	上海	章克标	1945 年 2 月 16 日		河上彻太郎(日 本)原作
1947 年						
《读史漫笔： 打油诗前辈、 明皇之爱、石 子馊行、别墅 的下场》	《论语》第 121 期	上海	李之谟	1947 年 1 月 16 日		

（续表 31）

作品名 （或书名）	期刊（或 出版社）	出版 地	署名	出版日期	创作日期	备　　注
《读史漫笔：罪与赦、自得自失》	《论语》第 123 期	上海	李之谟	1947 年 2 月 16 日		
《读史漫笔：女子所爱、以哭成名、骂人文章》	《论语》第 124 期	上海	李之谟	1947 年 3 月 1 日		
《矛盾的癖好》	《论语》第 125 期	上海	李之谟	1947 年 3 月 16 日		
《说老实话》	《论语》第 126 期	上海	李之谟	1947 年 4 月 1 日		
《清明篇》	《论语》第 127 期	上海	李之谟	1947 年 4 月 16 日		
《有趣原理发端》	《论语》第 128 期	上海	李之谟	1947 年 5 月 1 日		
《乡村胜利风景》	《论语》第 129 期	上海	李之谟	1947 年 5 月 16 日		
《惧内之益》	《论语》第 130 期	上海	李之谟	1947 年 6 月 1 日		
《闲话端午》	《论语》第 131 期	上海	李之谟	1947 年 6 月 16 日		
《吃汇》	《论语》第 132 期	上海	李之谟	1947 年 7 月 1 日		
《有鬼论》	《论语》第 134 期	上海	李之谟	1947 年 8 月 1 日		
《热话》	《论语》第 135 期	上海	李之谟	1947 年 8 月 16 日		
《夷山野志》（小说）	分 39 回连载《论语》136 期至 177 期（见备注）	上海	杨　恺	1947 年 9 月 1 日		141 期、155 期、173 期上未刊载
《半家言：贪污可风、是有天理》	《论语》第 139 期	上海	李之谟	1947 年 10 月 16 日		

作品名 (或书名)	期刊(或 出版社)	出版 地	署名	出版日期	创作日期	备　注
《芝麻半家言：中国进步了、甲人治甲》	《论语》第 140 期	上海	李之谟	1947 年 11 月 1 日		
《病杂碎》	《论语》第 141 期	上海	李之谟	1947 年 11 月 16 日		
《芝麻半家言：民主之害、卖官鬻爵》	《论语》第 142 期	上海	李之谟	1947 年 12 月 1 日		
1948 年						
《岁首小愿》	《论语》第 144 期	上海	李之谟	1948 年 1 月 1 日		
《芝麻半家言：不要钞票、人心思乱》	《论语》第 145 期	上海	李之谟	1948 年 1 月 16 日		
《浙赣乘车记》	《论语》第 146 期	上海	李之谟	1948 年 2 月 1 日		
《芝麻半家言：是何征兆、选举良法》	《论语》第 148 期	上海	李之谟	1948 年 3 月 1 日		
《芝麻半家言：民主真谛》	《论语》第 149 期	上海	李之谟	1948 年 3 月 16 日		
《新通货策》	《论语》第 150 期	上海	李之谟	1948 年 4 月 1 日		
《芝麻半家言：天下本无事》	《论语》第 151 期	上海	李之谟	1948 年 4 月 16 日		
《芝麻半家言：是非黑白、路遥知马力、花与实、价值、运命、功罪》	《论语》第 152 期	上海	李之谟	1948 年 5 月 1 日		
《芝麻半家言：正理、孝道、诚实的消失、穷而后工》	《论语》第 153 期	上海	李之谟	1948 年 5 月 16 日		

(续表33)

作品名 (或书名)	期刊(或 出版社)	出版 地	署名	出版日期	创作日期	备　　注
《各人各说》	《论语》第154期	上海	李之谟	1948年6月1日		
《睡品》	《论语》第155期	上海	李之谟	1948年6月16日		
《芝麻半家言：改用美钞为通货、忽然想到联省自治》	《论语》第158期	上海	李之谟	1948年8月1日		
《翠绿色的死（顾伯安碧潭升仙记）》（小说）	《台湾春秋》第2期	台北	杨　恺	见备注		出版日期不详,第1期出版于1948年9月12日,第3期出版于1948年12月9日
《北投草山记》	《论语》第164期	上海	李之谟	1948年11月1日		
《大家有饭吃及其他》（附《吃饭余谈》）	《论语》第165期	上海	李之谟	1948年11月16日		
《补缀篇》	《论语》第166期	上海	李之谟	1948年12月1日		
1949 年						
《谈牛篇》	分两回连载《论语》第168、169期	上海	李之谟	1949年1月1日		
《庖厨篇》	《论语》第172期	上海	李之谟	1949年3月1日		
《烟雾尘天》	《论语》第175期	上海	李之谟	1949年4月16日		
《春》	《论语》第176期	上海	李之谟	1949年5月1日		
《消除学习上的偏宠和歧视》	《中学生》第211期	上海	岂　凡	1949年5月1日		

(续表 34)

作品名 (或书名)	期刊(或 出版社)	出版 地	署名	出版日期	创作日期	备 注
《和工农紧密 结合》	《中学生》第 213 期	上海	岂 凡	1949 年 7 月		
《八一节写给 人民解放军》	《中学生》第 214 期	上海	岂 凡	1949 年 8 月		
1951 年						
《铁流》(改写)	开明书店	北京	章 恺	1951 年 1 月		绥拉菲摩维支 (苏联)原作
《考验》(改写)	开明书店	北京	钱家标	1951 年 1 月		毕尔文采夫(苏 联)原作
《垦荒》(改写)	开明书店	北京	孙 煌	1951 年 1 月		萧洛霍夫(苏联) 原作
1958 年①						
《哥儿》(译)		北京	开 西	1958 年 6 月		初出《夏目漱石 选集 第 2 卷》 (人民文学出版 社,另收丰子恺 译《旅宿》),与 《夏目漱石集》 (开明书店)所收 不同。

---

① 本表的编排范围为章克标早期即 1920—1951 年的作品,1958 年应属于中期即空白期,因章克标中期的文学活动极少,翻译的《哥儿》是目前已知其在这一时期出版的唯一作品,故列于此。

附录一
章克标部分早期辑佚作品汇编

收录原则如下：

Ⅰ.尽可能保留原文风貌，一些语句不通顺处仍予以保留，作品中出现的报刊名称，原文未加书名号的一律未加；原文中的『 』和「 」一律改为" "和' '。

Ⅱ.原文中的繁体字、异体字在本书中改为规范简体字，通假字照录。

Ⅲ.误植或缺字等，订正后在脚注中加以说明。

Ⅳ.无法辨识的文字用"☆"代替。

Ⅴ.本书使用的底本出处附于正文之后。

一、艺术论 12 篇

论 翻 译

某人说："于是没有创作能力的人，便去从事翻译了。"如果翻译的起源是这样的，那末创作家而兼营翻译业的，到可以有一种说明了，但是，因此几年以来翻译被人所轻蔑，因为受了轻蔑的缘故，以至良好的翻译不能产生，那末这一句话的罪恶，实在不能算小呢。

翻译果真不要求什么创作能力吗？

我听得人说过，翻译也是一种创作。一切我们发抒的，都经历过我们精神机能的作用，一切都是创作。如其翻译而不是翻字典般只动动手指的工作，便是道地的创作，因为它要经过头脑的咀嚼，精神的消化。

但是现在很流行的所谓直译法，若是直抄字典的直译法，那要称为创作，却有些问题了。不过不是创作，未必不是翻译，也有人要这样抗议。那末我们只能追问翻译的根本目的在什么地方呢？

我们由翻译所要传达的是什么？ 一篇作品的译成别一种文字，自然是要传达出该作品的全部，至少是主要的中心的部分。那末评衡翻译时，若准据此理，对于枝叶小节，便可放宽一些，而要在把捉全篇主眼，是否能达的一点，去下观察，才是正理。但是一般的批评者，却往往吹毛求疵，指摘一二字句的误译，像斩得龙头一般的高兴，是如何可笑的事呀！但是也许指摘者的能力，仅有这一点而已。

这样说，我未免袒护了翻译的人，实在目下的翻译家太不成样子了。对于一作品的内容不必说，就是于文字方面也不曾明了的人，都会动手翻译的是很多，于是看不懂的翻译书本，摆满在街上店头了。这一种翻译的出现，我们不能不归功于提倡直译法的人，因为是①他们以为直译只要抄抄字典已足够之故。

近来日本文的译品格外多，因为格外容易的缘故吧。看看也知道的，只要把假名都取消了，便全是中国文字，全是中国文字自然像是中国文章了。这样的妙译，从前听说是有过的，大概不久又可以复活了，照现代的形势推去。因为现在中国文中的日本文分子，实在已经不少呢，一则也因为我们文坛上的所谓"大家"大都曾是留日学生的缘故吧。

真的要做翻译论，这些只能称作闲话，但是闲话说多了，翻译是可以不做的。

翻译是可能的吗？这是该第一先解决的问题。很有人以为翻译是不可能的。如果是不能，大家更可以省点力气，翻译论也不必做了，一切译品，都可取消了。但是事实上有翻译的存在，西欧各国的译希罗古典和中国的译佛经，那时并不会发生这样闲问题的，这先该解决的原是无须解决的问题。

同样，我要做的翻译论，也是无须做的文章，你只要去买几本好的坏的译本来看，你就可发生许多思想，如原本的选择，文章的构造，用语的划一，辞旨的明达等等要求起来，全都是我这论中所要论的。与其我再噜苏下去，反不如由你自去昧辨更好。对不起；再会！

（选自《开明》第 1 卷第 1—12 期合订本）

谈　创　作

无论写论文写创作，总先有了一点东西一点意思才写的。决不是像学校里出了一个题目做国文那样，因为要做文章才去想意思找东西的。因为没有人来强制你，要你写论文做创作，你若没有意思和题材是大可以不做的。所以写论文做创作总比学校里要从无中生有的作文是容易得多。因为它原来是已经有了，

────────────

① 　原文作"使"。

只要写写出来就行了。

照这意思讲下去，在创作的第一步，顶好不要顾算到傍的什么，只要把写的东西直直落落，爽爽堂堂地写出来好了，文章怎样，结构怎样，描写怎样，等等，都不要把它放在眼中。只要心里想到什么，就写什么出来。

写完了之后，仔细读它一遍，看看写的东西，是不是恰如自己想要说的话。若是，那就好了，若不是，那须再去检点什么地方的文章，和自己内心的意思是不同的。这或者由文章上的毛病，或者是表现上的毛病，查定了之后，就得想法子去改造。假使查不出来，那么再要向自己的心里去查查看，自己的意思见解，是否有确固的地步，不拔牢固的归结。就是对于所写的材料，是否已有明晰的认识，所要表现的，是否有一定的目标。

这样考查过之后，你一定可以发见你的缺陷，就可以想补救的方法了。不过补救的方法，决不是在于把一篇文章再三再四去改订的，须在根本的地方下工夫。因为一篇文章，在做的当时，精神必定紧张，而有那时的氛围气，必不能和别的什么时候合一的。要完全改正一篇文章，是一件不容易的事情，多改了之后，反而使同一文中，包含混杂了许多不同的调子，（这是借用绘画上的术语）反而对于文章的统一调和有妨碍的，更加是初动笔试练的人，一定不能改得好。

说改不好，便是上面所说的去探索出缺点来是无用了。但这也不然，看出了缺点，可以知道自己文章中的弱点，这知道自己弱点一事，就是文章工夫上的一进步。因此便可以从事于根本补救的方法。

根本的方法，是很平凡的话，以前的老先生也说的，作文要三多，多读，多看，多做，此地仍旧可以适用这句话。

所谓读，不是"不求甚解"的漫读，不能像从前的要去读出一点文理文气势来的心思，而要是清清楚楚去读的，看它的结构，看它的描写，看它对于处置一事件的方法，看它叙述一人物的特质，在什么地方可以放置中心点，在什么地方忽然插入了无关紧要的闲话，一一去考察它的效力。这样读了之后，自然对于写作上的技巧，渐渐得理解了。

所谓看，不一定是指看书，重要的是对于人物和事体的观察。就是对于人和物，去抓到它的特性特点，这样就可决不和别的混淆的。对于事件，看它经过的变化，和所以变化的原委，抓到了这点，事件的原因结果是可以很明了解决的。

所谓做，就是平常的意思，已经在开头说过了。

（选自《开明》第 1 卷第 1—12 期合订本）

主 观 与 客 观

一切的艺术,分属于二种原则之下,就是主观的态度和客观的态度。所有一切的表现,在这二种所属之中,必是属于其中某一种的。当然,我们所要说的诗,也逃不出是这二种所属之中之一。所以对于这一点的认识,应当使它分明,到究极到彻底要追求出个结果来。所谓艺术上的主观的态度是什么?客观的态度是什么? 在此,开头就明了的一事,是主观意味着"自我",①客观意味着"非我"。

因此,一般的常识,已经由极单纯的见解来解释它了。就是看表现的对象取于自我,或取于自我以外的外物而叫做主观的描写或客观的描写。但这解释极为浅薄,不能成为真的说明,是很明白的,倘使照那样子,那么以自身为模特儿的画家,所谓自画像,该当永为主观的艺术的型典。但世上并不曾这样荒唐无稽。同是自画像之中,有主观的态度的画风,也有纯客观的态度的画风。在画家看来,模特儿是自己或他人,没有什么大关系的。文学也是这样子,写作者自己私人生活的,未必就能说是主观的文学。或有浅薄的解释者,以为用第一人称的"我"来写的小说类,都是主观的文学;那么倘使在此等小说中,若用"他"字或张三李四等别人的固有名词代替了"我"字,这只不过是文字的不同,难道主观小说就变成了客观小说吗?

凡是有常识的人,决不会有这种荒诞的想头。在某一篇小说中,不论主人公是"我"是"他",在为文学的根本义上没有分别,某一作家若以冷酷的科学的态度,由纯批判的见地观察自己,振起写实主义的解剖刀,展开自己的解剖图,那还可以说是主观的描写,主观主义的艺术吗? 这时的模特儿虽是自我,而实在却是客观描写。反之,若某作品是以自己以外的第三者或自然外界的事件为描写的对象,反而时常有可以看做属于主观主义的。如雨果,仲马的浪漫派小说,虽写广泛的人生社会,而其为主观派,则有定评。反之日本自然派小说的大部分,是以作者自身做模特儿的纯"我小说",但当时文坛的批判,则以为是客观文学的代表。

那么主观与客观的区别,并不一定在对象的自我与非我,是有更深的意味,在根本的所在。此地最先所应提出的问题,是所谓自我是什么的一个疑问。主观倘是自我的意味,则此问题的终极点,必定非达到此点上不行。自我是什么? 第一,明白的,自我的本质不是肉体。因为画家可以把自己的肉体映入镜里,作

---

① 原文此处无","。

为一种客观的存在而描写。还有自我的本质，也不是记忆中生活上的经验。因为有许多的小说家，以自己的生活经验做题材，而用极客观的态度来描写。

那么，自我是什么呢？至少，心理上意识得到的自我的本质是什么？对于这个困难的大问题，恐怕什么人都不能容易回答吧。幸而近代的大心理学者詹美士对于这点已经有了判然的解决，明白的回答。说，在同一寝室之中，甲乙二人一同睡着；朝晨甲醒来时，如何区别自己的记忆和乙的，因为自我的意识是温感，是有亲热的感，非我的记忆是冷感，始终是不关痛痒的感觉。自我意识就是温热之感。（詹美士意识之流）

从詹美士的这个解释，我们才能自觉在意识中的自我的本体，自我实即温热之感，非我是不伴温热的冷淡而不关痛痒的感觉。所以一切伴有温热感的东西，在我们的言语中叫做主观的。然而温热感之所在，因它自身即是感情（包含意志），故所谓主观的态度，必然有感情的态度的意义。反之在缺乏情味而以知的要素占胜的，因其冷感之故，叫做客观的态度。例如看见可怜的小动物受着虐待而起哀怜的情用感伤的态度来看的，可以说他的态度是主观的。反之，取无关心的态度，用冷静的知的眼光来看的，是客观的观察。

这里，我们又想到了平常一般解释此种语言的样式。一般人以为主观即是执着自我的态度，客观是离开自我的态度，对于这样的思想，谁都以为是不错的。不过仔细想想，恐怕世上再没有比这更奇妙的思想了。人们倘使不懂那分身法的魔术，实际上决不能有自己离开自我那种怪戏法。不过，大家以为这是很当然的思想，是因为在这里的"自我"是指着"感情"的意思。所谓离开自我的意思，就是排除感情的态度而取理知的冷静的态度的意思。反之所谓"执着自我"是取感情的态度之意。

这样说来，"自我"与"感情"二词，在心理上是异词同义的。所以凡是主观的必定是感情的，如前例所示的雨果的小说等等，都必然是感情的。不管他所取的题材是外界的自然及社会现象，批判总说他是主观的，因为表现的态度是感情的，通过了作家的情绪和道德感而很情深地来看这世界之故。反之自然派的小说，虽则写着作家的私人生活，一般评之为客观的，因为它描写的态度冷静，而用知的没感情的观照之故。所以艺术上的主观主义是说强调着感情意志的态度，客观主义是排情意而用冷静的知的态度，无关心地对于世界的关照的一种态度。

因之，总是这样说的，客观一定是冷静的客观，主观一定是热烈的主观。倘使是相反的"冷静的主观"和"热烈的客观"，在世上无论那一种语言里都是不成为说话的。热和主观是同一意思，冷和客观是同一意思，所以一切主观艺术的特色是温感，一切客观艺术的特色是冷感。在许多艺术品中，这二种态度成为明显的对照而出现。我们到处可以看到的。

（选自《金屋月刊》第 1 卷第 6 期，1929 年 6 月出版）

音乐与美术——艺术的二大范畴

造成人间的宇宙观念的，实在是"时间"和"空间"的二形式。所以一切我们的思维和表现的形式，总逃不出这二个范畴。在思维的形式上看来，一切主观的人生观，是关涉于时间的实在的，一切客观的人生观，是关涉于空间的实在的。所谓唯心论和唯物论，观念论和经验论，目的观和机械论等等，人类思考的二大对立所依据的，结局都在基准于这里。

再把这个对立从表现上看起来，那么音乐就是属于时间的，美术就是属于空间的。音乐和美术，实在是一切艺术的原素，是一切表现所范畴的两极。即属于主观主义的一切艺术文学，以音乐的表现为其型典，属于客观主义的，则以美术的表现为型典。所以音乐和美术的比较鉴赏，是自然达到认识文艺一般的通路。

音乐和美术！是怎样强烈的对照呀。在一切表现当中，再没有这样强烈的对照，可以说典型地规范着艺术的南极和北极的了，先听音乐吧。那贝多芬的交响乐，晓邦的乡愁曲，希倍尔脱的可怜的小歌，桑珊的雄大的军队进行曲，有怎样情热的魅力，煽动诸君的情感呀。音乐是像把人心投入酒精之中在烈风里点火的样子的东西。纵使不是法兰西革命当时的健儿，听了那马赛的歌曲而不狂热地向街头直冲的人那里有么？音乐的魅力是酩酊的，是陶醉的，是感伤的。那是引导人心到感激的高处，使像热风一样狂乱。或者鼻酸泪下，溺于情绪，耐不住哀悲而发呜咽之声。借尼采的比喻来说，音乐是狄仪稣。那希拉的狂暴，喜破坏的，像热风一般酩酊陶醉好酒的神狄仪稣。

那相对的美术，又是多么静恬的，萧悠的，现着知慧的眸子的艺术呀！诸君听了音乐会的奏演之后，就到美术展览会去，在那恬静柔和萧洒的光线与情调之中，走来走去鉴赏的时候，一定可以知道音乐和美术在艺术的根本立场上，做着怎样两相反对的两极的吧。会场里的空气也就是在音乐会的奏演是热烈而听众有狂热的感激。在美术展览会里，是静寂而无声息，各人都很深心地亮着他鉴赏力聪俊的眼光。一面有"狂热"，一面有"静观"，这里是"情热"，[①]这里是"知慧"。

---

① 原文此处无"，"。

美术的本质,实在是突入了对象的本质,要把握住物如的实相,是直觉的认识主义的极致。那是智慧非凡锐敏,客观的欢照极其明彻。所以绘画的鉴赏,常在静穆的秋天,有澄明的直感,不为外物所动的静观心,睿智周转的眼光。这在看的人的眼中感着有某种冷彻凉透的水的美。就是这关系中,音乐是"火的美"美术是"水的美"。① 一方面由燃烧而美,一方面由澄彻而美的。这不但是绘画,一切造形美术都一样。例建筑的美,是在于合于几何学的数理式的均齐与调和,静穆地站在大地上,那冷澄的触觉。那是理智的静观美,不是狂热的感情血,借尼采的比喻来说,美术正是由智慧的神阿波罗所表征,是端丽静观的艺术。

由音乐和美术所代表出来的这显著的两端的对照,也是普遍地存在于一切别的艺术,到处都可看出有主观的与客观的对照。就一切带有主观倾向的艺术,自然有属于音乐的特色方面,而一切客观的东西,在本质上是与美术同一类的。把这道理应用到文学上来一想,诗和音乐同样是情热的热狂的而高调着主观;小说就都是客观的了,和美术同样是知的,而冷静地描写人生的实相。所以诗就是"文学的音乐",小说就是"文学的美术"。

但是言语的意味是常因关系上的比较而定的,倘使所关系的不同了,言语所提定的意思也就不同。例北京在中国北部,南京在中国南部。但是在东三省看来,北京却在南了,在从广东看来,南京又在北了。所以进了诗和小说的世界中去时,在各部门之中又可以看出里面自有主观主义和客观主义的对立,而造成音乐型和美术型的分野。先在小说上说起来,被称为浪漫派及人道派的,都可说是主观主义的文学,属于自然派及写实派的名目之下的,都是客观主义的文学。所以前者的特色在耽溺于爱或怜悯的情绪,或力揭道义观及正义观的意志的主张,在一切方面,都同音乐一样燃烧的。反之,客观派的小说,是要用理知的冷静的态度,描出社会现实的真相。

其次,在诗里,也有这二派的同样的对照。例如抒情诗和叙事诗的关系便是,正如一般所说,抒情诗是主观的诗,叙事诗是客观的诗。不过所谓叙事诗是客观的意味,并非因为其所叙述是历史和传说之故,而是别有更深长的本质的意味的。这且不多说,就是在各个诗派之中看来,属于欧洲的浪漫派和象征派的诗风,大概是高调着情绪的音乐感,而属于古典派和高踏派的,就重视美术的静观和形式美。

如此,可知主观主义和客观主义的对立,在艺术的一切部门中,都分明地存

---

① 原文此处无"。"。

126

在着。实际，在音乐或美术，它本身是典型的艺术之中，也在它自己的部门里，有这左右两党的对立。先从美术上看来，便有果庚，谷霍，孟希和诗人画家的布兰克等，代表了典型的主观派。就是在这一流画家，不是由对象描出物事的实相，而是用情热的态度，把主观的幻想和心情，涂到画布上，是像诗人一般咏叹或绝叫着。所以他们的态度，说是由绘而作画，宁可说是由绘以奏音乐更妥。但是别一方面的米克伦奇洛，欠姜，罗丹，塞尚等人却是由纯粹的观照的态度，而要确实地把住事物的真相，那可以说是美术家中的美术主义者。

音乐也同样，有主观主义的标题乐和客观主义的形式乐相对立。所谓标题音乐就是近代一般所见的在乐曲的标题上的，"梦"或"恋"是要表出那些的心情情绪的音乐，其态度纯粹是主观的。但是形式音乐的态度，重视乐曲的构成与组织，以由对位法而成的乐式为主，而构成如造形美术的庄重美，是极理知的静观的态度。所以形式音乐，可以说是"音乐的美术"，而内容主义的标题乐，便是"音乐中的音乐"了。

（选自《金屋月刊》第 1 卷第 7 期，1929 年 12 月出版）

浪漫主义与现实主义

一切艺术，在它表现上有客观主观二派的决定的区分。这是划分艺术旷野的二范畴，二者各自标立旗号，持了武器，相对列阵而对峙着。

人类有好战的好奇心，常要使这二军交锋，而去看出其中的优劣，但这二军的冲突，根本就是无意味的，也就没有可以有优劣的理由。因为主观派的大将是音乐，客观派的元帅是美术，而要比较音乐和美术的优劣，是任何人都不能的。即使勉强要来批判，有敢批判的，那么，其所根据总不过是趣味上的好恶即个人的嫌喜之情而已。（即所谓艺术上主义的论争，结局也不过是个人的趣味的嫌喜。）

虽然如此，古来这两派的对阵，在文学上常有剧烈的冲突，交绥着异端显正的炮火，永久续继地反复那一胜一败的论争。但这奇怪的争斗，也并不是全无意味的，因为由此可把二大分野在表现上的特色宣明出来，使得相互间的对立的旗帜鲜明，所以我们可在激战的阵地去看左右二军的主张：调查它们在攻战中的文学上的标号。

文学上的主观派与客观派的对立，常用浪漫派对自然派，人道派对写实派的名称。先看属于客观派的文学，即自然主义和写实主义所主张的是——

○ 勿溺于感情！

○ 排除主观。

○ 须根于现实。

○ 实写如实的自然。

与其相对的主观派的文学,即浪漫主义人道主义所提倡的是——

◁ 用情热来写

◁ 高调主观

◁ 须超越现实

◁ 高揭出理想！

把这二者比较起来,就可看出他是怎样正相反对,而呈了一种显著的对照的状态了。前者所认为正的,是后者所认为邪的。后者所揭的标帜是前者所否定的。为什么二者的主张是这样地相反对而形成正面冲突呢？这异义的所以分,是由于二者对的人生的哲学(即人生观)在根本上有不同的地方。文学上[①]的一切异论,都是由这人生观的不同,而派生出来的。我们再在这两方面观察一下吧。

在客观派的文学,即自然主义与写实主义,人生是一个实在,人生正是如现实中所能见的一般。生活的目的,是要在这现实的世界中,看出自然人生的实相,观照真实而把捉住存在的本质。所以这一派的艺术家的态度,是要对于这实在的"如实的世界"行如实的观照。这一种的生活态度,是理知的,认识至上的,一切都在于"对于真实的观照"。即说这是,"观照的艺术"。

但是别一方面的浪漫主义一流的主观派文学,和他们有不同的人生观。在这一派的人们,以为人生并不是如何,而实应该怎样。对于这现实的世界是不满的。以为一切都有缺点,充满了恶德与虚伪。而应该出现的人生决不能是这样子的。真是应该实在的东西,不能是这样的丑恶不快的现实是须要是在超越了这个的别个的"观念的世界"。所以在这一派的人们,艺术是向着那理想呼求的祈祷,或是要脱离这不满的现实苦而发出的悲痛情热的绝叫。那不是"为认识"的表现,是情意的燃烧而"为意欲"的艺术.

这样的二种艺术,开始在其人生观的根底上就不同。在一方以为凡在现实的世界的观照中,有真,有美与完全与调和的一切实在着。即照他们的主张,实在是不在"现实以外"的,是存在于"现实之中"(因而有"凝视现实"的一

---

① 原文作"士"。

标语）。而别一方面则以为实在不在"现实之中"而是在他自身的理想自身的观念之中。换言之，即是这现实的世界是不能满足的，不能肯定的，而真可以作为应有的世界，是实在于主观所构成的观念之中。（所以有"超越现实"的一标语出现。）

在这二种相异的思想中，读者必然立时会联想到希腊哲学的二范畴，即亚里士多德与柏拉图。柏拉图的哲学实是可以说代表艺术上的主观主义，而亚里士多德代表了客观主义。照柏拉图的思想，实在不存于现实的世界中，而存于形而上的观念界。故对于哲学的思慕，是向着观念的憧憬欣往，是要任热情的放弃，而吹彻乡愁的横笛。反之，亚里士多德则于现实的世界中认识了实在。他驳斥了柏拉图的说素，把真理从"天上"降落到下界，使从观念现实于实体。他实是 Nealism 的创始者。和柏拉图的诗的 Romanticism 代表了相对的两极，而这二个思想，是从古迄今，还是一贯着的哲学上的二派分，也许到永劫的未来，还是贯通那哲学的历史的论争的对阵吧。而这二者的议论不结束，在艺术上的二派的论争也是不会停止的。

总之，我们现在已经能明白了主观主义和客观主义的在艺术上的二派别了。而这二派的不同，是在他们所认定的宇宙，是在自我纪念之中，或是存在于现象界的实体之内，这内外两面的区别。（试就音乐及绘画考察）然存在于观念界的事物，都可作自我（主观）看，而存在于现象界的，都可作非我（客观）看，因此便生出了主观派与客观派的名目。主观就是"观念"，自我的情意所欲求的最高标的，只有这个是真实是实体的，真是规范了的自我。所以"高调主观"就是揭出自己的理想和主义，顽强地主张观念。而所谓"放弃主观"而要放弃一切的理想，先入见观念形态以及独断，用非我的无悉的态度，而看察那"如实的世界""如实的现实"。

这个"放弃主观"是自然派及其他一切客观主义的文学，常揭为第一条标语的，但在主观主义的文学方面看来，主观本身就是实在，是为生活目标的观念，所以放弃主观，等于自杀，等于全宇宙的破灭。照他们说起来，这"如实的现实世界"是充满了邪恶与缺陷的地狱，为存在是谬误的，在认识上是不可肯定的虚妄。因为在他们 Real 只是 Idea 观念。其他虚中的虚妄，影中的幻影罢了。而在客观主义一面则只有这现实的世界是真实的，是可以称为 Real 的，而以存在于主观观念中的世界为空漠的观念的构成物，只不过是空想的幻影，虚空的诞妄。所以二者的思想是反的，同一 Real 作相正反对的意义使用着。

最能表明这二思想的相反，是在柏拉图与亚里士多德的美术中。依照柏拉图则以为自然是观念的模①写，而美术是再去模写②那个本是模写的东西，因之是虚妄的表现，所以是贱劣的技术。（他以音乐为最高艺术，以美术为劣等艺术，真是柏拉图流的见解）反之，在亚里士多德则同样认美术为自然的模写，但因此却是真实，而是睿智的艺术。

总之，客观主义是在这现实的世界中，承认一切"现存的东西"而要在其中寻出生活的意义与满足，是立脚于 Realstic 的现实的人生观上。客观主义的哲学，不外就是现实主义，反之，主观主义③不满于现实的世界，而欣求一切"不现存的东西"。他们不绝在现实的彼岸，求生活所悬揭的梦，热心于追求梦境。所以主观主义的人生观，不外乎浪漫主义。

因此艺术上的主观主义与客观主义的对立，是归结于在人生观的立场④上的浪漫主义与现实主义的对立。他若是浪漫主义者，必成为表现上的主观主义者，他若是写实主义者，必成为表现上的客观主义者。但是语言不过是概念⑤上的指定，不是就具体的事实而言的，所以单在根称的 Romantist 或 Realist 之中，也混淆着种种不同特色的东西。例如平常称 Realist 的作家中，在本质上反而有浪漫主义精神的。在叫做浪漫主义的作家中，也可包有理念不同气质各异的许多人。

十一.10.

（选自《金屋月刊》第 1 卷第 8 期，1930 年 4 月出版）

二种的艺术

艺术家的范畴有二：主观的艺术家和客观的艺术家。前者常追观念，取对人生意欲的态度，后者⑥反之，常持静观，取对存在关照的态度。

于此，前者即主观的艺术家，对于人生欲情，梦想更善的生活，常不满足于实在的世界，而憧憬该有的世界。而此该有的世界，即在他们的艺术中所现的 Vision，提出主观的观念。所以此种艺术家，比什么是生活于观念的，是切望于观念中实现的。他们真所愿的，是在主观的热望的梦中，他们自身实在生活着，

---

① 原文作"摸"。
② 原文作"字"。
③ 原文作"观"。
④ 原文作"境"。
⑤ 原文作"会"。
⑥ 原文作"再"。

现实出来的。即观念是其生活的目标，规范，所愿望的一切理想，而艺术（表现）不过是对于此种 idea 的憧憬，勇跃的意志，或者是叹息，祈祷，或者是绝望的可怜的慰藉（可怜的玩具）而已。所以，在他们表现不是第一义的东西，是到观念的真生活的行路的"为生活的艺术"。倘使他们达到了希望，那祈祷见效，实现了那情热着的梦，那么表现已不必要而艺术也可放弃。（不过真的艺术家所有的梦想，是触于 idea 的深奥的实在，永无实现的可能，结局他们终生为艺术家。）

但在客观的艺术家，和这有别种的态度，而考表现的意义。他们不由主观而看世界，只就对象观察。他们的态度，不是把世界拉到他们的地方来，是要在现实的某所，去发见意义与价值。所以生活的目的，在他们是价值的认识，即真与美的观照。但在艺术上，观照也就是表现，所以艺术与生活，在他们成了同一意义的东西。即艺术即是生活，生活即是艺术。艺术不在生活以外，而在生活本体中有着目的。因为生活的目标，在他们是表现（观照），艺术与生活，不过是同一语言的二重反覆罢了。

即在他们，艺术正是"为艺术的艺术。"

平常讲着的"为生活的艺术""为艺术的艺术"的真实的本质，即如前所述。就是"为 idea 的艺术""为观照的艺术"的别名，也即是主观主义和客观主义，浪漫主义和现实主义的从人生观的见地所来的对于艺术的不同的观看。站在主观的浪漫主义的人生观的人，必有为生活的艺术的想，而在客观的实现主义的立场上的人，必有为艺术的艺术之思。但是应当注意的，此种见解是在态度上，在艺术作品的批判上，并无何种关系。

为说明此事实，我们取别一个例。譬如做学问的人，可以有种种不同的态度。大多数的人，为立身出世而学问，也有许多人却为社会民众的福利，而研究学问。或者，还有一方面，要由学问以释生活上的怀疑，而得安心立命。最后还有并无何种别项目的，不过纯由做学问的兴味，即做着"为学问的学问"的人。

如此，做学问的人的态度，有种种不同的种类，但学术而作学术批判时，只问其纯为真理的学术价值，与别的真理价值学术价值无关[①]，例如电报，汽船等。不问其发明的目的在于社会的福利，或由于纯科学的兴味，在发见的价值上是没有变更的，又它的学术上的批评，也和利用的有益无益不相关涉。

艺术也和这一样，作家的主观态度，和价值上的批判无关，所以只要你愿意，艺术为出卖而做也可以，为商品广告也可以，为共产主义宣传也可以，为匡正社

---

① 原文作"价"。

会的风纪,福国利民也可以。不过,在批判它起来,却不能由这各个的立场来说。要看它的表现本体的艺术价值。若不如此,由各个主观的立场在做艺术的批判,就没有一定的标准可以依据了。因为有的要主张宣传的效果,有的却重视商品贩卖的效果,有的要说教育的效果,各个的价值基准,全然不同①之故。

因而,在艺术的批评,不问作家的态度如何,单由表现的作品中问其为艺术的纯粹价值,(为艺术的艺术价值)。现今苏维埃俄罗斯政府,盛行奖励宣传共产的艺术,吾们对它的批判,不是问其宣传效果之有无,而单问作为艺术价值的魅力的有无。对于所谓教育映画,传染病预防宣传传单,批判的准据之点,都是相同的。在这些时节,若声明并非单为艺术而作,是由社会意识的大义而写,所以要请求酌量情形特别称赞(仍是作为艺术的,)此种前后矛盾的自在的要求,到底不能容受的。

"为生活的艺术"与"为艺术的艺术",在这一点的批评,也是同样的。在作家自身的态度,不论艺术是作为慰安的可怜的玩具或真心的拼命的工作,在批判一方面是无关的,都是有着表现的魅力,为作品而能感动人的为好,即艺术的批评只是在艺术上的,换言之,无论是怎样态度的艺术,从艺术本身的立场,由艺术的目的来批评的。

那么,所艺术是由艺术的目的作艺术而批判这话,是什么意思呢?换言之,即艺术批评的基准点是在那里?对于这个的问答,一般人个个知道的。即艺术的价值批判是在于美,只从这基准点,决定作品的评价。这里当然什么例外都不许有的。是艺术品以上,都得从美的价值来批判。艺术的评价,不在这以外,也不能拒否这个。

但在美的种类,有大异其特色的二个对照,其一即纯粹的艺术的纯美,其它是比较接触于人类的生活感的别种类的美。此处,"为艺术的艺术"所求的,是属于前者的美,所以他喜好为纯美的明彻知慧,描写和观照周到的,表现有艺术的洗练,而具冷利的非人间的感觉,求这清明澄澈的美。反之,另一面的人,不喜此种非人间的美。他们在艺术所求的,是比较属于人间性的情绪,高调着宗教感和伦理感,生活感情琅然作声的,是意欲的有温感的美。

凡所谓"为生活的艺术"都是求这属于后者的美。所以,他们从此点反对艺术至上主义的审美学,而主张比较活力的艺术论。目今所谓普洛来塔利亚文学,便是属于后者的一派,他们所要求的艺术,实是此种美。因之,他们表面上虽说

① 原文作"完"。

着为宣传的艺术,而内面仍想他的作品作为艺术而批判评价,态度极为暧昧不彻底。这一派的迷忘,是在于艺术上所正当求取的美的意识,和政治运动的观念形态,无差别而错觉了的愚昧。

于此,前者的美即"为艺术的艺术"所求的美,是睿智明澈的观照的纯美,正是属于美术所范畴的冷感的美,"为生活的艺术"所求的,比较燃烧的富于温热感,是属于音乐范畴的美。然而"为生活的艺术"本来是由主观主义的立场出发,而考察人生的,他们所求,非美术的纯美而是音乐的陶醉,全是预定的当然的归结。这在别一方面也可以说同样的话。那么所谓:"为生活的艺术"和"为艺术的艺术"结局还不过是主观派和客观派的对于美的见解的不同而生,在本质上说起来,还同是艺术主义者的一党,是可以明白了。

由上节所述,我们已解明了。"为艺术的艺术"和"为生活的艺术。"艺术上所说的对语,由以上所述,已尽其本质。在这以外,决没有别种的解释。然在日本的文坛,很奇怪地由以前来的传统,所有的术语,都用了一种缠夹了的意思通用着。例如艺术至上主义一语,全是用得与本意甚为远隔的可笑的滑稽,同样为生活的艺术一语,也是有如同儿戏一般的可笑的解释,从昔时被俗解。在这一章裹,简单地把稚愚的俗见启蒙一番吧。

在日本过去的文坛中,把这为生活的艺术的命题,作为描写生活的艺术解释,因此有所生活派的一派文学,很僭越的自命为是"为生活的艺术"。这所谓生活派是什么东西,后面再说,不过倘说描写生活即是为生活的艺术,那么古今东西一切的文艺,都要属于为生活的艺术了。因不写生活即 Human life① 的艺术是实在不存在的。即有的写思索生活,有的写求道生活,也有写性的生活,也有写孤独的生活。也有的写社会生活。

但在过去的日本文坛,把这生活二字,作狭义解,作为穿衣吃饭的实生活,或卧床茶饭的日常生活之意。于是所谓描写生活的意思,便以是为米盐的家庭生活及日常茶饭的身体记事做题材的意思。这就是所谓生活派的文艺,但是为生活的艺术,在本质上与此种文艺不同,此种文艺,倘使可以叫做②为生活,那么这"为"又是什么意思呢;这是 for 的意味,即是向着生活,非为生活的目标是很明白的。因为饮茶,说闲谈的日常生活,或单是为糊口而做工的生活,即单是为存命的实生活,没有什么 idea 也没有目标,是开端就③明白的,那么这"为"是作利

────────────

① 原文作"fife"。
② 原文作"做叫"。
③ 原文作"这"。

用,有效的意味吗? 过去的自然主义的文艺,大抵这样解释了,不过这是更加不可解了,成非凡奇怪的谜语了,因为贫民窟的草棚屋以及臭污的生活,写出来的文学,为实生活有^①什么利害呢?

读者若有常识,则在今日的文坛,此种启蒙是无用的,文艺上并不能由描生活而即叫做为生活,要对于生活有理念,而揭出向 idea 的意欲,才叫做"为生活的艺术"。况乎把生活作狭义解,把日常茶饭身边记录之类,用没主观的平面描写,这那么能是"为生活的艺术"呢? 在日本文坛常识所称为生活主义的艺术,是一种茶人的身边小说,与真的"为生活的艺术",是立场全然相反的文学。

所谓真的意味的"为生活的艺术"如前所说是追跟主观的生活 idea 的文学,除此以外,不能有别的什么解释。所以例如歌德,托尔斯泰,是典型的为生活的艺术家,即溺惑于异端的快乐主义的王尔德,也不是别种,是为生活的艺术家。因为他是极有诗人气质的浪漫^②的热情家,一生追逐着梦,求那异端的美的理想乡,但世人往往以王尔德为艺术至上主义者,称之为艺术的艺术家。这是俗见的误谬,顺便在此一提。

元来"为艺术的艺术"一语,是文艺复兴期的人文主义者所创用出来的标语,在当时基督教教权时代,对文艺的受宗教及道德的束缚,宣言艺术的独立自由的话,即人文主义者的此语之意,是艺术不是为教会,为说教,是艺术自体,而该作为艺术而批判的。故在当时是正统的艺术批判的主张,元来不是对于"为生活的艺术"的别种主张。

然当时的人文主义者,是叛逆了基督教而起,此"为艺术的艺术"一语中,自然含蓄着反基督教,反教会主义的异端思想,即当时的人文主义故意写出冒渎神职的思想,追求基督教视为异端的官能的快乐,赞美视为恶魔的肉体,为反抗一切基督教的道德,在他们的标语"为艺术的艺术"之中,就被想作有异端的恶^③魔主义及官能的享乐主义。然艺术自身即有美的意味,故唯美主义与艺术至上主义必照他和异端主义及反基督的恶魔主义相结合了。目今常呼十九世纪的王尔德,波特莱耳为唯美主义,艺术至上主义,"为艺术的艺术家"者,实是文艺复兴期以来的由人文主义的在文坛的传统。

但此种称谓,当然已不是今日的东西,该与哥昔克建筑的寺院同样,属于过去中世纪的遗风,在今日的时代思潮中,美和艺术已经没有加特力教的叛逆的异

---

① 原文作"又"。
② 原文作"漫浪"。
③ 原文作"异"。

端之意,而我们还用着那古式的意味上唯美主义和艺术至上主义,那是太可笑了。在今日所可说为唯美主义的艺术,是超越了人间感生活感的真的超人的艺术至上主义——即纯一彻底的为艺术的艺术,——只有在此可以思惟。

3,4,1930.

(选自《金屋月刊》第 1 卷 9、10 合并号,1930 年 6 月出版)

抽象观念与具象观念

主观主义的艺术,不是观照,而是[①]在现实所不能充满的世界,揭起自我欲情的观念(理念),由向着那里的遏不住的思慕而起诉叹哀怒绝叫的艺术,所以他们的世界,不是现在实有(sein)的,而是在该有(sollen)的地方。

那么,这个该有的世界又是什么呢? 那即是主观所揭出的观念,由各个人的气质,个性,境遇,思想,而内容各各不同。而各个主观的文学者,由各个的特殊观念,构想出各自的梦,与 Utopia 而创造善的世界。但在此 idea 之中,概念定义得很明白,极抽象的概念有,而反对的概念不很分明某种缥缈的象征的具象的观念也有。

第一,先把概念顶分明的东西说来,凡是所谓主义即是。称为主义的,不论是什么主义,观念是由抽象的思想,把主张由定义地规定了,所以在一切 idea 之中,这是顶分明的。但艺术的本质,原来是具象的东西,不是抽象的概念的。故如后所述,大抵艺术上所揭的,idea,不是如主义之类,而是比较在概念上是漠然的因而在具象上是比较实质的与别种稍异的观念。这且以后再说,现在先解释主义。

主义,有种种的主义,如个人主义,社会主义,无政府主义,国粹主义,享乐主义,本能主义,自然主义,Dadaism,Nihilism 等,是数说不定的,但有主义之名的一切,是各个人所揭出 idea,在主观是意想着该有的世界的。各个主义者,是要由此以指导,改造世界。故一切主义,不论何种主义,本来不能不是理想的东西,但世上有反对"理想的东西"的反理想主义的主义,即如现实主义,无理想主义,或虚无主义之类。

这是怎样的矛盾! 至少人若不揭出了主观,有对于某理想的观念,不能说有主义的,但他自有主义,而是拒否理想的主义,又何故? 但这不思议并非不思议,

---

① 原文缺"是"。

135

因为否定理想的主义,在其否定之中,寻得他自身的理念(观念界)之故。例如佛陀的幽玄哲学,在否定一切价值上,主张最高价值的涅槃。还有所谓Nihilism 否定一切存在的权威,而对于虚无感到权威,于此得他自身的 idea。Dadaism 说不奉一切主义,却奉了个不奉什么主义的主义。故在绝对的意味上说,在世上不是 idealism 的什么主义都没有,一切是主义的一切,她本身就是理想的观念的了。

但艺术非抽象的而是具象的东西,纯粹意味上的艺术品,此种如主义上所称的观念上的 idea。艺术家所保的 idea,是更其漠然的,在概念上,差不多,不曾受反省的某种"感受着的意味"。艺术家若是纯粹的艺术家,决不是任何主义者,因为艺术若有了主义,便要失去真的表现,以下为要说明此事,把观念上的抽象的和具象的,即为观念抽象物与具象是怎样差异说说。

具象的一切东西,由种种杂多复杂的要素而成立。具象的(具体的)存在,实即多在一中融合,部分在全体之中有机地渗透混合而得了统一而已,但理知的反省,把这用概念来分析,把有机的统一换为无机的,部分分列在各别的架子,配了检查的卡片,以便索引。于是应了必要的场合,吾们由此索引,寻着架子而抽出,这即是抽象。故由概念地所抽象出来的一切,不是真的具体的,是从全体分出来,没了架子,经过人为的整理,不有什么生命的机感。有真的生命感的事实,多①不为概念所抽象而是具象的东西。

那么,在吾人生活上常时感到的,想着的,恼懊着的本身,都是具体的。即那是由环境,思想,健康,心性,及种杂多的条件而成立。然人类的语言,都是抽象上的概念,不过是事实的定义,故言语而作为概念,即说明和记述而使用时,到底不能表出那有实在的意思。要表出这些具体的思想来,只有绘具,色彩,音律,描写,和文学。吾们把这叫做表现,所谓表现就是艺术。

一切的艺术家对于人生所持的 idea,是由此种生活感所欲情这②个具体的东西。所以不论像主义者所有的可以议论,说明,成为概念。为主义的 idea,本身即是抽象上的概念,有人为的区别的架子,有检查卡片的思想,所以随时可以由反省照出自由辩证,在定义上说明都可以,但艺术家所有的 idea 不是此等无机物的概念,实在不能由分析而捕捉到的有机的生命感,所以全然不能说明,也不能议论,不过单作心性上的意味,意识地情念着罢了。

---

① 原文作"带"。
② 原文作"真"。

故艺术对于他自己的 idea，没有反省上的自觉。换言之，艺术家对人生欲情什么，idea 什么，在他自身是不意识到的。何况向了别人要说明 idea 的是什么，全然是不可能的。不过他们的 idea 只能在音乐，绘画小说等的表现中说出，例如看了歌磨的绘画，又以明白知道他的 idea 是向 Eroticism 的艳丽的没落，在艺术上，只有表现是说出真实的 idea 的。而如此表现出来的。决不有何等的概念。有了概念的 idea，已经不是具象的而是抽象的了，所以是属于主义的范畴。

故在艺术及艺术家的 idea 用观念是文字感不适切的。观念的文字，总像暗示着一个概念，其自身指示一种抽象观念。而艺术的本身真是具象的东西，所以这语感不适切，反而是 Vision 或'意思'更妥当。而这确当的是梦的一个字。那么把观念这字改字为梦，而想起来，那么那时的实体的意味就明了可懂了。即艺术家的生意不是揭出观念的生活，而是有梦的生活。因这若是前者，便不是艺术家而成了主义者了。

有丰富的生命感的艺术品，在表现上多说着这具体的 idea，例如托尔斯泰，杜斯退也夫新基，斯得林特堡的小说，在各作家的立场上，是有个某种 idea 对人生情热着的。吾人由他们的作品，接触那个 idea 的情热，在那里直感着某种意义。但要把这化为语言，而由定义地说明是不可能的。因为那不是主义也不是可以称为理想的，不过是具体的思想，非概念地直感着之故，而批评家在艺术上所当做的工作，是要分析这个具体的 idea，由抽象上去看察，有的在托尔斯泰中发见人道主义，在斯得林堡发见厌世观。

同样的 idea 在绘画，在音乐，在诗都可以发见，一切的本质都相同，就中，因诗在文字中是顶主观的，在诗和诗人，idea 真得音调，深深地感现的。不是别的所能比。诗人生活中的 idea 纯粹是具体的东西，全不能由观念来说明的。是纯一由心性所感得的意味，芭蕉对于这 idea 的思慕叫做'漫想'。他由此以追旅情，而步行奥的细道三千里的旅路，西行也一样，由不能充实的人生孤独感，常萧条而彷徨于山家，追求着何种的 idea。他们所求的东西，[①]由无论怎样的现实所不能充实的某种柏拉图的 idea，是向魂的永远的故乡的追慕情热，所梦见的实在。

此种 idea，是许多诗人所共通的本质。也许是诗的灵魂的本源，因为古来许多诗人所歌着的，在究极是某一种，无论怎样是欲情所不能充实的，诉出在生命胸底响着的孤独感。实在啄木所歌咏的，"没有生命的不可的悲哀呀，撒拉撒拉

────────────

① 原文作"。"。

137

捏起来，以手指缝里漏出。""从高飞下来一般的心境，而把这一生完了吗？"他所求的是什么呢？恐怕啄木自身也不知道吧。不过，在有些地方，某时，求像燃烧出一般的生活的意义。像蛾群投到灯火，投出全主观的一切！不住烦心的憧憬，追跟实在的 idea 的热情，因之他的生涯不能由艺术满足，不能由社会运动满足，不绝追求人生旅情的思慕生活"像在什么地方"，"像在什么①地方②有我的事"，深深伤心的生活。

但为诗人而不深深伤心的有谁。中国诗人懊恼地叹息说"春宵一刻值千金"。这是向快乐的非力的冒险，追去追去还追不着的向着生的意义，万人心中所共同着的叹息。总之诗人的 idea 优于其余的一切艺术家：热情深深地燃着，而做那文字一般③的梦。

4,4,1930.

（选自《金屋月刊》第 1 卷 9、10 合并号，1930 年 6 月出版）

表 现 与 观 照

如前历次所述，主观主义为情意本位的艺术，客观主义为观照本位的艺术，已经解释明白了。但是，无论怎样的主观主义的艺术，倘使没有观照，便不能成立，是不必说的。因为若是艺术，无论是怎样的艺术，是表现了之后而存在的，而没有观照，便不能表现出来。感情的热度，无论高到怎样，是不能产生表现的。在艺术上，感情不过是其动机，一种产生艺术的热情罢了。作表现的不是感情，是把这感情映于镜子之中，知性的映于文学音乐之上的认识的才能。

为明白这事实，我们先就音乐看吧，音乐是主观艺术的典型，是纯一的，感情的表现，可是若没知慧优秀的观照，便要作一项单纯的小曲也不成。因为音乐的表现，是由声音的高低强弱所成的旋律与调子而描出心的悲喜等等情况，所以音乐家的以音表内心的情绪，和画家的以色及线表外界的物象，是相同的对象的观照。两者所不同的，不过是对象的在心内与外界，及时间与空间之别而已。

叙情诗也是一样的，诗人若非真能捉住感情的机密，而真切地表现出那呼吸与律动，诗人又怎么能使人感动？所以表现即是观照。倘使只高调着感情，没有去观照的知慧，吾们便同野人或野兽一样，不过狂号高啸作无意味之绝叫耳。诗

---

① 原文作"么什"。
② 原文作"方地"。
③ 原文此处多出一个"梦"字。

人与一般人，艺术家与一般人之差，就是在这一点。前者能表现，后者不能。

所以有表现，有艺术之地，必有客观的观照，意大利的美学者克洛采（Croce）说，无认识（观照）者无表现，无表现者无认识。我们不能够写不知的，而知道即是艺术上的观照之意。故观照与表现是同意之字而且即是与艺术相等的。实在，人间的生活，是常同样地思考，同等地懊闷，同等地感触及经验。但大多数是不能表现，只有艺术家能，那是为什么？因为他们有天惠的特殊才能，即所谓艺术的天禀①。

故一切的艺术，不问是音乐，是美术，或诗，或小说，都是只由观照而成立的。然被观照的，在于该时，是客观的，故由语言的纯粹意味上的主观（若有此话），是不能于艺术上存在的。因此我们须得把在表现上的所谓主观主义及客观主义，所不同的特色究竟何在，再来推究一下。

无论怎样的纯情的主观主义的艺术，倘使没有观照，便不能有表现，已如上所述，那么主观主义与客观主义究竟有怎样的不同的观态及特色呢？在表现中有观照，两者是一样的。但自然派的写实主义文学，称浪漫派等为感伤的，没有客观性而加以非难。所以两派在观照的态度上，必然有不同的所在。

不错有一个明白的不同，即在主观主义的艺术，观照不作为观照而独立，始终与主观的感情相联结，换言之，他们的对于对象，不看其物，而把它引入自己的主观，使融合于心情及主观之中，例如写恋爱诗的人，耽溺于恋爱的情绪之中，而表现其感激之高调。他那时的表现，是由知慧的不绝的观照，把感情在语言之上相对照一件，也有不自觉到的。即使对象不在心内而在外界时，也是一样的。如同陶渊明那样的诗人，对于自然的风物，不是去观照自然自体，而是高调了主观的感情，在感情的情性之中，融化了自然。

所以他们的认识，不是知的冷澈的认识，在感情的和软的包拥中，有怀人的样子。那是融化于主观的客观，不能由知理而分离的。但写实主义的客观派，却排斥此种感情的态度。他们对于物只见物，要从科学的态度，使观照明彻。故排斥主观，不由感情以看物，由冷酷透明的睿知，而真去彻底于客观。故前者之态度，为主观的观照，后者则为观照的观照。

但是真个为观照的观照的艺术，差不多是很少。特别在文学中是这样的，大概多数的人，在这观照的背后，主张着别一种意味的主观。详说一点，即如实地描出这个真实的世界，是要把作家自身情感着的某种主观，申诉及暗示于读者。

————————

① 原文此处多出一个"是"字。

总而言之,两者的不同,在前者是直接露出主观,申诉,叫喊而主张的地方,后者却用如绘画一般地描出,由给读者看了一种人生的缩图,而暗示作者的主观的意味,即前者为音乐的,而后者为绘画的。

这样说来,所谓客观主义的文学,也不过是主观的关照,和别的没有不同了。无论那一边,结局的目的是主观的,而以把这写出为主,那么不必说描什么间接画,而直接放出主观来露骨地申诉,叫唤主张,不反是直截了当吗? 大都的主观主义者,一定这样想罢,因此他们马上抬出了主义来演说,评论人生观,或更像主观的诗人一般,立时直情径①行而叫唤。他们实在小气的性急的人。不过,这些性急的诗人,常为客观主义者所惘笑。因为客观主义者,在描出人生的真相一事,在该事本身,即感到别种的艺术兴味。正像科学者是以探求真理为理念的,而同时对于研究及实体的本身,也感着别一种兴味。倘若没有此种兴味,什么人都不做科学者了吧。在艺术家,同样,在制作在观②照世相的本身,也有他们的特殊的兴味,若不知此,谁都开头就成了个主义者或思想家了。

这点便是主观主义与客观主义不同之点。前者第一须露出主观,申诉是顶重要,后者反是以描写为眼目的。所以后者的良心,在希望客观的明确,使得真实确定,他们的拆拒主观主义者的感情的态度,由于尊重此真实的认识的良心。反之,在前者,则以感情先于真实,而要求向主观的一直线的表现。

这两者的关系,可以譬如二个旅人,在主观主义者,是急于向目的地去的,不是为旅行的旅行。他们迅速的走路,一点不想观察四周的风俗人情。反之,客观主义者,是对于旅行本身有兴味的旅行者。他们自然也有一定的目的地,但达到与不达到在他们的主观上不成什么问题,反是观察周围的社会调查人情风俗,看观世态,是更有兴味。而实际,旅行的真意义,即在于此。故后者是为旅行的旅行,可说是真的旅行家。前者对于旅行本身是不认为有意义的人,是人生的性急忙慌的疾走者。

属于这一型典中的人,大都是宗教家、求道者、主义者、哲学者等,而在艺术家中是少见的。因为艺术家,大都是对于艺术本身,(为艺术的艺术)③,有直接兴味的。实际,小说家戏曲家等,即使是顶主观的作家,也对于观察人生,描写风俗,在表现的本身中,有当面直接的兴味。(若不如此,不能有什么剧本小说了)。故他们的认识,常是纯粹而客观的,而从主观的情意独立。真由主观的态度,以

---

① 原文作"迳"。
② 原文作"现"。
③ 原文作"为(艺术的艺术)"。

感情之眼而向着世间的,在一切文学者中,只有诗人。只有诗人是纯粹的主观主义者。

7.1.30

(选自《金屋月刊》第 1 卷第 11 期,1930 年 8 月出版)

感 情 与 知 性

　　自然主义的写实论,主张把世界照它存在的样子,一点也不加以主观的选择,像物理的凹凸镜一般地忠实而去描写。当然,他们的艺术论是对于当时的浪漫派文学(此种文学由偏狭的道德观与审美观而太多了选择)的反动而产生,所以带有些启蒙的意义。但是从此种的写实论除去了启蒙的意义,便成了盖世无双的无意义的思想了,因为,倘使没有主观的选择,那便怎样的认识都不能有。因所谓认识,实际不在乎,从主观的趣味和气质,对于这混沌无秩序的宇宙,加以种种选择,而创造出意味来。

　　所以,从人类所看见的世界,其本身即为意味的存在,而所谓价值,即指意味在普遍上的证价,一切人类文化的意义,不外乎在宇宙的意义上,去发见真善美的普遍价值。因之,说道德,说宗教,说学术,说艺术,举凡一切人类文化的本质,结局在其普遍的证价中,发见最深的意义,而关于给予人生的一创造。

　　那么意味最深的东西是什么呢? 由主观的看法,意味是气氛,是情调。人在酒醉时,感得世界的意味深长。在恋爱时,感得世界充满了色与影,到处有深长的意味。在道德或正义感奋激时,或在宗教心的昂进时,都会感到人生的意味深长,汲之不尽的样子。而在主观上唤起此种情调者,即传送音波达于感情之高空线而使诱导出心的电气来,都因为有认识价值的意味之故。而此种气氛感情,使得心神高扬波动,使得感到向普遍的推扩,是属于美学上所谓美感的,与普通私有财产的无价值的感情,即美学上所谓实感,是不同的。实感是没有意味的感,只私人的价值,美感是普遍的,广传于万众的心里而起反应,而且使得起向表现的强冲动。一般,凡宗教感,伦理感,及艺术的音乐感的本质,均属于此,自不待言。

　　这样,一方面想来,意味的深长与感情的深长成比例,给予情线的振动愈多,其意味愈加深长,但从别一方面,站在客观的立场上看时,意味的深长是与认识的深切成比例的。更深切于真实,在事物和现象背后的普遍的法则,(科学的真理),或在其科学的真理之上,更切于为法则的法则的一切根本的原理,(哲学的真理），我们以为这是意味深长的。这时的意味之感，当然是合理感，而是由理性所抽象的概念，但理性当其本身直接传达出意味之感时，是成了艺术上的直感的理性（观照的知慧），其认识愈深，直感的更感得意味深长。而此直感的理性，除了其概念性之有无，在本质上与科学，哲学的认识相同，常在事物与现象的背后，有要在观照面上映出某种普遍的实在，即自然人生的根本相的意图。

所以意味的深长，一面可由感情去测量，一面也可由理性去测量。但理性，在其自身中是不能测量意味的。意味是一种的感，属于广义的感情，所以一切可以归于主观上的测量了。但感情的意味与知性的意味，在意味的感觉上，其调子和情趣，的确是不同的。例如吾人陶醉于音乐而感了人生的意味深长时，和学习了安斯坦的相对性原理而感了世界的新意义时，这二种感得的调子与情趣，却是不同，虽则同是意味之感，那么其特别的差异在什么地方呢？在这解释意味的感的不同，实即是柏拉图与亚里士多德的分立。

柏拉图与亚里士多德，即为哲学上的浪漫主义者与现实主义者的差别，在前已有所说述过了，但此地更要进而论及其根本的本质。重要之点是柏拉图和亚里士多德在本质上全是一致的。他们都是形而上学者，求在现象背后所实在的一个本体，所不同的不过是前者的态度是哲学的冥想的，而后者反之，为经验的科学的。换言之，即前者在时间的观念界中，要直接由冥想去达到的实在，后者要由空间的现象界，通过了物质的实体而去看他。但在终极之点，二人所要见的是一样的形而上的实在。但是为什么这师徒①二人最后要生争执呢？那因为弟子不能理解师的诗，而师不能读弟子的散文，盖是气质所不能避免的运命。

关于柏拉图所应该想到的，第一不可忘了他是诗人，在他不能理解那些冷的冰结的纯理的东西。他的观念是诗的，带着情味的浓影，是神韵飘渺的音乐。反之，是气质的学者，古代的典型的学究。他全没有诗的情趣，故他的哲学古的实在，是纯粹理知的概念，是冰的，无情味的，纯学术上的观念。换言之，即亚里士多德的观念为纯理的意味，而柏拉图的则为宗教的意味。在柏拉图，观念融合于感情之中，由有气氛的情趣隐覆着。故用亚里士多德的纯理而欲去理解他，是不可能的。在那里感情和知慧是融合为一而不能分离的。

这柏拉图的观念，便即是文艺上的主观主义者的观念，也就是观照的法则。正如前节所述，主观主义者的观照，常与感情共同作用，而融化于感情之中，是与主观不能分离而思维的趣情热烈的东西。反之写实派的客观主义者，感觉着知

---

① 原文作"弟"，或有歧义，改作"徒"。

慧的透明,意识观照而观照的。故他们要逐出一切使这透明模糊的,那些主观的感情的东西。他们要用亚里士多德的没主观的识认,而突入事物的本相。

所以结局,主观派与客观派,由他所观念的真实的意味是不同的。一方面是宗教感的,求与情感的线相接触的实在,他一方面则纯粹是知的,由观照的探究明彻的真实。因而这两派关于真实的意见,总是在这一点歧义了,自然派的非难浪漫主义,写实主义的视空想的文学为虚伪,毕竟是因为由客观主义的意味而解了真实,与柏拉图的不幸的弟子亚里士多德的不能理解其师相同。倘使从柏拉图的立场看来,无论怎样彻于观照的写实主义文学,其在真理的深度,还不及一篇感伤的恋爱诗。所以 Pascal 说,感情知道理知所不知的真理。

(选自《金屋月刊》第 1 卷第 12 期,1930 年 9 月出版)

诗 的 本 质

现在我们可以讲到诗的本质了。

诗是什么? 不是非形式上来说,就内容上来说,诗是什么? 吾们对于这问题的解答,曾在前已暗示过,也许未曾明白说到。总之在此地须得彻底阐明之。

所谓诗是什么? 在广义的意味上,于自然人生到处观念的一种不可思议的诗是有什么意义呢? 我可以说那是不可思议。因为这语常被许多人谈及,使用,到处有人思维着,然而没有确切不移的一定意义,他的本体是不明了的,在不可捉摸的重雾之中,暗昧漠然地有着。吾们要把这不可思议剖析明白而确定诗的本质的定义。

第一,须知道的,此地所言之诗,非为形式上的诗,是指诗的文艺所以为本质之点,即普遍的本体上之精神,就是诗的精神。于是为要解决这问题,须就全般的场合,大家所想以为诗的精神,就是所谓诗是什么,加一种讨论。倘使在多数的场合,就其所观念的例证,取了共通于各个的本质,也许会意外地容易地①达到诗的定义,但在这场合,另一面对于与诗的精神相反对的,即世人所谓散文式的东西,也得相对照而进行其思考。

一般大众以何者为诗的,以何者为非诗的? 这是如后所说,此种感应是因人而异的。不过为思考简明之故,特就一般之场合,而取大多数人所一致的例证,而且要举出许多的例来,以求明了。先就自然说,一般人以青碧的海及有松林之

---

① 原文作“得”。

地,景色风光明媚,谓为诗的。或者以月光所照临的青白的夜景,谓为诗的。或者以有雾霞所笼罩的朦胧的景色,谓为诗的。而以其反对者,即平凡而少魅惑的景色,白天日光所射的街路,一览无余的景色,都谓之非诗的散文的。

依同样的感应,人以某都会为诗的,别的都市为散文的。说苏州、扬州是诗的,说上海,天津为散文的。说意大利的威尼斯为诗的。曼彻斯太,纽约为散文的,或者那热带的无人之地的非洲腹地,原始的南洋荒蛮之岛,只要想想也会感到诗的兴奋,而其反对,则为到处能见的我们的文明社会。

就人物而言,项羽和拿破仑的生涯是诗的,秦始皇、宋太祖的成功是散文的。同样陶朱公的富是诗的,而一般的勤俭贮蓄是散文的。法兰西革命原动力的卢梭,是纯粹的诗人的人物,而革命实行者罗伯斯比则较为散文的人。一般言之,运命极其颠沛而境遇富于变化的人物的生涯为诗的,而终生平凡无为的生涯为散文的。

再举别个例吧。坐了飞机横过太平洋,或反逆文明而用古式的舟车而去旅行,为诗的。趁平常的火车而为平凡的旅行是散文的。恋爱,战争,成牺牲的行为为诗的,结婚,做人家,过单调的日常生活为散文的。于一切,历史上古旧而过去者为诗的,现代之事物为散文的。人当他在想到正义,革命时为诗的,而在想借债的口实时为散文的。而一般愈近于神话的为诗的,愈由科学而证实过的,则为散文的。

以上,我们已经用了很多的实例,把一般所思维的为诗及非诗相对照而举述了。但前已说过,此等感应,却是因人而异的。甲以为诗的,在乙未必也以为是诗的。或者到反是一人以为诗的,别人正以为是散文的也有。所以上例所示者,不过假定以大①多数人所见为一致,由世间一般的俗见,而说的。所以若我们换了地位,从特殊的个人的立脚地来看,当然可以有和一般的见解不相同的,别种的诗和散文的条项。现在我们来看这特殊的场合。

在前举的例中,说通常以苏州扬州为诗的,意大利的威尼斯称为诗的都市。但住于苏州和扬州的人,果能真实地感到他们所在的都市是诗的么?再就另外的例,说,欧美人往往以东洋为诗的国。以日本为 Dream land 这因为在他们,那些牌坊,寺院,衣裳,艺者(歌妓)以及纸的门户,都给了他们以诗感之故。但在日本人本身,那么衣裳,纸的门户,木屐等,是世上再没有以上的散文的了。我们想来,还是欧洲更为诗的。所以意大利威尼斯的艺术家等说,把船烧毁,破坏那水

---

① 原文作"太"。

都,而建造那,为汽车飞机的爆音所填充的几何学的混凝土的近代都市了。因为在他们,那个古都的霉气的空气,是世界上最没趣味的散文的了。

因同样的缘故,都会人的诗总是田园的,而乡野人所想的诗,是在都会的,前例中以非洲腹地及热带的孤岛为诗的,乃是近代一般的文明人,受烦琐的社会制度的恼烦,因机械及煤烟而神经衰弱了的人的主观。反之若在那边蛮荒之地的土人,一定以近代文明的怪奇的机械,像魔术一般的大都会,映出于玻璃宫窗中的不夜城市的美,以为是无上的诗了。现在我们以舟车之旅为诗的,但从前的人这怕是很为非诗的吧。在他们,反以乘西洋的火车为诗的吧。

这样,从各个人的立场想来,各人所思维的,各人都不相同。故何者为诗的,何者为散文的,是不能一概而论,下一个明确①的断定的。毕竟由各人的环境主观,其所见的是一一不同,因而诗的对象也不一致。但是如此,我们要绝望了,不能得结论了。但是认识的对象,非在何者为诗的之点,而是关于诗的精神其本体是什么,有怎样性质的一问题。换言之,问题不是在山景为诗的,海景为诗的等对象的判别,而是在于此种一般的场合②,我们心中所感得的诗的本质,有怎样的性质的。

因此我们要对于现在所述的一般的场合中,推究其各个所共通的本质点。当然在这时的思索,不是从一切的诗的对象去看,而只是看在心上感得它的人的心意,所以先举为例的多数人的通例以及后来讲的各人的特殊情形,所有的场合都一样,可以无差别一样观察的。那么这个本质是什么呢? 第一明白知道的,凡在看的人立场上,感到平凡的,以为不足奇的,看惯了的而觉得烦厌的,无意味而不感到刺激的,那些决不唤起诗的印象。既是觉得为散文的。

凡是感得为诗的,必是何种奇怪的异常的,在平静的心激于波浪的,为现在的平凡的环境中所无的,即非为 sein(现存)的东西。所以我们对于外国总感到诗趣,憧憬于未知的事物,对于过去的历史感到了诗。而在现为环境的本国,熟知的东西,对于现代是不感到诗。凡是此等现存的一切,因其现实感之故而为散文的。

所以诗的精神的本质,第一先是向非所有的憧憬,或揭出主观的意欲而为梦的探求。其次可理解的,凡是给予诗的感动的,在本质上有感情的意味。把这事实再用例来说明,例如前说的神话比科学为诗的,日光的夜比白昼为诗的,扬州比天津为诗的,恋爱比夫妇生活为诗的,项羽比秦皇为诗的,此种一般人的定见,

---

① 原文作"诀"。
② 原文无"合"字。

是由什么缘故呢？

先从神话和科学来讲。从前的人看月，以为住着嫦娥或 Diana 等美人的，而像一个天界的理想国。但现今的天文学告诉我们，月球是个死灭的世界，不过是灰白的土块。此种科学的知识，幻灭了我们对于月的诗情。因为那没唤起自由的空想联想的丰富感情，而只感得冰冷的知性的意味。一般的夜的景色，含烟雾的风景，比之在白昼感得是诗的理由。也以此相同的，即前者有空想和联想的自由，强呼起主观的感情。而在白昼所照出的，则没有此种感情的意味，反对地强制知的认识，实际的观察。扬州和天津的关系也一样，前者为有历史的怀古的，后者没有感情的意味，为事务的商业都市，一切是属于知性的。

这样，有空想与联想之自由，能唤起主观的梦的，在质本上均可谓为诗的。反之。若无空想的自由，不唤起梦的一切，在本质上为散文的，非诗的了。故为诗的本质的一切，可谓尽于梦之一语。但是我们还得把梦是什么，梦的一语中，包含了怎样的概念，再加以说明是必要的。

梦是什么？梦是向非现存的憧憬，是不为理知的因果所范围的向自由世界的飞翔。故梦的世界，非属于悟性的先验的范畴，是在不相同的自由的理法，即属于感性的意味。而诗所以为本质的精神，是由此感情的意味的申诉，向非现存的憧憬，那么，到了这里，方才可以明白诗是什么了。诗者何？是由主观的态度所认识的宇宙间一切的存在。倘使在生活有理念，而由感情以看世界时，则无论何物，没有不感为诗的对象的。而且触接于此主观精神的一切，无论什么东西，他的本身即为诗。

所以诗和主观，在语言上是相等的，凡是主观的，都是诗的，客观的都不是诗的。但我们在此地可以提出一个疑问。为什么在前面我们曾说过，在诗之内也有主观主义与客观主义的对立呢？诗若是与主观同义的，那么诗的客观派是不能设想的了。还有，有许多的艺术品，是极为客观的写实主义的，而在本质上却有很强的诗感的魅力，这又是什缘故？这些是要在以后解决的问题。

19.8.19.

（选自《金屋月刊》第 1 卷第 12 期，1930 年 9 月出版）

杂 文 的 风 行

这一二年来，杂文在文坛上，占了压倒的势力，首创杂文而侧重幽默的论语半月刊，既风行一时，继起的同式刊物也有十余种之多，而且都能吸引相当读者，足以维持其发行。并且各大杂志,似乎也少不了杂文的点缀了,各种具有给一般人阅读性质的定期刊物,都添加出此种杂文的纸面来了。似乎时势的趋向已成,纵使不愿,也不能不照办,因为读者群众是如此要求。

有些人说起来,此种杂文可以算是抱屁股的延长,那不是正式的散文,也难以称为小品,而不过是消闲的物事,给人茶馀酒后作为消遣的东西罢了。所以那在文学上是无价值的。这也许不错的,但在文学上的价值低小,不足以制杂文的死命,反而因此杂文益加繁荣了,因为一般大众对于文学鉴赏的力量,本来极为浅薄,因是有许多人精心的杰作,是为一般人所不能理解玩味,出版之后,便无人顾问,更有一种翻译东西,也陈义太高,措辞造句尤艰深费解,所以此种高尚的纯文艺,大有阳春白雪曲高和寡之慨①,因之新书坊的出版文艺书者,逐渐变节了。这也可以说明杂文如何会如此流行的。

杂文的流行,也许不是好现象,不过这是事实,是不可否定的事,社会既有此种事实,一定有其所以然之故,一定有其必要之理,这是可以令我们深思的。自从新文化运动创始以来,它的趋向不向前进,多少有点徘徊曲折,原是不可免的,不过在我中国的样子是太可笑了。在内容上的崇古复古倾向,我们且慢加指摘,即在文字形式方面,也呈僵死之状,大有洋八股气息。做诗必要有风,花,雪,月,恋爱,美人,崇仰,伟大,膜拜迷醉等字眼;另一派则必要有拥护打倒,大火,洪钟,曙光,太阳,战斗,胜利等字眼,②是有了刻板的样子。戏剧小说,也是同此情形,不是变相的落难公子中状元,后花园私订终身,便是工人打倒资本家,或有产者压迫无产者。总而言之,只有一种笼统的概念,而以事件来去敷衍这概念,所以创作便有了一定的格式,而文艺便从衰颓走上灭亡之路。在这地方,杂文抓住了抬头的机会。

（选自《人言周刊》第 1 卷第 1—50 期合订本）

为杂文辩护

因为杂文的势焰太盛了,于是有人不高兴,便大骂杂文的不该这样猖獗,应当让纯文艺的诗歌戏曲小说占先,而杂文的这样肆无忌惮,是太不自量了。这是很有一面之理的,可惜发表这一类意见的作品,也只好归入杂文之类去而不是堂堂的文学之巨著。

---

① 原文作"概"。
② 原文作"胜利,等字眼是有了刻板的样子"。

照理,文坛上的文人学士们,应得努力于从事文学上的著作,比吃饭比什么都在先,就是饿瘪了肚子也得先做出纯文艺的高尚作品来,才可以维持他文人的地位。但现在世界上都不然,而且人总是第一先得吃饭,因之文学作品,不免有时化为商品,成了商品之后,自然得看供求的状况而产生作品,那么在一般人①欢迎杂文的时候,杂文自然就有了压倒的势力。

不过,杂文也不是完全可以鄙弃的,比之现在的洋八股式的文学作品,还是杂文能够表现出一时作者自己心中所要想说的话,不像在那长篇巨著中的说不清楚或理路紊乱,读了令人头昏脑胀,总也有这些好处,所能得到一般人的欢迎。在杂文中,吾人最能坦白地陈述一切,不兜绕大圈子,顶能开诚布公地说话,不故作客气也不夸矜,只是很明白浅近地说,不用哲学来调敷也不用修词来粉饰。这是杂文的第一点可取的好处。

杂文说一是一,没有什么讨价还价,也不会令人费解,既不装腔作势,自然不是道貌岸然地拒人于千里之外,却也不至于像某种文字一般形同淫娃荡女的卖弄风骚,读之令人作三日呕。没有做作,是其好处。并且篇幅不令太长,不令像长篇小说那么动辄洋洋万言,看看要费不少时间。这短小之点,也是现代社会所最欢迎的,因为吾人没有十分闲暇可以去欣赏婉转曲折的妙文,更无工夫看长篇累牍刻画入微的细腻之作,在这个繁忙的时代中,自必有此种简短之文章应运而生。

因之照我说来,杂文的前途,是无穷的,决不因为少年人不满而消失,一般的爱好杂文,将与时俱进,而杂文将成为时代的文体。我们为什么一定要用诗歌戏曲小说等形式来表示老人的思想呢?要说出一个主意,只要说出来好了,一定要写得具体的是为什么?因为要别人能如实的看到,使他有铭感,那是不错的。但一定的主张,都要那么做,没有必要罢!所以在纯文艺以外,杂文是很有立足地的,它并不妨及纯文艺的存在。

(选自《人言周刊》第 1 卷第 1—50 期合订本)

二、关于摩登的文章 5 篇

摩　登

摩登一词,在佛典中的意义如何,我们不去多管。现在常常或在人们口头上

---

① 原文作"文"。

提到的摩登女郎或摩登什么的摩登一词,却与佛典无关,[①]是 Modern 的译音,这是一个英国字,作近代,现代,当代等等解,至于语原出于拉丁文或希腊文的什么字,有怎样的意义,或者在英国的著名的标准词典或牛津词典上,有怎样怎样的解释注着,恕我不会翻书,不去检查了。在我近编的开明文学词典(附带来个广告,该书约在六月夏天可以出版)第四百六十页上写有下记的解释:

英语的 Modern 为近代现代之义,音译之为摩登。摩登者富有十足的现代精神之谓,即是一个崭新的现代人也。摩登伽即 Modern girl,时髦女子也,必是烫其发,革其履,丝其袜,旗袍其身,胭脂其唇,白粉其面,为一个追逐流行的女子。而且不但在物质上如此,她的思想倾向,也走在最前线的,故时代思潮而有变动,则此项女子亦必随之而变化,否则即为落伍矣。摩登宝者,Modern boy 即时髦青少年也,意略与摩登伽同,不过为男性。

这里,要解释摩登,却说明了摩登女郎的意义。无疑,这一种取巧的方法,摩登一词带有全部的抽象性,还是说明了具体的摩登女郎来暗示摩登的意义,更为聪敏。但在这里,我不想再用这种聪敏的方法,我想把摩登一辞,作一个较深邃的考察。

浑笼统讲起来,摩登是现代的,近代的,所以必是新式的,而反抗旧式的。破坏一切传统的道德和习惯,轻蔑既成的信仰,无视因袭的风俗,是摩登所必具的。所以也可以说,摩登一定是维新的,革命的前进的。凡是新的都是好的,凡是旧的,都是不好的,是摩登人物所不可少的信仰。他们盲目地赞仰一切的新,也盲目地轻蔑一切的旧。

但是新旧原不过是相对峙的名词,旧的尽可以永远是旧,但新的却不能永远是新,很有今天的簇新,到明天就变了陈旧,像一件穿很不小心的新衣,一上身就弄污了的很是不少,在新的变了陈旧时,是因为有新的新出现之故,而摩登须要是始终新的,所以要取那个新的新,而不能墨守着惟一个的,因之摩登是有变化的,的确,要善于变化才可以算摩登。

不过,在限定的某一时代某一环境之下,摩登也自有其一定的形态,像资本主义发达了,才有劳工的阶级出现,阶级的争斗抬头一样,在一个特定的时代和地点,摩登也有它的特质。一九三二年的摩登决不是一八三二年的摩登,上海的摩登也不能是巴黎的。

照现在这个时代,有人说是伟大,也有人说是渺小,还有人说是民族复兴,

─────────────

① 原文此处无"。"。

更有人说是国难临头,我们且不管他是什么,现在的摩登所具的若干特质,却可以推知的。那是一种超过了伟大渺小或兴旺苦难以外的存在,是现时代的时代精神的表现和发扬,我们可以约略一说,以明白现时所谓摩登的必具的特质。

还是看女人吧。那些大小姐大姑娘,从深闺里解放出来到学校里,再从学校里解放出来到马路上了。她们的衣服呢? 截短了裙子,截短了袖子,或裸出她的玉腿,或者呈显她的粉颈,把她们从前被闭锢的肉体都开放了。开放真是摩登的重点了。男学校说开放女禁,政府说开放政权,资本家说开放事业,这便是表明了摩登的风靡一时。解放也是摩登,有弱力民族的解放,妇女的解放,不平等待遇的解放,才^①显出摩登的新势力来的。于是从深闺中解放来的姑娘,和学校中解放来的少年,动不动便要开放他们相互的心胸了,这又是另一种的摩登。

解放开放从心神上说来,便是坦白。胸无城府,也是摩登所必然的。想什么,说什么;要什么,来什么;一点也不客气,一点也不虚伪,那是摩登。掩饰是不行的,谦虚是无用的,要孩子一般的坦白,好就说好,讨厌就说讨厌,未来的交际场中的恶习惯,是全要排除,被人说有些像发疯,那才是真能摩登的。

现代又是一个高速度的时代,飞机,汽车,电话,电报缩短了空间,延长了时间。一切物事的变,变得非常之快,摩登也就不能安闲了。高速度才是摩登的。譬如说,第一次见面恋爱接吻,第二次见面结婚,第三次见面是在法庭上请求离婚了,那才是摩登的男女关系。又如忽而仁兄先生,相结为好友,又忽而逆贼叛徒,成为仇敌,再忽如我兄足下,又是和好了,那便摩登的交友。再如化钱如泼汤,一转眼荡尽了家产,在小巷里做乞丐,却又打着跑马香槟票,再变成会化费的阔少,那便是摩登的生活。

摩登女郎的装束,更加非摩登不行,即非有高速的变化不行。一天到晚倘使穿着同一的衣裳,岂不太死板板的与摩登不合了。跳舞是摩登的,因跳舞刻刻在变动它的姿态,跑马跑狗是摩登的,只看那是多么高速度的变化,所有的活动的人,打球的蹴球的:跑的,跳的,投掷的,是多摩登呢! 所有的活动的机械,汽车,大车,电车,乃至一切的引擎,马达是多摩登啊! 摩登的世界就是一个动的世界。

现代是团体力压倒^②个人力的世界,所有的集团,都飞黄腾达,而个人的活动是封住了。集团也是摩登的。开什么会的主席,也要有主席团,请愿有请愿

---

① 原文此处作"在"。
② 原文作"到"。

团,工人有工会,商人有商会,农人有农会,到处都是会和团体。三人可以组织一个读书会,二人可以组织一个吃饭团,都是时势的潮流,摩登的倾向,也因此决定了几千的大学生上大车到南京向蒋主席请愿出兵讨日,那个集团是何等伟大而又摩登呢!几千的学生义勇军,步伐整齐地唱着大军行进曲,那又是多摩登的集团。还有三五成群的女学生在马路上走,结了个去看电影的集团,还有再以上的摩登吗?

但是摩登不能包有宗教一般的敬虔,哲学一般的深邃,那些是与摩登势不两立的。即如科学家的正确,也和哲学家的①精深,宗教家的虔诚一样,不能成为摩登。原来摩登只有一种形态,一种式样,一种表现,而所以有这一种发扬于外的内面根据,在做着的人,是不自觉的,所以平常人总说摩登是表面的肤浅,这话,按照实际的情形看来,我们原不能否认,而且即使肯定了这话,摩登也还有其独自的价值。

讲到精神灵魂那些不可捉摸的东西,原是古人造出来骗人或自骗的工具,谁曾见过精神灵魂来,而且那和我们又有什么关系?这个西洋镜,是被现代人拆穿了……?更进一步的人是不言实行的,那才是彻底的,在中国这种彻底份子又特别多,不过他们的一切行为,却又带着种种假面去做,那是不摩登了,否认精神灵魂的人,该要坦白地显露他们的所信,堂堂地破碎这些偶像。

摩登是表面的,肉体的而非内面的,心灵的,我们就安于表面的肉体的好了,表面才是万众所共见的,肉体才是主宰一切的,希腊的古美术,不全都是肉体的吗?肉体是不能轻忽的,惟其重心灵轻肉体才形成了中世纪的黑暗时代,摩登是该重肉体的,表面是最重要的,有了好的外表,即使没有内容也无大碍,像一个女郎只使美貌美服便好了,别的难道还会成问题!倘使对于这句话要提出抗议,请睁眼看社会上的事实。

但顶要紧的是不可误解,把摩登当做即是放逸,胡调,出风头,抖乱等等一切全是旧式的胡闹,摩登是绝对崭新的,决不止于是放逸,胡调,出风头,抖乱,那是除此以外以上,还有更重要的东西,就是摩登之所以为摩登的,那些不是摩登的胡闹,有时也颇像摩登,但也不过是很像罢了,实际上完全是不同的,摩登是胡闹所全没有的一种向前进展的勇往,不屈不挠的意气,不像胡闹的可以改邪归正,摩登却始终是摩登的。

向前进实在是摩登的心脏,现在有些人对于摩登,颇有所不满的地方,那是

---

① 原文作"而"。

他们的错误。在这个年头,时势转变得非凡迅速剧烈,令人认不清方向,但向上的人总想向上的,于是做出了醉人仙的乱舞,DonQuixote① 的狂态,但仍不失其为向上的,摩登虽然歪曲变拗奏着乱调,但我们不能因此而否认他的是摩登,反而要因此更钦佩他的摩登的。

我是绝对赞美一切摩登的,不论是摩登姑娘,摩登戏法或者摩登大菜,只要真个带有些摩登的色彩,我总是仰赞礼拜的,因为我们是现代人,现代人的不同于古代人即在此点:古人崇拜②祖宗和鬼神,现代人崇拜未来,是该崇拜子孙,和该占有未来大势的机械,这时代原没有到,所以先来尊崇摩登,因为摩登是先驱总跑在我们前头不少,应该尊敬的。来,来,大家起来唱一曲摩登赞歌吧。

(选自《时代》第 2 卷第 7 期,1932 年 6 月 1 日出版)

摩登无罪论

近来有许多似乎是批评家,对于摩登二字,深致其不满之意,加以揄揶嘲笑,指出摩登人物的各种非本质的缺点,作为讽笑的资料,实在是很不合理的。我要为摩登剖白,摩登是无罪的,凡对于摩登感着不满,或怀抱恶意的,倘使不是他误解了摩登二字的意义,他一定是个头脑顽固的向后转思想家,一定未能脱尽封建余毒,而不懂摩登真义的。摩登应得是时代的中心思潮,毫无可加指摘之处。

平常非难摩登女子的最多,说她们装束怪奇,裸足露肘,高耸其乳峰,摆荡其肥臀,蓬发而画眉,朱漆其唇,这些都是从外面的形式上下他们的批评。再有对于女人们的行为不检大加非难的,说他们对于恋爱太随便,看结婚离婚不算一回事,男女关系看得太藐然,所以是淫荡的不道德的,这是从行为上下的批判。也有非难她们会变化,缺少恒心,感情太不强而理知太多,一切随于计较打算之中,便是没有纯洁的灵魂,这是从她们的思想感情上下的批判。对于摩登女子,这一班批评家是振振有词的。

照理来说,此种批评家对于摩登女子既如此不满,一定要深恶而痛绝之了,可是看见了摩登女子时,还是受着吸引,心魂动摇,而且最会想入非非,闹出笑话,他们自己也不相③信何以至此。这可见他们第一就缺乏自知之明,那么对于外界的批评,无怪要歪曲邪乱,而摩登之不该挨骂,可说是理势之必然。

---

① 原文此处多出","。
② 原文此处多出"古代崇拜"四字。
③ 原文作"想"。

从形式上说摩登女子的不合,是那些头脑不清楚而思想顶顽固的人。女子的显露乳峰肉腿,是裸出她们的美点,天使得她们长着好看的半球形突起,和软嫩肥滑的肉柱,即是用衣服包裹掩遮,这些物事仍旧是在她们身上的,那么显露出来又何妨。倘使是美的肉体,应得是美的显露,我只恐中国女子自觉的肉身之不合美的标准而不敢显露,或不自知其肉体之丑而大胆显露,倘使露出来好看,何必去非难。而现在女人的装束一方面,渐是受了这一派不良批评家之影响,居然流行长旗袍,长袖高领起来了,不同从前的总肯多露出些肉,是错了。裸是摩登的条件之一,即使肉身不好,也裸了出来才看得出丑,而可以想法挽救,掩藏起来,永无回复到美之一日了。

从行为上下的批判,也是批评家的不对,他们太看重旧习惯了,他们缺少新思想,也没有独到的见解,他们是乡愚。现代的男女关系,有现代社会情形所造成的必然性,不能用固陋的封建观念来律现代人的行为,可无庸说,不论在都会或农村,现在和从前不同之处很多了,何能叫男女关系独守旧日的规范?结婚爱情等等,自得受社会组织的支配,居今之世,行古之道,必然要走投①无路。我们聪敏的摩登男女,决不会来听从那些批评家的错误的劝告,淫荡等等的恶名,一点都不用怕惧,(不过误译为生之意志,却也大可不必)恋爱这个漂亮名词,也不放在心上,她们有高速度的回转。

从思想感情上下的批评,那是无可避免的阂隔,正像夏虫不可以语冰,热带地方人不懂什么叫雪,这一点我们可以原谅他们。现代是高速度时代,自然要变化多端了,感情的不强烈,正是她们的长处,因为感情是掩蔽理知的迷雾,在迷雾中有危险可不必说,而一切事件的须要计较打算,也是现在的社会组织使然,不如此,不能是现代人。

摩登本来就是现代近代的意思,现代有什么好呢?现代的不好,现代人也得以为是好的,否则他将不适合于现代而成为对时代向后转的人了,向后转总不是前进吧。摩登的代表现代近代,当然是代表了那些一切的思想,思潮,倾向,意识形态,而又是混然一体不可分割的一个摩登态,也许表面上看起其中不无矛盾之处,但无妨其仍为混然一体的。一切对摩登表示不满的,可以把摩登女子为代表,摩登女子的无可非难,已如上述了,那些一切发现在外表的各种摩登态,也一定是同这相同的无可非难的。

（选自《十日谈》第 7 期,1933 年 10 月 10 日出版）

---

① 原文作"头"。

摩登救国论

摩登不是像世俗一般人所谗诬的那么有罪,我前已说过,现在更进一层,我要主张摩登化的重要,以及摩登之可以救国。

党国要人中之头脑最清楚,智识最高超,眼光最远大,年龄也很老成的吴稚晖先生,曾喊出马达救国的口号。那原是很不错的,中国的贫弱,是在科学的落后,物质文明的衰颓,而马达即代表了物质文明的重心,马达救国并非买了若干只发动机即可了事,是要造成此种文化的昌明。这种议论,是大家都赞同的,但是怎样才能达到呢? 向外国多购几只马达是不中用的,这要有办法。

这个办法,依我的话说起来,就是摩登化,提倡摩登,便可以成就救国的大功。中国之患,患在不能彻底摩登,一切陈旧的朽腐的糟粕渣沫不去,清新健壮的,自然不能产生,如其能摩登化,弃陈腐之糟渣若垃圾,一切不患不是生气蓬勃,而国就得救了。

马达不过指物质文明的一方面,摩登可以包括革新运动的全部,泛指精神物质各方面的浑然不可分解的一团气运,所以就名称说,还是摩登救国更适切些,不像马达救国的要被人误解为买几只马达即可救国,而且范围也广大得多。

摩登救国!

谁要怀疑这四字的不伦不类吗? 他倘使有清楚的脑筋,请再仔细思量一下。倘使没有一班亡清遗孽的老官僚旧武人混入革命集团中,我们的革命成功是否可以更速些,更干净些? 可以减少一些历史的反复重演? 为什那些老官僚旧武人能混入革命集团中来? 不是因为我们的革命太妥协了吗? 太不够摩登,自然要落到妥协的路上,倘能多一点摩登化,一定会减少几分妥协,而成功也增加了确实性。

摩登的可贵,即在摩登,就是和陈旧的不妥协,因为妥协了即便要失去其摩登性,即摩登是在性质上具有此种不妥协性的。因此能挥发摩登精神,彻底推行摩登化的,陈旧之古董,自不敢来参加,而革命的势力便可纯一,成功也有了其真实的根基。

孙中山先生的慨叹革命尚未成功,同志仍须努力者,就是要人去努力于摩登化而行彻底之革新。时至今日,中国自强之道,没有第二条路。中国的改革革新,没有真的改革和革新过,看社会上的一切措施,和人间评价判断,全不曾有过什么变化,一切情形,不因革命而生影响,足见革命之力不大。反不如现在的摩登二字,成为许多人的拥护与反对的鹄的,有绝然不容混淆的明晰的力争。于革命上如能摩登化起来,力量之大,可不待言,而其力之纯一不杂,是可注意的。

救国之道,有人以为要提倡礼义廉耻等等旧道德,那全是错的,一切道德的产生,均不过为社会之方便,礼义廉耻之类,在现世只存空壳子是当然的,坏的是要去维持此种空壳子,而怕人戳穿那些纸糊老虎。因为机警的人,早就看破了这一点而为所欲为了,但又可以藉此为护身符,所以只有碍事的份。旧的不能维持,再不产生新的,局面就只有愈趋混乱的,那就是摩登化所以不可少了。

摩登化不是别的,不过是彻底的革新而已,只看摩登女郎,完全脱去了旧日衣衫之后,仍旧是一个娉婷的好女子,可见摩登化是必要的。反对摩登的人,全是没有正当理由的,他们不知道大势,时代的使命如此,没有法子挽回,即使古代有灿烂的文化,也只好任其埋藏于土中,我们现代人有现代人的工作与使命。摩登化,即是我们的使命①,这也就是救国之道,中国而要继续延存下去,没有第二条路。

(选自《十日谈》第 9 期,1933 年 10 月 30 日出版)

摩 登 不 颓 废

我主张现代人应得摩登化,摩登化是该提倡而受赞美的,现下一般人对于摩登二字颇有不满,乃是他们的浅见,但另一方面,自以为是摩登人物的,也有误解摩登之处,以致有许多倾向,很容易招人误解,也是实情,所以想把摩登的精神主旨,大略敷陈一番,以供大家检讨,把非摩登的物事从摩登中取出来,使得大家明了摩登是无可非难,而且是现代必要的。

摩登最容易给人误解,而且现在的摩登人物也的确具有此种不纯倾向的,是颓废。以前很好的浪漫二字,被恶用为颓废之解释以后,现在这势力,又侵入摩登运动中来了,摩登运动和浪漫运动可以有些关系,但和颓废,却是在正反对的地位。我可以举出一个顶明显的区别来分别二者,即颓废是消极的而摩登是积极的,同时浪漫也是积极的。

颓废倾向之出现,起于世纪末之病态,而摩登是新世纪的新精神。这样一说,可以知道,二者决不可以混同,而且是完全相反的了,可以说,摩登不颓废,颓废不摩登。不过新世纪是继承了旧世纪而来,世纪末的病,从十九世纪末年起,

---

① 原文作"用"。

在二十世纪初年,势力也是很盛的,我们继承了那个时代下来,要把那种遗留下来的颓废倾向破除,是很不容易的,所以现在虽是已经一九三三年了,还有提倡摩登化之必要,还有高呼排摈颓废倾向的必要。

现在,摩登和颓废像是合流的样子,所以对于摩登缺少理解的人看出来,颓废像煞是摩登的一要素了。其实是不然也,摩登是新世纪的新精神,要绝对排拒颓废的倾向,明白的人都明白这个道理,但也有不明白的人在糊里①糊涂的,因之非特别大声疾呼不可了。从前浪漫的不是颓废,也很明白的,但浪漫终于给颓废毁了,浪漫的不复为人称道,就因为它未能将颓废清理出来。现在,我们要代摩登来一个清党运动,把颓废清出摩登之外去。这是很重要的关于摩登死活的工作,倘使不把颓废逐出摩登之外,摩登将不免蹈浪漫之覆辙。

这是无庸讳言的,现代的所谓摩登人物之中,实有许多是完全非摩登反摩登的人,他们沉湎于酒色的享受,胡里胡度过无愁天子的日子,以胡调为日课,以享乐为生活,他们是沉溺于糜烂的放荡之中,不知天有几多高,地有几多厚,世界大势社会实况,自然更加莫名其妙了。这样的不是摩登是很明白的,纵使他们穿的是一九三四式的衣服,吃的是顶时髦的菜肴,一切生活表面是站在最尖的人,仍不能保持他们为摩登。

有许多人,以为能跳舞,能看电影,能吃西菜,能穿洋服,能讲一口外国语,便可以担当摩登的名词了,但这是错的。摩登人物,固然可以说三句洋泾浜英语,穿穿洋装,吃吃番菜,看看电影,跳跳跳舞,听听音乐之类,但不是这样就足够了。摩登之为摩登是另有其必然之条件的,不过在这里我还没有工夫说到这一节。现在所要说的是,摩登非颓废,要排斥颓废的倾向,然后可以完成摩登。

在中国社会之中,这颓废的势力太大了,因为社会的实际情形是在崩溃倒坏的过程之中,尤其容易有此种颓废倾向之发现,再则因有种种令人要丧气的情形,逼着人们向颓废的路上走,但这是死路一条,理解摩登真义的人,应该及早自觉而自加振拔的,一旦陷入此烂泥潭中,便很少希望,有深沉到底的危险,不可不留心。但也有些人,他们对于摩登,虽不理解而有一种感觉,这是新世纪的新青年,他们不知不觉之中具有一种微妙感觉,对于摩登,即使没有理解,而懂的更多,这一班可以说是真正的摩登人物,他们已经超越由理解去追随,而是生为摩登之人了。这不是我所能批判的。对于他们,我只能赞美,因为其一举一动,没

---

① 原文作"理"。

有不合于摩登规范的。

（选自《十日谈》第 11 期,1933 年 11 月 20 日出版）

提 倡 摩 登 化

近来有一位天南先生在旬刊,十日谈上做提倡摩登化的文章,社会上虽然很少反响,我私心是很赞同的,因之再来推波助澜一下。

摩登二字其实即是现代近代的意思,我们生于现代的人,如不现代化而惟古是尚,则与古人何异,何必生于现代,何必为现代人？平常称某人作古,或某某仁兄千古,即表示其人已死,死了之后,当然不能再摩登。自然是古了。因之,提倡摩登是想把人类的生命延长也。

作文烂调中有"人生于世"一句,人生于世,是要生于世,而非作古,所以有日日新,又日新之必要,而不可以不摩登。许多人的反对摩登是没有理由的,倘使他们不想作古。可是近来古风大盛,古的确太多了,在日常报纸上,我们常常看见各地古物出土,以及发掘古迹的消息,研究古代社会古史,古文的人渐渐多起来,于是中国之为古国,益加像古气盎然了。就这一点,摩登也是非提倡不可了,倘使我们古国还不想就此灭亡,我们要革新,便得把一切的古打倒破弃,而建树新的出来。这样,摩登化应得是顶重要的工作。

不论男人女人,若不有若干摩登气质,其人总不免死气沉沉,这因中华民族已进入衰老之境,不故意装些摩登精神进去,此种垂暮之老态,无从掩蔽,更谈不到革命。所以在我们中国人,摩登化尤有必要,可比之续命的仙丹。

也许有人反对我这话,以为中国现在的所谓摩登,不过是堕落颓废的别名罢了,那是他的错误。堕落颓废之类,决不是摩登。我不说现在的自称摩登人物是尽合于摩登的,也不是说只要穿了摩登的服装,学得摩登的举动,便可以算摩登了,这不是根本的地方,摩登的所以为摩登,重要之点不在此而在彼,但这也无疑是摩登的一种形相,我们不能也不应该加以非难或反对的,穿摩登衣服作摩登举动,并没有什么可以指摘非难之点,至少比之做古文,写古字,行古礼,说古话,讲古道的准古人,是合于现代些。

不过因为中国一向是古国,尊古之风太盛了,所以一有清新之气的摩登派出现,往往要引起一般人的反感,以为有妨中国之为古国而非遏制之不可,但照现世的大势,中国实不该再继续为古国,应该大加革新,使成为新兴之中华民国,所以反摩登化,即是反革命。中国的革命,一直有革命尚未成功之叹,就因为不曾

157

彻底提倡摩登化之故,而所谓同志仍须努力者,是要努力去提倡摩登化也。

这样说来,摩登化,就是革命,是中国所最必要的,而反革命的必反摩登化,因之,倘使要人身边有摩登女郎陪着,即可以表示他是个十足的革命人物。……

(选自《华安》第 2 卷第 3 期,1934 年 1 月 10 日出版)

三、《申报·自由谈》上的杂文 3 篇

谈 借 债

既然谁也免不了有偶然紧逼,世界上就不能没有借债一事。或者因为有扩充事业的企图,于是吸收外资以实行其计划,或者因为创建新事业,借一宗款项作为资本,这是有作为的借债。在上海却有人以借债为职业而度日的,而在他的心目中借了就不必还。这种借债,当然很特别而稀少,我们还是谈平常一般的借债。

在中国的旧家庭里,儿子借债老子还钱的事很多,而且是常常成为家庭纠纷的大原因的。放债人看见那家资产尚富有,子弟却无赖,有不怕父兄不出来清理偿还的把握,总很慷慨出借的。借的人只要有钱到手可以化用,什么利害他是不顾的,苦恨的自然只有将代他清偿的父兄了。这一半也是父兄不肯把一家的情形公开,使他们的子弟自恃家中富有而不怕借债,但也有身当一家重任而敢借债乱用的,那却是败家之兆。

这一种家庭,中国现在也很多,大抵祖宗留给他们的遗产太多了,传给他们的生活技能太少了,他们只能吃饭游戏而不能做工,于是专吃祖宗之遗产,不足,便继之以借债。他们有祖宗的产业,当然是体面人家,但借债不能管你的体面,总得拿房地产以及其他权益做抵押的。这时将使他感觉到一点有伤自己的尊严,但后来房地产由债主经手管理之后,成绩反比委之自己的账房好,于是又放心了,又肯安心大借债了。

借惯了债,便永远要借下去,永远不能停止,借的人已不知债之要还的了。可是他并不像上海的特别借债人,安心不还而借的,在他实在有点莫名①其妙,只要有钱可借,借来化用了再说。当他是一家之主时,问题是在借得来之后如何分配,大儿子多少,二女儿若干,要公平分配,大家化用,否则又要起家庭风波,至

---

① 原文作"明"。

于如何还,他并未打算过。

倘使借债可以不想到如何偿还,如同有祖遗田宅作抵的体面人家,借债也确是过日子的一种方法,但请在分配上留意一下,不要在家庭中间再闹出人命案来。

写到这里不禁想起了美国借给我们的棉和麦。

(选自《申报・自由谈》1933 年 8 月 2 日版)

创作与史实

用读小说的眼光来读史,史实就成了创作的故事,因为时间的延绵连续性,一切的史都成了前一代的续集,善哉曹聚仁先生的话说:"史几乎无所谓创作,每种史的作品都是续作"。这里的史字作史实解,有更确当的意义。

续作的所以受讥弹,大概是创业难守成不易之故吧,比方元朝的崛起漠北,一时岂不轰轰烈烈,武功的显赫简直是空前的,但其长支的占据中国土地只得八十年,而其治绩之平庸又是出类拔萃,这样的虎头蛇尾,倘使作为创作看,作为成吉思汗传的续集看,岂不是该受讥笑的吗? 这正同写章回小说的用全力写毕了第一回而才气全消,第二回以下是无法再维持了,这样的创作也可以给人看的吗? 不过我意这还是可恕的,因为一个人的才力有限,做不好是实在做不好而无法挽救的,如果他已竭尽其能去做了,我们应该原谅。

章回小说重在故事的有曲折有变化,比方我们现在的史实,当作章回小说看,那确是一回一回很巧妙而且引人入胜的小说,一件故事的转变,往往很自然很合理,而实际上已暗中巧换了一个中心点。我以为这是很好的创作而不能是续作,可惜史实在它的性质上,不能避免是续作,而我们也有过辛亥革命国民革命等等一时曾叫人兴奋的故事为前驱。这也就是续作不免于受讥弹的天定的命运。

照纯粹的理论说来,一切事业都是属于群众的,但事实并不完全如此,我国积弱假使说是全国国民的不争气,那反而是叫应负责任的人逃避了他的责任。人群固然可以全体负责,但有不叫负责不许负责的历世相沿的制度习惯,正像创作是一个人在屋子里做出来之后,却推说社会环境不好,所以他的创作不好才是正理,凡有好的创作都该打倒的。这一种理论固然通顺,但不嫌过于通顺吗?

自然,错的不在理论而在事实,但有此种事实存在,则该种理论也就难通行了。那么要贯彻该种理论的,便得起来改造事实,把创作从书房中个人手底下夺出来,使成为社会群众的作品,而史实也要由群集的力量来推动展开。曹先生的"相信文学之有待于续作与史篇之有待于续作"大概是这个相信与相信这个吧。

前次谈续,得曹先生论续作的补充说明,再使我得一机会来追加这点意见,是很感谢的。书此并答曹先生。

(选自《申报·自由谈》1933 年 8 月 28 日版)

脚　　跟

许多讲生理卫生学的医师先生们常常反对摩登女子的穿着高跟皮鞋,我们认为充分有理由,并且我们的赞同此种见解,也可以不必从生理卫生学的见地来讲。我们以为人间站在大地之上,总要脚跟着地,才站得稳,立得直。站稳立直了,才能昂首见人。高跟皮鞋的唯一缺点,就是那个高跟将脚跟脱[①]离了地面,只使脚尖点地,如何能站得坚稳,以表出人类立足于大地之上的仰不愧天俯不愧地的姿态。摩登女子也许因了这脚跟离地之故,而不能昂首面对人。(这种摩登人,当然是误解了摩登的本意,不是真正的摩登。至于摩登本意,并无此种弱点存在内。)

脚——站得稳是做人的第一步工夫,婴儿出世以后,对于站立的练习,与语言同时开始,看他的牙牙学语与着地爬行,怎样努力于学习做人啊。一定先学得站稳了,然后再开始学步武的。并且,人的所以异于禽兽者,便在能站了起来。猩猩猴子之类,也可以沐浴而戴冠着衣,俨然具有人形,如出把戏中的猢狲,也能于锣鼓喧声中袍笏登场做得和人一样,但要她站稳立正片刻,却不成功。他们只能在跳跃舞动中过生活,不能挺直了腰板昂首对人。

我们说要站得稳,这稳字特别重要,猴子之类也许可以勉强站[②]息,而决不能站得稳,因它们不能脚跟着地。现在的情形,既是这样特殊,我们一般人而还想仍旧继续做人的,脚下的工夫,却不能放松了。整个社会既被放在大动乱的状态之中,时代发了疯病,像疾风暴雨袭击市街一样,稍一不慎,就有被吹倒而陷入污泥中的危险,有的甚至于会被刮到了东洋大海而不知下落。先得站稳了,我们方能把整齐的步武向前迈进。

---

① 　原文作"托"。
② 　原文此处缺"站"字。

要站稳我们得注意脚跟着地，要像在地中生了根一样，所谓富贵不能移，威武不能屈正是指着那脚跟。不要像那些跳着舞着，在虚空中乱动的脚，好好地把脚踏在大地之上，挺起了我们的胸，正视这个社会，看这疾风暴雨能奈我何！这样的姿态，始终能保持，是我们继续做人的开始。因为这地面像有些荡动，我们更加要小心，不要在脚跟不稳而头昏目眩之中，丧失了自己。

许多人，在南京，在北平，已经不能仰首来见我们中国同胞了。就因为不会站稳，而乱跳乱舞起来。也许他们本来不曾有站得稳的脚，不过我们，现在，应时刻留心，要把脚跟紧贴在大地上。

（选自《申报·自由谈》1938 年 10 月 24 日版）

四、《十日谈》上的杂文 4 篇

骂人风与吐泻

梁实秋先生做过一篇骂人的艺术，但这不能表示他具有骂人的艺术，记得叶灵凤先生曾写过一篇叫梁实秋的戏曲，这也不足证明梁实秋有被人骂的艺术，因为骂人并不是一种艺术而被人骂也不必是艺术。

骂人，因为他是人所以要骂，而人常常不会是艺术品，也不定是艺术家，所以骂人和艺术是毫无关系的。我说骂人是一阵风，不晓怎样来，也不知道何处去，但受着的人有时会打冷噤缩头踩脚，可也有时会得意欢迎感激这骂。如其一种骂而像恰荡的春风，那就受人欢迎了，即使像夏天的凉风，也足令人披襟相迎的，至于秋风的肃杀和冬天凛冽①的尖刀风，自然令人畏惧的。像风的有各式各样，骂人也有很多的种类。

春风常常吹在人间表面的，所谓春风和煦也者，不过是给人体表面上一种适意的刺激而已。有些骂人简直是恭维人，那便是春风了。人家只做了个小偷，你骂他叫江洋大盗，岂不是恭维他吗？人家做了无足轻重的小事，你骂他破坏国家社会妨害醇良风俗，岂不是恭维他。人家只偷看了女人一眼，你说他游戏恋爱，勾引良家妇女，岂不是抬举了他。这些骂人，都如春风之融融，令受骂的十分舒适的。其特点即在击触表面而给予适度的刺激，会得此种骂人方法的，常常于无意中会得讨好别人。

---

① 原文作"烈"。

夏天的风,给人一阵爽快或一阵沉闷。一种凉风,把热气全化解了,令人感到无限的痛快,肯直截爽快骂人的,常常是属于这一类的。骂一个小窃而提到全体财产都是赃物,一切官吏都是大盗的,总令受骂者十分痛快的。骂恋爱而说全女人都是娼妓,一切结婚全是奸非或卖淫,被骂的一定同喝冰水一般快意。也有沉闷的热风吹得人昏昏欲睡,那一定是慨叹人心不古世道日衰的卫道正俗的骂人了,那像从热带地吹来的热风,叫人头昏。

秋风是令人深思的,那是具备哲理的骂人,在骂中含蓄了人生社会的大真理,文人哲学家常常发出此种骂声,使受骂者屏息静气像枯枝上的黄叶。为什么三字在这里常用到,而被骂的要自己来探求这为什么便太腐了,但一时他心上总有些特别感触的,那即是秋风的特色。譬如说做小偷有什么好处,偷了十块钱有几天好过? 或者说剽窃抄袭有何用,有几时好瞒人骗人? 秋天是有股肃杀之气的,那是在表演时的颜色上也会表现出来。

唯有冬天的风要吹到人的肉里骨子里去。一种骂人,有理解而正抓着痒处打着要害,强烈地威猛地冷酷地鞭打一般打下来,不是同冷风的砭入肌骨一样吗? 那是一种大苦痛而且是无法避免的苦痛,被打到致命的所在,负了不可治愈的创伤,也像捕捉着了真贼,没有不认输的了。受着此种骂是只好低头默①不作声而气也不敢透一口的。诛心之论,夸张的举措,常常插身到这里面来,一方面增加骂人的威力而他方可以给骂者一道掩护的屏障。

真的骂人,常常要属于此类的,受骂的必有切肤切骨之痛,发骂的却有泰山之安磐石之固。要讲骂人之道,必也在这些非艺术的地方下工夫,所以那决不是什么艺术而只是一种骂人了。艺术等的修养和锻炼,不能如此其简单。艺术能常和行云流水一般,来也不知所自,去也不知所往吗? 不能的,艺术有一定的产生发展的历史,只有骂人可以如此自由自在,高兴时歌唱一般鸣奏一曲,否则噤口不言可耳。

骂人之道,岂有他哉,兴之所至而已,其骂也盖不能自已,其止也盖如同风平浪静之合于天地自然之默契也。再从骂人的人看来,那种其来也不知所自,其发也不能自已的地方,就有骨鲠在喉一吐为快之感,也同患腹泻的人,像长江大河般一泻千里的。在肚中塞遏了的一股气,不舒吐不倾泻,其难过有非言语所能形容者,其征象有为头昏脑胀,有为胸闷腹痛,令人五体不安,啼笑皆非,一定要发泄了才成。

①　原文此处多出一个"被"字。

所以骂人是一种快意,同酒醉后的吐呕一般,同患腹疾的意做泻一样,那种做吐意物排泄物,事后由本人看来,也未必是得之作,鲜有不掩鼻而过之者,可是在吐泻的当时,他的确会感到爽快舒畅的。因此可知骂人的快意是一时的,只在过程之中间存在,若事后再加反省,没有不失望自悔的。所以骂人不可以有反省,有了反省便不能骂人。

骨鲠的总自悔吃鱼也,患腹疾的总自悔其饮食之不慎也,同样,骂人的人也常自悔其不幸碰到此种该骂之事也。可是天下事往往不能尽如人意,所谓不如意事常八九是也,碰到了此种不如意事,岂能不郁结于心,聚积了此种不如意,岂能不一吐为快,于是乎骂人其来也不知所自而自来也。因其来也渐,日积月累而不自知也,所以真正从何而来,确也难以自觉,正同患腹疾的也不能指明是什么东西吃坏了他的肚子,但难忍的腹痛迫的他不能不下痢也。

还有一种泻泄,吃了下泻也成,但其排泄出来的,每多异样未成熟之作,则正同骂人成嗜好而为无的放矢之骂也,此种骂乃是故意,无理取闹,通人不为,非骂人之正宗也。

八月五日

(选自《十日谈》第 1 期,1933 年 8 月 10 日出版)

吃 饭 问 题

常言道:天下无如吃饭难,世间一切问题之发生,大都以吃饭为出发点,倘使能解决人间吃饭之问题,则所有的社会问题,大半可以得到圆满结果了。吹遍全世界的不景气风,各国的失业群众,社会上的经济恐慌,结根归底,都是吃饭问题在那里作祟,甚至党派的左右之争,政权治权的攘夺,什么法西斯蒂,什么马克西斯脱,什么帝国主义,无非是吃饭问题的种种转变中的姿态。更甚而至于恋爱结婚,文学艺术,莫不在受着吃饭问题的影响。有人认此世间为抢吃饭的饿鬼地狱,也是由此出发点而观察的,究竟是不是抢,或者抢到怎样程度,我对于社会现象的认识还不能清楚,不敢遽下断语。

但吃饭之为一重大之社会问题,仍是绝无疑义之事,从前清高到无以复加的陈仲子,还不免匍匐到井边来吃螬食其半坏的李子,肚子饿起来,实是没有药可治的,所以说民以食为天,有奶就是娘,倘使人民可以不食不饥,那么治国平天下之道,一定是很容易了。科技的进步,将给我们以很大的帮助,路透社有如下之一节通讯——

163

　　路透柏林通讯,以丸充饥,原属理想,今将成为事实,此系德国海尔培之大学教授施米德氏精究五年之结果,法由棉子中提出丰富之滋养料,以投病人,成绩良佳,其提出之质类似黄粉,含有维他命 ABCE 所缺者独维他命 D 然可加入也,棉子提炼物,含有蛋白质百分之五十,矿质百分之七、五,以食医院病人,其结果表示实为滋养人类之一种新方法,或将造成养生术之上之革命也,据医生报告,以此质一匙,或加于其他食物中日投病人,三①月后,不特患营养不足之症者即患糖尿,腰肾,心脏,胆汁,虚痨等症者无不增重体量,而其精神亦有非常之进步,医生现信棉子提炼物且可防杜瘟症,盖医学界现多诊断瘟症之由来,乃出于营养不足也,凡病人之服棉子提炼物者,据记录观之,无一会发生不良影响且因系一种粉质,以食病人之不能服药丸者尤为便利,此质且为皮肤病治疗药中之要品,其食法甚多,为益滋巨,故产棉诸国今后可增一卫生品伟大之新实业,棉子提炼物加于乳油酪面包冰淇淋糖果中,且可加于饮料如酒咖啡牛乳可可中,则增滋养价值百分之二十至三十不等,据化验所知,发酵物及酵母稍加棉子提炼物则发酵更足,发明此物之施米德教授声称,日服棉片二枚可抵三餐,将来此物可成为军士,探险家,大洋飞行家,及缺粮时平民之"铁餐"云,巴登邦不日将开始以棉子片试食学童,而由官医严查其成效,意大利政府亦注意施米德之发明品而拟开拓其殖民地棉场,施米德乃在埃及完成其实验,施氏之出品,今已售于埃及之市,中日政府亦探询施氏之发明,与其实验之成绩云

　　照此看来,吾人除五谷②杂粮以外,又将多得一种优良之食料,对于吃饭问题之解决,总可以有相由之助力的了。其实未必,因为人之有得吃与没得吃,乃是天命生成,八字关系,无法勉强,所以!是朱门酒肉臭,另一面却途有饿死骨。生成命苦的人,注定饿死,断无得食之理,即使天下米谷盈仓,牲畜载道,他仍不得吃而须饿死。只看美国有因农产物价格低落而大批焚毁及投入海中去以求抬高价格,但一方面失业没饭吃的人,却尽挨饿,足见天命之无可勉强。

　　天命定了这样组织,定了如此分配,即使你要说不公平,但没有可以使成为公平的法子。吃饭问题之解决,不在专一加增饭的生产,饭即使多了,在这种天定的命运未有更易以前,没吃饭的人仍是没法子不挨饿。所以救济农村,振兴实

---

①　原文此处多出一个"阅"字。
②　原文此处多出一个"要"字。

业，建设，工作，其结果定仍不免是福气好的人享福，没有福气的人遭殃，而且恐怕产业振兴之结果，是有福气的人更有福气，而注①定是苦人的要更加苦去。因之借了五千万美金的棉麦来振兴建设，得到好处和实惠的，一定不是本来命苦的穷人，而仍是有福气的福人是可以断言的，要苦人得福，在苦人运未转好以前，是不会有的。那么苦人的希望得福，应该去努力于转变他天定的苦命，也是一定之理了。至于如何去改法天定的命运，则祈天也好，打天也好，总不是一个简单的问题，而且这又是与吃饭问题相始终的问题。

（选自《十日谈》第 4 期，1933 年 9 月 10 日出版）

不要做的文章

并非有投笔从戎②之志，也不是想去为官作宰，所以文章不要做起来。文章的不要做，即是不高兴做，便是吃饭也有不高兴的时节，不高兴做文章不一定是因为懒。明初燕王引兵到了南京，赶走了建文帝，叫方孝孺来草诏，那却是方孝孺不要做的文字，再三勉强，却写了燕贼篡位的四个大字，以至夷灭十族，这是不要做的文章在历史上所表现的一节。但我个人到并不是这样忠义凛然的，况且也没有燕王之流会来叫我草诏书，不过我们一般做文章的人：常常有些题目，拿到手上，浮到心上，其中不少有令人生不要做之心的。那么不做就好了，关于题目的采取，做文章的人可以有他的自由，这是明明白白，也是很容易解决的事情，有什么值得特意提起的道理呢？ 但是做文章的人，果能如此自由采用题目吗？

我们有要写不能写的题目，要发表不能发表的意见，这是尽人皆知的，不因为人民有法定的言论自由而解除此束缚，我们惟有静守沉默之法，这到并没有什么大苦恼，至多不过心上有些气闷罢了。和这正相反的，我们也有不要写而不得不写的东西，比方一个新闻记者，他对于一切现状总得发表意见，而有些意见是不能发表的，但他却总得写文章，于是只得把不是他自己的意见发表出来。这倘使是全民的意见，那便很好了，因为报纸应得是民众的喉舌，但倘不是呢？ 一个记者的所以是记者，他所感所吐的，已不是他自己一人之见而是全民之见解了，他努力于做到如此的，他的此种合于民众衷心所希求的见解，却要用别的去代换，应得是他的大③苦痛，这便是他不要做的文章。在乱世，新闻记者往往做了他所不要做的文章。

---

① 原文作"住"。
② 原文作"我"。
③ 原文此处多出一个"是"字。

同说谎哄骗一样,在初做的人,心上的不安是不可以言语形容的,但一经①习惯之后,好像非哄骗便不能成文章了,倘使做惯了的人,一定会漠不关心的,所以要不安,会有什么要做不要做的问题出来,即是资格短浅之故。这也许是很有道理的说话,但应该要是什么样的? 不安心错了吗? 即使并不是不安心,但他倘使知道而且感到是不要做的文章呢? 又将如何说明? 一个人是说自己的话好还是代别人说话好,果然不是容易解决的问题,但自己说自己的话,总知要说什么和不要说什么,断不会是不知所云或人云亦云的无定见的,那么为求便利贪安逸计,也应说说自己的话了,但世间实有不少的人会不知说些什么话,他不知道自己有什么话可说,也不知道人家要他说什么话,于是瞎缠一阵胡闹一番,他什么都莫名其妙,这些人是顶有福,他永远不会触到什么问题,也不会有做不出或不要做的文章,我们承认他是天下之福人。

但不要做的文章并不因此就消②灭了,一切既存的事实摆在眼睛面前,令人不能作空言的否定,要不赞美几声,似乎说不过去,要赞美起来又像一番滑稽戏的表演,这样的文章,无论如何不免是属于不要做之类的,而不要做的文章在骨子里却往往是非做不可的。不要做含蓄着一种偷安苟且的劣根性,不敢指摘,没有力量处理,在在足以令人生惰怠的心而不愿振笔直书。文章报国云云,本来是腐儒之见,但一定说全无理无力等于废纸,却也未必一定如此,在可以做的时节做了也算尽了一番心,并非什么了不起的大功,但也不必自轻自贱。有了这样的觉悟与决心,不要的文章可以减少不小,一切现象都可以有论究的价值了,这是不可不加注意的,不要自以为清高,也不要自以为卑卑不足道,认清自己的地位而发的言词,那么决不会有什么哄骗或欺诈之自觉羞惭了。立定脚跟是必要的,东倒西倒随波逐浪,固然可以投机,不至没落,但这比没落更惨,出卖灵魂给魔鬼的浮士德博士,他的伟大的苦痛,岂不是自取的?

把不要做的文章造成要做的,这是一种人生修养,但反之把要做的造成不要做,也成修养的,我在这里表明态度,决不参加一切诽骂以及无意义的人身攻击诸种文字,我们须有所为而为,不能随波逐流,照能动反动那么受物理律的支配。其实这一篇也是我不要做的文章叫无奈写了出来,那应该不说不表白也明白的,用明显的事实来表白,只有事实才是最终之证。

(选自《十日谈》第 5 期,1933 年 9 月 20 日出版)

---

① 原文此处多出一个"经"字。
② 原文作"销"。

论公开的秘密

秘密应得是秘密的,倘使是公开的,便应得不是秘密。这可无庸说明,说明了反而使人奇怪,秘密二字即含有并不公开之意,说世间有所谓公开的秘密,似乎不合事理得可笑。

但事实上实际有这公开的秘密。

把眼前顶浅近的事说吧,我们这几天仰头望月,想到了月到中秋分外明的诗句,觉得果然不错,这是人人可以感到的,但只有时人能说出来,等诗人说过之后,凡人才觉得果然不错,这是人人可以感到的,但只有诗人能说出来,等诗人说过之后,凡人才觉得果然不错,那么在诗人未说以前,这却是一种秘密,而这秘密是公开着的,因为人都看见月,看见月的特别光明可是说不出来,一定要诗人才能道出那种①令人感叹不止②的名句,所以诗人是天才,是天才才能窥破这公开的秘密。

天地间的至理,大概都很明白地存在,要看出这至理而不附加歪曲的,实在很少,这就是秘密虽然公开着,而能探知的人却很少,就因为世间天才并不很多,而天才之所以可贵,也因其不很多。惟其如此,公开的秘密,还能称③其为秘密,即使它原是公开的,也不妨其为秘密,否则尽人皆知,全属公开,那里还谈得到秘密。

在人事界中,也存在着许多公开的秘密,这也是人人可以看见,一经有人指明时,大家都会觉得果然不错的。

此种公开的秘密,仍旧可以是秘密,因为即使公开,而仍不失其应④有之秘密性,如吏治的不澄清方面,请托贿赂勿结营私,是谁都明白的事实,但是没有一个人说出口来,无疑,那仍是秘密。即使像所谓司马昭之心路人皆知,因为没有人敢起来指摘,秘密性毫未消失,仍旧是一种秘密,即公开的秘密。

在这里可以知道,公开的秘密是公开的,同时是秘密的,再举一例说明文,如有某女士为交际之花行卖淫之实,这因好事不出门,恶事传千里,当然会闹得公众周知,但这不能是公开而只能是公开的秘密,你倘使毫不客气地说她⑤卖淫,

---

① 原文此处多出一个"人"字。
② 原文作"置"。
③ 原文作"成"。
④ 原文作"因"。
⑤ 原文作"他"。

便有犯诽谤罪之实际,而给人造或控诉的借口。所以公开的秘密,是事实明白,而不能公开者也。

由此可以知道,公开的秘密是一种人造的秘密,一种掩耳盗铃的秘密,这里面包含着一种令人窒息的势力,使路人侧目而视,敢怒而不敢言。倘使有人敢从正面指摘,那就表示他的不畏强暴,十足是个勇士。

唐明皇宠爱杨贵妃时谁敢说杨家一句坏话,谁敢说明皇的沉湎于酒色,终于造成了安史之乱。因为没有敢揭破这公开秘密的暗幕的人,可见世上尽是无用之人,社会的如何孱弱,也给暴露无余了。

那么,揭穿这公开秘密的,打破这公开秘密的,不是天才就是勇士了。

歌功颂德的文人学士,都是精巧的针织家,他们会绣成深重的帷幕,而使秘密益加成为秘密,因之,要揭破秘密者,得先揭去此重帷幕,这所以近时有文人之争闹出现也,但一闹而把目的忘①却,变成混战一场,却是可惜的,原因怕在于他们不是勇士,也不是天才,不认得公开的秘密,或衷心仍怕这公开秘密所具有特别的势力。

世界各国的汲汲准备二次大战,不是公开的秘密吗? 但不许人主张解散国际联盟,废止军缩会议,又不许反战非战团体之活动,此即公开秘密之所以是公开秘密也。东村王寡妇偷汉,也还怕人公然的指摘,这是真的秘密,倘使他的奸夫是地方红人而不怕人敢来说她,那才是公开的秘密。公开秘密证明那里有集团的恶毒势力。要把这毛病革除,却要化些工夫的。

(选自《十日谈》年第 6 期,1933 年 9 月 30 日出版)

五、《人言周刊》上的杂文 27 篇

<h1 align="center">精 神 病 患 者</h1>

在医学上,精神病和神经病是近似的东西,我们普通人,不能辨别这二者的差异,不过我觉得,精神病这名词,总好像特地是为侮辱我们中国人而创造出来的。这名词也许真是由日本人译出来讥笑我们,当每次听到了精神文明云云的话,我总有通体不舒服之感。

大约这些老生常谈的话,说的人已很多了:我们中华,地大物博,开化最大,

---

① 原文作"妄"。

精神文明,冠绝天下。请问什么是精神文明呢? 大家都知道精神文明是对于物质文明而言的,从前欧西各国的科学工艺输入之际,我们见了也自叹不如,于是在不服输的气概之下,便说出道德文章,中国顶好,而精神①文明,是在物质之上,所以中国仍是上国,而中国人仍是上国的优秀民族。

后来知道西方也有此种精神文明,而且学术之精良深博宏大,又比我们强,于是精神文明的内容又得稍加改变,大概以道德作为首要,在中国是男女有别,长幼有序,尊卑贵贱,各有其道,不像外人之男女以握手等等,成为精神文明的中枢了。还有一层,古物是外国所没有,于是许多骨董宝贝,以及古圣先贤的各种教条,先是发扬我们因有道德而成为精神文明的重要项目的。

此种精神文明,在当今之世,尚有何价值,我们且置不论,姑假定它是有极大效能,足以使吾民族起死回生,有九转还魂之功,那么说中国现状的所以不行,就因为缺乏此种精神文明之故,所以要救中国,要渡过现在的国难,必先恢复固有道德,提倡精神文明才可,这也是很合逻辑的话。不过此种精神文明怎样会诞生出来的呢? 还是只要我们加以提倡,高声呼号,身体力行,就可以成功了吗? 一事件之产生,一物质的构成,决不是偶然的,除非是芝草,可以无根,醴泉可以无源,但芝草醴泉天上有此种东西么? 那是古代人理想中的产物,或者是他们太笨而不曾看见那草的根水的源,而胡说八②道地说着无源之水无根之草。现在大概不会有人相信芝草醴泉是世间实有之物了。即是平常种些蔬菜,也很用肥料灌溉,方能期其肥大,倘以为肥料龌龊而不施用,这种植物必不能茂发的。

什么东西都脱离不开物质的支配,物质文明之可贵,正如吴稚晖老夫子所说:在中国的所缺者就是此种注重物质的精神,就是施肥的工作,否则纵使你对于别人的出产丰饶,极口赞扬,在你自己是毫无好处的。不过我们有了一种不良的先天观念,看轻物质,而把它视可厌的污秽的肥料,我们希望有芝草和醴泉,我们要顶好的东西,而不肯下工夫培植,以为培植出来的不会好,而要天生出来的才好。我们重古,要有古时的道理,行古事,说古话,而恢复到唐虞三代之世。我们以为那是新的,那是不能最新的新,但不想到古代的教条如何产生是否合于现在。这就是我们的精神文明,闭上了门谈天下大事,以秀才不出户,能知天下事为最高的理想。只要嘴上说得响,便是好东西。

这个我说应该叫做精神病,如同精神一到,金石为开,便是精神病的表现。

---

①　原文缺"神"字。
②　原文作"巴"。

其实要开金剖石,总是要用到锥斧刀棍或者炸药等等,而决不是精神所能济事的。可是我们总相信精神的高尚有力,而常常发精神病,我们这个民族,大概是犯了精神病的民族了。国家的建设改造,是在如何建设改造的,孙中山先生始终是可佩服的,因为他有建国方略,而且建国方略中有实业计划等等,他是示能物质建设救中国的。可是国民革命成功以后,实行了他的计划的几千分之几呢?现在其继承者①却又在提出什么礼教道德来救国了,那一定又是中国人的老毛病发作了。吴稚晖老一向是绝对提倡科学与物质救国的,这一次应该挺身而出,唤醒那一般如醉如狂陶醉在自己梦想中的可怜的人才是!"党国"先进的吴老,对于这些地方,一向是肯多说话的,但此次未有高论发表过,我们觉得可惜可憾,吴老应当对此种精神病加以诊断和警告。

（选自《人言周刊》第 1 卷第 1—50 期合订本）

封建残余势力之猖獗

江苏海门人邢广世,以十余年之精力,发明轻便纺织机,讵尚未完全成功,忽以病逝。他的一生的困苦艰难的生涯,百折不回的毅力,我曾听人说到过,也很望有人将他记述出来,作为一般青年的读物,以发扬青年人的志气,鼓舞青年人的奋斗向上,可惜还没有人这么做。

这是闲话,却说广世故后,经家属准国民政府,拨给恤金一万元,（倘使这一万元,能在他生前助他作研究的费用,又是多么好,可惜。）并令县府拨款三千元公地五十亩,为邢营葬,该机则交中央研究院继续研究。这也罢了,人已经死了,说他什么,况且中央研究院是全国学术最高机关,并非饭桶陈列所,交给去继续研究,也是理所当然的。将来一定能不负死人一番苦心,中央政府一番美意吧。

这也是闲话,却说公葬的指令到了县府之后,有该县人黄希玠等,以邢系南通人,未藉隶该县不应由该县营葬,一再呈请制止。于是这公葬便延搁下去,延宕过去,不知到什么时候才可解决了。本来人已死了,埋葬等情,死人也应不措意的,还是活的人在闹把戏。想来黄希玠等一定是该县的头等绅士,所以有此种大势力,能令最高政府所决定的公葬延宕。

此等绅士头脑中,以为邢广世这小子,既未做大官,也没有什么功名,出身于

---

① 原文作"在"。

贫苦之家,门第卑下,既没①有达官显宦为亲友,也未投土豪劣绅为门客,此等人岂能受地方之公葬。况且又是外来之客,是南通人,虽则海门住了不少年数,依法律是可以有海门的籍贯的,但于习惯,则不合,所以要海门出钱出地皮,是不甘心的,做海门绅士的,自非力争不可。

这因为绅士是封建余孽,使他们脑中充满此种意思的,即是封建思想。照理,一个发明家,应为一般人所景仰,无分畛域。因为发明家的造福于人群社会,是大家普遍地受其恩泽的。一个地方产生了一个伟大的发明家,应是该地方的光荣,英国人总骄傲他们的有牛顿。邢广世虽则不是什么了不起的伟大的发明家,但在中国的落后的社会里,在困其颠沛的生涯中,能如此过着奋斗的一生,也很是难能可贵了。表扬他的事迹,作为青年的楷模,是应该的。况且中国政府,既经准许,想来他的发明一定不是卖什么野人头了,那么海门人应以邢广世曾住在海门为光荣哩!但这是被封建思想塞满头脑的人所不能理解的。只看公葬的确是被黄希玠的一再呈请而延搁起来,可以知道在一般社会上,封建的残余势力还怎样的根深蒂固!

海门本来是苏北滨海之区,文化落后,民性刁奸,此种情形的发现,也属应有之事。不是称为文化最前线的上海,前天还举行了一次城隍会吗?是在公安局社会局布告禁止的后举行,请想想看,在中国的封建残余,何时才能扫荡干净呢?况且这种封建势力又能改变形态依附了别的而延续其生命。

(选自《人言周刊》第 1 卷第 1—50 期合订本)

佛法与和尚

佛法救国的可能与否,我们不想讨论,但和尚的可以救国,是不能否定的,因为和尚是人,是人,就可以从事救国工作,同时,是人的可以从事和救国正相反的工作,也非不可能。因之,和尚的是救国或卖国,要由他们的行为来决定,不能笼统地说说的。不过和尚在另一方面是佛法的奉行者,佛法一般说起来是超世间的,国家民族等等,在佛徒眼中,应认为无聊的界限,那么救国等事,决非和尚们分内之事可知。善哉,时轮金刚法会是说挽救劫运,祈祷和平,并没有说振作民族救助国家,他们是在做佛徒的分内之事,社会上一般的人,却认为在上者是提倡了佛法救国,实为大错。和尚的责任,原不过替死者祝福祈祷,念经拜忏敲木

---

① 原文缺"没"字。

鱼而已，并没有执干戈以卫社稷的责任，何以能拿救国等事去责成他们。中国养兵数百万，是做什么用的？平日做大官食厚俸的，所为何事，而今想把这个责任东推西推，真是太可笑了。不过我们老百姓谁都知道那是谁的事，谁的责任，纵使推诿也是无益的。

　　但和尚也很有愿意去负这责任的，因为和尚是人，总不免有难脱尘心和烟火气之处。好像近日报载有什了太虚法师的徒弟若干人，参与日本发起之泛①太平洋佛教青年会议，于是一般社会上人，又有和尚卖国的责骂了。其实佛教崇尚清静无为，决不会去做此种无聊之事，况且中国和尚，近以国难方殷，做祈祷的功德且不暇，焉得有此逸兴。中国的佛教，早就与政治脱离关系，凡有和尚与当道大官交际，乃是和尚的私事，与政治无关，而且此等势利和尚，每为真正的和尚所轻蔑，如近来龙华寺的四川和尚，因为林主席有匾额赠送，某律师就引以为道德高尚之证，实为大错，而简一贞案中牵涉的栖霞山和尚，也由律师以该和尚与许多大官认识，而证其道德高尚，也是极不可靠的论断。因为他们做和尚的，已经超出了和尚应做的事，而去和不相干的世俗生关系，就可以想到他们的卑劣之性，根深蒂固，同此辈太虚的徒弟们，同样恶俗不堪的。

　　泛太平洋②佛教青年会议什么，原是日本人假借名义，招摇撞骗的武器之一，第一次大会曾于民十九年在夏威夷开催，中国当然没有人参加的。因为中国的佛教，比日本年代久远，自然有不同的品味。日本其实是个政教还不很分离的未开之邦，他们有神道的教，在政治也占很大势力，佛教也有相当势力，如东西两本愿寺，乃是占日本佛教的最高地位的，在政治上也有很高贵的位置。西本愿寺的大谷儿瑞，便是一个有名的大亚细亚主义者，好几次巡游南洋与中国，想策动种种事件，现在，还寄居在上海，倡着他的大亚细亚主义，而这个泛③太平洋佛青会议，差不多是在这一派思想的支配下的。此人是个侵掠派，可以无庸多说，而这一派人的为帝国主义之走狗，现在正在东三省及南洋群岛传布毒焰，也是事实。在所谓满洲国中，现在是放进了不少日本和尚去麻醉无知识的民众，以及利用原来的中国和尚以收指挥如意之效。如王揖唐是中日密教研究会的副会长，现在日本鬼鬼祟祟，不知捣什么鬼，而哈尔滨的如光和尚及陆军中将王瑞华居士，也在日行宗教的交欢，这就是西本愿寺一派的大功。

　　但是佛教到此地步释迦亦应痛哭，这完全是反背了佛的教条教义，他们虽是

---

　　① 原文作"汛"。
　　② 原文作"的"。
　　③ 原文作"汛"。

和尚居士,实际却是和佛法无缘的众生。因此亦可说佛法与和尚现在是分裂了的,佛法不一定寄托在和尚身上,反是考试院戴先生之流,能够抗议掘古墓,托西安举行民族上坟大有佛法附身之象。平常和尚庙中的和尚,偷婆娘嫖娼使无所不为,实与佛教的禁欲之旨相违,他们是布道①的蟊贼。因之有和尚会考参加日本发起的泛太平洋佛青会议,也是可以有的事,因为和尚当中,的确是可以有败类的,如翠屏山里的海阇梨,杀子报中的野和尚,在一般社会中既然存在,则在政治中去做走狗,也不能保其必无。但须明白这不是佛法的误国,也不是佛法要卖国,在日本主持这事的和尚,却是有功于彼国的。这就可知与②佛法毫无关系,而不过是一种借名的撞骗而已。

佛法现在已不在和尚庙中了! 正像政治不在它应该在的地方,也正像卫国守土已非军人之责一样,因为这个世界已成为颠颠倒倒的世界,而吾人是无法看清楚这世界的本体的,倘使不稍仔细点,谁都会莫名其妙,而头清楚一点的人,要应该不是说一声世界末日到的,便算完事的。那么大家应有一种觉悟觉醒与努力。

(选自《人言周刊》第 1 卷第 1—50 期合订本)

投机与趣味

有人将赌博分为职业的和趣味的二种。趣味的赌博是贯注精神于赏玩刹那间的紧张情绪③,到胜负已定之后,便不感到趣味了。职业的赌博是要赢钱,目的只在争胜,所以患得患失的心极重,而赌徒所以有一切迷信的举动了。

赌徒的正派硬汉是不肯作弊的,他倘使知道了胜败之数,对于赌的兴致,必是丧失了,而且也认这赌品是卑劣的。如其他能作必胜之赌,他又何必赌,何不迳向赌的对手收取了金钱,更直捷痛快。纵使上海也不少许多翻戏的局面,可是为真正的赌徒所不齿的。的确,赌也有赌品。

投机事业的买空卖空,大概和赌的性质有些类似的,热中于做公债做金子的朋友,大约总不缺乏赌徒气质,倘使他是知道而不是猜测,他做这生意一定乏味的吧。你想,如其是全知全能的上帝,再来和愚骏无知的人子比赛,岂不失了上帝的身份,在商业,也得有商道。

---

① 原文作"布是道"。
② 原文作"学"。
③ 原文作"缩"。

因为有了可以操纵的权,便利用这权来做渔利的工具,那是最可耻的行为,而且是不可恕的。比方粮食是人民生活的资料,倘使有一个人把住了全国的粮食而囤积不粜,要图厚利,岂不是将使全国人都饿死。这是比绑票勒赎更毒恶的行为。还有证券或标金,倘使用特殊的方法来做人为的涨落,这个商人的魄力固然可佩可惊,而其商道的堕落,却又可叹了。他的图此必得之利,何异于明火执仗的打劫。

这些事的有无且不说。但那是赌徒所不屑为的,高尚的正当商人,却全满眼羡望着想一做。这真是国民道德的堕落了,廉耻的丧失,至此已达极点。根本的毛病,自然在贪财,所以新生活运动的确有励行的必要了,因为财的另一分配方法,私有财产制的改革,现在无法整饬的时候,只有用旧时范围人间行为的规律来束缚了。不过有否效力,却是问题。因为根本这些人还有良心与否,是不可知的。

(选自《人言周刊》第 1 卷第 1—50 期合订本)

杀　人

一个吸食红丸的妇女判处死刑了,这在上海是第一次,许多人都在歌颂禁毒的严厉,以为只要能以毅力继续下去,毒物不久总可肃清了。这自然很不错,吸红丸是犯法,照法办。

但细考那些吸红丸的人,大都是贫穷的无产阶级。不像吸鸦片的人的当中可以有许多是富绅大官吸鸦片。现有苏皖等九省已许可领照,限期戒绝了,所以只要能有钱领照,暂时可以不算犯法,而红丸是犯法的。红丸吸食者,大都不能有领照的钱的,只有在死的网中逃躲。

为什么好好的人要服用此种毒物呢? 更加是那些贫穷人,为什么吃毒品的很多呢? 这并没有奇怪的理由,原因很简单,无非因为他们想求活。我们大都是出卖体力的,全是赚工资来维持生活的,自然得多作工来增加他们的收入,当工钱减低的时候,更得加倍做。

可是人的体力是有限的,于是疲劳克服了他们,工作不能继续了,自然的调剂在要求休息。这个在他们是一种威胁,不作工,不多作工是关涉到生活问题的,于是要有一种仙丹来提精神。由这样的途路,他们成了毒物服用者。他们没有科学药物学知识,不知利害,因为一时的提精神,以为可以多加工作,帮他们求活路。那知结果是使他犯法而引他到死路上呢?

但这是他们的错处吗？为什么用足了全力做还不能过活，而非服用毒物来提神不可呢！是他们自己杀了自己？

（选自《人言周刊》第 1 卷第 1—50 期合订本）

大学生禁入舞场

照理，大学生年龄是相当大了，一切行动都应有他们的自由，而在这样危急存亡之秋，实行新生活运动以救亡图存之际，应该不致有大学生去舞场玩物丧志的。他们是热血的青年，有血性有热心，除了专管读书究学外，还有去做改造社会的运动的责任，决不致再有工夫去流连于舞场的。

事实上去舞场的大学生并不多，即有也是极少的少数，而这少数的人，一定又是纨绔子弟，他们的入大学，不过来挂一个名，和一般的大学生是不同的。所以他们的入舞场，不是以大学生的资格去的，都是因为他们是富家子弟，要求些享乐和消闲，和他们的父兄一样，跑进舞场去。

通常去舞场的人，以有钱有闲为必要条件，所以学生不是舞场的好主顾。舞场的顾客乃是一般父祖有遗产给他们的富家子弟，以及自己能挣些钱的洋行公司高级职员，还有些商界的闲人，他们的袋中有钱，才配是舞场的拥护者，舞女的恩客。

一般人以为大学生总年青，欲心甚盛，而舞场是解决之路一条，但这只能对于有钱人才适用，我们不能武断每一个或大部分的大学生都有可以挥霍的钱；反而知道有许多穷苦的大学生是在半工半读地刻苦向上的。你说他们有闲情逸致去做舞场的好主顾吗？

虽说，在现社会组织情形之下，入得大学必然有相当的资财，但事实上并不如此，可以由各大学生家庭状况调查而明了的。中国社会还不曾彻底资本主义化，读书还未成为富人的专利，而且历来又以读书为由贫入富的一手段，所以大学生中有志向上的穷人确也不少的。这和别的资本主义国家不同。

大学生禁入舞场的潮流，不是我们自己想出来的，那是由东邻传来的。在他们只是禁大学生以制帽制服的姿态出现于舞场罢了，如其换了平常的衣裳，既属无从识别其是否大学生，又从何禁起。他们是不禁的，学生倘使不穿制服戴制帽，那时他们已是一个平常的成人，有自由行动的充分权利。况且无法识别即使要禁，也无从禁起，除非像北平广州的不许开设舞场，才有办法。

我们的聪敏的识时务者，抄袭这一篇文章太滑稽了。我国大学生差不多全不服用制帽制服,在我们出入舞场之际,如何加以识别,岂不是难题一个。况且我们的大学生实际上去舞场者甚少,远不如大学教授,文豪名流,商界闲人政界红人之多。所以这一个口号,由学校当局乃至社会道德家喊出来,实在很少意义的。

但这口号的所有会喊出来,却有缘故,这也是反摩登潮流之一波浪。跳舞不是我们固有的国粹,又是男女身体摩擦拥抱的不雅行动,自然正人君子们看不顺眼的。在私室卧房中的男女苟合,可以不论,在大庭广众众目昭彰之地的此种行动,是令他们痛心疾首,欲得而甘心也久矣。北平禁,广州禁,上海虽无法禁,但能这样示威之下,也可以出出气,所以东京的一消息传来后,马上有应声了。

这在这个时候发生,原是应该而且必然的。男女之防自得跟了古文一同复转来。只要看古话文,旧礼教,以及这一类的势力的蠢动,便可窥见其中的消息了。就事实上说这是无效果也是无意义的,但是乘了这潮流而必然出现。

关于舞,我以为宁可大学生去尝试的,他们一般纨绔子弟,也许在此地得到真实的人生教训,比之读四书五经而获得空虚的概念,至少要充实要合于时代些。余外的人,本来和舞场无关。

(选自《人言周刊》第 1 卷第 1—50 期合订本)

祈 祷 和 平

和平是可以由祈祷而获得的吗? 这问题的回答,倘使有一点知识的人,无疑是一个否定。不过有知识的人世界上似乎并不多,特别是在中国。我们已经有过了好多次的祈祷和平盛会。班禅大师主持的时轮金刚法会是顶著名的,其他同一种类的,在各大小地方独自举行者还有不少。现在我们又看见了阐扬孔子大同真义祈祷世界和平大会的广告,出现于各大日报,在征求赞助人发起人。

难道和平因为祈祷之不曾见效,所以便得再接再厉地举行吗? 但祈祷本是宗教上的举动,在孔子是拉不上的,现在竟拉上了孔子,这真是祈祷之末日了。耶稣教可以祈祷,佛教可以祈祷,道教也可以祈祷,他们有所求的天帝佛仙,现在拉上个孔子,叫孔氏之徒去求什么呢? 孔子曰:“获罪于天,无所祷也。”孔子一向是自力宗。

不争气,不向上进,而一心想仰仗他力,是孔子所唾弃的,在目下提倡礼义廉耻的新生活运动中,也必然要排弃此种哀求依赖他力的祈祷。那么这广告[①]为

---

① 原文缺“告”字。

什么而出现？他们也明知祈祷之毫无效果，而且已看到以前祈祷的事实，为什么仍旧想再来举行呢？我是百思而不得其解的，只能说他们头脑的糊涂。

倘使把孔子大同的真义阐扬起来，就可以得到和平，那又何必再行祈祷？所以由他们这个会的名字，已足看见他们头脑的如何不清楚了。若是想由宣传一种教义去实现世界的和平，那么孔子的大同思想也可以是一种，不过这只要去宣传思想好了，和祈祷是风马牛不相关系的。既然用了祈祷的方式来求世界和平，又何必多事地来阐扬孔子大同真义呢？

且问，是为什么而要世界和平呢？世界为什么会不和平呢？把这二个问题回答了出来，再努力去除去所以不能和平的阻碍，促进和平的措施，那么世界和平是不难维持下去的。看病不去探病原，寻医方，而从事于求佛拜神，怎样希望病的治疗上有进步呢？其实要维持世界和平，决非难事，全世界的人民，到底有几个人是好战的呢？只要大家能互相明白，不被若干野心家利用，天下永久会太平的。

（选自《人言周刊》第 1 卷第 1—50 期合订本）

迎 胡

迎胡的风说在半月前是很盛的，不道现在上海南京轰动一时的迎胡，却是迎接了一个新加坡的胡文虎先生，而不是香港的胡汉民先生，冤哉。

我不是说胡文虎先生不应该迎，我觉得连日各大报上日登载迎胡纪事的纸面，有同于杨秀琼赴赣时一样，是很应该的，不过对迎胡二字，恐有一点特别的感觉。

我没有工夫来仔细读那种记载，如何欢迎，如何叙餐，如何汪院长电邀赴京，如何各方请求捐款，一概不管，但觉得人生多财，到也是可以出风头的。这是在目下的社会组织中必然的情势，本来用不到惊异的。

怪也真怪，别人有财，乃别人所有，与人何涉，而平常人对有钱财者则尊敬之，对无钱财者则轻蔑之，这种势利的行径①是什么意思呢？有钱的人，充其量，他不过能给你若干钱而已，这些钱你自己用你的才能，也可以去挣的，何必一定要他的施与？难道人类本性中是有一种乞丐的先天性存在吗？

不过中国的穷，的确也穷极了，上海的大马路上既多空的铺面，乡村小店铺，每多破产，农人无饭吃要待赈济，商人无生意做，只好喝西北风，官吏公职不能免

---

① 原文作"迳"。

177

于欠薪,军警兵佐不能免于欠饷,工人则有工厂倒闭之危,失业之苦,学生大喊其无出路。中国在不景气风之中心,在经济衰落之秋,当然不能免于穷。而俗语中有一句叫穷极无聊。

那么这一次的迎胡盛举,不免是一穷极无聊之一表现,不外无聊而已。

(选自《人言周刊》第 1 卷第 1—50 期合订本)

史量才之死

史量才的死,令人感到的是一种愤怒。

史氏在杭沪公路的海宁附近,遭暴徒狙击殒命,给人以极大的刺激。杭沪一带是全国最平靖的地方,不但伏莽,连宵小也很少有的,即使今年的亢旱,是给当地人民以非常的苦难,但素来驯于羔羊的该地民众,只是静待救济,毫无非分的举动,该不致无故杀人。所以这暴徒的来历是很奇怪的。

史氏的死理,全在他是申报的总经理。

申报有六十余年的历史,是国内的有名报纸。其言论态度,很足以感染到一般读者,所以在社会上是有些势力的,即是其在舆论上的领导权。

可是舆论是天下之公器,不应得被若干私人支配的,报馆是一种营业机关,以一种商业的经营来代表舆论,这中间必然有不少矛盾会发生,这是世界各国都免不出的现象。当社会有激变之时,打毁报馆乃至封闭报馆等事,时常会产生的,这也是世界各国都一样。但报馆经理的遭暗杀,却是很少有的,比之政治上的要人遇刺,要少得多。世界各国当路大官的被刺,很多很多。即如我们东临日本,不是首相犬养毅前年被刺死的吗?犬养之前,滨口幸雄也被刺但未死,再以前原敬,也是被刺死的。再以前被暗杀的也不少,如星亨,森有礼,——伊藤博文等等,指不胜屈,可是报馆经理被刺,却没有。欧美各国,也是如此,恕不一一列举,只就最近看看,早几礼拜南斯拉夫国王及法外长巴尔都的死,早几月的奥总理陶尔夫斯的死,不都是遇刺么?他们都不是报馆的经理。

中国的情形,真叫特别。倘使史氏的被刺是由于个人的私仇,那还有可以解释的地方,不过负保卫之责的军警不是太无用了吗?沿公路军警的配置①并不单薄的,而且事后这样努力搜查还没有破获的端倪。

舆论是天下之公器,等到出于报馆,则其为公的程度要减削到不少,于是遭

---

① 原文作"致"。

一般人怨憎的地方,可以很多的。这样,危机就潜伏着了。所以要解消此种危险,一定须得将公器返诸公众,使公众的意见得全部表达出来,决不是以暴易暴的方法所能奏效的。因之报馆的经营,由一种商业组织,作为私营的企业是很成问题的。因为营利了,总不能不以赚钱为第一义,而得顾全广告的收入和读者的获得。所以有些地方,经理实在也是无可如何的。经理不能支配全部报纸,而报纸是受支配于全部读者的。

这样说来,史氏的死是有点冤枉了。于是史氏的死,从愤怒转到了可怜,在这里寻出了开追悼会的根据。

(选自《人言周刊》第 1 卷第 1—50 期合订本)

游 艺 救 灾

今年中国天灾也不小,报纸上慈善机关乞赈的广告很多,于是那一套老玩意的游艺救灾,一定又得流行一下了。现在虽还未见实现,但势必出现是无疑的。至少在上海一定会来好几回,恐怕已经有举行过的了吧。

因为到了寒天,除了食以外还要衣,于是受灾的受着双重压迫,做慈善事业的人,自得慈善一番而热心劝募了。有了钱,什么都可办,只要有钱。这里,倘使游艺可以敛钱,游艺便得借过来为慈善服役。我们知道所谓慈善舞会之类,已经由名流名妇们发动,也许举行过了。

为什么一方面在谋享乐,而在享乐的气分中可以有救灾的功劳呢？这诚是社会的一大矛盾。对于灾民而有同情的,应哀怜之不暇,更有何心来跳舞,串戏,看游艺,乃至高声喧笑耶。

主办游艺救灾的人,自然是出于一片慈善心肠,而灾民的能够受一点惠赐,总是好事,不过在心理上,总有些奇妙之感。但因了金钱,而这矛盾消解了。你只要有钱,一切便合理化了。因为是社会的组织是如此的,即使杀人,也可以赔偿了事的环境下,用钱来买享乐有何不可,何况此钱是①用来救济灾民的呢？

不过在心理上,总说不过去吧。正如航空奖券之在提倡航空公路救国,而不得不出于奖券之一途。航券成立,有了不少人喋饭之地,那么同样地游艺救灾的举行乃至慈善事业,何尝②不是直接维持许多人的生命呢？那么,即使把救济灾

---

① 原文此处多出一个"来"字。
② 原文作"常"。

179

民这事提开不算,那也得是很有意义的事了。何况各种游艺会的结果,倘使除了开支外还有余款,多少总有些用到救灾项下的。

(选自《人言周刊》第 1 卷第 1—50 期合订本)

优秀学生联谊

学校教育的目的本责等等且不管,学校对于学生是一律平等看待,要使每个学生都是优秀,应无疑义的。我们也不追问学生的被送到学校来是为什么? 不过学校对于学生不能像私有财产一般处置,却也是无疑义的。那么所谓优秀学生联谊运动也者,不无可以商议的余地了。

为什么联谊运动要限于优秀的学生呢? 其他非优秀的不是更有必要吗? 学联会的组织是受制限的,校内学生自治会之类是要指导的,那是将青年硬装入一个印板之中,一点不使有自由发展之余地,纵不窒息至死,至少是奄奄无生气或横决而入歧途的,所谓大学生跳舞等等的成为问题,还不是以前所种下的恶因的收获吗?

联谊运动应该是此种恶果的一个救济,要存心为学生,本身的利益着想,而不是借学生来维护别人的利益才好。青年大都是血气横溢的,固然很容易感动,容易受人利用,但能易为甲用者,未必不易为乙用,所以志操的提倡与锻炼,是很不容忽视的了,不过谁能担得下这个责任呢?

倘使自居于为青年导师的人,不是真有一点精神与纯洁的人格,这狐狸尾巴立刻便会显露,说青年无知可欺是浅见,只看学校中教师由学生赠送的绰号,无不是道着痒处的,青年的观察的感受力,决不迟钝,决不是可欺的。那么指导联谊运动是很不容易了。倘使有什么破绽,岂不反弄巧成拙。倒不如始终一贯地禁止学生的活动,总比较安全而安静些。

就学生方面来说,这当然是一个好机会,公然可集合在一处而互相交换意见知识了,纵是有人管辖一切,反正青年自有他们的热情。

报上所载若干校长关于此事的谈话,实在全系配于登载于报纸上的得体之词,维其是校长们,才能登出此种言词来,他们也不知学校教育的使命与职责,自然应做校长了,中国将来这种的校长增多起来,学校教育定可以全然不要的。

联谊运动目的在补助学校教育,促进学生体智技德群五育之发展,以养成其为健全之青年与优秀之公民而特别举行的。这是无可非难该十分咏赞的事,不过如何才能达到这个目的呢? 开几次会,演讲训话几场就可以收效的吗? 恐天下事没有这样容易的。

我们知道学生固然在学校中,但同时亦生存在社①会中间,其受社会的感化影响,比之学校中所受的教育,尤有更大之力,而谓举行了联谊会便可以改转来,其谁信之。倘使要扶助教育之不逮,应得眼光再放大放远些的,抓牢几个学生有何用? 况且根本地方还不是在求民族复兴社会改进吗?

我并不是说学生无用,以前的学生运动,是已将学生的力量表示出来过的,不过后来是费了多少周折才压平下去,怕这死灰复燃起来,倒非同小可的,因为未必便是可收用的力,而去浪费了将来的资产,青年应使为未来的国本,而予以周到的培养,不应当存一种想去利用的念头的。

况且优秀的学生,毕竟是少数,而不优秀的平庸学生乃是大多数,少数的人,构造不成什么力的,还是要由大多数的平庸人来构成集团社会,才有力量,那么对于平庸学生的训练,是比少数的优秀份子更重要,也是无疑的。坏的就在优秀分子的作祟。况且还有被选为优秀学生的,将如何趾高气扬而失去他们的优秀性啊。

(选自《人言周刊》第 1 卷第 1—50 期合订本)

冬　防

每逢到了冬天,便要加紧防务,从我们很小时已有了冬防这名词,这大概是从红羊之后一直继续到如今的例行公事吧。为什么一到冬天宵小窃盗之流便突然增加而至非特别留意治不可呢? 比余外的三季,为什么在冬天的确要多此种案例的发生呢? 倘使因为这一般不长进的人是欢喜做此种作奸犯科之事,何必一定要在冬天? 就气温的引人犯罪的性质而言,还是春夏之交,更会使人犯法的。

这很明显地表示了犯罪之发生,是受了某种压迫而来,只想到冬天的寒冷,使人受食的压迫外又加以一种衣的需要,不是到了冬天要特地设出什么贫民收容所庇寒所来,而在不冷的时候,这些人大都是宿在露天的。犯罪之增加,显然由于衣食之不给。

因之冬防的根本问题,乃在如何去除去要冬防的根源,即使人不必犯罪,也可以过这个饥寒交迫的冬天。我的意思可不是多设庇寒所之类,那只是头痛医

---

① 原文此处作"此"。

脚的办法。现在古式思想流行，我不妨引一句先圣先贤的话，衣食足然后知荣辱，问题是在如何使一般人民个个能丰衣足食。

冬防的根本意义，在要消灭这冬防，否则年年这样冬防防下去，是永无进步之一日，至少临时捕获若干盗匪而使监牢中增加些人员罢了，那一定不是要冬防的本意。

（选自《人言周刊》第 1 卷第 1—50 期合订本）

提 倡 国 货

今年妇女国货年是结束了，据报载妇女用脂粉香水化妆品之类的输入，有超过前二年的统计，大概这个国货年的成绩，不能说好吧。我是说国货不是在口头上提倡可用奏功的，自然贵于在实行。但实也不是说了就能行的，这是很要费一番工夫才可以造成一种风气，等用必国货的风气造成之后，即使你不去提倡，也人人都会用国货的，在风气未造成之前，任你苦口婆心大声疾呼，也是毫不相干，效力全无。

另一方面，我们的国货，近年来表面上确有进步，虽则在帝国主义不平等条约的层层压迫之下，仍能逐步进展，是很不容易的。其中有若干项机制国货，已经造得和日本的一如一式，而且同样价廉物美，是很可喜的。一切舶来品的代用，大概都有了相当的物品，而且出产量虽或尚不敷全国之需，不过在需要增加时生产也可以加速出品的，所以我们现在的确是可以用国货的时代了。

从前有人说因为中国没有，所以非用舶来品不可，这话现在无人敢说了，不过生产太少一些到是真的，那也因为受外货进口之倾轧而不敢增加生产以免陈货囤积之故，如果能驱逐了外货，国货前途之进展是着实有无穷希望的。

可惜还欠缺国人使用国货的一种风气。

还有点要表示遗憾的，有许多所谓国货，大都用外来材料，自己加以装配罢了，或者是买了粗制品来稍稍加工罢了，那严格地说来，不能算为真正的国货的。真正的国货，应该从原料起首，一切都是国货。这在我们，于若干物品或者做不到，但从事于国货工业者，应刻刻留心，研究考察，可以用本国原有材料来替代外料，以造成纯粹之国货，不可因陋就简，一直借用他山之石，而将自己原有的大好材料，弃之于地。这是要国货工业家特别注意的。还有一般是向外国订①货，用

---

① 原文作"定"。

了自己的牌号,也口口声声说那是国货了,这些人是奸商! 我们不应当将他们算入国货商人之内的。

提倡国货第一不是劝人用国货可以了事,从事制造者也得努力于使他们的出货的确是国货,这在中国工业幼稚之国的确是一件艰苦的工作,是要努力克服的,否则国货永无生机。

(选自《人言周刊》第 1 卷第 1—50 期合订本)

金 融 破 绽

这一二年来银行业的畸形发展,早已有人关心过,果然有若干银行宣告停业清理或者改组了,银行业所经营的事,在这个工业凋零商业不振之际,反而有活动发展的机会,是难以使人相信的。我们的银行界自白,以做国内①公债为最大生意者,居很大的多数,其他还有经营房地产等事,而对于工商业的贷款,反占少数,这已是中国银行业的怪状了,甚至还有些从事投机事业或赌博事业的。这的确表示出有些人是需款而无法获得,有些人是有了钱而无法利用,即在银行也不能好好利用那些钱,于是钱的贫血症与充血病随处发现,形成了中国金融的混乱。

因为农村破产以内地的生计日逼,内地的有产者便集中到②新都市来,因之金钱也随之而集中于都市,农村便益加缺乏现金而在都市则感到钱的太多。因为钱多了,便有以乘机吸取此种游资为目的的银行出现,银行把游资吸取出,如能好好地用来扶助建设与生产,未始不是很好的事。可怜中国的社会,还未曾改造得适于开发生产与建设,于是就发生了此种过渡期的悲剧了。

在办银行之流的本心,也许是很好的,的确想把金融调剂一下,并无自肥的心思,可是他们还缺少一点洞察力,所能看清楚中国经济在世界经济中的地位,又不能明白现在的社会情形,以致陷入无可收拾之境,那是可惜的。我没有心思想谈整个中国经济的出路,也没有这力量,不过认为金融的发生破绽,在现下是不可避免的运命。

(选自《人言周刊》第 1 卷第 1—50 期合订本)

---

① 原文作"内国"。
② 原文此处缺"到"字。

练 习 杀 人

在上海东区的马路上耀武扬威直冲的铁甲车，我们时常看到的，在正中的圆洞里，探出一个头来，车身上漆着"大日本海军陆战队报国第×号"的怪物，吼出野兽一般的叫声，十几头连绵而来，飞一般行过的，谁个不侧目而视呢！还有演习放哨，在墙阴路角鬼鬼祟祟，提着枪，背着包，拿着作信号的小旗，或者三五成群四五结党，横冲直撞，也有提了长刀官佐，指挥那一群的进退，那是儿戏吗？在顶爱和平的人民的国土内练习杀人，这些人不知还具有心肝否。

前日的演习更是愈出愈奇了，竟然西面越过了河南路，南向占领了南京路，那不是在发昏？试问他们的假想敌人是什么人呢？演习的目的在什么地方呢？上海无疑是中国的领土，对什么对于中国的地方当局事前并无通知而遽然敢举行大规模的演习，这在他们一向目无中国人的心中，自然是当然的。可是中国人岂不应该因此而有一点刺激。

上海租界的统治势力，本来很复杂，而且是渐在崩溃之中，他们的如此猖狂，也是势难遏止的，不过有可笑的事情哩，就是这几天在伦敦的海缩会议，日本的代表山本少将不是很冠冕堂皇的说明没有侵掠野心而一切都是取守势的吗？那么请将在上海的海军先撤回若干到足以守备为止吧，不必如此耀武扬威以证明海缩代表的话不是放屁如何。

况且这时候，我们的五中全会，正在南京开会，以谋国际如何和平，国内如何团结，我们一切都是宽大为怀，既然不提起东北事件，也不说到华北问题，一味关门做自己的事，而他们却有些意存威吓的样子，这真正何苦来。难道顺风旗扯得太足了，一定要撕破了才适意，不过，上海的危机却因此而显露出来了。十六日又将有万国商团的演习了，这虽然名叫防空演习，当然也是练习杀人，正与一切演习一样。

不是我们可以看出上海的各个支配势力的对立日渐尖锐起来吗？

世界和平作什么解释，早几年前震天响的和平之声杳不可闻，那不是一点机微吗？[①] 吾人须得自警。

（选自《人言周刊》第 1 卷第 1—50 期合订本）

---

① 原文作"。"。

浪　人

浪人的意义,恐怕是要有些说明的。倘照我们中国人心目中的字面的意思来说,定要生许多误解。

日本从古到不久以前,社会上寄生着一种帮助着支配阶级压迫平民社会的特殊人种,叫做武士或 Samurai。这是用中国字的“侍”字写出的,表出他们是侍奉贵人的。腰间配刀,动不动会拔刀相杀,却说是任侠尚义,其目的却在是做贵人显宦身边的侍官,从者而食禄,据言日本有所谓武士道,即是寄托在这班人身上的。这一班“侍”,在有主人给他吃俸禄时,那自然是支配阶级爪牙的堂堂武士了,在他们失职时,即没有主人时,便叫做浪人。

所以浪人本来的意义,即是这些失去了主君的武士。他们到处流走去求新主人,或在过无聊的生活中,想得一件大功来献媚于达官贵人,而冀其提拔,收为臣子。这浪字,的确是跟了中国浪游流浪等浪字来的,但要看做浪人与中国的流氓是同义语,那些浪人一定不答应,他们自谓仍保有那武士的精神与思想的。

到了现在,日本国里 Samurai 的发髻已经割掉了,武士这一特殊帮闲(或是帮忙)阶级也废除了,理应再没有什么浪人的存在。不过事实上浪人仍很多,他们的意思,下了野而不在朝的,即为浪人,所以在野的政客军人,都可称浪人的,好像我们中国的失意官僚,在野政客,无职军人,便都是浪人了。除此以外,还有一种特殊的人,以浪人作为他们的职业的,那是和上海的“白相人”流氓之类相近的。

但他们仍旧是浪人而不是流氓,他们以有武士道精神自负,而且一心想趁机会立些大功,以见好于那些支配者的贵人,以求进路,得被收为臣子,是他们的最大光荣。可见武士之名虽废,而事实上此特殊的阶级,仍旧存在,愿做统治者爪牙的心理,经数百年的传统育养,很不容易破弃的。

因之每次日本国同别国开☆寻衅①,总有这一批敢送死的勇士做先锋,即近如一二八上海之役,是由若干浪人引起,我们大家都未曾忘记的。有人说日本侵掠的二大先锋,是男女合作的,即浪人与“大和抚子”。称为“大和抚子”的操皮肉生涯者,足迹所至比中国人的苦力更远更广,是世界有名的,即是日本的女爱国者,足和男性勇士的浪人分庭抗礼的。

----

① 原文作“畔”。

现在仍说浪人，他们常常被用为爪牙与走狗的，暗中受着某一方面的指挥而行动者很多，并且他们中间，也有组织，在社会上也有相当势力，比中国的流氓，地位是更见重要。他们的国家思想经了近代的日本军阀的陶冶，十分强固，说到了杀身报国，每有视死如归之概，所以某一方面也视为顶合用的爪牙，而加以奖掖的。不过他们到了客地上去犯法作恶，却比之中国的流氓更利害，所以北方战区的民众，一听到日本浪人，是比什么都害怕。

昨报载北平通讯，战区内日鲜浪人，平时专以卖毒设赌为业，经我方迭向日方要求取缔，顷日方已令该浪人等限期退出云云。这讯息似乎太称心，谁肯自去他的爪牙？我总怕这中间又有什么神秘，或者这一条消息纯粹是报纸上面的冠冕堂皇的记载，那也说得通。因为同时我还见北平，唐山，蓟县，遵化等等所谓华北战区地方，那些浪人掀风作浪的新闻时时有刊载出来的。

中国古来原有鸟死弓藏兔尽狗烹之语，但在那个黩武国尚未放弃其雄飞世界的迷梦，犹在作亚洲独霸的豪举时，此等得用的爪牙，决不至于会自加芟削的，也许是不够用而调到一方面的工作的吧。如果如此，则退去也有可能。

（选自《人言周刊》第 1 卷第 1—50 期合订本）

古　物

在现在这时候，我不能不说崇古是我们固有的一种恶德。在别个时候，崇古也许可以说是美德，但我们现在，不是应该崇古的时候，不论是古代的宝物古代的教义，说得过激一些，我以为顶妥当是全加以毁灭。

人生的价值，在于创造新的，不是在追怀古的，那些迷恋于骸骨的名士，终必至自己也成了害人的僵尸而后已，古似乎像一种有毒的东西，一旦中毒以后，很难治愈的。西方有"掘木乃伊的人自己化为木乃伊"的谚语，我们倘使多和古物接近，很难避免自己不成为古物的。若是我们自己成了古物，我们又何必生存于现在之世，而现世对于我们又有什么意义？我们是现代人，现在活着的人，应得做现在所应做的事。

从这个见地，对于保存古物之类的事，我不表示同情。保存古物，在个人是属于有嗜古癖的收藏家，他们大都是稍有或大有资财者，有了这余力来作此种"白相"，属于他们个人的私事，可以不必苛责。因为他们不肯将其财用在更好的地方，在社会承认财产为他个人私有时，他有这自由处分之权，虽也是社会上的损失，也不必去过分非难。

倘是一个穷人而想效法他们，也典质了物品去收买古董，却是很愚笨的行为了。至于动用公家的款项，用以作保存或收藏古物之用，那一定是大错的荒唐事。谁都明白中国当此民穷财尽之际，决不是有余裕来可以做此种风雅的废事的。有一点钱，何不用来从事开发生产，为人民造福，一定要耗之于无用之处，不知是何居心。

也有人说这是保存古代文化。话是不错，能有力量来保存，原是最好不过的事，倘使一个人穷到了饭也吃不饱时，还得去为保存祖太爷的破凉帽而造箱子，何不把此钱来做本钱，作一点小本生意以糊口？难道饿死了使祖宗无后，反而是孝道不成！

况且古代文化之可贵安在？不是因为发展进步到成为现代的文化吗？倘使成为阻碍现代文化的障物，则将破弃之不暇，何能尊崇之！这因人生顶重自强不息的向前进展，回顾反照，有时虽也不坏，总得以不妨碍前进为准。古文化既然逐步进展而成了今文化，则古文化之使命已经完毕，即使破弃之，也不是有什么可以顾惜的。

爱玩古物的人，除了古董癖以外，倘别无何种理由，我不能赞许靡费公币来爱古，更加在全国的财源如此竭蹶，濒于破产之际，岂能仿富家子弟以古董为"白相物"的样子！这比之东施效颦更丑而其害更大。况且中国多的是古物，即使再迟一二百年再开始起来保存，亦不为迟，一定也还有很多的古物残存着的。现在就来，太急其所不急了。

崇古以及整理古文化或研究古文化，只有一种意义可以成立，那是想从古文化中再去产出新文化来，如同西欧文艺复兴之求源于希腊思想。但那不能是泥古不化食古不化的。现代的从古文化派流出来的思想，因到了末世已是流弊丛生，反不如在原始的古文化中，有更清新强力的原素，想由此清新强力的原素再发酵而造出更新的文化，是可以嘉许的。但这能由保存古物而达到目的吗？

真正的研究古代文物，是可以有两方面，一是从考古学的立场，如中国现在有许多学者的在掘坟发墓而考定古文化之真相；还有一种是探求古文化之真精神，对此精神加以发挥，更进一步而创造出新的文化来。这后面的一种，在我们的时代不是更重要吗！考古人在中国到确已不少，国立已有历史文化研究所的机关，对于新文化的建设，却走一个反对方向，不但不扶掖而且有摧残之势，抑何本末颠倒至此！

古物古物，作为古董的古物只不过值钱而已，从古文化中暴长出新枝叶新花朵来，才是我们所欣求的。

（选自《人言周刊》第 1 卷第 1—50 期合订本）

变态金融之又一表现

这一二年来小银行的雨后春竹一般纷纷出现,是一种金融上的变态表现,我前已说过,那因为现金集中于都市,便有人专以吸收此项金钱为目的而组织银行之类的。其中顶恶毒的是用了上海的所谓翻戏手段,先存一个倒闭自肥的心,而进行着鬼计,于是上当之人,便死无葬身之地了。不过这究是少数中之少数,而且国家也可依法加以制裁,其为害又为人所共见,所以也不必多说了。

金融界之另一变态现象,乃是有钱无用处,因为农村不能安居,那些富农带了资财迁到了都市中来。现金愈来愈多,但没有事业好办。钱放在库里是要搁利息的,而且也会有意外的危险,许多银行业者都感到库存现金的无法利用。另一方面对各种事业的信用放款,又不敢放手做去,因市面之不景气工商业是在危险中,放款是很冒险的举动。因之有许多人家,把这些银钱来置换做不动产,如造房子之类。

这一年来单就上海说,也新添了好几座大楼,如四行储蓄会的高房子等。明年这一类专以用钱为目的的建筑,一定将更加多,因社会情形并无改进,有钱的地方,仍有钱无去路之叹。闻中国银行也将建二十八层高楼于该行原址,大概也是此故。还有其他大旅社大剧院等等的筑造开创,都是表示有银钱方面有充分的裕余。

在别一方面,有很要钱而求不到钱,致一切不能进行,如一切计划中的生产建设,是为人民造产的,因为没有钱便寸步难行,虽则现在是竭全力于兴修道路,但道路本身并非生产,于生产建设,应有更进一步之计划,比方治黄导淮等在水利方面的事业,其由来已很久迄今毫无建树,一方面自然因为是没有钱之故。其他各项建设,无一不是因款项无着而停顿中止,致令中国社会之情形,呈江河日下之态,是很可慨叹的。

倘能将此种不动产化之金钱,改为建设生产事业之用,岂不甚妙,一方面是钱有了出路。而且不是像置产一般的投诸无谓的无用消耗之地,再则是助长中国的建设工作,于国计民生上都有大补益的。但钱是有钱人所有的,谁也不能强行支配其所有者之用法,所以有很困难的问题了。

(选自《人言周刊》第 1 卷第 1—50 期合订本)

生 产 建 设

生产建设,也是近来有许多人提倡的,也的确是应时的必要之图,不过经济人才，两不可少而两者均缺乏，一时很有使人难以下手之感。要靠托外国人，这一方面一定是绝望的。外国人很肯帮助我们的是兴修公路铁道，因道路一成，他们外洋运来的货品，就可很快很深地进入到中国腹地，把乡间的家庭手工业一气给摧毁了。在他们是绝对有利的，他们自然乐于帮助，为他们的货品开拓市场，何乐不为。

生产事业却和他们有些对抗的形势了，倘使什么东西，我们都能自给自足，洋货销场是没有了，那么许多靠对华输出为活的外国工商业者，将何以为生？我们的建设，变到这一方面去，难免要遭人嫉忌的。不过我们倘长此不振，经济必日趋枯窘，终至患干血痨而丧生。现在差不多已有此征象了，不是我们想尽了方法还不能遏阻银子流出的倾向吗？几十年继续增大的入超，在国际收支平衡上，是无法抵抗的，倘便真要清算起来，也许现在已是将达破产之地了。

不过不是因此而我们可以放弃生产事业的，反是因此而该更加重视生产，以挽危局。高呼生产建设的人，现在应更进一步，一止于高呼而应着手去实现了，这是应当上下一心，共同努力的唯一目标，所谓充实国力，也该是指这一件事的，比坚甲利兵更重要，我们要创造积贮那充分的实力。

（选自《人言周刊》第 1 卷第 1—50 期合订本）

十 教 授 宣 言

在今天的晨报上看见了评论十教授一十宣言的文章，便不得不令人去检出那十教授宣言的全文来看一看。因为这班大学教授可以算知识阶级的代表，中国的知识阶级在动荡不安之中的情形，在那宣言中总该有点影子，由在这不安的苦闷中努力求出路的热诚，该是十分可以动人的。在我想象中，十个有良心的教授，真能感知时代的苦闷，肯真正想努力打开一条出路来的话，必定有可以倾听的。教授的见解，总要比平常人高超一些，而况是联合了十个人的共同宣言，一定在文化界上要有掀起一番波澜的力量。

可是一读完了那个宣言，反而莫名其妙，不知宣言在宣些什么言。十个教授中，有八个是我们所熟知，而且在社会科学上一向被认为有相当造诣的，为什会具名在这样一张莫名其妙的宣言上，真有点令人不解了。

宣言分三节，第一节叫，没有了中国，第二节叫，一个总清算，第三节叫，我们怎么办。在第一节中说："中国在文化领域中是消失了；中国政治的形态，社会的组织，和思想的内容与形式，已经失去了它的特征。"可是在第二节里却说"中国

现在是在农业的封建的社会和工业的社会交嬗时期"，而且主张中国有自己的
"空间的和时间的特殊性"。不知道特征和特殊性有什么分别？为什么前后的矛
盾撞着要如此利害？

　　第三节里是说"要求有中国本位的文化建设"，但对于什么是中国本位的顶
紧要之点，毫无具体的说述，并且连紧肯的说明也没有。所列举的"应有的认识"
全属文字的游戏，一点内容都没有。最前的三项，是说以现代中国的需要为标
准，以取舍古今中外的文化，现代中国的需要是什么，却是不肯发表出来的。第
四五两项，更空洞得不着痕迹，令人如入五里雾中。结论说："文化建设就应是：
不守旧；不盲从；根据中国本位，采取批评态度，应用科学方法来——检讨过去，
把握现在，创造将来。"这样的结论，移用到去在英国建设新英吉利的文化也可
以，搬到德国去创造新日耳曼文化也可以，只要把其中的中国二字以代公式一样
的方法，代以任何国家，即得该国新文化运动的宣言一个极得体的结论了。此等
公式化的结论，能有什么热诚与力包含在内吗？我看该十教授自己也许还不曾
知道他们在要做些什么事哩！

　　我很替他们可惜，这样一篇好好的文章，就因为主题不清而糟蹋了，为什么
不说根据于三民主义本位的文化建设呢？说中国本位，须得先阐明什么是中国
本位，却开头就说"没有了中国"。既然根本否定了中国的存在，中国本位又何从
而来，怎样可以忽然成立起来，而作为建设文化的根本思想呢？他们真是太聪敏
了。在做文章的人，为行文的方便，原有故意闭眼否定一切，以强化他自己的主
张的，可是他们连自己的立脚点都先给否定了，这还成什么话。

　　当然他们应该说三民主义本位的文化建设才对，他们的底意也许是如此，但
不直截爽快说出口来，却在外边大兜圈子，弄得别人浑头浑脑，摸不清他们到底
要说什么话。其实说了三民主义本位的文化建设，到是堂堂正正的，大家都懂得
是什么一回事，而且的确也可以有这个运动的必要。十教授何愚之一至于斯
极耶！

　　可是十教授也正自有他们的苦衷，因为他们是教授，而教授自有学术独立的
迷梦。表面装成这样一副面孔然后说话。这恐怕就是①这篇②宣言的莫名其妙
的根本所在，他们因了那个迷信，而不曾敢说真话，以致别人看了便要测高深了。

　　　　　　　　　　　　　　　（选自《人言周刊》第 1 卷第 1—50 期合订本）

---

　　① 原文缺"就是"二字。
　　② 原文作"片"。

赛 金 花

这几个月来,赛金花的身世,很引一般人注意,目前上海时事新报上载有"可歌可哭的赛金花"长篇故事,而刘复博士的赛金花传也出版发卖而且销①售一空,更有许多投机的戏院剧场,在预备排演,想藉此风头,以图厚利。为什么赛金花忽然引起人们的注意呢? 这一个垂垂的老媪。

最初是因为潦倒穷巷的赛金花,付不出房捐,被好事的新闻记者所探知,在报上登载了一则访问记。于是引起了人们的注意,尤其是北方的刘复博士及南方的张竞生博士,都向各方面募集一点小捐款来赠给赛金花,以为周恤,并且计划永远为她维持生活的方策,刘博士为她写传记,张博士拟为她编摄电影。因为此种消息在报纸上传出来之后,各方面都引为茶余酒后的谈话材料,而赛金花的身世,遂为人所深悉,而同情慨感纷起了。

在庚子之役八国联军进入北京时,联军统帅德将瓦德西因与赛有旧,得重温绮梦,而赛金花于该时之声势,遂不可一世,王公大臣亦莫不仰其鼻息。但和议告成,外兵退后,赛乃不容于宫宪,而辗转于各地,最后嫁一国会议员。赛金花初嫁×状元为副室,随同出使欧洲,于法国识瓦德西。×死后下堂而退,在北京张艳帜。这些事在东亚病夫的孽海花中有记述,赛氏曾声言因东亚病夫少时恋彼不遂,故于作中为中伤之词,其实该小说中对于赛金花并无何等中伤,而东亚病夫对于赛氏之谈话亦有可靠之辩证,故孽海花中所记,的确是有所影射的。

孽海花一书在出版当时亦曾风行一时,可见赛金花的故事的确是能吸引一般人的,现在人的关心赛金花,不是同清代末年的人热心于孽海花的故事有相同的心情吗? 光宣之际,是大乱之兆已萌,国际情形也不佳,和目下的国难频仍,有若干地方是可以相比拟的。现在人们的拥戴赛金花,其中不能说没有赞扬她以肉体代人请命的侠气,况且和外邦强寇和亲以救国难的事,从汉唐就不乏很多的例。汉唐是中国顶兴盛之时,尚且不免以子女玉帛结欢强邻,则要渡过现在的国难,自然会有一般人怀想到庚子时代赛金花在北平的功绩。

这一种思想,当然是可耻的,所以南京某游艺场,要扮演赛金花的故事,是因其中有辱国体而被禁止了;并且又将通令全国,以后永远不准排演赛金花的故事。由此可见我们是怎样努力于在企图明耻立信以为复兴民族之计了吗? 用心

---

① 原文作"消"。

是或者如此,但国耻国辱却不能以不提起不说到便能洗刷干净的!往往有人以为只要掩饰一下,人家便可一切忘记了,这种自欺欺人的行为,是最不长进,决不是由此可以完成民族复兴的。

一般人对于赛金花的关心,也许是只为茶余酒后之谈助,中国毕竟是有过这个人,有过这样的事,殊可不必讳言。况且中外男女的勾当在上海滩既有专门做外人生意的咸水妹一类女士,即高门闺秀中也不乏以交有外国男友为荣的,则赛金花和瓦德西还算是较纯洁的恋爱了。恋爱无国界,赛金花自己去选择的这个外国男人,该不能算是国辱国耻的,虽则不能比之于和番的公主们的有功于社稷。

那么国辱云云,决不是指赛金花与瓦德西一段情史而言可知,国辱当然是指外寇的侵占国土,屈为城下之盟,割地赔款,陷我中华民族于万劫不复之地。那个国辱,我们是要徐图昭雪的,则我们应得刻骨铭心地记牢它,何以可禁其披露呢!在提倡四维救国的目下,大家都应该彻底自省自励,对于以往的耻辱,我们要有正视的勇气!

认赛金花为大慈大悲救苦救难的菩萨救世主者流固属可笑,要掩盖其事实以为可以免于国辱,也太幼稚了。许多辱华影片的无中生有,我们尚能容忍则何必抹杀那样确有的事实。让赛金花与瓦德西的故事成为"蝴蝶夫人"一般的美谈吧。

(选自《人言周刊》第 1 卷第 1—50 期合订本)

改 嫁 与 殉 节

早几时,因为故黎大总统之如夫人黎本危氏在青岛与即墨商人王葵轩结婚,社会新闻栏上有了好资料,而湖北旅青同乡会则发表宣言,声罪致讨,青市长沈鸿烈亦以此事攸关风化,令公安局将王一并驱逐出境。对于这一事引为世道人心之虑者,大有人在,即以旅青湖北同乡会声明各点而论,虽处处表现其坦白的对于金钱关怀的情致,但也肯提到国际体面及礼义廉耻,足见孀妇改嫁一事,一般人还认为是不名誉的行为。

卫道之流是应该痛哭流涕的,大总统的地位,在是国家元首一点上,和皇帝不相上下,大总统的如夫人,虽不是皇后皇太后,总也是皇妃或皇太妃之类了,以有此等崇高地位的人,来犯那破坏伦常的行为,岂非事关旧道德生死存亡的大事。然而中华民国的现行法上并不禁止孀妇改嫁,而如夫人即妾的地位,在法律上更不受家的约束,即使不是孀妇,妾也有自由脱离改嫁的权利,所以要靠用法律的力量来制裁,是没有根据的了。

最早几时还有现"满洲园"伪皇帝溥仪先生的一个前妃子叫文娟①的改嫁,也在报纸上很喧传了一时,那时的舆论倒像并不如此激烈,但也以丑史秽事之类做标题的,女人的行为常常作为批判的标的,而且此种只关于个人的婚媾之类的事,因其针对着旧道德的破绽而将其破落的形状暴露无遗,致不免为那些有道德癖的君子人们所痛心疾首,是很罪过的。

可是承认了女子同样是人,法律上也承认了女子是人的地位之后,这些事件的继续发生,不能防止,是当然的。但要取消女子是人的结论,那班卫道先生们却也不敢主张,所以除了痛哭流涕或唉声叹气之外,便毫无办法了。不过有时,也有些可哭可歌之事,足以使他们扬眉吐气的,早几天前,就有一件。

早几天前,浙江省前主席鲁涤平氏在京寓逝世,其年仅二十余岁的如夫人沙氏,跳楼殒命殉节。照有些人看来,这个殉节的举动,真是千古盛事可传不朽的,并且也可以证实中国的固有道德,绝未破产,贞烈贞节牌坊的旌奖,还可以行得通,岂不大快人心。

不过我们所感到的,却不是这样,对于沙氏殉节一事,似乎有些愤怒,对于反对危氏改嫁一事,似乎有些滑稽。要我们把那二事来批评,却有点无从说话之感。第一因为中华民国的现行法,婚姻是定了一夫一妇制的,对于这些如夫人之类的产生,而且在若干人们之间如此其普遍,便要令人生很大的疑问,怀疑到民法要不要加以根本的修正。第二,结婚的个人的私人间的行为还是应该允许社会一般人容啄的公行为,又令吾人不解,在有许多事实上,我们疑心结婚也不能是私人的事,这是对于婚姻理论很重要的一点,我们未能有确切的见解,所以便无从批判起了。第三是一个人的生死问题,究竟占了怎样的重要性,还是应该为生活之故而蔑视一切的,还是应该为了理想之故,而牺牲生命的,我们也不敢有确定的论断,所以不能有批判。

不过现在的思想界是在怎样一种混乱的状态之中,却也可由此而见了,吾人的不安,至少有一半是由此种想象的不安定而来的。但如何能得到思想的统一与安定呢?——这又是一个很大的问题,不是我们所敢解决的。

(选自《人言周刊》第 2 卷第 1—50 期合订本)

---

① 此处或指文绣。

中学为体之复活

梅兰芳博士到苏联去演戏,一定有许多人在得意的吧,那是正式的发扬中国固有艺术,比之近时十教授的"一十宣言",提倡中国本位的文化建设,以二千元悬赏征文,是更可自慰的。这可以看做中国尚有文化,而提倡中国本位文化建设是可能的,而且中学为体西学为用的几十年前的口号,仍能适应时代,只要改头换面一下,又可大吹大擂出把戏了。梅兰芳博士的戏,固然有其传统的精神;中国本位的文化建设,能够逃出张之洞的范围者,不知有多少。

前清末年的张之洞一般的中国本位文化建设,即中学为体论,几年前很有人加以批评,表示轻蔑而唾弃了,可是那些批评家也许还不曾仔细读过那一派的论著,所以对于中学为体论者,很少理解,论评也极武断之能事,以致其中奥妙精微地方,被埋没荫蔽,因而令人误解,以为中学为体论是时代错误的要不得的东西。幸有中国本位文化建设,拾张氏之唾余,重光于今日,于是中国文化顿现一线生机,虽有人以陈死人复活相讥要亦气数使然也。

照现下的情形,又确是中学为体论应该重新出现的时候。自西方文化东渐以来,这东西文化二大思想的一起一伏的波动,在中国社会上翻腾着,取了一进一退的形式,这是无可避免的文化进展的常态。中学为体论在当初是对抗外来思想之猖獗而出现的,在极端崇拜外来文化之后,自必有作为其反动力的此种倾向出现。近来则自五四运动以来,十多年间传来的西方思想,很有声势地在社会上活跃,到了现在,此种运动并未有很大的成效,这是有隙可乘之机,于是中国本位文化建设的宣言便诞生了。

在另一方面是国难的加紧,使吾人自觉到危机的紧逼,催醒潜藏的民族意识,于是中国本位民族本位的字样,便能使人感到另一种兴奋。颇有人先见到这机微,而以此种字眼来号召的,所以许多运动,如中国本位文化建设之类,先来的往往是一个空洞的口号,并无具体的内容,也足以见其只是乘了这潜流的波动而一显头面的实相。此种运动可以有根枝渊源,惜其不深不远,故要培育滋长是非要很费分外的心力不可的。

在昔中学为体的大运动,虽有达官显宦如张之洞之流的提倡,却并未奏分毫功效,反而来了个辛亥革命,倾覆了清室的社稷。这也是那种运动的未曾彻底推行,徒见空洞口号,未有具体办法之故,且大势所迁,究实很难砥柱中流,挽狂澜于既倒,更属谈何容易。所以一切运动的奏功,决不是徒靠宣传便能成事,身体力行的以行动为宣传,有更大的效力。但中国本位文化建设的实行在什么地方呢？这是要从事于该种运动的人注意的。他们虽然已获有很好的机会,却未脱一片喊声之域。

他们的努力是有不少人愿表示相当敬意的,可是将来能否有一点点小效绩,却谁也不敢保证,因有不久以前的先例在。中学为体的蜕变而为中国本位,在实质上有何种变化与进展,我们还未曾有可以仔细考查的机会,不过这倾向的一致,是无可推托的,在某种势力的奖掖扶导之下,或者会意外地有好成绩,那也是许多人所欣望的。但这是可能吗？不少人对之怀疑是应该的。历史的重演,是顶愚蠢不过的事,而终不易避免,所以感慨二字便不能从字典中放逐了。

（选自《人言周刊》第 2 卷第 1—50 期合订本）

从西捕恃强殴毙菜贩说起

上海市民赵永如,以卖菜为业,住闸北朱家湾,三月五日晨,令女赵留家里去宜昌路立德油厂弄售卖菜蔬,忽遇普陀路捕房六十二号西捕斯丹夫,上前驱逐,赵女当即逃避,被该捕赶上,不问情由,用拳猛击头面。惟赵女年幼身弱,不堪一击,致当场受伤倒地,伴女同去之祖母欲上前扶护,亦被该捕拳打足踢,致无法救助。后因女伤重,由救护车舁送爱文义路广仁医院,但已无及,中途绝命。沪西市民以赵女无故被杀,激于义愤,组织被难后援会,分谒市政府及捕房,要求惩凶及抚恤,各机关亦纷纷愿为后盾,工部局允予查明后核办,虽结果未可知,而恃强杀人为一般人所不满,则是很明白的了。

上海马路小贩,均须领执照,方准营业,而一般小本营生者,大都藉蝇头微利以糊口,对于纳费领照,力所不能负担,所以只能沿途走卖,一见巡捕驾临,便纷纷避匿,否则捉将"行"里去,须纳罚金小洋数角,是要了他们数日间的口粮,因之畏巡捕如虎,更加对西捕,因为语言不通,无可理喻,尤加怖惧。在小菜场小菜街周遭,因为是市集的地方,可以容易得到顾主,无照小贩,也往往冒险去做生意,巡捕也在这些地方可以得维持秩序之名,行扰乱秩序之实,倘使早朝到这些地方去看看,真会使人怀疑秩序是因为维持了之故,反而会变成无秩序的。

小贩违章不过罚洋数角,决没死罪的,但是这数角小洋因为相当于他们数日间的生活之资,所以能逃避总是力图逃脱的。不过这一逃,当然要触怒了那班①法律的代表人，于是殴打致死致伤之事，是并不希奇了。还有因为逃避不慎，误被汽车辗毙等间接死伤者，也很不少，这也是维持秩序的，反来扰乱秩序之罪。

在中国混饭的无赖洋人，一向不将中国人当人看待，由来已久，好在杀人不用偿命，胡作胡为自然可以任性任意。一向我们懦弱的循良百姓怕官，而官又怕洋人，所以百姓加二怕洋人，而况洋人的又是巡捕官，则少女赵留家里的死，吓也吓杀了，岂不应该。这实是我们太胆小之故，百姓太循良了，小官吏往往多擅自作威福，无法无天，倘使一般人对于西捕并不那么样怕，必定在殴打当时有人去劝阻，而少女也可以不必枉死了。但是是谁使洋人如此猖獗，是谁叫一般人这样怕洋人的呢？

还有在根本的地方，岂非因为工部局揽了租借地的警权之故而有所谓西捕，所谓各种和我们的民族性不合的警章吗？殴毙一个少女菜贩，不能算大事，但推本穷源就这些地方一想，便不能说事态不重大了，但这不是某一种人所愿意想到的。只要惩凶抚恤有了几分淘成，一定是认为面子已占，很表示满足了，但结果此类事以后一定仍是层出不穷。因为根本的原因，并未除去，而枝节的解决是无关大体的。我也知道那些大问题，如收回租界或其警权之类，现在是太奢望了，不过我们总不要忘却才是，因为有些人惟恐我们不忘，故特别提起一下。

维持秩序而结果反是扰乱秩序的事例，却很不少，这是颇有人以老子的"圣人不死，大盗不止"为绝对真理的原因，我却以为维持秩序的人自己先不肯守秩序，是扰乱秩序的根本原因。先要有守法的官吏，然后民可以法治，官吏先不守法，法已失去权威，何以能治民？所以新生活运动先要从公署衙门励行起，以取信于人民。

（选自《人言周刊》第 2 卷第 1—50 期合订本）

阮玲玉之死

离艾霞自杀一周年后不多几日，是国际妇女节的三月八日，又是一个电影女明星阮玲玉自杀成功了。关于她的求死的直接原因，谁都知道由于她的婚姻关系，和张达民、唐季珊的三角纠纷，是怎样一种内情以及金钱在其中占怎

---

① 原文作"般"。

样重大的位置，我们不必去侦查，因为报纸上揭载得很多了。不过说那是她求死的唯一原因，却不尽然的，在电影女明星中，此种恋爱纠纷极为平常，而唐姓又是多财的巨贾，如可以金钱解决，他岂惜破悭囊。所以阮玲玉之死，的确是自杀，有人要社会负责，有人在诅咒旧礼教，都是无的放矢。倘使说阮玲玉死于旧礼教的，她应在和张达民恋爱那时死了，她也再不会去和唐巨贾结合了，所以在行为上讲，她乃是一个实行打破旧礼教的新女子，决不是旧礼教所能范围她而使她寻死的。倘使说旧礼教杀阮玲玉，这无异于说阮玲玉的一切行为，非出于她自觉的本心，乃由环境所支配而成，即初为张达民之自由恋爱所惑，后为唐季珊之金钱所吸引，而在内心中则有极度的不自安，乃致自杀，这岂不是太侮辱了《新女性》的扮演者。又若说社会是杀阮玲玉的凶手，则阮玲玉是怕着怎样的社会制裁呢？中国社会群众，一向没有什么制裁的力量，即如贪官污吏土豪劣绅，亦不齿于众口，中国社会且无丝毫制裁之力，仍滋长蔓延，何况区区一电影演员，社会安敢把她看的太重，虽则她遗书中有舆论云云，但此乃她心理的错觉，平日报纸上关于她的婚恋之事，大都是同情于她的论调，何以能以此为死的原因。

所以阮玲玉的自杀，实在和一切的自杀者一样，是一种莫名其妙的行为。凡是自杀，都是莫名其妙的，倘使还有一分审察的思辨力，决不会去自杀的。不过由其经过上看来，则又明明是蹈袭她所扮演的《新女性》中的韦明的故步，所以这一张影片，反可以说是直接的教唆者，倘使要说旧礼教是杀人犯，无宁说《新女性》是教唆犯更合理。

自杀的风气，近年来有逐渐滋长的趋势，一方面自然是因社会的不安，农村的衰落以及一般的生活苦这种物质方面的压逼；而在他一方面，精神上的颓丧与无出路，也是一个极大的原因，许多青年都觉得中国处在现在这样的地域，有无路可走之慨，在彷徨困惑之中，有人教示以自杀之道，他们是会去自杀的。阮玲玉的情形也是如此的吧，她也感到了社会一般普遍的不安，因而丧失了思辨审察之力，再受了《新女性》情节的教唆，很容易使下自杀的决心采取服过量安眠药片的行动了。

近来颇有人慨于自杀之风行，而想予以制止，乃从事查禁教唆暗示自杀之作品，但此非根本办法，请问何以自杀会有，会受教唆？必要有其根本缺陷的所在，所以还须在这地方推讨，而谋根本的补救的。一纸布告，当然不会有效，几句自鸣为忠言的，也欠工夫，以土掩水，而不加疏导，只有使其横决得，所以若于思想善导一方面，更应该注意于一个导字，禁阻是没有用的。

由阮玲玉的死,想到社会一般的不安,也有人将以为拟于不伦,不过,社会感情的传播是很微妙的,说阮玲玉感到社会一般的不安,也不会是一件不可能的事,她的自杀,将引起大批的摹仿者,也很可能,则我们是要从更广大,更高一段的立脚点来观察才好。

(选自《人言周刊》第 2 卷第 1—50 期合订本)

自杀与杀人

自杀是断绝自己的生命,杀人是了结他人的生命,都是违反上天好生之德的。但人而至非出于自杀或杀人之路不可者,一定有很大的苦衷,至少在实行自杀或杀人者本人,必抱有此种感想,所以此等人往往为一般人所同情痛惜,而予以曲谅,以为非其本人之罪戾,实由环境所逼而成。有许多情形,的确如此,比方伯夷叔齐的饿死首阳山,也是自杀,而大家称之为义民,近来吾乡灾荒中,也颇有愿饿死而不去偷盗的硬骨,其义气也确有夷齐之风,关心世道的正人君子,应视为快事的吧。可是以人之死为快心之事,则又太不近人情,所有干杀人行为者,无论在怎样情形之下,总难得人的赞美,除非有同周发商汤那样吊民伐罪的情形,方是正当的杀人。

自杀的风气,近年来逐渐滋长,而杀人的案子,也有增加的趋势,深深地令人感觉到这是个乱离之世。在乱世,人心思乱,风纪秩序,荡然无存,以故范围人间行为的纪律,也废弛不堪,因之行动每多发生越轨,在思想方面更是无理路可遵,各行其是;总之,乱世的一切,都是乱的。刘景桂的杀死滕爽,吾人得视为乱世的一种常有之事。

按刘景桂与逯明订婚及发生关系之时,逯在家中原已有妻子,逯与滕结婚后,即急与刘解除婚约,并赔偿其损失,则在逯方面宜自以为毫无失着矣。刘之所恨,实在失恋,以恋人被夺,乃不惜以生命赴之,则从恋爱的立脚点看来,其纯情是很可贵的,不过刘个性强,失恋不肯自杀而杀死其情敌,观其不杀逯明而杀滕爽,可见其对于男人犹有其恋恋之情也。但刘岂不知此举实不能夺回情人,则实与自杀相等耳。此案中人,均为上层知识分子,其行为乃与乡僻蛮荒之地的情杀案,如出一辙,可见性欲方面的原始性,是很根深源长的,而在乱世,人心动荡之际,此种原始的感情,更易激起,则将此情杀案视为乱世之一平常事,可说允当。

(选自《人言周刊》第 2 卷第 1—50 期合订本)

女变男与女扮男

女变男是生理学上一种畸形,此种畸形乃是先天生成,决难由于中途突变,即事实为突变,亦有潜伏的原因在,不过在先未及察觉耳。姚锦屏的突然变男,倘使真是事实,应是一个奇迹,自然是学术上的绝好资料。可是这已证实了她不过是女扮男,而不是变,因之成了一场笑话,中国之无奇不有,有如此者。

至于女扮男,则也是古已有之,未必于今为烈。扮女人的梅博士现在莫斯科演艺,那是艺术领域内之事,我们不管,但在旧小说的才子佳人姻缘中,却有不少女扮男的故事,因为女人一向是深闺中人,不能走出社会上来,故要出门干事,必须扮男。所以女要扮男,非扮男不可的,乃是社会上不承认有女人地位时的不得已的办法,姚锦屏想万里寻亲,见识远大,先来演扮男一剧,以为厕身社会之阶,其心是很苦的。

不过女人也是人,而且现社会上已渐有并不歧视女人的趋势,故扮男一剧是可以不必演的。现在的巾帼英雄,女权论者,妇人运动家中的她们,其活动范围,并不比男子逊色,而且有凌驾男子的趋势,所以女人在社会上,已有了相当的地位,女人的职业范围也逐渐扩大,则女扮男之事,此后定将无发生之余地。

（选自《人言周刊》第 2 卷第 1—50 期合订本）

六、《论语》上的杂文 25 篇

吃　汇

天下一吃场也。弱肉强食,物竞天择,大虫吃小虫,大国吞小国,贪官污吏吃老百姓,靠山吃山,靠水吃水,无一而非吃,朝吃晚吃,无时而不吃。东吃西吃,无地而不吃,做吃汇。

▲ 吃　通称食叫吃,也就是喫字。吃亦可包括饮,如言吃茶吃酒,杜甫诗:"对酒不能吃",吃喝不分,自古已然。

▲ 吃水　船舶入水的深度,叫做吃水若干尺。其实是船被水吃下去的尺寸,但叫做船的吃水,好像官吏管制人民,却称为人民的公仆,同具造语之妙。

▲ 吃茶　女子受聘,叫做吃茶,也叫受茶。张三的调戏阎媳姣,以借茶吃开端,是其起源。受聘者定婚也,现在洋派用外国话叫飞洋伞,时代青年摩登女子

常常一同进出于咖啡馆者,乃吃洋茶也。

▲ 吃力　不讨好也。俗话说,顶了石臼做戏,吃力不讨好。现在的管理法币当局,十分吃力,要应付各项必要开支,不得不增加发行,但因此而逼得物价大涨特涨,大不讨好。

▲ 吃紧　危急也。如……某地形势吃紧。

▲ 吃吃　调笑之声。飞燕外传:帝昏夜拥昭仪居九成殿,笑吃吃不绝。大业拾遗记:炀帝幸月观,闻笑声吃吃不止,急行擒之,乃宫婢雅娘也。现在夜花园及跳舞场以及出卖色情的地方,吃吃之声应该很多。

▲ 吃醋　妇人嫉妒叫吃醋。续文献通考,狮子日食醋酪各一瓶。世以妒妇比狮子,所以有此语。一说妒则心酸,酸则像吃了醋也。其实妒心乃是女子爱情专一的表示,吃醋即是爱其男人的显露。女子而不吃醋,是无情之人也。

▲ 吃价　有价值也。如说阿江的一身西装,交关吃价。即是说理发匠阿江,穿了很漂亮的西装,像是一个大学生,涉足于声色场中,也可以到处占便宜的。

▲ 吃香　有好的名声叫吃香。如说汪精卫的名字,现在不吃香了。大概因为名声一好,死后可以封为神祇①,受人香花供奉,有香烟可吃之故。

▲ 吃重　紧要也。如说某人做的生活很吃重,即是紧要的工作,往往会得吃力不讨好。

▲ 吃情　老实者无用之别名。吃情的人,手段不辣,办事不能快刀断乱麻,欢喜做八面观音,一以宁人负我,毋我负人为怀,不是公事公办的铁面无私的人。

▲ 吃饭　做甚么行当吃甚么饭。比方说做布生意者,叫吃布饭,做米生意的人,叫做吃米饭,做杂货业叫做吃杂货饭,做广告的叫做吃广告饭。却不可以准此而说经营粪行的,吃粪饭,做牲畜业的叫吃畜生饭。

▲ 吃糖　得贿叫吃糖,起源于灶君上天庭奏事时,家家户户于送灶日用糖饼塞住他口,使他不说坏话。以前吃公事饭的,因官俸菲薄,非以吃糖调补,势不能生活。

▲ 吃精　做事门槛精之意。一说吮吸男子精液,以补益身体。此事见数年前上海各报社会新闻栏,有某店学徒,自入某店后,身体逐渐羸弱,面黄肌瘦,其家人再三询问,乃说出其店中师父每晚从他的小便口吮吸精液。此为道地的吃精码子。

▲ 吃教　旧称归依西洋基督教徒曰吃教,大约从前入了洋教之后,可以靠

---

① 原文作"祇"。

了教而吃，所以有此名称。

▲吃局　不能比照书局、药局、邮政局、警察局、统捐局、教育局、卫生局、制造局、火药局等等局字解，以为是出卖或者办理吃食的饭店菜馆，吃局只是泛言所吃的东西。

▲吃场　和吃局同意义，与吃的场面场所无关。

▲吃相　应作乞相，因为不一定指吃的形相，以乞相二字才合于本意，凡言乞相，一定难看，不是愁眉苦脸，定必穷凶极恶。

▲吃品　所吃之物品，叫吃品，与吃局同一意义，不是说人的吃食品格。吃食之品格，如食不语，或者肉割不正不食之类，早已淘汰了。

▲吃福　人之吃食，都是先天注定。何曾之日食万钱，犹嫌无下箸处，便是有吃福的。现代人则吃福独厚，中国宴席之外，还有西洋大餐等等可吃。

▲吃潮　受骗称为吃潮。此语恐怕起源于商业场中，因一切物品，潮了一定分两较重，货物受潮而吃了进来，是吃亏了，一定要做蚀本生意。故一切失利的事，统可以称做吃潮。

▲吃亏　俗语说吃亏就是便宜。此言深得耶稣曰，有人打了你的左颊，你要把右颊再给他打之真理。也合于佛家之色即是空，空即是色之旨。吃亏便宜，原自难分。

▲吃口　谓滋味也。吃口好即是味美。又吃口乃说吃饭的口数，如说某甲家中吃口甚重，乃是说某甲家中吃饭人多也。一云男丁女口，吃口专指女人的吃饭不事生产而言，此说不可信。

▲口吃　言语蹇塞难以通利，叫口吃，如周昌之期期，邓艾之艾艾，但因此却反可以有言词流利以上的效果。一说普通之吃法也。因为尚有特别之吃法，是不用口，而用其他的器官，或者根本不须用何种器官，而可以收纳消化。

▲吃　赌博场中，赔之对语。凡作庄者色子胜，则吃下注者之注。

▲统吃　赌场中作庄者之牌，超过各下家，便可以统吃他们所下注，比方以赌牌九而言，至尊宝为最大，如作庄者执了此牌，无疑可以统吃。以前上海小报，称至尊宝王文兰，一晚在扬子饭店，统吃了一个足球队的球员，从守门左右卫中坚前锋及左右翼等十一人，故得此封号。

▲吃光　俗语云，严嵩做寿，照单全收。吃得一干二净，就叫吃光。不是说有一只甚么妖怪，将太阳光都吃了去，弄得这个世界成为黑暗世界。吃光的妖怪，现在还未被人发见，虽则世界上有时也的确十分黑暗胡涂。

▲吃素　茹斋叫吃素。有人吃素，也以牛乳鸡蛋列入素菜之中。大概以不

流血的,便算作素了。和尚吃素则仅限于受戒律之僧,普通野和尚不一定要吃素。俗以不近女色为吃素,此与好色为贪肉吃相同的话法,既以肉体之欲为吃肉也。俗语吃素碰着月大,意谓不巧。又说:若要黑心人,到吃素淘里去寻,此乃对于持斋吃素人之苛求与侮蔑。

▲ 吃斋　与吃素同,但吃素乃长斋,而吃斋可以指短期之斋戒。又寺庙中打斋饭僧,也叫吃斋。

▲ 吃肉　古时以做官的人为吃肉者,左传:食肉者鄙。现在因为叫台基为肉庄,故以斩咸肉为吃肉,引申之亦以男女肉体关系为吃肉。

▲ 吃　作为受纳之意。如前数月报载央行抛出黄金几千条,都被大户吃了去。又商业新闻经济新闻上常有客户吃胃如何云云,都是此意。实在商人的收买货品,是同人吃东西一样的,吃了进去,便不再出来。因为现在囤积之风极盛,任何物品都有被人囤积之可能,只吃不吐,所以物价有涨无跌。人多吃了东西,要不消化,生胃病,商人囤积了东西,也有此种病,如果发生起来,市场要有很大的混乱。

▲ 吃　有些俗语中,也有将出叫做吃的。如合股经商,分资本为若干股份,某人出资一股,也叫吃一股。这也可以解释做出了一份资金而将股份吃了进来。又在赌博场中,有作庄的人,因为本钱欠雄厚,也可以叫他人合出资本,或有人自愿要加入附股以博胜负而他也不拒绝,此种出资都叫做吃份头,等博后结算,依照出资比例,分派输赢。所以收进可叫吃,付出也可以叫吃。原来进出是相对的名辞,有进必有出,有出也必有进,出了钱而入了股所以叫做吃,也是合理的。不过人民付纳捐税,却不可以叫做吃捐税。因为吃捐税的,却另有其人其事。

▲ 吃大餐　学生术语,受师长之斥责训诲,叫吃大餐。这个名字的起源,或是某校有一间大餐间,有一次训育主任坐在大餐间里,派了校工去召唤不守校规的某学生来,加以训诫。等到该生回出来,同学问他,他当然可以回答,在大餐间里,总是吃大餐了。此事也有许多别的名称,如说被刮南瓜,或言吃了南瓜汤等等,各学校可以有不同的方言。

▲ 吃牌头　靠牌头,戤牌头都可以,如果吃起牌头来,味道便不大好了。通常叫受人叱责为吃牌头。不知这个牌头与可靠可戤的牌头,是否同一个。待考。

▲ 吃生活　比牌头更加难吃。吃牌头大概不过是口头言辞上之叱责,吃生活则有实际的大惩罚,或者竟是体刑,或者使你受重大的损失,总是不大好领受的。一个朋友在证券市场中,一连几天空头得利,那知忽然这一天大涨特涨涨停板,他这样吃着了一记生活,便是大受损失了。

▲ 吃讲茶　以前民众非讼事件调解委员会,由习惯上是在茶馆中临时集合

的。民间如有争议，便可以到茶馆里来吃讲茶，到也能够主持公道。不过在流氓地痞有大势力的地方，往往有这些人要从中渔利，所以或者也不能十分公道了，因之上海地方吃讲茶的风气，将来也许要由司法裁判的力量来替代，在法治精神还未普及时，吃讲茶却仍旧会存在。

▲ 吃胭脂　红楼梦上宝玉欢喜到女人嘴上去吃她们所涂的胭脂，这其实是接吻的代名词，自从西洋派的礼节流入中华，而华人崇奉洋派之后，搂抱接吻既成为一种礼仪，吃胭脂便不让贾宝玉一个人专利了。

▲ 吃白食　以前的讼师和坏士绅，往往唆使人家兴讼，从中渔利，或土豪劣绅，武断乡曲，总是欺侮平民，鱼肉乡农，人家上他们一个名号，叫做吃白食。现在土劣似已无从存在，乡民是否仍有为鱼肉之可能？ 请想。

▲ 吃黑饭　黑饭在需要的人，比白饭更重要。黑饭是吸雅片，有瘾的君子，如果瘾头来，不但四肢无力，涕泗交流，而且比死有更难受的样子，所以吃了黑饭的人是很难超生的。现在吃毒有罪，甚至可以死刑。这实在是最不便宜之事，用自己的钱，吃十分贵价的东西，而是去获得了重大罪名，真太不合算了。但有瘾的君子，因为他们是君子，讲道德而不尚功利，所以便宜合算等话，他们是听不入耳的，只有卧听其犯罪而已。

▲ 吃大户　荒年饥民闯入富裕人家去吃，以维持其生命，胁迫有地位的富人，一同出外逃荒，此种习惯叫吃大户。

▲ 吃孛相　不是为果腹而吃的，目的在消闲，是为吃孛相，如磕瓜子等，便是其实例。

▲ 吃点心　点心表示一点心迹之意，往往是与外国人的吃茶时间相同，点心常陪茶吃，叫做茶点。广东馆子中的早茶午茶，常常以卖点心为主。

▲ 吃苦茶　周作人诗：且到寒斋吃苦茶。他现在的吃官司，是苦茶的谶言。

▲ 吃官司　俗称诉讼为吃官司。也有叫坐牢为吃官司。

▲ 黑吃黑　强盗碰着贼爷爷。扒手遇到偷祖宗也。又收得如纳贿买赃之款，又被有力者吞没，也是属于黑吃黑。

▲ 吃大赔小　赌博者要吃大注赔小注，便有剩余的便益，做生意也是大赚小亏，所入多过所出，乃有盈余。此地的大小，当然就是多少之意，所以吃了大多数的民众，乃可以很富厚的奉养一二个特殊阶级。小是少①数人。

▲ 吃一把二　贪心不足之徒，往往有此作风。有人形容一个人的吃肉，嘴

───────────────

① 原文作"小"。

里含一口,筷子上夹一块,两只眼睛还盯住了盛肉的碗里的肥肉一块。吃一把二,不但出眼来盯着,而且以为禁脔,不许人家去碰一碰。他是否能吞吃得下,却不管的,这正同拥了高位的无能官僚,蔽塞贤能进身作为之路相同。

▲ 坐吃山空　不振兴生产事业,一直只有消耗,自然非空不可。现在如果只靠发行纸币来维持,终久要维持不下去,就是坐吃山空的局面了。总要不是纸币来补充了消费的东西,方可过得下去。坐吃的人,应得仔细想想。

▲ 老吃老格　谓老资格也。久嫖成龟,三折肱为良医,均属之。

▲ 穿绸吃油　谓妇女吃写意饭者,恶意言之,指浮浪好虚荣之荡妇。

▲ 吃人的礼教　五四运动新文化运动中所创造出来的名词,说那些"君要臣死,不得不死。""父要子亡,不得不亡。"以及"饿死事小,失节事大。"等数条,奖励人去死的,叫做吃人的礼教。是很有见解有理性的言论。但由此等礼教所杀的人,如果比之战争或比之内战,则死亡之少,可以说不足道的。

▲ 吃外国火腿　自洋人入中国,通商以后,外国势力挟其帝国主义之威势来华,便带来了此种物事,在中国未曾列入世界五强之内,上海黄包车夫,常常会无意中吃着此种嘉肴。现在中国已经一战而胜,列入强国,黄包车夫理应不致再吃外国火腿了。可是事实如何,大家知道,不必多说。

▲ 吃粮不管事　说猫不捉捕老鼠也。猫因为捕鼠而受主人的饲养,但是猫却吃饱了只打瞌睡,此猫溺职矣。又吃粮者吃公事饭也,从前当兵的称为吃粮,推而言之,一切吃官俸的都可以叫做吃粮。吃粮以后,必须不管事,才可以继续吃下去,否则便不免要得罪人。古时帝王,垂拱而治。所以说天下本无事,庸人自扰之。由此可知吃粮不管事,乃是一句可作金科的格言。

▲ 吃食不辨味　要紧吃下去,那里有辨味的余暇,吃食的目的,在于摄取食物中的滋养,味又何必去辨。现在一切生活很忙迫,再无工夫可以像古人那样优闲,吃食也只能不辨味了。况且吃食的东西之中,如果有些血腥气肮脏气之类夹杂在内,一经辨味,就要难以下咽,还是不辨味吃了下去的好,至少可以免得饿肚皮。

▲ 吃得做不得　老年人,病人,只会吃,不能做事,所以说人老珠黄不值钱,英雄只怕病来磨也。

▲ 蜻蜓吃尾巴　俗语有这一句话,蜻蜓是否真的吃自己的尾巴,还须问博物学者昆虫学者。如果是,蜻蜓可以说真是廉洁自好的模范人物了。实际蜻蜓是常常飞来飞去吃许多小虫豸的,吃尾巴云云不过为宣传上说得好听而已。

▲ 天狗吃月亮　天狗不但会吃月亮,而且还会吃太阳,天狗的胃口真好。天狗吃了月亮吃了太阳仍须吐出来,天狗的吃真不澈底。以前每逢天狗来吃月亮时,

衙门里官役要鸣金击鼓,燃放爆竹来赶走天狗以救月亮的。现代人已经窥破了天狗的技俩,不过如此,所以不再去理睬了。天狗总不能把太阳或月亮吞吃了下去。

　　▲ 一马吃一马　物性的相生相克,原有不可思议的地方,一马吃一马,即是表出了这中间的消息。鹳鸟啄蛇,蛇盘田鸡,田鸡吃苍蝇,诸如此类,便是一马吃一马的表现。

　　▲ 老虎吃蝴蝶　不经大嚼也。不过老虎在极饿之时,因为饿慌了,也会吃蝴蝶以解嘲,虽说吃了犹如不吃,但名目上总是吃过些东西了,可以大声说得出来。

　　▲ 小吃大会钞　说过于吃亏的事,所得不偿所失也。

　　▲ 祖父吃孙子　说吃得落得也。本来中国古法,代管代,世管世,祖父的生活,孙子可以不顾问,但祖父吃了孙子,孙子也必定无可如何。

　　▲ 多管闲事多吃屁　谁要你管闲事来?屁之可吃与否且不问,闲事总以不管为宜。吃了自家的饭,何苦管他人的闲事。俗语多管闲事多吃屁,是警戒人家的意思。

　　▲ 吃了砒霜药老虎　恨毒之至,宁可同归于尽,吃了砒霜药老虎,其志可哀,其愚不可及也。

　　▲ 吃汤团　学生考试得零分,零作一圈,如汤团如蛋,故以考得圈分为吃汤团,或称吃鸭蛋。又舞场中舞女,跳不到舞票,没有收入,也叫吃汤团,据言阿桂姐常有吃汤团之苦。

　　▲ 吃孟婆汤　谓遗忘也。据言来投生时,经过孟婆亭,必给一碗孟婆汤吃,所以小孩诞生出来,将前世事忘记得干干净净也。

　　▲ 吃定心丸　人若十分镇定,对于可惊可惧之事,也笃定泰山,必是吃了定心丸之故。

　　▲ 吃卫生丸　谓受枪弹射击也。卫生其名,戕身其实。

　　▲ 吃了豹子心　谓胆子大也。是否吃了豹子心真能够胆大,尚须实验证明。

　　▲ 男子口大吃四方,女子口大吃嫁妆　像看相人的说话,是否可靠,尚待研究。

　　▲ 吃酒图醉饭图饱　如其不醉,何必吃甚么酒。如其吃不饱肚子,难道可以叫做吃饭。哀哉,目今公教之类人员,仰不足以事父母,俯不足以畜妻子,连自家肚皮也有些岌岌乎殆哉,所以要发何必吃这一碗饭之叹了。

　　▲ 有粥吃粥有饭吃饭　这是比以前黎菩萨说的有饭大家吃更有义气,澈底

表示了有祸同当有福同享的精神。

▲ 吃了早上没有晚头　若窘极了，其嗷嗷待哺之灾民乎。中国现在甚么都仰赖联合国的救济，堪称为叫化国，也很有此种情形。

▲ 吃得邋遢做得菩萨　陆稾荐酱猪肉的所以出名，是由于一个仙人化成烂脚乞丐，坐在十分邋遢的藁荐上讨乞，因为陆家店布施给他很丰富，乞丐把他的草荐望他家肉缸里一放，此后陆家的肉，就有无限的美味了，苏州人如此说。吃得邋遢做得菩萨的起源或如此。但此说大有背卫生原则，应受卫生局取缔。

▲ 吃不着的葡萄是酸的　出于伊索寓言，也是阿Q精神的一种表现法。

▲ 做这只狗要吃这堆屎　责职所在，义不容辞，当仁不让。

▲ 吃得苦中苦方为人上人　显达的人自说此话，则与十年窗下无人问①，一举成名天下知同样肉麻。若用以劝人刻苦耐劳，乃是一种欺骗，因为吃了苦中苦，永世不出头的人更多。要做人上人，非仅吃苦便可。

▲ 叫化子吃死蟹只只好的　蟹如不死，恐没有这样好吃。

▲ 东倒吃羊头西倒吃猪头　总不落空，骑墙派得意之笔。

▲ 撑开肚皮吃饭打起精神做事　很好的格言，唯恐吃得太饱了，路也走不动，遑论做事。古昔的驭下，往往使他们吃得半饱，方可以鞭策他努力工作。

▲ 从有饭大家吃到大家有饭吃　很好的标语，记不得是那一个大人先生说的了，但这话的兑现，很少希望，现在大家在愁饿死，不知说出这句好标语来的先生，作何感想。

▲ 兄弟素不吃饭今天更不吃饭　此浙江名宦某公之言。如果中国人能人人不吃饭，天下一定太平。

▲ 吃菩萨著菩萨灶里无柴烧菩萨　和尚的大法力大本领，就在于此。所以说和尚头上光，不怕年成荒也。其实他们吃的着的灶里烧的，还都是民脂民膏呢，又那里真是菩萨。他们指鹿为马的遮眼法，又多么高明。

（选自《论语》第118—177期合订本）

是 有 天 理

十余年前，在丁丑以前，常常有些自以为有心人，自以为是慷慨爱国的志士，有其爱国之志而不能发挥他理想的志士，发出愤激的论调曰："中国不亡，是无天

———————————

① 原文作"闻"。

理!"他们看见了社会紊乱,民族的腐化,政法的不上轨道,军阀的横行,贪污的猖獗,一切都是使他们难以忍耐的,但是为中国主人翁的老百姓却安焉若无其事。他们既痛恶当国柄政的无能,又恨人民的太不觉醒。以为只有亡国这样一种重大的惩罚,才可以把他们的胡涂与无知激醒转来。等到七七,八一三以后,大家心上有点害①怕那些话要不幸而言中了,有些怕这一次天理要来大显身手,惩罚我们这一个不争气的民族了,大家耽心天理果然是有的,天理果然要来了,于是人民纷纷往内地逃走,跟了政府机关往里面逃走,是想逃脱这个天理的惩罚。

经过了长期逃难生活之后,胜利忽然属于我们,至少于我们有份。中国被列入战胜大国之列,而且收复了失地,恢复了主权。许多人便又疑心这一个天理毕竟还是没有的。苍苍者天,不过是些空空洞洞的空气,那里还会有甚么天理。天理没有,中国如何会亡。中国既然不亡,那里会不是战胜之国。这样一连串的深合逻辑的论断下来,好像天理真是没有的了。

不过,照眼下的情形,又有些不得志的有志之士,又在重行提出这一句老话来了,"中国不亡,是无天理!"他们看见现在的情形,不但比从前没有改善,而且反是变本加厉,更加荒谬更加混蛋②。从前的"中国不亡是无天理"也许是过激之论,现在却正应该发出此积愤慨叹了。他们这一种慨乎言之的悲愤之词,我们深表同情,中国这一个不争气的腐化民族,是应该予以一个严厉的教训的。

不过仔细一想,如果天理上要以亡国来教训我们,惩罚我们这个不争气的民族,是已经有过这③机会的,事实上我们是胜利了,可见天理并不要以亡国的手段来惩罚我们。唯一的理由,因为亡国对于我们已经成不了一种惩罚,或者反而会成为施恩。恕我十分出言无状,假定我们由异族来统治了,真的洋大人来给我们管起事来,一定比我们现在自己来管好得多。所以上海也有许多"人心思汉"的民间论调,而菲岛及南洋等地是西洋各国的殖民地又是对华侨竭力排斥的,华侨还是要冒了险逃开本国而到那些已亡了国的地方去。他们不愿在胜利的大国做一个大国民,却要到殖民地做受欺侮的被压迫者,这是甚么意思呢?岂不是因做一个自由光荣的大国民更加来得苦更加来得无生路的缘故么?中国民族原来很是达观的,只要生活得下去,他们决不轻易冒险出的外。

这样说来,中国不亡,一般人民所受到苦痛,只有更多更厉害,这一种加以这个不争气的腐化民族的惩罚,实在是比之亡国,更加来得苛重了。他们有志之士的愤

---

① 原文作"寒"。
② 原文作"旦"。
③ 原文此处多出一个"有"字。

激之论,原不过要给一般昏聩胡涂的人民一种重罚,天理也的确照了他们的意思实行着的。他们只会说"中国不亡,是无天理",岂知中国不亡,才真的是有天理呢!

因之我相信天理是有的了,即在中国不亡的一点上,也可以看得出来的。天好像在说:"哼!你们这个懒惰到不可救药的民族,又想用亡国的方法来躲懒了。想亡了国,叫别的人来给你们办事,给你们整理出一个头绪来,你们只是吃饭不做事,想坐享其成。没有这样便宜的事。我偏不给你们亡国,看你们怎样?是不是仍旧这样懒惰,这样胡涂下去。如果如此,也是活该。"

这里,就是中国不亡,是有天理的说明。

(选自《论语》第118—177期合订本)

中国进步了

自从达尔文的进化学说得到学界公认之后,每一个人都相信一切事物总因了时间的经过而得着些进步。根据此铁硬的理论,几十年来的中国,也自然有了几十年的进步。这种进步,也许很慢,一般人还看不出来,但其为进步,是无疑的。我敢十分确切的断言,中国是进步了。

为甚么用得到这样断言,自然是有理由的。因为听到很有些人在说,"还是老样子,中国没有进步",而更多的人都随声附和起来:"中国没有进步。还是老样子。"

我是先想问问那些随声附和中的青年人,我指着年龄在卅岁以下的,他们是知道了看见过怎样的一种老样子来的?既说还是老样子,他们定须知道那个老样子是怎样的,才可以跟现在的事情相比较。可惜得很,那些老样子是在他未曾诞生的时候表现的,或是至多他们还是在一无知识的襁褓之中,他们怎样能辨别还是老样子!

我是说现在闹得人昏头脑胀的选举。在民国初年原是有过那么一回事的,年纪在四五十岁以上的,自然还能记得当时的种种情形,那时有县议员省议员以及国会议员的种种选举,也有甚么民主党共和党某某党之流的政党,十分热闹十分新奇,玩的把戏也相当好看。所以在看见过这些事情的,有意或无意的,将今昔选举的情形比较一下,于是发出还是老样子的论调来,到也还在情理之中的。但是,是不是老样子呢?

依我看①来,现在进步得多了。老样子那能及得到现在的新样子。不要说

---

① 原文此处多出一个"记"字。

别的,以选举经费而论,现在是多少充沛,从前那里有这许多。再说票子的买卖,固然今昔如一,但现在一张票价之巨大,又那里是前人所能梦想到的。并且以前的人,未必一定用钱,也许只要请吃一顿饭就可以了事,而且讨价还价等情也决不会有的。即使事实上是用钱来买卖了,也总是偷偷摸摸的,决不明目张胆,那里像现在那样的大吹大擂无人不知无人不晓的呢。

这总是老百姓受了几十年的教训而进步了。

这句话是我冤枉老百姓的,他们仍旧是莫知莫觉的,有人这样提出抗议。但我的意思中,老百姓三字的意义,范围是广了些,以为有选举和被选举权的,都应该属于老百姓范围之内,选举情形的如何,应得由老百姓自己负责。所以说老百姓进步了,其实也即是中国进步了。

……

至于中国宪法已经产生,人民一切正常权利,都有了保障,中国已经战胜强敌,挤到了世界强国之列,一切的不平等条约都已取消,所有失地都已收复,国权完整,金瓯无缺,这尤其是荦荦大者的进步,更不必多说。

谁能说中国没有进步?

(选自《论语》第 118—177 期合订本)

甲　人　治　甲

这个甲是代替一个地名的。近来常常听到有某人治某的口号,如宋子文先生出任粤省主席,如果宋先生是广东人,他们就可以说是实现了粤人治粤的。因为某人治某写下来好像有些滑稽,所以取甲人治甲的写法。

甲人治甲乃是以前的一个陈腐口号,这个口号发生于军阀想要割据中国,各自称王的时候,是对中央集权制反抗的一种护符。记得孙传芳将军自福建入浙江,赶走了卢永祥,便宣说是浙人,因为他的上代几世祖原籍是浙江的某县,所以是合于浙人治浙的原则。

因之这原来是一个滑稽的口号,一点也不引人兴趣的,而且已经销声匿迹很久了,不知何以近来忽然又响了出来。我以为只要中国人治中国人已经够了,在中国之内,再不必分出某地某地的地域观念来了。中国人如果让洋人或非中国人来治,我们自然不能同意,如果是中国人了,为甚么理由还要再分开来。这明明是破坏中国统一的恶行。

在前清时,做官还得避开原籍的,他们是采用了甲人治乙的办法。这也有相当理由：因为中国人很重感情，往往善于徇情枉法，甲人如在甲地做官，因为是地方上人，亲戚故旧太多，难免感情用事，就难以依法办理。这到不一定出于为官作宰的人存心作弊，只因习俗难移，使他无法做好官。因之，放到隔省远县去做官，一则可以免得他种种为难，再则人地生疏，不致与土豪权绅相勾结，可以使他无法不做清官。做了几年官又须调任，也是防其与地方太熟，易出毛病之故。以做官而言，此种毛病，现在仍旧可以存在的。那么甲人治起甲来，实在未必是好的办法。

所以县长民选，原是要把人民训得够了资格才办得的，否则徒然是助长了土霸土豪的势焰罢了，如果现在就实行起县长民选来，我想一定是势力顶大的豪霸之流膺选的，而且除了他们也没有人敢来。县政是否应得交给他们去办的呢，但这是顶合于甲人治甲的条件了。

原来甲人治甲的论调，也不过是替那些豪霸张目而已，在政治上是完全没有其价值的。并且现在中国需要统一和团结的时候，更不应再在中国国内分出地域观念来。甲人治甲的口号，不应该使他再响起来。

然而，这个口号已经发出声音了，这来源也是极容易推究的。原来要治甲的可以治甲的，须有许多条件，比方政治上的资历，各方面的交际和拉拢，种种实际上的条件以及他的才具学识胆力等等，都可以计算的。这些人自然不只一二个，或许竞争的人很多，偶然其中有一个是想胜过其他的竞争者，他因为是甲人，就提出了这个甲人治甲的口号来。这样他以为只要舆论帮忙，他可以占优势了，因为这是一个很好听的口号。但是他的想出这一口号来，也就足以看见除了甲人一点以外他的一切都不如别人，那么我们何以能取这个一切不如别人的甲人来治甲呢？甲人治甲的不是办法，于此又可明白看出。

如果要甲人治甲，根据此项原则再细分开来，由省而县，由县而市镇乡村，再至于一街一巷，再至于一家一户，中国将成个甚么世界天下？

（选自《论语》第118—177期合订本）

病　杂　碎

以　病　立　国

上次本志出刊"吃的专号"，邵洵美先生提出了以吃立国的建议，我非常赞成，同时又佩服邵先生的识见高超。以真情而言，中国真可以"以吃立国"，其实现的方法，是到世界各地方去开设中国菜馆，以中国独有的吃的文化，贡献于世界之和平。

为甚么能贡献于世界之和平呢？

我私意以为世界之所以不和平，是因为吃得不够饱，不够好之故，大大小小的争闹，左右不过为了抢来吃。如果给他们吃得饱吃得好，就可以和平的。把一根肉骨头投给群狗，自然会引起狗的相打，如果有充分的骨头，够每一狗的大吃，他们便吃之不暇，那里再会不和平。再则中国菜味道既好，还可以教给他们吃的道理，如果许多国家的要人吃了中国的菜，自然可以感到吃的满足，再不致要生出侵掠别国的心思了。中国所以从不去侵占别的国家，就是因为中国菜好吃之故。现在倘有名庖烧出几色好的中国菜来款待美苏二国的执政官外交官，一定可以使他们中间摩擦缓和下来，世界大为和平的。

以吃立国是这样大有道理的，不过许多人还不能明白这个大道理大功用，所以本志上提出之后，大家以为只是一句滑稽，并无甚么反响，真是太可惜了。

这虽题外之话，却也足以说明本志所提出的立国第一案不为大众所接受。因之我再在此地，趁此次出刊"病的专号"的机会，照抄邵洵美先生的老法子，提出这个"以病立国"的第二案来。理由我想不必多说的。中国以前既被称为东亚病夫过，在病的资历上说来，当然是德高望重的了。再则病疾之多，不论在量在质，实际上恐怕也没有一个国家，一个民族可以来和我们相比的。这就可以成为我们以病立国的根据。

其次，可以再说到何以须要以病立国。有许多慷慨激昂的爱国志士，虽在我国战胜之后，看到国内的情形，以为仍要难免于危亡，十分忧国心重。倘使宣明了中国是以病立国之后，便可永无此患，使爱国志士可以安心睡觉。因为一个国家能够以病立国，一定这国内无一非病无处不病的了，有谁要来取了它去，便得先化费无数的心血资财来替它治病。试问谁要收养一个浑身是病的孩子呢？那么这样的病国，更加要不得，然而中国却可以因此而长保其独立自由了。

再次，中国还可以"以病立国"来贡献于世界之和平。

为甚么又要说世界的和平呢？因为世界空气实在太险恶了，我们总想把它①导引到和平的路上来，所以念念不忘。病如何能增进世界和平呢？这也是有可能的，试想一想，如果美苏二国都是发生了极大的时疫病，每天要死不少的人，那么他们的壮丁因时疫而死，人口大减，便没有兵士来战争了，而且大家都要努力防疫工作，也不会再有打仗的时间了，岂不是世界就和平了。中国以病立国，自然可以把病输送到外国去，来促进和平工作。虽然这有点以毒攻毒的意

————————

① 原文缺"它"字。

味,但也可算是救时良策了。

既然病可以弭战,为甚么不先来消弭了内战呢? 这又是另有道理的。内战也是为了世界的和平而需要的,如果我们不自己来消灭些壮丁,打掉些资财,以资他日费力再来造,一定会弄到我们自己人太多财太多,而要去侵掠别的国家,也要扰乱世界的和平了。为了防微杜渐计,我们自己先来消除此祸根,所以这战争原也有病的作用,我们是自己相打,原来也可以算是一种病,既然以病立国,就只能听其自然了。

这就是我的以病立国的意见。写得很不完备,因为希望在正式提出时,已经有许多同感的人来给我补充了的。

病 是 美 人

看过红楼梦的,谁都同情林黛玉。林黛玉是美人,又是病的,美学中有所说缺陷之美,是因了有缺点,反而更显出其美来,但我在此处,并非这个意思。我不过偶然想到了谚语中有"英雄只怕病来磨"和"英雄难过美人关"的两句话,就迅即下了一个病就是美人的结论。美人我还没有福气来看见过一个,病也不大喜欢生,所以究竟病是不是美人,也就无从证实了。不过总觉得平常以为病是十分丑陋的鬼相,不大好看,还是以为病是美人,来得更有意思。

贫 非 病

好像记得礼记檀弓里载着,原宪生活十分困苦,弄到形容枯槁,面目憔悴。他只住在像闸北江北草棚一类的棚屋里,一定是做个小学教师之类的职业,以致吃不饱而着不暖。同是孔夫子门生的子贡,已经做生意发了大财,难得他不忘昔时同学之谊,特地到草棚来拜访老同学。不过因为说了一句"老兄,你这样面色不好,恐怕是生病了"。那知原宪便大怒起来,回答道:"依我所知,没有钱财叫做贫。学了道理不能力行,才叫病。我不过是贫,却不是病。我是一贯守着夫子教训的大道理行事的。"子贡无言可说,被他面斥了一番含羞而退。

这是三千年以前的事。如果在现在,原宪一定要托子贡在他的公司或行号中谋一个司账或写信的职司了。因为现在世界上贫已经是成了一种绝大的病了。不像古时的社会,贫可以不成为病的。

毛 病

平常病都可以叫毛病,如说生毛病,事情出了毛病。为甚么会有毛呢? 我还想不出其中的理由，有博识之士能告诉我们么？

病　原　菌

自从细菌学说发达之后，以为一切的病，都是由于细菌的作祟，每种病都有为其病原的细菌，在西洋医学上，这已成为常识，治疗疾病只要扑灭此种病菌即可。所以医学变得很简单了。生病既无邪神野鬼，也没有天降灾殃，实不过是绝小的微生物的施威发暴。无疑的这是绝对正确的科学的论调。不过由此推想开来，我想中国的目下很炽烈的贪污之病，懒惰之病，糊涂之病，……这些病一定也有其病原菌的，不过还没有人去发见罢了。如有人能发见此种贪财的病原菌，好色的病原菌，侵吞公款的病原菌，欺下媚上的病原菌，以及懒惰的病菌，愚蠢的病菌，糊涂的病菌，媚外拜洋的病菌，吹拍的病菌，说谎的病菌，欺骗的病菌，……并且研究出克制这些病菌的有效药物，一定可以有办法把中国来医治好的。这些原来都是病，是病菌作祟[①]，人原是好好的人，我们不能过分责备他们。只可惜治疗的药物既未发明出来，并且那些病原菌也还没有一个天才医学家去发现出来，以致无从研究，也无法治疗，使得好好的人长受了病菌的支配，反而被人痛加斥骂，真是最可怜不过的了。也有人说腰斩或大辟便可以扑灭此种的病菌，但总嫌这是太过于外科手术的治法。

病　与　药

药所以治病。能治病的，才叫药，所以说良药苦口利于病。中国药的确太苦了，实在不好吃，所以许多生病的人都不高兴吃药，就因为药味太苦了。也因此在古时就有不药为中医的一说。生了病不治疗不吃药，原也可以自然痊愈的，让其自然好起来，就算是中医了。这到深合于怕吃苦药的人的心理的。不过这同时也还表示出中国人一向就不信任中医的一面来。中医对于病的诊断，太是玄虚而缺少把握，所以不能对症下药，所以病人怕吃错了药，因之就不吃药，还是听其自然也会好起来的。这即是不药为中医之理，但因此也就可以看中国人敷衍拖延的天性来。每一件事都任其自然，听任他变化发展，绝不想法去挽回补救，看它能拖到那里变化到那里，就是那里，如果因为不治而死，便又有句"只医病不医命"的话，是命运注定要死的，便一切都解决了。

——————————

① 原文作"崇"。

小病的幸福

工作忙碌的人,常常以生小病为无上的幸福,因为生了病可以静卧在床上,一切工作都不做,还要人来伺候服侍,自然十分舒服了。生的既是小病,自然不会有性命之忧,而且也不会有多大的苦痛,所以只有病的舒适而完全没有苦痛,这就可以说是幸福了。

每人总有些要管的事,未免也总有些要令人头痛的事,所以总想有几天可以摈绝一切的事情,都置之不问不闻的,疾病便能给他这个机会了。若是小病,则一切的享受,倒可以获得而没有什么来麻烦他,这正是同神仙一样的。

不过归根说一句话,这种羡望还是中国人懒惰的表现而已,要享受何必一定借个病的机会,要横了下来才享乐的,只有吸雅片,是顶适合于懒惰的,中国人懒惰入骨,所以禁烟极难成功。也有其根本的原因。

不过以小病为幸福,实在也是一种病态心理了。

应 声 虫

曾在某书上看见过一种腹内生了应声虫的奇病,说是人说甚么,虫在肚内照样说,怎么治也治不好,后来有某名医叫病人来读本草,每种药名,虫仍旧应声,直到读着某种药物,虫不应声了。就服了此药,治愈了疾病。但应声虫的病,大可不必去医治,一个人寂寞时,有此应声虫作伴,倒也不坏。并且应声虫在腹内,如能不为患于人,这也就无所谓病。如果是病,那是虫夺吃了人的营养,这是可以归入寄生虫的疾病的。

寄 生 虫

寄生虫中国实在太多了,寄居在主人的体内,吮吸主人的膏血。虫是肠肥脑满了,主人却面黄肌瘦起来,如果长此下去,膏血被虫吸尽,主人自然日渐衰弱下去,终至不免死亡。但是主人死亡之后,寄生虫无从得食,结果也是难免于死亡的。

寄语寄生虫,不要吃得太厉害了,主人早死一天,你们的寿命也早一天完结。

三折肱为良医

这一句古话,说明经验之可贵,所以医生应该一切的病都生过,有了丰富的经验,他的医术自然高明,这不但古代为然,现代也是如此。好像上海有一个某花柳病的医生,他根本就没有学习过医术,因为患此病的次数多了,便有了丰富的经验,渐渐买些药品和治疗器械来自己①试验,后来便挂牌开业,大广告大宣传一来,生意兴隆,便再添置了些医疗器械,招请了助理的医务员,居然像一家医院,生意是比正式的医生更好。这就说明了经验之可贵。

不过因为太重了经验,往往故步自封,很少进步,既然缺少对于医道的根本认识,自然只以赚钱为目标,于是一切欺诈虚伪也因而发生了。所以我说三折肱是好的,总还要读一本解剖学更好。

病 的 连 带 性

病常常是一连串的连续着,开头只是一点小病,可以引起大病来,生了一种病可以连带起第二第三病来,因病的漫延,局部的病可以扩大到全体。这些事情,我想每人都知道的,所以病的治疗是愈早愈容易治好。因为一拖延之后,便有并发症和随带而起的病症,再加之以原病的加重加深,自然治起来更费力些。但是中国人颇有些人深信不药为中医的。身体原来强健的人,是可以打熬得过,但身体不好的人,难免因此而百病丛生了。

如果用国家社会来比一个人,中国真已是到了这个百病丛生的地步了。但还是得过且过的尽量放任拖延下去。将来如何得了。

但竟有态度雍雍的人曾坦然的说:"不了,便怎样!"

我无法回答,只好就此搁笔。

(选自《论语》第 118—177 期合订本)

民 主 之 害

说民主有害,也许使得大家不高兴,而且在民主潮流正是盛极一时的今日,太不合时宜,但中国的确是受了民主之害,中国一切所以不易上轨道,全因了所谓民主之故,自民国成立,政体共和,号为民主,于是人人是民,便人人自以为是主,既然是主人公了,当然可以贯彻自己主张而为所欲为。每人都是如此,中国便成了党派分歧的国家,而永无团结之一日,只有无限绵续的争闹。此事实有三十六年来明确的史实昭示我们。

然则,民主错了么?

民主并没有错,但许许多多的乡愚还念念不忘于真命天子的出现。中国人是

---

① 原文作"已"。

最实利的，如果他们生活过到还好，他们原也可以安心的过下去，决不会去想到甚么真命天子的，只有在生活不下去时，怀想天下太平，才想到那个作为太平象征的真命天子。他们的想真命天子，乃是想望天下太平。因为照他们的意思，真主一出，天下便定，没有人再能争夺，太平即又出现，他们也就可以安居乐业，不用逃避人祸天灾了。所以意思原很简单，并不是他们愿于做帝王的臣仆，而不要做国家的主人翁，只是不甘心顶了个主人翁的虚名，而受到祸灾的实在害处罢了。

说起来，也实在可笑。以前做帝王的，说是专制的君王，高高踞临于万民之上的，但是那些不是昏庸无道的有德之君，他们却是夙兴夜寐，日理万机，的确为百姓打算，而实际上是做了人民的公仆。其他做大官的人，也不敢放肆专恣，帮着君王办理人民的事情，虽然形式上像官尊民卑，而实际上却能忠心为人民服务的。因为中国古来的圣哲，教训他们民贵君轻，指示他们失了民心，他们的天下也就要丧失，而且许多历史上的事迹，更昭示他们以鲜明的实例，他们为要保持地位，只有作人民忠仆之一法。

相反的，民国的执政当权者，以及一切官吏，自称是人民的公仆了，但他们却是那些欺主的刁奴恶仆，或者偷盗主人的资财，或者欺压良懦的主人，或诈骗无知的主人，甚至有本末颠倒，反奴为主起来，对于主人尽其迫害凌虐之能事，所以成为名是公仆，而实为暴君。因为他们表面虽承认是公仆，但心中却并不肯定是仆，而自以为也同样是中国人民，自然也是主人公的一分子，而决不是仆，因此之故，处处不肯忘记装出主人的威势来，以致造成这样一种现象。

这样，专制的君王，反能忠心做公仆，而民主的官吏，却实际要做暴君，所以一般乡愚，就无法不怀念着真命天子了。其实这个真命天子，倒可以说反是实实在在的人民的忠贞公仆呢。

照中国古来政治的看法，君王原来只是为人民料理事情的，他们是一种办事员的身份，名目虽然是帝王，但要有民心民意的支持，否则就有革命反乱等情，把他的统治推翻，也就是人民发动直接的罢免权。如果君王懂事的，就会安守本分，好好的做一个人民的忠仆，大家就表面很好的给他加上一个贤君明主的好名称。倘使做得不好，大家就要赠他以昏王暴主的恶名，说不定还要办他一个革职处罪的惩罚。所以虽然是君王，也不能不兢兢业业的。

现在所行的所谓民主政治，中国向来未曾有过，古先圣贤既没有遗下甚么教训来，所以现在做官的人，就有无从取法之苦。一方面既然标榜了民主，自然不能将以前君王来做榜样，再加以做官的原来本起自民间，有了自以为是主之念，做了官也不能脱掉他的主人身份，因之虽有公仆之名，而徒然是一个虚名。政治已经标出是民主了,做官的无论怎样的专横肆恣①,却仍旧无害于是民主政治的。如此,所以有了民主的名,反而丧失了民主之实。

也许是中国人太欢喜讽刺了,中国人习惯于说反话,比方,这时代已在高呼廉洁政治,一定事实上尽是些贪官污吏;一个人发表他自己的清白,涓滴归公,一定是擅于揩油,饱装私囊的;说前方大胜,一定是②打了败仗;说天下太平,一定是兵荒马乱的时候;因之现在既然标出了民主政治,我们也就无法不忍受民主之害了。

(选自《论语》第 118—177 期合订本)

卖 官 鬻 爵

以前在本刊上看到过一位先生的救时策,其中有恢复前清捐班办法的一款,以为可以收回些法币,可以补助国家的收入。开头我觉得这个办法很好,也很切合时宜。因为现在的官俸实在太低,做官的人不能靠官俸来生活,无法不捞摸些外快,以致酿成了普遍的贪污现象,如果让有财钱的热心人来做官,他们本来不愁生活的,自然肯赔贴些钱来做官,这样便可以铲除贪污之风。一个人热心到能够出钱捐官来做,有力量来买官爵,他自然是最适合于这个条件的了。

所以我初时颇想上万言书促请中枢实行这个办法了。后来仔细一想,觉得不对。第一这办法决不能帮助通货之紧缩,反而有促成通货加速膨胀之害。通货因为需要而发行的,多一种需要,当然要增加发行,现在在普通的买卖之外,又添出了官爵的买卖,自然需要加发通货,所以这不但不能有助于通货之收缩,反要使通货的发行增加,因之对于经济的改善可以说无益而有害。

第二,我以为这一批有钱来买官的人,一定是商人,因为现在除了商人以外,没有可以发财的人。现在贪污的官吏,也许听去像贪污的数目极大,但比之长袖善舞的商人,相差真太远了。除非做官而兼为商的,才可以左右逢源又赚钱又贪污,但我们以为贪污的所得究属有限,只有赚钱可以致无限之富,所以他们总是商人。既然是商人,他们心目中只有赚钱发财一事,一定做官有钱可赚,他们才肯来买官的,否则卖官的办法虽实行,一定没有主顾,商人决不肯赔了本来做官的。

如果让那些人来买了官去做,他们一定要以官力来营商了,这样他们才可以得到极大的利润,而合于他们投资的理想。商人的赚钱,是天经地义,他们决不

---

① 原文作"咨"。
② 原文作"我"。

217

会因了服官而改变其本性的。所以卖官的结果，决不会铲除贪污，而只有增加贪污。因为我们想把以官营商计算在贪污之内，而认定它是比普通扣刻贪贿还要大的贪污。他们利用官力官权，操纵物价，投机取巧，榨取豪夺，他们的赚得好，原来也是百分之百的民脂民膏。商人有官力，做起生意来如虎添翼，一定益加把百姓压得透不过气来的。

卖官的办法，前代行之者已经不少，那是已经试验过的办法，其成绩如何，史上已经有明白的记录，这决不是救时的良策。我反以为要使官吏完全与商绝缘，才可以拯救中国的危急，像现在这样的官商混淆，只便于狡猾之徒的混水摸鱼，造成几多暴发户资本家，实在是无补于国计民生的。所以我是大不赞成卖官鬻爵的了，即是选举票的买卖，我也认为不合。

因之，可知对于没有职位的空衔，一切爵位的出卖，我也不表同情。理由，仍旧是商人必定有利可图才来买，否则这椿生意做不成。国家可以做的生意很多，何必要做这项百无一是的卖官鬻爵的生意。其实这原是我们的杞忧。处今之世，决不会有人想来实行此策的。

（选自《论语》第 118—177 期合订本）

不 要 钞 票

现在的钞票，真是足以使人为难的东西。我们没有它，不行。有了它，更不行。没有它不行，因为它代表了钱，俗语有一钱逼死英雄汉的话。有了它不行，因为它不绝的膨胀，流通额的增加，逼得人民走上死路，引导社会趋于崩溃。最近发行五千关金等大钞时，有些准官方的发言乃至代言人说，其中毛病在于发行之增加，而不在额之大小。如果发行不无限扩大，虽大钞，亦无碍于国民经济。这真是不错的。不过我想如果现在倘使仍能够照十年前那样只用十元五元的钞票，一定也用不到大钞的登场。从前的那些五元十元的钞票到那里去了呢？全数由发行的银行收回去了，还是流落在民间做他们无价值的储蓄之成绩呢？我想，不曾收回去的一定也不少。所以现在一般人民，任何人都有了一种牢固的观念，就是不要钞票。

有人责备商人的囤货，但他们做生意人，决不能囤了大量的钞票来等候蚀耗尽血本而关门大吉。据一般人的估计，现在的商店，百分之九十九没有以前的殷实，即是店铺的存货底货，逐年在减少，现在都只有一点可怜的存底了。农民也被教育得聪敏起来，他们非要钱用时，决不出售他们的农产物，只估计要用多少钱，便出售若干产物，决不愿多卖掉些。大概的人，都只保存一点足够暂时零用的钱，把钞票都是换成物品，宁可要使用钱钞时再卖货物。所以全国人民十中八九，可以说都是成了孳孳为利的囤货奸商，而他们的心意不过要避免不当的损失，大家不愿保存钞票，大家不要钞票。

这是被环境所逼出来的自然结果，而钞票也得了他最大的流通的效用。我以为不要钞票这办法很对，而且任何人都懂得只有这一个办法才可以少受些意中的损害。如果能进一步做到人人不要钞票，而用以物易物的原始交易方法，也许中国经济可以得救。只有公务人员教育人员还在大声要钞票。要加薪，要加倍数，更要加基本数，更要照物价指数生活指数等等呼号，结果是等到加着了一点时，物价又早已越过这个地方，而实际却是不绝的打七折八扣乃是一折九扣。这些人，在官署衙门中做着大小的官职，或者学校中做教授职员的，大都是读了很多年的书，有的还留学外国，得有博士，硕士乃至学士的学位，也有大学专门出身干练之材，可以说是，乃是全中国智识份子的大集团。想不到，他们都是如此愚笨，笨到要求要钞票。

为甚么他们这一般文化人，优秀的智识阶级会笨到如此呢？他们所以生活困难，入不敷出，不是因为物价高涨之故么？而物价的所以要高涨，不全是因通货膨胀之故么？此外的原因，是一丝一毫也没有的。商人的囤积等等，也是因了通货膨胀而逼出来的。他们口口声声要加薪，实在很容易，不过多发几张钞票，这在中国掌财政的人是最擅熟且轻而易举的。不过提高了待遇却决不能提高他们的生活，即使按照生活指数发薪，也无补于他们的生活。

这理由很简单，因为生活指数或物价指数，总须有了这种实际的物价，才可以计算出来，倘使每月发薪，最快也只能照上一个月的指数，倘使在一月之间物价的变化很大，比方涨上了一倍，那么照上月指数发薪水，还不是等于打了一个对折。若是说可以用预支补足的方法，照原月的指数计算该月份的薪给，而在可以计算之后再行补足，在先只好用预支的方法。这也是无法中之一法，但所补足的，一定在至少是一月之后，这一部份的钱，就是大打一个折扣了。倘使物价不安定到每天一个样子，这样的办法不足以解决生活极明显。但因为照指数发薪要极大的膨胀通货，其前途的情形，又是可想而知的。

所以要钞票是没有办法了。目前惟一的自救之法，我也以为无过于不要钞票。倘使大家不要钞票，自然也不会再增加钞票的发行，如此则通货停止膨胀，物价就可以安定下来。物价一安定，人的生活也就稳定了。倘使大家再继续不要钞票，钞票只得都退回到银行的仓库中去，于是发行反可以减少了，变成通货收缩的现象,因此物价可以希望其降低的了。照这样下来,中国财政立即安定,经济立刻得救。所以我说那些要钞票的智识阶级,真是太笨了。

那么,他们怎样可以不要钞票呢?没有钞票他们怎样生活呢?只有一个办法。不要做公教人员,去种田才吃饭,去做工才有饭吃。现在工厂里一个普通工人的待遇,不比中级的公教人员差,他们原是可以早早脱下长衫的。让那些家中有资产的不必靠俸给来维持生活的人去做官。这样一来,贪污的案子一定绝迹了。家里不缺少衣食,出来做官原是求名,为国家服务,决不贪利贪污,政治因此也可以希望清明。况且这些有财的人,本来是闲在家中,享其清福,也应得叫他们出来做点事情的。要为解决生活而做的职业,原不该是公教人员这一类。

于此,我在无意之中,得到了解救中国经济危机的一个惟一无二的办法。就是规定一切从事于公务员教职员之类的职业,概为无俸给的,并且一切公署机关,也不须给办公费,总之国家要极端节省一切支出的费用,凡属必要的费用,也只能由各机关自行设法,这样国家可以减少很巨额的支出。另一方面对于国营的公用事业,如邮电交通之类,应该照实际成本,尽量加价,如果一条铁道,化了偌大的建筑费造成之后,还要补贴经常的开支那还成何说话。总之应该加价的公用事业,不妨尽量提高以裕国库的收入。倘能收入增大支出减少,通货不但可以停止再发,而且更可以逐步收回,用此来配合一般人民的不要钞票思想,财政再没有整理不好的。中央及地方的高官大员,原不在乎区区官俸,尤须以身作则,率先提出废止官俸办公费等等的建议,一切都用自己的钱来替国家办事,协助政府渡过这个难关。

若能如此,我们真不在乎美国的援助,我们一定能自力更生。仰人鼻息,求人援助,决不是我们五强之一的战胜的大国所应有的态度。为富不仁的发国难财者,一定要自愧于内而大施慷慨,出来做官,自己化钱而替国家办事,以赎他的衍尤了。他们出钱做官之后,便可以养成一种风气,以为做官乃是化钱赔本之事,决不是能够挣钱的,又是出力服务之事,决不是享福的,如此对于中国政治的前途,也可以有很好的寄与。

(选自《论语》第 118—177 期合订本)

人 心 思 乱

耶稣基督说:天国近了,你们要改悔。但是基督降生已经一千九百五十年,天国仍像远得很,其故在于人们的不悔改,人既无善心,天国自然就难以出现。

一切世间事，由于人心所造成者极大。因之人心对于世道有很大关系，俗语所以把世道人心往往连起来说。上一段我说的不要钞票的意思，如大众都能接受，中国财政金融经济建设，一定都有办法，不过照目下的情形看来，我觉得希望是很少的，因为实际上一般的人，还是在想要钞票的。这情形我们到处可以看到，就是人心思乱，大家都还不愿意天下太平，所以乱世的局面，恐怕是方兴未艾。我很耽心这项预言的要中的①。

在经过了这许多年的战乱祸患的局面之下，有许多人发了国难财，也有许多人发了胜利财，自然遭了祸殃家破人亡的也不会少，但人总容易记牢他们所喜欢的事情。这些悲惨不快的事情也遗忘得很快，所以大家都知道混水好摸鱼，世乱可以发财。每人都想发财，便不讨厌这混乱局面的继续下去。在物价有变动的时候，做生意才可赚大钱，在社会有扰乱的情形之下，若干人便可以有办法。因之军士总不讨厌打仗，因为容易升官发财，而附从了战争来吃饱的人，又是如此之多，所以敌人降伏之后，我们的战争还有存在的必要。

一年以来打的风尚更加成为普遍的流行了。教育部田次长的打图书馆职员。大学生的打教授，学生之间的相打，打摊贩以及摊贩打的事件，工人的相打，商人的相打，在中国每一个地方都有精彩的表演，以和真刀真枪的战争相映成趣。也足以证明人们还着实欢喜战争，中国的乱世天下刚在开头。

在打被认为是②解决一切争端的良好办法时，乱世天下的局面一定可以展开的，中国有些地方向来有的械斗之风，近来更加流行起来，地方官因为无法处理，只好视若无睹。况且一打之下，既然可以解决争端，也是乐得不管的。因而像号为神圣的选举等情，也掺杂了不少相打的穿插。别的事情更不必说。

为甚么如此呢？因为有使人觉得还是一打了之来得痛快。这就是人心思乱的根源。人心思乱是说明此时中国的民情，实际的情况，大家不能安下心来做一点工作，只有乱之一法。也想乱过之后，可以太平起来的。不过甚么时候才能将这个乱世渡过，要经过多少时间，都没有人能说出来的。

或许这里也有点气数气运之类的东西存在，不是人力所能左右，而惟一能改变运命的，乃在于人心。人心倘使厌乱了，天下才可以有太平之望，这情形离现在像还很远。大家在相互责骂咀咒而不相互谅解宽宥，只有乱的加重是可能的。

---

① 原文作"的中"。
② 原文无"是"。

一切事情都像有一点因果，以前那些不好的因种了下去，如何能望有好的果呢？况且这种种的恶的因还在继续制造出来撒布开去。

中国的事情，我想决不是数亿美金所能解决，在以金钱为万能的外国人，也许可以有此种想法。不过金钱是化得光的，照目下那样穷又喜挥霍的情形，无论多少金钱都救不了的，况且顶重要的还在人心。在人心思乱之际，任你有通天的手段，也无法①把国事弄得好。所以改正人心，是顶重要的工作。假使放任着这一种思乱之心，一无补救挽回之法，难免要大乱数十年，使人人尝到乱离的苦味，由实地的教训而发生出厌乱之心，这样才可以自然而然的逐渐安定下来，但是社会国家人民所遭受的都是不堪设想的了。我正在耽心我们这一代能不能逃出这一个劫。

（选自《论语》第118—177期合订本）

是 何 征 兆

多时不到上海，十足成了乡野人，月前偶然到上海一次，被马路上许多来往的车子吓慌了。在上海行路，的确是②一个困难的问题。因为人口既多，都市所占土地拓展，因之每人的住居与工作地方，往往相隔很远，各种交通机构，便因之而生，使得相隔虽遥，而行路所耗费，在时间和金钱上都不昂贵，上海车子因此如此之多，而川流不息地走着。

现在百物涌贵的时候，车费一项一定也不小，一个赚薪水为活的人，对于此项支出，定有不胜负担之慨③。于是各公司行号官署学校机关的自备接送卡车，乃应时产生了。工厂有接送工人的卡车，行号有接送职员的卡车，官署学校都有此种卡车，在上海马路上，触目皆是。这是以前所未有的现象。

从前只有电车和公共汽车，供一般人的使用，所以每逢早晚上工下班时间，十分拥挤，不容易搭车，大概现在更加挤轧，所以各机关都自想办法，来自己方便。一则可以替员工省钱，因为薪工追不上物价涨的快，员工经常都是生活困苦，有了公用的接送车，可以省些车钱了。二则可以免得再去挤轧电车公共汽车，使上海困难的交通机关更加增困难。三则又是可以与人方便，帮忙交通机关做工作。

---

① 原文此处缺"法"字。
② 原文缺"是"字。
③ 原文作"慨"。

最后一则大概到后来才发生的。因为既然有此种接送车子，经过一定路线，车中人数不多，还可以收纳不少乘客，所以即使不是该机关的员工，如觉路程方便，纳付相当费用，许可他们顺便搭乘，在乘客觉得便利，在机关得此额外收入可以津贴开车的，或补贴汽油费。从整个交通而言，因为上海车子缺乏，电车公司及公共汽车公司不能完全解决上海人的行路问题，这样的开放，又是帮了忙，所以一举而有三美具备之妙。

最近一步，一定是此种机关卡车将要抢去些交通公司的生意。因为此种卡车是团体机关所有，不是营业性质，大都是免税，或者税率极低，而且所用汽油也许有特别的配给，而且此项支出，可以归公家报销，因之可以说是不负担分毫成本的，与收入便成为净纯的赢利，此点任何营业车行乃至交通公司都不能和他们比较，因之现在有些机关的卡车，在喧宾夺主公然来代行交通公司的职责了。这大概可以算是一种流弊的。

其次，各行号机关自备了交通卡车之后，所行路线，大都自由自在，并无定规，其中一定有许多不经济和浪费之处，而且使马路上的交通，增加其混乱与复杂，这也是一种毛病。倘使将来每一家人家和店铺都有了交通车，则交通公司将无生意，而关门大吉，上海交通将混乱到不堪设想。

所以说凡事有利必有弊，机关接送卡车，倘使由于交通公司车子太少，不能维持交通，而产生，则应该扩大其组织而增添车辆来满足这一个都市的需要。交通事业，原须有整个的打算，通盘筹划，岂可以听凭每一机关各自为政。

现在每一个机关团体都有满街走的交通卡车了。这便十分鲜明地表出了各自为政的纷乱状态。

近年来这种情形，并不限于交通卡车这一项，各个机关团体各方面都可以有点自由自在的样子，也许这就是所谓民主化罢。比方本身有丰裕收入的机关，可以尽先顾管到自家员工的待遇，一切不按照国家的制度，如央行国营公司等员工的薪给，前时成为公务机关中小职员嫉妒的对象。地方的大小衙门，也以自想办法为原则，各有其单行法，各有其巧妙之过日子手段，下至乡镇公所，亦莫不如此。以能过得过去，过得活络者为手段玄妙，手腕高明。上级机关既无法来督导下级，下级机关也不能遵从上级的指示。

这样乱纷纷的各自为政，表示着甚么呢？一个国家民族的向上发展，集中统一，团结为强，总是有一种兴旺的气象，协力合一的表现，都是守法为公，大家有着同一的目标，决不是这样凌凌乱乱，各自管的。自从中国忝居强国之列以来，何以一切情况更加不像样呢？不要以为只有现在的相打相杀，是致命之患，一般社会上日常所显现的,也都是足以使人警惕的,这些乱纷纷的各自为政的事实,应该是何征兆!

(选自《论语》第118—177期合订本)

选 举 良 法

从上海到苏州,在苏州的几天,又看见了立法委员竞选的热闹表演,虽不过在马路上的一瞥,也足够使人怀想一切了。候选人的宣传费用,据说每人总是数十亿,传单招贴所耗费的纸张,更是不少。马路上的热闹场面,竟同富厚人家的大出丧一样排场,汽车用得特别多,长长的行列,车中开着无线电的广播有吹有唱沿街行人,多加以欣赏,活像一个与民同乐的庆祝节日。一定各地方的竞选情形都相仿佛,都市愈大,宣传的花样景愈多,想来上海一定更加好看了,恭逢其盛的上海人,是有福气的。

在苏州所看见的某候选人的宣传列车之中,竟是红色的救火车,一辆又一辆的连接着,揿出叫人回避的喇叭声,所幸未打警钟,还不致使人误认火警发生。借救火车来做宣传之用,自然可以表出他的势力之大,手面之阔,不过救火车原其有一定的责职,专作消防之用,如果不幸而有火警,岂非将要对不起一般住民。

不过看察路人的容貌,倒大家欣欣有喜色,对于此事并无甚么骇怪,由此可知这种感想,不过是我个人不合时宜的偏见,救火车反正闲着①,与其停放在各区的救火会里,何如开出来派派用场。这一举可以压倒其他的候选人,而且充分表出他实力的雄厚,就以此一端而论,也十足可以有当选立法委员的资格了。他不是立出了借救火车做宣传的法吗?

本来,一切的选举,如同选举国大代表,选举立法委员,原不过是要在一般人中挑出那些头儿脑儿顶儿尖儿,换言之,就是在各方面有手面有势力的人,他们是可以代表一般人民的,因之能够化上数十亿宣传费用的,一定是在一般人群中有卓越的地位,的确可以充任代表的。所以顶简单的竞选法,原可以将他们所化的竞选费用来做标准,以费用大者为当选人,恐是最公平的办法。

其人既能慷慨他的金钱来活动选举,一定是急公好义的,因为现在是一个美化的重利时势,拜金主义势甚猖獗,他们能够轻于化费竞选费用,决非拜金之徒可知,尤非一毛不拔唯利是图的守财虏甚明。况且当选了国大代表乃至立法委

---

① 原文作"看"。

员,在目下这一种情势之中,并无甚么劲头,也是看得见的。则他们毅然出来参加竞选,原是完全为民众的福利着想之故,使他们当选,让他们去发挥他们的天才,原是顶合时宜的。

行宪以后,全国民都有了选举权,可以照自己意思来推选贤能人物,代替全民管理国家庶政。不过人民对于选举权的运用,一向未受训练,或者付之等闲,或者加以误用恶用,如同贿选逼选等等事情的发生,使得有心人喟然叹息。但这是最初草创时期所难免的。因为不曾有竞选标准之故,许多人以为目前既然一切讲武力,用打来解决问题,所以有了以手枪威胁选民写票的事,又以为金钱可以支配一切,便用钱来收买选票了。倘使定出了一个方法,比方说竞选者必须提借若干亿财货来供献于大众,以出资较多为当选人,这就可以免去种种流弊了。

如果把竞选的费用,移用于若干建设事业,一定也可以有些成就有些成绩,候选人只要拿出了钱来就能当选,其结果是一样的,他们未必一定要把那些金钱消耗于无用之地。现在不是口号高呼着建国吗?为甚么不这样办?奇怪的到是有些人反是挪用了建设的资金,抽取了事业的经费来消耗于竞选的用场。这全是选举的办法失宜之故。如今必须改弦易辙,把选举办法先行定好,免得将错就错的一直错了下去。

投票人的吃几席酒,坐次汽车,或者其他的供应,我想他们一定可以原谅的,倘使规定了当选人的以出资从事建设事业,而此项事业即属于公众所有,不为私人之产业。并且还可以规定未当选者可以免出,那么失败的落选者,也不致有化冤枉钱之叹,在整个国家社会,也免去了那些浪费。

若有人说,此种以所纳金钱为标准来竞选的办法,岂不就是贿选?是的。也可以说是合理化的贿选。因为贿买投票,只是若干私人的得利,而此种合理的贿选,则是一般大众受贿,而且受的贿却去充实了建设事业,岂不大妙。虽在实质上不免是贿选,却实在不失为选举良法。

因为看见了竞选的情形,听到种种竞选的笑话故事,忽然想出了这一个良好办法来,或者有许多人赞同,就可以向中枢建议实施的。所以不敢自秘,便发表于此。或者有人要说这种办法是违反民主精神的,与民主化的潮流违背的,决不可行。不过,在事实上,那里有甚么民主和民主化呢?恐怕还是这个办法比较切近于民主精神一点。为甚么这样用金钱来做标准的办法合于民主精神,下回再来说明罢。

(选自《论语》第 118—177 期合订本)

民 主 真 谛

上回谈到选举良方时，留下了一个未及阐明的重大问题，即是说用金钱来做标准的办法，合于民主精神，这个问题，所关甚大，故特标出民主真谛这个题目来，仔细说明一下。因为中国已自己认为民主国，吾人乃是民主国家的国民，不可再不理解民主的真义。

中国人有一种可爱的缺点，即是思想不精密不正确，对于一切名词，不肯求其正确精密的定义，而喜欢望文生义，每每实在是离题千里，却自以为确切不移。比方说把民主二字作为老百姓做主人翁，虽然字面的翻译，深得直译法的神髓，但是实则大相径庭了。因为老百姓无论从那一点说，只有一直在被治者被支配者的地位，永远不能挤上主人之列。主人只有一个，或是最少数的人，所以天主是一个，造物主也只有一个，基督教的是一神，即是其最适切的说明。就以若干多神教而言，其主宰的大神，也总是屈指可数的极少数。从来没有最大多数而可以为主人公的。所以民和主是绝对不能合在一起的。民主二字乃是另一个名词，与原来的民和主两个字，没有关系，并非老百姓来做主人翁之意。

比方说民主政治，也不是以老百姓为主来处理政治。照吾人的旧有思想来说，何种政治，即是何种人之天下，现在中国是民主国，行民主政治，请问吾们中国现在究竟是——

谁家之天下？

这个问题，好像不容易回答，因为没有皇帝以后，这天下究竟属于那一个姓，是难说的。不过从前帝王宗室金枝玉叶，都有些特权，超乎一切平民之上的，在法律议亲议贵有其明文，而且事实上，王子犯法，决不与庶民同罪。我们只要准据此种特典来推索，自不难得到目前竟是谁家之天下的结论。

从建国特捐改为救济特捐，又因为条文上的不具备，还在大兜圈子，财富人的纳税，竟是形同豁免，但对于一般人民，则从田赋征实起，一切担负都不能逃避的。兵役劳役也都下在老百姓的身上，有钱财的人，向来可以出代役金了事，目前实际上仍还如此。所有一切的特典，没有一件加在老百姓头上的，除了那些要他们出钱出力以外，他们没有别的权利，所以天下不是这些老百姓的，十分明白。

一年工作辛勤的收获,只换得钞票,因为通货膨胀的结果,他们千辛万苦的储蓄,被暗中偷窃了去,存储的准备,愈来愈少,生活越节俭便越穷苦,又不能像巨贾富商的可以得外汇的配售,来发洋财。也不能得到些物价的配给,来救饥荒。只看见富的人愈来愈富,贫的人愈做愈贫困。一切的法律全都不是为贫穷人而立的。所以天下不是那些贫穷人家的,更不必说。

那么,天下是属于那些仰赖国家供养的公教人员及兵士之流吗?他们既吃了公粮,又办理那些公家事务,似乎可以说天下是他们的了。但是公教人员的俸给和军士的薪饷,都是十分菲薄,不但难以仰事俯蓄,而且有个人吃不饱之虞,要说天下是他们的,未免太缺德。他们也不过跟佣工一样,而且是最低薪资的雇佣,决非天下之主。

目前顶得势的,自然无过于商人,他们不受通货膨胀的影响,钞票多了,水涨船高,所以能够发财的,也只有做商人。有人问出路,自以经商为第一。处今之世,的确可以说:

万般皆下品,惟有经商高

我们中间一定有不少人,在战前有些储蓄存在银行钱庄中的,胜利之后,便要求他们本利归还,开头有人提出一千倍的要求,他们自然不答应。于是有些人诉之于法律,法庭也有判决照一千倍二千倍偿还的记录,但行庄方面不肯照办,后来物价愈高,倍数的交涉又办不好,所以大家都置之不理,若无其事了。去年冬天倒公布了偿还战前存款的办法,照此项国定的办法,以前存款于银行的,本利照原有约定计算,而以三千余倍到一千倍归还,因时间之长短,倍数有点不同。不过此时的物价指数已经是战前的二十万倍左右了。所以约计还的尚不及百分之二。那么此项办法的公布,不过是维持银行钱庄的利权,而对于一般人民的权益反加以削弱侵害废弃。这可知商界可以独得优惠。

虽则有些商人口口声声在嚷着捐税苛重,其实比较起来,一切捐税一定比战前低。因为通货膨胀的结果,物价随时猛涨,而税额既定,不能随时改订,所以一经调整之后,每隔了几个月,便又低得不成说话,以百分率而言,一定是低得可以使商人们自己也不肯相信的。所以现在通货之不得不膨胀,实在因了国家收入太少了。一切的税收,都不能与战前相比的。关于这一点,也可以见得商人之可为。

不过要说现在天下是属于做生意人,则也是过甚其辞。商人虽则得势,到底还不能宰制天下,许多征派的项目,还不免要落到他们的头上。因为商人的范围太广,人也很多,也就无法挤上主人翁的位置。不过有许多地方,他们却能占不少便宜,比方某种行业,可以特别分润到些外汇,立成钜富,某种行业可以公认得高率之赢利。比方对于银楼业,既然规定了金价照央行增加百分之四十以外,又允许他们取百分之廿的手续费,又允许加收制造的工费,如此算来,他们的每一次生意,可以净赚到百分之六十以上,普天之下,恐怕再没有这样常川的好生意的。以前往往称经商为逐什一之利,现在竟然公认可以什六。所以商人乃为一般人景慕的标的了。

商人所以如此显赫,因为他们有财之故,财可以说是使得他们高视阔步的。这原是自古已然,太史公的作货殖列传,亦不过表出此意而已。在帝制时代,有一个贵字来可以罩盖富字,所以势力也可以和财力并峙。不过说富贵说财势,总还是财富在前。现在皇帝既然没有,权贵就不能久存,所以财富便成了唯我独尊。有财的人,可以为所欲为了。商人不一定有财,但他们是常常握着财的,所以也总得人尊敬。而真真实实有财富的人,却可以说是有天下的。所以结果一定会造成富者愈富,穷者愈穷的现象。因为天下是他们的,便有一切都是有利于他们设施和规律,因之便无法不如此。所以一定会弄到通天下,只有极少数的财富户头,而他们是所有这个天下的。这也就是所谓民主。于此我可以说到:

民 主 的 真 谛

现在我们所说民主,并非中国古书上的"民为邦本,本固邦宁"之意,也不是"民为贵,社稷次之,君为轻"之意。这个民主乃是从西方来的,名叫德谟克拉西,现在以美国为其大本营,向世界各地传播开来,所以民有民治民享的定义,也载到了我们的宪法上了。孙先生用以成功革命的三民主义,也不能抵抗得过,可知民主原是外洋舶来之品,非吾国固有者也。因之不能照字面解释为老百姓做主人翁。

民主主义(德谟克拉西)原来是和贵族主义(阿里斯多克拉西)相对立的名词。以前西洋古时,贵族执权,一切政治以贵族为本位。后来推翻了贵族主义,便由民主主义来代之,所以这正是推翻帝制成立民国的过程,这民主国家,原是由此而来,所以民主云云,其实原是有财人的天下。因为初时富贵并存,等到贵族打倒,只好由富人来统一天下,这就是民主了。民主的真谛,于此是一言道破了。

以民主国的模范国家美国来看,还不是如此?全国财富的百分之九十以上,全掌握在少数富户之手,一切都以富户的利权意志为前提,国家官吏好像不过是他们间接的雇佣人,军队警察是他们的保镖人,一切的设施,只为他们的福祉便利。所以人称美国为金元国家,拜金主义的中心地点。因为有财人是有了一切,如何教人不企仰赞礼呢。民主主义也者,其实质原是如此。

所以,在我们的选举方法上,如能用所出金钱的多少来衡量他是否值得当选,的确是合于民主精神的好办法。我们要成为民主国家,也实在只有照眼前的办法,大行通货膨胀,使得富人愈富,贫人愈贫,很快的造成全国只有极少数的富人,自然很快可以实现民主主义了。

现在许多人的不满于现状,实在是认识错误,他们不懂得民主真谛,所以发生种种误解,其实目前的一切情况,正是走向民主国家建设必经之大道。事实如此,理论如此,一切应无庸疑,应无庸议。

(选自《论语》第 118—177 期合订本)

天下本无事

有过一个时候,革命二字成为顶响亮的名词。反革命便可以受死刑的宣告。现在革命二字,仍还是相当风光,不革命反革命之徒,总在摈斥落伍之列。现代的民主革命的开始,乃是法兰西的大革命,其时的口号,为自由,平等,博爱,这可以说是革命的目标。法国民主了已经二百年了,是否已经获得了自由平等博爱呢? 我非法国人,不能够知道。中国的革命,据言其目的在求中国之自由平等,而现在尚未成功,所以自由平等的未曾达到,也不能怪怨他人。

自由平等之类,我觉得真是好听的名词,不过此种好东西,是否可以获得,到是很可以想一想的。

说到自由,懂得道理的人,便说自由不是放纵,自由须有合理之范围。在范围之内,才有自由,自己的自由不能妨碍他人的自由,所以自由不是绝对的而是有限制的,好像一个人不能自由在天空飞翔,也不能自由占用不是他所有的东西。因之每一国家的宪法上,总规定着人民所得享受的自由,如居住自由,信仰自由,言论自由,……等等。这也是普通人所理解的。

不过自由倘使是这样的,则自由已经失其自由了。我想的自由,一定要像天马行空,神仙御风一样,去来自在,无拘无束,没有范围也不受限制。所谓自由,其实即是反对那些桎梏限制之意,因为平民受到了种种的限制压制,一切不平等的待遇,和奇怪的桎梏,所以在革命当时,以打破此种压制桎梏的心意,喊出了自

229

由的这个口号，其本意原来只有消极方面的排弃一切限制拘束，并无积极方面的展布活动。

所以说自由要甚么甚么，原是并无其事的，而那些人说自由应该有个范围，有个适当的限度，更是荒谬之言。因为自由原是排击限制破弃范围的口号，和那些自以为懂得道理的人所说的恰是相反。那些附带条件设有限制的自由，其实即是不自由而已。所以虽则煌煌宪法上明文规定的人民所得享受的自由，也往往会被忽视，被蹂躏，被取消的。

自由倘使用作正面的积极的意思，便没有了。比方说行动自由。其实行动何能自由？一个人的行动，既受了身体构造的自然限制，不能在空中飞行，又不能在地中潜行，跳跃有限度，步行的速度也有限度，一切都在不自由的状态之中。其他种种的自由，都是如此，都是不自由而已。

比方再以恋爱自由思想自由来说，也无两样。恋爱自由只不过反对阻挠恋爱行为的一种口号，并无别的意义。决非恋了甲即可以自由再恋爱乙丙丁等，那是被人叫做放纵的。其实只有放纵才是真的自由，但这是不被人承认为恋爱的。又要恋爱，又要自由，绝不可能。人间的行为，每受着传统思想，法律，习惯，个性以及其他人类社会间的种种限制，恋爱实在是不自由的。一切人间的行为，都不是自由的。就是思想也不是例外。只是妄想，空想，幻想，梦想或有几分自由可说。思想的形成，既然受了以往历史传统的限制，又被环境社会所拘束，所经验的事，所诵习的书文，无一不加以作用，思想何以可以说到自由。说自己思想自由的人，不是愚昧，便是夸大，在自欺欺人。不如妄想幻想之类，没有目的也没有作为，只是跑野马一般地奔放，可以像有些自由。但是这又不能是思想了。是了思想，既得有一定哲学体系，又要有思索的方式，又要合理论的逻辑，重重拘束，又那里有自由。

如此说来，自由原是天下本无其事的。

再说平等，人和人之间会平等么？

人权宣言阐明了人都有生存于世间之权，这是平等的根本原理。但是理论上尽管如此，而世间事实上却仍旧很多饿死冻死的人，一方面则狗猪吃人食，坐汽车，住洋房，讨小老婆的也有大量存在。人间是能够互相平等的么？每一个人的天禀天赋既不能完全一样，各人的智慧体力便没有相同的，这是第一重的不平等。每一份人家的贫富都不相同，每一个人的父母，地位不一样，家产不一样，亲戚朋友之间便也不一样，所以在不同环境之中育成的人，难以有平等的。况且地理历史，地方的一切，都可以影响于个人的，这是第二重的不平等。其次社会习惯,风俗,法律,也不是对于一切的人都一样看待。如何能平等?

在家的组织中,注重于嫡长子的法则之下,则庶子及次幼诸子,其地位便大不相同,比方是帝王之家,只有一人可以立为太子,继承王位,其他都降为臣下了,在同一情形之下的诸子,尚且如此难以平等,则世间一切人的不能平等,又何须多说。

原来这平等,也是法国大革命的口号之下,与自由一样,只不过是一种具有消极意义,而要排除一切不平等的热心之表示而已。其时的平民,既受到贵族阶级的压制,待遇十分不平等。租税由平民负担,有说不尽的苛捐杂税。劳役由平民负担,有工役兵役,国家有事,便来征丁去当兵。但贵族则既不纳税也不服役。所以在革命爆发时,喊出这个平等的口号,来表示不甘心于不平等的地位。并非人间可以有平等,不过是要破除一切不平等的待遇而已。因为要消除不平等,便说出了这个平等的口号,在当时他们原未及想到平等的是否可以存在的。

是不是可以有平等的呢?

从立法的精神来说,法律对于一切都是平等的,但是王子犯法,决不与庶民同罪。说话是说话。事体是事体。王阳明先生的言行一致,只不过是一种学说,言与行在根本上已经是属于二种不同种类的东西,又如何能够相一致。说平等,无论何种平等,都不真是会有的。

比方说男女平等。你说男女会相平等么? 男女既同是人,在这一点是平等无疑。但是人就平等了么? 事实上没有二个人相平等的,那么男女之间的平等云云,也可想而知。那只是女权运动者的一种口号,揆其用意,也许只是反对向来的男尊女卑的社会风俗而要加以改革罢了。不过以前也有过女性中心母系社会的时代,其时是女尊男卑的。平等却未曾有过。男女之间的要平等,恐怕不会成功,因为平等实在是空洞的虚无,原来并不存在的。

再以国际平等民族平等来说,也差不多。革命之目的,在求中国之自由平等,国与国之间的自由平等,原和人与人之间一样。中国胜利了。不平等条约取消了。租借地收回了。失地恢复了。主权完整了。中国得到自由平等了么? 中国要以平等待我之国家及民族,共同奋斗,来完成革命之功的,平等待我之国家及民族又在那里呢? 和我们联合的,骈肩作战的许多盟邦,他们以平等待我国了么?

这样的话,渐渐要关涉到国际,关涉到政治,我想避而不谈。可是我可以说,跟自由一样,平等原来也是天下本无其事的。

再来谈到博爱。爱是可以博的么？

普遍广大叫做博。但爱却有其专一性与独占性的，正像男女两性间的爱，不能朝秦暮楚生张熟魏的随遇而安，其他的爱，也是如此。比方爱好一件东西，如果对于别的东西，也同样喜欢，便已不能说是爱了。爱在其性质上，是绝对不允许博的。所以人尽可夫的滥施爱情者，被人家轻贱，名之曰滥污，见一物爱一物的，不知辨别的博爱主义者，称之为垃圾马车，爱是不许人博的。

我佛如来慈悲为怀，普遍爱一切的人，一切的生物，所以可以看做博爱的了。耶稣基督亦是泛爱人类，要拯救一切的人，可以称为博爱的了。这种博爱，果然是博大广泛了，但那却是宗教上的一种口号。宗教的教义，自然可以用博爱之类做教条，因宗教所要求于人们的是信仰，信仰即不许人们怀疑，既不许有疑问，宗教的教条自可以瞎话连篇，把永不会有的东西，作为标语口号了。博爱作为宗教信仰的条目，并无不可，也不会有人加以疑问的。

但是实行起来，却就有问题了。试问那一个念佛的人曾经博爱了来，那一个基督教徒曾经博爱了来。基督教国家，基督教民族的充满战争杀伐的历史，充分证明他们所信奉的博爱是怎样一种东西了。佛教的博爱，是慈悲方便之意，但许多佛门弟子的行为，很足以说明教条的虚空无力。实在因为博爱原是不可能的存在。爱了便不能博，博了便不是爱。因为宗教家可以瞎话连篇之故，就能主张博爱，而要求人家加以信仰的。

博爱也是法国大革命的三大口号之一。这是因为革命与宗教信仰的相关联而可以允许的。有人说过，革命是一种宗教式的信仰，革命的力量即是信仰的力量。把革命来作宗教解释，真是最妥切的。革命家的百折不回再接再厉，正是宗教上殉教者视死如归的精神。所以革命的宣传等于宗教的说教，宗教顶注重传播宣扬，而革命以宣传为主要的工作。由宣传而获得了多数同志，革命的力量便大大的加强。革命既同宗教一样，用博爱做口号，自属无妨。

不过，博爱存在的不可能，却也由此得以理解了。那么，说起来，博爱也跟自由，平等一样，也是天下本无其事的了。

法国大革命的三大口号，自由、平等、博爱、都是天下本无其事的东西，但可以是革命家想望的目标，因为革命家就是宗教家，教徒的想望天国，也即是革命家的想望理想社会。天国终究是一种空幻的，所以革命也永无成功之可能。革命尚未成功一语，实在是颠扑不破的真理。因之中国虽则已经战胜强敌，取消不平等条约，收回租借地，完整了主权，但是中国一般人仍旧脱不出颠沛流离困苦艰难的境地。理由是充分有着的,因为革命尚未成功。

那么为甚么要用了此种天下本无其事的东西来做革命的口号呢? 这是因为革命的第一步是要求破坏之故。如果不用此种不可能东西做目标,革命就很不易发展扩张。倘使一个革命家只说出要做一个地方的支配长官,统治的政府如很宽大的充许了他的要求,他的革命目的已达到,革命已经成功,于是这事情便告结束了,这样他的革命也就是失败了。所以革命之类,乃是以尚未成功为绝大的成功的。如果成功了,一定会出乎意外的一塌①糊涂。这有我们最近的国事可以为明确的证据。说是抗战完成胜利了,而实则出乎意外的一塌②糊涂。由此可以知道宗教的必须以绝无其地的天国来做目标,正和革命须以本无其事的东西来做标的,有相同的理由。

但我们决不能因为天下本无其事,而轻蔑了自由平等博爱。我们须因此而明白自由平等博爱的性质,他的作用和意义,更可以哀怜的眼光看那些自以为已经取得了自由平等博爱的沾沾自喜之徒,因为他们的自满,是根本的认识错误,将使他们走入灭亡的。理想是绝对不能为实际的存在,如果误认为理想可以达到,他的前程已经完结了。所以革命尚未成功,中国方有前途,一战胜便国步维艰了。因之我们如能理解中国国事之有办法在于无办法,对于前途便大可乐观了。

叹曰,天下本无之事。自由平等博爱。革命尚未成功。百姓吃苦活该。

(选自《论语》第 118—177 期合订本)

是 非 黑 白

古时有人说过,积非成是,或说,少见黑曰黑,多见黑曰白。这或许就是孔夫子所说吾从众的意思,到是极合于议论取决于多数的民主精神的。换句话说起来,这也就是见怪不怪的意思。不过照原来的意思,这两者正是相反,因为前面两句是反语的说法,而后面一句接着其怪自败,大有神圣不可侵犯之概,派头极为正大。

实在,是非黑白,是不能如此漫无标准,正同善恶的不能混淆一样,积恶决不能成善,虽则窃钩者诛,窃国者侯,但那是另一件事。因为积无数小恶,决不能成

---

① 原文作"榻"。
② 原文作"榻"。

一件大恶。

惟欢喜爱好与嫌恶厌恶之间，却是因人的性气，而有奇怪的其实原是极平常极应当的现象。古人也有过入芝兰之室，久而不闻其香，入鲍鱼之肆，久而不闻其臭的话。

伐拉里说：爱好由无数的嫌恶所积成。

上面的久，就是积集的条件。中国旧式结婚的男女双方，因为素不相识，不但毫无感情可言，大都双方相互嫌恶，不过因为不许离异，所以夫妇之间后来也可以很圆满。这是积厌恶为爱好的实例。至于现在摩登男女结合方式，十分自由，同时分离也很自由，因之偶然相互怀了嫌恶，便立时分手，各奔前程，以致嫌恶无从累积，所以新式结合而没有圆满结果的正不少。

我们对于一种东西，第一印象，原很重要，不过倘使反覆着同样的刺激，那么即使开始是不好的印象，也可以因为司空见惯而逐渐改变，不以为不好，渐以为当然，这是心理学上告诉我们的。广告的施行，就是利用这项原则。所以一切事情，开始最难，如能有恒心，反覆去做，不难水滴石穿，俗谚说，若要功夫深，铁杵磨成针。这也是说积的重要。

据说，中国人最缺少的是爱国心。中国所以不能团结图强，一切政治不上轨道，都是因为缺少爱国心之故。现在好像每一个国民，不大愿意谈到国事，总是摇头表示嫌恶。须知积嫌恶可以成爱好，爱国心由此可以养成。最重要的是个积字。他们是懂得哲理的，努力作这个积字，因为中国人之是中国人，正同旧式结婚一样，无法离异的。照这样说，大家应该拥护一切秕政。

（选自《论语》第 118—177 期合订本）

路遥知马力

有人说世乱出忠臣。对的。皇帝愈是暴君昏君的时候，忠臣更容易显出来。一定是亡国之时，才有殉国死节的忠烈之士。强寇大举来侵掠，国民才团结抗战，也是其一个实例。如果国家真的到了很糟的境地，国民的爱国心，一定是倍加奋发的。

现在一般国民对于国事如此冷淡，有漠然无关之状，他们可以说是太不爱国了。但由此，我们也可以推定，中国还未十分糟到透顶。为促发大多数人民的爱国心发现，我们要勖勉贪污土劣加倍努力。

马要走远了才显出他的力量来，千里马可以走千里，只试走数里，是辨不出优劣的。不过一直加鞭前进,会不会因为力不胜任而中路倒毙。如果如此,也可以证明此马并非千里马,是他自己力量不够。

他们是在养成国民的爱国心,激发国民的爱国心,同时也是试验国民的爱国心。国民会不会力量不够呢。

(选自《论语》第 118—177 期合订本)

花 与 实

好花都不结实。

普通的果树,总是单瓣的简单的花,只有别运匠心,加以培养,才能有双瓣的许多重重叠叠的花瓣,特供观赏之用,此种花大都不能结果实,大概因为一切的潜在力,都征发出来开做花朵了。

嘴上说得甜甜蜜蜜天花乱坠得,行事未必跟说话相符。特别会说的,往往一定是不做的。原来在他们意中,说了即是已经做过了,全部的力量,都用在发话上了,并无余力再来实行。

俗话说,会捉老鼠①的猫不叫。的确,猛犬来咬人,往往是不声不响,直扑过来的。见了人就狂吠的狗,决不来咬人。咪咪咪咪叫着的猫,老鼠听了早已逃走,那里又捉捕得着老鼠来。

刊载大幅广告,请了军乐队大吹大擂的特别大减价,那里出卖的货品,往往比不是减价的店铺还贵,因为在成本中又加上了这一笔宣传费用之故,摊贩上的同样货品,比大门面的店铺更便宜,也是有理由的。

名人的作品可以不如无名作家,无论在书画,在文学,在其他的艺术。

妆扮得美丽的女人,心地未必是善良的,但是生得丑陋的人,也不一定有一颗好的心。不过俗语说,若要黑心人,吃素淘伴里寻。所以放下屠刀,固然可以立地成佛,住了口宣佛号,也不妨立即堕入阿鼻地狱。

举世都是爱好和平的人,每一个国家都说崇尚公道,主持正义,所以世界上国际战争却不绝在掀起。相打的双方,都有正当正大的理而且大家都打了胜仗,只有人民是错的,也是被打败了的。

出产的本地常常吃不到顶好的土产品,这叫做出处不如聚处。饲蚕的人往往不穿丝绸,种田的人常常会只吃糠秕。这是因为做工作的是一种人,享受享用

---

① 原文作"虫"。

的又是另一种人。

（选自《论语》第118—177期合订本）

价　　值

哥仑布发现新大陆回来,西班牙女王伊莎白利给与赏金五百贝索,这是那时候的新大陆的价值。在三四十年前,每石米只值三四块钱,现在寄一封平信的价钱,要那时的一千石以上的米。这可以知道因为时间不同,价值也就不同。

世间任何事物并无永久不变的价值。

王安石是翻身定了,曹操的雄才大略逐渐在有人称扬,岳飞与秦桧的是非,也有许多人一正一反,所以盖棺并不就论定了的,论评的准据,价值判断的标准,往往不是死板板的一成不变。

英雄伟人,有时不免被叫做民贼,天下总是要打出来的,一将成功难免万古枯。不过跟在有力者的后面,总是不错的,孔夫子所以能称为万世师表,就是他能够教人向皇帝磕头,不久以前,也着实给人打了孔家店一阵,但并不会因此而孔夫子就丧失了价值。大概首领,领袖,头脑,领导者之类的脚色还存在时,孔夫子总还有些作用,从而也有他应有的价值。

恐怕只有黄金是始终有价值的。

也有人说合用才是价值,如果遇着大饥荒年,黄金买不到米,则黄金就无价值了。这即是说生命乃是价值。但有时价值要求人牺牲性命,叫做杀生存仁,舍生取义。

看战争中一大炮一炸弹的成千成万死去,人可以说最无价值了,但一切都是人做出来的,所以人又最有价值。

人的价值并且还可以用了人工的方法而增减,比方一个女子手指上戴①钻戒时和不戴时,其价值就不同,一位男子加了一张职官任命书,他就自以为身价增加了。不过这个增加的价值,也须其人担当得起,否则将被这个重担压坏或者更加衬出他的渺小。

人既然有了价值,人就可以买,或者用钱,或者用名誉权力,或者用其他别种东西。

但是真的价值常常没有人能确切知道,在文章也是如此。所以一个作家自

---

① 原文作"带"。

以为是好的作品，往往得不到人家的赞美欢迎，而他以为不过是平常的东西，却意外得到好的誉扬。有些生前享有盛名，殁后便人亡名消，也有要在他身死几百年之后才被人认识的。

（选自《论语》第 118—177 期合订本）

运　命

没有法子，无可如何的事情，往往被叫做运命。

运命可以用来自己解嘲，自己安慰或者自己欺骗。能够安于运命的人，总是有福气的。要想改造运命，常常发生悲剧，或者喜剧笑剧。

法国著名文人保尔穆朗幼年时候，一天有一位妇人来访问他的父母，这位妇人是善看手相有名的，执了小穆朗的手对他说道——小朋友，你看，这条是你的生命线，你的寿命是很长的。这是你的知能线，你人很聪敏的。这一条是你幸运的线，顶好能够再长些，伸到了这地方，那么你的运命是再好也没有了。

穆朗听了这些话，也不作甚么回答，走出去了。隔了一回，他又回来了，看①他是满手的血，流着。大家都着惊了。

这是小穆朗，为开拓他的运命，到厨房去取了一把尖头刀来，把他幸运的手掌纹，伸展到理想的长度了。

改造自己的运命的人所演的喜剧悲剧，大抵也与此相类似。在他自身是庄严的，在别的人看来或许是滑稽。

那么我们只有耐心忍受运命的欺凌么？

相信运命的人，总是信托那个运命的。不相②信有运命的人，根本无所用寄托，也无所去创造，开展。为难的都是那些相信有运命而又不甘心于听凭他摆布的人。

运命其实也是乱七八糟的，恐怕和中国的国事差不多。人对于运命，跟中国人对于自国的国事一样，有的听天由命，有的安心立命，有的却不免多嘴多舌怨天尤人了。

其实空口说白话，又安能改造他的运命。只有不相信有运命的人，才是不受

①　原文此处多出"看看"二字。
②　原文作"想"。

支配的,不过那又一变而为叛徒反寇了。

(选自《论语》第 118—177 期合订本)

功　罪

有许多立功,其实却是犯罪。也有许多犯罪,实在都是有功。功罪原来不是不两立的。同一件事情,可以是罪,却也可以是功,所以战国时代的辩士纵横家,只须掉三寸不烂之舌,就很容易做官发财的。现在世界上有许多国家对立着,也差不多是战国时代,辩舌之士,大有前途。

只有人说成功不骄的,没有人说罪坐不骄。有些犯罪是比立功更可以有面子的,他们往往骄了,像东汉末年的党锢事件,许多人曾耻于不被列在党籍,耻于不曾受刑罚。如果有在罪不骄之诚,党锢之祸,也许不致如此利害,若干正人君子,也许可以保全他们的性命,国家民族也得保留几分元气,汉朝也许不致就接着三国。

功罪是对于自己还是对于他人而说的呢? 若说对于自己好是功,那么不是太利己了么? 如果在人己利害相反时,岂非在以他人为本位时就是成了罪? 民主派的人总会说对于最大多数的人有利的乃是功,但是多数少数怎样计算呢? 况且一时之利有可以成为永久之害的,这又如何说法?

功罪原只好由一个一定的观点来说的。如同楚汉相对战争,韩信是立功了,那是汉军方面的话,在项羽方面他是开小差的军犯。鸿门之宴,项伯帮助汉沛公有功了,在楚方面来说,他是私通敌人的罪人。

科学家探知自然的秘密,供给科学知识,使人得利用一切天然自然的力量,对于人类是有功的。这可以是绝对的有功了,因为再没有与人类相对立的存在。但是那些科学的力,如其有人用之于战争,用之于屠杀人类,岂非科学家又成了无可逃避的绝对有罪了。

要求有功,必致得罪。必须超越功罪之念,才可以得到安全之境。功罪是相同的陷阱。人要想立功,必难免得罪。所以开国君王,总要大杀功臣,例如刘邦朱元璋之对于韩彭胡蓝。

功也不喜,罪也不惧,这些人可以说有定力了。

汲汲乎求有功的,孜孜于立功的,很危险。人主的脾气是最容易变的,人民的脾气也是最容易变的。

(选自《论语》第 118—177 期合订本)

正　理

蛮理千条,正理只有一条。正理,正当的道理,俨然大模大样令人起敬的这样自己宣明了。

人说道:"狼啊,野性未驯,食吃无厌的狼啊,你不能去吃羊! 那是我要吃的。"又说道:"黄狼啊,撒臭屁的黄狼啊,你不可以去偷鸡吃! 那是我要吃的。"又说道:"野草啊,你不能长在田中,夺去稻谷滋养料。米谷是我要吃的。"又说道:"杂草啊,你不可长在园圃里,抢了蔬菜的肥料去,蔬菜是我要吃的。"

人不但如此说了,而且也去赶走狼,猎狼,捉黄狼,杀死他们,剥他们的皮来服用。

这是事属平常,而且不必说极合于正道的。

但人在这样说这样做的时候,国家,团体,党会,家庭,……等等却又用更大的声音说了。

"人,把你有的力贡献出来,把你积的财乐捐出来。有钱出钱,有力出力! 农人,拿出米来,商人,踊跃纳税啊。公教人员,勒紧裤带做啊。兵士,勇敢的去赴死,要视死如归啊! ……"

这也是事属平常,极合于正道的。

并且这些国、家、党、团的种种机构,原是由人做出来的,而狼,草和人也同属于有生之物。天下本来不是东家吃了西家,便是西家吃了东家。这叫做生存竞争。兽相食与人无关,人吃人自古而然。不过在有了智慧的人间,一切要弄得合理,就多了种种说话。

说起来总之,强者的话,就是正理。强者只有一个,自然正理只有一条了。

（选自《论语》第 118—177 期合订本）

孝　道

中国向来以孝道为最重要的道德教条,是国民的基本德目,古来就力加提倡,孔门有孝经,通俗的有二十四孝,宣传着做人以孝养父母为第一义,忤逆是十恶不赦的大罪。每一个人都要结婚生儿子传代下去,虽则是遵守不孝为三,无后为大的孔门圣训,但实际却也是养儿防老,积谷防饥的囤货性质,做生意经络。倘使生下了一个不孝子,不但不能靠他养老送终,而且还受他无穷之累,就像经商蚀本样子,便要懊悔不如不生儿子倒干净。

倘使爷娘要责他们的儿女尽孝,正像商人做生意要一定赚钱的心愿。如其不好好的教养子女,而希望他们能够孝顺,正如黑心的生意人想不下本钱,而大赚盈利。

古时,人还并不如此一相情愿,往往父慈子孝相对而说话的。父母尽其慈爱,而子女尽其孝养。现在苛求于其子女的父母,往往是本来最不曾尽其在父母之道的。正像国家对于人民,也有其权利与义务,只伸了手向人民要这样,要那样。说道要爱国,每一国民都应得爱国。爱国之道,就是拿出来。至于对于人民所应做的事,便有种种困难而无法进行了。这是当国柄的人沾染了现时父母思想。中了旧式的官吏是民之父母的谬误思想之毒。

古来的君与父相比拟,也是想叫人移孝作忠的意思。因为中国人一向不曾对孝道怀疑过,提倡孝道由此可以转而为尽忠于帝王,所以皇帝说的以孝治天下,实在正是利己的行为。

大概统治阶级支配阶级,总希望被治者安安静静听其指使,提倡孝道,自然很好的一法。爷娘取用儿女的所有,事属应当,无所逃于天地之间的。国家向人民伸手,也同此理。

倘使有不肖的爷娘,挥霍浪用,比方吃雅片,溺于赌博等情,把祖传家产,倾荡而尽,甚至于强硬要求或暗中偷取子女辛勤的所得,拿去化费,这也是天经地义么? 但孝道正是要求如此的,所以孝道并不公道。

另一方面,爷娘对于儿女的爱护,乃是出于天性,即出于自然的兽性,由一切动物的行为可以知之,此系来自传种的本能,所以慈爱比之孝顺,更容易办到。天下最多的乃是为儿女作牛马的父母,他们到也不是施恩望报的。即使儿女不肖,他们也不抱怨,而俗语的男是冤家女是债,就表出了此种心理。儿子是冤家,为报怨而投生来的,女儿是来索债的,还有甚么话可说。所以希望子女尽孝,实在是不合理的,太出于爷娘的自利观念了。

孝道只能基于儿女的崇功报德之念来说,才合理的,正像爱国之心,原是出于一般人民的自发,而不是强制要求所能办到。

(选自《论语》第 118—177 期合订本)

诚实的消失

诚实在现今世界是很不容易再见了,所有的只是欺骗。无论那一个人,再也不把他自己说过的话当一回事，说了随即遗忘，言必信这一种教训，被视是迂拙的腐化。

他们的主张是一切行为，须当跟同了环境而修改，环境既然刻刻变换，行动自须常常自相矛盾，诚与信不是现代文明之世，富于变化的社会中所能具备的。古代社会世情比较笨滞，少有变化，自然可以讲诚守信，而且大家也能做到，所以若不信不诚，便将为众所弃，是很不利的。现在则相反，大家都不必守诚信之道，如果一人单独守信，不但行不通处处碰壁，而且也自家吃亏。

自从发明无线电有了广播演说之后，诚实的说话，更完全被消灭了。说话的能得人信服，能感动人，全由于他说时的真挚热诚，这不单是他说话的内容和说的声音口调，他说话时全部的动作表情，都在发生作用。中国战国时代纵横家的游说诸侯，一定与国君面对面抵掌而谈的。外国希腊罗马时代的雄辩演说，也是直接对大众呼号。现在举行甚么大会时，往往有若干名人闻人乃至官长之流演说，大都是不堪一听的，或者声细如蚊子叫，或者语无伦次，或者又长又臭，或者如施行催眠术，但此种演说，的确表现了他是怎样一个人，颇有诚信之处。可是因诚信之结果，他们是不利了，一般人因听了演说，而对他们减低了估价。所以聪敏的人，不再现身说法，他们是利用无线电广播了。

用无线广播，他说话的丑恶姿态，便隐藏在播音室内，没有人再能看见。说话的声音，又可以用机械调整，并且可以先做好草稿，照稿纸宣读，决不会中途说不出涨红了脸孔在演坛上木立。在说话的人，实在用此种方法最有利了，广播只要有人收听，就可以传播很大的范围，说的人不用露面，绝不会在公众场所受窘。所以现在政治家的演说，大都是采用广播方法的。

就是因为有了此种广播演说，说话的人可以隐匿起来，用一个代表也不会两样，因之说话的真挚热诚也大为减低，而一切内疚于心，想想也要自愧的话，到也可以放胆说出来了。外交上内政上的重要宣言公告，也采用了广播方法之后，外交言辞益加增大虚伪，因之国际间内政上更加无法说到守信义了。广播演说是教人虚伪的绝妙工具，的确是适应①这个时代需要良好的发明。综其作用可以名之曰口说无凭。所以有了广播之后，现代更加现代化了。我们的许多政令公告之类，也有更多采用无线电广播方法之必要。

（选自《论语》第 118—177 期合订本）

------

① 原文作"压"。

穷 而 后 工

穷是不大讨人欢喜的。韩退之有送穷文。文人与穷大约有难以脱离的关系,所以称为文起八代之衰的古文元老韩先生,还得有此作。但另一方面,却又有人说文穷而后工,似乎文章要做得好,非先穷不可。那么,穷也有可取之点了。

相同的话,有士穷见节义。士是读书人或做官的人,因为中国向来主张学而优则仕,读书原不过为干禄之用,做官的敲门砖。这话是说做官的人穷,才可以显出他的节义来。不过衡以目前的事实,这话实须改做官穷多贪污才对。

同样,现在的文人,可以算得穷到顶点了,但是文学上的杰作,却杳不可见,就是较好的作品,也寥若晨星。文穷了不但不工,而且要绝踪了,又是这话有些不合实情。

但我近来很相信古话,以为那是积了几千百年的经验,决非随口乱道,而且一定与事实会相符合,因为中国社会的实质原没有甚么大变动,一切老古话,仍是信而可征的。关于上面两句穷话,我不能不再深加思索。

后来我懂了,这穷字并不是贫困之意的穷。在古时穷字还很少当贫困解释的。穷是和达相对立的词,所以说穷则独善其身,达则兼善天下,原来是失意,不得官做之意,这样便容易明白了。没有官做,可以不必案牍劳形,忙于交际应酬,伺候长官,以及一切做官人的无事忙之事,可以用全心全力来做文,自然是文穷而后工了。没有官做,要想贪污也不成,受贿无人送来,作恶也少机会,只能安分守己,自然是士穷乃见节义了。

韩退之送穷一文,已将穷字解错,失了古意。汉朝人还不曾错,扬①子云有逐贫赋,叫贫不叫穷。恐怕一般唐朝人已把穷字当贫乏解释了,韩先生是照当时通俗意思而用此字的。不过韩退之此文到是有效的,穷被他一送走,他就官运渐好步步高升了。

时到现在,穷字一般都当作贫穷之意,没有人以为是失意做不到官的意思,文穷而后工,恰又有合于现时的新解释。这是说文人穷了只有改行业做工人。写出文章来既然吃不饱自己的肚子,若依旧在文字范围内寻职业,仍不免要挨饿,只有工厂工人到早就照物价指数拿工钿,比较还活得落,仔细一盘算,只有决心脱下长衫穿短打,这便是文穷而后工的合理新解释。

---

① 原文作"杨"。

实在穷而后工的,绝不限于文人,就是武人也可以退役之后来办工厂,名之曰实业救国。不过这个穷字只可以当做不得官做政治上失意解,不合于现在普通的命意,他们乃是富而后工,因之一定要说明白,文穷而后工,才不致引起他人的误解。

（选自《论语》第 118—177 期合订本）

睡　品

假定白天和黑色是同样长短的,人生中至少有一半的时间给睡眠占了去。若照工作八小时,游戏八小时,睡眠八小时的标准而言,睡眠也和工作同样有地位。一个人有好睡,即是有好的生活,比之富贵荣华寿考多男还幸福得多。到底怎样才是好睡,也可以各人各说。对于睡眠的专门学问,向来并无研究,只好踏袭司空表圣二十四诗品的题目,试作睡品。

一、雄浑

睡狮,中国一向被叫做的。睡得昏天黑地,日月无光,无知无觉,沉沉不醒。刺一下,动一动;打一顿,翻个身,但又睡着了。这一种睡法,是空前绝后的,甚么人都叫他不醒来,甚么刺激都扰不了他,什么引诱都不能更改他素志。这睡又是如此堂皇,如此壮大,如此悠久,如此完美。看来一定要像陈抟一忽困千年了。陈抟老祖说是,赵匡胤做了皇帝,才大笑跌下驴来,入华山去睡的,赵匡胤是在西历九百六十年做皇帝的,那么再过十二年就可以满千年,陈抟可以睡醒转来了。睡狮甚么时候醒,却无从算起。

二、冲淡

陶渊明不肯为五斗米折腰,弃了彭泽县的县长之位,退居于乡间。他高唱归去来兮之辞,说田地将要荒芜,宁可回去种田吃饭。果然去做了乡农,生活自然十分辛苦,可是他不以为苦,反说:"夏月虚闲,高卧北窗之下,清风飒至,自谓羲皇上人"。这是要将名利置于度外,才感得到的自得其乐。从古以来,许多隐逸之士,总多少具有此种襟怀,而热中于做官发财出风头的人,是永不会理解的。

三、纤秾

长恨歌:"云鬓花颜金步摇,芙蓉帐暖度春宵。春宵苦短日高起,从此君王不早朝。承欢侍宴无闲暇,春从春游夜专夜。汉宫佳丽三千人,三千宠爱在一身。金屋妆成娇侍夜,玉楼宴罢醉和春。"这是唐明皇得到了杨贵妃的景象,那种恩爱

243

情形,比之现在一般痴男怨女有过无不及的,所以当七夕之夜,在长生殿要相誓世世生生愿做夫妻了。这一种睡,须是有福气的大情人才享得到。

四、沉着

卧佛,许多名刹可以看到的卧佛,是睡的最完美的姿态。据说,睡的形式,以卧佛所取的方式,顶合科学原理,那不是仰卧也不是覆卧,只是侧卧,而且微屈着身体,左边在上方,很适合于五脏六腑之安排,又合四肢百骸的配置。所以这样的睡,不但合于卫生之道而且也很安适。无论甚么地方的卧佛,只有这一种姿态。恐怕因为佛出在印度,地处热带,人顶好睡,所以对于睡有特别心得,故能达到这个境地。

五、高古

袁安是后汉最好的三公,他起初不过一个穷书生,后汉书本传注引汝南先贤传云:"时大雪积地丈余。汝阳令日出案行。见人家皆除雪出。至袁安门,无有行路,谓安已死,令除雪入,见安僵卧。问,何以不出? 安曰,大雪,人皆饿,不宜干人。"下了大雪不想出来求人,未必一定为怕麻烦,现在的请拖干谒,是要不远千里而往的,这种睡恐怕很少了。因为既然各党各派可以参政,而且社会贤达也可以做官,那个人再肯僵卧雪中?

六、典雅

岑参诗:"敛迹归山田,息心谢时辈。昼还草堂卧,但与双峰对"。这是和时下称病下野的政客不同的,分毫没有不平牢骚之气在胸中,谢安石的东山丝竹,便是如此胸怀。诚心要舒舒服服来享乐游玩的,所以他高卧东山时便有我公不出如苍生何之叹了。现在如果有济世之才的人,我们一定不许他这样自适的,一定要他出去来为民族国家工作,所以朝廷上群贤毕至,少长咸集,而典雅的睡眠只能在会议席场的打盹中看到了。

七、洗炼

这一目却是今人所以胜过古人了,许多摩登派的男女,临睡也不能不打扮化妆①一下的。不一定是青楼小姐跳舞姑娘,到夜晚才仔细修饰,即是大家闺秀,学堂派的少女,也会注意晚装。至于寝室之内,床褥的整洁,帐帘的美好,都能和他们相配。有些学府的每年一次开放宫禁,就可以看到居室的考究。至于花柳街的开业也叫铺房间,便可以知道他们这项布置的不苟且。睡又有了各种新奇式样的睡衣,更使得睡完美了。

①　原文作"装"。

八、劲健

据三国志演义描述张飞的睡，是鼾声如雷，两目睁开，以致把刺客范疆张达吓得不敢下手。虽然张飞将军的头终于被偷去送到东吴，但他的睡是够伟大的，少有人可以企及的。此种睡法，后人也有做得到的，水浒传中的李逵，说岳传中的牛皋，一定也都是如此。近时的有些请愿团，要求些甚么条款，为贯彻主张起见，有到主管机关去卧守的，这种不达目的不休的样子，倒也有几分劲，如果他们真的睡在那里。

九、绮丽

唐诗："合昏尚知时，鸳鸯不独宿"，还不如更古些的子夜歌说得更好。——"揽枕北窗卧，郎来就侬嬉。小喜多唐突，相怜能几时！"这是古今一体的，现在也没有甚么不同，相恋慕的一对人，常常做着这一出戏，正是西厢记中的——待月西厢下，迎风户半开，月移花影动，疑是玉人来。莺莺小姐是须红娘捧了才大着胆往西厢而去的，现代的莺莺，却用不到红娘了，但是并不因此而减少了风趣。

十、自然

自己没有一些主张，也不容有所主张的，那是自然，就是把一切人为都给放弃了，听凭天命的支配。唐诗的一句："春色恼人眠不得"，欲眠而不得，不由人作主，那便是自然。你想万紫千红，花香鸟语，整个宇宙，充满春的气息，到了夜晚，春更加浓酣了，如何安眠的下。于是即使服从习惯，躺在床上，也不过胡思乱想。转辗反侧，一直到十分疲乏，方始朦胧入睡，那时天也快亮了，所以又有一句说："春眠不觉晓"。

十一、含蓄

梁简文帝夜夜曲："愁人夜独伤，灭烛卧兰房。只恐多情月，旋来照妾床。"如果真的怕月光来照，竟可以不减烛睡的，有了烛光，月也照不进光来了。可是这实在是深愿月照到她床上来的。这样的睡，正像目今大官显宦的偶遭失意，便说生病睡在床上一样，这是一种推托，而另有希冀。说体弱多病，愿避贤路的人，正是要上官挽留他的差使。这种目的不在睡的睡，古今都不乏其例。

十二、豪放

葡萄美酒夜光杯，欲饮琵琶马上催，醉卧沙场君莫笑，古来征战几人回——武将大兵的睡，都是这样豪放的，性命尚且不惜，还有甚么顾虑，一睡下去便胡天胡地①人事不知了。大概心直口快的人，胸无城府，困了不用想心事，总能好好

---

① 原文作"帝"。

的安眠。红楼梦描述史湘云睡着在太湖石上，袒胸露臂，花瓣落在她面孔上，这一种傍若无人的态度，大有战将样子。不过目今有一派洋场恶少的死人勿关脱底棺材作风，能不能算豪放呢？

十三、精神

睡得精神抖擞，无过于越王勾践卧薪尝胆，曾听人说过，习武技的拳师，不欢喜困软绵绵的被褥，顶好要横身在七高八低的硬柴上过夜，他们都是勾践的信徒。拳师常常要相打，自然不能耽于安逸，正要像越王那样念念不忘会稽之耻，才可以一举灭吴，雪辱报仇。自从近代人发见了卧薪乃是卧了拿薪水的新解释之后，许多才俊之士，都在睡眠中拿了薪水，于是变成了另一种精神了。

十四、缜密

据说钱武肃王在军中睡时，用一段圆木做枕头，头一动枕便滚动了，这样他不致于酣眠深睡，而得时时警醒，这种枕头就被叫做警枕。行军原是很要小心谨慎的，可以有这一种睡法，军营中总是枕戈被甲眠，就是这个意思。我们在报纸上的通电中，也常看到枕戈待旦的字样，幸而戈字未曾错排做歌字，否则也许会被人误解，睡在床上，枕头上听着无线电播音的唱歌，而等待旦角的来。这也是另一种缜密。

十五、疏野

储光义同王十二维偶然作："野老本贫贱，冒暑锄瓜田。一畦未及终，树下高枕眠。"树荫下草地上的高枕，一定是块石头，这一种率性任意随遇而安的睡，不必一定要在荒村野地才是疏野，即使你在书房中，也可以把书籍乱抛，弄得像一个老鼠窠，床上地板上窗槛上，凳①上乃至马桶上全是些书册，而你也随便抽几册书当枕头，一面看书一面就睡着了；或者富人对于钞票也如此办法，仍可以是疏野。

十六、清奇

要得清，一定须独身。"鸟宿池边树，僧敲月下门"，这鸟如果是单身，而和尚又不是吃醉了酒肉回来，便可以算奇的注解了。但睡的清奇，恐怕不好这样割裂了说。唐诗："山光忽西落，池月渐东上。散发乘夕凉，开轩卧闲敞②。"这样披头散发不修边幅的，一定是个孤身的怪男子，在幽静得要走出鬼来的屋宇里，黄昏时候，大开窗户，在猫鹰怪叫的树下纳凉睡卧着的情景。

---

① 原文作"橙"。
② 原文作"厂"。

十七、委曲

孝子王祥,因为他的继母要吃鲜鱼,可是这时是大冬天气,河川都已封冻,流着的水都没有那里来鱼。孝子只得赤身裸体去卧在冰上,果然冰融化开来,跳上了鲜活的两尾鱼来。这岂是他初意所想得到的。他的卧冰,不过表示他的心迹而已。传达出心中的真意,而这又是不易为别人了解的真意,可以有这一种睡的。唐诗"君言不得意,归卧南山陲。"不得意有时的确可以一睡了之。

十八、实境

夏日炎炎正好眠。

十九、悲慨

古诗:"明月何皎皎,照我罗床帏,忧愁不能寐,揽衣起徘徊。"不能睡着的结果,可以在室内踱方步兜圈子的。阮籍咏怀有句云:"夜中不能寐,起坐弹鸣琴。"这也是一种解闷消忧的办法。有了悲感,往往是睡不着的,所以这睡其实是不睡。

李白乌夜啼:"黄云城边乌欲栖,归飞哑哑枝上啼,机中织锦秦川女,碧纱如烟隔窗语,停梭怅然忆①远人,独宿孤②房泪如雨。"这一种情景,现在也并不少。

汉朝有个王章,到帝都长安读书,是带了他妻同去的,他很穷,又生起病来,没有被盖,睡在"牛衣"中,想想一定要死了,便泣着与妻诀别,这是牛衣对泣的典故,卧在牛衣中生病,这是现代的大学生所③想像不到的。但是现代人也自有现代中国独自的悲感。

二十、形容

诸葛亮隐居在隆中时,人家叫他卧龙。有些坐地分赃无恶不作的土霸,被叫做卧虎的很不少。龙虎之类是怎样卧的,谁能知道呢?但实际睡眠的确很奇突的,有些人可以像猪那样鼾的睡不醒,有些人也会像狗那样一闻声息就觉到。据深信相法的人说,这些都是成了形,是大富大贵之象,所以朱太祖在做告化和尚时,一根讨饭棒横在头上,伸挺了双手双脚而仰天睡着,翻一个身侧转了睡,那告化棒又滑在一边了,这就是天子二字,后来便应该坐龙亭做皇帝的。现在有人要困出大总统三字来都不容易。

二十一、超诣

汉光武刘秀皇帝和严光从小是同学朋友。刘秀荡平天下做皇帝之后,要请严光来做官,叫另外一个朋友,在他手下做官的侯霸去招他,他说"阿拉不来。"皇

---

① 原文作"意"。

② 原文作"空"。

③ 原文此处多出"比"字。

帝亲自到他府上去,严光却睡着不起来。皇帝走到他眠榻边去,摸摸他肚皮说到,喂,子陵老兄,阿好帮帮忙。严光睡着不理。隔了一回才睁眼开来说道,你做你的皇帝,我自做穷光蛋,麻油拌青菜,各人自喜欢,有甚相干。皇帝只好说,我真服你了,只得叹息一下,上了汽车回去了。后来又邀他到首都叙旧,谈了几天,皇帝说,你看我比以前怎样?他说你比从前稍好了些。就同睡了。严光睡相不好,把脚架到了皇帝肚子上。明日钦天监的太史官上奏说客星犯帝座很急。皇帝说,我跟旧友严子陵一同睡的。恐怕是这一事罢。皇帝是天下唯一的真命天子,都不在这个隐士的眼中。所以现在没有隐士了。

二十二、飘逸

我醉欲眠君且去。

醉眼模①糊,口舌也说不清了,甚么事情都丢开了,顶要紧是安息一下,即使来的是心上人意中人,也得叫他回避,这时是要睡的时候,比值之春宵一刻值千金,更加要高贵些。这样的无所谓,这样的不注意,这样的马马虎虎,又是没有话可说的。

二十三、旷达

李太白诗:"处世若大梦,胡为劳其生,所以终日醉,颓然卧前楹。"这是老庄思想,人生是有限的,到头终必见阎罗王,为甚么要干戈相见,争名夺利,抢地盘。世间一切,都是空虚的,何必如此认真。人生像做戏,做戏可以认认真真做,做人何妨嘻嘻哈哈些,所以相见不妨今天天气哈哈哈,一切自会心平气和的,不必吃酒装糊涂,也可以睡下去心安理得六脉调和,而一忽困到大天光了。

二十四、流动

老教授,上讲堂,下面的学生都打瞌睡了。教授自顾自开他积数十年经验的留声机片,学生也自顾自云雾陶陶,如果下课不打钟摇铃,这个局面像可以悠久永续下去。虽然如此,换了一个教授或者换了一间讲堂,还不仍是一样。这样的换汤不换药,东睡几分钟西睡几分钟,乃是真正的流动睡。有些韩庄上的庄花,要川流不息的应酬许多个的局,像舞女转台子一样的过了一床又一床,同样不过是流动,最可怜还有逃兵灾的老百姓,长途奔逃,每夜换一个野地来宿。

  x   x   x

以上二十四品题已完毕。睡比诗的领域大得多,当然还有许多的睡,不过我在此地却不想再多述了,只再写品外一段,以示并非要以二十四品包括了一切的睡。

---

① 原文作"漠"。

品外

甲乙丙先生有事去拜访 ABC 先生，他们是好朋友，不用人通报，便直入内厅，却见 ABC 先生坐在书案边打盹，竟是睡着了。甲乙丙想，一定他很疲乏之故，让他好好的休息一回罢，不去惊动，就傍边沙发椅中很安适坐了下来。不久也昏昏欲睡，就在沙发中睡着了。这时 ABC 到醒了，看见甲乙丙在沙发中睡，心想他一定有事来的，但也顾惜他而不去叫醒，想静等他醒来。他自己却又睡着①了。甲乙丙醒来，看见 ABC 仍是睡着，他便率性再在沙发中打盹。ABC 再醒来，见甲乙丙仍未醒，他想还是再等他罢。这样甲醒 A 睡，A 醒甲睡一阵，一直到了天色已晚，甲乙丙醒来看见时已不早而 ABC 仍未醒，便一声不响悄悄地走了。ABC 醒来见没有甲乙丙在，还以他是做了些梦。此种可以称之为神品。还有我们在马路角上，街头巷尾，写有此地不准小便等字样的地方，常常可以看到贴有小红纸条，有的上面写着出卖重伤风，还有些是写着"天皇皇地皇皇我家有个夜啼郎过路君子读一遍，一忽困到大天光"的字样，这有些像符咒。也有极神秘之意，附带提及。我是常常欢喜读此种张贴条子的，诚心的读一遍有时还再添一遍，因为极愿意这个夜啼郎得一次美好的安睡。

（选自《论语》第 118—177 期合订本）

改用美钞为通货

因为物价涨了，现行钞票数量虽不少，但面额太小，人民购物及携带，都感不便，工商业更觉困难，于是又只好由中央银行出来做好事，纯为便利人民，及应付事实需要，就发行了票面为关金一万元，二万五千元，五万元，二十五万元的四种新钞，即相当于法币二十万元，五十万元，一百万元，五百万元的目下可当大钞之称的钞券。

此种举措，完全出于爱人民，救人民，为人民福利方便之诚意，据发行当日央行俞总裁的谈话，可以十分明白的，我们小百姓也完全理解。只要想想钞票与物价的比率，就可以知道这新钞发行的逼切需要。有人去看电影，票子也得二百万一张，如果以"万元大钞"付价，正须钞票二百张，每人都用此项旧大钞，那个售票员必要费一分钟的时间来点收钞票，那么他一个小时至多只能卖②出六十张票子，所以新大钞的需要发行，任何人都知道，而认为十分合理适时的。

---

① 原文作"看"。
② 原文作"买"。

就拿物价指数来说,总是三百万以上了,就是现在法币三百几十万元,只可当那时(民国廿五六年吧,作为物价指数基数的那一年)的一元,因之即以五百万元券而言,也只有一元多些的价值,实在还当不起大钞的名称。以前的一元钞票当然不是大钞,所以现在新发行的四种新钞,我们虽叫它为大钞,而其实质上仍不过是小钞。至于①过去的"万元大钞"以实际价值来说,不过是一元的三四百万分之一,不过三厘左右的价值,比之一分的票子远差了几倍,要它来负担通货的责任,实在太吃力了。

但是万元大钞在发行的当初,也确实是大钞来过的。那时也曾尽了通货的责任。坏是坏在物价的直线狂升,以致钞票愈来愈不值钱。倘使物价的涨风无法抑止,那么目下发行的新大钞,很可能不久又变了跟不上物价的小钞,而同样的弊病又要发生,央行将忙于接二连三的为人民便利及应付事实需要而忙于新钞的发行,旧钞的收回。这事只要去看看央行库房和出纳科,便很足以引起我们的同情了,他们比上战场更忙更辛苦。

为甚么不想一点更省力而耐久些的办法呢?

事实上,一般人对于法币,已感到头痛,已经失了信仰,法币已经到了近乎山穷水尽之境。穷则变。何以不就变呢? 变则通,通到了柳暗花明又一村。因之我来提出改用美国钞券为中国通货的办法,以供财政当局的采纳施行。做得好,这可以是一个绝好的解决目前金融问题财政问题通货问题的良策,比换汤不换药的发行新通货办法高出不止万倍。

有人要说,中国是堂堂大国,忝居世界五强之一,又是战胜国,岂可以不要自己的货币? 用别国的钞券来做通货,岂非有失国格?

这不过是重假面子的虚伪的话,不值一驳。中国的体面,早已有目共赏了,何在乎用别国的钞票。况且现在许多人不是爱好美钞吗? 上海的富商大贾,那一个不存着些美钞,豪门财阀又大都把资金逃在美国,而且像青岛,厦门,福州等地,市面上也通用着美钞,做买卖且以美钞为本位。用法币做通货的地方,是愈缩愈小了。在偏僻的乡村是用米谷或用银元,在邻接别种通货地方,便尽量用别种通货,如广州一带便使用港币,昆明也许会用法郎②,用英镑印银。总之法币的支配已经无法再支持,是人尽皆知的。强硬支撑法币,其负担完全加在京沪一带的人民头上,虽以近来上海物价的连接一再狂涨,并非没有正当理由。

---

① 原文作"以"。
② 原文作"朗"。

我们以为用美钞与国家体面是另一回事,并无何种重大关系。以前我们也用过西班牙银元墨西哥银元以及港洋等等流行于全国,通行无阻,充分担当了通货的责任。想来最初是番舶来互市的海口上使用,逐渐扩展开来,并不经人提倡,也不由户部准许,后来都成为中国银币的基础。现在既有人如此欢喜美钞信仰美钞,自可加以利用,以为我国整理通货的帮助。

一般人都知道现在要整理通货改革货币,实在是一椿至难的工作,我想也只有用了美钞的媒介,才可以很轻易的完成这件难事。我们不是得到四亿的美援了么,其中除一部分特别用款之外,尚有约二亿七千万美元可以支配于各种用途,胡不爽爽快快要美国运来了二亿七千万的钞票来。这在使用美援技术上,可以节省不少费用和力气。而且因法币大贬值的结果,据言要收回全部发行的法币,只须一亿美元即可办到,那么除了收回法币以外,政府还有一亿七千万的余力来做各种建设工作和各种正项开支的,一定可以支持一个相当长的时间。

所以改用美钞为通货之后,法币全部收回无问题,政府此后经费可以有一个长时间无问题,而且还有意外的收获,即是大批逃在美国的豪门财阀的资金,也可以回流到国内来。他们欢喜美元,中国已经用美元了,他们再不必冒天下之大不韪而把资财放在外国,一定再拿回国内来办建设事业了。同时上海富人所收存的美钞,也出笼在市面上行施,以致中国虽仅得四亿的美援,而实际上也许获得了十亿美元的实在力量。

并且由此一举,减少了对美汇兑的困难,对美外汇不必再有官价与黑市之分,也无须申请配售,藉外汇以发财的弊病也可以一扫而空,岂不大好。还有,既以美元为通货,在美国不倒霉以前,通货决无崩溃之虞,自然财政金融安定,靠背如泰山,对于戡乱又是多么一种伟大的力量啊。这实在是不能再好的办法。

(选自《论语》第 118—177 期合订本)

七、译作 7 篇

A　的　梦^①

人物

---

① 注：武者小路实笃原作。

A
女
友
B
C

〔A的室。A在做一种实验。叩户〕

A　谁啊?

外　我。

A　说,我是谁呢?

〔女启户探首入〕

女　我。

A　有什么事来?

女　有一句话要说。

A　什么话?

女　我有点要求恳你的事。

A　什么事情?

女　想问你借一百块钱。

A　那个桌子抽屉中有,拿了去!

女　拿了去行么?

A　认为不行,就搁在那儿好了。

女　那么,拿去了啦。

A　拿去好了。

女　你很忙么?

A　也不十分忙。

女　谈一刻,行么?

A　要是有话,谈谈也可以。

女　我和C脱离了。

A　那也好吧。

女　常来不妨?

A　来也可以。

女　不来也可以?

A　不来也可以。

女　随便怎样都好哪？

A　随便怎样都好。

女　所以你是要不来啊。

A　那么,要怎样说呢？

女　好是好。不好是不好。

A　好也好,不好也好呢？

女　那么,我去了。

A　你去罢。

女　还来呢。

A　请再来。

女　再会。

A　再会。

〔女退场〕

〔不久,友登场〕

友　用功么？

A　不,不过读读书罢了。

友　刚才碰到了多美君呢。

A　哦。

友　她到这里来了么？

A　来了。

友　来有什么事情的么？

A　来要钱的。

友　给了钱么？

A　给了。

友　多少。

A　少些。

友　也许还要来罢。

A　还来罢。钱化完了之后。

友　这样你也不回绝她么？

A　不回绝啊。

友　你还有心思么？

A　怎样讲的？

友　你是不配啊。

A　为什么？

友　你不是什么都好的主义么？

A　所以是什么都可以啰。

友　什么都可以，那么回绝岂不可以？

A　也没有回绝的必要。

友　还有些执着罢。

A　什么都好啰。

友　牙痒痒的东西，你是。

A　换了你，便回绝么？

友　当然。

A　我不把她当做别的人。

友　对于轻蔑地离脱了你，而去和狠狠骂你的人结合的女人。

A　人间是时常可以有误解的。

友　抛弃你是因为误解么？那时节你不是很伤心么？

A　那时是那时啰。

友　那么你还要受一次骗么。

A　受骗也不坏啊。

友　那么是受骗的好了。

A　受骗也好啰。

友　我对你是无法了。

A　对我无法的不只是你一人。

友　那么再会吧。

A　再会。

友　再受骗，便是受了骗好吧。

A　你是很喜管闲事啊。

　　〔友退场。又叩户〕

A　谁呀？

B　我啊。

A　不进来么？

B　没有事情么。

A　没有什么事。

B　听说你很忙。

A　要忙就忙不了。要写意，也没有底。

B　我近来觉得活着是很讨厌很麻烦。

A　那么死就好了。

B　却也不想死，因为死可怕的。

A　那么活着好了。

B　活着也烦难。

A　那么半生半死好了。

B　这也不好。

A　这太不知足了，你是。

B　什么不知足？

A　到不是活着也不行，死了也不行，半生半死也不好，这还不是不知足么？

B　你是都喜欢的么？

A　我呢，那是顶喜欢活着了。

B　仍是乐天家的样子啊。哈，多美君不来此地么？

A　来了啊。

B　来做什么？

A　说又和 C 不对了，到我这里拿了一百块钱去。

B　真么？我那里也被她拿了一百块钱去。

A　你也是阿木林哪。

B　你不也是阿土森么？

A　随便什么都好。

B　但是却有随便什么都不好的。C 只当做多美君听了我们的唆使所以逃
　　走了。还说要杀你和我呢。

A　这在你倒①是再好不过的事了。

B　为什么？

A　你不是说想死的么？

B　被人杀死，却是讨厌的。

A　真是不知足的东西。

---

①　原文作"化"。

B 你是喜欢被杀的么?

A 当然不喜欢的。

B 那便不能说怎样都好了哪。

A 那是不能说。但是倘若真被杀了,那也没有什么。死了之后,会想没有比死再好的了。活着的时候,自然以为是活的好。

B 但是果真来杀起来怎么办?

A 任是怎样的C,也不致那么傻罢。

B 但是,实际是这样傻。所以即使那个女人来千地不可以帮助她的。倘使隐匿在你的地方,C是嫉妒很强的人,一下子就当你和多美君生了什么关系,必定要来杀害你了。

A 万万不会是这样的呆罢。

B 是这样的呆子啊,那个人。

A 无可理喻的东西啊。

B 据说他是时刻拿了短刀去吓多美君的。所以她是想要高飞远走。

A 多美君这样说么?

B 这像是真的事。

A 讨厌的东西哪。

B 真是讨厌的东西。

A 说杀,去强迫人家是野蛮的。而且是威吓比较自己的弱者更加卑劣。

B 但是没有法子,因为是别人的事情。

A 多美君真是这样受磨折么?

B 这像是事实。

A 真有这样可厌的男子。

B 世间这样的人是很多的。

A 也许是这样的。

B 所以女人逃了来,也是不可隐匿起来的。

A 知道了。那么女人能滑溜地逃脱么?

B 看罢。

A 倘使找到了是怎样的呢?

B 那是用强力拉回去,不知再给她怎样的磨难。

A C是这样的人么?

B 就是现在好像女人也受了不少苦难。身体上创伤是不断绝的。

A　在未曾同居之前，是那样的恭谨趋奉的。

B　这是反而不好的。

A　那么当初我是该当再和他争的，我见他说那一种透明的赞谄，所以我更加①只说那女人的坏话。

B　已过的事不必多提及了。

A　那个女人是受他虐待，想起了便不能忍耐啊！

B　那便不能说怎么都好了哪。

A　那女人在受苦，我到今朝还没有知道。

B　可是你知道了也不能有什么办法。

A　我不能傍观那女人的吃苦。

B　那你怎么办呢？她是 C 的妻啊。

A　无论什么说，总难说做了丈夫，就可以虐待妻小的。

B　但也不能说妻毫无过失。而况同情于有夫之妇是不好的。

A　为什么？

B　会受不白之冤。C 马上当做你们有奸通。

A　岂有此理！

B　但是在这世中原只是多了岂有此理。就中丈夫虐待妻小是顶顶平凡的事。而且法律也袒护男子。见了妇人的不幸当做不曾看见就是了。

A　那么多美君的结果会怎样呢？

B　也许会被杀，但是无法可想。

A　会有这样不合理的事么？

B　那么，你想要怎么办呢？还是不要与②疯狂人做对手罢。还是被人告上了奸情也无妨么？或者被 C 所杀也好么？这种事情你要管也管不了的，到了现在这时间。

A　那么我们是不能不呆呆地看着多美君活活地被她的丈夫残害么？

B　嘿，有点像。但是多美君也不是木头人，或者能巧妙地逃脱。无论如何你总是不去管这事情的好。

A　你不是也借了钱给她么？

B　因为我不曾知道事件的内容。

---

① 原文此处多出"更加"二字。

② 原文此处多出一个"和"字。

A 多美君逃走了,想做什么?

B 这是我不知道的。

A 我只当多美君是很幸福地过活着。

B C是可怕的人。

A 你从前就知道的么?

B 隐隐约约地知道。

A 这样却还瞒着人么?

B 怕他的复仇啊。谁都像毒蛇般的怕他。

A 这我完全不知道的。

B 而且他有许多的手下。

A 我不知应该怎么办。结局除了不出声看着以外,无办法罢。

B 没有办法的。

A 法律也没有什么相干。

B 在家庭中的事,总不能一件一件地尽都说出来。

A 暗里怎样的受苦,是不知道的。

B 嫁了恶夫的女人是顶苦恼的了。因为夫可以无论怎样地虐待的。又可以无论怎样地胁迫的。又可以无论怎样地使妻受苦。因为那是暴力世界啊。

A 这样的丈夫恐怕不多罢。

B 偶然是有的。也许是非常多的。你曾知有一个男人因无根的嫉妒,把妻子的手指剪去。

A C总万万不会这样罢。

B 这样是不会的。不过或者要做不比这样逊色一点的事。再若是渐渐知道了多美君要逃走的事。

A 你讲得太过分了,C不是这样的人。

B 你要这样想的时候,就这样想好了。

A C总也一个有身份的人。

B 这身份是靠不住的。

A 没有事实证明,我不相信你的话。

B 是说被他杀死了之后才相信啦。

A 由你去乱说罢。我不相信C是这样坏的人。

B 啊好容易,这回方才安心了么。那么我去了。再会。

A 再会。喂,等一下。我要知道真实的事情。你讲的话真么?

B 想是假的时候当它假就好了。总之这样在你是很幸福。我也希望如此。因为即使明了了事件的真相,反正是没有办法的。

A 没有办法么?

B 没有办法。对于有夫之妇不能帮助的。我的叔父说过,不可对有夫之妇生同情,娶了妻之后,不能对别的女人生同情。说男子所能帮助的只有一个女人,其余的别的女人,无论是怎样的苦恼,只能白白看它们苦死。再会啊。〔退〕

〔叩户之声作〕

A 谁啊。

女 我。

A 我,是谁啊。

〔户启女即多美子进来〕

A 哦,是你么。

女 啊,请你救我。

A 怎么了?

女 我逃坏了。被夫看见了。

A 到此地也被他看见了么?

女 不。

A 那么,我把你隐藏起来罢。

女 谢谢。你是我救命的恩人。

A 听说你是很受苦了。

女 总之是受了骗啊。

A 听说你是很被虐待了。

女 他是可怕的人。是一种的疯人。

A 你是十分地忍受了。

女 唵,受了监禁啊。逃也没有法逃啊。

A 告状去怎样呢?

女 我的居所倘若被他知道就活不了。他每天说杀你杀你吓我。

A 我不知道C是这样的人。

女 当初我也以为没有像他那样好的人。

A 当初我虽则并不觉得怎么样的好。今日到难为你逃出来了。

259

女　这几天因为要使得他疏忽，装做对于逃走已经死心息念，欣愿为 C 而死，使得他安心。

A　C 因此欣欢了么？

女　很得意呀，在同伴前把我当奴隶一般看待。

A　可恶的东西啊。

女　无可理喻的东西。

A　你被他找到了要受害罢。

女　不知要受他怎样的虐待了。在哭声不能漏出去的一室中把我监禁了。而且只把那很粗劣的衣服给我穿，使得我不能出外。这次若被他带回去，怕连水都要不给我喝了。

A　在现今的时代有这等事！

女　他是什么事都做得出来。

A　不过。

女　因为力气是女人要不过。所以把女人绑起来，打殴她，是比捏杀虱虱都还容易。

A　听你的话说来，像不是现在世中的事情。

女　是地狱中的事。不见的人是不知道的。

A　你说的话是当真的罢。

女　唵，自然是真实的啊。看这个〔卷起衣袖给他看。〕全身都这样。

A　好。我也是男子。我要战斗到底。

女　勇力最没用的。应该出奇制胜地用什略。我隐藏在此地绝对不可使他知道。

A　就是力气我也不会一定败的。

女　你想杀了他么？想做杀人犯么？而且愿意被世上一般人当做因为和我有了奸情所以谋杀他的么？那么，那时你即使不受死刑的判决，你的从来的研究也从此糟了啊。

A　当这一个时候还能管什么？现在我只要能救了你就好了。

女　那时我也成了谋杀亲夫的。

A　不，罪由我一身任挡。

女　不要这样痴气。赶快给我一个躲身的地方，这是顶要紧。

A　等我想想看。

女　B 君处怎样？

A　不行。除了此地没有别处。

女　此地不行。他憎恶恨你。他看对你。

A　要是有别的好地方也行。

女　哟！有谁来了。

〔女慌忙地要躲到壁橱中去。这时门开 C 赶进来，迅即抓住了女人〕

A　你干么？

C　不用管闲事。因为多美子是我妻。还是你想受奸情的告发么？

A　若要告状去告好了。我是衷心无愧啊。

C　无愧？那么为什么要隐匿我妻。

A　你真是像丈夫的样子对待妇人哪。

C　你竟相信了疯人的狂话么？多美子是狂人啊。是真的追迫狂啊。

A　狂人恐怕是你呀。

C　盗了别人的妻还放什么屁！喂，回去啊。

A　不许用强力拉。

C　要多管闲事，对你是不利的呢。

A　不利也不妨。若是你能告状，你去试试看。

C　你以奸情为可夸哪。

A　好在我是无罪的。你是有罪。告状去！看，罪是你有的！

C　这些以后再说罢。喂，回去啊。

女　讨厌的。

C　讨厌？想在这里么？可是，不情愿，你也要回去的。

A　停手！〔推开 C〕

C　做什么！

〔A 与 C 格斗。A 被推倒。C 拉了女要逃去。A 取刀刺 C。C 倒地。A 发狂一般注视血染的刀锋。女像发狂般绱男。〕

不知从何处的声音。是梦，是梦，是梦。

——（幕）——十月三十日译

（选自《一般》(1926)第 4 卷第 1—4 期合订本）

谈　诗[①]

　　凭空提出什么是诗的一个问题来，是不容易回答的。因为诗是什么都可以，从前中国的诗人，在季节的变化和自然风景之中，看出了诗，在时代的变换，国势的凌替之中看出了诗；今日的诗人，却在社会人生的各方面发见无数不同的诗。譬如某一社会的诗人，对于酒店，淫卖窟，工厂，贫民窟，火车，杀人，军队，暴动等等，体验着诗的兴奋，从这些地方去求新的诗题，也有更冥想的诗人，对于人生宇宙的意义，由哲学玄学的观念去感念的。

　　所以，诗的本质是在个人之内，而不在对象物之中。由看的人，可以把宇宙之内的森罗万象都看做诗。而且诗人的责任，实在也可以说是要把平常人以为无趣味，杀风景，俗恶，非诗的东西，从这中间，去发见新的诗的美，使得诗的世界，内容丰富起来。

　　所以，应当问的，不是诗是什么，而是对于他物，怎样才是诗的看法。这一种诗的看法的特殊态度，就是诗的感动的态度。诗的精神的本体是主观，所以诗的感动的本质不外乎主观的态度。换言之，用主观的态度去看时，所看的一切自然地成了诗。

　　那么，主观的态度是什么呢？那就是对于事物不由客观的认识，使融解于主观之中，用感情的智慧去看。就是不照物事的本来去看，由主观的感情去认识，使融合于心情的激动及情绪之中，而明白其存在的意义。凡是诗人，都用这主观的态度向着宇宙，所以诗人所见的宇宙总是带着诗的意味的宇宙，也就可以成为诗的内容。在非有诗人素质的人们，不用此种主观的态度，用别的客观的见解来对待一切事物，所以即使形式上是借用了诗词歌赋的格式，也不能说是诗。

　　由此，我们可以分明地区别本质的诗和只具有形式的形似的诗。真的诗，须是有诗的内容而具有诗的形式，若是没有内容的韵文，同没有实体的幻影一般。但是我们在实际作品上，如何可以去判断作者有无主观的态度，即有无诗的内容呢？一切的艺术，只能因它的表现而理解。我们不能推察潜伏在表现背后的，作者的心理和态度，而表现出来的东西，必然有些形式的。所以真的诗和形似的诗的区别，也只能在表现的某种形式上看出来。

　　不过，这问题是属于即使用数学的顶复杂的微分法，也不能计算出来的言语

------
　　① 　注：萩原朔太郎原作。

的微妙的有机关系。从这点说来，艺术的意味，只能用直觉去感知的。为什么对于某一诗篇感得是真的诗而对于别一篇韵文以为是非诗呢？这都是关于言语的意味和音韵所组合而生的一种微妙复杂的关系。无论人间怎样的理性，是决不能计算出来的。但是大概可以有一种看察法的。就是在真用感情来写的真诗，言语不做概念使用，融合于主观的气分和情调之中，自然地唱出来感情的意味。而在形似的诗中，言语只是没感情的概念，用于纯知性的意味。

所以诗的表现的特色，是言语，不使用其知性的意味，而以直诉感情的意味为主，根本原理，只此而已。诗的所以有音律之必要，也是因此。决不是为韵律而求韵律之形式，不过由自然的结果而成韵文罢了。因由音律，言语能表出最强的感情，所以在决定诗的形式上，常占第一义的位置。但在音律以外的要素，也可以有传出感情的要素，就是不用语义的概念的意义，由融合于主观的感情而表现出语感中的心情与情调。近代的许多诗派如象征派，写实派，未来派对于此点是特别重视，是大家所知的，也不必多说了。

——节译荻原朔太郎著《诗的原理》

（选自《开明》第2卷第1—7期合订本）

立　志①

丈夫死了之后，美代带同了独生儿子仙吉回到故乡的娘家来。

丈夫稍稍有些田地的。虽则是不到五六十袋的租米，因为平常用他的月俸就可以维持生活，所以有这点米，是很足以壮胆的。不过因为丈夫没有计算，又是大酒徒，所以这一组夫妻在东京的生活，什么时候都没有余裕。

所以丈夫死了，在美代反而是使她写意的——娘家老父母虽则也只靠了很小的田地的租米，过着简素的生活，但是美代只要每个月把她和仙吉的伙食费交付给她父母以外，对于生活就不要有什么耽心和辛劳了。

美代二十九岁，仙吉七岁。她存了出家一样的心思，再嫁什么是想也不想到的……但是，想也许是想的吧。不过，娘家的父母说："把仓地那一脉有由来的旧家的血统斩绝，是不行的。现在只仙吉一人继续那正传的血统。你一定要始终抚养仙吉，……"

所以美代在丈夫死了之后，不从仓地家除去户籍，她和仙吉坐守这不到五六

_____

① 注：片冈铁兵原作。

十袋米的田地,决心为再兴仓地家而牺牲她的一生。

"你倘使不立身扬名,是把我一生都弄糟的。仙吉,你将来一定要荣达呀!"

拉住了刚到小学里去的仙吉,这样说是美代的口头禅。

三年一过,五年去了。……

乡间的娘家,本来是所谓一村一人,全村的土地为一人所独有的可夸傲的家世。不过从明治末年以来,零落到成为差足糊口的小地主了。但是幽闭于山乡的感情的美代的父母,对于家世门第,感着过大的荣华。幸而他们的长子(美代之弟)在美国像很有一点收入的样子,近来由他寄来的钱,每月也可以有多少的贮蓄。虽然如此,美代母子的伙食,还要她清清楚楚地照付的。

美代和仙吉担负着仓地家五百年前从源氏传下来的系谱的现代篇。这样一想,美代益加觉得她责任的重大了。已死的丈夫,对于要倾斜去的家门,是只使得它的倾度更大的大酒徒,现在仙吉非成为重整家运的新时代不可。应该是有崛起的中兴。

"我非得着力干不可!"

美代像是为要做个女杰之故而断了再嫁的念头。再嫁之后,一定要和仙吉分开。放在别人手里,决不会好好地去教育他的。倘不托付给别人,嫁出去也带他去,那是被叫做"拖油瓶,"对于仙吉是更加不好。那么招一个垫头的来做仙吉的父,总不妨事了,可是虽则不到一百袋米的仙吉的财产,叫别个人来执管,总不能安心的。

然而美代是写意的。付给娘家的伙食并不成什么大问题,虽则少,也有五六十袋的租米,因而也能时时逐了流行做衣服买指戒。

和丈夫在东京过活时那样的使神经削弱的当家的苦劳,现在回想起来,真同做梦一般的。她稍稍肥胖些起来了。营养良好的光润的肤色,满现着年轻的活力,在旁边看看也感得爽快的。

"美代姑娘好看起来了。"

亲族中的女人们,这样地批评她。

仙吉是小学就要毕业的顽皮时代,美代是三十三岁。

"你为什么这样地不懂事呢!稍为替我想想看,留心听着话,不是应该吗?"

仙吉咬着铅笔坐在桌子前面。旁边的美代做着家庭教师的职务。为投考中学,正在拼命地在补习算数。

拼命的是说美代,儿子像替别人做事那样的不热心。很简单的种树算,无论怎仔细地教他,总不能理会清楚。

"喂,三町是几间? 说出来看!"

"……"

"一町呢?"

"六十间!"

"那么,三町呢?"

"三六,一百八十间。"

"对了,对了。那么一百八十间是多少尺呢? 算算看。"

仙吉就回答出来。

"每隔三尺种一枝树,一千零八十尺中间……"

"把三去除吧。"

"对了,对了。再加个什么?"

可是到了应用问题,仙吉的头脑中就起混乱。

起了混乱,他就呆然地舐铅笔了。

"不懂吗? 这就是种树算的应用,为什么不懂呢?"

美代就发起怒来,话也凶了。

"做娘的管不得了。这样的问题都做不出,怎能进中学,进不了中学的人,要他干吗? 大阪做徒弟去吧!"

这时,仙吉沉默了,眼中满含泪水。

原来,仙吉幼小时是个无法收拾的顽皮孩子。到别人家去做客,也总在席上乱闹,惹得那一家的小孩哭,打破东西,无论怎样喝他吓他,都不怕的。到了十岁十一岁之间,渐渐温静起来,变成不大开口的小孩了。说他是文静,有时反可以说是畏葸,成了个没有元气的小孩了。

恐怕因为有一件事太填塞了他头脑之故吧。

"你非成为伟人不可!"

进中学,进大学,成学士,成博士,……否则做个伟大的军人,或者富豪,或者大官……啊,人可以荣达的路是不知有多少哩。但是要达到这些荣达的顶点,儿童所不可不做的,只有用功一事! 这是少年杂志文学的公式,也是美代所给的教训。(又是多么单纯!)

孩子心里想,好的! 那么明天起用功! 但是美代却是要强迫他今天就用功的女杰。

可是使得美代奇怪的是仙吉无论怎样地受母亲的督责而用功,学业成绩却毫不上进。在报告单上记着甲等的学课,从一年级到五年级一科也没有。若都是乙到也无妨,而竟有是丙的。

美代觉得奇怪,这样聪敏的孩子为什么成绩不行呢?

也许是主任的教师不欢喜仙吉,因为是不活泼的孩子——总之,是缺少才气。头脑到并不鲁钝,美代相信如此。一切都可以在中学的入学试验得到判决。倘使他能入了学,对于小学的主任教师,到是个好俏皮,她独自这样焦心着。

"这样容易的问题做不出吗? 这样容易的……"

仙吉受了责叱,益加萎缩了,一味咬着铅笔。美代到后来成了像怒骂一般声音。仙吉哭了,美代也哭了。可怜得很……

中学入学试验逼近来,本来血色不好的仙吉,面色益加苍白了。在小学的运动场里,他也只时常站在日荫里茫然地看着同学们活泼的游戏。偶然到太阳光里去,地上现出来的影子,也是无力而瘦弱的样子。

美代的娱乐是去玩味近来购读的和歌讲义录。也作了歌,寄到一个有"宫中御歌所寄人"的衔头的讲师那里去请他改削,近来渐渐懂得了作歌的诀窍。写到花笺或手卷上去的假名文字,也练好起来。

不过时时想起"万一,仙吉这人是不适于读书的呢?"这疑问。那么舍弃了青春,专为了仙吉一人而牺牲她一生,好像是个大错误,觉得眼前墨黑了。

倘使仙吉真是低能儿,就是说,他终没有荣达的希望,那么自己一生的意义在那里呢?

"被这个东西所误所骗,真可恼呀!"

在她这样感到时,好像和歌的讲义录,桌上的花笺,也是合了世上残虐的同伴一样来欺侮她这单纯的弱女子那样地被一种要撕碎破弃一切的冲动所驱着。

在和歌和习字中有了幸福还得了吗? ——这样地反拨起来,可是她除了由这些去欺瞒自己的心情以外,没有别的办法。

入学试验终究失败了。

"仓地家是怎样的一种家门第,你知道吗? 无论怎样地对你说,你总只当是耳边风,所以不行呀!"美代把元气消沈的她的儿子,叫到她面前,开始了老例的教训。"接着源氏血统的家门,就是清和天皇的后裔呀。前番曾经把那系谱指点给你看过的,你记得吗? 那是仓地家的门第不比那一个华族逊色的大证据。仓地家现在虽则零落了。但是要由你的力去再兴起来的。所以你是——你是有重大的责任的。可是投考中学都考不进去。……"

数说之间，美代胸中次第满溢了悲哀。仙吉原也可怜，而在美代自身更是有无限的悲哀的样子。

"我——"她已经红了眼睑，说着，"我是把中兴这有根底的家作为一生的事业，什么都牺牲了。为你，为要使你荣达，我是幸福也不顾，娱乐也不顾，拼命地奋斗了来。可是你却一点不顾到我的苦衷，你是连中学都考不进去。真是个不肖子！你不怕羞吗？把你母亲的一生都弄糟了，你什么也不觉得吗？在你原是怎样的失败，怎样的倒霉都不要紧的，但是做母亲的怎么办？现在再想要……"

是想说现在再想要去嫁人的地方，却想到对儿子讲也没有用处，就不说了。她莫名其妙地感着羞耻，噤了口。

孩子倘使哭了，就发声哭也好，说话的调子就可以进行，可是仙吉对于母亲的不知是牢骚还是算教训的严肃的口舌之前，只是失了色一味低着头。额上隐隐约约地起着这些时候必有的皱纹，仙吉伏着眼睛，暂时沉默着，隔了一刻像独语一般地说出来。

"明年一定考取给你看。"

这低语像含蓄无限的力，母亲感着。这孩子现在真个自觉了吧。真个已经把握住了做人之道，为子之道，而要真正努力吧。真个努力用功起来，一定是面目一新那样有很好的成绩。美代这样解释了，好像心底见了希望的光明。

孩子头脑并不坏。总之，以前是没有什么野心，也没着实的思想，只是在表面上读书做算术。所以也就没有发挥人间根底的能力的机会。——仙吉渐次自觉起来，真个用功起来，定会事情一变吧。

"真个从今起发心用功？"她柔和地笑问。

仙吉默然而点头。

"不可以忘记呢！假使这一回再不用功，母亲是不答允的。——一定要用功的！懂么？倘使你去做了徒弟，一生也就完了。"

不取，到反是因祸得福，她想。

可是仙吉的自觉，并没有显著的表现到行为上来。不但如此，而且进了小学的高等科之后，他看去是比以前益加缺少精神。中学不取像是给了他一个绝大的打击——这样一想，就觉得可怜起来，要再鞭策督促他，真有点不忍，暂时只得放住一下。

美代已经三十六岁了。但是一点也看不出年纪老去的样子。几年都同一样子，烂熟的美停滞着。血色很好，皮肤也滑润而有光，在饱满的面孔上，黑发是丰盈地结着云鬓。

但是,她渐渐稍感得生活的苦恼起来了。就是因为仙吉年纪长大起来,开支就增加了,而田地上的收入反逐渐减少下去。佃户不以耕名门大家的田为光荣了。无论是谁家的田,耕作的是佃农。田主并不来做工的,所以佃农本能地想到,由自己工作所收获的米,应该由自己来自由支配的。这是时代的潮流。无论什么时候都照地主的意思,那么佃农到末了除饿死以外别无他法的。

佃农明白了当然的权利之后,地主要享不当的逸乐就难了。以前佃农太受地主的榨取了。被榨取的为要避免饿死,而求达到不被榨取的地位,是天公地道的当然之事。

所以美代的收入年年减少去,是自然的趋势。六十袋的米变五十袋,五十袋却又险险地要变到四十袋了。

"近来的佃农真岂有此理,欺人孤儿寡妇……"

美代恨恨地说。明治中叶生而为地主的姑娘的她,还当佃农是地主的家仆杂工一般,尽由地主吩咐的那时代的事。对于多数的人,做少数人的奴隶,被榨取一事,毫不怀抱疑惑,这样的太平之世,才是社会的常态,而像近来那样的佃农主张当然的权利,在她想来总觉得事不对,是末世的现象。

原来,她嫁出去的仓地家,是离开娘家四十里的另一村落,所以现在府邸虽然没有了,而所残留的很少的土地,却是在离娘家很远的那个村里。她每年有二三回要走这四十里路到那村上去。田地的管事虽则委托了本地的一个人,可是有些事情仍非她亲身去料理不行的。

管理田地的人,是和仓地家有亲戚关系的一个老人。

"近来真是没法子。有田产的人吃了租税的亏,粮都还不了。佃农的气势又利害。……"

不切实办,也许四十袋都收不到的样子,美代对于管事的老人求他再着力多收一点,老人却反而现出怕惧佃农的口气来。

"这样说,你倘是这样的不肯出力,我们不是很为难吗?我和儿子并没有别的收入,你是知道的,……真个不知怎样去完粮纳税才好,简直没有办法。"

"但是听听佃农的话,到也有相当的道理,……所以我夹在中间,真是为难了。顾了这边,那边到了,顾了那边,这边又要怨,真是打在夹墙里了。"

"总算帮我忙,多收五六袋也好。这是拜求你的,否则仙吉的学费就生困难……"

"仙吉来年稳当吗?进中学。"

美代怒了:

"想来总不会是接连二次不取的低头儿！"

"你说困难困难，可是你父母的家里想来又不是要你什么钱。"

"那有这么好！我一直就每个月付给他们二个人的伙食。"

"哦！"老人像怜悯她样地叹息。

"种田人的话，听起来到什么时候会有了局呢。明年，早一点，先把稻去割来吧。"

"什么话！这样的事做了，全村要闹得天翻地覆哩，——唉，真不想长寿，现在世界上万事都颠倒了。"

可是老人也只便叹息，没有代了她和佃农奋斗的样子。

美代的一个从弟，是在当小学教员的，一天从镇上来，在她们家里过一夜。

"仙吉近来用功吗?"他问。

"唔，还好，算术很有进步了。喂，仙吉！"美代叫仙吉取了算术的参考书和笔记簿①来，在从弟之前解问题。

"来，把这里的第五题做做看。"

"唔，这容易。"

仙吉很得意开始计算了。费了许多时候，算出了答数，给从弟看。从弟说：

"唔，七十五人？这是答数吗？拿来看，那算式怎样的?"

小学教员的从弟，从仙吉手中取了簿②子，暂时看察仙吉计算的由来。

"这不行吧。这里为什么用五来除二十？还有……啊，真是……"

他搔搔头皮，就严格地说。

"再要把问题的性质好好地想想。懂吗？你这里因五除二十，这是从甲村来的学生数，用级的数去除，这是怎样想出来的?"他毫不客气地批难。

仙吉不发声回答，只有喉咙里面透出嘿嘿的呻吟声。

比之笞打肉体，心上是受着更重的创伤，叫着嘿嘿的仙吉的苍白的脸上，分明现着强烈的苦痛的表情。在旁看的美代，也像和儿子受着同样笞打一般的苦痛恼闷。

翌年，仙吉仍考不进中学。再次年对于近镇的县立中学绝了望，去受相隔一

---

① 原文作"薄"。
② 同上。

百余里的别个中学的入学试验。因为那里投考的人很少,容易进去。

好容易,考取了那学校,当时美代的欢喜,在仙吉像是感得可怕一般的。

"到底,这孩子现出了他真的本领来了。"

美代好像世上突然开拓了一道光明之路出来那样。从村上到火车站有三十里路,可是美代母子不坐什么车,二人轮流拿着大包袱,步行了去。

"我什么都不要,无论怎样穷困都不妨,只要这孩子立身出世了,我的事业就算成功了。"

喜极而要下泪的样子。到什么地方都跟着儿子的决心,她送儿子到那中学的镇上。

以后美代在这镇上租了小小的房屋,和仙吉二人过活。因为使仙吉住在别人家,这样是更经济,而且为仙吉也更安心。

可是很费心力进的中学,仙吉在第一年就堂堂地留级了。

当然,美代很发话了,哭而骂。

这有了效果,次年升到了二年级。但是再次年仙吉又留级了。

这回美代是不骂了,已经没有责骂的勇气了。她只是呆然地暂时注视儿子的面孔。

美代再拿了包袱和仙吉二人趁火车回到相别四年的故乡。在私设铁路的终点下车之后,和四年前一样,母子轮替拿着包袱,走这三十里路回到年老的父母家里。

"现在打算怎样? 仙吉倘使已不能进学校,将来的方针要先决定。"

父亲问到的时候,美代暂时低头不声,又在火柜边的被褥上俯伏了啜泣起来。

父亲也透着长气不说话。

"我种田去。"

美代像绞出来的声音说,田地的收入现在已经减到了三十袋。

只靠租米是二人活不下去的。所以为要传自耕自食的方法于仙吉,他们除了做一户自耕农之外,并无别法。

"种田你会做吗?"

美代没有回答。从这贫穷的母子征收伙食费的父亲,不是能帮忙的。

以后过了多年。美代到了将近五十岁的年纪了,还同仙吉二人耕作着仓地家的坟墓的地和田。

美代现在已经失掉了她的肥润的美好了。在炎热的太阳光下,田中水都像要沸腾中间,和仙吉并着在拔草,忽然听得"喂,喂,"有什么人在岸阡上喊过来的。

仰起头来看,却是仍旧在镇上做小学教员的从弟。

"啊,是你。"美代站起来,为除脱笠帽,解着颚下缚的绳束,"你真难得到这地方来的。"

"因为有点事情,到上首的家去。"那边也是笑着说,所说上首的家是这村中的地主,他们共通的亲戚。

"到上首的家?那是。"

美代除脱手套,踏着田的水,走近从弟来。

"我的手,你看,这样地红,又糙又硬,真个成了种田人的手了。"是代替着应酬话的吧。

但是仙吉只向岸阡上望了一望,就默然再去拔除田中的杂草了。

十八年,十月译。

(选自《东方杂志》第 26 卷第 22 号,1929 年 11 月 25 日出版)

到处有的蛾①

一

他妻到底死了。他失了知觉一般茫然地看着幂在他妻面脸上的白布。昨夜吸了妻的血的蚊子还活着,停在壁上。

他把房门下了锁,久久蛰伏在里面。他看见了蚊子肚腹里装着妻的血在飞,对于这在蚊子腹中还活着的妻的血,比妻的死骸,更感到心的鼓动。

二

他把家收起之后,暂时去住在妻的母家。他在那里趁钱不曾化完的当儿,为引起力气,天天坐了汽车出去兜圈子。但是他想到了许多朋友,对于妻的葬式表示的好意,对于这个一封的谢信都不曾寄发的自己的疏懒,突然在渺茫的心上,加增了重重压力。

"总之,这回请恕罪吧。我现在什么都不成。请恕我,赦我。"

他这样嘈着,再飘飘拂拂地坐汽车,深夜把疲倦的身体回到妻家。但是,正想要就寝了,却总有小姨的身体一个,青白地在蚊帐中悠然地打鼾声。

---

① 注:横光利一原作。

三

他渐渐对于小姨的身体恐怖了。某日,他偷偷地逃出了妻的家。他的行为真是要使她家里的人觉得奇怪的。但在他想起来,在那时候除此之外没有别的方法可想。

作为他新生活的行李,他先买了轻的牙刷和面巾到他先生的家里。在那里听了先生的好意的劝告,决定暂时住着。

这夜,他要就寝的时候想换上寝衣,突然一头白蛾扇着粉,冲到他头面上来。他一惊,举起手来扑蛾。蛾被他打下来落在席上,暂时苦闷的样子,振着厚重的翅翼。忽然,又什么地方得了力气的样子,突然蛾用奇怪的速度又向着他冲来。他翩然地低头避过。蛾撞着了窗的格子,再从那里向着他的腰飞来。

"这东西,是什么呀?"他想。他就把蛾用手扑了下来,站在房间的一角,暂时呆看着蛾的样子。

四

次日,他飘然出去旅行。他在那时方才觉得对于自然的美,有些理解起来的样子。他看的时候,留意存心只去看物的形象。只看物的形象时,即使是渺小的物,也有和它相应的品味与性格。用这一种看法,被他顶多看的是他死了的妻。无论怎样的见地来看,死了形象消失总不会错的。平常他眼中时刻接触到的二个形象,是妻和天空,其中美妙地连续动着,打破了茫茫的天空的倦怠的妻的形象,突然从他的眼界消失一事,即使只从此后只有空漠的天空,作他对手而接触他的眼目,这一种预想,在他也是使这生活的风景,完全褪色的东西。

他要出去旅行,走出先生的家门时,已经顿然感着疲劳了。他立刻就到同街上的旅馆中去,仰卧在床上。

"死是什么? 什么呀?"

但是为什么我们要这样地想到死呢? ……

他对于自己的疑问加以反击而安睡了。到了半夜他醒来,那时他朦胧地仰看着的蚊帐肚里,有一头蛾像在嗅他的寝息一般,摊着翅膀一动也不动。

五

次日,他到许多朋友聚着的海岸去。在那海岸边,有裸体的男女群众,围绕了明莹的大海,欣欢的嬉戏着。那里全是别一个世界。

"这才是活着的样子!"他想。

"青春是可感谢的。"

他不觉要举起双手来。无论怎么说夫妻关系和牢狱生活一样,他也想有一次抱了妻的健康的身体,和别人一样在这海中快活地游泳一番。倘使是可能的,妻并不悄然跟着自己的影子,活泼震动地奔跑进男人的群集中,从她肉体的闪动,感受爽朗的兴奋才好。

这夜,他有生以来最初被夏季多彩的海岸所炫惑,很难得地觉着生气跃跃的样子。可是,到了要就寝的那时,又有一头大白蛾停在他的肩头。

他暂时凝视着蛾,默然站着。

"这是妻啊。"

忽然,他这样想。这样前夜以来接续在它周围飞舞的样子,俄然像恋恋的妻的魂灵所化那样想起来了。

比他先倒在床上横着,看着他动作的友人 I 突然再起来。

"什么呀? 蛾吗?"

"蛾呀!"

"好"I 说了,就突然来抓了蛾去。

"做什么呀?"

"弄掉它。"

"免了吧。"他厉声说。

I 握着蛾在手,暂时看着他凶险的面相。他对于 I 的当然不会知道他突然生起来的心气而有的奇讶的表情感着好意。

"这是我死了的老婆呀。用纸包了轻轻地放脱罢。"

"可以,可以。"I 笑着平和地答应了,就把蛾放在窗外。他睡在床上,想怎样妻会使得自己去想到蛾就是她呢? 本来想他自己是他,和想蛾是妻,道理没有什么两样,不过特地在现在这时候,特别想蛾是自己的妻的自己的心情,在他觉得是非常奇怪。

六

过了一星期,他对于繁华的海岸线已经厌倦了。在那里,被波浪洗着的裸体的人们的形体,他了解了对于他并不是有可以使倦怠极顶的天空的形态起变化的那一种魅力的时候,他又茫然地回到先生的家来。

在这里,他也在晚上要就寝的时刻,由习惯地看看周围有没有蛾。那时,每夜一定在什么地方,总有一头白蛾在他头横边等着。

"真奇怪! 这真是奇怪的东西。喂!"他说。

他俯下头去,近近地凝视着蛾,要去看出它的意志来似的。不过他想到他的可爱的妻,竟变成了这样一个可怜的蛾,虽说这不过是他的愚笨的空想,却也不能不下泪了。那把蛾载在掌上,心中记起了她临死时的说话和面相:

"Y又要是成为孤独者了。我死了就没有人来替Y料理一切了。"

纵使有,总也不是像她那样子的。但是为什么对于她的这个强烈的回忆,会使得自己这样地受苦呢? 他想说更确切一点是他感到了妻的不能安心离开他的无限的念力,这时虽则是掌上的一头蛾,却感着了像凄惶寂聊的声音,鲜活活的妻的灵魂。实在这一头蛾可以说明明不过是一头蛾,同样这一头蛾,实在明明是妻,为什么不可以说呢? ——

七

次夜,夜的深去,他益加关心到蛾。他在夜的黑暗中,不绝看着在圆窗上的不知何时存在的果实一般的黑色。倘使蛾偷走到他身畔来,一定是从那地点来的,为要证实这一件,把他周围的纸窗都闭上了。一刻之后,听得从静寂的走廊那边,从正屋方面有人走来的脚音。

"Y先生,Y先生。"

"唔。"

在门外叫的,是先生的侄女哲子。

"在吗?"

"在。"

"喂。"

"唔。"

"进来不妨?"

"请。"他说。

门开了,哲子客气地进①来。

"有个人说,定要会你。"

"唔。"

"请你会吧,是女人呢。"

---

① 原文作"近"。

"唔。"他回答。

"说要会你,定要会你,我想这怎么办呢,不过,你会她吧。"

"是谁?"他问。

"我也不曾问她姓名。说不曾见过你的,刚才我在门口时,来问你在家不?所以,我偶不留神,就说在。"

"那么会吧。"他说。

"是,真好。那么领她来吧,我怕你或者要不见,是很漂亮的人呢。"

她①这样说着,已经骨气轻松地跑到走廊上去了。但是为什么她这样欢喜他会见女人呢,他想。

这时,比他想象的走那长廊所要的时间怪奇地快速,听着了轻轻的通通的脚音实际这是意想外的快速,他数着一的时候,已是进到了二的终末那样的行动,全然连开门也是笑然拍地推开了。

但是这个是多么漂亮而苍白的女人呀!——他又想起了这莫非是妻的魂灵。虽则她的样子和妻不是全然相同,但可以变成蛾的妻,变成这女人不是也可以吗?——她对他行礼。

"请这边坐。"他说。

女人默然坐下了,直看他的面孔。

"你有什么事情吗?"他问。

"不,我只是想见见你。"她说。

"真的? 但是为什么你知道我在这里。"

"我想你一定在这里。"

不必说,他在先生的家里一事,只要想像他的近况,什么人都能立刻断定的。

"那么,你已知道我妻已经死了。"

"是,知道的。"女人回答。

但是,这女人不是妻的鬼魂,从什么地方去想呢? 他想。不过,想这女人是妻的鬼魂,是比想蛾是妻,更是过于好奇的随意的想法,他觉到了。

虽则如此事件是不思议地应着嗜好的程度的奇怪,若使利用这个奇怪,而可以决定地想那女人是妻,这还不是更上的快乐吗? ——

他想要由他的想象力,从女人的举动和说话,次第可以把眼前的女人强想做妻的完全的解决。真个他可以把一头蛾想做妻,比那个蛾是更加完全在形态上

---

① 原文作"他"。

像妻的女人，没有不能想做妻的道理。

"你怎的知道我妻的死？"

"我看了你写的东西。"

"唔。"他点头。

这样女人渐渐从他喜欢的幻影妻的鬼魂之中远去。他在傍边的香炉中，解闷地焚香。

"你是？"他问些什么。但觉到了并没有什么要问的。

"什么？"女人已反①问了。

"嘿。"

他不发声。

"你的夫人还年轻吧。"女人问。

"是，才二十一。"

"咦。"

"那么，你也是。"

"唔。"

"哈哈。"

这些地方到的确。

两人暂时沉默。

"你什么地方不行吗？"他问。

"是，肺不行呀。"女人说了俯首。——这也和妻的病一样。

但是，这样和妻相同起来，为什么反而突然使人鲜明地感着和妻全然是别个的女人呢？他立时懂了她读了他和他妻的事而要来会他的心情了。什么地方有奇怪呢？但是，现在这事实所以不为奇怪的，不是因为他不能想象女人是妻的确实的事实的缘故吗？

不过，她总是太苍白太美了。这不是像夜间的花那么离离的。有些像愁丽的夜晚的铁轨一般放着青白的光。这样的深夜，到独守在一室中的男人面前来，突如以强烈的光辉出现的敏捷的女人的静穆，总可以算是奇怪的事实了。

"啊，为什么这房间里这样地吹着风？"暂时隔了一刻之后，女人说。

风吹着？——

"那里有风吹着？"

---

① 原文作"返"。

"啊,风不是这样的吹着么?"

"风?"他说了,耸起耳朵静了心听,在房室内四围看转来。

但他在室的无论那一角隅里,看不见有像风的风。只有从香炉里透起来的香烟,像静静的烟那样散乱着。

他沉了身注视着女人的面孔。女人却仰了首,眼中发着光,在他的周身看转来,像搜什么东西一样。

"啊,是什么缘故? 这样地……"

"风么?"

"唔。"

"奇怪。"

他不知应该疑心自己的感觉,还是应该轻蔑女人的感觉。事实决不是怪话。但是对于这个风的有无,感到这样惊奇的是什么缘故呢? 到底事实是怪话么?他对于这个区别在朦胧之中。

"哟!"女人惊呼了一声站起来。

看看,却是一头蛾被她一手扑下在席上拍挞拍挞乱抖着翅。

"妻来了。"他想

这时候,蛾还热心地在席上搏着翅向女人的脚追去。

"哟! 哟!"女人发出惊愕的呼号,逃到室的一隅。

他却不能捉了蛾丢弃。至少比之想女人是妻,想蛾是妻的心情更强的他,是不能丢弃了自己的妻而帮助女人的。这时蛾又搏翅追近她脚边时,她推开了门逃到室外去了。这一瞬间,她浮着极度的恐怖,现出像风里飘起的衣角一般的姿相。

八

女人不再到他的地方来了。翌朝,他又出外旅行去了。关于前夜的奇怪的女人,不过是她偶然对于蛾天生有这一种怕惧,要想满足于这样平凡的解释。

那么,蛾呢?

"哦,夏天啊,蛾在无论那个电灯下都有的。"

他夜晚到了 M 街,借了旅馆的日本式房间,就倒身睡了。他伸展了两手,做成个大字型。他若是能够,想不动身。但是倘使真个可以不动的,他想在人不通行的荒野杂草之中把头伸进去倒着永永不动。

"无论有怎样的怪事,无论有怎样的奇事,那在自己有什么关系呢。动的让它动着好了,转的让它转着好了。"

他闭上了眼要不想着什么。下女搬了夜饭来。他起来取了箸。

"总之,我肚子是饥了。这是事实。"

他要吃饭了,看看膳盘又见了一头蛾静止在盘边上,看着他。他感得寒气。他暂时拿着箸不动。

"啊,是夏天,蛾到处有的。"

他果敢地把生鱼片投进口里。

十八年十月译。

(选自《东方杂志》第 26 卷第 24 号,1929 年 12 月 25 日出版)

一 个 结 局①

少女像是飞翔在清朗的天空的健康的鸟儿一样。飞到这边,飞到那边,——那时候,他仰望着的头也同时要转到这里,转到那里,觉得颈骨酸了,眼目眩了。忽然那个东西变成像柔顺的猎获物那样的姿态,突然落到他手所能及的地方,他那时最先涌起在心头的,是"我不会是吃了亏吗?"的念头。

因为在乡里,家中的境况很好,所以在美术学校毕业之后,也不是非从明日起卖画就不能生活的他。正是春天。他感着是稍有些幸福,和同程度的稍有些不安。

"我不会是吃了亏吗?"

在一个朋友家里打麻雀的席上,会见了她。也是因为没有什么高技的在座,她一直胜利下去。有时竟是看也看不及的快奏奇功。到②了洗牌的时候,那些竹面镶着象牙的许多牌张相互击触的声音,对于疲于胜负的几个人的神经,好像有牵他们入地狱的触着,独有她推动着牌一毫也不感着疲劳。在那朋友家会过二三回之后,某日的归途上,偶然,趁了同一的电车。

"这时候回去真讨厌,"少女说,"因为家里很远。"

"那么你宿在先刻的人家好了。"

"也有借宿的时候,不过明天家里有点事情。"

少女的家在郊外冷僻的地方。从省线电车下来之后,还得走好些黑暗的路。

---

① 注:片冈铁兵原作。
② 原文作"倒"。

"你送我去好吗？倘使你肯。"

不曾到危险的极地,逃脱还早,他心里算着这样无凭依的事体,两个人紧并着肩膀,他和少女同乘着电车去。

以后,二三回私下和她不是在那朋友家里的别地方相会。进行到这地步,是意外地迅速。

他稍微觉得有些可虑的,是"不会是吃了亏吗?"一事。想想看,这种冒险的机会,在他也不止是一回二回了。殊特是在故乡和许多女人有过接触,不过始终被吃亏的一念所吓,交涉没有深进到某一点以上的。他所顶怕的,是陷入不能不结婚的苦境。因为自己家里富裕,所以不能和平常人家的姑娘结婚。这意识总最先现出来。

"那少女的家境不知怎样?"

他不知反覆地想了多少遍。这事情不知反覆地想了多少遍,在他是稀有的。这一回有些不同呀。这样想的时候,已经迟了,像幸福已经战胜了忧愁那样的心情。

"我对母亲说了今夜宿在那家出来的。"

那家是每次打麻雀的那朋友家里。某日在东京车站会见,谈了二三句之后,她就这样说。

"真宿在那家吗?"他有些着慌而问。

"那家? 但是也好。"

"那么——"

"到什么地方去吧好吗?"

他感着被微抬着的眼光观察。那时说出了。

"什么地方好呢?"

某种感情,在这刹那间使他起激震的,是没办法的事,继续而起来的是心的某部份喊着"吃亏"也是事实。"啊,是春天"也有要像这样的歌唱的心情。仿佛像要把她拉过来拥抱她才好,像膀上的筋肉这样抖动的样子。

那夜是不可思议的一夜。住宿的一家那间昏暗的房间,沈丁花的香和她肉身的肌香竞争着。但是始终不安畅,到末了因花和白粉的香而异常兴奋的他,给他要催发呕吐一般样子。

朝晨,少女向着镜台坐了在整妆,他站着穿袜子。提高了一只脚在穿上袜子去,少女忽回头说,

"我有点头痛。"

袜很不容易穿上,不觉身子摆不稳晃了晃,一只脚跳着,像是说因此振痛了

她的头脑。管你呢，想这样说的，却柔和地说道，

"再多睡些便好。"

虽则柔和地说了，心上却沈郁起来。她是头痛，我在心痛呢，也想这样对她说的。的确从此以后苦痛要缠住他了。他定会有些吃亏了！

为什么自己做了钻进圈套中的笨事啊。他连吃早饭的心思都没有。

归程的火车里，她一句话也不说。

"你已经钻进套了。我已是胜利了。你已是缚手缚脚了，要逃也逃不走的，可怜的人啊。"

她心中也许说着这些话在嘲笑。

但是她微笑也不露，把头贴在窗畔凭着，时时轻轻独语一般说，

"头痛啊。"

在东京车站分别时，他问，

"几时再会见？"

"二三天之内，一定。"她立时回答。

有点开心。但同时也有不安，振着心房。

到成了一个人时，像从新再见了头顶爽朗的天空。是多美丽的春天呀！虽则昨夜并不曾得到安眠，却没有什么睡眠不足的不快之感，这是奇怪的。但是稍稍有些消化不良的样子，和着要安静也不得安静的滞重的不安，留顿在胸底下，所以总不能轻松。

寓次的近边，有一家卖花的店铺。平常是连看都不大看的，今天却起了奇怪的动心。拭看很清爽的玻璃橱窗中，并列着花朵，里面地上，薄薄洒上一层水，进去顿然觉透体清凉。他在那里买了麝香连理草的切花和郁金香的盆栽。

闭了窗户，积滞着凝重的春天空气的寓次的房间中，放置了这些花，总觉得有清新之气来补救一般，渐渐能安静了。非常突然地他想会见她了。刚才分别的她，现在想立时立刻会见才好。

"我也头痛呀。"

想那女子实在是非常漂亮的生物，像先刻那样淡然地分别了，非常地后悔。

二日之后，他接到如此^①的一封信——

"前天真对不起。我十分思考过了。我由失落了什么东西的心情，彻底想过

---

① 原文作"次"。

了。而且已经决定,无论如何非把我所想的对你讲明不可。我已经不是处女。这个悲哀。但是现在已经不能唱这样的感伤之歌了。千万度的烦恼之后,我不得不对我讲比较更是实际的话。真个! S君,那么明天我到你的寓次来访你。再会了。

再者,把人间造成这个样子的神,我深深地咀咒的。明天三时左右去,请你不要走开。"

心里想,她是要来谈判结婚的事情了。这也是受了诱惑的自己不好,没有办法。为难了。虽则是自己不好,不知可以有什么推却的口实吗?

"我已经不是处女了",但是比这样咏叹有不得不说比较"更实际的话",她说"不得不说,真个!"很是无法样子地强调着"不得不。"说谎吧。有什么不满呢?从她的本心说起来,不是正配胃口吗?

他悲观起来,觉得要受难了。和那个女人结婚,这是有点悲惨,同时也有点欢欣。无论是悲惨是欢欣,总之已破坏了处女。在这事实之前,不是怎样也没有反抗的法子吗? 轻轻地落在网罗里的自己,一面固然有些后悔,但细细回味自己所做的冒险,好像是一生中做成了的第一件有意义的事情一般,有些想自傲的心情。……

忽然碰到了自己家里一定反对的预想。那么务必激烈地反对,顶好是要事件的经过终于无论如何结婚不成功,也这样地想。

拼命要找出一个不使她哭不使她怒而能拒绝结婚的口实来。使她悲伤也不妨,要表出自己并非薄情,也不是丧尽良心的色魔,而拒绝结婚的方法没有吗?要证明自己是情深的,守信义的人,一定要自己眼中泪水不空流。

"结局,我同那女人结婚吗?"

这总像是要成为事实的样子。无论怎样想,——他这天全天忧郁了。

她很漂亮,她很美丽。在口中咀嚼的样子,他反覆这赞美之词。由这举动,方才把忧郁稍些消解些。

那少女对于面上搽胭脂的本领,比谁都不逊色的。这一天,她看去是更加艳丽了。现在已经不是处女的她坐下来,大腿也觉得是非凡诱惑的了,真像是热汤一般温暖的她……

"啊郁金香。"她第一句说的话,

"咦,还有麝香连理草。"

"那一天,和你分别之后,回转来的路上买的。一个人突然觉得寂寞起来。"

"当真?"

他一眼不瞬地贪看少女的姿态。这样在身傍的时候,因了这女人而会吃亏的忧虑，完全消失了，一个人独自微笑着。无论如何，她不是平凡的女人，无论怎样地牺牲而去和她结婚，总是十分值得的。这样一想，家里或者要反对一事，反而成了一椿可怕的事了。

"实际的话是什么呢?"由他，快活地先开口说。

这一瞬间，少女变了严肃的面容，

"我已经不想说这些话了。"

"不妨的，你说出来看。"

"唔，"少女有更加硬的表情，"很是奇怪的话，你真心听吗?"

"俺。"

"人和人中间的爱呢，那不必说，也有精神的部份，但是，以外呢。"

二个人眼光接触了。像觉到了一般，少女避开眼光向别处。

"你是有和我结婚的意志吧，在那时——"

"自然是的"，他微弱地说。

"所以我不好开口呀。但是我说吧、我想，你和我如果结了婚，不见得大家会幸福吧。"

"为什么?"

"结婚的幸福，不必说是从精神的关联而来的，不过使这精神的结合深去的，一方面因为有肉体结合。那么……"

静静听着这些话的他，眼前泛起了那不安畅的一夜的景况，自然俯了头。是一切都是自己不好一种卑下认罪的态度。全像听着严肃的判决那样，他默然地低头于对手之前。

"那么，我种种地方想过了。结局，你和我——那现在是好的。现在。不过到末了终要生出破绽来。"

"为什么"他仰起了苍白的脸问，

"那个，那个，你没有力气，你身体——"

对于这个，他并未预备着什么回答的话。觉得受了太是意外的，太是猛烈的打击了。而且男人的夸傲全被粉碎了的悔恨，一半是要哭出来的微笑，他好容易才弱弱地回答，①

"啊——真个，你真利害。"

---

① 原文缺","。

　　觉得寂苦的是一星期二星期，——他总是聪敏的青年。过去之后，回想起来成了有趣的冒险那样。不知从什么时候起，世上的少女有了像新时代的科学的恋爱观了，这是不能藐视的，这样在色情事件之中，多少带着些知识的眼光而行动的少女不能不对她有好意，他想。

　　有了这样的冒险之后，心里不知怎的觉得活泼起来。那不是靠托那少女吗？

　　但是顶可悲伤的事情，虽则事实如此，在他，由他的性格，无论如何不能起得了"便宜"的心情。

　　仍然，无论在什么地方，他总是个"无力气"者。

十八年，十月，十三日。译〔留〕

（选自《小说月报》第 21 卷第 1—12 期合订本）

春天坐了马车①

　　海滨的松林里，寒风鸣响着。一小堆的达丽雅花，蜷缩在庭的一隅。

　　他从他妻横卧着的床边，看着泉水中的水龟的迟钝的样子。水龟浮动时，从水面上反照转来的光影，在干燥的石上动摇。

　　"你看，近来那些松叶真光彩得好看。"妻说。

　　"你看着松树吗？"

　　"是。"

　　"我在看那水龟。"

　　二人又是要沉默了。

　　"你在那里睡了很久，你的感想，只有松叶光彩得好看起来一件吗？"

　　"是，我做得来不去想别的什么事情。"

　　"人横卧着，要不想什么事情，是做不到的。"

　　"那是，想原是想的。我想，快快病好了，到井边去淌淌地洗衣裳。"

　　"想洗衣裳去？"

　　他对于妻的这意想外的欲望失笑。

　　"你真是怪人。使我长久吃苦，欲说想洗衣裳，真是奇怪的人。"

　　"不过，那样康健的时候真好。你真是不幸了。"

　　"唔。"他应了一声。

---

　　① 注：横光利一原作。

他想起了在他们结婚以前四五年之间和她的家中的长期争斗。他想起了结婚以后夹在母和妻中间的二年之间的苦痛。他又想起了,母死之后,和妻二人过活,妻又患肺病而上了床的这一年间的艰难。

"真个,我也是要想洗洗心胸了。"

"我现在死了也好。不过想要报答你一点恩惠再死。近来我只有这一点放心不下。"

"报答我的恩? 你怎样报呢?"

"那是我好好地待你,……"

"还有呢?"

"还有许多许多事情哩。"

——但是,这女人已无法救治了。他心中想。

"这种事情,没有什么关系的。不过我这样想。我想到德国的明兴那边去一次,不过,不是在下雨的时候,我也不想去。"

"我也要去。"妻说了,突然在床上,腹部像浪一般波动起来。

"你是要绝对安静的!"

"啊,讨厌,讨厌。我要走路。我要起来,起来。"

"不行!"

"我死也不妨的。"

"死也不行呀!"

"不妨的,不妨的。"

"喂,静着呀! 你现在去想出一个唯一的形容词来,说明这松叶光彩得怎样好看,作为你终生的一大工作吧。"

妻就沉默了。他要转换他妻的心情,站起来想选择个柔和的话题。

海中,午后的波浪,打碎在远处的岩礁上。一艘船,侧了身子,在绕过尖出的海岬的尖端。沙汀上,在倒旋的浓蓝色背景里,二个小孩手里捏着热气腾腾的蒸山芋,像纸团一般地坐着。

他对于自己,还没有想避去接连而来的苦痛的波浪的意思。这些性质不同的苦痛的波浪,袭来的原因,是从他肉身存在的开头就作用着的,因他这样想的缘故。他对于苦痛,像含糖的舌头一样,睁开了感觉的一切眼目,仔细玩味而要尝尽它的味道。他决心。最后品定那一种味道好。——他的身体是一个玻璃瓶。第一先要透明。他想。

达丽雅花的茎干枯得像绳一般倒在地上了。潮风在水平线上终日吹着,冬天来了。

在风砂卷旋之中,他每天出去二次,搜集妻所要吃的鸟类的肚实。他在海岸街上的鸟肉店一家家走转来,先从黄色的俎板上,再看到庭心里,再问。

"有鸟的肚实么? 肚实!"

他运好而得着了像玛瑙一般的肚实,从冰中取出来,便由勇敢的脚步,回到家里,放在妻的枕边。

"这像曲玉一般的是鸽子的肾脏。这有光泽的肝脏是鸭子的硬肝。这全像是咬下来朱唇的一片,这小的青卵像是昆仑山的翡翠。"

这时被他的说话煽动了的他妻,像候着第一次接吻的样子,在床上为食欲而闷动。他常常残忍地把肚实取了去,就放进了锅中。

妻从床的像槛一般的格子中,微笑着,不住地望着沸腾的锅子。

"在这里看你真像一只奇怪的畜牲。"他说。

"咦,说畜牲,我总是一位太太呀。"

"唔,是想吃肚实的槛中的太太呀。你无论什么时候,总在什么地幽微地表出你的残忍性。"

"这是你。你是理智的,带有残忍性,时常在想把我丢脱在一旁。"

"这是你的槛中的理论。"

他要缠乱骗过他妻的敏感的感觉,他额底要生皱纹的影子也不放过的敏感,这时他非常常预备着这个结论不可。虽然如此,有时妻的理论很倾于激烈,而刺穿了他的弱点,加以回旋的也不少。

"实在我坐在你傍边是讨厌了。肺病这东西,决不是幸福的。"

他这样向妻直接反攻时,也有。

"不是这样子吗? 即使我离开你,也不过在这庭中走来走去罢了。我无论何时,有根绳子系在你卧着的床上,除了在这绳所划的圆圈中乱走以外,一无办法。除了这样的可怜状态以外,什么都不是吗?"

"你是,你是因为想去玩之故。"

"你不想玩的吗?"

"你想和别的女人玩呀!"

"唔,又说这些话了,倘使是这样的,便怎样!"

于是妻哭了,这是常例。他心上一振,又得反转来慢慢地把这理论很柔和地解释。

"不错,我从早到晚要在你床边是惹厌的。不过我不是希望你快快痊愈而这样地在庭中乱转吗？这在我也不是轻而易举的呀。"

"这都因为是为你。我是你想也不想到的。"

他被妻肉迫到了这里，当然被她的槛中的理论攻倒了。但是，果真自己只不过为了自己而忍受这苦痛么？

"这是不错的。我是像你所说，为了自己而忍受着一切。不过，我要至于为了我自己而忍受一切的事，到底又是为了谁之故，而不得不然呢？我倘使没有你，决不愿做这像幽禁在动物园里一般的事。做着这个，又是为了谁？难道说为了我以外的我吗？真是奇怪奇怪！"

这样的晚上，妻的发热一定上升到九度相近。因为他鲜明了一条的理论之故，便不得不通夜无休去开闭着冰囊的口。

但是他还为着更明了地说明他自己休息的理由，差不多天天继续着整理这可警戒的理由。他做工作，在吃饭和调养病人的别一室中，于是她又提出她槛中的理论来攻他了。

"你为什么这样子要离开我呢。今天只到这里来了三回。明白了。你是这样的人！"

"你说，我怎样才好呢？我为求你病的痊愈，不得不买药和食物。什么人，坐着一动不动会有人给钱的吗？你以为我会变法的吗？"

"但是工作不是此地也可以做吗？"妻说。

"不，此地不行。我不是在忘了你的时候做不出来的。"

"这是对的。你一天二十四时中间，除了工作什么都不想到的人，我是你不管的。"

"你的敌人是我的工作了。但是你的敌人实在不绝帮助你呀。"

"我寂寞呀！"

"反正，谁都是寂寞的。"

"你不妨呀。你有工作。我什么都没有。"

"你搜求好了。"

"我不能在你以外搜求。我只注视了天花板睡。"

"不要再说下去了。算二人都寂寞吧。我是有限期的。倘使今天不写好，对面不知要怎样为难了。"

"反正，你总是限期比我还重要。"

"咦，限期是对面的无论什么事情都不让的告白。我看了这告白而允诺下来的，就没有工夫来想到自己的事情了。"

"是呀,你是这样地理智的,什么时候都这样的,对于这样的理智的人,我顶讨厌。"

"你是我家中的一员,对于别处来的告白,应该同样同负责任的。"

"那些事,不接受好了。"

"但是,我和你的生活怎样过法?"

"你这样的冷淡,我还是死的好。"

于是他跳下到庭中行深呼吸了。他再拿了包袱,偷偷地出去,到街买这一天的肚实。

但是这她的"槛中的理论"对于缚在槛边回转的他的理论,不绝地用全身的兴奋,差不多不容间发地追踪着。因此,由她在槛中所制造的病的理论的锐利,日日加速度的去破坏她自己肺的组织。

她的曾经是圆润柔软的臂腿,像枯竹一般瘦了。胸上打打,发出像敲着破鼓一般的声音。而且对于她所喜好的鸟的肚实,也看都不要看了。

他为催进她的食欲,把从海里取来的许多新鲜的鱼,并摆在回廊上说明起来。

"这是鲛鰊,舞跳疲倦了的海中的比哀洛。这是虾,车虾,虾是戴胄着甲而跌倒的海之勇者。这个鲹是被暴风吹上来的海中片叶。"

"我想还是你替我读一节圣经。"

他像保罗一样拿着鱼,被一种不吉的预感所袭,看着妻的面。

"我什么都不想吃了,我要你每天给我读一段圣经。"

他没有法子,从那一天起,取出了玷污了的圣经来读。

"耶和华阿,求你听我的祷告,容我的呼求达到你面前。我在急难的日子,求你向我侧耳,不要向我掩面。我呼求的日子,求你快快应允我。因为我的年日,如烟云消灭,我的骨头如火把烧着。我的心被伤,如草枯干,甚至我忘记吃饭。"

但是凶兆还接续出现。某日,前夜起了暴风的早上,庭中池里逃走了迟钝的水龟。

他因妻的病势益加重去,他愈不能离开她的床边。她口里每一分钟有痰出来。她自己不能唾出它,势必要他来拭去了。她又申诉利害的腰痛。咳呛的大发作,不分昼夜,要突发五次。每次她挖着自己的胸叫苦连天。他想他须要和病人不同,要冷静些。但是她因为他的益加冷静而在苦闷之中也带着咳骂他。

"人在苦痛的时候,你只管想着别的事情。"

"喂,静呀,这时候不可喊的!"

"你冷冷地,所以可恨呀。"

"我现在狼狈起来怎么办!"

"讨厌!"

她夺了他手里拿着的纸,横抹去了她自己嘴上的痰,投向他。

他不得不一手拭去她全身到处流出来的汗,一手不住从她嘴上拭去咳出来的痰。他屈着的腰麻痹了。她要混过这苦痛,凝视着屋顶,伸起双手来乱打他的胸。他为她拭汗的手巾绊牢了她的寝衣,于是她踢着被头,颤颤地动着身体,要起来。

"不行,动了不行!"

"苦,气闷。"

"放平静来。"

"苦恼。"

"留心,保重呀!"

"讨厌。"

他像盾牌一般被打,而替她①抚擦肋骨稜稜的胸。

但他在这苦痛的顶点,也觉得这比之在他妻康健时,所生的嫉妒,反而是非常地温柔。那么对于康健的妻的肉体,反而是除去了那腐烂的肺脏的这病体,在他更能感着福惠。

——这到新鲜。我除了抓住这新鲜的解释以外别无办法。

他每想到这解释时,看着海,突然哈哈大笑起来。

于是他妻又拿出了槛中的理论,恨恨地看着他。

"好的,你为什么要笑,我知道的。"

"唔,我想你好了,要穿着洋服,要跳来跳去,比较起来,这样安安静静地睡着,真不知要好多少。第一,你这样子,青白而有气品。啊,好好地睡着。"

"你总是这样的人。"

"因为是这样的人,方才能安稳地伴病人。"

"伴病人,伴病人,你第二句话就是说伴病人。"

"这是我的夸耀。"

"这样子的伴,我真不要哩。"

"可是,只要我到了前面房间去了三分钟,你不是又就要像被人抛撇了三天那么样的说话了吗?那你还有什么话。"

---

① 原文作"他"。

"我要你不出什么闲话伴着的。做那讨厌的面孔,心里不高兴勉强地伴着,我一点也不觉得可以感谢。"

"但是伴病人本来生成就是一种讨厌的事情。"

"那是我知道的,就是这一点要叫你不提到。"

"是啊,为伴你的病,要引率了一族郎党,积了百万元的金钱,再有十位医博士,看护妇百人。"

"我不要这些,只要你一个人。"

"那么就是要我一个人做十位博士,百个看护妇和百万金财主的事情了。"

"我没有说这些话。我只要你静静地在我傍边就能安心了。"

"你说!那么即我稍稍眉头皱哩,说一二句闲话哩,你也得忍耐点呀。"

"我死了之后,一定怨你,不忘记的呀。"

"只这一点,不怕的。"

妻沉默了,但是他感着妻还在想报他一箭,沉默着拼命在磨练头脑。

但他又不能不想到促进她病势的他的工作和生活,不过他因为伴病人和睡眠不足之故渐渐疲劳起来了,他知道愈是疲劳,他的工作愈不能进行。因他工作的不能进行,而生活就生出困难也是一定的。可是对于病人费用的增加,却和生活的困难比例着而增加,也是很明白的事理。所以,无论还有怎样的事情,他逐渐益加疲劳去是一定的。

——那么我怎么办?

——在这里我也死吧。我也能很满意地死去。

他也有时这样想。但是也有要看看清楚自己的身手,如何渡过这难关的念头。他夜半被叫醒来,去摩妻的痛着的肚子,①

"还有忧心积起来,还有忧心积起来。"

有说这话的习惯。他说这些话的时候,忽然眼前浮起了在茫茫的青毡之上,一个被击的球飘飘地滚去。

——啊,是我的球,但是谁把我的球这样乱击的呢?

"请你再用力摩,为什么你这样子不愿意呢。本来你不是这样的。你很亲切地给我摩的呀。可是近来呢,啊,痛,痛。"她说。

"我也渐渐疲劳了。我也快躺倒吧。那么二个人很乐天地同横在这里不好吗?"

---

① 原文此处多出一个"有"字。

这时她忽然噤了口，又像床下面的鸣虫一般用可怜的声音说。

"我真是只对你说了些任性的话。我现在就是死了也不妨的。我满足的。你请睡吧。我可以忍耐着。"

他听了这些话，不觉也流了泪，便没有停止摩着肚子的手的心情了。

庭中的草，因冬季的寒风而枯去，玻璃窗终日像野鸡马车的门一样地加搭加搭地抖动。他已经长久地忘了他屋前是展开着大海的。

某日，他到医生那里去取妻服用的药。

"对了。本来早就想对你说的，"医生说，"你的太太是没有法子治的了。"

"啊。"

他分明地感到他的面孔渐渐失了血色。

"左肺已经没有了，右面的也是坏的很凶。"

他沿了海滨，被车子摇着，像行李一般回来。晴明一碧的海，茫茫无际地展开在他面前，像遮掩死的一张单调的幕。他想就从此刻起不再去看见妻的面。倘使不看见一定可以使妻还是活着的感得是永存的。

他回来就到自己的房中。他在那里想如何可以想出个法子来不看见妻的面孔。他又走出去，横卧在庭中草地上。身体很沉重地觉得疲劳。眼泪无力地流出来，他热心地拔取枯的草叶。

"死是什么？"

"不过是看不见罢了。"他想。隔了一会，他定了他乱纷的心走进妻的病室。

妻沉默地注视他面。

"要不要什么冬天的花？"

"你哭过了呢。"妻说。

"不。"

"一定的。"

"不是没有哭的理由吗？"

"已经明白了。不是医生说过什么话吗？"

妻一个人这样断定了，也没有特别悲伤的样子，呆望着屋顶。他在妻枕畔的藤椅子中坐下，更仔细地望她的面孔，像要不忘记似的。

——不久，二人中间的户要闭上了。

——但是，她和我双方都是可以给的东西都给了。现在残存的什么都没有了。

从这一天以后，他依从妻的吩咐，像机械一般地动作。他心中以为这是给她的最后的饯别。

某日，妻很苦痛之后，对他说，

"你去替我买吗啡来。"

"为什么？"

"我吃呀。吃了吗啡，可以不再醒来，永久地安眠去了。"

"那么，就是死吧。"

"是的，死我一点都不怕。倘能死了，真是不知怎样好哩。"

"你真的不知从什么时候也伟大起来了。到了这地方，人什么时候死都不妨的。"

"不过我觉得对你不起。我只使你吃了苦，真对不起。"

"唔。"他应一声。

"我，你的心是很明白的。不过我是那么样的任性，那不是我说的，是病做的呀。"

"是的，是病呀。"

"我已经把遗言什么都写好了。不过现在不给你看的。在我的床下，死了请你看。"

他沉默了。——事实是可悲的，而还要说这可悲的事，请免了吧。他想。

花坛的石傍，达丽雅花的球根掘了出来，被霜露侵凌腐烂着。水龟去了，却不知那里来了一头野猫，缓缓地在他空房的书斋中行走。妻差不多每日为了苦痛，不说什么话而沉默着。她不住地只凝视着冲破水平线远远突出在海中的带着光亮的海岬。

他在妻傍边，时时读着由他妻所命的圣经。

"耶和华阿，求你不要在怒中责备我，也不要在烈怒中惩罚我。耶和华阿，求你可怜我，因为我软弱。耶和华阿，求你医治我，因为我的骨头发战，我心也大大的惊惶。耶和华阿，你到几时才救我呢。"

他听得他妻的啜泣。他停了读圣经而看他妻。

"你现在想着什么？"

"我的骨头埋什么地方去？这我不放心。"

——她的心现在关心着她的骨——他不能回答。

——啊，完了。

他头垂倒一样心也萎缩了。妻眼中更加流出多量泪水来。

291

"为什么?"

"我的骨没有去的地方。我怎样办呢?"

替代回答,他急急地又朗诵出圣经来。

"上帝阿,求你救我。因为众水要淹没我。我陷在深淤泥中,没有立脚之地。我到了深水中,大水漫过我身。我因呼求困乏,喉咙发干。我因等候上帝,眼睛失明。"

他和他妻像一对枯萎了的茎,天天沉默相对。但是,二人现在已经完全成功了死的准备,有什么事情出现都不怕了。而他们的昏暗静寂的家里,像从山中运来的水瓮中的水一样,什么时候都恬静而满溢着清丽。

他的妻还睡着的早上,每天赤足去走在从海面新抬头起来的陆地上。前夜满潮时所打上来的海藻,冰冷地络住了他的脚。有时看见像被风吹来的在海滨彷徨的儿童,脚下在充满生生之气的绿色海苔上打滑,攀登岩石上去。

海上的白帆渐渐增多了。海边的白路天天热闹起来了。某日有个友人,忽然托了便,绕过了海岬送来一束 sweet pea 的花束到他地方。

长被寒风所封闭着的他家中,方始有早春的气息芬芳地降临了。

他把沾满花粉的手捧了花束,走进妻的室中。

"到底春天是来了呀。"

"啊,好看!"妻说了微笑向着花伸出消瘦的手去。

"这真是好看啊。"

"什么地方来的。"

"这花,坐了马车,沿着了海岸,最先撒布了春天而来的。"

妻从他手中接了花束,两手抱合在胸口。她把她的苍白面孔,埋到灿烂的花束中,恍惚地合上了眼。

十八年十月译[留]

(选自《小说月报》第 21 卷第 1—12 期合订本)

谈 监 狱①

顷阅日文杂志《改造》三月号,见载有我们文坛老将鲁迅翁之杂文三篇,比较翁以中国文发表之短文,更见精彩,因移译之,以寄人言。惜译者未知迅翁寓所,

---

① 注:鲁迅原作。

问内山书店主人丸造氏,亦言未详,不能先将译稿就正于氏为憾。但请仍用翁的
署名发表,以示尊重原作之意。——译者井上附白。

人的确是由事实的启发而获得新的觉醒,并且事情也是因此而变革的。从
宋代到清朝末年,很久长的时间中,专以代圣贤立言的"制艺"文章,选拔及登用
人才。到同法国打了败仗,才知这方法的错误,于是派遣留学生到西洋,设立武
器制造局,作为改正的手段。同日本又打了败仗之后,知道这还不够,这一回是
大大地设立新式的学校。于是学生们每年大闹风潮。清朝覆亡,国民党把握了
政权之后,又明白了错误,而作为改正手段的,是大造监狱。

国粹式的监狱,我们从古以来,各处早就有的,清朝末年,也稍造了些西洋式
的,就是所谓文明监狱。那是特地造来给旅行到中国来的外人看的,该与为同外
人讲交际而派出去学习文明人的礼节的留学生属于同一种类。囚人却托庇了得
着较好的待遇,也得洗澡,有得一定分量的食品吃,所以是很幸福的地方。而且
在二三星期之前,政府因为要行仁政,便发布了囚人口粮不得刻扣的命令。此后
当是益加幸福了。

至于旧式的监狱,像是取法于佛教的地狱,所以不但禁锢人犯,而且有要给
他吃苦的责任。有时还有榨取人犯亲属的金钱使他们成为赤贫的职责。而且谁
都以为这是当然的。倘使有不以为然的人,那即是帮助人犯,非受犯罪的嫌疑不
可。但是文明程度很进步了,去年有官吏提倡,说人犯每年放归家中一次,给予
解决性欲的机会,是很人道主义的说法。老实说:他不是他对于人犯的性欲特
别同情,因为决不会实行的望头,所以特别高声说话,以见自己的是官吏。但舆
论甚为沸腾起来。某批评家说,这样之后,大家见监狱将无畏惧,乐而赴之,大为
为世道人心愤慨。受了圣贤之教,如此悠之,尚不像那个官吏那么狡猾,是很使
人心安,但对于人犯不可不虐待的信念,却由此可见。

从另一方面想来,监狱也确有些像以安全第一为标语的人的理想乡。火灾
少,盗贼不进来,土匪也决不来掠夺。即使有了战争,也没有以监狱为目标而来
爆击的傻瓜,起了革命,只有释放人犯的例,没有屠杀的事。这回福建独立的时
候,说释人犯出外之后,那些意见不同的却有了行踪不明的谣传,但这种例子是
前所未见的。总之,不像是很坏的地方。只要能容许带家眷,那么即使现在不是
水灾,饥荒,战争恐怖的时代,请求去转居的人,也决不会没有。所以虐待是必要
了吧。

牛兰夫妻以宣传赤化之故,收容于南京的监狱,行了三四次的绝食,什么效
力也没有。这是因为他不了解中国的监狱精神之故。某官吏说他自己不要吃,

同别人有什么关系,很讶奇这事。不但不关系于仁政,且节省伙食,反是监狱方面有利。甘地的把戏,倘使不选择地方,就归于失败。

但是,这样近于完美的监狱,还留着一个缺点。以前对于思想上的事情,太不留意了。为补这个缺点,近来新发明有一种反省院的特种监狱,而施行教育。我不曾到其中去反省过,所以不详细其中的事情,总之对于人犯时时讲授三民主义,使反省他们自己的错误。而且还要做出排击共产主义的论文。倘使不愿写或写不出则当然非终生反省下去不行,但做得不好,也得反省到死。在日下,进去的有,出来的也有,反省院还有新造的,总是进去的人多些。试验完毕而出来的良民也偶有会到的,可是大抵总是萎缩枯槁的样子,恐怕是在反省和毕业论文上面把心力用尽了。那是属于前途无望的。

(此外尚有王道及火二篇,如编者先生认为可用,当再译寄。——译者识)

(选自《人言周刊》第 1 卷第 1—50 期合订本)

八、小说 11 篇及诗作 1 篇

纸背的文字
给 准 的 信

想不到竟会得到你的信,感着非常快乐。在预期以外的快乐,乃是真的快乐。我很感谢你的厚意。自然,二三年来不通消息的我们,相互要求知悉近状的热望是相同的。所以我便不能自止的给你一通信的机会,你果然能了解我的意思。那便是我们友谊的万万岁。知道我在家中如何寂寥,便可以明白你那信所给我的快乐安慰的分量了。

要牢记,临睡时切莫将窗闭,

好让月光进来,听那灵魂儿数孤凄。

最难堪,黑夜里,默看星斗移。

人生的路上,原和沙漠旅行者同样的。横过沙漠的商旅,所以要结队而行者,原为耐不得孤寂。但是人生的伴侣是何等难觅啊!一个人在撒哈拉沙漠中独行,忽然听得了 Sphinx 的呼声,惊破了不可耐的静。想不到又会得到他所最倾心的朋友的甘味的笔迹,而且是久久没有消息,以后的第一信。渴不可耐,忽然发见了清泉,是少有的奇迹。好快乐!尽量解渴罢,在感谢上天以前。

但是你更要知道,我对于你容颜的热望是如何强烈。我们已经六年两个月没有见面了。自然你的音容笑貌现在也仍时时在我心中活现。很清晰，没一点模糊，我看见湾湾的眉毛，朗朗的双眼，高高的鼻儿，血红似的唇儿，映着白玉般的牙齿，适当的配置着，还有那可爱的桃色双颊，恰好的身长，平衡发达的肌肉。每当你在微风中立着时，我总立时想到莲花的姿态，风中你那青衫的角，正似莲叶的荡漾。这样写来，不知可唐突了你，渎冒了你。不过我心眼中的你，却是这样的。正是一个翩翩浊世佳公子。我这一句话中并没有一分一毫轻薄的意念，正直的人总都感到，也无须由自己辩白。不过倘使有使得你心上起了一丝一忽的不快，那不必说都是我的不是。我绝不逃避责任的。

乱云中的明月儿，你不要再遮遮掩掩。

快出来让我看看，可还是旧时容颜。

休空叹，别时容易，难是在相见。

你也可以明白你那一封信的力量之伟大了，近乎忘却了的少年时代的浪漫精神，对于美的热爱，竟能在心中再现。就是我也不相信会老着脸皮将这许多字写上。至少我觉得年纪轻了七八岁，仍还是我们同在一个学校中淘气时代的样子。让我们回想那时的乐趣，好么？深深的回想，似同追寻昨夜的梦境。昨夜的梦，不知你可知道，是一极有趣的梦。但是我不想把这些琐碎的彩砂来眩惑你，因为我们还有一件很大的事体要做。我们要有一个对面谈话的机会，想来你也有同感的，我希望这一件事，可以早日实现。但是不满意的预感，早已授受到了。

斜挂天边的湾湾明月，何以去得这样快？

话也不曾畅谈，貌还未仔细再印写。

请问你，用什么去留作他年纪念？

我们从来不曾爽爽快快交谈过一次。这半是由于我的短于词令，没有机会，自然也是一个原因。其实我们果真有什么可以讲的话么？言语所能传达出来的意思，只不过是皮相浅薄的东西。我们的话不是用口可以传达，而是要心去感受的。同样我们的信也不是用纸面上的文字而通消息，是由纸的背面的潜影而求理解的。我们心底的言语并不是嘴，笔所能表现的。你看信只看纸的背面或文字的行间可矣，这是你当然早已明白无须我多说的。只要我们的眼光接成一直线时，一切都明白了。不过这些话又何须再说，我们很可以把话头一转。

人生原不过求快乐，何用悲观！这是你对我的提言，很感谢你的好意。我本是信奉严肃的康德主义的学生。（虽我对于康德的学说毫无所知）可是信条渐渐不能拘缚住自己了。人是活的，道德的教条是死的。要服从教条，守规范，那么先要自己杀死，绝灭自己的生命，但这并非容易之事。释迦的教训并不是人人能够做得到的。此因教条是在生命以外的，生命是创造的进展，一切在生命以内的都是活的，发展的。要使教条收摄在生命以内，而成为创造的信仰，如此生命与信仰合一而达到了无阻碍，无拘缚的境地。这时也无所谓苦无所谓乐。比超出苦乐以外的境地，或非我们所能企及。但是说求快乐，先要有快乐的存在。你果然相信在这地上有所谓快乐这样一种东西存在么？倘使世上没有这样的一种东西，而我们一意去追求岂不可笑，对于快乐的存在，我敢大胆的怀疑。总之快乐之有无，不是我们所能知道的。让一步，假定有所谓快乐的这一种东西存在，而此种东西之能求得否，还是疑问。说求快乐这一句话，我不知道有何种根据，哲学上的快乐主义，早已破碎无余，文艺上的享乐主义，早已不能自圆其说。我们为什么不去求苦痛而要求快乐？

照我的意见，快乐并不是一种存在，而是一种作用，就是事件进展中所经历的某一种状态。作用是活的，存在是死的。凡是存在，便可以当做目的而追求，作用便不能。金钱是一种存在，做了商人，实业家官僚们，以及差不多一切的人的目的。快乐便不是这样，我们倘使以快乐为目的而去追求，决然不能得到什么。所谓快乐不过是无意的收获，我们少年时所耽读的通俗小说中，有一极普通的联语，

有意种花花不发　无心栽柳柳成荫

便是道尽快乐的一种状态了。这无意的收获，乃是最可贵的东西。一切文艺上惊人的杰作，都可视为无意的收获，惟其是无意的，故能成为杰作。并非我故意发为怪话，我的意思，凡是上乘的作品，必是无目的的，就是创作并不是为了什么，而是自己创造。创造便是无目的的，若创造而有目的则便为该目的所拘缚而不自由，不自由何足以言创造。创造和自由，原可视为一事异名，若为创造则必自由，若是自由则必具有创造之精神。

我以为人生是无目的的，人生是该无目的的。因人生是无穷的创造，不该限于一定的目的，以自限于狭小的局面。但是我也不反对你所说的求快乐，因为快乐既然不是固定的存在，而可视为创造的经过，那么要求快乐，非致力于创造不可。快乐不能为目的物而只能为副产物。为快乐而求快乐，不能得快乐；不为快乐而专意创造，却有感到快乐的时候。此快乐之感，恰如天所以鼓励人生创造的。自然，不能限定于专求快乐，有要经历苦痛时我们也不回避，而且有必要时，我们还须取进而求苦痛的形式。人生正似旅路，有平坦的大路，也有崎岖的小

径。而且快乐与苦痛，也无一定的标准，有的人以平坦的大道为乐，也有以危险的路径为多趣的。这样快乐的一名词的内容，尚且各个人相异，用求快乐的一句话，何能说尽人生的一切。但是你的快乐二字，竟然使我起了一点感动。我正感到近时生活之干燥无味，直至疑心快乐的存在的程度，但我并不是悲观而不过是怀疑，只感得一切都如空虚。你说求快乐，那么必然有快乐的一种东西了，我虽善于怀疑，对于你的话却不疑心，所以对于快乐又起了一毫的希望了，不过我还有一点点的忧虑。

快乐是一种东西，求快乐的一种生活，会不和经商相全的么？是要说求快乐像一种买卖是要资本的。像我又没有无贝之财，又没有有贝之才，没惊人的容仪又没有渊博的学识，一所空无所有的商店，何以经营！在你这许多物品都具备的，自然可以做一番。在我则除了空谈预想以外的快乐以自解而外，没有法子了。

稍稍有一点疲倦了，头里也昏昏沉沉，说的不知是什么话，不过要你谅解，所以以致如此的原故，自然这许多话中，前后文不相连贯一致的地方极多。好在只要你看纸的背面，表面上文字的关系，原可以不大理会的。但是我希望这一封不完全的信，对于你有一点意思。

标七月，廿七日

（选自《狮吼》（半月刊）第 3 期，1924 年 8 月 15 日出版）

上帝保佑下的一员

一

六月夏天，太阳偏过西了，蝉的叫声断断续续，一点风都没有，格外觉得炎热。小溪中的鱼，也不敢浮上水面来，狗也横在树荫底下喘息。四周都静悄悄的，只有太阳的光线投射下来，像打铜锣一样响在路傍。坡上的桑地里，却有一种单调的声息，一种缓慢悠长周期的声音沙沙发响。稍微知道一点农事的，便晓得这是削草的声音，是铲刀刮地面的表割断草根的一种声音。在火一般的太阳光底下，削草是最好的时机，斩倒的草，被太阳一晒就枯死了。只要不就下雨，这工事便有十分的效果，所以农人总特地选择这好晴的天气，去晒在太阳底下削草的。

在桑地里那个削草的工人，慢慢的一步一步把草除去。双手擒了铲刀在地皮上刮，正像一座机械一动一动都有一定的时刻顺序。挺直臂膀把铲刀伸长去

297

按在地上，用力拖来，跟着就起了沙沙的声音，杂草的头颅四肢都残断在地上了。这样反覆不歇，时时把脚步移动，换转地点，背上的大布衫已经被汗湿透了。他好像毫不觉得似的在太阳底下做工，一定要穿大布衫，可以抵当太阳光的酷热，可以吸收汗水，有种种好处，是吃肉的城市中人所不能知道的，他们只觉得夏天应该穿轻快的纱罗，他们笑乡人在太阳底下还穿大布衫，他们的非常聪敏，是值得被无知识的动物尊敬的。

路上很少人走过，不过远远地有一个人来了。那把玄色的阳伞和白色的衣装，在太阳光里一闪一闪。他胁下挟着一个青布小包，手里拿了一个竹棒，是一竿长烟管，一摆一摆的踏着拍子走来。睡在树荫底下的狗，看见了他近来，直跳起来，尾巴倒湾在后腿中间，倒退了七八步，在坡傍边用恐惧的眼光注视着那个人。他把手里的旱烟管高举向空中一挥，那畜生呜的一声飞快的向桑树中逃去了。

"徐三么？你在这里削草。"

"李七先生到乡下讨账去？天气热得很，为什么不雇个人？"

"自己去讨取还不能收到一半，雇了人去还有淘成么？"

"歇一歇，烧一管烟去罢！"

这样说着，徐三把铲刀架在桑树上，又从别一枝桑树边取了倚着的烟管，从烟袋中掏出烟草来装进烟斗，同时李七先生也早把阳伞收起，把烟装好衔在嘴里了。看徐三从衣袋中取出火柴来擦上火，李七先生说声得罪，就把烟斗凑上去，徐三自己也点着了，于是二个人的口鼻中，就有白的雾吐出来。

"徐三，你看这块地好么？"

"好是不能说不好，可惜采起叶来不过两担！"

"照今年的叶价，两担叶也值五六块钱了。"

"是啊！"

"还有你的地租怎样的？早点拿出来才好。"

"是啊，不过今年蚕花不好，卖脱丝来交付叶钱已经完了，请李七先生只能缓一缓，实在没有法子！"

"那不行，你晓得我也有许多出款，就是为这地皮也要完钱粮，难道叫我借了地皮给人再贴钱完税么？"

"李七先生，不是这样的，我实在因为没有钱，并不是存心要拖欠你的。就是那块地我管了之后，已经好得多了，从前只能收一担多叶，现在桑树也整齐了，地也肥沃些了。做工我是认真的，也晓得欠了债是要还的，不过实在今年运气不好,总得请你缓一缓,或者收了米之后。"

"等收了米之后?半年!你到气真长,六个月,算算利息也不少了。现在世界上大家都困难的,无论如何你总得去设法一点,多少不拘,你既然这样说了,我不是一定要你归清的。"

他面上露出一点微笑,表示他的宽大,表示他的施惠的得意。把烟斗里的灰扑去了,烟管横在一边,解开那个青布包来取出一本账簿,翻了几页一看,忽然眉头一皱:

"你旧年还没有付清的!"

"旧年好像清的。"

"旧年地租上你还少一块钱,我只当你去年是全清了的,这账上还少一块钱。"

"旧年地租是两块四角洋钱,我送上的。"

李七先生有一点发疑了,他又在账簿上翻了一回:

"是了,你旧年是拿两块四角来的,不过其中一块钱归入了前年的陈租,所以旧年还少一块钱,对了!"

"前年的陈租?"

"是的,这回你仍拿两块四角来罢,再让你欠下一块钱。本来大例今年地租都加了价,我这里仍旧算你两块四角,马上快快去设法,总要日内拿出来才好!"

他说完了,也不顾到徐三的呶呶说着钱没有,无处设法,自顾自把青布再包起来,从地上把长烟管拿了,撑了阳伞转身走了,还回头叮嘱一句:

"须得日内快快去想法拿来才好!"

徐三含着满腔的不平,看他慢慢的在日光中蹀去,他也把烟管再挂到桑树上,重新拿起铲刀来开始工作了。他只觉得铲刀刮地所发出的声音是:

"快快去拿钱来,快快去拿钱来!"

二

吃过晚饭之后,坐在门口纳凉,太阳没去多时了,下弦的月还不曾起来。在空中有吸血的小音乐家唱歌,葵扇的击拍也不停歇,虽则有一点南风,却不十分济事。星到很亮,大概不会因为星亮而天气格外热一点。不过场地上小孩子们看见了这许多晶晶的星,格外有兴,闹得更加出劲,却是不错的,他们仿佛同在梦中摘星一样高兴的追扑萤火虫,徐三记起了先刻的事情,对坐在他前面的他妻说道:

"明天你到朱家埭去一趟好么?"

"为什么?又没有别的事情。"

"今天在桑地里碰着李七先生,他又向我讨地租,却不说起已经向你催过的,我想还是早点去弄一点来给他罢!"

"要问哥去借钱? 他那里有借给你的钱!"

"但是没有别的地方可以想法子。"

"去恳李七先生展缓一下就是了。"

"但是他已经说过多少,总要拿一点去,假使借不到,那也没有法子,不过总先得试试看。"

"还是不去的好,看来总不过是空跑的。"

"这也叫尽一点心,真个没处设法,那也无可奈何。"

他妻就默默不响了,晓得怎样说都是无益的,而且尽能够做到的力量总是正理。

"你到底去也不去?"

"我不去。"

"为什么不去?"

"你看我这样走也走不动,要去还得你自去。"

"真个我连你不能走动的事都忘了,真叫做被债逼昏了,那么你这几天觉得什么样?"

"里面有时动,也有觉得痛的时候。"

"那么就在这几天之内要落地了也难说。"

"说不定。"

"总希望要是男的才好。"

"我也这样想,不知可有这份福气。"

"真个不知可有这份福气!"

想起了以前的几个女孩都管不大,令他们不得不有这样的怀疑。他们已经有过三个女孩,其中二个是出生不到两月就死的,别的一个到了七岁出天花死的,后来有六七年没有孩子了。他们的疑心无福,是当然的结果。若使顶大的女孩在世,今年已是十九岁,看实好有婆家了。这且不说,那场地上嬉戏的小孩,如何引起他们的羡望! 那喧哗的小孩们的喊声,这样感动他们的悲哀! 但是他们现在有希望,她的圆满的大肚,是他们唯一的希望,唯一的期待,唯一的快乐,希冀一个男孩子是①当然的!

_____

① 原文缺"是"字。

"假使是男的,我们可要给他念书。"

"是像毛家大阿四一样,送到洋学堂里去念书,也可替我们记记账,那时我们可以享福了。"

"你晓得大阿四那个人还小,到洋学堂里去去变坏了。"

"怎么说?"

"看他还只有十四岁,什么都知道了,一天在桑地里拖牢了施家的杏宝在她的胸口摸,一看见我飞快的逃跑了。"

"所以到那些洋学堂里去去是没有好事的。"

"那到也未必,总之现在的人是坏起来了,你想吴家的阿八不是没有进过洋学堂么?"

"那孩子真是没有法子的,也不知吴老全前世作了什么孽。"

"听说前天又偷了钱家的衣裳去卖了,却又赌输得精光。"

"怪不得昨天给着着实实打了一顿。"

场地上小孩们的歌声,断断续续的听得:

"天河对大门,家家吃馄饨"

银河差不多真对大门了,真的快要七月半,祖先的秋祭又到了。有祖先而还不曾有子嗣的徐三,感到无限的悲哀,四十无子冷清清的,实感他深切的体验到了。家里没有小孩,总是阴冰冰的。一定要由小孩子哭哭叫叫,家庭中间才觉热闹有趣。他们已经六七年过着这样冷清清的生活了,空闲时只不过二个人对坐谈天,所谈的无非米盐酱醋衣着吃食借债还债这一类话。一个人出了门做工作客,别的一个便更加孤独,要不把大门锁起而往邻舍闲谈去,坐在屋里看家一定会感到孤凄而下泪。但是他们现在有希望,他们有快可以实现的希望。

忽然起了风,很凉快了,场地上的人声忽然静了,邻家关上大门的声音也听到了,或者要下雨了,他立起身时已经听得雨滴打着屋瓦树叶的声音了。

"慢慢走,不要跑得太快,等我关上了门来点火罢!"

在卧室中扇蚊的时候,他笑说:

"大概不会是今晚罢,呸! 可恶的雨天!"

想起了日间削草流汗是徒劳了,不觉一瞬间颜变了色,话变了调。他又那里知道天下岂但劳而无功因德遭怨的事情正多着呢!

三

"气死! 气死! 真倒霉!"

徐三一跑进自己家里的大门就这样说,一而擦着身上不住分泌出来的汗水,他妻已经捧了一把茶壶慢慢走来了。

"这里有茶。"

"正像你说的,还是不去的好。"

"哥不在家么?"

"见了的,他第一句开首,就问你来干么? 好像我是不应该去似的。说了一大篇田里的忙碌,日日车水进,大概怪我去从田里叫他回来了,真像忙煞,做出马上又要去做工的样子,也不叫我再坐一回。"

他说着,倒了一碗凉茶,向喉间直灌。

"我因为在你嫂子面前觉得不大好开口,就伴他到田里去,路上对他说明,要问他借一点钱,却被他一口回绝了。"

身上的汗水,跟了他的气愤同时分泌,他又连忙揩拭。

"气死,他竟然教训我了说:什么做工勤谨一点,赌场上少去走走。这三四个月我也从来没上赌场去过,说:赌的辰光有钱,还地租难道会没有的? 真被他糟蹋了一顿!"

"这也是你自己不好,要犯这一种毛病。"

"不肯借钱就是了,这些话说他做什么! 我是不向他借钱了,回头去拿烟管,在他家里却又来了一个客人。"

"是谁? 是不是嫂家的人?"

"我也不认识,问起正是她的小弟。"

"他来做什么的?"

"这你嫂却对我说了,因为他家要发会了,是来借钱的。她还说这几天来借钱的人真多,只要稍微有一点关联的都来,昨天婶婶的娘家也来了一个人到这里借钱,对我说这些话,明明是骂我。"

"她老是这样的,理她①做什么?"

"同是一个去借钱的人,她为他预备点心,我要走时也不留我吃。到是七岁的阿芳说姑丈吃了点心去,我们已经在做了。但是我走时,她不留我,只得走了。"

"阿芳那孩子到真伶俐。"

"去做一点什么点心来吃罢,腹中也有一点饥了。"

---

① 原文作"他"。

"什么都没有,冷饭去吃一碗罢!"

"气死!他的钱不知要放着做什么用的,你哥他放债给别人到有钱的,他有的钱是要放债的,要取重利息,所以他一天一天的富了,真是一个黑心人,我们不妨穷到底穷到死。"

"只要你少去赌赌,或者还可以舒泰一点。"

"赌有什么不好!只要不取人家重利,输了也干净。赢时也爽快,钱放在家里要烂臭的!"

"救救!救一救!"

尖锐的声音和杂乱强重的脚步声响听见,接着就看见二个人一前一后赛马般的直冲进他们家里来,徐三连忙立起来迎出去,赶到庭中。

"什么事?"

"他偷鸡,我要捉这偷鸡贼去打!"

"又不是你家的鸡,干你什么事?"

"偷鸡贼总是要吊打的,徐三伯我对你讲,我见他在施家后门贼形贼气,仔细看着他果然掩了进去,我便走过去,看见他正从窠里拉出生卵的母鸡。我喊一声捉贼,他飞夺门而逃了,看他手指上还有鸡毛,从前我家也失窃过几只鸡,大概也是他偷的,一定要打他招供出来。"

"看我掩进去,像煞有介事,我真看见你,你才是掩进去的,你在施家后门口正像拖鸡的黄鼠狼,一溜的进了去,你要不听得鸡叫,你会看见我?我不过捞只巴鸡,你难道不也是贼么?你偷的东西!哼!当我不知道!"

"什么话!"

那个挺起了手臂赶过去,在别个的脸上发了一响清脆的掌声。

"好的!你打得好!"

发怒火的双眼,和说这句话之外,不见有什么的表示。

"正要打你!"

"大众不要闹了,听我的话,大阿四你放他去算了。小时节你们都是玩耍的淘伴,今天他鸡也没有偷成,大家都是认识的,放过了。他只一遭,叫他以后再不要偷就是了。"

"我要打他!"

"你敢打!来!"

那一个顿然奋勇起来了,拔出了双拳。

"不许!你已是不对,还要动蛮!阿八!"

这一下阿八的手又挂下了。

"总算你恕过了他,叫他向你赔个罪。"

一个说不行,一个也摇摇头。

"那么你们要怎样呢? 我是管不来了! 阿八你以后不要再偷鸡了。"

"噢,不再了。"

"你发一个誓来。"

"烂断手指骨,要是我再!"

"再什么?"

"再——偷"

"好! 你去,牢记这句话!"

阿八如同奉了大赦令,飞一般的逃出去了。

"大阿四,全伯待你很好,看全伯面上放过了他。"

阿四也无可如何,骨都了嘴叽咕叽咕说着:

"你帮贼,你也便是贼,大贼帮小贼……"

慢慢地走出去了,临出大门的时节还说一句:

"绝尾巴!"

刺痛徐三耳朵的话。

过了一回,他又领了一群孩子来徐三大门口唱歌了。他是一团小妖精的头脑,他喊一声,那些小孩大家和一声。

"谁要帮了偷鸡贼,谁要帮了偷鸡贼!

自己便是掘壁贼,自己便是掘壁贼!

谁人帮了偷鸡贼? 绝尾巴!

谁人就是掘壁贼? 绝尾巴!

哈哈! 哈! 哈哈! 哈!

张家有只——断尾巴狗,

张家有只什么狗? 断尾巴!

李家有只——断尾巴猫,

李家有只什么猫? 断尾巴!

哈哈! 哈! 哈哈! 哈!"

这套小儿曲,一遍又一遍反覆唱去,小妖们正是一路兴高采烈,直到徐三满面杀气,拖了一根棒出来:

"你们这些小精怪还不走么!"的大喊一声,由首领的引率大家四散奔避了。

四

李七先生真是气忿不过了，宽厚也有一个分寸的，过了度便变了庸弱无能了。

"到底几时才有的？今天推明天，明天又明天。"

已经在不惯坐的椅子角上，局促不安的徐三，受了严厉的责问，不觉发抖了。他从来不曾见过李七先生这样难看的面孔，往常他拿钱去送米去，总是和和气气的。虽则有时短亏了些，看出他面上的不高兴，但是答应他补偿之后，立时就复原的。惟有今天虽则答应他再设法，只要再宽限几天，却惹得他发怒了，这真是不可解的事情。

"为什么你不预先设法好？不是早已千万叮嘱过你么！"

"但是没有地方可以想法！"

"还说没有地方！我不相信你，你有这样富的舅子。"

"但是他不肯给我通融！"

"那是不会有的事情，一定你不曾去对他说过。"

"我去问他过了，天地良心！"

"那我不知道，你只把这里的理清楚便是了。"

"李七先生，我的确没有钱，并非要故意拖欠你。"

"我晓得，所以早就叫你去想法子。"

"但是没有，怎么办？"

"那是不行的！"

徐三低了头没有话了，到了这地方，他实在不能再开口了。他很想问一句："不行便怎样？"但是心头的话，总不能在喉口喷出，因为他没有这勇气，他预料到施放了这一枪之后，战线上要大开火了。他不敢。他永远也没有这犯上的胆量，一个是乡下种田的小百姓，一个是镇上见官的大绅士，无论如何不能对立的。

"你再仔细想一想，你总该已经设法了来的！王大，你的怎样？"他向另外一个乡下人说，那人坐在徐三的傍边，早一刻就被唤传进来了。在这一间厢房里，正像是森严的法庭，他是一个审判官，坐在中间的桌边，桌上放着算盘账簿笔砚和别的东西。那几个待决的囚犯，挨次排在椅子上坐着，被指名的王大战战兢兢立起来说道：

"今天我没有带钱，等下次拿出来罢。"

"我那一天到你家里追过的，叫你拿出来，为什么不拿来，真可恶！"

"实在忘却了。"

"那么你身上总带有钱的?"

"只有一块大洋,是家里人要我买棉花的。"

"那么你先拿来再说,棉花明天不会没有的,这里先收了你一块钱,别的明天补来。"

把洋钱看了一看,当的一响便放在一边,在账簿上写了一笔,拿了算盘拨动算珠:

"三块八大洋,除去一块,还要二块八大洋,明天马上拿出来,二块八大洋,二块十角一百二十文,记牢去罢。"

王大慢慢的退出去了,他对徐三说:

"你看人家多爽气,你为什么定要催了又催呢?"

"徐三叔! 徐三叔!"

突然外边喊进来的呼声,徐三立起来到门外一望。

"三婶娘要养团团了,叫你快去!"

喊他的是那个小偷儿吴阿八,他心中一急,又是乐又是苦。

"七先生我要回去了,总慢慢的设法来。"

"还说慢慢的! 要快快的!"

"是!"

他急急忙忙退出来。

"阿八,你跟我来,不要在人家厅上东看西看了。收生婆陈大妈,你晓得的,快去请到我家来,辛苦你!"

说完了话,三脚并二步,领着阿八飞快走出去了。

五

"总是你不好,当初原不该问他借钱的。现在怎么好? 而且又有契据在他手中的。总是我们欠你的债呀,你这小债官。"

她说到后来,又对那小孩自言自语起来了。

"但是,那时没有别的方法,钱是要用的,一刻也少不来的。家里是一文也没有的。钱烟鬼是怎样的一个人,谁都知道的。但是,那时没有别的方法呀。你想,一方面有李七先生的催逼,又逢着这小孩子要出世了,没有一处地方不等钱用的。那时只要有钱给我,就是割我身上的肉也是愿意的。这一点房屋的契据又算什么! 这二分钱的利息又算什么!"

"明天又是要付息的日期了，看你怎样对付他。"

"那也只能到了明天再说了。不过你也该想想法子看，你说那一庙要还愿，那一庙要进香，要酬什么神，要斋什么佛，在你的口舌上，却也化了不少的钱。"

"到说都是我化的好了。"

"不过这样说说，你也相帮想想法子看，是不成功的么。来，来。"

他伸了双手，把孩子接过来了。真好的孩子，又轻又软又暖又香，笑时和仙佛一样，哭时和小鸟一样。人世间的一切苦痛一切烦恼，都未曾知道的小孩子，最得宇宙之自然，天地之神秘，他的一举一动，都能使人动情的，抱在手臂里荡荡他，弄弄他，看看他，真有趣。

"你为什么到我们这份穷人家来？你为什么不生到富贵之家？你可以更加舒适，时时刻刻有人抱，有人护，有人看，有物事吃，有好衣服穿，你为什么要到什么都没有的，像我们这样的，穷人家来？但是我们很感谢你。你肯到我家来，大约因为你看我们什么都没有，可怜我们，所以生到我家来了。我们真真感谢你。有了你之后，我们大家心上比从前快乐多了。"

夫妻两个到是好一对，抱了小孩子，都会不住的自言自语的，而且天天是同样的话，说一个不休。拿了小孩子做中心，他们谈到将来的幸福，完全一种近于梦想的话。把他们的顶好顶好的梦，做在小孩子的一个身子上面。

这小孩子大起来给他读书去，读了书也许可以做官。他若是做了官，就可以享福了。那时候，只要坐着伸手擎筷张口吃饭，做一个享福的老封君老太爷，即使不做官，必然能够赚大钱。积了许多钱，可以造房子，买地皮。那时家里有仆人，有婢女，一呼百诺，要什么，有什么，总不像现在的住着破旧房子，半餐饭，一顿粥，有吃吃，无吃挨。看他那个高额大眼，的确有一点贵相，说不定也是星宿下凡的大人马。朱元龙小时穷得来卖和尚的，会做到皇帝。现在世界没有什么皇帝，不过无论什么人都可以做大总统。他也许做到大总统。他的哭声洪亮，也是贵相。而且非常聪明，只还是两个多月，好像什么都懂了。已经会认人，会笑，会哭。将来一定是了不得的人马。

孩子在他手臂中，很快活，很灵动，不住笑，不住闹，笑得徐三快活极了。自从小孩出世以后，再也没有人说他绝尾巴了。这已经是无上的快心，现在那孩子在他手臂中，对他笑，那得不使他快活极呢。本来小孩子的天真烂漫的笑，是有一种消忧的力量。一切世间的苦难，都不曾知道，一切社会悲惨，都不曾看见的小孩子，在他们的笑当中，自然只有欢乐，自然只能引起欢乐。以致他总把经济上的压迫完全忘却，只觉是快活，只觉小孩子是应该有的东西。

他妻总忘不了这一笔债，天天提着利息如何付，年底怎么过。他却心中毫不觉得似的，抱定到那里是那里的宗旨，着急也无益，还是快乐的好。人能够做到这一步，也可以。算有福气了。这是他以前所没有而有了这①孩子以后，才悟到的。一个人生在世界上，有快乐不享，却去寻苦吃，真是最愚笨的事体。欠了债，要还钱，还得出，还出了，还不起，再欠欠，有何妨？只要孩子好，大起来就可以不怕穷苦了。

孩子在他手臂中动得疲倦了，眼皮沉下，倒头要睡了。他交给他妻。忽然，当，当，当，的小锣声响，孩子张开了惊愕的眼睛，发哭声了。母亲又忙着宝贝团团了。真是可恨的锣，是打的什么锣呀？又不像卖糖担，也不像西洋镜，也不是猴子戏，这小锣的调子完全是听不惯的，特别的，使得他走出去看了。

有几个穿长衫戴草帽的青年，一个在敲锣，一个在分散纸片，一个手里擎着一面小方旗子站着，几个围在旗边闲话。几只狗对着他们狂吠，许多人围拢来了。大人睁着疑讶的眼睛，小孩子争着抢画纸，妇人们交头接耳猜不透这个谜语。男子只寥寥几个，远远站在阶沿上，挺直了腰呆看。徐三也莫名其妙，走过去，散纸片的人，也分给了他一张画片。他心中想，我又不是小孩子，给我这画张做什么，不过正可以带给孩子。就看了一看，见画片上的图，是许多人围着一个出须的老人。那老人伸了手，仿佛在对一群人讲，地上坐着一个像是癫疯子，还有一个盲人站在傍边。他不懂这画的是什么故事，不是他所晓得的长毛造反，诸葛亮空城计，杀子报，姜太公捉妲己，这一类。

锣声停了，这一团青年聚在一处，闭上眼，合了掌，沉默了一回。当中一个，挺一挺胸，别的分站在两边，他说话了。

"上帝保佑我们！这张画片上面画着的，你们看见么？一个出须的和许多人。你们可晓得这一件故事？我现在要讲给你们听。从前有一个人，他法力无边，要想救度全世界的人，他所到的地方，穷人就有福了。什么病，他都能一治就好。有一天，他到了一处地方，许多穷人，都来求他了。他使得他们都满意。后来有人抬了一个癫子来，那人已经病了多年了，走也走不动，差不多是没有希望了。老人看看，说，可怜可怜，世上人犯的罪，为什么你也要去偿赎，让我一个人来担负罢。他对众人说，不要紧，这病就要好了，我代他求天父恕赦，我们的真的父亲。他合掌，向天祝祷之后，再把手摩摩病人的颅顶，对他说，你的病已经好了，天父已经恕你了，你现在站起来走回去罢。那病人就站了起来，走回去了。

---

① 原文作"的"。

他又医好瞎子,使跛子走路,种种奇怪的事体。大家问他为什么有这样大的力量,他说,这不是他的力量,是天父的力量,天父是全知全能的上帝,大家只要能够相信天父,就可以得福。他就讲天国的道理给他们听,大家都很快活。你们知道么?这个人就是叫耶稣基督。耶稣是上帝的儿子。人都是上帝的儿子,所以叫上帝做天父。大家想要求福,第一先要相信耶稣基督,进耶稣教。耶稣的种种事体和天国的道理,每礼拜都在教堂中讲,大家都可以去听。杨家村也有教堂,今年新造的房子,你们总知道。此地去不过六七里。后天就是礼拜日,请大家去听听圣经。现在请我的朋友再来讲一段故事给你们听。"

一个退了,又换一个,站在中间,他的声音更加响亮。

"你们大家拜菩萨,烧香。菩萨,你们大家看见过,是用泥来装的,用木头来雕的。去拜他,为什么缘故?你们因了拜菩萨,得着福过么?从前有许多人,因为拜佛,做皇帝的失了江山,做将军的失了城池。佛菩萨不能够保佑我们,是很明白的。我前几年在学堂读书的时候,就不相信菩萨,也不曾相信耶稣,我打坏过许多许多的泥菩萨,也不曾有什么事,所以菩萨是不能给人好处,也不能害人的。其实本来原不过是踏在脚底下的泥,搁在地上的木段,原没道理的。你们要晓得拜菩萨是错的,要拜,应该拜耶稣基督。耶稣有什么好处,你们或者不晓得,进了耶稣教,到教堂中去听讲,就会知道了。我前几年也不相信耶稣,自从进了耶稣教之后,方才知道有许多好处,现在也没有工夫细讲。我另外讲一个耶稣的故事,给你们听罢。"

他停顿了一刻,再说,

"有一次,耶稣在山顶上讲道,来听的人有好几千,大的,小的,老的,少的,男的,女的,从城里来的,从乡野来的,都有。耶稣从朝晨讲起……"

徐三觉得有人在他肩头①上拍了一下,回头一看,却是钱家福。徐三立时退了出来,心中盘算着对付这取债人的方法,口里说。

"请到屋子里坐罢。"

六

小孩子的成长真快,已经会喊爸了。

徐三第一次听到这声时,欢喜得落下泪水来。他已经有好几年不听到这种小孩子的可爱的声音了,又想起了从前的孩子们,自然也有些伤心,不过快

---

① 原文此处多出一个"头"字。

活比伤心还大,所以泪水是欢喜的泪水了。他每天总要把小孩抱几回,否则便觉得不爽快,虽然这几天农事又忙起来,不能像前几天的时刻抱着小孩子抚玩,但是朝晚出去回来的时候,一定非抱抱不放怀的。有时他妻把小孩子抱到田里,他就抛开了镰刀,过来抢着抱了,口中却还骂着她,不该把孩子抱出来在风当中吹。

这一天,田里已经收拾干净,谷也都晒在门前场地上。他抱了小孩在门口,臂摆摇着柔软的曲线,口里哼着不含意义的声音,眼睛看着可爱的小脸庞,在门边踱来踱去走,看看地上的太阳光,看着太阳光底下晾的黄金的谷粒。他想为这谷子真不知出了多少汗水,可是人为什么一定要吃那谷呢?倘使可以不吃饭,而活着,不是无须辛苦了么?又看抱着的小孩子。想道,这小东西也是要吃饭的,因为要吃饭便不能不辛勤做工。可是这小孩又什么能做工?没有这小孩的时节,是十分想要。有了也不十分道好。又是什么缘故呢?他真不懂了。他也不再问不懂的是什么。他就又想到了别的事情。三天之后,把谷过了砻,去了壳,再自己先舂一点,就可以吃新米了,给这小孩子吃白白的新米粥,一定喜欢的,顶好再加一点糖。今年的收成也不大好。朱地主要五石。李七先生三石五,还有那个一石。一共也不到二十石的谷,上砻磨了一个顶好八五折,只好算十四五石。自己只剩了四五石,一年的粮食是不够的,还有别样的用途,又添了人丁,这年分真不好过。怎么办才好?

他抱了小孩子,正在计算这一篇大账目,那邻家的小孩子跑过来,对他说道。

"徐三叔,你家客人来了。"

"在什么地方?"

"看,不是么?"

徐三顺着他的指头看去,果然有个人走进村来,穿了清整的衣裳,是像客人的样子。他不出去迎接,而退到屋里。

"唅,你嫂嫂来了呢,快出来。"

说过了之后,他又走出来,那个客人已经在门口了。

"啊,舅母来了,难得难得,请里面坐。"

"你到只是抱着小孩,祥生长得益加肥胖了,大的真快。"

"舅母,那里得空到这里来呢?"

"也是来看小祥生呀,前天阿大的爹回来,称赞了祥生的好处,我就也想来看看了,本来原要来。"

祥生是徐三替小孩取的名字,因为希望吉祥,又要能够长成,所以用了这个字样。这回听了称赞的话,徐三觉得非常快乐起来。前天,也是他田中完了工作,偶然碰见了舅兄,他定要拉他到家里来看外甥,一面夸扬自己的孩子,显出他十分的得意,主张的确是值得一看的,这拉是并不曾错。今朝却有特地来看的人了,自然应该更加得意。

"来!给我抱抱。"

孩子却不怕陌生人,一点不恐慌,仍是很活泼,把两颗好奇的乌珠活溜溜转。

"这孩子真好,你也是有福气的。"

徐三心花怒放了,他从来也不曾受过人家这样的恭维。有福气,这是怎样一件羡望的欣愿的事情啊!人生在世上,如果能够有福气,方才有做人的趣味。倘使只是苦恼悲惨,又何必贪恋活着在世上,人是该有福气的。徐三近来渐渐感到人生的兴趣了。

"茶,怎么如此慢呢?"

他妻出来看了面,应酬了二三句套话,就烧茶去了。他等不耐烦,自己跑进去,换了她出来。

"这孩子真好,他不怕生人,你看,会笑,笑了。"

"可是只要抱,总缘他老子抱的太多了。现在竟是放不下手,一放下就哭。这真是辛苦你了。"

她把孩子接了过来,放在膝上,解开她胸前的纽扣,掀出乳房,把乳头塞进小孩的口中。

"这是他太爱了之故,可是原应该爱惜的了。"

"家里侄子们都好么?"

"谢谢你,都很好。"

"今年你们的田怎样?"

"也差不多,总不是丰熟年岁。"

"像你家田产多,总不怕什么。我们就要怕吃不活三口儿。"

"那也不至于罢,困难都是一样的。"

"茶来了,吃一口,嫂嫂。"

徐三提了茶壶,拿了茶碗在手中,走来。

"真对不起了。"

"不用客气。"

"我今天拿了一点不成意思的东西来,是给祥生的。那个包裹,一两件破旧的小衣服。"

"那真是多谢你了,祥生谢谢你舅母。"

她这样说着,把手里抱的孩子,做一个行礼的样子。

"又要你们费心,真是多谢了。"

徐三忍不住就把包袱打开看了,在农民中间,虚礼是不用的。

"啊,真是好看的衣裳。"

徐三把衣裳拿在手里,展开来,红红绿绿的花色,引动小孩眼光。

"祥生,你欢喜么？舅母送给你的好衣裳。"

他把衣裳在孩子面前撩拂,大家露出喜悦的笑颜。

"徐三伯,有人抢谷了。"

小阿八狂奔,大声喊进来。

"徐三伯,人家在量你晒的谷了。"

邻家的小孩子也走进来说了。

徐三霍地挺直了腰身,把手中的衣服一抛,直奔向外。那小孩子吃了一吓,放声哭了。又使得他母亲囡囡宝贝的念起住哭咒来。

却是钱烟鬼,带了二个用人,在量徐三的谷。他见徐三跑出来,不等到他开口说,就先发言了。

"这谷正是你的,没有量错罢,我已经打探清楚了。"

"谷是要还租米的,你休要取去。"

"租米自然要还的。欠了钱,难道不要还么？三个月的利钱,也任你挨延过去了。你想为的是什么?"

"你量了去,叫我用什么东西还租呢。"

"这是不干我的事,我又并不是一定要这谷的,你还我钱,更加好。我也是无法。量罢,量罢。五石够了。你看我是很公平的,只要五石,照市价,每石作五块钱,五五二十五,二十五块洋钱。若是你拿了出来,我就不量谷去了。你借的是念块,三个月的利息原不要五块钱,以后再和你清算好了。"

"你量这谷总是不行的,这谷又不是我自己的,是田主的。"

"暂且我拿去存着,你拿二十五块洋钱来,就可以要回去的。存在我处,也是一样的。我等你一个月,一个月不来赎取,我便卖了谷归债。算清,多钱还你,不够要问你补。谷本来我是不要的,又要藏,又要卖,多麻烦,不过你又没有别的东西。好了么? 五石。那么搬下去,作紧,还要到王家村,摆渡桥。徐三,我的话说完了,你要谷,在一个月之内,来赎,才好。"

徐三呆瞪瞪看他指挥了人,把十袋谷,搬下去,到停在河中的小船上去。

七

"不要藏着,再去拿出来罢,还不够呀。"

讨租的人,是非达到目的不休的。他们下了乡,犹如走进了羊栏里的狼,一定要吃一个饱,犹如掘开了壁洞的贼,一定要捞些东西去的,犹如不成材的子孙,一定要硬取些钱货去的,犹如打破了大门的强盗,一定要搜刮搜刮的。所以当他们不曾满意的时候,他们会说要,他们会去搜,他们会随意拿别的东西,他们会恫吓,他们会做出一切可以使目的达成的事。这个目的,原来是按每亩田,要一石或九斗的米。因为这土地是由他们的祖先传下来,或由自身上创起来,是属于他们的,他们有所有权,所以每年可以不用耽什么心,也不用做什么工,只要安安静静睡在家里不死,到了有米的时候,下乡去取。要是年岁不好,大旱大水或是虫害,竟至收不起颗粒,那也得由农人来千恳万求,才给他减一个几折几扣。

"快去拿出来罢,不要这样延宕了。"

"实在是没有了。"

"那么,让我们搜一搜,要是有了,我们都取去,怎样?"

"那不行,我不是只还你一家的租米,还有别的人。"

"那么,别家你多欠些好了,何必东零西碎呢?"

"实在因为被钱烟鬼量了五石谷去,所以没有法子,各方面都要欠一点,朱家我要还五石,我也打算欠一石,只欠你们五斗,你回去,在李七先生的面上,也没有说不过去的。"

"那不行,本来今年年岁好,东家说要多收一斗的,你既说是以前的老例,那么我们就不多讲了。现在你又想欠,这是不成功的。快爽爽的拿出来罢!老二,你也去相帮看看!到底还有没有?"

又使出硬取的老手段来了。徐三还在叨叨的恳告。那个叫做老二的,早已东一张西一望的寻起来了。

"有了,这里又有白米,可惜不到家。"

"这是我们前天春来给小孩子做粥的,请你不要动手。"

抱了孩子,呆立在傍边看的她,上前去拦阻了。

"那么,大嫂,你说,别的在什么地方?"

"实在是还要还朱家,不能给你们的。"

"朱家是田主,难道李家不是田主么?"

"不是这样说的,实在没有法子,双方都得欠些。"

313

"不用多话了,领我们去看罢。"

她是被迫的没有法子了,已转身走了一步,听得又是一阵人声进门来,转头,看见他的丈夫,早已迎出去了。

"徐三叔,我们来了,你一定预备着罢。口渴的很,先给我们一碗茶才好,唉,你们也在这里么? 今天又是碰到了,哈哈。"

"你们来的正好。唉,你去看看茶。看这回他们也来了。你们大家自己去谈判罢。"

"什么呢?"

这边三个人,望了那边两个人,看了看。

"他们是李七先生差来的。我因为被钱烟鬼取了五石谷去,所以不够了,要你们两家都给欠些。他们不肯,正在纠纠搭搭,要逼我们拿出给你家的米来。"

"唔,这是不行的。你没拿出来罢。"

"茶,有,在这里。"

她怀里的小孩,又挣开了眼睛看这世界上稀奇的事情了。

"多谢,多谢。"

"请你们把账记上,回去罢。对李七先生说,我欠五斗,好了。"

徐三又去招呼别一方面。

"不,我们再看看。"

决然的不承诺。

"米在这里,你们来罢。"

徐三招呼三个人,他们提了斗拖了麻袋跟进去了。

"我们也去看看。"

两个人也过去看了看,就也打着口袋,用斗要动手了。

"量罢。"

"你们做什么?"

三个人当中一个,诘问两个人。

"我们量租来。偏你们是地主!"

"什么话!"

当斗的把斗向米中一掼,挺起了胸膛。

"你们难道不讲道理,可以硬抢的么?"

把袋的也伸了伸手,引长了头颈。

"同样的量租米,你也量得,我也量得。"

两个人也不弱。

"不要争了,你们自顾自罢。"

徐三不得不调停,把要爆发的争端,遏了下去。

"徐三,这五斗,我们是量了,现在要走了。"

"唅,看住他们,不教走。朋友,请你等一等。"

"我们还有别的事情,忙呀! 不能奉陪了。"

"徐三,这是不够呀。唅,小麻子,把那个拿过来。"

两个人没有提防,口袋里量好的米,突然被抢来,又泻出了。

"你们真个抢的么?"

"你们才是抢呢! 这本来是我们的。"

"这是挂了你们的牌号? 本是你们的。放狗屁!"

耳中听到三个人格格的笑声,容忍不下了。

"不要嘴里不清不楚,谁是受欺的,怕了你们不成!"

小麻子,伸一伸臂膀,抬头看了两个人一白眼。

"徐三,这还是不够呀。怎么,只得四石呢?"

"没有了,一粒也没有。对你们说过,被钱烟鬼取了五石去。"

"那不行,来,到外边再讲。这可不必先搬,放着罢。"

三个人跟了一个人,两个人的四只不平的眼睛,看了三个人。一同走到外边,地上放着两个人的七袋谷的屋里。

"徐三叔,今年年岁好,要升五升。东家是这样吩咐了。所以该是五石四。现在是量了四石,再去拿出来,爽快!"

"实在没有了。"

"那不行,小麻子,你看怎样?"

"……"

"对了,那边堆着的米我们拿去罢。"

"不行,不行,这是李家的,你们也不要作要了,也不要说多少了。我只晓得每年是五石,今年我要欠一石,你们只取了四石去罢。别的实在已经没有了。"

"有,看那边堆的不是么? 偏他们是田主! 米上又不曾打了牌号。小麻子,搬过来,量!"

"你们抢么? 真做强盗么!"

"这都是你们先刻讲的道理。"

"不要瞎了眼睛,谁是受欺的!"

"哈哈,有什么欺不欺,我也只是取租米,取足了就走的。"

"爽气,放手罢,量好了我们要走路。"

"什么,打人么!"

说话之前,麻子麻脸上,早已着了一掌,显现了一片红色,圈点更加分明了。

"打人么!"

三个人中的一个,看见小麻子吃亏了,拔了拳头,出过来。

"老二,来啊,我们不能任他们欺侮。"

拳脚和臂手乱舞了。徐三跳进这纷乱之中去劝解,拦住了这边那边又纠结了,拉开了那一边这边又开始了。怒骂的咆哮,恶声的狂喊乱发了。抱了孩子的女人,站在一傍边,惊得手足无措,一动也不动发呆。看不惯这世上的骇怪事情,小孩子哭起来了,放出惊呼而号哭了。她才想抱了躲避,可是拳脚在满屋乱飞,她不知道从那一条路好逃走。一回子,大家觉得徒手的乱搏,是不爽快了。于是徐三家中的凳台桌椅,就遭了折股断腰之灾了。这战争的号叫,引得邻舍的人都哄了进来,有几个老成的,连忙奔到这战场上去,拉开各勇士。他们的调停战事,倒不是像名流要人的打电报,青年学生的结团请愿,所以这场战事,总能调停下来的。

八

打锣打鼓的声音,创成一种怪诞的节奏。在这深夜里,道士念经的阴沉的口调,已经十分可以引起悲感了,又是烛火点得齐齐,把暗黑的夜国,打开了几个漏洞,还脱不了满屋都是阴气。徐三的屋,北西东三面,摆了桌子,上面挂着画的怪神。香炉里透起来的烟,把烛光阻住,看不清画上是怎样一个神像。桌面上放的猪羊鸡鱼等等祭品,开了死的眼睛,在看着道士和几个帮工的动作。那道士披了青布红领的氅衣,手里拿了一口铃,不住丁丁的摇着。当嘴里暗暗呜呜在蒲台上拜起拜倒的时候,他氅上的后补,一块方的红缎,绘着仙鹤的花纹。当他拜倒去伏着的时候,却平平铺在背上,像一个披在马背上的鞍。大锣小锣,就搭在一傍,跟着念经的口调响敲。这声音传布很远,全村的人,都能听得了,在床上想到,今夜徐三请菩萨。

这一回,因为儿子生了病,周身像火一样发烧。热不退,吃什么犀角羚羊角都不相干。什么药吃下去,都像把水滴到大海里,一点也没有功效。于是又这个庙许愿那个庙酬神,问卦爻问卜,问盲子,求菩萨,求签书,还要东去求药,西去问医,闹得徐三忙一个不得了。种种的事情,都明白,都问出来了。说徐三的家宅不利,房子的方向不好,今年准有晦气,须要禳解禳解,说徐三的祖坟不好,在西南角上新起了一道的水沟,是点破了风水,恐怕有不祥的事体;说小孩子是有阴人作祟,所以使得他不安,要过月半才有望,过了月半还要过二十七的关口;说是触犯了土地神,要请酬请酬;说是被野鬼抢了去,要快些打点去赎才好;说是什么什么,该当怎样怎样。今夜的大大排场酬神,也是问出来的一条。

在房里夫妻二人呆坐着,外间的事体,托了吴老全照应。徐三一刻也放不开病人。室内亮着豆一点的火焰中,他不住注视小孩的面色,却仍旧是带黄的死灰色。热度一点也不退,眼睛闭着,呼吸似乎很困难,有时喉咙头振起一点努力的叫唤之声。身体也衰弱得很,不多几天前的肥硕的肉,不知到什么地方去了。躺在床上,没有哭叫的力气。他妻只低下悲切失望的脸面,看看小孩的病态,也看墙角边的药罐。放在炭火上的药罐中,透出迷惘奇怪的气息,飘布了全室空间乱转。徐三坐立不安,像地板上抛满了荆棘,像凳上长了针刺,坐了立起,立起坐倒。每隔二分钟,走到床边去看病人的脸孔,抚摩他的额角,探试他的呼吸。打锣的声音,使得他脑中发胀。他也不能完全放开外面的事情,时时走到房门外探看,见两个帮工,一面敲着锣,一面却嘻开了嘴谈天,道士的眼睛,仿佛正在睡觉,嘴里念的,也口齿不清,只是呜着。他也没有仔细看的优暇,又立时退回室内,看床上的小孩了。小孩子似乎睡着了。

锣声停了,死一般的静寂从四围包拢来,好像是阴惨的可怕。徐三直觉到一种恐怖,在阴昏的墙壁上出现了许多鬼的姿像,那看不见的存在,从不知什么地方都☆进来了。那个高帽的,眼睛下斜的,白衣鬼,似乎已站在屋角里;黑鬼也在他一傍,提了雨伞,手里拿着草鞋的鬼,也站在后面。还有许多奇形怪状的鬼,都在昏黑里蹲着,站着。凶残的眼光,可怕的狞笑,由暗里传来,比他在城隍庙十殿里看见的更加是可怕,徐三不禁身上一阵冷战,慢慢走近他妻的地方,执了她的手说。

"你看不妨么,我觉得不好。"

她不能回答一个声音,只伸起手来,拭拂被他引出来的悲泪。

"唅,要一件小孩穿的衣裳。"

吴老全走进来说,她就取了先时预备着的衣衫,交给他。又转来到床前,看孩子,悲切塞住了她的心胸,只是鼻子里酸,泪水倒向心腔流,哭不出声音。

"祥生——回——屋里来——"

拖得悠长而凄怆的声音,在屋顶上大喊起来。

"唵——来——了"

　　轻沉而悲切的声音,在底下答应,这呼叫应答,连续七七四十九回,也是禳解之一种。叫的人抱着病人穿的衣服,过后把这衣裳拿来覆病人身上,说是把失去的灵魂招回来的意思。这半夜里的悠凄的呼唤,使得人起了一种发懔的可怕。在房中的徐三,却在虔心诚意的祷天。他也发出了无声之言,竭力去叫他儿子回来,他的魂灵。他们相信人的生病,因为是灵魂出了窍,所以第一先能把灵魂叫唤回来,大事就不妨了。

　　过一会,吴老全把衣衫拿进来了。

　　"盖在小孩子身上。"

　　她就接来,照他说的做了。却得就走出去做饭给他们吃。惯例是这样的,酬请过神之后,已经很夜深,大家肚里当然饿了,所以把那些祭品酒肉之类,就料理一过吃喝的。到厨下去忙一回,是她的免不出的义务。

　　徐三出去向道士和大家道了劳之后,回进来,她就到灶下去了。房中只剩了他一个人。又恐惧起来。走过床边看看,孩子仍是静静的躺着,吸呼非常困苦的样子。他想用手去按他的头,仿佛有什么东西牵住了他的手,伸不起来。他心中着实骇异起来。发慌了。觉得先刻见过的鬼,又出现了。都围拢到他的身傍。他回头看看,又不见什么。只是阴黑地方,有些模模糊糊的影子。心中更加惊恐起来。觉得灯光也惨淡了,变成绿色。黑暗里来来往往的,真不少,都是鬼。那大白鬼打头,先走近来了。一群鬼,排了队伍,开动了。他站定在床边,阻止鬼来侵夺他的爱儿。口里想发声喊,却干急,张不起声来。只是两手拦住床边,面向外,眼直看着黑暗之中,浑身发抖,双手紧握拳。

　　忽然听得小孩呱的一声,他连忙转身看看,见小孩的两眼张开了,眼中放出异样的光彩,同时两只小手探出了被外,在空中画圈圈,头也摇着,口中仿佛是要吐出什么东西一样的颤动,喘息的声音,断断续续,也发出轻微悲啼。他把手去按他的头,仍是焦热,看他头颈边的气管,一鼓一张的跳动,好像和残虐的病魔,决最后的胜负。他看见这样子,心中起了说不出的恐慌,一想,拔脚就跑到厨下。

　　"唅,不好了! 你来看看!"

　　他妻把柴向灶门里一推,直跳起来,跟着他跑进房里,吴老全也跟了进来。他看见小孩在床上挣扎,安慰他们道。

　　"不要紧的,外边的事情我去对付罢。你们看着孩子。"

　　他就出来了。厨房里搬了些碗箸,拿出来,一回儿酒也熟了,肉也好了,搬出去大家毫无禁忌的吃喝。欢欢喜喜,谈着些不相干的闲话。三杯酒落了肚,兴趣渐渐好了。欢笑的花开了。却从里面透出了号哭的声音。

吴老全连忙放下了酒碗,跑进去探看。却不见徐三,只看见女人在床边号哭。连连喊着苦吓心肝肉。床上却没有了小孩子。他真不懂了,这是什么一回事。

"唅,什么了什么了?"

"苦吓,心肝肉!"

"徐三呢?"

"啊!"

她才觉得死尸和丈夫都不在房中。连忙拭拭眼泪,都出来,早听得一片喧嚷之声。到了外边,看见徐三手中抱着小孩子,在大呼大叫,道士胁下挟了那几轴靠了吃饭的神像,想逃。徐三追逐着道士,几个帮工立在摆碗盘的桌边呆看。吴老全急急奔过来阻住了他。那道士也不等吃完酒饭,就逃出去了。

"你不要管闲事,我要打尽天下的鬼神。"

徐三把孩子托在胸口,两眼露出凶光,高声大呼。

"大嫂,来把这孩接过去。"

吴老全招呼着她,她就过去,把她的苦吓心肝肉抱了,用嘴唇往孩子的额上一接,觉得冰一般的冷了。她忍不住又大哭起来,抱着走进里边去了。当吴老全说这几句话。

"不要哭了,好好预备后事罢。我还要看徐三,他有一点怪了。"

徐三呆呆地站着,沉默了好一回。几个帮工却坐在桌边了,他们正在不知什么办好,吃东西也不好,不吃也不好,只是呆着。徐三却呵呵笑了一声,走过去坐了。

"你们大家吃呀,不要发呆了。来,我陪你们吃一杯。今夜真是辛苦你们了,辛苦你们了。"

他拿取酒壶,一连倒了三碗,都自己喝了。却又哭起来。他立起来了,离开那个桌子。说,

"你们不用客气,尽量吃。我心里不舒服,不能陪了。"

他走进里面去了。他们又开怀吃了,却总有些物事在胸口阻住,吃不畅快。又听得乒乒乓乓乱响起来。随后满面疯相的徐三奔出来,一路唱,一路哭,见了东西就拿手里的棒打。

"那个人发疯了,抓住他!"

吴老全这话还没有说完,徐三早飞也似的冲到外边去了。打开了大门,向黑暗中奔去,口中骂神咒佛不住。

"快打火来追去,他要寻短见呢。"

吴老全一面吩咐人到朱家埭①去报信,又叫人去请隔邻的金老太太来伴徐三的妻,他又带了一个人追下徐三去。

九

这一件事情是十分引起全镇的激动,你想一早背了一个死尸去闹店铺,这一事岂有会不引起大众注意的。闹店铺是不好的事情,而况是背了一个死尸来恶做作呢。可是也没有人敢去拦阻,敢去劝解,所以这孩子的死尸,还是搁在钱烟鬼开的酒铺子的桌板上。徐三还是一声也不响,坐在那一只椅子上。铺子外边,人壁围了好几重,都挣眼看着里面的静默的不动,铺里的伙计,也走在店外,和人闲话。这一天的卖买,不必说是完了。

"小二哥,是怎样一回事呢?"

"我也不知道,今朝一开门,这个人就进来了。把那个东西望桌板上一放,喊着,唤钱烟鬼来。对他说没有起来,他说去叫起来。我一看桌板上的是什么东西,真吓慌了。东家大概也晓得了,总没有来。他就坐到现在,哭了笑了,又不声不响了。不知做什么。"

"那是来惹事了。"

"何尝不是呢? 后来他自己说过,是来和钱烟鬼拼命。因为害死了他的孩子,绝对不能饶恕的。"

"为什么让他坐在里面,几个人一牵,押了出去,不是就完了。"

"本来原是可以这样办的,可是他说出,他已经投了耶稣教。有洋人帮他,所以没有人敢去惹他了。"

"呵,这可怎样办呢? 这事情是棘手了。"

"现在已经派人到他家里,去叫家里把他拉回去。看来也不过想几个钱。"

"除了这样,也没有别的法子。"

"还恐怕不行,又派人到杨家村去请那洋人去了。洋人来劝,不怕他不听,不怕他不走。"

"那是了真不错,不是肚皮里通泰的人想不出这法子来。"

正在乱纷纷之间,人中央分开了一条走路,有人来了。是他家里的人,是他的妻,由镇上人去叫来了。

---

① 原文作"棣"。

"吴老全,你怎么也来?"

"她家里没有人,我也算一个邻人,所以伴了她来。你进去罢,我在外边等着,那发了狂的人,没有话可说的。"

"发了狂么?"

"自然哩,昨夜闹到了天亮,我还怕他寻死,跟着走了十多里路。"

"为什么?"

"那小孩子死了,这个人就发疯了。大概是因为过分悲切之故。把灶君土地都弃在粪坑里,跑到洋人的教堂里,去敲门拜耶稣。我跟着走,也很困难,不知怎的他没有灯火,比我走得更快。我见他进了教堂,就回来了。不知为什么又把这死尸背了这里来。"

"你不晓得么?"

"镇上人来追他妻,我才知道。昨夜一夜没有睡,正想安歇一回,又被叫到这里来了。但是没有别的人陪她来,也是无法。"

"到底是为什么呢?"

"听说是徐三向这里借了钱,就来硬把谷子取了,所以惹得李家和朱家的收租人争起来,孩子因此惊病了。也许因此怀恨着。他也恨着李家和朱家呢。也得叫他们提防提防才好,不要一事了局后,又起一风波。他现在靠了洋人的势头,什么都不怕了,你看那个妇人,劝他不转哭着出来了。"

"全伯,他一定不肯走,你也相帮劝劝看。"

可是吴老全也不敢去劝,这时候徐三却立起身,走出来了。前边的人不知他要做出什么事来,一齐向后倒退,这一群人中,又起了混乱。但是徐三却并不做什么,他立在门口,扬一扬手,对大众演说了。

"请你们大家听听我的话,我不过是想出这一口气,我真冤苦。孩子死了,是他杀死的。我不能不报仇。他这东西,钱烟鬼,放小债,取重利,什么恶事都有他的份。我一定要给他一点滋味尝尝。你们不要当我发了疯,你们中间也有恨他的人,我想必然不止一二个人,一定是很多。我今天要代这一班人出一口恶气。并不是故意和他捣乱。儿子死了,我还要生命做什么?我是来和他拼命的。因为他是杀人的凶手。还有几个帮凶,我自然也不能放过,要一个一个收拾起来。倘使你们高兴,可以先去报一个信。"

说完了,他又退进去了。大家又往前拥了。他妻走进走出,和聪明的人求智慧,却没有方法把他骗出来。时间慢慢经过,可是大众都感得非常的兴味,又有好奇心的唆使,竟然不走散,大家立着,看这停顿着的事件,经过了好一回,好一回。镇上的张先生,李七先生,引了一个洋人来了。湾鼻子黄头发的洋人,走近群众时,分☆了众人进去,二位大先生也跟在后面。洋人拍拍徐三的肩,对他说。

"上帝保佑你,你回去。"

徐三坐着不动。吴老全这时向徐三的妻做了一个手势,她就过去,把小孩的尸身掳在怀中了。同时外国人也把徐三拉了起来,对他说,一个字一个字清清楚楚的。

"你不要悲切,孩子上天国去了,有上帝召唤,天师引导。"

徐三的妻,抱着死孩,在先头走。洋人执了徐三的手,跟着。吴老全在边傍警诫。张、李二先生走出铺子,就道劳告别。看热闹的群众跟在后面。

十五年五月稿。

(选自《小说月报》第 17 卷第 12 期,1926 年 12 月 10 日出版)

破损的箱箧

沪宁铁路从上海向南京去的第一个车站叫真茹,离上海大约有十二三里,平常人力车也通行,火车除特别快车以外都停,还有车站对面的建南大学私办的公共汽车,往来于上海和学校之间,所以交通也还算方便。不过这是平常的说话,这些天却不行了。汽车机件坏了,未曾修配好,开不动。火车又特别会耽误时刻,所以任负这公众交通的,只有人力车一种了。

建南大学文科主任姚勉真退出学校来,已经是日落西山五点钟了,夜气早就从地上的枯草里浓浓地升起来。吹抖裸枝的夜风,很使人觉得冬夜的寒冷,电杆柱半中的路灯也已经发光亮了。看看校门口,人力车已散尽了,车夫们都赶到有夜生意可做的上海去了,他只得皱皱眉头一步步踱到火车站去等那遥遥无期的火车。心中原也想拔腿走回上海去的,却又怕经过荒凉的地方天黑了不妥当,虽则身上不带着什么财宝,也不是怕绑票匪,不过在黑暗中走路总像有点可怕,而且这又近于是冒险虚惊的举动,因为上海走路原来是不容易的,姚勉真宁愿耐一点气闷,到车站里等火车。

真茹原是一个很小的村镇,而且市街又远离火车站一二里路,在车站附近除建南大学的建筑和专做那个学校里学生的生意的几家小铺子以外,没有什么人家。这一年上建南大学大大地扩张,姚勉真主任的文科也是新设的,学生增加了不少,学舍就不敷分配了。先把教师请出校外居住,不过附近如此荒凉,很少可住的房屋,因之大多数教师是住在上海的,姚勉真也是一个。姚勉真因为是主任之故,每天要到学校办公,在这样寒冷的冬天,早上须要赶上七点一刻开的火车,否则便不能不坐人力车,在冷风里吹一个钟点,饱喝了西北风到校。下午如其能早一点抽身,还可以坐人力车回上海,因为火车没有定刻,所以太晚了人力车没有时,去等候火车是很不爽快的事,不但姚勉真一人这样感着。

姚勉真提了那个教授皮包,茫然地站在真茹车站电灯光之下候着火车。时间还不过五点半,天色却差不多已经全黑了,望出去只有烟雾迷漫的夜霭,和在昏黑中点缀了更浓色调的树影,学校的房舍的窗中,透出发亮的灯光,更显出几处大房屋有深浓的黑影。同在这火车站候车的,也有十多个人,大半和姚勉真一样同是建南大学的教师,都无聊地站着,走着,低了头呆看着地面,支了颔沉思着,大家连闲谈的兴趣都没有的。

大家连闲谈的兴趣都没有,不完全是因为这守候①火车的不高兴,更重要的原因却是因为这几天学校中有一点不安静。这是逃不出中国一切学校的通例,因为教职员学生中间,有了一点不合,好像要随时爆发风潮的样子。现在是正当这混乱的前夜的沉默,是可怕的沉默,使得他们大家沉默。建南大学这一学期的大扩张,招集了些中国人才中的人渣,以致这学校中的势力分了三派,一派是本来在这学校中的旧势力,别一派是新从北方南下的北京大学系属下的新势力,还有一派是无所统属的散漫势力。北京大学自从它的前校长蔡元培在国民政府中担负了重要责任,做了中华民国大学院院长,又兼了七八十个兼职之后,他的郎党差不多都要包办国民政府努力下教育事业全部的气概,到处去争权夺利,闹得乌烟瘴气迷漫了半个中国,这乌烟瘴气现在在建南大学中也发动了。

建南大学在它的历史上是收容南洋华侨学生的关系上,分了中学部和大学部两部,中学部教务长黄田记,大学部教务长汪建中,都是北京大学有关系的人,所以这学校的实权,可以说是已由北京大学派掌握了。黄田记还兼了大学部教育科主任,又在中学担当了几点钟功课,也算是这学校里的一个"要人"。问题是几天之前,中学的学生表示积极驱黄的主张,说他不学无术,破坏华侨教育,他的大学部教育科的学生也有取同一步调的趋势。这一种形势使得学校中北大派大吃一惊,就想善后方法,取应急手段,一面使黄田记暂时请假,避②开攻击的锐锋,一面用反间计隔离旧势力与无所属派的联合,造出种种谣言,使得学校中的秩序混乱,再看看进行攻击的计划。因此在学校中的各个教师都是疑神疑鬼地

---

① 原文多出一个","。
② 原文作"遷"。

互相猜疑起来,连日常闲谈又要留心布防了,这就造成了可怕的沉默。

攻击的第一炮,把目标放在姚勉真身上,不是无理的,因为他是孤立而且有一个科主任的位置可以攘夺。这天姚勉真也有点觉得了,因为学生的态度突然变换,而且向他提出许多要他回答说明,还有许多对于下学期的要求条件,要他即时承认,实在有点无理取闹的样子。因为在教室中讨论了此种问题,正常的功课也无从进行,而且延长了时间,以至失了坐人力车回上海的可能,弄到在这凄凉的火车站中,呆呆地守候着火车,这是他很觉得不爽快的。况且即使①和学生的对答也很犯了他的脾气,因而他的团团的脸上也失去了和气,柔和的眸子却变得沉迟了,虽则肥胖的身体,还好像表出痴蠢的无感觉。他茫然地站在火车站的灯光之下,呆呆望着学校中的灯火,心中感着无限的厌烦,吹进他项头的冷风也不觉得了,只是木然地站着,在怅然地沉思一种状态之中。

总还算是幸气的,真有一列火车来了。先是车站的票房开了门售票,使得倦怠的人心上振作了一下,像有瘾的人得注射了针吗啡。随后当当地打响了钟,又下了扬旗,站长也提了绿的灯火出来站在月台上了。轰轰的响声也听得了,车头上的探照灯,也看见它发了怒光而奔来,列车像百骸灵动的怪蛇一般蜿蜒地进了站来。在车头跑得很辛苦转过气来的一喘息之间,又开行了,这中间自然趁车的人都挤上了车子。

走进车室里,一阵炭酸臭的暖气,直刺姚勉真的鼻官,又使他的眼镜上生了露点。一时望出来什么也看不清楚。但他仍旧移动肥硕的身体。走进里去,不过仍找不到一个空隙的位置可以容他坐坐。在车站上站了近乎一点钟,确是有点腿酸背痛了,也伸长了头项尽望,还是满满地一车人,没有一点虚隙,可以容插他,而且同是站着的人,也不少。他聚了眉头,心上又加了一层不爽快,只得再退出来。

"姚先生!"忽然他面前的人丛中②站起了一个人来,使得他吃了一吓。

"唷,你来上海么?好极了。"姚勉真认识是李英夫,就停了后退的脚步。

"看你很想坐的样子,那么请坐吧。"英夫让出他所占的坐席来。

"不要客气,不妨的。"

"不用客气,坐吧。"

勉真就坐下了,把手里的皮包搁在膝上。仰了头问道:"你上海来什么事情

---

① 原文作"刻"。

② 原文此处多出一个"。"

呢？苏州方面怎样？"

"苏州？不行！辞职了。哈哈"英夫的故意装作宽阔的口调，很容易听得出来。

"为什么？"

"一言难尽。还有陈希忱托我带一封信在这里，是给你们的。我们是一同走的。他还在苏州，说要尽量玩几天再来哩。"

"什么？你们都走了。那你到上海有什么计划么？"

"也没有一定的方针，倘使无法可想，只得回家里种田去。"

"那你今天暂且到我那边去住吧。"

"也好，我本想到江湾袁明波那里去的，今天太晚了，扰你吧。你在此地大约总很得意了？"

"有什么得意，还不是一样的讨厌！你只看，到此刻才能回寓去，夜饭都没有吃哩。——不过也好，我们可以同去喝酒了，你总不曾吃过什么吧。"

"是的。不过你总是科长，总该得意的了。"

"不要说他，我有点想不干了。什么东西的科长！"

"又何必这样愤激。"

"自有非这样愤激不能的道理。"

"为什么？"

"也是一言难尽，等一回仔细谈吧，还要问你的一言难尽哩。"

这时火车的汽笛呜呜地叫起来，车室里的客人也活动起来，整理行装小箱的，整衣正冠的，站起来招呼同伴的，向着窗外望的，……这乱纷纷是表示上海到了，大家预备下车。李英夫也从棚架上取下了他的小箱箧来，姚勉真站起来让出这地位给他安放，却用手去提提那箱看，说道："好重！里面是什么宝货？"

"因为装了几本书之故吧。"

"咦这地方都破了，破得很奇怪的。"勉真一手按了箱子说，"那是什么原故？"

"是被人家撬坏的，这是遭过难的箱子了。因为穷所以勉强用着，你不要取笑呢。"

"给小窃弄破的么？"

"是的，不过是大窃而不是小窃，其实是不能叫做窃的。总之是撬开来，为要把里面的东西拿去，你知道我在这番革命变革中的损失吧，这里就是残留着的伤痕。"英夫指箱子破损的地方。

"唔，原来如此。到站了，走前面去吧。"

英夫提了破损的箱子,跟在提教授皮包的姚勉真后面,走向车室的出口。车子已经停了。车外是火车站上一种特有的喧嚷,车夫,旅馆接客,脚夫们的呼啸真和客人们的脚步声,凌乱无章乱散满了空间。姚勉真和李英夫两人洋洋地通过这混乱之中,走出车站去。

姚勉真的寓居,是在一处人家的二楼上,与同是建南大学教师的戴寿百住着相邻接的二室。二人同样是除了建南大学以外,又须到江湾正道学校教课,所以拣这离车站相近而且在江湾和真茹中间的地点,是在北站对面的均益里。

现在英夫的行李铺盖已经搬来搁在勉真室内的一角隅,他是坐在靠墙边横着的一张沙发上,抽着纸烟。勉真却坐在写字台边,手里执了信封在看,电灯照着他,满脸红红的,一见就知道刚才是喝过老酒了。寿百坐在床沿上,一手靠着床栏干,仰望看着天花板似在想些什么。当勉真叫他名字,他才如睡梦中惊觉起来,转过头的方向,问道:"呃? 什么事?"

"你可知道有什么地方可以介绍人去么?"

"没有呀,这几天又是在学期中间,更加不行。"

"陈希忱想谋事呢。我看也有点不容易,一时之间。"勉真放下了信纸。

"不过我想也不必十分性急吧。他本人还写写意意在苏州游山玩水哩。信上虽则是那么着急的样子,暂时总可以敷衍过去的。像我也并不十分觉得着急,虽则明明是失业了,当然一半也因为知道着急也是毫无用处的。"

"你在建南里还有什么法子可想么?"寿百问勉真。

"说起建南我真想辞职不干了。真正讨厌。每天一早起来,从和暖的热被窝中出去喝西北风,晨上又是到这样晚才能回来。你想,为的是什么呢? 倘使有几个可造之才的好学生,那也许还有点意思,现在是除了为几个钱以外,什么目的都没有的! 这难道是合理的么? 况且还有人在暗中作祟,真是乏味! 我今天受学生攻击了,你知道么?"

"什么? 我一点也不知道。那么简直是开战了,已经切了火盖哪!"寿百脱不了他日本留学生的气质,用了"切火盖"这句日本话。他因为在别一科教课的,所以讯息不灵吧。

"是今天学生提出许多质问来了,有说我书教得不好,有说本科的课程不会,有说某教授不行,有说还有未到校教授的功课应如何办法,……很多很多①话哩。"

---

① 原文作"的"。

"唔,唔"寿百英夫二人答应。

"那么我回答他们了。书我本来教不好的,自己也十分知道,不过我已经教了十多年书了,应该怎样教法我却知道的。你们的学业现在还没有上轨道,文章大都做不通,我认为须要照我现在的不良教法才可以改良你们的积习的。至于课程不会,是因为钟点的关系。某教授的不曾来校,我也不能负责,那是校长要请的人,已经有电报去催,还是不来是没办法的。而且我早料到他的不来,而汪见中教务长说他一定会来,所以我不曾预备补教的方法,这些地方都应该他们去负责的。至于某教授行不行的话,你们还不应该说哩,无论他只讲了几次的讲义,你们不能由此去批判他,并且他总是用过几年苦功,有一点专门研究的人,你们是没有资格去评衡他的。像他这样博通中外的留学生,中国实在很少,我也很佩服着哩。"

"噗,博通中外的留学生,建南里很多呢,那止这区区一个。"寿百笑道。

"他是特别的,他是不同的,我是真正佩服他。"勉真说。

"但是,你不是也可以同样佩服黄田记等等么?"

"你真是小气,在你面前,不可以称赞别人的,那么我就说人的坏话吧,那是有充分的材料,而且也不可不给英夫见识一番。"勉真从抽屉里拿出了一卷纸张来。"英夫,你来看宝贝,这是我费了许多心去要来的,因为茶余酒后很可以做笑料谈资,我们不是刚喝过酒么?"

英夫站起来,把烟头投入了痰盂中,嘘的一声冒起了一阵白烟。他抹抹嘴唇,走到桌边去,寿百也走过来,三个头集在一堆,六只眼注在一处,大家欣赏这奇文,齐声哄笑。

"私立建南大学逻辑讲义,教授黄田记撰,这撰字妙极了。你看,第一绪论,历史的逻辑和它的对象研究,这开头就不通,不通,大不通。什么叫历史的逻辑呢? 有了历史的逻辑,还应有地理的逻辑哩! 对象研究又是什么! 完全是放屁,放屁!"勉真一面读着一面谩骂。

"那么学生为什么不赶他呢?"英夫问。

"怎么不赶,不过面皮厚的人真没办法,无论怎样赶法,他还是要来的。他有一次被学生从教室里骂出来了,忿然走了,第二天却又笑吟吟地来校,说因为校长已经叫学生向他道歉,他应该再维持下去。这几天却又变化了,他又被学生大攻击,竟然要武力制裁他,他已经提出辞书了,却又请了假回籍①,说是父丧。

---

① 原文作"藉"。

谁又知道他葫芦里卖什么药呢。"寿百说了一番原委。

"建南的情形也是这样的么？我还以为只有我们苏州才是那样的，现在想来什么地方都差不多吧。"英夫说。

"今天学生的捣蛋，也许他们在捣鬼。不过管它怎样，我是讨厌了。当初原想是有点希望的，所以也终于承诺了这招聘，现在已经知道是毫无意思了，我决定不再留连了。"勉真心平气和地说，却又激昂起来："谁又愿和那些人连在一起，就是想想也讨厌的。"

"错到也不错，不过学生反对你在那一点你可明白了？"寿百笑问。

"那我不知道，又不必知道的。"

"但我可以对你说，因为你不是什么地方的留学生，你没有到过外国，不曾得学位，所以实在是够不上做科主任的。这话你相信么？"

"也可以相信。而其实也许是这样的，我实在缺乏能力，不能把这科办好起来，所以还是走了干净。"勉真慨然地。

"那到不在乎此，你只要制了几身西服来穿，就可以把这问题解决的。因为你穿了西服总就是外国留学生，是留学生一定学问高妙，学问高妙一定是好教授，一定受学生拥戴，只要你善于随机应变。黄田记之所以吃亏，全是因了不能应付之故，否则汪见中也是一丘之貉，为什么不遭反对呢？以这一点看黄田记到还有可爱之点，而汪见中真是老奸巨猾了。"寿百说。

一直在谛听又似沉思中的李英夫，忽然大喊出来："还不错，现在我明白了！"

于是他缓缓地讲了底下的一番话——

"我还说是近来幸气不佳哩，却是这一个缘故，也许正是这一个缘故。在革命之前，在这一次的变动以前，我也不只在一个学校中教过功课的，都受相当的好评，得着学生的欢迎，同事的羡慕。这回革命之后，我已经换了两处学校了，都不见得受学生的欢迎，真不解。难道是革命把我的学问和教授法都革掉了么？太奇怪了。上次在杭州的中学，虽则不是被逐出来，学生总在暗中说教得不行，这回在苏州，还是这个样子，真恼人！有时我还疑心有反对的人在鼓动学生哩。但杭州已有前例，心里想为什么这样巧呢？有时也疑心自己的能力上不足够，但又转念到为什么以前倒得人欢迎的呢？因为我自以为学问上和教法上只有进步而不会有什么退步的，现在我明白了。原来的确是那一次的革命把我的学问和教授法都革掉了。"

"那时我在中学教书，正当放了寒假，我的行李都寄在学校里的，因为反正下学期仍在此地,行李搬来搬去很麻烦,况且那时夏超的独立刚才失败,沪杭路上看去是不会有什么变动的。不道就因此出了毛病,行李丧失了。我是穿洋服的,从十四岁进了中学穿制服以后,不曾做过长衫之类,但是这一回除了随身穿的衣服之外都失掉了。此后便只得做新衣穿,却因为可以俭省一点,而且为裁缝方便之故,就做了长衫马褂的中服。现在我还是穿着中国装的。K中学因为局面变换之后,不继续教下去而到杭州,那时①开始穿中国装上课堂了,因为不惯,自己也觉得有点异样,写黑板顶不方便,我想中国装是不适宜于学校教师穿的。那知竟可以有穿中国装是不适宜的教师这一个结论。我从前很奇怪有些人去当教师要特地做西服,现在却懂得他们是不错了。做教师当然要做适当的教师,穿西服却是成为适当的教师先决条件的。我自从换了中国装当教师,就一直触霉头。想起从前的侥②幸,倒是那失去的洋服的功绩,我真有些惭愧,但一想现在的耻辱,却是因为这不穿西装之故,又须得慷慨了。"

"须说明的,我的衣服不是以劫掠出名的北兵取去的,这不能冤枉他们的。北兵退却时,第一军的薛岳的部下是追蹑在后面,他们除了沿路带逃带劫以外,更没有细搜的功夫。北兵退出后,我还得着学校里的庶务的一封信,说学校一点也不曾受什么损害,当然是说我的东西还是原封不动的。到是后来大军续续来了,校舍被借住了。事情就此发生的,衣装被偷去了。后来那个庶务对我说他们在临开拔的前一晚,黑夜里把贮藏室的门撬开,门都打破的,进去搜查过,把值得拿的东西都拿去了。有许多人受损失的,我不过是许多人之中的一个,只得自认晦气。我还得说明,偷东西的不是上火线的执枪兵士,却是政治部的工作人员,确是某军某师的。"

"当初我也想,这样我也算对于革命有点贡献了。我的洋服,政治部人员穿去是正配口胃的,所以被拿得干干净净,除了几件不能再用的破③衬衫以外,我的二口箱子是'空空如也'的。那衣装可以说是我几年教书的成绩,我在日本读书时,因为穷,西装一身也不曾做,只在临归国时做了一身,也是借债的。这钱后来做了教师才还,当然也可以算是辛苦做工出来的。现在一切舍给革命了,也可以算我对于革命的贡献,我也很满足的。并且还以为对衣服也是好事,因为衣服穿在那些革命志士的身上,就可以受人家的尊重! 并且还可以接近异性的芳泽,若使始终是我的衣服,那是永久不能亲近脂粉的香气,也不能受革命的敬礼。当

---

①　原文作"是"。
②　原文作"徼"。
③　原文作"被"。

我在杭州教书见了不可一世的斜皮带阶级,伴了女同志们在街上闲散时,总这样想替代衣服幸运,而泛起微笑的。"

"不过现在想到我是因此而不能再做教师,也许就是绝了我生活之路,这样我对于革命的贡献,未免牺牲太大了,况且是强夺取去的。看那屋角里的箱子,被刀所撬破的伤痕,还清清楚楚地留着。我决不是可惜这一点衣服,我的人生,也正像这箱子一般受了破损了,这是不可忍的悲哀。我从未被人说过坏话,现在却是第二回了;我从未失败过,现在却是第二回了。啊,受了破损的箱子!那箱子的破损如同张了口在嘲笑我生活的破损,啊! 我难道应该再另外新制西服去么?……"

十七年十一月末定稿

(选自《金屋月刊》第 1 卷第 1 期,1929 年 1 月 1 日出版)

马　车　马

四个人挤在一辆马车里,是挤得很紧的。明波坐在中间,他的夫人坐在他右边,恺之坐在他左边,新宇坐在他前方,是斜着身子的。四个人当中,除了明波,都是初次到南京来,就是明波也只是在七八年前来过一次,情形和现在很是不同的。现在是成了中国首都所在之地,万象更新,已①是要摆脱古旧颓伤的陈迹了。在火车站下车时,真是混乱得不可交开,比之东方大都市的上海的火车站更加要杂乱无章,马车夫包围了手提小物件的他们四个人,有的就来夺他们的手提箱,有的来牵他们的衣角,喧喧嚷嚷的闹个不休。幸亏他们是在上海受过相当训练的。先便同车夫讲价钱,等到讲定了,几个车夫却又争闹起来,一个是他先说妥价钱,一个是他顶先来招呼的,一个又是他们先叫他的,其中有一个简直要动武的样子,别的车夫见他的蛮横,竟有点寒怕,都不敢和他倔强,他们终于被他俘获了一般,领到了在距离比较远的地点,一辆比较是上了年纪的破旧马车中了。这一点好像是第一使明波夫人不舒服的,因为在先已经有一辆比较年轻清洁好看的马车,挂着红绿绸的花结窗幕,而且她已先坐进了那辆车中,只要他们三个人进去就可行动了,却因为那凶狠强横的车夫闹得利害,她终于被明波引出来又走了几十步泥泞的路,而踏上那辆很不漂亮的旧老车子。

听着"答答"的②自车的马蹄,却只见别的车赶上前去,从车窗里虽也可以见路

---

① 原文作"己"。
② 原文此处多出一个"地"字。

旁树电柱的向后退去,但他们的车子却分明落伍了。而且那马又像不很愿意跑路的样子,累得那个强蛮的车夫时时从御者台上下来,到前面用手去牵那缰绳,去拍马的项颈、抚摩它的鬣毛,但是也没有什么效果,每走了十几步路,那马就要缓下来停下来了。这时车夫就用一点威势出来,开始舞动他手中的鞭子了。果然受了打的马,脚底就加紧了些,居然有一二分钟可以和从后面赶上来的车子并驾齐驱了。

但是一回儿马背上鞭的痛觉消失了时,马就又要缓下来停下来了。车夫照老例又是一鞭,却如重病人打了一针强心剂似的又鼓舞了几步。到了不知是车夫的第几鞭上,那马却走上三步,跳了起来,脚腿望后面踢了一下,"答宕"一响,车子便起了大震动,横在道中了。车中的人吃了一吓,又感得了一点恐怖,却奇怪为什么那驯良的马发了蛮和他们为难,他们是很有礼貌而柔和地坐在这车中的。再望出去见车夫已从台上再下来,用手去牵马,又在马耳边做了一种嘘声,像是鼓励和奖掖它,但是马不动,车夫只得又牵了马走。车里的人自然要发话了。

"喂! 甚么了!"

"这样子,走到什么时候!"

车夫拉了马几步,再走上御者台,用鞭打了。马走上前去,又跳又踢起来,车子又颠动了。明波夫人被马的几声长啸吓得面孔变了色,惊喊起来,在这样颠摇的车中,他们都坐不安稳了,齐声喊车夫停车,车夫却还努力于鞭策马的进行。

"开门!"

这是轿①式的马车,闭上的门那机括已生了锈②吧,他们在车里用尽力气方法,还推不开来。因为他们在车里一叫闹,车夫更加努力于策马前进,车夫的鞭用得更勤了。但是到后来马反而不走,停在路上乱跳乱踢了。他们的嚷着开门,和明波夫人的惊呼,却惊动了路上的一个警察,车夫也因为见警察的走近来,无奈走下来把门开了,放出他由努力所争来的俘虏。明波夫人第一个跳下车来。手还按着心口,凝视那匹作怪的畜生。

马已经从车子上解下来了,三条脚支持了他的身子,一个后右腿却缩着,被车夫牵了在一跷一跷地走。那缩着的腿上染着鲜红的血,在腿上是受了创伤了。马口里也吐着白沫,鼻口边的气息结成一团白雾,马不住地在喘息着。明波夫人远远地避在路旁边,哀怜似地看着那畜生,说道"那马真可怜啊"。

"那车夫也忒忍心,看它已是这样受了伤,却还想逼它再走。"新宇这样说,却

---

① 原文作"骄"。
② 原文此处多出一个"鏽"字。

不曾想到停了车子就会损失他们一家几天的口粮。

"这是那马先已有一点擦伤,这次擦得更利害起来,所以发了性子的。"恺之已经见了马项边的擦伤,这样说。

"他也不想想,这样地受了伤,真不知道要养息几天才再能拖车子哩。"明波说,哀矜似地看着低了头牵马一步步走去的车夫。

"就因为是你要坐这个车子。现在好!怎么办?"明波夫人还记着她已进的漂亮车子,幽怨地看了明波一眼,责问他的样子。

"真没有办法,但是姑且向前走吧。"不喜欢问路的恺之,见路上又没有别的空车可坐,说了这句话,不管别人走不走,先往前去了。

后来终于在路上大家雇到了人力车,才达到目的地的旅馆。

他们是趁这春假的休日,来南京游玩带看望朋友的,并还要瞻仰这个所谓新都的气象,看看这革命成功的中国的首都。但这第一印象已经很不好,在旅馆中他们还谈到这一匹马车马。

"袁太太今天受了惊吓吧。"

"就是你们也吓的吧,我真怕车子要颠翻了。看了那马的伤,却又很难过,真是可怜相,那车夫太无慈悲了。"她说。

"但受了这样重的创伤,反而是车夫的损失,总有好几天不能做生意,这车夫真也太笨了。"

"什么都是一样的。酷使了工人,工人罢工,便成了资本家的损失,就是顶无知识的牲口,也不可过分虐待的。"

"那车夫真是一个可怕的人。"

"为什么要坐他的车!"她又感叹起来,"我起头就不喜欢那一辆车子。"

"给你增加一种经验,也是好的",明波抬头对他妻说。

"不,我不要这种经验。吓人的。"

"不过,在马这到是一种可以称赞的精神,那是一种革命,是反抗精神的发扬。在革命精种高扬的当儿,那股气势原是有一点可怕的。"恺之微笑地说。

"不错。它是可以佩服的,它是值得崇拜的,它奋斗到流血,还是再接再厉的,而且终于达到了解放的目的。我想现在的革命志士们如果有同这一匹马车马一样的精神,革命的中国前途,便有很大的希望了。"新宇这样说。

"你们的话原说得很有趣,我的见解却又是不同的,实在那马并不是有什么反抗精神,不过因为受了创伤,忍不住这个苦痛,所以乱跳起来了。它做了马车马之后,就加上了这一个重重的负荷,它是也会尽力负荷过来的,却因为一个地方的创伤,使它①再也不能忍耐了,于是就跳了起来,那是必然的结果,和反抗精神什么也无关的,第一说马有什么精神就可笑。"袁明波说出他的见解。②

"这也就是革命,革命也有它的历史的必然性,也是忍无可忍而起来的。"新宇说。

"但我以为要说是革命,宁可说是挣扎,我们人类是在许多时候是同样要挣扎的。实际上也许跳得比马还利害,但往往有人见了马的这乱跳因为看得见而十分寒怕,而人的跳却因为看不见而毫不关心了。"明波说到后来转眼看着他妻。

"嘻,有什么人的跳不跳哩?"明波夫人☆住了他的话,"我本来是不要来的,你们要叫我来!"

"谁又曾要你同到什么南京来哩!"

"说什么……"

"不是说你,不是说你,休多心。我只就一般的情形说。"明波连忙辩白。

"闲话③少说吧,我们怎样玩?定起一个日程才好。"新宇转了话题。

"是呀,明天第一天上那儿去?"

"走东面吧。看了明故宫,出朝阳门,到明孝陵,再走紫金山去看中山墓的营造吧。"

"好的。用什么车去呢?马车?"

"不,我不要马车,马车我不去!"明波夫人喊出来。

"那马是这样可怕的么?等我来学一个马跳你看。"明波说了,就学那马跳的样子,口中做出啸声,头往前一颠,躬了背,两脚一顿,就又提右脚往后一踢,闹得地板上"腾腾"地响。明波夫人却发出了表示嫌忌恐怖的锐声的呼喊,他便翘起了头,用神妙的眼光注视她,而一跳一跳地逼近她去。新宇和恺之静静地站在旁边看着明波夫人的哀求她丈夫停止这种举动。

从南京的旅行回来之后,明波发见了这一种新的消遣法,时常在他的室内做这种马跳的样子。他的长发飘飘,高度近视眼镜中透出的悲哀的眼光,头往前一颠,身子的向下躬着,双手的拓扩开来,两脚在楼板上顿,又提起右脚往后踢的那一副神情,正是表出了马车马在做了人的时刻的挣扎。这楼板上的大响声,常是使得住在楼下的恺之,跑上楼去看他们夫妻的举动,那时明波夫人总在求她丈夫

---

① 原文作"他"。
② 原文缺"。"。
③ 原文作"说"。

的停止这一种疯狂的把戏,而明波却好像反因她的这种嫌忌不安而得意了,故意更加要继续再演它一二回,那时①他的眼中却放射出异样的光彩来。

他们结婚来已经近两年了,当初原是明波的愿望,老是由于他片面的努力而成功的。他在当时,也自以为是一种神圣不可侵犯的爱力,使得他如此倾倒,他真是出了死力而使得这件好事成功的。不过同一般的神圣不可侵犯的恋爱一样,隔了些时候,神圣的威光逐渐淡薄了,而况又说结婚是恋爱的坟墓。所以他结了婚之后,就有种种的不平牢骚起来了。他的顶致命的弱点是他独自深信他仍爱女人,而女人却始终不曾爱他,但他因为已结婚之故,不愿使女人再离开他,因此时常把旧道德中的规律,加以新的解释,而向他妻讲述,想用来保障他已获得的夫权。不过在他的心中,还充塞满不平和不满的。他时常觉得女人只是在物质的榨取他,好像专一只吸取他的精血以滋养她的生命。但在心底却又有一种怕他的雏儿当毛翮丰满之后,有高飞远举的危险。所以他觉得这一种负荷的重,更加是一种苦劳,一种可以嫌恶的苦劳。这是不能明明白白说出口来的话,因此他装着这马跳以发泄他的不平。

恺之曾经听他一股地泛论过人生的重荷。他说人生便是一匹马车马同然的,有不容你不拉了这些重东西而前进之势,有种种东西来鞭策你的向前进,即使你疲倦了,你还是非努力前进不行的,真是在一种无可如何的状态之中,直到你的最后的呼吸停止时。譬如家庭的负担以及一切对人的关系,就是件很讨厌麻烦的事了,而况还有别的种种在人生的旅路上的阻挠,因此这负荷更加难堪了。不过有许多人是一毫也不觉得,是像那些驯良的负重畜生一样,诚诚恳恳地尽职于他们的责任,那实在也没有什么不好,顶可怜还是自觉到此种苦痛而无法摆脱的人们,他们是比之罚作苦工的囚人更加苦恼,因为他们的苦恼是无时无刻不缠绕在他们身边,而且又深酷又惨烈的,在耐不住这种苦痛时,想叫号也发不出声来,想哭也没有眼泪的。那真是比畜生还不如哩。马车马有解去它缰绳的时候,而人却始终没有得解放的一刻的。并且人的苦斗,还有人在傍边以为好玩好看哩。呀! 这该咀咒的人生!

这些话有许多分明是为他妻而发的,所以也可以说对她有些厌倦了,但一到妻离开了他,却又孤寂凄凉起来,是觉得非有那女人便要活不下去的样子。用这一点,他心证他还是爱着她的。但又由女人平日对他的冷淡,他决不能改变以为女人始终并不曾爱他的初一念。的确女人并不爱他,而自有她的爱人,这正如她

---

① 原文作“是”。

的喜欢年轻又漂亮的马车而嫌恶年老的古旧破马车，是同样极自然的事情，她的爱人是比袁明波年轻而漂亮些也是实在的。这事情袁明波是否知道却不明了。但即使他知道此事，他也会相信他的爱情是唯一的真实而可以胜过一切的，因此那时他仍还是一定要和她结婚的，像使她非得去坐在陈古的旧马车中不可，即使她心目中恋恋于那漂亮马车。由他的努力，他可以造成这样一种局势，而实际因为他造成了这样一种局势，才能和她结婚的。

现在他们的小家庭是组织在江湾的，这因为女人还在附近的一个学校里读书，而他也在附近的一个学校里教书。他们租住的一所房子，楼下是恺之住着的，隔邻就是新宇的家庭，所以谈天决不会缺少对手的。但是人的生活，不是有了谈天就算完备的，这便是明波时常懊闷了。他除了江湾的一个学校之外，又在上海的两个学校教书，一星期中有四天要出去奔波，为了要支持这小家庭的开支，以及他的烟酒费和津贴他的父亲。一个月虽然也有近二百块的收入，自己觉得生活也还算很节俭，却总是寅吃卯粮地要感得不足，拮据[①]。仔细计算起来应当可以应付裕如的，却有时时感得窘迫的事实。这原不十分足以使他介意的，至多不过皱皱眉头而已。不过当他从上海教了功课回来，他以为是很出力得功了，实际上体力精神也是两者都在疲倦的状态中，看见了他女人那一种漠不关心的冷冷的神情，便是又要使他装一回马跳了。这样他时时做这学马跳的举动。

这一天是礼拜日，明波在家里等到了吃午饭的时刻，他夫人却不见回来，是朝上九点钟说要学校里去一趟就回来的，过了十二点还不曾转来，叫用人到学校里去一问，却回来说不在校里，明波的脸上就幕上了一重愁云。他的这一种似有重忧的神情，使得和他一起吃饭的恺之奇怪了。

"你什么事情这样烦闷的样子？"

"没有什么。也不烦闷。"

"你夫人什么地方去了？不来吃饭。"

"不知道。大概什么地方去了吧。"

明波的回答，声音有点异样了，流着一脉如秋蝉凄咽的情调，又像一拳正打中了他的要害，发出幽微的叫苦。恺之看见他忽而愁苦着脸，钝迟着眼光，恐怕有什么特别的事情，便也不深究了。

吃过午饭之后，明波躺在沙发上，口里衔着雪茄，近视眼镜向着他们的卧床，悲

---

① 原文作"据拮"。

伤的样子吐着烟雾,一动也不动像一个木乃伊,烧完了手里的雪茄。起来在室内走了几个圈子,像他做文章样子的板着沈思的面孔。推开窗向外一望,觉得满郊的春色都在嘲笑他那样,欣快的空气布满了大地而不冲进他的窗子到他室内来。再点燃了一枝雪茄回身去坐在沙发上,感到了无限的悲伤。总觉得缺少了一件东西,室内都如丧失了生命,墙壁上更加惨淡,屋顶竟然是一片荒漠的大沙漠,地板上凌乱着的,像战后的田野,那口并不是正长方体形的箱子,也像起一具棺材来了。他悲哀之外,又觉得恐怖起来,他觉懊闷塞住了他心口,使他气都透不过来,而一个拧恶的运命之神,又仗着锐利的剑,在前面凝视着他而做出阴险的笑容,他头脑子昏昏然了。

这正是宿命么?这正是定命么?我的一家是都要踏袭这一条旧道路去的么?要跟大哥一样走同一的路么?这到底是什么东西作祟呢?这样想着,他眼前出现了种种奇形怪状的神道,围绕了他欢动欣跃。他振臂一挥,那些幻影消失,而他大哥的那可怜的样子,却在他心里出现了,是在他的嫂出走后那一种狂乱的神情,他用袖掩了眼。

"为什么?你在哭呢!"

不知几时进来的,恺之已站在他面前了。

"偶然触动了悲伤的往事。但是好了,我现在并不悲观。"

恺之看了他这副神情,再也不能说什么话,而且实际也找不到什么可以安慰他的话。两个人默然地对坐着到太阳落山。

用人来叫他们吃晚饭了。他们吃过了晚饭之后,明波夫人还是不曾回来。恺之在他们室内闲坐到了八点钟,便照他老例在这时刻回到他的室内开始工作。

到了九点过钟,恺之听得一阵打门的声音,阻断了他的思路,接着是用人去开门,就有高跟皮鞋的"咯咯咯咯"进来,走上楼梯去了。后来隐隐地听得了几阵笑语的声音,他知道是明波夫人回来了。

又隔了半点钟之后,有人推开他的门来,却是袁明波。他脸上已经消失了忧伤而换上喜悦了,但还有沉思的眼光在他目中发射。

"对不起,扰你。她是回来了。"

"是的,我听得。"

"我先刻真是无聊得很,现在我知道了。我已是一个没办法的人了,是被她征服了的。以前说做马车马的苦,现在却又知道马车马而没有马车,却是更加不行,我是也要像别个人来驯良地服役了。生来是马车马原只适合①于拉车子的。"

---

① 原文作"各"。

从此以后,不再见明波学马跳了。但他的悲哀,却在他眼中益加深去。

十七年十二月

(选自《金屋月刊》第1卷第3期,1929年3月1日出版)

人 形 灾

"人形"这名词,中国话中是少听见的,那是我从日本话中借来的字。是什么东西呢?是泥娃娃、洋囝囝,泥菩萨之类的东西,是由泥土塑成具有人的形状的东西。日本人的岛国根性,使他们对于纤巧的工作,很有特长的地方,如同盆栽,生花一类决不是他民族所能企及的。塑造人形,他们也有特别的技能,真做得活灵活现,很有巧夺天工之妙,决不是中国的无锡泥娃娃等等所能企及的。日本产人形有名地点,要算京都和福冈二处,叫做京人形,博多人形,是无人不知的。京都的京人形,调子方面更加柔软,表出十分优雅典丽,福冈的博多人形却比较壮大。譬如一个女像,若是京人形,看去总像是腺病质肺结核型的美少女,身子非常地瘦长,修颈削肩,有一种说不出的悲愁之感。博多人形却没有那样的病的美,而具有另外一种健康的美。这因为京都是日本的旧都,一切趣味经过了当时文人贵族的洗练,与自然隔离而呈了一种都会的病的倾向,福冈还有一点乡村气质,表出非都会的日本的一面,而若是感觉锐敏而具有病的性质的人,比之博多人形一定更喜欢京人形,自然博多人形也有别一类人喜欢的。但在普通人眼中,对于京人形博多人形看不出来什么分别来,如同乡下人看外国人的面貌个个相似的一样,那是因为不惯和缺少理解之故。

杜公度和他妻方韵竹刚从福冈回来,是带了几个人形来了。这是因为二月前他们去日本时,问李哲夫可要什么东西,哲夫就举出人形来。所以他们一回来,就把那些人形拿出来,一个个放在桌上,看哲夫去选择他所要的一个。人形都装在匣子中,用木花填塞,因是容易破损的东西,所以这样慎重的。现在桌面上堆满了空盒子和木花,也散乱地放着高高矮矮的人形。有的傲然站着,像一种漂亮的近代姑娘;有的支额低头,像是烦闷于恋爱;有的屈膝跪坐,像顺从的妇人;有的张口嬉笑着,是天真烂漫的小孩子;有的是盛装的"令娘";有的着甲带刀的"侍";有的是赤裸裸海水浴姿的少女;有的是洋装截发的当世风女学生;还有别的种种式样的,也各自展开他们的色相。

"啊,真美!"

337

"好看呀!"

围在桌边的韵竹的同事,唐瑞虹杨淑真一同发出惊叹的赞美。把手去取来看,又一个个放下,正面看了又侧面看,李哲夫也坐在桌边,静静地看着这些玩意儿。杜公度站着,正打开他最后的一个匣子,取出内容来。

"韵竹,这就是你顶欢喜的那一个了。"

"啊,你们看呀,这个好不可爱!"韵竹连忙从她①丈夫手中接了那一个人形,高举在掌中。那是一个女孩,散着一头短发,靠凭在火钵的缘上,闭上眼睛睡着了,头是半仰天,眼是成一线,丰肥的小面庞和猩②红的小嘴唇,全是表出一团无邪气的平和。她没有恋爱的烦闷,她不知道生活的苦劳,她是在近于神仙生活的幼小时代。还有这火钵的色彩和她的漆发粉脸朱唇及衣服的色调,也配合得很和谐。是这样的一个人形,的确是可爱的人形。

"这个是我顶喜欢的,我自己要的。"韵竹说,把来放在桌上了,两眼还是注视这人形,半开了口,如耽溺于梦幻一般地。

"那么我就要了这个不行么?"李哲夫笑问。

"不……"韵竹抖醒了梦一般的眼,摇摇头。

"什么说? 可以的?"哲夫再问。

"不,……"韵竹还是摇头,又说:"除了这一个以外,你随便拣好了! ——啊,还有一个大的哩,不知你可喜欢?"她说了这一句,又跑开去开他别一口箱子了。

"是的,还有一个也是纯日本式的。"杜公度插口,"或者你喜欢纯日本式,不过那个是很大的。"

韵竹已经拿过一个顶大的匣子来了。她说,"这一个值钱顶贵了,否则我们不买的,因想李先生或者欢喜。我们真拣了不少的店铺,因为我定要拣一个顶好看的给李先生,却又不知道李先生到底欢喜怎样一种型典,我们在许多店铺中看来看去,很费一番周折呢。"

从匣子里取出来,剥去上面的木花,露出点彩的衣裳,"啊哟!"忽然韵竹惊喊出来,"这个坏了,打破了,头颈断了。"她不住地顿足,一副悲伤的眼色看定了她的双手,手木木地拿了那损坏了的人形。

"可惜,可惜!"他的同事们说。

"什么的! 坏了! 上好的一个人形打破了!"杜公度很不高兴的神气,似乎叱

---

① 原文作"他"。
② 原文作"腥"。

责他妻,她却抬起悲伤的眼来说,"又不是我打破的!"

这没有头的人形比别的大了二倍,那是一个舞子的舞姿,曲着腰,偏着肩扬着手,半提着脚跟,在静止的姿态中表出非凡的活动。舞不是西洋的跳舞,是日本特有的一种舞俑①,也算一种出色的技艺,日本有所谓"艺妓"的艺,就是舞和歌了。据说舞,不但它自身是一种艺,而且可以把人体锻炼得美好,使有调和的发达和婀娜的风致。

"上好的一个人形打破了!"公度恨恨地说,把那断下的头配到颈上去,显现了全个姿态,更添加一层韵味。"真可惜,是犯了什么罪,而致于断头的!"

"那是很明白的,她的样子就表出是封建余孽,当然是反革命了!"哲夫应声回答,引得大家都笑了。

"这样看来,带②到也不容易哩。"杨淑真向方韵竹说。

"那真的,一不小心就会破碎。"唐瑞虹附和。

"所以我们也是放在手提箱中随身带的。不过那一个还是碎了,真倒霉!白白辛苦一倘。幸而只碎了一个,总算还幸气的。李先生,那一个你顶喜欢呢?你拣好了,我还要送别人。"

"我都喜欢,都要了吧。"

"不行的,你只能有一个。"韵竹欠一欠身子说。

"我看这个很好的。"杜公度指着西装的当世女学生自言自语地说。

"是啊,就是我说李先生大约会喜欢这个的,你却说或者更喜欢那一个哩。"韵竹回答,指着那纯日本装的令娘。"我想或是也对的,这是日本东西,是要纯日本式的才有趣,所以都买了。那个实在也很不错呢。"

"那一个? 这一个么?"李哲夫问,又用手攫了那个令娘过来。"真是漂亮的大小姐。"

"是的,是说这一个。"

"那么,我就要了这一个吧。"

"啊,是我猜得到的,李先生原喜欢这一个。"韵竹很满足很快活的样子,"这原是很好的,除了那一个,这个,也是我喜欢的。"

这时突然一声推进门来的人声,打断了他们的一团热闹,走进一个人来,第一句话是,"老杜,你们回来了?"

---

① 原文作"踊"。
② 原文此处多出一个"带"字。

"牛先生,我们刚到哩,请坐呢。"韵竹见是牛少芹就招呼他坐。

"病好了么?"

"是,好些了。"韵竹回答。

这一次杜公度方韵竹夫妇的到日本去,是为了方韵竹的治病。先是韵竹的病,经了许多医生的诊察,却断不定确实的病名,治疗因之也无从下手,二三个月之间,渐渐亢进起来,身体显然地衰弱了,面色也黄瘦起来,公度心中很是忧烦。他是在日本读过书的,对于日本的医生更加信仰些,他的朋友也劝他同到日本去诊治,所以他也打算去了,再去问问医生的朋友,也说或许要施行大手术,还是到日本妥当,所以是决定去的。日本的医学界,九州帝国大学有一点较长的历史,名声也顶好一点,所以他们决定到福冈去,福冈就是九州帝国大学的所在地,也是出名的博多人形的产地。

因之,他们这一回带来的是博多人形而不是京人形,那是懂的人一看就知道的。现在这些人形是齐齐地摆在靠墙壁的一张短桌上。那些坐的,站的,蹲的,躺的人形,如同开园游会一样,围在一起,倘使是真的人,一定是在谈什么可笑的问题了,只看各个人面上都是高兴欢悦的神情。仔细看去,是少了二三个的,这因为韵竹已经把几个送了人,不过李哲夫所指定要的那一个,却还是杂在中间,韵竹顶喜欢的那一个,也放在一起的。这是成为室内顶惹眼的一种装饰了,原来在这室中,除了墙上挂着小小一张洋画之外,可以称为装饰的,是什么也没有。那写字台,椅子,沙发,书架,五斗柜,眠床等等,只可叫做家伙的,原是应有尽有,来了客人,也不少坐位,要做文章,也不少纸笔,要喝红茶咖啡,也不少杯匙,要休息眠睡,也有沙发和眠床,但要游散眼光舒畅胸臆,却是只有灰尘结网的白壁,窗外也无非黄土褐树青天,现在这短桌上的人形,做成谈视的中心了,这里面包括了他们二个月日本生活的一切纪念。

"韵竹,今天真个要把这个拿去了呢!"牛少芹指着短桌上的火钵睡孩的人形说,他站在那桌边,一手叉了腰,半侧身向着在打绒线的方韵竹。

"好啦,不要再吓我,牛先生再也不会拿别人喜欢的东西的。"韵竹停了手,抬头望着人形,身体自然挺直贴着椅子背了,却又俯身去拾从他膝上滚下去的绒线球。

"可是我也欢喜呢。倘使我比你更喜欢它,那当然该属于我的。在这一种情形之下,我拿去是合理的。若是我拿了去,就是因为我十分喜欢之故,这可以说我是合理的,所以我非拿不可,我停歇一准拿去的!"牛少芹笑说。

"那里又有什么许多道理的,我不行。"

"那么我现在就拿去吧。"少芹用手取了那人形。

"牛先生!不行的!我要格啊!"韵竹从椅子上站了起来,惶急地叫出。

"啊?当真不肯?"少芹放下了那人形。

"你们还要闹,我一个字都写不出来了!"杜公度从写字台的原稿纸上抬起头来,放下了笔,把那高度的近视眼镜照着他们。

"是牛先生缠我哩。"韵竹退回她原位坐下。

"你声音很响呀!"公度不满似地。

少芹却嘻嘻地看着他们夫妇拌嘴了,走开短桌在一个椅子上坐下。很和气地说:

"好啦,我不再闹了,不过文章要赶快替我做出来,拜托你!"

"做不出来,做不出来!你看我时刻在做,但是总做不出来。"公度摇摇头,把双手上伸,背倒下去,打了一个呵欠,就躺一般地挺直在椅子中。

"那是因为没有到上海去玩,所以做不出文章来吧。"

"是的,你请我到上海去玩么?我是一个钱都没有的呢,都要你负担的呢。"

"可以,可以。我请你们看电影去吧。韵竹,你也去。"

"好,杜先生去,我也去。"她仍低头打绒线。

开门的响,使三个人都去看着开的门,进来了李哲夫。矮矮的身材,却蓬了一头长发,似有好几个月不曾薙头了。他缓缓地走进来,在写字台上看了看公度的稿纸笑道:"还是二页?何其文章之难产也!"

"少芹他们在此地吵闹,所以更加做不出了。"公度又把背深埋到椅子中去。他知道哲夫又要攻击他,翻了眼仰看天花板。

"那到不一定要人家来扰你,你反是欢迎人家来扰你的,因为①你有了偷懒的口实。我只相信你根本是懒。看这样子,就是一副懒相。"哲夫说,在一只椅子上坐了,却又添加一句,"要像你夫人那样勤才好,手不停结地打绒线。"

"李先生不要来取笑人家了,我也懒起来。"韵竹把工作放下了。

"那么变成好一对懒夫懒妻了。"少芹笑说。

"啊,牛先生说请我们上海看电影去哩,李先生也请在内吧?"

"那当然的。"少芹答。

---

① 原文作"有"。

"为什么不说不邀呢?"

"还早哩,要下午才有电影可看,何必这样急急?"少芹说。

"真有这样豪兴么? 特地为看电影而跑到上海去。"哲夫问。

"因为要刺激老杜的创作欲,促进他的文思之故。"少芹答。

"我今天没功课的,什么时候都有工夫,原想顶好有人请我做什么,果然牛先生请我看电影了,真合口胃。再好李先生请我们吃饭,那么看了还可以悠悠地在上海玩到九点钟回来。"韵竹高兴地说。

"那也没有什么不可以。你已经这样元气了么? 不会身上觉得不舒服起来的?"李哲夫问韵竹。

"今天特别好,很爽快,比没有病还要爽快,真有想在空地里飞跳的样子。"

"那好极了,此地也可以跳,我们让开一点地位来。"哲夫起来拖开了他的椅子,也拉少芹让出地位来。说道"欢喜跳,你跳吧。"

韵竹就从沙发中起来,拉拉拉拉地旋几个转身,皮鞋脚跟在地板上顿,却惹出她①丈夫的开口了。

"不要闹,病刚好些,就不肯安静了!"

公度抬起身子,又打了一个呵欠,却坐正了,在桌面上找什么,两眼在移来移去,手也在动。拿着了香烟匣子,一探看却又投到地板上。

"烟又没有了,烟!"

韵竹被他这声音叫住了,站着不敢动,去偷眼看着他的面容,就说,"叫用人去买来好哩。"就走向门口去了。

"快些!"这声音从开开来的门口跟韵竹一同出去了。

"今天为什么她特别快活的样子?"哲夫问。

"因为有电影看之故吧,你又要请她吃夜饭。"少芹微笑。

"不,也并不,刚才还和少芹闹人形很气恼哩。"公度说。

"现在不是很快活着么?"

"是的。"

"那么试叫她再气恼一回看。"哲夫说着,起来把那个火钵睡孩的人形,放入了短桌的抽屉之中,轻轻地回来坐在原椅子上,再找闲话讲了。

一回儿,韵竹回进来了,就去坐在沙发上再拿起她的工作。少芹哲夫相视而笑。

---

① 原文作"他"。

"韵竹,你今天为什么这样快活呢? 尽管笑。"少芹说。

"不笑难道叫我哭么? 真是牛先生。"她低头打着绒线。

"是应当快活的,这几天的确恢复起的样子,脸上也红红的要回复到已往的苹果小姐了。而且有点像博多人形。"哲夫说,眼等分地看着公度和少芹,又提高声音,手指了那个放置人形的短桌道,"看啊,不是像那一个人形么!"

这引得韵竹抬头看那短桌了,她忽然停了手,站起来,喊出来:

"啊,牛先生又把我的人形拿去了!"

"咦,真个那人形又不见了。"少芹说。

"有的,那里不是许多么?"哲夫说。

"不,是我的那一个我顶喜欢的那一个。"韵竹又顿脚闷身,一脸的烦恼了。

"那一个么? 不是你恐怕别人来拿去而自己去收藏好了的么?"哲夫笑说。

"不,即刻还在桌上,牛先生还戏弄人哩! 没有了,一定又是他偷的。"

"是了算我拿了去的吧。"少芹笑着看她的懊闷样子。

"或者因为即刻牛先生和你一戏,你就把它收藏起来也难说的。"哲夫说。

"那里话,我又不是鹅。啊,牛先生,拿出来! 我只要找到你。"韵竹挥手顿足摇头。

"好啦,不要闹哩。你自己寻寻看,或者真是刚才收藏过了。"公度也加入说话。

"那里话,不行的,我只要牛先生赔。"韵竹走开去,差不多要哭了。

"何妨再找找看,一定是你自己放在什么地方的又忘了。"哲夫站起来,走到书架边去乱翻,假装搜寻的样子。韵竹回头看这样子,忽走转身来,到短桌边,打开那个抽屉来。

"嘻,什么人帮[①]我放在这里,真恶!"

她已经是愁云消散,满面又是欢畅了。

牛少芹住在稍离开些的地方,李哲夫和杜公度是住在一宅中的。他们住的一所房子是并着的三间平屋,中央是公用的客堂兼吃饭间,左间是李哲夫占领的一室,右边是杜公度夫妇占领的一室,韵竹是在附近的一个中小学校教一点功课,公度是做做文章的文人,哲夫也在上海的某学校教课,因为上海烦杂,所以宁可每次趁了火车去授课而来住在江湾的。杜李二人是东京时代的朋友,他们都

---

① 原文作"把"。

是日本读书过而且是在同一个学校,所以趣味方面,很有共通的地方,同住在一宅内是很合适的。时常谈谈天下大势,国家小事,发无用的牢骚,在斗室之中吐个人的不平,到也是自成一种世界。他们在日本住了不少年,因之比较有理解,不像普通一般的盲目地憎恶反对。

摆在杜公度房间里的人形是常使他们想起过去的在日本的生活,而谈到往昔的空想梦幻时代,这正如那些人形的美丽,又如那些人形的非实在无生命的。但是空想的美好,也自有惑人的魅力,即是谈着全是不可能的空话,一时之间也心旷神怡的。这样就成了李哲夫所要的人形,还是放在那短桌上的理由了。他要那些人形的聚在一处,是表示长久保持那梦境的意思。走进这屋里来闲谈,看着这些百花潦乱一团人形,是精神上很爽快的。人形们也同是从福冈一个地方来的,拆散了他们的集团,一定也都悲伤吧。他这样想,时常默默地对了那些人形出神。

方韵竹的喜欢那人形,又是别一种意思了,那些是她亲手去买来的,也是她去日本这一次的记念,并且还有孩子喜欢玩具似的一种很纯的心情,是没有法子可以抑制的。对于那人形顶费心的实际恐怕还是她吧。

"李先生请你来一来。"

由韵竹的这样一叫,哲夫又走到了公度的房中去,见他们坐在一处,公度,韵竹,和韵竹的同事杨淑真,各人面上都是不欢,却沈默着,当他进去时,韵竹装了笑脸迎着他,问道:"你又把我的人形藏起来了吧。"

"没有,难道又不见了么? 即刻我还看见的。"哲夫笑答。

"李先生你还了我吧,我恳求你,说出来! 放在那里?"韵竹仰面看着哲夫。

"我实在不知道,即刻我们在此地谈天时,那明明还在的,怎么一刹时又会不见了呢? 要不是又是你把来收藏在什么地方了。"哲夫还是笑。

"你看,一定是李先生藏过的,他尽笑。"杨淑真指出一个证据。

"我也这样想,不过我们已经找过许多地方找不到,李先生不知藏它在什么地方的,这样难寻! 说出来吧,李先生!"韵竹一再恳求。

"我真是不知道的。"哲夫这一次正色地说。

"那么什么人拿去了呢? 啊,不行的。谁把我的人形拿走了。"韵竹又懊闷起来。

"人是有数的几个,方才在此地谈天的只有此地几个和牛少芹,戴祥和唐瑞虹罢了。"公度开始说话,把香烟夹在食指和中指中间挥摇着。"其中唐瑞虹是不会拿的,戴祥也不会拿的,牛少芹有些可疑,他是一见就要过的。眼前的人,淑真是不会拿的,除了韵竹,我们二人是有嫌疑的了。"他向哲夫说了,再添上一句,"因为我不会动,所以你至少有二分之一的嫌疑。"

"也是因为我的确不知道,所以一定是你弄的玄虚。"哲夫应声对答。

"啊,我的人形不见了,阿拉不晓得,只问你们要。"韵竹又嚷。

"李先生,委屈你说出来,搁在什么地方的。"淑真还疑心是李的作戏。

"我实在是不知道的。"哲夫又严重声明一次。

"那么也许是少芹拿去了吧。"公度说。

"也许是的,不过我总还疑心你收藏起来的。"哲夫笑说。

"我却疑心是你,因为少芹我是很留心监视他的,而你先刻坐得顶近靠那张短桌,所以我第一疑心你。"公度说出理由来。

"我却疑心是你。第一因为你是喜欢看韵竹的懊丧,别人的说你是虐待狂也是因此,你把人形藏起了,是为要使她懊恼。第二你喜欢模仿别人的动作,前天我曾戏藏过,你今天是来模仿一次的。"哲夫也举出他的理由。

"我想牛先生没有这样快的手脚,所以一定是李先生。"公度再断言。

"李先生,我求恳你说,有没有藏起来的? 藏在什么地方呢?"韵竹再问。

"我真个不知道的。"哲夫又一次正经的声明。却又笑说"一定是杜先生藏起来的,因为有嫌疑的只有三个人,第一我不知,第二牛先生是疑问,那么第三杜先生该是确实,确实是他做出来的。"

"啊,不行的,我的人形没有了。"韵竹又是怨怼起来。

"李先生,你真知道,对她说了吧。"淑真也代为求恳了。

"我实在是不知道,没有办法。"哲夫又是正经地声明一回。

"那么什么地方去了呢?"淑真不审地独语。

"我恐怕又是韵竹自己忘了,已经自己收藏好在什么地方了。"哲夫笑说。

"这样定是李先生作戏哩。"

虽则如此断定了,人形的所在还是不明的,哲夫也不说出藏匿的地点来,大家各处再找寻也寻不出。韵竹的心情益加沉郁了,这一种心情上的低气压很快影①响到了别个人,大家渐渐少言而不高兴起来了。到后来却想或许是少芹拿去的,到他那边去探一探,再决定如何下第二步侦查的手段,是顶贤明的方法,所以公推了公度出去,到少芹那边去探人形的消息。

---

① 原文作"应"。

哲夫坐在室内,呆呆地不作一语,心想她还是在疑心着他,韵竹不住地独自对他发出种种厌言,他虽则不去理睬她,心中更懊闷起来。他就坐不长了,站起来走出,要回到他自己的室内,刚出门口,却见杜公度已经是低了头回来了。

"怎样?有了踪迹么?"他问。

"没有,他那边是没有的!"公度回答。

"咦!什么说!"哲夫是事出意外地一惊,他料想是少芹取去的,公度是一定能去查出端倪来,却是正正经经地说没有。他心上一阵不爽快,就回到自己室内,不再回去参加他们的善后会议了。

哲夫在自己的室内正发闷,他想照这情势推断起来,收藏人形的非自己不行了,一定是自己的恶戏了。自己的确不曾知道这一回事,并且正色再三地说明过,但是照目下的形势,是定然是自己做的事了。要被看做在女人面前堂堂地说谎,这是不可忍耐的耻辱。而且被人家在这时候疑心戏是自己的做作,也不高兴,在别人是如此懊恼的时候,自己该不是这样能洋洋坦坦的,这一点别人应该理解。他正在这样想,忽然身后门响,回头看,进来的是方韵竹,是满面悲恼的神气,手里捧着一个人形。

"李先生,这是你的人形。"韵竹慢慢地讲,把人形传给他。

哲夫伸手接了,觉得如同受了极尖刻的嘲讽和有毒意的侮辱,他昂首问道,"那么,你的人形有了没有?"

"没有。"韵竹悲伤地回答。

但在哲夫耳中,已经听不出她①的悲伤,而只觉得是嘲讽和侮辱,他奋然地说,举了手中的人形。

"那么我把这个我的人形摔了,给你出气吧。"

"不要。"

"那么你的人形有了没有?"哲夫的意思是人形没有,必是自己所藏,但实际自己未曾藏匿,所以人形非有不行。若说没有,就是说他藏匿过了,而是对他的侮辱,因为是不信任他再三已经声明过的实在不曾知道。但是韵竹不知道他的这一种心情,还是很悲伤地说"没有"。

"那么摔了给你出气吧!"他就奋然把手举起,又迟了迟,却奋力一掼,人形脱手而飞,撞在地板上,片片粉碎了。

韵竹发呆地一般,茫然看他的这一种出乎意料之外的行动,急得几乎要下泪

_____
① 原文作"他"。

了。却忍着泪,不知什么缘故,急急走去把那人形的破片拾起来,又连忙退了出来。哲夫看了这一种样子,后悔他的一摔,已经来不及了,追出来。

到了公度的房中,却见少芹拿着那个失去的人形在手中,高举了向着气急败坏又悲恼的韵竹说:"现在还你,对不起,不说清楚,自由借了二个钟点。"

韵竹夺一般地去擢了那个人形,并她手中的碎片一同再向地上一掷,说:

"谁要什么人形!"

"好极了! 人形都回它老家去吧!"公度说了这一句也走去把短桌上的人形一挥手全捋地上去了,再用脚乱顿。

韵竹跑去伏倒在床上啜泣了。哲夫,公度,少芹三人面对面相视,不发声音。杨淑真却跑到床边去劝解韵竹说:

"不要悲伤,你病后身体要保重。"

公度,哲夫,少芹又面对面相看一回。

十七年十二月五日(留)

(选自《小说月报》第 20 卷第 1—12 期合订本)

小小的生命的始终

一 诞生的欢乐

大地底下,潜流着一脉的生气,感应了草木,感应了鱼虫鸟兽,春天快到了。草根推出它的新芽。树枝上的花苞,一天天肥大了,蛰伏的虫豸也因感着了些暖气而蠕动它的肢体。一切的生命,仰望着已见的复活的曙光。

尤太太躺在床上怨恨着:电话打去已经一点钟了,尤先生还不见回来,小孩们又这样地唠嘈着。尤先生和尤太太已经有五个小孩子,顶大的十一岁,其次是九岁,七岁,五岁,四岁。本来去年还有一个,夭殇了。尤太太现在正耐着潮水打来一般的周期的腹痛,躺在床上待产。尤先生到上海去,已经三天没有回家了。

产是有准备的,尤太太因为想到昨年住了医院的不舒服,又以为小孩子的夭殇也是医院的缘故,决不再听尤先生的话,决不再进产科医院,因此尤先生只能预先约定了接生的产科医生。但尤太太对于西医的不信任是澈底的,她拒绝了一切产前诊察,她自信已经产过了不少回数,对于产这一门是很在行了,丈夫的周到,只惹她内心的轻蔑和面上的嗤笑。

现在,她胸中却在懊悔没有进医院了。至少在医院里是不会这样地嘈杂,更不必管那每天开门七件的家用杂项,可以不回答女佣人的问话,可以不看这小孩们的胡闹,还有至少看护妇会来谈天解闷。倘使这回果是临褥的时候,那又得见他们的忙乱,准备着一切的产具,看护妇的紧张的面孔,医生的雪白的衣装。自然有人会打特别紧急的电话给她丈夫,他也是一定立刻就奔到她的床前的。

又来了一阵痛楚,她用手按腹,手指和腹都颤动着。三岁的小孩在后边亭子楼中哭起来,楼底下小孩的吵闹,仍旧持续着。她看着白得发眩的太阳光,知道已近午刻了。的确做午饭的炊烟,也同每天一样,有不少透到房间里面来。她拼命忍住这痛楚,终于痛楚渐渐如同潮水的退下一般减弱了。

床右横也放着一张床,那是尤先生的卧床,平日他们是分床的,因为小孩多了,母亲得照顾。尤太太看了床,又想起了尤先生的太不应该,常常到了上海便留连忘返,只剩她一个女流之辈支撑这家门。这几天竟违了近产不可离开的告诫,每晚到了更深打电话来说,有事不能回来。有事?到底是什么事呢?尤太太忽然又触动了心事。

好几个月之前已经听到的风说:尤先生在上海有了相好。详细的情形,她没有法子知道,而且在没有十分的把柄抓到以前,也不好质问,恐怕一露了口气,更不易查询咨访,她装作一点也不曾得到那消息的样子。但看尤先生的每一星期或二星期,必要上海去住夜,她就直觉到风说的不是无根。好几次想亲自出去察访真情,却因为肚子大了,出门不方便,只得搁起。

真可恨,在外面寻乐,自己却在这样受苦。他回来时一定不放松他了。因怨恨而下了这样决心的她,已经听得像是丈夫的脚音,从楼梯上来,进了门,走在床边了,刚忿然说出:

"你死在上海……"

"尤太太,今天你怎样?"

被这话惊醒,知道来的是来探望她的许太太,已经不能收回说出的半句话了。她看见穿青绸皮袍的许太太含笑站在她床前,双眼却看着她的腹部。

"听你这里的女佣人说,像你要产了,不是吗?尤先生还没有回来吗?现在肚子痛不痛?有没有打电话给医生?"

许太太的一连串的问句所得到的回答是。

"三天没有回来哩,今天打电话去,说就回来,已经三个钟头了,还没有来,不知在外边做什么事。"

"总快回来了吧,一定车子上耽搁了,这车子是很讨厌的。"

"谁知道哩,成天在外边不知干些什么事啊!——啊!"

"痛吗?痛吗?"

许太太俯身看那波动的被,尤太太这一回是有点忍不住的样子了,她咬紧了牙齿,闭上眼,沉默着。

"请医生来吧,打电话去,好吗? 大约是到时候了。"

许太太的劝告,也未得肯定的回答。

在痛罢时,尤先生回来了,还随同了预先约定的医生,他是去邀了医生同来的。许太太因为知道不用她再在这里,急忙回身退出时,也还听得尤太太续完了已说过半句的那句话:

"你成天死在上海做什么?"

距医生预言的生产的时间,已经过了八个钟头,胎儿还没有下来,产妇是很疲弱了。她面色变得异样青白,呼吸也很促迫,而全个肢体和精神却仍然很紧张,头上身上全是汗,眼中射出和苦痛奋斗着的凶光。尤先生因为整晚不曾合眼,眼皮都肿了起来,在地板上走来走去束手无策。医生也默坐在椅子里,一味搔着头皮。

时间已经快过完了黑夜,窗外的星逐渐少去,而薄明的光逐渐展开了。女佣人也因守着女主人的产,空等待了一夜,这时从瞌睡中醒来揉着眼睛,走到厨房去预备早餐了。附近工场中的汽笛,又连续地发大声叫人上工了。小孩子们也在床里嚷着要起来了。电灯的光,格外暗淡起来。

爽朗的太阳刚探出头来的时刻,尤太太又受着一阵大痛的袭击,医生站在床边,再恳切地劝她打针,她还是咬紧了牙齿摇着头,尤先生带领了小孩们退到楼下去了,他不忍看见这苦痛的场面的实演,心里想着那最恶的结果,又恐惧又希望着,他知道他妻生产的时间,从未有拖延到这么样久长的。医生已经埋怨他不行产前诊察,以致一无准备,说怕免不出难产,结果是很难预料的。

尤先生开出大门去,站在晓日光中,精神一爽。冷气和冷风把他的疲劳洗刷去了,他远望着青青的天,忽然起了个祝他妻平安速产的念头。

"尤先生,早啊。是男的吗? 恭喜。"

许太太因为关心,特别很早来问消息了,昨夜到了十二点钟还来问一次的。

"还没有产下来哩。"

"还没有下来,那太辛苦,人要支撑不住的。医生不想法子吗?"

"说要打了针就可下了,但她不肯打。"

"那么,劝她啊。"

"劝她也不听。啊,请你去劝劝看,或者女人会相信女人的话。"

"好,我去看看她吧。"

许太太眼中看见的尤太太,和昨天也不太相同了。头面上青筋暴起,眼中充了血,头发蓬乱了更显得憔悴,好像面庞也瘦了许多,颊骨都突出了。伸在被外的手指,也像奇怪的瘦削,而且青白得很可怕。她只现出一种苦笑来招呼她,好像说话的力气都没有了。医生呆呆地站在旁边像一尊石像,棉花纱布之类的用品,散放在椅上和桌上。

"你这样是打熬不住的,人的精力有限的。为什么不打针呢?"

"真的,打一针,就很容易产下了。"

医生也插口了,尤太太还是摇头。

"你不要固执,这样耐过去,自然也会有产下来的时候,但延长时候就是延长痛苦,为什么不打一针,可以早产,可以减少些苦痛呢? 打针并不痛的,不过像蚊虫叮一口那么痛,不必怕的。并且打针是很灵验的,比服药的效果更速。去年我嫂嫂生产,也挨延了不少时候,后来打了一针,就安然产下了。你不妨试一试看,我看你这样很苦痛的。先生! 你替她打针罢。"

看尤太太已经并不仍是决然地表示反对,医生就依了许太太的吩咐,整理他的注射器。

"我这种药是德国最新的出品,很灵效的,我试过不少回数了。打后三十分钟,一定会产下来的。"

医生介绍了他的灵药之后,就替她打了一针,许太太在旁边含笑看着,随即回出去了。

大约隔了半个钟头之后,尤太太又连连呻吟起来了,医生知道到了时候,便预备一切,又手忙脚乱起来。他唤女佣来帮助,使产妇睡得合法,又吩咐烧汤,把应用的器具从新陈列开来。尤先生也跟着了忙乱,满室顿时充满了紧张的活气。这紧张渐渐强烈,迫得人不能开口也不敢注视产妇。尤先生只时时偷看尤太太的难看的面孔,察知她忍耐的苦痛的利害,医生是小心翼翼地守候着,口里时时说"再忍耐一刻"。

"下腹用点力,用力!"

医生这样吩咐了,尤太太觉得有比刀割更利害的痛苦,想用力也用不出,却一阵头眩,像昏迷失了知觉一般,同时觉得下部像松动了些。忽然又一阵的痛楚袭来,她不知不觉地用了一股劲来抵挡这痛,觉得孩子是产下了。

"恭喜,一个男孩子!"

听得了这话,同时听得一声幽微的哭声,尤太太欢喜得下泪了,但她又觉得轻轻的又有一阵痛,随即还有物事落下来的样子,才觉得肚子舒畅了,但四肢百骸已像被浪打破了的船,软摊得一点力也没有了,周身的疲劳,这时才完全觉到。

"恭喜,又是一个女孩子。"

她听得又一次的哭声,心想怪不得这样难,是双胎。这时她完全被疲劳所征服,知觉是模糊了,四肢有千斤重,身子摊着,动弹不得。但她心中却很愉快,很感着幸福,她想,到底也生了男孩子了。她已有的小孩,全是女孩子,她对于女孩子又是不喜欢的,每次的生产,她总是失望,她十分觉得苦痛。现在,竟产了男小孩了,她满足了,一切的痛苦都忘却了。

她隐隐约约听得人的谈话声,她觉得下部有异样的感觉,她听得尤先生的叫她,但她力乏得眼皮也抬不起来,她昏昏地只想睡。这时着急的是尤先生,不安的是医生了。因为胞衣不下来,而产妇是疲劳得要安眠了。医生等了多时,知道无望了,无奈,只得施行小小手术,尤先生背转了身子,污血是渗透了楼板滴到楼下了。

二 死亡的悲哀

"当然要我们请他,他为国家尽力,制造小国民出来。"

"况且是加工拣料,一造就造出了两个来。"

许先生和王先生这样调侃着,尤先生却微笑不答。本来是二人向尤先生讨红蛋吃,讨酒吃,尤先生却说应当受款待的是他自己,而他们应当用请他吃一次来贺他的,后来又提出了另一个问题:

"托你要乳娘怎样了?"

"那一时也很难,还是上海托介绍所去寻容易啊。"

"恐怕人靠不住,你知道她们很会掉枪花的。"

"现在吃着奶粉吗?还可以吧。"

"还好,不过奶粉也很贵了,比雇乳娘还贵。"

"我看见你那两个孩子很有点大小的。食量差不多吗?"

"给他们相同的食料。"

"男的真像格外小呢。"

"是的,医生说那是还不曾足月的。"

"双胎不是同时受胎的吗?"

"说不足月,想来受胎在后了。是男的先产吗?"

"是的。所以说,女的先进去,男的后进去,因之男的位置在外面,当然先产出来了。"

"那么后产的到是姊姊呢。"

"医生说，女的月份到了，大起来要出来了，男的是受了压挤而出来的，所以身里虚弱得多。"

"这样说来是男的受着女的压迫了。这也是遗传的关系吗？哈哈，姊姊压迫弟弟。"

尤先生心上受着了一击。尤太太比尤先生大一岁，原是姊姊，而尤太太的锋利也是有名的。无论怎样，尤先生，在尤太太面前总抬不起头来。尤先生沉思了，悲伤了，想起了医生的话，不足月的孩子，恐怕难于养育。于是他眼前立时浮起了那皮色特别红的小孩的面影，无神的小眼，不洪大的哭声，仿佛带着苦笑的嘴唇，全是愁闷样子的容貌。他觉得那小孩正是他自身了。

王先生、许先生奇怪尤先生的突然陷入不欢的沉默，却猜不出他心中所起的感想，于是允许请他吃一餐，邀他立时到上海去，但尤先生摇头。

尤先生别了王先生、许先生回家了。

回到家里时，女佣人对他说。小孩子不好，给他吃，他吃不下去，便也不通，神气是呆呆的。

尤先生跑上楼去，看见尤太太放那小孩在身旁，一手按住了，在下泪，他心中突然又感到了另一种的不快，不走过去看察了。那个女小孩很安静地横在摇篮里，他走过去看看，她张开了大的黑亮的眼睁着他，他也就退开了。

第二天喂食时，男小孩仍拒绝咽下什么。但他也不叫，也不哭，很安静而无力地横着，尤先生已经预感着一种凶兆。这小孩是无望了，他知道生长起来将有的悲哀，他是在求超脱。尤先生心中虽想得这样豁达，但不知不觉流下了几滴眼泪。人生是空虚的，人生是无意义的，但为什么仍要生仍要活下去呢？生着活着不就是第一件的苦恼吗？他自然而然地浮起了这种怨生的念头，这种无法解答的疑问。

次日的午刻，那渐渐衰弱下去的男孩子，终于完全超脱了，心境十分苦寂的尤先生更增加了悲哀。他听到了尤太太的惨痛的悲哭，不住口的怨言，又把悲哀变成了恼怒。但当他默然注视着他妻的横在床上的哭相，捏了白手绢在眼边擦的手，波动的胸口边的棉①被，却又在心上起了一种无名的快感。这恼怒和快感交织成的心境，更逼得他沉默了，他终于不劝解她，也不对她说一句话，轻轻离开了她的床边。

小孩的死骸静静地横在地板的一角，除了瘦弱一点以外，他的容貌是很美丽

---

① 原文作"绵"。

庄严的。那个小口,已经不含着苦笑了,那小鼻子,那闭着的眼,又表出非凡的和平。看了这个,谁都可以相信死是比生更乐的。尤先生站在这旁边贪看着,心神远离了俗世的一切。

尤太太的悲哀,却一时不能抑制休止,总是瞪出了白眼看着白的帐顶,不知不觉地流下泪来,还要怒骂一切不如意的事,着实难为了服侍她的人。首当其冲的自然是尤先生了,她责他专一在上海放荡,不回家里,好像小孩子是因这缘故而死去的。对于这些怨言,尤先生取个充耳不闻的态度,坐在灯旁自看他的书,终于尤太太也说得疲倦了而呼呼睡去。但到次朝醒来时,又反覆这一套把戏了。其间尤先生又去上海住了一夜才回来,使得她的话说得更加响亮点。

在生产后的第九天上,女小孩也开始发生便秘和食欲不振的征候。这情形持续了一昼夜,小孩看着①衰落了。尤先生提议去请医生来诊治,但被尤太太一言否定了。

"上一回也没有请什么医生哩!"

尤先生也不再主张什么,女佣人却私下暗暗非难着,尤太太是存了个听其自然的意思。男的尚且死了,女的再要她何用,她心中反是希望早早死了干净。她想她已经有了过分多的女孩子,实在不必再有了。早几天因产了男孩子的欣欢,既已完全消灭,由失望而悲哀,由悲哀而恼怒,在她胸怀中反发生了恨那个女孩子的心思。

过了沉郁的一夜,天亮来的时候,觉得光线特别明耀,拉开窗幔②一望,一望都是粉装玉琢的银世界,夜间下过雪了。太阳光照射雪上,更显得雪的白和太阳的光亮,冬天也真个像了冬天,也充分地表出了跟了冬天而来的是春天。

早餐之后,女佣人告诉尤先生奶粉已不多了。

小孩子的样子是比较好了些,昨夜曾接受了食物,今朝上也接受了,便也通了一次,但是奇怪的臭。她也时时哭,哭后却又沉沉入睡,不过睡不久就醒。

尤太太的态度,仍和昨天一样,高兴时骂人,不高兴时瞪眼看帐③顶,今天的雪又供给了她骂的材料。她本来预备起床的,因为下了雪,她决定不起来。对于那女小孩,她好像没有什么关心,也不问到什么。

尤先生沉默着,照顾几个大的孩子上学校去后,就换衣裳。尤太太看他是准备出外的样子,又激怒了。

"出去吗? 赏雪景去吗?"

---

① 原文作"看"。
② 原文作"慢"。
③ 原文作"账"。

"赏雪的确很不错,唔,……"

"不许出去!"

"唔,有事情哩。"

"什么事情? 你的事情,事情,常常是出去了不回来的事情。"

"但是今天总回来好了。"

"说不许去,就不许去! 小孩子还在生病。"

"你知道奶粉没有了吗? 那非去买不可的。"

"奶粉? ——去,买了就回来!"

她的这道命令,是十分宽厚仁慈,经了一番考虑才说出来的,到底还有一点慈母之情,没有说出听小孩饿死的话。尤先生很理解她的心情,微笑退出了。

尤先生果然不曾多耽搁,天没有黑,就回来了。但这已经嫌太迟一点,女小孩是在午刻死亡了。说是和男小孩同一样子死的,死骸也放在那屋角边,一切善后的事情,是等着他来办。他手里还提着奶粉罐头,站在尸体身旁,想到这吃奶粉的已进入到另一个世界中去,不再要吃那些奶粉了,觉到些微的悲伤。

"好,你去买奶粉,买来给谁吃?"

尤太太看见尤先生把奶粉罐头放到桌上,说了这句话,好像死的孩子和她绝无关系,而买奶粉这事,她也曾完全反对的样子。好像她早知道孩子要死,而且也希望其死的。

"那,你我谁都可以吃的。"

尤先生很坦然地回答,小孩的死,好像他已是全不关心的了。

他们已经有了过多的孩子,孩子已经成为一种很重的负担,这样夭折了,反是使他们肩仔轻些,因之悲哀之情,也比较淡薄了。况且死已死了,没有法子救活转来,在这样明显的事实之前,他们取了顶贤明的态度。生是死的开端,死是生的归宿,一生一死的事情原是很平凡很自然的,是用不到什么欢乐与悲哀。尤先生的推理,愈想愈玄,愈平凡愈深奥。尤太太却还在可惜着男小孩的死,不过这女小孩的死,她的确很赞成的。

次日,把女小孩的尸体用小棺材盛了,抬出房子以后,家中恢复了旧来的状态。尤先生每天去学校教书,每隔一二个星期总去上海住夜。尤太太不久就起了床,像做了一场梦,而现在却在计划侦查尤先生的秘密了。

不久,春天到了,草展开了新绿,花开满在枝头,红的,白的。暖和的风,吹动丝丝的垂杨,小鸟啭鸣着。

在这种春天的晚上,月亮藏在薄云间的夜间,尤先生和尤太太又和睦了,煮了咖啡来喝,那时未用的罐头里的奶粉是用来替代牛乳了。煮咖啡的铝壶,在炉上咈咈的沸腾着,那亡故了的小孩子的事情,在他们是缥渺的梦一般了。

二十年四月〔留〕

(选自《小说月报》第 22 卷第 1—12 期合订本)

活　路

六月十九的诞期,在观音殿求了一签,是上上,大吉。山门口摆摊头的相面先生赵铁口,也说她满面红光,老运要转了:五十九岁是癸酉生,癸酉金,逢到今年辛未土,土生金,到了九十月之间,一定去一件意外的挂红喜事临门,这一来把以前的恶运都冲开,从此之后,福星高照,无忧无虑到一百岁。在当时,饱经忧患的李老妈有点不敢相信这些话。平常虽则也常常在心里生起这些希冀①的念头,却总因想到了她大儿子的不长进而黯然发愁。近来却各样事情都顺手起来,饲养着的母鸡每天下蛋,对门张家的恶狗不再是见了她就狂叫,从不知那里跑来了一只猫,那顶可恶的小流氓歪耳朵阿七,落在黄浦江里淹死了,标会又得了彩,这些好运道的事情,连接地起来,就增强了她对于幸福的无限希冀②和运气转变的信仰。顶使她欣喜而敢希望这好运光临的,却是她的大儿子的半年多不曾回家来,而且她做了好几次的梦,梦见大儿子做了大官,发了大财,回家来接她同去享福。她每次都觉得这些梦颇有点意思,她大儿子,从小就说是命中富贵的,虽则已经有许多年,不巴图上进,但只要命里好,仍然可以升腾起来的。

总因为他们住的地方杜家行,太近了上海,摆个渡再走十几里路,就到了那个洋人所新开的市场,那里有一切的罪恶和享乐,一切的诱引和欺诈,一切的伤风败俗和堕落。这些会像传染病的细菌一样四散开来,逐次传播到远方,扰乱地方的秩序,毁灭人家的门第,坏败人间的道德,而愈近的地方愈先感受到。他们的大儿子李咸根,因为从小太溺爱了,太放任了,时常欢喜到上海去玩,就出了毛病。十八岁上娶了王氏媳妇之后,也安稳得不到一年,又是成天在外面荒唐了。赌钱,抽大烟,玩女人,交流氓,所有的坏事情下流事情都做得出来。爷老子不给他钱用,他会偷了家中的东西出去典押售卖,后来竟偷着刻了爷的圆章去借钱,也偷了单据而出卖田产,当父亲发见了这件大事时,家产已经被他败去了一半

---

① 原文作"翼"。
② 同上。

了。年底,来了几个凶恶的债主一逼,生生把父亲气倒在床上,病不到一个月,就懊恼而死了。临死,他对那个还不曾老的李老妈说道"咸根一时怕变不好的,你要有主意。照现在这一点家产不再败掉,你们母子五六人只要省吃俭用也可以过活的。阿毛已经十七岁了,快寻个对头,嫁了出去,雪楼和阿凤还小,要劳你抚养的。"又对咸根说"你人很聪敏,总因为交的朋友不好,已往的事也不必提了。我们的家产已给你化去了一半,你以后是无份了的。你的妹妹弟弟是还须育养的,你不要再连他们的也浪化完了。"这样嘱咐过之后,就断了气。经了这番临死的教训之后,咸根果然安分了许多时,足有一年多不在外边住夜,家里也管得井井有条,母亲是放心了,就把这家务全交给他和他媳妇王氏去掌管。她专一看顾她的小儿子雪楼和小女儿阿凤,一家六个人到过的很平安。

但次一年王氏就时常告诉婆婆,咸根夜里不曾回来,或是接连几夜宿在外边,或是吃得酩酊大醉回来吐呕狼藉。母亲去诘问时,却说现在和朋友合了伙开店,所以有时要商量事情,夜里来不及回来,有时为生意上的应酬,也不能不喝酒。母亲放心了,只说我们乡下开什么店,表示一点意外的惊喜和不安,再警诫他酒不可喝得太多。

次年是阿毛姑娘的出嫁,咸根办得很体面,母亲心中很高兴,想到底是开店的人和乡下人不同,做喜事有这样多花样。于是本来对于咸根的开店所抱的不安之念,完全消除了。以后咸根有说话可以在外尽流连,母亲也不大问,只有王氏常常向婆婆吐露不平。在这一年的近年底,咸根问母亲要几块顶值钱的地亩单据,说是店中生意不好,亏蚀了须去抵押给别人。到了年底却又说明那亏蚀是十分大,他们住的房子也要出卖来去弥补,这很使他母亲悲哀而下泪哭泣了。但没有法子,终于在翌年二月里,搬到了西市梢一所小市房中住了。

李家原来是比较殷实的农家,有二百多亩放租的田。咸根的祖父时代,还是下田去工作的,祖父手上挣了这点家私,在这镇的中央造了大房子住,咸根的父亲幼小时还去田中除草的,但到后来住了大房子,便不要再下田了。咸根从小就不当作农人教育的,曾经入私塾读过书,后来也去粮食店学过生意,因为家里有不做事也可以吃的产业,不曾学出山就来坐在家里吃父亲了。在父亲死时,还有一百多亩的产业,但不到五年,已经非得连房子都卖去不可了。所幸西市梢的房子,原本来是他家的产业,只要退了房客的租,就可自用的。

母亲震惊了,这突然展开的非常局面,把她的自慰的梦想完全打破,她出去探听的结果,查明了合伙开店等等都是没有的事,她的儿子是又堕入了荒唐中去,把钱财浪用着。她再仔细一计算,剩余的田产不到二十亩,而现金和房产已经一无所有了。这样十四岁的雪楼不能给他再读书了，就托人荐到了一家杂货铺学生意去。他和九岁的幼女阿凤和媳妇王氏守着这残破的家庭，叫咸根也去找一点事情做做，来维持这家族的生计。

但这个局面也支撑不住，咸根的好赌，酗酒，抽大烟，时常使这个家庭增加意外的负担。起初母亲说几句，他还低头不响，老婆讲闲话也自觉有点惭愧而掩饰着分辩几声，后来母亲说也不中用，要反抗要挺撞，而老婆开了口就是一顿打一顿骂了。这样，家中的人见了他都怕，不敢再去遮拦他，他也不时常回家里来，回来一次一定闹一次，结果却总是要闹一点钱去。于是王氏的私房，陪嫁来的可以换钱的东西，跟了家产之后被他强迫去了。

背后有这样一个不安的[①]家庭，雪楼生意自然学不长久。他终于回来学做农人了，照母亲的意思，家里还剩有八九亩地可以种种小菜，上海的市面发达之后，种小菜的赚钱很容易，地有人种菜，有人使用了，咸根再要来变卖便不容易，而且学生意要出山很费时日，他们是没有这样空闲工夫了。这样雪楼便跟了近邻的农人重理他祖父以前的旧业，咸根和这家庭仍然保持若即若离不断不续的关系，每隔若干时候，总来榨一点钱。他们对于他都不敢有什么反抗，母亲的说话，现在是反使咸根性情暴躁而打人，他总要拿到了一点什么才走，否则就住在家里，坐吃过去，还一味生事骂人。

又有一次很使得他们困难了，咸根出去了二个月之后回来向母亲要二百块大洋，说是要娶小老婆了，理由是王氏进门来已经十多年，还不曾生出一男半女，所以他已经看定了一个女人，价钱也讲妥了，只要拿钱去就可以把人娶来。二百块大洋，因为有特别关系在内，所以能这样便宜。王氏听得了这几句话，免不出同他大闹起来，母亲却说弟弟还没有钱可娶媳妇，你怎的又要讨小，而雪楼因母亲已说了这话便不好再说什么。无论怎样说，没有法子不供给他费用，终于又典去了田亩良地，给他做讨小的用途。小老婆进屋来，又是一场闹，真是使母亲气得发昏了。

做咸根小老婆的那个女人，叫花宝，是游码头的江北船上的姑娘，做了梨膏糖来到处兜卖，被咸根看中了的。那是自由惯了的女人，不能惯受家庭生活的束缚，坐闭在房屋里面的气闷是忍耐不住的，那些室内的工作又做不顺手，于是专一和人闹事，不是和王氏拌嘴，就和阿凤相骂，有时也和雪楼过不去，也会冲犯李老妈，和咸根打，闹，哭更不算一回事。家庭的秩序益加纷乱了，因为到了个花宝，王氏事事都不肯下气，也常常要发脾气，一反她以前的和顺温良，李老妈也无

---

① 原文作"不的安"。

法可想了。花宝在家里住不牢，就唆使咸根，说买一艘船开出去卖梨膏糖，二人也大可以生活，何苦受别人的气。这提在大家面前提议出了。

"怎样才是我们的活路呢?"

横要钱,竖要钱,家里是穷得精光的,只有典出的四亩和未典的四五亩地皮。母亲想到没有钱的苦处,咸根时常来榨钱,简直是对于他们生活的威胁,于是发出了这样一个疑问。

"只要他死了,我们就有活路。"

王氏毫不迟疑地作这明确的诅咒的回答。不错的,死了不会再来要钱,那么一家人都努力做工,好在还有几亩地做根本,一定有法子过活。顶可恶就是咸根时常来硬取银钱。倘使能把他推出去,使他和花宝到外边去做生意,自己寻饭吃,不再来取钱,那是再好没有的事,而一家的人也可有活路了。母亲这样一转念,便和雪楼商量,允许给他一笔开办费,但以后他们须自营生活,不能再来依靠此间,倘使接受这个条件,他们预备再典一二亩地来应用。

只要现在能给他钱,咸根什么说话都可以承认的,况且现在有了花宝的帮助,咸根也想是可以自活了,所以承认了母亲的条件,拿了他们东拼西凑来的钱,和花宝离开这个家庭。

"这回可以有活路了"母亲,王氏,雪楼都这样断定,和切愿。有了活路的希望,他们总拼命望活路上走的,做得很努力,于年底居然除了仕给利息之外,还有钱去赎出了典着的一亩地,这时他们都快活了。

咸根买了一艘船,和花宝驾船出码头去,大概是卖梨膏糖去了。年底也不回来,这使他们很安心了,又是表明着咸根这年还可过去,从出去以后的这五六个月之间,还可维持生活,那是很好的。他们就想,这样是活路已经来了。

这年又到了六月里,雪楼刚从上海的一家蔬菜行里拿了十块大洋,预备去付典地的利息。他站在母亲面前,和他讲上海景致和这一天的所见,王氏也在旁边听他们的谈话。因为种小菜的人家多起来,所以近来的小菜不比以前值钱,即使价贱一点也非卖脱不可,有些菜店,还要故意贬价,种菜人的生活也很不容易起来了。他一面弄着这十块大洋,一面讲菜市行情,说这十块大洋的得之不易。正在讲很出劲之际,忽然有推开了大门进来的人,那是咸根。他风尘满面,样子虽则消瘦一点,神气到还不坏,衣服也比较整洁,进来很恭敬地叫着母亲,问她这一年来安好,又和弟弟闲话了几句,便讲到他自身这一年的生活。

他和花宝驾了一条船,游走一个个码头,做着卖梨膏糖的生意,到还可以过活,每一个地方要住上十天半月,看生意的样子而定,更要去赶各种市集,那可多赚一点钱。他到过不少码头，懂得了许多地方的俗话。在船中的水上生活也很有趣，不过缺少一个人，因为夫妇二人上岸做生意去了，便没有照顾那艘船，除非船要停泊在他们所设滩头的近边，方可放心，但这是常常做不到的事。这一回他们的船开回到这杜家行镇上来了，他特地来望望他们。说了这些话之后，又从衣袖里摸出一包梨膏糖来递给母亲，说那是老人吃了很有功效的。

他问起家里的情形，知道还算顺利，便说全是靠弟弟的努力，他很抱歉于他从前的荒唐，说很对不起他们，因为全是他害他们受苦的。他表示倘使有宽裕的时候，他也可以拿出点钱来赎那典出的田地，或者帮他们付利息。他又说弟弟年纪也不小了，可以预备讨一房媳妇了。这些话很使母亲欢喜，他们都想他是已经弃邪归正了。留他吃了夜饭去，他却说还要去做糖，匆匆便回去了。

他们又得了不少的安心，相信上回采取的方法不会错，而现在渐渐有活路出现了。

但不到二个月之后，花宝却突然来家找寻咸根了，说已经有三天不曾回去，没有地方探听他的下落，所以来看看，再问问有什么可以猜想的地方。他们的船开回杜家行后，做了一个月生意，又到上海去的，上海生意很容易做，所以比较是赚了几文的，但到了上海之后，咸根对于做事是怠惰下去了，也有几次夜里出去买糖，却到次日朝上才回来的，花宝很怕他又是在上海荒唐了。母亲断定花宝的推想不会错，但也想不出法子可以找寻他回来，他们大家讲讲都悲观起来，沈郁下去了。

二天后咸根来了，和二月前全换了个样子，衣裳是同样的，但十分龌龊，精神是很疲劳而颓丧的样子。他是来借二块大洋做买糖的本钱，说要做糖是缺了本，糖店又不好去赊，所以来商量一次，等三五天他有一笔账款收来可以归还的。他们家里凑不出二块洋钱，而他却苦苦恳求，有不得手不休之势，终于当脱了母亲的一件夹袄来凑成二元之数，给他拿去。

从这回以后，咸根又常常回家来了，来就要钱，每一个月或不到一个月，总来麻烦一次，最初还说出种种口实，后来也不提起要钱的原因和用途，而只是要。他从母亲手里讨，从雪楼手里讨，也从王氏手里讨，王氏替人缝衣的工钱，雪楼挑担去卖小菜来的钱，都遭他的搜括。花宝有时也来诉苦，说他全不管她的事，差不多天天在外边胡闹，劝劝他反而动怒打人。

忧闷又堆积在他们心头了，经了咸根这样闹，半年之内又有三个月的利息拖欠了，雪楼成天叹着气，母亲皱紧了眉头，王氏也束手无策。活路又是塞住了，堵断了。

到近年底边，咸根来得愈勤了，又恢复了从前天天要诈钱用的脾气，而且是不论多少，总要拿到手才肯走，他有时竟自己到①处去搜寻了。寻得了钱，拿了就走，也不对谁说一声，寻不到钱，便拿衣服杂具出去变卖了。为这种事，雪楼狠狠②地和他闹过几次，但他仍旧来，纵使他道理讲不过，力量打不过，而要钱的勇敢和毅力，使他常常可以榨出他们的血钱来浪化。

邻近的人都同情于李老妈一家的，对于咸根无不极口痛骂，骂他是不要脸的败家子，丧尽天良的赌徒，鸦片鬼。李家一家全给他拆败了，这完全是事实，他们都亲眼看见。把父祖传留下来的产业都弄干净了，还不肯去死，所以是不要脸皮。现在还要来榨女人十指苦做出来的，弟弟流汗呕血得来的钱，所以是丧尽天良。他们全诅咒他的死，他们替他家设想，只有他死了，还有挽救，否则总是死路一条。他们没有法子再可以把钱积起来去还债，他们有一个钱多，立刻会给他拿去，而且从以前的经验可知，他们无论有多少钱多，他很容易去化完过头的。二百多亩的田产都浪化完了，他们每日辛苦做出来的又到得那里。而且他们现在保有的仅足苦苦糊口的一点地产，也一定不能久长，他的用途他们无论如何不能支持的。不设想到他的死，他们没有活路，是明白的事。

到年底，咸根又有要求了。他要出卖家中的一二亩田地，这是他们赖以过活的唯一资本，当然会遭到全体的反对。经过激烈的口论，母亲流泪。王氏唏嘘，雪楼面红耳赤，阿凤呆在一角，咸根却说，没有法子，我要卖只有卖的。雪楼真耐不住了，要起来打他，却被母亲制止，咸根起来出去了，口中说："明天要来写契的。"事实受买的户头，早已寻好，契价也收用过一部分了。

咸根出去之后，他③们仍旧呆在屋里想不出解救的法子。

次日咸根带着二个人来家，一个穿长衫的带着笔和纸，一个穿短衣的带着一具手枪。咸根一来，母亲，王氏，雪楼等也聚拢来了。母亲想哀求受主不承受买这地，她诉说她们的苦处，和这地对于她们的关系，简直断言卖了这地就是谋死他们生命的行为。穿长衫的却笑说："这话已是说得太迟了，本来有钱的人什么地方的产业都可以买，决不一定要买这一点地方的，但钱已经给咸根拿去了一部分，契又是早已写好了，现在只要老太太画押，再把原券拿出来即可，另外的话是无用的。"咸根接说："这些产业，不曾分定给谁，我是有权出卖的，不许什么人反对。"他指着雪楼再对短装的人说道，"这个，我的弟弟，他要反对，你同他讲讲明白。"短衣的就把手枪往桌上一放，稜起眼来看着雪楼说："做弟弟的不可以干涉

---

① 原文此处多出一个"三"字。
② 原文作"很很"。
③ 原文作"地"。

哥哥的事情，这点道理都不懂么！这一次交易是我做中人的！"他又把手枪拿起来把弄了。

阿凤看见陌生人的进来，骇吓的索落落发抖，挨在母亲身旁，王氏一面恼怒的颜色，看着咸根，雪楼不敢说一句话。穿长衫的把契纸递给咸根，他画了字。咸根再拿笔传给母亲，母亲的手抖了，她举眼看她的次子雪楼，满眼露幽怨绝望。她抖着尽了个十字，记忆到他从前的画过不少次数的十。咸根再请母亲去把老券检出来，她到房里去检。长衫人从腰里拿出一包银洋来放在桌上，那是雪白的银元，他又叮叮当当数了一回，敲了一回，声音是怪好听的，李老妈在房中也听得。她出来时，眼睛也被银元吸住了，她交出那老契。

咸根把银元仍旧包在纸里，拿着，送了二人出去，就把那银包要放到袋中。雪楼跳过去拉住他的臂，说："慢着，这钱你不能独吞。此地要还不少的债，欠的利息也有二三十，要先还的，你把钱拿出来！"咸根不肯，竭力挣扎着，雪楼一用力，就把他推在地上了。于是母亲过来阻止，阻止雪楼正要打下去的大拳，咸根趁这机会从地上爬起来带着钱飞快地逃走了，要拦也来不及拦住。雪楼放声哭了。

恰好隔邻的张二婶过来，问起这事，劝雪楼不要再悲哭："不过，李大妈，你去阻挡雪楼是可不必的，给他逃走了，什么法子也没有了！"

"但是倘若打死了呢！"

"打死了还不好么？是要他死了你们才有活路呢。"

雪楼听了这句话心上怦的一跳。母亲却说：

"打死人不又有一场人命官司。"

"唔，弟弟打死哥哥，原是犯罪的。不过娘杀儿子是可以，那是没有罪的。"张二婶又引证了某某地方，有个败家子，闹得家破人亡，母亲忍不住吃苦，设法把儿杀死，报官自首，是不曾被罪。再添加一句，"只要想儿子本来原是母亲生产下来的，母亲不要他了，自然可以杀死他。"

咸根自从卖了地，带了银洋逃走之后，又有半年不来家了。家中少了他的肆扰，便又安静起来，雪楼的努力，又渐渐见了效果。地方上的人，对雪楼都有好感。都说他是有出息的后生，很肯扶助他。雪楼也很谨慎，从来不做一件可以给人说闲话的事。他们虽然欠出不少的债，债主也都谅解那是咸根闯下的烂污，所以经李大妈的几次求恳，有几个人，也肯答应叫他们不再出利息而只要陆续拨还本钱。这是他们的大好消息，雪楼的希愿也是在几年内把债还清而成个自由的农人。他向这个目标努力。

他想一个人作工，要达到这目的很难，顶好有人来帮助他。于是他幻想阿凤的丈夫是可以帮助他的唯一的人，因为他顶亲密的亲属，只有他了。但阿凤并未定有婆家，所以他的妹夫，只是一个幻影，不过他在想使这幻影实现。他在村镇上的青年中去找个是配做阿凤丈夫的人。不久他发见了阿德，那也是和雪楼一样境遇很苦而努力做工的人。阿德只有一个老母亲，而不欠出什么债，他作工养母是绰绰有余的。

他把这计划和母亲私下谈起，母亲也很赞同，因此他先同阿德接近起来，不久二人成了很好的朋友，时常同到上海去卖小菜等等。李大妈有一次会见了阿德的母亲，和她提及这件事，说要以阿凤许给阿德，她大乐了。她知道她家贫穷，阿德很不容易得娶的，听了这句话，如何不喜。阿德的母亲和阿德讲了，阿德也很愿意，他已经见过阿凤，看她时常到绒线行，帽子店拿生活做，是很勤俭的姑娘。所以不消三月工夫雪楼阿德二人很友好了。阿凤和阿德的婚事，实际上表面上虽不曾提到什么，但在暗中双方都有了谅解了。阿德因为和雪楼友好的关系，也时时到李家来，和阿凤也认识谈天了，像一家人一样。

这天阿德在李家玩，雪楼从上海回来了，满面有不安的颜色。他发表出在上海看见了哥哥咸根的消息，说他和一个不认识的女人在马路上走。他恐怕他又要来家取钱，再像前几次一样要迫害他们，所以提议要想出法子来预防预防。

"他不死，他总会来，什么法子也没有的。"

王氏第一个表示绝望，母亲也想没有法子可以成功。说说谈谈，又谈到上一次的几乎相打的事件上。母亲奇怪和善懦弱的雪楼，为什么这时会有勇气来抡①拳打下去，王氏可惜那一次不曾一拳把他打死。她说：

"使他死了，不是再不会有此种惊扰吗？"

"但是二哥哥不能打大哥哥的。"

"只要娘说打，就打杀了也不要紧的。"

阿德插口说，这是中国古代社会的惯习法吧，谁都这样想，承认这句话，而不想到别的。

"上次张二婶也这么讲呢。娘动手杀儿子是不用抵命的。"

次日，咸根果然来了，又是说因为做糖本钱没有了，要借二个银元。结果是借了钱去，他在屋内却特别多看着阿凤。大家又集合拢来商量办法，第一次已被他拿了钱去，以后如何可以避免此种事件，有的主张闭户不放他进来，有的主张

---

① 原文作"轮"。

无论如何不理会他,有的主张把他送到警察局里去关几个月,但都是不大容易实现①的空论。

咸根第二次来说要二十元,因为船要修了。他说那船又有二年不修,有一二个地方已生小漏,倘再不修是很讨厌了,现在想赶快修,修好了再放别的码头。这次家中是没有二十块大洋,而且凑物事去当也当不起来。实在没有法子多拿钱,他只拿了两块大洋去。但次日他又来了,很有成竹在胸的样子,说:

"船无论如何要修的,不修将来要不可收拾,若到了那时候,便修也不能修了。这种至少要二十块大洋。还有家里欠出和典着的债款一定也不少,总有近三百吧?二百五十元。那么一共二百七十元了。现在倘使有法子拿进三四百元的一笔整项款子来,那么可以把债还清,而且有余,我修船的钱也有着落了,你们看好不好?"

大家听了他这话很奇怪,又不懂他的意思,茫然不知怎样回答,他又说了:

"现在法子是有一个,只要母亲肯,另外一个人愿意,那么事情就好办了。"

"怎么呢?"王氏惊奇的问:

"这是很不好意思说出口的,这是,就是要委屈阿凤妹妹一点,为我们帮忙了。有个某绅士情愿出四五百洋钱讨个二房,我想……"

"什么,你想叫阿凤去做别人的小老婆,真混账!"

母亲忍不住骂了,阿凤听了急得要哭的样子。

"阿凤不要忙,娘在这里,决不难为你。"

"这不是这样说的,阿凤在这里有什么好,还是到那边去,吃得好,穿得好。某人还未有儿子,倘能先生个儿子,那就出足风头了。"

"不要再放屁了,快走!滚出去。"

母亲的骂,和雪楼等的推,把咸根拉出门外,但他还说:

"你们再仔细想想,这样好的机会很不容易的,全家的债都可以还出,还有钱余多。明天我再来听回音吧!"

他蹒跚地走了。这样家里阿凤在哭,王氏在劝慰,母亲在恼,雪楼在怒,雪楼说要出去同阿德探查这事究是什么意思,母亲同意了。

二人探听回来,叫阿凤避开之后说出,咸根的话,还有大部分是假的,没有要讨小老婆的某绅士,而是想把阿凤卖做娼妓的意思。他这几天在上海就是进行这事体,讲价钱也讲了三天了,而且妓院方面曾派人来看过人,他已经担保这方

————————

① 原文作"现实"。

面没有问题,只要价钱一谈妥就要来抬人的。母亲①听得发了呆,王氏也皱紧了眉头,事情已到十分急迫的时候了。

"死路,死路!"

母亲口里叫着。最小的孩子又是女儿,母亲的爱所寄托是当然的,她所以能活到现在,也就是因为有这个爱女,现在竟有人要危害她了,这在她是死路,无可避免的死路。母亲沉默了一些时,紧张着面,忽然叫出来道:

"有活路,你要我的命,我先要了你的命!"

她眼光发炎,满头是冷汗,切齿,握拳,抖着说这话。他吩咐道:"雪楼,你要听我的话做事,我②们要求一条活路。王氏大娘,你也想想,我们应该求活路不应该去死的,是吗?阿德现在我对你说了,阿凤我是预备把她嫁给你的,是你的妻,你不应该听任傍人劫去的,所以你须在这里出力,今天在这里,不要回去了。我们要来寻出一条活路来!"

这些话的意思,大家是懂了,不过都踌躇着,心里乱糟糟地,过了一天,这晚咸根不曾来。

次是最一天阴霾的天气,十月的秋风打着板窗,吹得人颇感寒冷,太阳躲在厚层暗云的背后,透出丧服的灰白光,人的家屋,都闭上了长窗。

咸根推门进去时,李大妈,王氏,雪楼,阿凤,阿德,正集在那里吃夜饭了。咸根微微有点醉意,脚步不十分稳,舌音也不清楚地说道:

"今天吃了阿凤的喜酒来了,唔,阿凤像要做新娘了,真漂亮呢。哈哈!"

"放狗屁! 滚出去,不要在此地乱话。"

"不过真是已经讲妥了,大洋四百五十元呢,花花雪白的银子呀,叮叮当当四百五十元呀,倍一次就九百了,九百再一倍一千八,哈哈,我可以做财神了。"

咸根的酒是十分发作了,倒在地上说乱话。母亲叫抬去放在墙角边,他们饭也不吃了。

李大妈在家堂和灶神前点灯上香,叩头默祷一回之后,便取了一把厨刀,杀气满面走出来,站在横着的咸根之前的王氏,吓得退了二步。他手抖着,叫雪楼阿德跟在她后面,走到咸根横着的地方。她蹲下身去,看准横着的人的头颈,一刀直劈下去,叫痛叫苦的一声和鲜血喷射了她半脸。那一刀歪了,斩耳根下,她听得那锐呼声乱斩了二刀,也跌倒在地上了。

---

① 原文缺"亲"字。
② 原文作"应"。

咸根张了眼想喊救命,被雪楼包住了嘴,一面示意阿德,阿德也拿起了那钝刀向颈口尽剁。王氏,脱下了她的夹衣来,掩盖了咸根的头,阿凤双手抱着眼蜷伏在屋角里。

经了多时的挣扎,咸根不动了,满地都流满了黑血,李大妈还横在地上,血流到她手边。

"好了,有了活路了。"

李大妈醒转来时,这样叫着,却又匐伏到咸根的尸身边去哭了。

屋内的闹声,早惊动了隔邻,张二婶一听知道了什么事,吓了抖了,又连忙跑到警察局去。

当公安局来检验尸身时,张二婶也夹在聚观的人群中慨叹道:"当初我只当做说说罢了,怎的真会做出来!"看热闹的人,也都痛骂那些杀人者的残酷,而深深同情于被杀者的不幸。只有检验吏板着科学者一般的面孔,在检看那一处处的刀的创痕。这一家的老小,是当夜就拘到公安局去了的。

二十年十月作

(选自《东方杂志》第 29 卷第 2 号,1932 年 1 月 16 日出版)

算学教授的迷惘

光明大学算学教授古曾泉,是这大学的教授当中唯一的独身者。他年纪已经三十多岁了,又是有三五百元一月的收入,不成家立业,别人总解释不出这理由来。古教授却不把这事当作一个问题,并且不懂别人为什么要把这事作为问题。一个大学教授的毕身功业,应该建筑在学术上,独身是在学术上精进的最好条件,古教授总这样感到。古今中外的许多大学者,很多是独身的,康德,斯宾诺莎,叔本华……说来决不少独身的学界伟人。但在古教授却因为是专心于学术的结果而自然错过了结婚的机会,并非立志抱独身主义的。

同事的许多教授们闲谈中,常常有感触到家庭的苦闷的,有的嫌恶旧式女子的不会时髦,有的因青年妻子太会化钱而叫苦,有的却因为多角恋爱而烦恼悲欢,像心理学李日琴教授的被一个旧日女学生控于法庭,终于出了三千元的慰藉金;像文学孙良工教授的重婚了一摩登女学生而发见此女别有爱人;像诗学林中台教授的婚变事件。这些男女间的纠纷,常常把聪敏的人变成傻瓜,把人生挤上苦痛之路,使得古教授深深感到他的未有妻累是一桩不小的幸福。

因之,古教授益加不敢和异性往来了。即使在平常的聚会中,他也不敢和女子多谈天酬应,更加是对于年轻的女子,很有故意规避的样子,至于以女人为号召的娱乐之地的跳舞场,自然与他是无缘的,虽则古教授在美国留学时曾练得一身好舞艺。

这一天是一九三三年的 Christmas Eve,正像基督死而复活的奇迹一样,在沪西的圣爱娜跳舞厅,光临了算学教授古曾泉。

看那样子,古教授是被强拉了来的,进来时腋下挟带了三五册大书,而且并不脱去外套,表示立即要走的神情。一同的有政治教授区宗奎,洋行买办刘秉金,画家张俊翼,文人凌有道,都是在美国的同学,顶欢喜跳舞的朋友。这几个人好容易叫侍者设法添了一张桌子之后,便打算如何欣悦愉快过这一晚了,古教授却板起了面孔皱着眉头。

Jazz 音乐的噪狂,打不动古井一般的古教授的心情,古教授只得在红绿灯光之下想着他的微分方程式的问题,也偶然翻开它带着的几册书看看,对于场中的莺粟花一般娇艳,天鹅绒一般柔软,月里嫦娥一般美丽,猫一般温存的舞女,却见如不见,正眼也不一觑。直到画家张俊翼对他说:

"你看,小区说要娶她呢,同他舞的那一个。"

古教授顺着指点的指头看去,在暗绿的灯光下,一团光彩在区宗奎的肩头晃动,那是区教授曾几次三番向他夸耀过的圣爱娜红舞女玲兰。区宗奎搂了玲兰,正舞得出劲的时候,乐声戛然住了,一团笑在朝阳中抖动,当电灯一闪而亮的时候。

"小区,今天真得意了吧。"

"有什么得意,很难对付的问题来了,她问曾泉呢,她说想认识他。"

"那么你带她过来介绍一下好了。"

"我怕曾泉,怕……"

"怕什么!"

"好,你不要逃走!"

政治教授站起身来做个手势,电报打不通的样子,乐声却又起来了,他便走到跳的池子中去,捞了他的目的物,不免又是三分钟的搂抱,古教授是很热心观察的。

终于添加了一只椅子,玲兰来坐在他们的桌子旁了,一个迷人的媚眼,一个醉人的笑涡,一头乱人心神的蓬发。

当音乐起来时刘秉金差不多强拉了玲兰去跳了,另外二人是另去挑着了舞伴,凌有道却陪古曾泉闲话,休息这一次。

"你不知道秉金的可笑哩,他专向玲兰献殷勤,她却不给他好颜看。"

"不是要和小区结婚了吗?"

"说是这么说,在没有结婚之前,总是舞女。"

"那么为什么对秉金这样不假词色呢?"

"舞女也是人,人总有脾气,她不欢喜他。"

在这一次的灯光亮出来时,玲兰专找话题来兜搭古教授了,临到乐声开始时,她用下面这句话来拒绝了秉金的要伴舞。

"我想搭古先生同跳一趟。"

为了尊洋式的仪节,曾泉只得脱下了他的外衣,交给侍者去寄在挂衣房了。

在第一次跳着中间的几句问答,曾泉不能不和玲兰再继续跳一次,而这第二次的跳,却又是约束第三次的。

古教授脱了绒线衫,脱了外衣,这一夜又把他五六年前在美国熟练的技艺温理了一回。而且是温故而知新了,临末玲兰对他说:

"隔一天你一个人来!"

这一个叮嘱,在古教授像解答了一个微分方程式,又像发见了一个微分方程式的问题,他在深夜的三点以后才离开圣爱娜,回到寓所这样晚,是前所未有的。

一个人私下去了圣爱娜二三回的结果,造成了他这时在马路上的奔波。

一九三三年的最后一天,又是 New year Eve,良宵佳节,他去的特别早,找到了玲兰,玲兰却说:

"一淘外边去好吗?"

"好!"

"那么先去扬子饭店舞场等着。"

在扬子饭店舞场等不到五分钟,玲兰也就来了。她有着沉郁的面色,像有重大心事样子。催人兴感的乐声,也激不起什么反应,她沉默了一回,拒绝了舞,却轻轻地说道,

"你去设法找一个房间吧,我们仔细谈谈。"

问侍者,扬子饭店当然不会有空房间。男的得出去找,所以古教授把玲兰抛在扬子饭店舞场而在马路上奔波。

大中华,东方,远东,中央,神州,爵缘,新视界,大东,东亚,新新,中国,大上海,大江南,南京,……他奔出了不少脚汗,好容易找到了天堂饭店里,还有幸福

的一个房间。

上海的夜最神秘,曲尽欢乐和悲哀的极致,无量数的红红绿绿的 Neon 灯彩,唱着欢乐的夜的行进曲。播音台的播送,电影场的放映,回力球场的铃声,戏场里的锣鼓,还有女人的珠喉,交织成了夜的网,无衣无食的乞丐贫民在这网底下颤抖。

但在天堂饭店的某一房间中,却有莺粟花的娇艳,天鹅绒的柔软,嫦娥的美丽,猫的温存给古教授在被底下享受。这样自然,这样坦白,这样温静,使古教授不明白这究竟第几次几级的微分方程式。

这一次的结合使圣爱娜增添了一个熟客,而使天下少了一个可以抱独身主义的人。古教授现在深深感到上帝的伟大,因为他造了一个男人之后,能想到再造一个女人。

古教授对于结婚的事,很关心起来,不但去参加结婚仪式,而且探问种种琐碎,很是注意周到的样子。在学校里也不一味是严刻了,他很同情男女学生的恋爱,常常能用微笑的心神,看他们在上课时调情。晚上也有了刻版的功课。同那一天夜间的四五旧友,又时常碰在一起了,但听到区宗奎和玲兰结婚的闲话,他心上不禁暗笑。

这件事他很得意地漏洩与另外的几个朋友之前了,这是成了他们的问题,区宗奎和玲兰的接近是众人周知的,古曾泉说的自然不是捏造,这是一个很有趣味的问题。一个微分方程式的问题,由算学教授提了出来。

古教授送了一身漂亮的衣料给玲兰。

古教授送了一具洋银香烟匣给玲兰。

古教授每次总带一点赠品,至少是一盒朱古律糖。

古教授真是一个绅士,古教授很有意思,但不敢冒昧向玲兰求婚。

玲兰仍旧很安心做她的伴舞生涯,仍旧很红,不得罪客人也不特别拉拢客人。她心目中,似乎已忘了古教授的存在,与古教授的热烈,她只当一件职业来做伴舞。由这个冷淡,古教授堕入了迷惘。

这一天玲兰又要古教授一同出去,要他请她吃夜饭,只有他们二人吃,比前一次的要求是不同的,前一次她请了不少人,小姊妹,娘,阿姨等等坐了一满桌,很欢畅的。这一次却愁眉不展。

在吃饭中间,没有什么闲话,但玲兰总是很不自在又有重大心事的样子,却始终默默地不多讲。

吃过了饭,玲兰要求古教授送她回家,她不再去舞场了。

铃兰跨下汽车时,交一封信给古曾泉。

信内说过年缺少五百块钱。

古教授更迷惘了:一个女人的爱情,难道只值五百块钱,而她的确很烦闷,又不是明白向他商量要这个钱。古教授虽会解微分方程式,却不能解这个哑谜。这一晚在床上睡熟了的古教授还在迷惘中。

二月二十七日

(选自《新潮杂志》第 1 期,1934 年 9 月 5 日出版)

晨

他躺在床上,埋在被窝里。

室内只有他一个人。椅子,沙发,台子,痰盂,茶几,衣橱,梳妆台,面盆,窗帘,挂着的日历,都是沉静地像在安眠状态中。强烈的光线从放下的窗帘边缘透进来。太阳已经上升了。因为这两扇窗是朝东的,透过了深色的窗帘,还有很明亮的光线进来,使得房间里泛耀一种晨光。

一只香烟灰皿,放在靠近床边的茶几上,灰皿里边满装着烟头,灰雾落在皿器外边的几面上,同瓜子壳花生衣之类,满满狼藉着,就是地板上也是一种狼藉的图案花纹,散布在床的近边。另外在沙发椅的近边,也有此种图案的撒播,但沙发上已经空无人迹。

他躺在床上,并不曾合着眼,他看天光逐渐亮起来,他整夜没有入睡,他思想起伏,他想到后来也不知自己是在想些甚么。他看了看窗帘中透进来的太阳光,他并不想起身,他现在感到有些疲倦,好像愿意有一些些休息。转眼看着衣橱门上挂的着衣镜,镜中并不留存并肩的双影,他回忆以前的种种以及昨晚上的种种,他便翻了一个身,好像想要睡得更舒服一点。

他记起在学校读书时代的早朝,太阳未上升时已经起来到体育场上锻炼身体的情形。他记起有好几次趁在轮船上的早朝,在甲板上等候太阳的上升,冷冽的海风的感觉。他记起放荡时代的早朝,通宵尽欢之后,在晨光曦微中回寓次安眠的情形,那一种疲乏与后悔。他记得近年来有几次赶早班火车的情形,那时太阳的出不出光明的有不有是全顾不到的一种杂踏与恐怖紧张忿怒憎恨的交错的感情。他记起一个夏天在湖上过生活的早朝,那种恬静幽闲的情趣。他记起在北国的几个早朝,那种奇爽的冷。他记不起近来的早朝如何,因为近来的早朝与他无缘,他总要在十时以后才起床,当太阳上升时,他是睡眠正酣。

这是因为他晚上太迟了,他非过午夜不能安眠,积久而成习惯,即使要早些睡也不成功。睡在床上还是睡不着。即如昨天晚上,也是如此,谈话谈到了一点过,还是不能安睡,睡下了之后,又因为太兴奋了,一直不能合眼。把电灯熄了,仍还是睡不去,在黑暗中的念头更加多。一直到天亮。

他躺在床上,室内十分静寂,周围声息全无。忽地户外的走廊上有一阵自远而来的脚步声,很轻细,但很忽促,刺进了他的耳朵,他侧身探手到枕头下面取时表来看,这时是六时四十五分。他重新放下那表塞到枕头下面,脚步声已经走过了他的门口而远去了。他轻轻透一口气。

他不明白这是怎么一种心理。他并不十分欢喜这个人,这个人生得也并不算美丽,但是终于在不知不觉之间,达到了这一种的境地,这个境地是好像非如此不可,事件的必然发展一定会到这个地步,这像是他对于这个人的义务,到了这地步而再不这样,像在天理人情上都说不过去,于是就邀这个人真的来谈谈,谈谈,谈甚么呢?

说有许多话要谈,而实际是一句话也没有的,两个人到也相互敷衍了两个钟点,各人心里都很明白是甚么一回事,但都不说出口来。这个人既然同意跟他到了这地方,当然是胸有成竹的,他心中这样作计,可是当他留这个人住下来,却不能得到认可。"那是不成功的,我也要顾全面子,我不能随便在外边过夜,给别人知道了,岂不羞煞。"这些话像在情理之中而又是在情理之外的。"那么,你为甚么来呢?你是来寻寻我开心了,你没有诚心的,你到底是甚么意思。""不是的,我已经允许你了,随你甚么时候我都可以,今夜人家看我跟你一块出来,那是不行的,我一定要转去的,你改一天好了,你明天也好,你给我打一个电话来我就来,你相信我好了,我决不骗你。""明天今天还不是一样,何必如此扭扭揸揸,况且这本来又是极平常的事情,并且人家已经知道你到此地来了。""不成的,我今天不行。"说来说去还是一个不行,不行就不行了,到说"现在我回去,明早上七点钟我来吧。"这是莫名其妙的。

第一使他怀疑的,是这个人今夜有先约,不能不去赴约的,不过考查情形却未必,因为当时他并没有坚决的要她来,她可以拒绝不来的,如其有先约的话。第二是她要回去和别的人商量一下,这件事如何对付,因为她或者自己把握不定宗旨,要去同帖近的人谈谈。不过这也不像,因为假使如此是早早可以谈过的,决不是偶然的突发事件,这是循序发展下去的不得不然的结果,早在料想之中的。第三是这个人的欲擒故纵之笔,但是又何必约定次日的早朝。第四是这个人的话也许是真实,他还不大习惯于这种行为,还有几分怕人言可畏的心思,所以要藏头露尾的一来。第五是借此而逃走了,一去不复来,这个脱身之计,不过做作表情抑何如此其真挚。

　　种种的可能的想头,他胸中起伏,至少是因这一个波折而使他发生了好奇的心思,很有一探求其究竟的意向①了。现在他要证验七点钟这个人是否会来,来了之后又怎样。因之一到天亮,精神虽然感到疲乏,而情绪到反紧张起来了。昨晚很平凡的对话,很平凡的打趣与戏谑,很平凡的举动与噜苏,都在他脑筋中作无意味的反刍。

　　这个人其实我并不喜欢,人到是忠厚的,但是并不好看,倘使好看,便是浮滑一点也不管,我宁愿做一个形式美的追求者,平凡的我是不大喜欢的。不过到了这地步,倘使不是这样,不但要被人轻视,而且一定给人讪笑,所以社会上的习惯是很难改易的,要改良社会风俗的不易,由此也可以明白。在我不一定要占什么便宜,况且这又根本不是便宜,但人家以为送便宜给你了,这个将来有许多麻烦,麻烦是免不了的,不如此也还是麻烦。刚才那种脚步声音,把他的麻烦取消了,提起了精神,使他看明白了这时候是六时三刻。外面已有些市声透进来,汽车的驶过,按喇叭的声音,垃圾车的声音,以及小鸟的鸣声。

　　他侧耳再听,那个脚步声音远去之后,消失了,甚么声音都没有了。他的思潮重复起来了,心中感到稀微②的嗔怒与滑稽,以为一定是受了骗了,那些人真是最不可靠的,但一转念间,又觉得这个受骗反而是甜蜜的,比之不受骗,心中更加可以满足。他又胡思乱想,渐渐感到困乏疲倦的袭击,室内的光线好像和软起来,他觉得这个床到非常舒适了。

　　小鸟的鸣声在窗外的树丛里,非常轻灵悦耳,他听得有点悠然神往而且好像懂了小鸟的心情与小鸟的意思,像青鸟把剧中人领到了无何有之乡一样,他忽然被推门进来的声音惊③觉,这个人已经进了门来了。

　　他假装睡着半闭上眼睛,高跟鞋的脚步在锁④上房门之后,走到他床边,脱下了大衣望椅背上一摆。这个人来推他了,他故意不做声,用手来拉他,他挣开了眼。

　　"来了,你。我昨儿一晚上没有睡。"

　　"冷,你看我的手。"

　　"你来睡一回好了。"

---

　　① 原文作"响"。
　　② 原文作"微"。
　　③ 原文作"警"。
　　④ 原文作"销"。

这个人脱下了皮鞋,脱下了外衣便横身到他的被窝里来。

(选自《作家(南京)》第 1 卷第 6 期)

梅 花 鹊

二月十九日,星期四,下午五时半,我坐在中央茶室的长沙发上,坐等太阳的落山。

立春已经过了半个月,这一天倘若查看历书,便可以知道是二十四个节气当中的雨水,一过冬至节,①白昼的时间,天天在增加。从二月一日开始实行日光节约时间以后,时钟拨快了一小时,下了办公厅以后,到天黑为止,这一段节约下来的日光,如何利用得有效,是一个很费苦心的问题。在马路上散步一小时,以补偿平时运动的不足,这本是很好的办法,可是南京的气候,在二月里还是很冷的,一个人在马路上徘徊,也委实不像个样子,这是只能偶一为之的事。在这个地方坐一回,是无办法中的办法。适巧是旧历的新年,在各公务机关上固然已经除旧布新,而一般社会,却还未能免俗,于是这几天中,更加寂聊。我因为种种关系,空闲反像是一种苦痛,一直在写字台上面努力,以忙碌来迫使自己没有去想念别种念头的余暇。在办公时间完了以后,便要想法子来打发这时间的过去,消磨时间的方法,平常大抵纠集几个无话不谈的朋友来海阔天空一阵。近来中央茶室是我们常到的地方,因为那里地点比较中心,各人来都方便,地方也还坐得下去。

旧历的年节,几个谈天的伙伴都回里过年,新年里一个人,日子过得很不容易。中央商场在新年里也停业三天,拉上的铁门是上一日才开门的,茶室因此也是上一日才重开的。大概因为这个关系,所以顾客也异常聊落,空气显得十分冷静,在这个长方形房间中坐了下来了后,我颇有些后悔,但实际也没有别的地方可去。

一共只有三个客人,连我在内,另外的两个是一男一女,坐在屋子的角隅,在低声絮语,也许是一对情侣,我不敢对他们多看一眼,免得更自觉自己的孤单。茶室的三个侍女和两个侍役,包围了屋子中央的火炉在闲话,闲话的内容,我也没有心思去领会。我只对了我面前茶杯中升起来的热气出神。我像在要想到些甚么,但是又是不愿意去想到而故意在推掉此种念头的出现,这样一种漠然的心

---

① 原文缺“,”。

情，包围了我。

　　傍晚的太阳光线，在窗外面逐渐失掉光彩，太阳预①备要推位让国了，室内的色调更来得柔和，如同海底梦一般的情调，在清浅的留声机的悠微音乐声浪中展开。我一个人坐了大概已经有半小时了，我在期待着并且计划从这个地方出去之后的处置的办法，因为在新年期中，这里也是特别提早打烊，无法久坐下去的。

　　我期待着的，是一个人的来到此间，一个女人，是我邀约她在这个时候到这个地方来的。但是我已经坐候了半个钟点了，她还未曾到来。我有点懊悔约在这个地方，因为如此冷寂，底下的商场里，顾客也十分寥落，而在这二楼的茶座，更如此其冷寂。一方面我疑心她也许不来了，再过半小时，商场便要收市，她要来也不能进来，我要守候也不能再坐下去了，我开始有些焦燥。

　　我期待的女人，是这几天才认识的一个干搂抱生涯的女子，她因为职业的关系，我决定她必定要遵约而来的，所以我仍旧坐下去。在新年中间，舞场里为庆祝新年之故，要多做一些生意，所以白天加了茶舞，于是我便能以此来度过新年中的空闲，一下公事房，便到舞场去，麻醉了自己的神经，过他几天昏天黑地的生活，新年的寂寞虽有时也会感到，时间到很快消磨了。

　　国际舞场的新年生意，只外加了三天的茶舞，十九日是年初五，已经上一日就没有茶舞的，初四这一天的下午，煞费了我的苦心，所以晚上去跳舞时，便邀约了吴宫花在这时候到中央茶室来闲谈，预备再一淘出去吃晚饭的。吃了晚饭之后，自然再是跳舞场里去混天胡涂。

　　吴宫花是这个舞女的名字，我认识她才不多几天，她是苏州人，据她自己说，也是受了战事的影响，才出来做这个生意的。她家本来是很过得去的商家，父亲在空袭中炸伤了，后来终于不救。跟了母亲辗转避难之后，等到回到故乡，家产已经荡尽，于是又流浪到上海的一个亲戚家里，后来没有办法才做这项生意，但开始伴舞到现在还不到一年，起初在上海云裳里做过，后来又在国泰里做过，出码头到南京来还是第一次，别的地方未曾去过。从她口中所得到她的身世是如此，这是每一个人都有的一段战争外史，其真确到什么程度，谁也不能保证。不过从她的态度上看来，到也不完全是假的，看她为人还相当稳重，也略识之无，是有像进过初中一二年的成绩中中的女学生程度，就因为这一点，我便认定了她作为舞伴，以来已经有多日了，已经成为比较相熟的关系，新年中无日无夜连连去

────────

　　①　原文作"豫"。

跳的结果，似乎相熟的程度更进了一层，所以我敢决定她不至于会无缘无故不来践约。

吴宫花今年的年龄是十九了，在五天以前，她是才十八，我们中国人计算年龄习惯上还是多从旧历的。她的身材修短合度，姿态很不错，面貌也可以称为秀丽，所以搂抱生涯，还算不恶，以货腰所得来支持她自己同她家庭的生活，还可以过去。她母亲同两个弟弟，住在苏州老家里，两个弟弟，还都是在上学校，一个还在小学，一个刚进初中，苏州家庭的负担，每月到也要三百元左右。以一个年轻的女孩子独立来支撑这个家庭，是极可称许的，为了这一点，我对她有很大的好感。并且她还欢喜读书，有时也把书报上的疑问提出来，到很有一种向上的心，那是更使我对他有好感了，所以这几日便一直同她跳，并且也交谈闲话，我以此来解闷。

吴宫花是有些可爱的，她还不曾全部把天真丧失，她的笑固然是做作的，有许多地方是为生意眼的，但她决不致令人发生厌恶之感，她的稚气更是讨人欢喜，同她在一处到有一种色情的净化，男女相抱拥而依着音乐的节拍舞蹈，其间自然也有色情的作用，不过色情因此而亢进的情形，到很少有的，得到净化，乃是跳舞的目的也是跳舞的所以有意义。这到是一个可以研究的问题，我又用自己的体验来对证一下，许多旧式古板卫道者之流的反对，是不懂得跳舞的真髓之故，……

"老路！在愁什么心事？"

我的念头被打断，仰头看见李君实，他站在我面前，仍旧是一副英俊慓悍的姿态。

"李，你吗，怎么会来的，坐吧。"

"下午二时到的，特地来找你，找得我真辛苦。"

"对不起，为甚么不先来个信通知。来一杯茶，你先吃一点点心吧。来一盘蛋糕。"

"因为要紧，来不及通知，我想还是直接来了方便，要说的话用信札是讲不清楚的，慢慢的告诉你吧，总之，我是给你带好消息来的。恭喜你！"

"恭喜你，新年好，是吧？"

"是的，恭喜你新年，并且另外还有恭喜你的事情。"

"新年少开玩笑吧，我还会有什么可以恭喜，不是一切早已都完结了。你是该明白这个的。可是你的成绩现在怎样了？我出给你而你自己愿意担任做的题目。"

"就是有了很好的成绩,所以特地来报告你。"

"那么我应该恭喜你了!"

"不,仍还是恭喜你,我爽爽快快说吧,……"

"路先生,对不起,劳你等候了,这一位是你的朋友,你们谈得真起劲,我走来,你也不招呼一声的,嘻嘻……"

一个美丽的姑娘,突然插话进来了,惊觉了我,站起来。"吴小姐,你到此刻才来,我当做你放生了,坐吧。要不要大衣宽宽……,"我一方面帮她脱大衣,一方面让出地位来给她坐,她就在我身傍坐下了。

"让我来替你们介绍,这一位是李先生李君实,我的要好朋友,今天才从上海来的,这一位是此地国际舞场的红星吴宫花小姐,我最近才认识的一个女才子吴小姐,你吃茶,吃咖啡?"

"路先生,我要一杯可可。"

"李先生,请坐啊。"

"吴小姐是女才子,好极了。"

"喂,来一杯可可,点心有,随便吃一点。"

"李先生,不要听路先生瞎说,他是吃我豆腐,我西瓜大的字才认识得一些,说才女要笑掉你牙齿的。"

"吴小姐真会客气,我看你的面孔,就是一个聪敏人,一个才女。"

"对,老李的话不错,吴小姐舞固然跳的极好,而且极红,做人又是顶和气,最难的是知书识字,而且很用功,态度又极大方,是不能用平常的眼光来看待的,她决不是平常的一个舞女。"

"是啊,我也一看就明白的,老路,你的艳福真不浅呢。"

"不要乱话,吴小姐我认识才不久,不过,要说艳福也可以,因为能够认识吴小姐,自然是一种艳福了,那么,实在老李,你的艳福也不浅啊,现在不是你也认识她了吗?"

"啊,路先生,又来瞎说了,我可真不敢当呢,为什么要这样肉麻恭维,我要疑心是在讥诮我了。"

"老李,你听,她的话不是比众不同的吗,这是不容易的。"

"是,所以我说你的艳福不浅啊。"

"不过,我很耽心,因为你老李在此,这个艳福怕要被你夺去。吴小姐,你看李先生不是一个标准中国美少年吗? 在女人面前,我不能和他竞争的。"

"是啊,李先生真是漂亮!"

"老李，你看，吴小姐一见就赞美你了，艳福恐怕还是属于你的居多。"

"路先生，又来瞎说，不是你要我说李先生漂亮吗？你又来打趣别人，人家第一次见面，不难为情吗？"

"是啊，好个难为情，老李，你可难为情？"

"老路，怎么近来学得一副油腔滑调了。"

"要对付老李，是不得不然，否则还有我开口的地方。"

"说正经话，我是特地来报告好消息的，不过在吴小姐面前说出来，恐怕老路要不高兴。"

"什么事啊，我们很愿意听呢？可是路太太来了？"

"又不是路太太就要到南京来。"

"那是好极了，我也很欢喜的，路先生从此也可以不必每天都愁眉苦脸了。路先生还对我说没有结婚呢，我看定他是已经有太太的，路先生，你再也不能瞒我了。李先生，怎么时候来呢？"

"吴小姐，那到是路先生并没有欺骗你。"

"他的确不曾结婚哩。我说的是他的未婚妻啊，他的爱人啊。吴小姐你心里不要难过。"

"我有甚么难过，路太太来，我到是心里很高兴的。"

"老李不要太寻开心了，新年里不要使人过分难过，我已经全权托付了你，一切不管了。你今天晚上住什么地方，要不要到我的地方来？"

"我住在中央饭店，因为别的地方也不知道，房间到很大，还是你来吧，因为有许多话要同你谈。"

"那很好，时间也不早了，我们共去吃夜饭。"

两男一女的三个人，离开了中央茶室，天色已经黑了，铁门已经拉上了，茶室中已经没有别的客人了，他们从边门中穿出来，皮鞋脚跟敲着水泥路的声音，在静寂中十分清脆，冲破这黑暗。

我同李君实是上海光华大学的同班朋友，我们都是读政治经济科的，二人感情很不错，后来因为了一件特别的事情更发生了极密切的友谊，李君实是上海人，他是一个世家子弟，他的叔祖是李鸿章，他的父祖，都曾出仕清庭，做过官吏，但在未曾十分腾达的时候，辛亥革命起义，建立民国，所以他的家也由仕而商了，因为本来在上海置有一点产业，所以索性离开了合肥的老家来住在上海，他便是在上海出世的一个道地上海人。

因为他家道很好，所以李君实，不免带有一点纨绔①的习气，但是人生得极漂亮，态度也十分潇洒，性情也极豪爽，的确像一个贵介公子，当时在学校中，算数一数二的时髦朋友。就是他也有时髦朋友所犯的通病，白相游戏很出劲，读书却不很用功，运动场上他每天必到，而图书馆的门槛，向不跨过的。不过天禀十分聪敏，所以到了年限也居然毕业，毕业之后就在他父亲的一个地产公司里任职，实际是小老板，还是在外边游玩时间，多于坐写字间的时间。

我是生在乡村小镇上的，可以说是一个出身于农村的人，为什会同这个都会青年交好呢？这就得提到陈云鹤教授。我进学校的第一年，陈教授不知为什么异常器重我，屡次在教室中当众赞扬我，不但说我文章好，而且学问好道德好，好像全校仅仅有了我一个人，学校也便有光荣了，于是我的同学也受了他宣传的教唆，每人对我有好感，李君实也因此故而特别来同我接近，我对于任何人，都能维持极好的友谊。

陈云鹤先生在光华大学的教授中间，并不是顶出名的，但学生却都佩服他，他是担任文学方面的功课，在我们学政治经济的，只有第一年有他的课，即是关于国文方面的。我在中学时代，已经很喜欢写文章，偶然也在报章杂志上投稿，还曾结集了几个朋友②，组织一个研究文学的团体，虽是仅有一个很短的时间，但趣味很浓。入了大学以后，在课余之暇，仍旧不能忘情于这一方面，就把试写试作求教于陈教授，因此而得到他的赏识的。并且因为他的介绍，便有若干作品在上海的报章杂志上刊载了，因为这个关系，全校同学对于我都保持相当的敬意。

陈先生常常邀我到他家里去谈天，于是我认识了他的独生女儿影梅小姐，她那时还在务本中学读书，很天真很美丽的一个女孩子。陈先生常常要我替她解释她的功课上的疑问，所以我同她接近的机会很多。其实她到是很聪敏的，对于学校内功课方面，差不多没有疑问，而所提出的问题，都是书本子以外的问题，有时我也无法圆满答复，而要陈先生来加入，三个人共同讨论的，这时候的闲谈，我看陈先生像很欢欣的样子。

特别是陈师母对我非常之好，我每次去的时候，她总要备一点小点心，叫影梅来陪我吃或者端来给我吃，使我十分过意不去。我的衣服上有了污渍油垢或者甚么地方破碎了，有时我自己未曾发现的时候，她到先发现，便要好意地用挥

---

① 原文作"袴"。
② 原文作"文"。

发油来替我拭拂，用针线来替我缝补，我受到此种过分亲切的待遇，心中每每感到一种惶恐，我以乡间农村人的一种稚傻，无法表示此种感激的谢忱，有时也怀疑为什么要如此亲切呢？

在大学的第二年，我们没有了陈先生的功课，但我仍去陈先生家里，他们也照样厚待我们，而影梅小姐却出落得益加美丽了，她已开始发育到成为一个女子了。我们依然同上年一样，是很好的谈话伴侣。有时我连接二三个星期日不去他家，陈先生便昐咐校役来问我，并且邀我去，有时影梅小姐自己写个短简来约我去谈天，说他父亲很关怀我，她自己愿意我常常去走走。因为我在上海人地生疏，没有什么亲戚故旧，所以我是接受了他们的好意，常常去他家的。

到了大学的第三年，我去陈教授家的回数并不减少，而我同影梅小姐的感情像逐渐在增加了，我有时并没有什么事却会给她一封信，而她也定有回信给我的，此时我去陈家，到不必要陈先生来邀约了，好像我每个星期六，或星期日总要去一次的。同学当中都说我和陈小姐发生恋爱了，其实我还是如此，不过每星期不去看见她，好像有一件事没办那样，这是否就是恋爱，我不明白。

从那时候起，我已经可以邀同影梅出外散步了，陈先生与陈师母都以十分信任之心，把他们的女儿托付给我，我自己也以大哥哥之态度现出爱护弱妹的神情。也许因为我同她两人去马路上散步闲谈，有时也偕同了去看电影，所以别人认为是一对情侣了。但我同她之间，从来不曾提到一个爱字，我在他家中进出已经三年，好像看她长大起来的，我像是她的一个兄长。

到我将要毕业，便发生职业的问题，也因了陈教授之介绍，决定了在中华书局担任了一个编辑的职务，我所专攻的政治经济对于我的职业毫无用处，反是我课外努力所筑成在文学上的地位，帮助了我解决职业的问题。像李君实也曾邀我到他父亲有关经营进出洋行中去就职，因为那时我同李君交友还不十分亲近，而且这种洋行职务我恐怕性质不近，所以我辞谢了。当时颇有几个同学到南京去做小官吏，有邀我同行的，我因为这是要碰运气未必便成功，所以也不曾去。

大学将毕业职业也定了，家中便来信要替我解决婚姻的事。不过这时我心中有了一个打算，好像这事情应该和陈教授谈一谈的，所以有一天我特地去拜访陈教授。

陈家我仍常去，他们待我仍旧是那么样亲热，不过那时我对于影梅的观念是有些不同了，我所以要去和陈教授谈的缘故，便是在此。我想像陈教授夫妻对我之如此照顾，还是因为影梅的终身大事之故。我几次看到他们好像要说出这个意思来，但终于未曾出口，这是使我有不能理解的地方。照算现在影梅同我的感情很好,他们二人当然十分明白,影梅对于这一点,一定也不会反对,我却不好意思先说出口,所以在等待他们,当然我更不会先向影梅提出这事的。这次我抱了打破这个哑谜的决心到陈家去。

我同陈教授闲话多时,谈到时局问题,谈到学问,谈到社会,谈到我自己的职业及今后之出路,我突然说出:"我恐怕非要结婚不可了。"

这话使陈教授心神一震,我是故意如此说的,因为我无法很自然的引上这个话题,所以冷灰中爆出热栗子那么来了这句话,这一句出于陈教授意外的话。

"以前不曾听得你说起过这句话,你早已订了婚吗?"

"没有,因为家里写信来催我决定,现在我想是无法再挨延了,所以我特地跟先生商量的。"

"是啊,你是应该可以结婚的年纪了,唔。"

"乡下有了许多庚帖,我想这一种类的结合总不大适合,所以要请先生指教一下。"

"旧式结婚也有他的长处,不过现代青年的心情上总是不能接受的。但是中国社会情形现在正是处于过渡的时期,青年男女没有正式的社交机会,新式结婚实在也不容易实行。"

"即使是要人家做媒,也要是有可靠的识见的人,我想请先生做媒,替我物色一个对象可好。"

陈先生却微笑了,好像心中很得意的样子。缓缓的说出:

"我有一个意思不妨说出来供你参考,本来我们早想说了,因为不知你心下如何,所以一直搁着未提,现在你既然好意来同我商量,我自当把我们的意思也表白出来。你对于我们影梅的感情还不错,我们是知道的,不过我们不能强制你一定要接受我们的意见,本来我们早有将她许配给你的意思,第一你的意思我们还不能十分看得清楚,第二影梅年龄还小,她自己的意思如何,我们也不明白,而且这时候他的意思是否能真如她真正的意思,我们也无法保证,所以一直延搁下来。现在假定说,比方我们把影梅给你,你觉得如何?这一个问题请你回答。不过一点你须明白,我们只有这一个女儿,你结婚了后,不能完全把女儿占去,至少要使她能够常回到我家来的。"

果然我的猜测不曾错,陈教授一向对我的好意,是以此一事为出发点的,他又深知我从农村出来的人的硬直,所以一直不敢冒昧说出来,这时他只有婉转陈述他的意见。我对于影梅,那时已是非常满意,我仅就我自己一人而想,以为倘使此种想像能见之事实,在我在她应该都是幸福的。

"先生的好意,我很感谢,但不知影梅小姐意见如何,因为我们向来都是很肤浅的闲谈,此次有关终身的大事,也得使她有一个考虑的机会,我们不好代为决定的。影梅小姐在我本来是很满意的,不过她一方面如何,也要问问她本人才好。"

"我看没有问题吧。"

"不过总应当问她一声的,还有师母的意见也要尊重的。"

"她没有话说的,我们已经谈过好多次了,影梅等我们再问她一声也好,你一定没有二言吧。"

"这当然,那么我再守候后音吧。家里的信,我可以回复了,我说已经在上海有进行,家中一律作罢。"

随后又谈了许多问题,直谈到深夜,我才辞出,这一天适恰影梅到一个同学家中去玩了,到那时候尚未回家,她打电话回来,也没有告诉她我在他家,大概陈先生怕我见了面怕难为情,所以特地不提起的。

隔了三天,我接到影梅的一个短信,约我在大光明影戏院同看电影,这样的事是以前也有过几次的,不过我觉得这一次的意义是不同的,我很奇怪她的此种举动,我怀疑陈先生有否把这事向影梅提起过。

翌日的下午五时,我到大光明去,她已在穿堂口的群众中了,见了我嫣然一笑说:"来的这么迟。"

"五时半开映,不是还有半个钟点吗?"

"人家等了你是有半个钟点了,票子早已买好了。"

"对不起,谢谢。"

以前一同看电影,她也有买票的时候,她买了,我当然要谢一声。今天她穿了一件轻纱的旗袍,把一个年纪十八岁少女的美点完全显露出来了。似乎是经过一番经意的打扮,今天她特别好看,她灵活的眼睛中的笑意,使我心中感到异样的愉快。

"我们到隔壁咖啡店坐一下再来吧,早哩。"

"好。"

她就走过来,傍在我身傍走了,我这时走着还用一种傲然的自信来看周围一切的人,觉得我的确是幸福的。

在露斯曼丽咖啡座中,找得一个幽静的座席,她同我并排坐了,这是以前所未有的,以前在咖啡座中,我们总是相对而坐的,这次她自动来傍着我坐了。六月里的天气,透过单薄的衣裳,我感到她身体上的温暖与力弹。

我们仅仅要了各人一杯冷咖啡。咖啡摆在面前,满室里是电风扇的呼呼之声,中外人的谈话之声,我同她都不先说话偶然侧首看一看,她也是正在转过头来看我,目光相接之间像触了电着惊而又转头了。我终于忍耐不住,用肩臂靠着她的肩膀,而眼睛注视着自己咖啡杯中的茶匙,轻轻说了。

"梅妹,你父亲母亲对你说过什么话吧?"

"唔。"

我感到她身体在我肩臂上抖战。我转头看她,她却是沉低着头,羞红飞上她的双颊。

"前几天,我到你家去,你适巧不在,你父亲对我讲了一番话,他一定同你提起过了?"

"唔。"

"我说先要问梅妹的意思,梅妹已经是个大人了,梅妹应该有自己的意思的,梅妹你说是不是?"

"唔。"

"我认识梅妹已经三年了,我是很明白梅妹的,梅妹一定也很明白我的?"

"唔。"

"梅妹,你怎么尽唔,不说话呢?"

"唔。"

唔了一声之后,她吃吃而笑了,笑到低了头。却仰起头来微笑了道,①

"时间不早,快看电影去吧。"

付了账,出了咖啡座,她仍傍②着我走,一同走进了电影院电影场,座席,已经开映十分钟了,由手电筒的领导,我们觅得了座位,在黑暗中坐了下去。冷气已经开放,觉得凉爽非凡,而影梅的温暖软和仍在我的肩臂上,她傍得我特别紧,也许是我去靠紧她,两个人各自已探索他人及自己的前途,在这黑暗之中。她的肩臂向我推了一推又推了一推。

"梅妹?"

"唔。路大哥,你冷吗?"

"唔,你冷?"

我伸手过去握她的手,她的手指冰冷,身体如像在战抖,气息很促迫的样子。

---

① 原文缺","。
② 原文作"旁"。

"梅妹,你怎样?"

"没有什么,我冷! 你靠近我一点。"

我便再靠近她,她更把半个身体像要偎依到我怀中来的样子。我鼻子中闻到一种脂粉与香水的气息,身上感到一种异样感觉,忽然全身战抖,心跳到发宕。

"路大哥,你也抖了。"

"唔。"

"路大哥,父亲都对我说起过了。"

"唔。"

"路大哥,这恐怕都是我父亲同母亲的意思,但我所要明白的是路大哥,你的心意怎样?"

"唔。"

"路大哥,你认识我已经三年了,你三年以来一次也不曾对我说过这一个字,路大哥。"

"唔。"

"路大哥,你三年以来从未对我说过这一个字,你晓得我怎样的烦恼与孤寂,路大哥,你知道吗?"

"唔。"

"路大哥,这个你从未对我说过①的字,你知道是什么字啊? 是我爱你的爱字。"

"梅妹,我是爱你的,我胆小,我不敢对你说啊。"

"哥哥,我爱你的,为什么你不先对我说呢? 这些事。"

"就是因为我太爱你之故。"

我紧紧地抱拥了她,她的手也紧握了我的手。只有在这个半黑暗之中,才能互相吐露这个曲衷,我的心事她的心事都表示明白了。电影片演的是什么,当然我们完全没有看到,我们只是手同手紧握,身体同身体紧挨着,心同心同跳着。

不很久电影已经完了,时间过得特别快,从大光明出来之后,影梅一定要回家去吃晚饭,在杂沓的电车中,我送他回去,送到了她家离门口数十步的地方,她拒绝我再送,她说要独个人回去,她要我不去她家里,她说今天的事不要她父母知道。我一一遵从了。我懂得在秘密里爱着才有爱的情味。

(选自《长江画刊》第 4 期,1942 年 4 月出版)

---

① 原文作"啊"。

翠绿色的死(顾伯安碧潭升仙记)

　　顾伯安今天是像愈加开心了,他本来是以乐观出名的,在几个同事当中,在许多朋友当中,只有他总是笑口常开而且像从来也不曾遭遇到可以认为困难觉得要悲观的事。他像别的同事一样,认为台湾地方是个世外桃源,从他的故乡出来,到了这地方之后,便常常对人说如入仙境,也感到像做了神仙一般的快乐,因为是从衷心觉到快乐,自然表面也就显得十分乐欢了。

　　这到不一定因为他做生意赚钱之故,虽然他们的生意一直是赚钱的,从来也没有一次亏蚀过的事,他对做生意一道,似乎并不感到多大的趣味,在这一家顺风行里面,他面子上是担任了一个协理的职司,但一切事权,全在经理霍大友手中,他也像乐得不闻不问,因为对于做生意一道,他实在是外行。

　　以前他是在家中甚么事也不做的,因为他家里是算地主,可以托庇了祖先留下来的田产度日,只有在冬季收租时他帮忙账房先生记记帐,其实他也不大明了这些事,每天过的是玩乐的日子,自从中学毕业之后,因为大学考不进,算是在家里补习考大学的功练,但是到了第二年仍旧失败,一连考了两年,便连去投考的兴趣也没有了。

　　因为他的家庭。不愁吃不愁穿,对于他的进不进大学,并不怎样关心,所以他也乐得松懈了下来,又因为结了婚,就很容易把读书这一件事搁起了。他的妻是一个和他们门当户对乡间女子,大概只在小学里读过书,认识了不多几个字,并不曾想逼丈夫去入大学,因此更加风平浪静,相安无事。

　　这样,他的家庭生活,原是很和平安适,原可以好好的做一个享福的太平盛世的人,可是天下却不太平起来,因为日军入寇①,老百姓纷纷逃难内移,他们是有身家的人家,自然得跟了人家向内地逃奔。八年乱离的结果,他是和一家离散了,是在逃难的中间遇到了空袭,便和他全家的人失散,以后就音讯全无,他到处访求,也得不到再与他们会见的机会。

　　他身边所带的②有限的钱,不久就用完了,他便开始尝到了人世间的种种滋味,幸而他生就这一种乐天的性格,遇事十分随和,从来也不得罪人,所以别人对他也都好。就是别人对他不好,他也决不放在心上,怀着怨恨之念,所以他一向

---

　　①　原文作"冠"。
　　②　原文作"得"。

总是很开心,而且因为本来是乡间人,虽然是田主身份,却并没大少爷的习气,也肯用劳力来换饭吃,因之这八年之间,到还不至于挨饿而死,却是一个地方转到另一个地方,一个职业转到另一个职业,这样一方面逃难,一方面①找寻他的家族,过日子到也不慢。

胜利一来,他就决心回故乡,因为他想到故乡总可以重见家人的,但是他没有办法不仍旧一步慢慢的来,因为各种之交通工具没有可以给他便利的,只得仍用原始的方法。自然费了不少时候,回到故乡来一看,却见了他们的家只剩得一块荒地了,原来房屋已早被拆卸掉了,而且家人的消息也没有,不但如此,他住在亲戚家里不久,又开始要避地了,因为八路来了,一定要向田主算账,大家都劝他还是避开为是。

这样他就听人家的劝告,变卖了些田产,再逃出来了,幸而在逃避的路上遇到了旧日的同学霍大安,便合伙做起生意来,霍大安也是在这一次战乱中学会了做生意的,却着实有经商的天才,看准了台湾的生意好做,便从上海转移到台湾来发展了。顾伯安就此也到了台湾来。

来了台湾之后,色色感到新鲜,样样感到有味,更加增进了他乐天的气氛,他已经三十多岁的人了自然会顶先感到女人的可爱,而台湾的少女,都十分大方,在他们的顺风行中,就雇用着几个少女的事务员,其中他特别看中一个叫美子的,但是他不敢对她表示,到是有一个顶风骚的林仙,时常来和他搭讪,别人就哄传说他和林仙恋爱了。

经别人这样一说,他像真是和林仙恋爱了,常常和她有说有笑,也一同散步,谈情,看电影,夜坐咖啡馆起来,这当然是公余之暇的娱乐,他觉得身心都有了寄托,更加认为台湾地方的确不差了。这自然是他真心的感到,因而后来林仙变了心,忽然又和另外一个同事相好,而且订了婚,而且同了居,顾伯安却仍旧不改变对于台湾的赞美,并且他对于林仙也不表示甚么不满,反赞扬她的选择很聪敏,那一个同事是比他更②值得她的爱,他是对于这样的事,仍还如此坦白而乐观的。

因了这一次的小小风波,美子却对顾伯安发生特别好感了,她常常和他谈话,安慰他,对他表示殷勤,所以他的乐观竟是十分有理的,他得到了原来所思的人的垂青。这样一开始,两人的感情很快的增进了,以致顾伯安的笑口常开得更大了。

---

① 原文缺"面"字。
② 原文作"便"。

今天因为是邀约了美子,一同到碧潭去玩,所以他感到愈加开心。

在晴明的太阳光下,碧潭的景色真是特别的好,因为这时那一潭的水真是深碧的翠绿色,在峭壁和堤岸的夹峙之中,像一块祖母绿的翠玉,平摆在人们的脚边,天的苍苍,树的青青,一道悬挂在空中的吊索桥,横架点那潭溪之上,铁索在日光中的闪闪,桥下水中游船在点,再加以潭水中游泳的人,岩壁的影子,把潭水划成两种颜色,在阴影中的,是一种沉郁的近乎黑的绀青,比那个引人绮想的翠绿更深奥玄邃,像有一本哲学书溶解在那里。也有些浅的沙滩,上面有人走着,很费力的一步步踏着满是大小石卵的黄沙。

不怕太阳晒,美子傍在顾伯安身旁,领略这山水的情趣,太阳光射得耀眼,但是游人并不因此而减少。河岸下面,在防水堤之外侧有了搭草棚卖冷饮品的,也出租小船,潭中的船就是游客租了在划与撑的。客人自己划的是比较小的船,较大的船上有一个船夫用了竹篙给你撑,这有点像①扬州瘦西湖的样子,不过此地撑船的大多是男人。

两个人就走进棚子里来饮冰了。顾伯安说道:"这地方真像一个仙境,我真满意极了,为甚么在台湾到处都是仙境呢?"

"这是因为你赞美之故,在我们看来,也是很普通的地方,并不曾感到是仙境。"

"那是你不懂得仙境之故,一个人往往容易被世间的物欲所掩蔽,他的眼睛像蒙上了一层尘雾的障,不能看得真切,仙境是要有仙眼才能看得到的。"

"所以顾先生,你是有仙眼的了。"

"对啊。正是。美子姑娘,你真好,你这人真是一个仙子,实在不愧是仙境的人。"

"是你仙眼里看来的,我个仙子,不过我自己却一点也不知道。据说仙人是可以不吃烟火食,不吃饭的,但是我每天要吃饭,这个仙人恐怕靠不住。"

美子笑得很美,饮了一口冰水,她对于顾伯安的说话,并不是不相信而加以反驳,她不过要引他多说几句话,她明知他的说她仙子,是赞美她之意,却故意否认仙人。顾伯安挣眼细细的再看美子的面孔,带长形的香瓜脸,有一种俊秀的特征,鼻子很高,嘴很小,涂着唇膏的猩②红,眼睛像活水中的鲤鱼,披一头秀发,托出了全部的青春,她有美以上的好看,顾伯安觉得有目眩。

---

① 原文作"想"。
② 原文作"腥"。

"但我总把你当作仙子了。也许是因为有了你,台湾地方才成为仙境的。因为有仙人住着,这地方应得就是仙境。你看那像刀削一般的石壁,这不是鬼斧神工而是仙力,你看那多好看的绿水,你看那桥,好像是通上天的路。我们走到桥上去看看可好。"

"好,我总伴着你。"

两个人走出了冷饮店,走到架在潭水上的吊桥上来,那是由铁索张在两岸,从索上生下线来,做成了桥梁,在上面有铺板,这到是有很高的栏干的,走在上面心有些跟了脚步发荡,但也不十分恐怖。在桥上更加见得碧潭的好处了。两岸都是层层的山,山上全是青绿的树,像要密合拢来,补足这个潭的空隙,连一面的市街房屋也被山景吞食了样子。顾伯安站在桥中央,呆立了多时,一语也不发,从上望望是一碧无垠的青天,向下看一块纯色的翠玉,他像被水吸引了去,看得使美子拉他转来了。

走回到旅馆里休息,旅馆里也相当的热,不过总算避开了太阳光,两人在一间小室之中,席地而坐,这是和式的房间,到很干净,也可以横下来睡的。他们是上午就来了,在这旅馆中休息,午饭,才出去走了一转,看了一番风景再回来的。

"美子姑娘,这里以前自然来过的?"

"来玩过,好几次了。"

"这里可有甚么仙人的古迹?"

"我不知道啊,大概没有吧。"

"这里可称是仙境的地方,一定是有仙迹的,也许那山的深处有,也许那水之涯岸边有,我们可惜没有工夫去寻访。"

"也说不定,我却没有听人家谈起过。"

"美子姑娘,你知道我今天特别开心吗?"

"你是有名的乐天派。没有一天不开心的,何必今天。"

"不是这样的。今天我是顶开心的,因为美子姑娘伴我在一处,我是再也不能忘了今天这个日子的。美子姑娘,你真好,你待我也实在真好,我不知要怎样感谢你才好。"

"那你请我看一次电影好了。"

"这是不成问题的。我说,我是孤另另的一个人,在这个世界上完全是孤独的,唯有美子姑娘能同情我,所以我的快乐是大极了,我感受着最大的幸福,我想①我

---

① 原文作"像"。

是成了仙人了。飘飘拂拂的,我想①我自己这个人是没有的了。这是我刚在桥上时,我这样感到的,要不是你拉了我,我也许是真的会化成了仙人呢。"

"那,你要恨我阻止你的成仙了。"

"不,是给你一拉,我才知道的,否则我是浑浑噩噩糊里糊涂不过到也很适服。现在想来像是更加舒服了。"

"这样么? 我也想你顾先生一定有些仙气的,否则我们凡人决不会有此种感觉的。"

"我有仙气? 唔。或者是真的,为甚么不呢? 美子姑娘,我真谢谢你提醒了我。真的,我胡不做一个仙人去呢。这里是仙境,我,美子姑娘,你也应得是仙人啊!"

"不过我恐怕要仙也仙不来。"

"我想再出去看看,我们水面上还没有仔细去看过,我们划船去吧。美子姑娘,今天我要玩一个痛快,你不奇怪我么?"

"没有可以奇怪的,玩总得尽兴。"

"那么去罢。"

两个人又走下到水边来,租了一只小船,自家划开到水中央去了。到了水里却看见水面宽阔起来了,上面岸上看时,水只有狭的一条,坐在船里,却见了水的丰富,划了几分钟,才放手中流,插起了桨②,凭风吹水流。

两边的岸像很高,一面是峭峻的岩石,种种奇怪的险状,一面是人造的防水堤,留下一条狭的沙滩,水像不通流到别处去的关锁在这一个像溪☆形之内,翠绿的水色,这是才真的领略到了,叫做碧潭是名实相符的。

"我们在这里泛舟,真像是仙人了。"

"唔,那边一块大石头,像用一把刀劈下来似的,这一线的裂缝,又如此的突出,却不坍下来,真是天然的美景。"

"所以这是仙境啊。我觉得我真像要成仙了。美子姑娘,我真感谢你待我这样的好,我再没有像今天这样开心的了。我看这桥真像可以连到天上的样子的。"

"你不要说了,我有点怕啊!"

"没有可怕的,这里是仙境呀,这水才真是可以到仙境里去的,你看水里面,

---

① 原文作"像"。
② 原文作"浆"。

有庭树屋宇,有山岩云天,真是有一所神仙的府茅在那里。今天我真开心啊,美子姑娘,我真正感谢你待我的十分好。"

在美子能发声喊出来以前,顾伯安是跨出了航拦下水去了,他一面孔的笑容对美子看了看,就全身沉下水底去了,他双手伸挺,像在追求甚么①,人像一条鱼那样赴入水中央了。

近边的游客看见了,大声呼喊救命! 美子才也喊救,于是许多舟子,撑了船过来,也有人跳入水中浮过来,潜入水中去搜索的。水上顿然呈着一片纷乱的景象。

隔了片刻,顾伯安是被人们从水里撩起来了,但已经停了呼吸,用人工呼吸急救法,给他先呕出了腹内的水,终于他不曾苏转来,于是又得麻烦警察们。

人家都认为他是失足落水,因为不识水性而溺毙的。许多人还说这碧潭水中有鬼,每年总要溺毙不少人,但是据美子看到的,顾伯安从水中撩起来之后,还是满面的欢喜在笑,他是十分平安满足的样子,一点也不像是死。

美子一直相信顾伯安不是溺死而是升仙去了的,美子说:"他是很开心的去的,他一到了水里,满面欢喜的向我道谢告别,而且他到了水里面之后,像径直要到集一地方去的样子,挺了双手在前,像一条鱼那样子走水路的。他一定在水中寻到了仙人的居家了,他就住在仙人那里,也学习来做仙人了。他原来有些仙气的,他也许本来已经是仙人,照他那样笑口常开,百事无忧无愁的样子,平常凡人那能成。他一定是升仙了。他在碧潭是造成了一个仙迹了,可惜没有人相信我的话。我说也徒然,但是我却深信不疑,顾先生一定是仙去的。"许多同事又传出了美子受了爱情上的刺激,发了神经病的谣言,但是美子决不理睬这些话,他仍旧常常向人吐露顾伯安是仙人,在碧潭升仙而去的确信。美子自此以后,也是每天很快乐的样子,也是笑口常开,对于任何给她造的谣言风说,决不置辩,也不当做有这一回事,只过她自己欢欢喜喜的日子。但是仍有人不谅解她,背后要主张她受了太重的刺激,以致她每次邀约人一同到碧潭去游玩,没有一个人敢答应同她去。

(选自《台湾春秋》第 2 期,出版日期不详,第 1 期出版于 1948 年 9 月 12 日,第 3 期出版于 1948 年 12 月 9 日)

---

① 原文作"寻"。

星 二 颗

◎1 某夜的事情

心是红的
血是红的
太阳也是红的
太阳落山之后
红,到哪里去了?

天气冷了
血也冷了
心也冷了
并非因为冬天
也不关涉风夜

一杯 Bordeaux 呀
骗骗空心的肚子
呀! 红色液体啊!
接触到红的唇
浸润了红的舌。

是冷的! 是甜的!
舌尖跳舞了,
不肯住的跳舞了,
红的液体是血呢!
血海中舞跳者呀
这是心呀!
是复活了的心呀。

是红的世界,
都是红的,

一切都是红的，

火是红的，

衣是红的，

脸是红的，

眼是红的，

笑是红的，

话是红的，

手是红的，

唇是红的，

舌是红的，

心是红的。

都是红的，

一切红的，

人是红的，

椅是红的，

墙是红的，

窗是红的，

天是红的，

星是红的。

呀！红色的星呀！

可是 Antares?

冬天那会有他！

可是 Aldebarean?

也不像是她！

妖星啊！红色的妖星

告诉我, 把你的名！

纵使你不是红，

你却也是红的。

血呀！像沸腾的水影，

心呀！像幽闭的罪人，

红呀！红呀！

被褥上的点点滴滴，

地板上的淋淋漓漓，

我不曾发病

请什么医生！

十三, 十二, 八日

◎2　告 Sirius

狼！

我欢喜你，

天空的勇士，

大胆的壮汉，

你压倒满天星，

你睥睨全球人，

你的雄姿

引动一切的心

何以这样强烈？你的光，

可是要寻爱？你的情人，

可惜呀！

织女早已跟了牛郎去

七人姊妹都配不上你

纵使你照的天空如白日

也还是徒然无益。

但是可怜的狼呀！

你不要失望

你且耐心等着

须知你的好配偶

Spica 还未出世呢！

但是你也不要浸沈
在未来的欢乐中,
须知你与 Spica
相会就造成离别。
若要免出这苦恼
还是终身孤独,
保持牢本来面目,
放出你的白热光!
地上自会有人
被你引得哭!

十三,十二,九日

（选自《屠苏》,狮吼社同人合著,上海：光华书局,1926 年 9 月出版）

附录二
章克标略历①

1900年7月,生于浙江海宁。

1906②—1908年,入私塾学习。

1908—1910年寒假,就读于海宁斜桥镇小学。

1911年春—1913年冬,就读于海宁州中学堂(后改为海宁县立乙种商业学校)。

1914年秋—1918年7月,就读于浙江省立第二中学(嘉兴)。

1918年9月,经上海赴日本东京留学。

1919年4月—1925年春,就读于东京高等师范学校数学科,其间,1921年4月—1922年3月,因病回国休学1年,先在杭州游玩数月后,1921年9月入震旦大学法文特别班学习法语;1923年6月,在《时事新报·学灯副刊》发表处女作《〈创造〉2卷1号创作评》;1924年7月,与滕固、方光焘等结成狮吼社,出版同人杂志《狮吼》;1925年春,等发毕业证期间,赴北京在教育部拟成立的国立编译馆任编审两三个月。

1925年春—1926年6月,就读于京都帝国大学数学科。其间,1925年4月—6月③,回国任教于浙江省立第六中学(台州)。

---

① 据《章克标自传》(《读书杂志》1933年第3卷第1期,第25—26页)、《章克标自撰简历》(载范笑我著《我来晴好》,上海辞书出版社,2013,第121—123页)、《文苑草木》(上海书店出版社,1996)、《世纪挥手》(海天出版社,1999)、《九十自述》(中国文联出版社,2000)等整理而成。

② 关于章克标入私塾的时间,《世纪挥手》(第8页)作"1905年",《九十自述》(第9页)作"六岁"即1905年,《章克标自传》(《读书杂志》1933年第3卷第1期,第25页)作"七岁"即1906年,因《世纪挥手》《九十自述》系其晚年所作,难免记忆有误,而《章克标自传》作于1932年,可信度较高,故此处采信《章克标自传》的记述。

③ 据章克标:《回忆和幻想中的陶元庆》,《一般》第9卷1—4期合订本,第250页。

1926 年[①] **6 月**，从京都大学退学。

1926 年下半年，任教于浙江省立第二中学（嘉兴）。

1927 年上半年[②]，任教于杭州工业专门学校。

1927 年暑假—1931 年，在上海立达学园兼课。

1927 年下半年，任教于上海暨南大学。

1928 年 5 月，开始在开明书店出版书籍，并以稿酬入股成为开明书店股东。

1929 年 1 月—1930 年 9 月，以馆外编辑的身份协助邵洵美编辑《金屋月刊》。

1931—1932 年 1 月，任职于上海开明书店编译所，负责编写数学讲义。

1932—1935 年春，任上海时代图书出版印刷公司（时代书店）总经理，其间，1932 年 9 月，与林语堂、邵洵美等创办《论语》半月刊，并主编[③]前几期；1933 年 8 月—1934 年 12 月，主编《十日谈》旬刊。

1935 年春，离开上海，回到海宁老家。

1935 年 9 月—1937 年底，任教于嘉兴中学。其间，1937 年 7 月初，曾赴南京拜访滕固。

1937 年底，逃难到上海，在浙光中学等学校走教。

1939 年秋，入伪《中华日报》社翻译日文资料。

1939 年冬初，赴东京参加日本宣传当局组织召开的所谓"东亚操觚者恳谈会"（即新闻记者大会）。

1940 年 3 月—1942 年冬，在南京任职于汪伪宣传部，由伪指导科科长升任伪指导司司长帮办（副司长），并担任伪《南京新报》（后改为《民国日报》）主笔。其间，1940 年 5 月，以新闻记者身份随陈公博等访问日本。

---

① 关于章克标从日本留学回国的时间，《章克标自传》（《读书杂志》1933 年第 3 卷第 1 期，第 26 页）记述为民国十五年即 1926 年，《世纪挥手》（第 103 页）及《九十自述》（第 46 页）亦均记为"1926 年"，而《章克标自撰简历》却记作"民国十四年"（转引自范笑我著《我来晴好》，上海辞书出版社，2013，第 121 页）即 1925 年。据《世纪挥手》（第 101 页）的记述，章克标入京都大学并非为了深造，而是没有好的出路时的权宜之计，还可以继续领取中国政府发放的官费。笔者推测其可能是在 1925 年春，办理完京都大学的入学手续后，很快有了到浙江省立六中任教的机会，就立刻回到六中教课，3 个月之后又回到京都大学继续读书，直到 1926 年 6 月才最终退学回国的。

② 《章克标自撰简历》中关于其任教经历写道："民国十四年从东京回国，先后在浙江省立六中、二中、杭州工业专门学校、上海立达学园及国立上海暨南大学任教。"（转引自范笑我著《我来晴好》，上海辞书出版社，2013，第 121 页）系按时间先后顺序记述的，并且二中在嘉兴，立达学园在上海，而杭州工业专门学校在杭州，不太可能同时兼任，故笔者推测其任教于杭州工业专门学校的时间应在离开二中以后，进入立达学园之前的 1927 年上半年。

③ 据林达祖、林锡旦著《沪上名刊〈论语〉谈往》，上海书店出版社，2008，第 20、29 页。

1942 年冬—1943 年春，赴苏州任伪江苏省宣传处秘书主任。

1943 年春—1945 年 1 月，赴杭州任伪浙江省政府参事，伪《浙江日报》社总编辑，1944 年 5 月升任伪《浙江日报》社代理社长。其间，1943 年 8 月底—9 月初，赴日本东京参加第二届所谓的"大东亚文学者大会"；1944 年 11 月，赴南京参加第三届所谓的"大东亚文学者大会"。

1945 年 1 月—1947 年上半年，蛰居于海宁老家。

1947 年①**下半年**，在江西省贵溪县立中学任教 1 个学期。

1947 年 12 月 25 日前后，曾随友人从上海经杭州、上饶至鹰潭采办米粮。②

1948 年夏—1948 年年底，赴台湾任《平言日报》主笔。

1949—1952 年春，在海宁老家经历镇压反革命、土改等运动。

1952 年春，赴上海童联书店出版部工作，并在新闻出版印刷工会高级业余学校、上海水产学院兼职教授数学课，后到新华书店上海发行所宣传科工作。

1956 年 8 月，调到上海印刷学校，主持编译室，翻译编辑印刷技术教材。

1958 年 3 月，被上海市杨浦区人民法院判为"历史反革命"，处管制 3 年，被上海印刷学校开除公职，同年底回乡，开始长达 20 多年的监督劳动。

1980 年夏，被浙江省文史研究馆聘为馆员。

1985 年 5 月，上海杨浦区人民法院撤销原判，改判无罪，上海印刷学校恢复其原职，以退休处理。

2003 年 1 月，出版《章克标文集》。

2007 年 1 月，病逝于上海。

---

① 据《世纪挥手》(海天出版社，1999，第 255 页)，章克标任教贵溪县立中学时，正值俞君适取代张石樵继任该校校长，而据中国人民政治协商会议贵溪县委员会文史资料研究委员会编著的《贵溪县文史资料　第 1 辑》(1986，第 62 页)，张石樵离开贵溪，俞君适接任贵溪县立中学校长是 1947 年的事。
② 据章克标：《浙赣乘车记》，《论语》第 118—177 期合订本，第 1283 页。

参考文献

章克标早期出版的大部分书籍、他人编著的收录有章克标作品的书籍以及作者参看的大量期刊未列入。

（一）图书类

［1］北京图书馆.民国时期总书目（1911—1949）：外国文学［M］.北京：书目文献出版社,1987.

［2］陈玉堂.中国近现代人物名号大辞典［M］.杭州：浙江古籍出版社,1993.

［3］鄂基瑞.中国现代文学词典［M］.上海：上海辞书出版社,1990.

［4］范培松.中国文学通典：散文通典［M］.北京：解放军文艺出版社,1999.

［5］范笑我.我来晴好［M］.上海：上海辞书出版社,2013.

［6］贵溪县政协文史资料研究委员会.贵溪县文史资料　第1辑［M］.1986.

［7］金晶.谷崎润一郎文学在民国时期的接受情况研究［M］.天津：南开大学出版社,2013.

［8］李立明.中国现代六百作家小传［M］.香港：波文书局,1977.

［9］林达祖,林锡旦.沪上名刊《论语》谈往［M］.上海：上海书店出版社,2008.

［10］林煌天.中国翻译词典［M］.武汉：湖北教育出版社,1997.

［11］林辉.中国翻译家辞典［M］.北京：中国对外翻译出版公司,1988.

［12］林淇.海上才子　邵洵美传［M］.上海：上海人民出版社,2002.

［13］陆千里.佛塔导游［M］.印尼雅加达：中印文化出版社,1956.

［14］罗执廷.民国社会场域中的新文学选本活动［M］.济南：山东文艺出版社,2015.

［15］三联书店文献史料集编委会.生活·读书·新知三联书店文献史料集（下）［M］.北京：生活·读书·新知三联书店,2004.

［16］沈圣时.落花生船［M］.吴心海,编.北京：海豚出版社,2013.

［17］施蛰存.上元灯及其他［M］.上海：水沫书局,1929.

［18］唐沅,韩之友,等.中国现代文学期刊目录汇编［M］.共7卷.北京：知识产权

出版社,2010.

[19] 滕固,章克标,等.屠苏[M].上海：光华书局,1926.

[20] 王向远.二十世纪中国的日本翻译文学史[M].北京：北京师范大学出版社,2001.

[21] 萧洛霍夫.被开垦的处女地[M].孟凡,译.哈尔滨：光华书店,1948.

[22] 解志熙.美的偏至 中国现代唯美—颓废主义文学思潮研究[M].上海：上海文艺出版社,1997.

[23] 许道明.海派文学论[M].上海：复旦大学出版社,1999.

[24] 徐乃翔,钦鸿.中国现代文学作者笔名录[M].长沙：湖南文艺出版社,1988.

[25] 阎纯德,李润新,等.中国文学家辞典[M].现代卷全6册.成都：四川人民出版社,四川文艺出版社,1979—1992.

[26] 杨剑龙.上海文化与上海文学[M].上海：上海人民出版社,2007.

[27] 俞子林.书的记忆[M].上海：上海书店出版社,2008.

[28] 张光年.张光年文集(第1卷)[M].北京：人民文学出版社,2002.

[29] 章克标.恋爱四象[M].上海：金屋书店,1929.

[30] 章克标.文苑草木[M].上海：上海书店出版社,1996.

[31] 章克标.世纪挥手[M].深圳：海天出版社,1999.

[32] 章克标.九十自述[M].北京：中国文联出版社,2000.

[33] 章克标.章克标文集(上下)[M].上海：上海社会科学院出版社,2003.

[34] 张泽贤.中国现代文学散文版本闻见录续集 1926—1949[M].上海：上海远东出版社,2013.

[35] 照春,高洪波.中国作家大辞典[M].北京：中国文联出版社,1999.

[36] 赵鹏.海上唯美风：上海唯美主义思潮研究[M].上海：上海文化出版社,2013.

[37] 中国第二历史档案馆.中国抗日战争大辞典[M].武汉：湖北教育出版社,1995.

[38] 中国作家协会创作联络部.中国作家大辞典[M].北京：中国社会出版社,1993.

[39] 钟一鸣(梦翼).翔庐诗草[M].程志远,钟立模,编.自费出版,1989.

[40] 周家珍.20世纪中华人物名字号辞典[M].北京：法律出版社,2000.

(二) 期刊类

[1] A.B.要做一篇鲁迅论的话[J].金屋月刊,1929,1(2,3)：113 - 136,

87 - 106.

［2］陈啸,梅道兰.哈哈镜里的人世影像——民国时期上海章克标都市散文创作论[J].郑州师范教育,2016(2)：55 - 59.

［3］方爱武.言说的意味：章克标散文创作谈兼论当代散文创作[J].浙江工业大学学报(社会科学版),2012(3)：287 - 292.

［4］克展.七个朋友[J].作家月刊,1942,2(3)：106 - 109.

［5］黎跃进.章克标对谷崎润一郎的接受和借鉴[J].山西农业大学学报(社会科学版),2012(8)：777 - 781.

［6］秦鹏举.在理想与现实之间——章克标与夏目漱石创作比较[J].绥化学院学报,2015(11)：21 - 27.

［7］杨青云.在现代文化与传统文化的"夹缝"中沉沦：论租界文化影响下章克标的小说创作[J].西南农业大学学报(社会科学版),2012(1)：119 - 122.

［8］张能泉.谷崎润一郎国内译介与研究评述[J].日语学习与研究,2014(2)：115 - 121.

［9］张颂南.章克标生平和他谈有关鲁迅的几件事[J].鲁迅研究月刊,1984(4)：14 - 17.

(三) 学位论文

［1］程清慧.在现实与理想之间挣扎的"斯芬克司"——章克标早期创作论[D].上海：上海师范大学人文学院,2004.

［2］姜陆波.从《哥儿》的中文译本看异文化传达法——以章克标、开西、刘振瀛译本为中心[D].上海：上海师范大学外国语学院,2015.

［3］李璨.关于文学作品翻译中的译者创造要素——以『坊っちゃん』的四个汉译本为例[D].沈阳：沈阳师范大学外国语学院,2011.

(四) 外文类

［1］大泽理子."沦陷期"上海における日中文学の"交流"史試論-章克標と『現代日本小説選集』- 太平出版印刷公司·太平書局出版目録（単行本）[J].东京大学中国语中国文学研究室纪要,2006(9)：74 - 95.

［2］康东元,黑古一夫.日本近·現代文学の中国語訳総覧[M].日本：勉诚出版,2006.

后　记

　　在日本九州大学留学期间,我的研究课题为"日本作家太宰治与中国的关系研究",属比较文学研究,研究重点是中国的文学、文化等对太宰治文学的影响,后亦开始关注太宰治作品在中国的译介情况。2014年左右,开始注意到章克标。管见所及,刊载《译丛月刊》1942年第3卷第1期上的小说《蟋蟀》,是太宰治最早的汉译作品,而译者章克标是最早将太宰治作品翻译成中文的人,故在《太宰治作品的汉译——以章克标为中心》一文中对其进行了专题介绍。随着调查的不断深入,发现章克标的创作活动始于20世纪20年代,但关于他的研究却相对滞后,存在对其笔名认识模糊、大部分作品未进入学界视野、纵向研究不足等问题。当时,考虑回国以后如果继续日本文学方面的研究,可能面临诸多瓶颈,利用自身中日比较文学研究的优势,将研究方向转向中国文学研究,不失为一个好办法,我便决定将章克标作为以后的研究对象。

　　2015年博士毕业后,在日本九州大学任特别研究员期间,我开始了本研究的前期调查,由于当时日本缺乏"读秀数据库""全国报刊索引数据库"之类的电子资源可用,只能通过跑大学图书馆,从外地图书馆调阅资料等方式开展研究,可谓费事费力,用了1年多的时间,基本完成了本书第一章"章克标笔名研究"的资料搜集与初稿的撰写。2017年回国后,因旅居日本近9年,加上初登讲台,为了重新适应国内的生活与工作,不得不将本研究搁置了一段时间。2018年开始重新致力于本研究的开展,国内的"读秀数据库""大成老旧刊全文数据库"等电子资源,为本研究特别是在第二部分以笔名为线索发掘未被发现的作品过程中,提供了极大的便利,大大加快了本研究的进度。2020年完成了本书的初稿后,开始对书中的相关信息进行确认,并不断修改完善至今。第二部分即以笔名为线索调查目前未被相关书籍收录的章克标早期作品,是本书的重点,也是研究的难点,因为有一些笔名,章克标署用过,同一时期其他作家也署用过,这就需要根据具体情况来判断一篇文章是章克标所作还是其他人所作。

　　2020年,本研究有幸得到了教育部人文社科基金的资助,感谢评审专家对本研究的认可。在本书即将出版之际,特别感谢章克标著作权所有人张大伟、张大晟、张大亮三位先生同意并授权本书收录章克标早期的部分作品,同时,也感谢校友裴亮博士、梁艳博士,在项目申报书的撰写和出版社的斡旋等方面给我的建议和帮助,以及上海交通大学出版社特别是樊诗颖编辑为本书的出版所付出的种种努力。

2021 年 5 月